U0116834

纪念中国经济特区成立 **30** 周年丛书

纪念中国经济特区成立30周年丛书

深圳传媒三十年

吴予敏　主编

商务印书馆

2010年·北京

图书在版编目(CIP)数据

深圳传媒三十年/吴予敏主编.—北京:商务印
书馆,2010
(纪念中国经济特区成立30周年丛书)
ISBN 978-7-100-07213-7

I.①深… II.①吴… III.①传播媒介－研究－深圳
市 IV.①G219.276.53

中国版本图书馆CIP数据核字(2010)第111006号

深圳传媒三十年

吴予敏 主编

商 务 印 书 馆 出 版
(北京王府井大街36号 邮政编码 100710)
商 务 印 书 馆 发 行
三河市尚艺印装有限公司印刷
ISBN 978-7-100-07213-7

2010年12月第1版 开本787×1092 1/16
2010年12月北京第1次印刷 印张23 1/8
定价:42.00元

总序

2008 年是中国改革开放 30 周年，2010 年是中国经济特区创办 30 周年。相隔有岁，但特区之建立与改革开放之推行有如孪生弟兄，相继着力，共推中国走向现代文明。若言中国新一轮现代化自改革开放始，其坚实之第一步，则从建立经济特区起。1980 年，党中央、国务院以非凡勇气建立经济特区，30 年过去，如今各级各类经济开发区已遍地开花，与当年的先行者——经济特区一道，映射中国经济发展之跫然足音。其中，尤以深圳经济特区最具代表性。特区的价值难以尽数，最重要莫过于其试验性。"摸着石头过河"，社会之变革无法在电脑上模拟，任何不慎都可能导致不菲的代价。特区之试验性，上至决策者的政令，下至创业者们义无反顾地"南下"，热血满腔，而前途难知。所幸家国有幸，大事得成。今日，经济特区的建设已是成绩斐然，堪称伟业。凡此种种，无须赘言。

先贤语："三十而立。" 30 年中，特区在争议声里昂然前行，以速度迅捷与财富累积彰显优势。30 年之后，昔日之茁壮少年已成长为成熟稳重的青年，提高城市现代化水平、注重社会综合协调发展成为摆在特区建设者面前新的课题。年岁的增加给了我们盘点的机会，角色的转换更需我们多加理性审视。回顾 30 年来之成就与缺陷，斟酌当下纠结之矛盾与困境，对于特区而言，此种反思与审视，大有裨益。30 年历程，固非一帆风顺，个中甘苦，非回顾，无以显其曲折与别致，面对当今，则无从知晓成就与困顿之所由来。"疏通知远，书教也"，贯通 30 年历史，恰可观其中之丰赡与缺漏，正可作今天与明日之风帆。而此举，于深圳大学，更是当仁不让之责任。

深圳大学作为深圳经济特区目前唯一一所综合性大学，本身即改革开放之产物。建校虽略晚于特区，但深圳大学自创立始，即秉承"脚踏实地、自强不息"之精神，与特区之发展同声气，为特区之进步尽心力。大学诸君虽身处"滚滚天下财富，岁岁人心浮动"之境地，但能力戒浮躁、潜心向学，自觉加强学养、恪守学范，以做真学问为研究之精义，以追求独立思想为著述之信仰，以回馈社会、造福人民为修学之旨归。历时二十七载，孜孜不倦，本套丛书即为研究成果之一束。

丛书以"纪念中国经济特区成立30周年"为统摄，既宏观中国，又微观深圳，以特区经济研究为主，兼及政治、文学、文化、传媒等社会发展诸方面的论述。各位著者均为学林翘楚，术有专攻，又多在深圳特区工作、生活有年，耳闻目睹鹏城扶摇之历程，切身感知特区变革之硕果，可谓学界中有实力亦最恰当之发言者。丛书之编纂，既为展示深圳大学特区研究这一特色学科之部分成果，更乃致贺深圳特区而立嘉年之薄仪寸礼。丛书本欲涵盖特区教育、法律、艺术等诸方面，但因另有他述，或限于条件，未能周全，亦存憾意。

雄关漫道，迈步从头。特区发展30年为一节，30年之后亦为一始。年初汪洋书记曾三问深圳：而立之年，立起了什么？迎接30年，深圳要做什么？未来30年，深圳要干什么？诚然，30年之中，成绩彪炳，但年岁日增，积年必有陈陋。如何总结过往，破旧立新，谋大格局，成大事业，领航未来，任重道远。

期冀本套丛书能引起关注、批评，并为特区之继续发展略尽薄力。

是为序。

章必功

2010年5月

目录 Contents

序言

吴予敏

  在深圳经济特区建立 30 周年之际，呈献给读者的这部文集，从多个角度记录、评述了深圳传媒的发展轨迹。这里所说的"深圳传媒"，是指由深圳地区的党和政府、企事业单位及社会团体所主办的主要的传媒机构，包括报纸、期刊、广播、电视、出版、网络、电影等大众传媒，还包括各种内部出版物。在深圳落地的中央、外省市传媒、境外传媒以及活跃于民间的非大众传媒，则没有涵盖在内。可以说，本书评述的是建制化的深圳特区大众传媒的发展。本书的作者从不同的视角论述了深圳传媒 30 年发展的轨迹、特色和经验。尽管这些论著选择在特区建立 30 周年的时候发表，从作者和编者的初衷来说，无意于将此论著作为应景的纪念文章，而是希望按照"理解之同情"的学者立场，对深圳传媒的发展进行评述和思考。这些文章，有些是从历年的学位论文或其他研究专题中整理而来，反映了作者立足深圳长期观察研究的成果；有些是和作者本人的传媒实践经验分不开的；有些则是深入传媒第一线进行实地调查研究的结果。全书的结构力图呈现深圳传媒的基本面貌和发展轨迹，而在各个篇章上，又保持学者独立观察、自由思考、个性化论述的特点，基本上体现出新闻传播学者对于特区传媒研究的学理性特色。如果因此各篇章在观点视角和论述方式上有所差异，也是在所难免的。

  30 年来，深圳传媒集中反映着中国第一个经济特区的奋斗史和成长史，反映着中国共产党人在 20 世纪后期在深圳所举办的伟大的社会实验工程，它们是特区改革开放高歌行进的忠实记录者和报道者，是特区精神和理念的激情洋溢的宣传鼓动者。在改革开放的事业筚路蓝缕，冲破藩篱的关键时刻，深圳传媒以非凡的胆识，全面系统地宣传了改革开放总设计师邓小平同志的科学论断和英明决策，成为引领全国舆论导向和政策导向的先声。在特区发展建设的每个重要阶段，深圳传媒都以高度的政治责任感，大力宣传党的理论路线方针，总结宣传特区改革的经验，传播开拓进取的理念，凝聚社会共识，使新闻舆论的导向始终和改革开放的历史进程保持一致，与党和政府的战略决策保持一致。

深圳传媒本身也是不断改革创新的产物。它们充分利用了深圳特区的优越的政策环境、市场环境、科技环境以及毗邻港澳的文化交流环境，大胆进行传媒管理和运营体制的改革、新闻传播内容创新、传播技术和社会服务体系创新，迅速积聚人才优势和经济实力，打造出以报业、广播电视、出版发行为代表的大型传媒集团，在中国屈指可数的超级传媒巨舰阵列中，悬挂起自己的鲜艳的旗帜。新闻传媒巨舰的形象不只是一个体现在传媒集团大楼上的建筑语汇象征，已经成为令人瞩目的市场奇迹，而且在实现新闻传媒的政治宣传功能的同时，也良好地实现了对全社会的信息传播服务，从而将党和政府的意志和社会的需求结合起来，将社会效益和经济效益有机统一起来，成为全国的新闻传媒体制改革的成功的范例。我们透过传媒看深圳，立足深圳看传媒，可以清晰地把握深圳传媒发展和社会变革之间的互动关系。

唯物史观告诉我们，历史的进步是由社会生产力的不断革新而推动的进程。这是不以人的意志为转移的客观规律，是鉴别一切先进与落后、正确与错误的客观标准。我国改革开放伟大事业的辉煌成就，雄辩地证明了只有适应社会生产力发展的必然要求，才能长期保持社会的稳定，才能满足人民群众不断增长的物质和文化需求。当然，经济、政治和文化的增长是平衡与不平衡交替的过程。平衡总是相对的，不平衡是绝对的。当社会的某一构成要素快速增长时，它与其他构成要素之间就形成了不平衡，从而促进其他要素的增长而达成相对平衡。而新的增长又会带来新的不平衡，由此往复，形成社会前进的节奏和阶段性。深圳特区是改革开放先行先试的地区，她率先向陈旧僵化的经济体制、管理体制和落后的观念发出挑战。深圳的成功，突破了落后于社会生产力发展要求的旧的生产关系和上层建筑的束缚，为全国范围的改革开放取得了宝贵的经验，发挥了示范带头作用。深圳经验对于中国特色的社会主义建设的全局性的战略意义正在于此。

深圳从昔日一个边陲小镇发展起来，以经济发展、科技创新为动力，推动行政管理、法制建设、城市文化的蓬勃发展，走出了中国特色的市场化、信息化、城市化、现代化的新路。在新的阶段，可持续发展、科学发展和社会协调发展的课题再次提到深圳人面前。旧的平衡已经打破，新的局面有待创造。最近胡锦涛总书记在深圳经济特区建立 30 周年庆祝大会上发表了重要讲话，从丰富和发展中国特色社会主义的理论和实践的高度，对深圳今后的发展提出了五点要求：继续加快转变经济发展方式，努力为推动科学发展探索新路；继续深化改革开放，努力为推动科学发展提供制度保障和动力源泉；继续加强社会主义精神文明建设，努力为推动科学发展提供良好文化条件；继续促进社会和谐，努力为推动科学发展营造良好社会环境；继续推进党的建设，努力为推动科学发展、促进社会和谐提供坚强保证。这是深圳在新的历史起点上继续推进改革开放和社会主义现代化建设的航标。

胡锦涛总书记的重要讲话中非常引人注目的是关于政治、经济、文化和社会体制的全面改革的要求，关于推进社会主义民主法制建设，依法实行民主选举、民主决策、民主管理和民主监督，保障人民的知情权、参与权、表达权、监督权的论述，这表明党中央已经将社会主义政治改革的方略纳入科学发展体系，使之成为中国特色社会主义的政治文化。深圳在今后的发展中，能否真正建设成中国特色的社会主义公民社会，关键看在保持经济高速、协调发展的同时，能否在政治体制、文化体制和社会体制改革方面闯出新路。为中国社会主义政治改革和民主建设探索新路的历史使命落到了深圳人的肩上。

深圳具有进行社会主义民主政治建设的良好的社会基础。30 年来，深圳人民分享到改革开放的丰硕成果，全社会形成了敢闯敢干敢为天下先的精神氛围，人民群众中公民意识趋向成熟，对于开明政治、法制社会、先进文化的期待很高，社会责任感和社会沟通协商及协作精神不断增强。我们必须认真领会胡锦涛总书记的讲话精神，审时度势，抓住历史机遇，沿着中国社会主义政治发展道路的基本方向，大力推进社会主义民主政治建设。过去的 30 年，深圳的改革屡破僵化的意识形态坚冰，用自己的举世瞩目的发展业绩雄辩地证明了马克思主义的真理，只有勇敢地进行生产关系和上层建筑的变革，才能适应社会生产力发展的必然要求，才能释放出人民群众中蕴藏的极大的创造力。曾几何时，僵化的意识形态束缚了一些人的视野。过去对于深圳特区的种种质疑和非议，不少是来自"以阶级斗争为纲"和计划经济的观念。对于任何新生事物，人们都有一个认识过程和接受过程。深圳特区先行先试，用事实启发了人们。我们还记得，在深圳以"杀出一条血路"的勇气冲破罗网的时候，深圳人就是采取"不争论"的策略，避开无谓的抽象的意识形态争论，依靠经济改革的成功实践才让国家和人民群众得到实惠。这种在经济、政治、文化和社会改革上的循序渐进的做法，是符合社会发展规律的，也是现实的国情所要求的。社会发展的客观规律告诉我们，经济、政治、文化和社会的进步，尽管有先后缓急的差别，最终却是要保持基本的同步。科学发展的题中应有之意就是社会发展的合规律性，就是经济基础、政治法权和文化的上层建筑的总体协调性。如果当经济高速发展到一定程度，社会财富积累到一定程度的时候，政治体制改革相对滞后将会带来社会动荡、权力腐败、道德沦丧的巨大风险。党中央提出，加快发展社会生产力，发展社会主义市场经济，要和执政党的建设、国家法制建设、精神文明建设同时并举。广大人民群众实现了温饱和小康的物质生活，还需要切实保障其充分享有人权和公民权。作为人民当家做主的社会主义国家，在制度建设上切实保障人民的知情权、参与权、表达权和监督权，更是中国特色的社会主义制度的优越性的体现。我们需要从这样的理论高度和历史高度，深刻理解胡锦涛总书记的讲话所赋予深圳特区的伟大任务。

为了实现社会主义民主建设的目标，在信息传播、新闻出版、文化教育领域实行更加开明、开放的管理政策，是保障人民的知情权、参与权、表达权和监督权的必要途径。党管媒体，要保证新闻媒体的基本性质和政治方向，也要将媒体营造成人民群众高度信任的、喜闻乐见的公共领域。随着我们党的历史使命从领导人民开展阶级斗争转向发展经济推动社会主义现代化建设，作为社会主义国家领导核心的中国共产党，成为代表全社会最大多数人的根本利益的执政党。党的执政地位来自全体人民的拥护，党的利益和人民群众的根本利益完全一致。作为党的执政意志的载体的新闻传媒，同时也具备社会公共价值的性质。新闻传媒的公共性价值，体现为党性和人民性的统一，体现为历史进步的合规律性和政治伦理的合道德性的统一。确认新闻传媒的公共性价值，不仅不和新闻传媒的党性原则相矛盾，而且是新的历史阶段中对于新闻传媒的党性原则内涵的坚持和发展。在新闻传播理论上，将新闻传媒的党性原则和公共性价值对立起来的观点，是对于新闻党性原则的僵化的理解，也是对传媒公共性价值的本质的曲解。中国特色的社会主义理论是我党在改革开放的新时期发展起来的富于创造性的理论体系，"三个代表"的重要思想和科学发展观给予党的性质和历史使命全新的阐释。我们今天对于新闻传媒基本性质的理论思考，必须站在这样的理论高度和逻辑基点上，将党性原则和公共性价值内在地统一起来。新闻媒体应当进一步解放思想，将新闻媒体打造成为党和人民群众之间顺畅沟通的桥梁，秉持客观真实公正的新闻报道原则，在宪法允许的范围内，反映社会各阶层的合理诉求，传播新思想新观念新文化。深圳特区已经在新闻传媒体制改革、应急信息管理、政府新闻问责制、新闻发言人制度、政府信访制度、人大与政协问政制度、社会舆情监测等方面进行了多方探索和成功实践。今后我们需要用更高的政治责任感和政治智慧来积极推进新闻传媒体制改革。我们期待新一轮的新闻传媒改革与政治体制、文化体制和社会体制改革统一起来，与扩大社会民主的时代要求契合一致，切实保障社会公平正义的实现。

报业

改革开放大潮中的主流媒体

刘晓燕

报纸是表达和建构城市文化的主要媒介。在互联网、手机等作为一种新生力量的今天，报纸在各种大众传媒形式中，仍然是最主要的新闻来源。本章考察深圳报业30年变迁，研究地方主流报纸如何通过新闻报道反映深圳特区的政治、经济和社会发展，如何承担起城市文化建构的任务。作者将客观勾勒出深圳报业30年的增长图景，从报业发展变迁的内在脉络出发，将深圳报业30年划分为四个阶段，进而对照各阶段的政治、经济发展，深入分析各阶段深圳报业的特点与成因，探究报业发展的内在动力与面对的挑战。

一、深圳报业30年增长图景

深圳在20世纪80年代成为中国改革开放的排头兵，从"深圳速度"到"深圳效益"，狂飙突进，备受瞩目。深圳报业30年的发展，成为深圳媒体和文化建设的典型代表。2009年9月24日，由全球三大品牌价值评估机构之一的世界品牌实验室编制、《蒙代尔》杂志发布的第四届"亚洲品牌500强"榜单中，深圳报业集团第四次蝉联"亚洲品牌500强"，在中国媒体中位居第6位。[1]

从增长趋势（见图1）看，深圳公开发行的报刊数量在前两个10年中有着迅猛增长，在最后一个10年，报刊数量保持稳定，变化不大。前20年，从1982年的1种报纸迅猛发展至2002年的17种报纸、39种期刊。这一数据基本维持到2007年的16

[1] 《深圳特区报》2009年9月23日。

种报纸，38 种期刊。报业结构较为合理。2008 年深圳公开发行的 54 种报刊中，党报 3 种，晚报都市类报纸 2 种，生活服务类报刊 5 种，行业类、专业类报刊 40 种。

图1　深圳报刊30年数量增长图

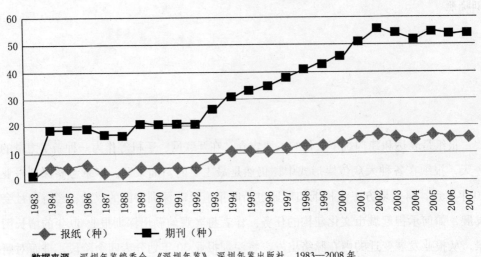

数据来源：深圳年鉴编委会：《深圳年鉴》，深圳年鉴出版社，1983—2008 年。

前 20 年，深圳报业的新闻采编队伍不断壮大，至 2000 年基本实现人力资源合理搭配，采编机构设置逐渐规范。采编人员大多来自广东省内外大报，流动性不大。"《深圳特区报》创办初期，报社有 10 多名工作人员，大多是从广东省内外大报调来的骨干。至 1983 年 12 月，特区报出版日报之前，报社共有员工 131 人，其中研究生 5 人，大学本科毕业生 45 人，大专毕业生 21 人，专业技术人员 88 名。1993 年 12 月，报社员工发展到 465 人，社本部 273 人，其中研究生 34 人，本科生 94 人，大专生 47 人，高级职称 46 人，中级职称 106 人，初级职称 24 人。……2000 年，报社总人数达到 2068 人，其中采编人员 442 人。采编人员中，初级职称 126 人，中级职称 209 人，高级职称 107 人。……2000 年，深圳商报全社有员工 2018 人，其中采编人员 410 人。采编人员中，博士 4 人，硕士 79 人，本科生 292 人；高级职称 98 人，中级职称 241 人。至 2000 年，全市公开出版发行报纸的编采人员共 1400 余人。"[1] 2000 年以后，新闻采编队伍和广告从业队伍较为稳定。2009 年，合并了深圳特区报社和深圳商报社的

---

[1]　深圳市地方志编纂委员会：《深圳市志·科教文卫卷》，方志出版社 2004 年版，第 455 页。

深圳报业集团采编系统总人数为 1205 人，广告从业人数 532 人。全体员工中，高级职称 340 人，中级职称 717 人，初级职称 393 人。[1]

在报业经营方面，深圳报业的第一个 10 年基本上采用国家拨款、公费订阅、邮局发行的经营模式，报社只管办报，不讲经营，不计成本。1992 年，深圳特区报社取消市财政差额补贴，经济上实行企业化管理，独立核算，自负盈亏。很快，深圳报业的经营呈现出市场化、多元化的强劲势头，成为国内报业经营上的领头羊。

1992 年至 2007 年，深圳报业广告收入持续增长，广告收入总额始终居于国内报业前三位。1993 年，深圳特区报社广告收入超过 3 亿元。[2]1999 年深圳特区报营业额达到 4.25 亿。[3]2000 年，全市报业收入超过 10 亿，期刊全年总收入 5000 万元。[4]1994 年至 2001 年，深圳特区报的广告收入连续 8 年进入中国报业前五位。2002—2008 年，根据中国广告协会每年对国内媒体单位广告额的统计比较，深圳报业集团广告额持续位于国内媒体单位（含互联网、广播电视等）广告额前三位，位于国内报业单位首位。2003 年深圳报业集团广告营业额 23.81 亿元，比上年增长 20.25%，在全国媒体单位广告营业额中列第二名。2004 年，深圳报业集团广告营业额为 27.1 亿元；2005 年为 27.3 亿元；2006 年为 28.9 亿元；2007 年为 33.7 亿元；2008 年为 37.1 亿元。[5]从增长趋势来看，2007 年后，增幅减慢。近两年，由于受到新媒体、金融危机等因素的冲击和影响，深圳报业广告市场低迷，新的增值支点拓展乏力。

深圳报业在经历了近 25 年的发行量持续快速增长后，近 5 年来发行压力日增。《深圳特区报》在创刊初期，发行 2.2 万份左右，发行方式采用邮局代订、代收、代发行。1997 年成立深圳特区报业发行有限公司。1998 年开始自办发行，形成了遍及 100 多个城市 600 多个发行站点的发行网络。2000 年，《深圳特区报》日发行量增至 45.12 万份。[6]《深圳商报》自 1998 年开始，试行"报邮联合发行"，1999 年改为"自主发行为主的报邮联合、自主发行"，在全市设立 50 多个发行站。2000 年，《深圳商报》日发行量 42.16 万份，《深圳晚报》日发行量 43.5 万份。[7]2002 年成立深圳报业

---

[1] 深圳报业集团人力资源部 2009 年内部统计数据。

[2] 深圳市地方志编纂委员会：《深圳市志·科教文卫卷》，第 446 页。

[3] 广东省地方史志编纂委员会：《广东省志·新闻志》，广东人民出版社 2000 年版，第 234 页。

[4] 深圳市地方志编纂委员会：《深圳市志·科教文卫卷》，第 446 页。

[5] 《中国广告协会网协会服务频道年度广告经营排序》，http://xh.cnadtop.com/。

[6] 深圳市地方志编纂委员会：《深圳市志·科教文卫卷》，第 446—447 页。

[7] 同上，第 449 页。

集团后，集团报刊日发行量超过 200 万份。[1] 表 1 为 2000—2008 年深圳市全年出版的杂志数和报纸数统计。2002—2005 年为报纸出版数量的高峰期，2005 年后，报纸出版数量下降明显。杂志在经历了 2004—2006 年的低谷后，近几年发行量再次回升。尤其值得提出的是，深圳报业集团发行公司大胆试行循环经济，在国内报业集团中，唯一注册了再生资源公司，拓展了回收旧报等盈利增长点。

表1   2000—2008年深圳市年出版杂志和报纸数量

年份	2000	2001	2002	2003	2004	2005	2006	2007	2008
杂志出版数(万册)	2531	2563	2845	2582	1885	1949	1900	2167	2100
报纸出版数(万份)	56453	70808	82923	82807	73933	72454	67000	69104	42700

数据来源：深圳年鉴编委会：《深圳年鉴》，深圳年鉴出版社，2008 年，第 293 页。

2000 年后，深圳本土报业遭遇报业跨区域经营的竞争压力，报业市场格局发生较大变化。1999 年初至 2000 年，《南方都市报》（深圳新闻和深圳杂志）、《南方日报》（深圳观察）、《广州日报》（深圳版）、《新快报》（《财富深圳》、《健康食品周刊》[免费赠阅]、《3C 周刊》[免费赠阅] 和《深圳新闻》）、《羊城晚报》（粤东版）等杀入深圳市场。2001 年，大部分跨区域报纸以失败告终，唯独《南方都市报》深圳新闻在深圳市场艰难存活下来。

根据张洪忠于 2009 年执行的深圳地区媒体覆盖率与媒体公信力的电话调查，在深圳关内地区，读者覆盖率居前三位的依次是《南方都市报》、《深圳特区报》和《晶报》。其中，《南方都市报》读者覆盖率高出《深圳特区报》10.4%。[2]（详见表 2）

---

[1] 深圳市文改办课题组：《建设效益集团的宏观思考：以深圳三个文化集团为例》，见于彭立勋主编：《城市文化创新与和谐文化建设：2007 年深圳文化蓝皮书》，中国社会科学出版社 2007 年版，第 172 页。

[2] 2008 年 6 月 2 日至 4 日和 2009 年 10 月 25 日至 27 日，张洪忠分别主持了两次对深圳地区报纸覆盖率的电话调查。两次调查所得的报纸覆盖率排序相同，均为《南方都市报》的覆盖率最高，其次依次为《深圳特区报》、《晶报》、《深圳晚报》、《深圳商报》。但是，2009 年各报覆盖率明显高于 2008 年的覆盖率，如《南方都市报》2008 年覆盖率为 21.3%，2009 年则为 31.8%。据笔者电话询问张洪忠，他认为原因之一在于，2008 年电话调查的样本库采自深圳关内和关外，2009 年的样本库仅限于深圳关内。2008 年调研结果详见张洪忠、向进：《深圳报纸读者市场结构调查》，《新闻与写作》2008 年第 12 期；2009 年调研结果详见张洪忠：《深圳媒体公信力调查报告》，《现代广告》2009 年第 12 期。

表2　深圳关内地区报纸覆盖率

报纸	居民总体中的读者覆盖率（％）
《南方都市报》	31.8
《深圳特区报》	21.4
《晶报》	12.9
《深圳晚报》	12.0
《深圳商报》	10.4
《人民日报》	3.8

数据来源：张洪忠：《深圳媒体公信力调查报告》，《现代广告》2009 年第 12 期。

与此调查结果有所出入的是由深圳大学传播学院 CATI 实验室从 2005—2009 年所作的持续性的报纸读者电话调查，见表 3：

表3　2005—2009年深圳主要报纸覆盖率监测（％）

	2005年	2006年	2007年	2008年	2009年1—11月
《深圳特区报》	24.0	21.4	19	17.8	17
《深圳商报》	15.1	10.3	9.5	7.6	8.2
《深圳晚报》	14.1	10.0	8.7	7.9	8.9
《晶报》	19.6	17.0	18.4	18.3	22
报业集团合计	72.80	58.7	55.4	51.6	56.1
《南方都市报》	17.7	16.5	17.2	16.9	19.3
其他报纸	21.3	14.4	12.3	13.1	10.1
合计报纸阅读率	90.2	89.6	84.9	81.6	85.5

资料来源：深圳大学传播学院 CATI 实验室监测。

张洪忠关于深圳报纸的读者公信力调查显示[1]，深圳关内居民对报纸公信力的打分顺序依次为：《人民日报》最高，其余依次为《南方都市报》、《深圳特区报》、《深圳晚报》、《晶报》、《深圳商报》。（详见图 2）各报纸自身读者对该报的公信力打分的排序略有变化，《人民日报》、《南方都市报》仍位居第一、第二位，《深圳商报》跃居第三位。对深圳报纸的相对公信力考察中，有 26.9% 的居民无法就最相信哪张报纸作出选择。在作出选择的报纸中，南方都市报中选率最高，占了三成比例；其次为《人民日报》、《深圳特区报》、《深圳晚报》、《晶报》、《深圳商报》。

---

[1]　有关深圳地区报纸、电视台、网站公信力调查的详细情况和数据，可参看张洪忠：《中国传媒公信力调查》第十一章"深圳传媒公信力调查"，南京师范大学出版社 2010 年版。

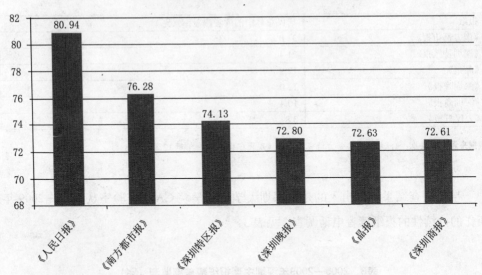

图2 深圳地区报纸绝对公信力得分比较

数据来源：张洪忠：《深圳媒体公信力调查报告》，《现代广告》2009年第12期。

在硬件设备方面，20世纪90年代中期，深圳报业在建筑、印刷、采编系统等方面在全国率先全面实现了现代化。状如起锚起航、扬帆竞远的42层高的特区报业大厦以其傲岸奇伟的身姿雄踞在深南大道旁，方正厚实的深圳商报大厦掩映在莲花山西侧的绿树丛中。深圳报业在国内较早引进了激光照排系统，引进了日产、德产印刷机。在中国报纸印刷质量的最高级别的评比中，《深圳特区报》连续9年荣获报纸印刷最高级别奖项"精品级"。[1]由深圳报业集团投资创建的龙华印务中心是深圳市重点文化工程建设项目，总占地面积10.27万平方米，投产后将是全国乃至东南亚规模最大的传媒科技产业基地之一。

二、深圳报业发展的四个阶段

在理解报业的发展变迁时，阿特休尔这样提醒道："应当牢记大众传媒是与都市中心同步发展的。事实上，它们两者之间难解难分，没有都市中心，大众传媒不可能

---

[1] 《深圳商报》2008年12月26日。

产生，同样，没有大众媒介，都市中心的发展恐怕也不会成功。"[1] 从报纸与城市休戚相关的角度，我们将深圳报业 30 年划分为四个阶段：

第一阶段：1981—1988 年，摸索试水。深圳作为国内改革开放的探路者开始了艰难勇敢的"第一次创业"。作为党报的《深圳特区报》初创，《深圳青年报》、《蛇口消息报》等异军突起。

第二阶段：1989—1992 年，改革峰回路转，深圳党报崛起。1989 年至 1992 年邓小平南方讲话之前，深圳的改革一度陷于徘徊，步履蹒跚。1989 年，原属于"企业筹办、政府扶持"性质的《深圳商报》在创刊 10 个月、出版 39 期后，停刊整顿。1991 年 1 月，《深圳商报》复刊，改为市政府机关报，与作为市委机关报的《深圳特区报》同为党报。在邓小平南方讲话 74 天后，当时名不见经传的深圳本地两份党报随着长篇通讯《东方风来满眼春》以及"猴年新春八评"、"八论敢闯"等关于小平深圳讲话的独家系列深度报道，在中国变得家喻户晓，带给中国政坛一次强劲的思想冲击，成为引领改革开放主流舆论的有力工具。

第三阶段：1993—1999 年，报业转型进入市场化。1995 年，深圳开始"第二次创业"，制订产业调整方案，改变原来的以轻工、服装、手表等劳动密集型产业为主体的"三来一补"工业主导，建立以高新技术产业为先导，先进工业为基础，第三产业为支柱的产业结构。这一阶段是《深圳特区报》、《深圳商报》两大党报激烈竞争的阶段。《开放日报》、《街道》、《焦点》、《深圳画报》等小报或被停刊，或被两报兼并、收购。

第四阶段：2000—2010 年，报业集团化。以《南方都市报》为首的异地报纸进军深圳，深圳原有的报业竞争格局被打破。2002 年 9 月，在深圳市委市政府的推动下，《深圳特区报》、《深圳商报》两大党报合并，成立深圳报业集团。在新媒体的冲击和报业跨区域经营的压力下，深圳报业集团面临着日益严峻的挑战。

下面，我们引证深圳报业在发展过程中的诸多史料，剖析这四个阶段的特征、关系与变迁。

---

[1]　[美] 赫伯特·阿特休尔著、黄煜等译：《权力的媒介》，华夏出版社 1989 年版，第 42 页。

三、试水时期与先锋言论（1981—1988）

（一）边陲改革的言论风波

《凤凰周刊》曾发表过一篇言辞悲怆的祭典深圳蛇口的文章——《孤独的蛇口：一个改革"试管"的分析报告》。"中国真正意义上的经济改革自蛇口始。……美国《财富》杂志在分析中国高层心态时说，如果把改革比作抛球的话，中国领导人会同时向空中抛出好多只球，这样虽然有的球可能掉下来，但空中的球总是比掉下的多。蛇口是当年抛得最高的一只球，它把计划经济的僵化体制冲得七零八落，也最容易被当成出头鸟一棒子打死。先行者的角色注定了蛇口必须孤独地承受孤独。"[1]20 世纪80 年代深圳的《蛇口通讯》、《深圳青年报》等报刊拉开了深圳新闻事业改革的序幕。这些试水时期的大胆探索，也许引起了很多争议，至今难以下结论，但是，它在中国新闻改革历程中的启示作用难以抹杀的。

1982 年 1 月《蛇口通讯》由工商局蛇口工业区创办，她是由蛇口改革的主导者袁庚的一次开明的"纳谏"推动的。"1982 年 2 月 5 日，刚创刊两个月的小报《蛇口通讯》总编辑韩耀根，给当时蛇口工业区的负责人袁庚送去试刊第二期的报纸，其间，袁对韩说，《蛇口通讯》要登批评文章，特别要登批评领导的文章。于是这条消息不胫而走，先在一批年轻人中传开。十天以后，有人把电话打进《蛇口通讯》编辑部：'我准备写一篇批评袁庚的文章，你们敢登么。'韩回答说：'你敢写，编辑部就敢登。'两天后，署名甄明伲的文章《该注重管理了——向袁庚同志进一言》摆上了编辑部的桌面。袁庚会是什么态度，总编辑韩耀根几经犹豫，终于拨通了袁庚家的电话，袁的答复是，不要送审，编辑部有权发表。"[2]袁庚当时的原话是："我认为你讲的话只要不是推翻现政权，不是反对共产党，不搞人身攻击，就可以公开场合指名道姓批评。"[3]

《蛇口通讯》作为蛇口青年的代言人，在"文革"结束后，最早向假大空的政治说教发出挑战。1988 年 1 月 13 日，几位在蛇口工作的年轻人向当时从北京来的"青

---

[1] 《凤凰周刊》2002 年第 38 期。

[2] 刘勇：《媒体中国》，四川人民出版社 2000 年版，第 195 页。

[3] 《袁庚纳谏》，《新观察》1985 年第 14 期，转引自刘勇：《媒体中国》，第 196 页。

年导师们"发出公开质疑，引起双方的激烈论辩。2月至4月，《蛇口通讯》连续发表《青年教育家遇到青年人挑战》、《蛇口：陈腐说教与现代意识的一次激烈交锋》、《蛇口青年与××同志还有哪些分歧》等，这些报道掀起了波及全国的"蛇口风波"。《深圳青年报》也一度作为勇敢倡导中国社会政治、经济改革的"南方言论中心"，连续刊发一系列大胆言论。有的学者将1982年至1989年的中国新闻改革定性为"新闻媒体功能的重新定位"，从宣传功能转向信息传播的功能。[1] 实际上，在中国的这个时期，新闻改革不只是从宣传功能转向信息传播功能，实现向客观真实性的新闻报道本体的回归，也还包括类似于深圳早期的报刊言论这样可贵的探索，以恢复报刊的社会批评和社会民主倡导的作用，展现新闻报刊作为社会公器的价值。

（二）党报改革的先行者

改革初期，深圳党报的发展举步维艰。从1981年6月6日《深圳特区报》试刊第一期问世，当年6个月时间陆续试了4期。次年5月24日，创刊号方才问世。1983年12月1日，由周报改为日报，共4版。1986年5月1日，《深圳特区报》由繁体字改为简体字。1987年1月1日，由竖排改为横排。1988年1月开始每旬逢8增出一版。1989年元旦起，由4版改为8版，成为全国6家日出8版的大报之一。

《深圳特区报》在早期发展缓慢，人事变动频繁，这与中国改革开放采用"摸着石头过河"、稳妥渐进的策略有关。20世纪80年代初期，深圳的探索强烈地冲击着几十年的旧观念和旧体制。当时深圳的一举一动都备受争议，改革举措始终在各种力量的论争与博弈中艰难地推进。深圳特区的党报即便只是扮演报道深圳发展和改革的"宣传"角色，也仍然要冒很大的政治风险。"时间就是金钱，效率就是生命"的口号、土地拍卖、房地产和股票等新鲜事物本身在当时就是备受争议的。我们回顾一下20世纪80年代《深圳特区报》的新闻报道和评论，其价值和勇气便一目了然。如：《为新光牛奶公司扩大生产规模，八家"万元户"提供无息贷款14万》（1983年8月1日头版，记者张炯光），《五十八家企业举行信任投票，一百五十一位正副经理中五个被解聘》（1985年，记者黄年），《引进"洋鸡"省了出国买"蛋"》（1985年4月22

[1] 李良荣：《中国新闻改革30年（1978—2008年）》，《中国媒体发展研究报告》2008年卷，武汉大学出版社2008年版，第129页。

日),《勿让积压商品者心安理得,蛇口推行新会计制度,商品进货半年未售出,账面价值将逐月递减》(1986 年 7 月 22 日,记者林青),《运用法律保护自己,合同制女工打赢了官司》(1986 年 11 月 17 日,记者黄年),《沙井盖屡失苦了过路人,市民呼吁加强市政设施管理》(1986 年 1 月 22 日,记者周继强、邓品霞、谢方振),《我市首次公开招聘局级干部揭晓》(1986 年 7 月 13 日,记者黄年),《蛇口举起了住房平等的旗帜》(1986 年 9 月 22 日,记者钱汉江);《承包工厂赚了大钱,百万元能否分给赵继光》(1986 年 11 月 9 日,记者卓福田、钱汉江);《首次土地公开拍卖在深圳举行》(1987 年 12 月 2 日,记者叶兆平、钟闻),《我市民主评议领导干部有结果,八名局级干部被免或降职》(1987 年 7 月 4 日,记者黄年),《我国第一家私人律师事务所在深开业》(1988 年 5 月 5 日,记者傅建国),《深圳首次拍卖"的士"牌照》(1988 年 9 月 29 日,记者邓锦良),《六个实行董事会体制的国营企业有了实实在在的人事权》(1988 年 2 月 25 日,记者傅清焕),《房价要增透明度》(1988 年 10 月 22 日,韩松评论),《在那乞丐聚居的地方——跟踪深圳街头行乞者小记》(1988 年 8 月 11 日,通讯员吴立民)。这些报道在当时都是引人注目的改革动向,给人思想观念的启迪。

外界评论《深圳特区报》在 20 世纪 80 年代是党报中的一匹黑马,在很大程度上也是对其经营模式的评价。20 世纪 80 年代,《深圳特区报》广告额始终位居全国报纸的前十名以内。1982 年 5 月 24 日《深圳特区报》的创刊彩版印刷,头版刊登广告;运用外电和外报信息,辟有国内报纸罕见的世界经济、外商征购商品、房地产等专版,面向港澳及海外发行。这些举措都为中国报业的改革探了路,做了先行者。

四、改革舆论与党报崛起(1989—1992)

(一)改革开放初期的论争

改革开放早期,围绕着"姓社"还是"姓资"、"特区要不要特"、"大特区还是小特区"、"要不要搞市场经济"等问题,党内存在激烈的论争,党报成为这种意识形态领域论争的阵地。1980 年,当时深圳罗湖小区建设指挥部副指挥骆锦星通过出租土地给外商换取建设工业区的费用,由此引发的特区"姓社"还是"姓资",特区是不是新租界的非议和责难将近三年,直到邓小平 1984 年首次到深圳视察表态后才得以暂停。1981 年发生关于"大特区"、"小特区"的论争。1985 年 5 月至 6 月，香港《广角镜》、《信报》、《南华早报》等海外媒体质疑、批判深圳特区的改革开放实验模式。同年 8 月，国内一些主流媒体刊发文章含蓄地应和海外媒体对深圳的批评。一时间"特区失败论"甚嚣尘上。1986 年，在中央建议下，深圳建成并开始实施经济特区边防线。1986 至 1993 年，深圳的变化令人炫目：住房制度、土地制度、财税体制改革、国企股份制改造、证券市场创建以及政府体制改革等，为全国和海外所瞩目。[1]

20 世纪 80 年代整个中国围绕改革开放的意识形态论争始终离不开对于深圳的评价。发生在深圳的论争不仅仅是深圳的问题，更是整个中国未来发展道路的问题。深圳党报在改革开放初期各种争议不断的情形下，基本上采取全面、客观报道改革开放的各项探索和举措，但不直接参与意识形态论争的办报策略，一方面积极发挥了改革开放的宣传报道功能，另一方面也通过"不争论"的形式保护了深圳党报的生存和发展空间。

（二）1991 年和 1992 年

1991 年 1 月 28 日—2 月 18 日，邓小平视察上海。1992 年 1 月 18 日至 2 月 21 日，邓小平视察深圳。两次视察，时隔一年。两地党报经历了不同的风波。先来看 1991 年上海的"皇甫平风波"。

1990 年 4 月 18 日，时任国务院总理的李鹏在上海宣布，中共中央、国务院同意上海市加快浦东地区的开发，在浦东实行经济技术开发区和某些经济特区的政策。在上海开始特区建设时，深圳已经进行特区建设 10 年了。邓小平从 1986 年开始，每年都来上海过春节。与往年不同，1991 年春节，邓小平频繁地走访工厂，参观企业，听取浦东开发区等各部门的情况汇报，他对时任上海市委书记的朱镕基说："浦东如果像深圳经济特区那样，早几年开发就好了。"[2] 朱镕基后来在市委办公厅第一党支部组织生活会上传达了小平同志在上海的六个讲话的精神。由当时的上海市委政策研究室处长施芝鸿，《解放日报》党委书记、副总编辑周瑞金和《解放日报》评论部主任凌

---

[1]　关于 20 世纪 80 年代围绕着深圳展开的意识形态论争，详见陈宏《1979—2000 深圳重大决策和事件民间观察》，长江文艺出版社 2006 年版；潘维主编《中国模式》，中央编译出版社 2009 年版等。

[2]　中共中央文献研究室编撰：《邓小平年谱（1975—1997）》，中央文献出版社 2008 年版，第 1325 页。

河共同策划，由凌河执笔撰写了第一篇评论《做改革开放的"带头羊"》，在 1991 年 2 月 15 日刊发于《解放日报》头版。半个月后，3 月 2 日，第二篇署名"皇甫平"、由施芝鸿撰写的《改革开放要有新思路》刊发；半个月后，3 月 22 日，刊发了由凌河修改、上海社会科学院经济研究所研究员沈峻坡撰写初稿的《扩大开放的意识要更强些》；一个月后，4 月 22 日，《解放日报》刊发沈峻坡撰写的第四篇评论《改革开放需要大批德才兼备的干部》。这些系列评论，点燃了关于"姓社""姓资"论战的导火索。国内有的媒体指责"皇甫平"文章"必然会把改革开放引向资本主义道路而断送社会主义事业"。[1]

我们再来看关于 1992 年邓小平南方视察的报道与评论。1992 年春节期间，邓小平再次到广东、上海南方视察。南方视察期间邓小平有"三不"的指示，即不接见、不报道、不讲话（指不正式讲话），故国内媒体暂时搁置报道。1 月 21 日，邓小平视察深圳的第三天，外国几家通讯社同时报道了邓小平在深圳视察的消息。2 月 4 日，上海《解放日报》刊发社论《十一届三中全会以来的路线要讲一百年》。《深圳特区报》从 1992 年 2 月 20 日到 3 月 6 日连续刊发"猴年新春八评"：《扭住中心不放松》、《要搞快一点》、《要敢闯》、《多干实事》、《两只手都要硬》、《共产党能消灭腐败》、《稳定是个大前提》、《我们只能走社会主义道路》。香港《文汇报》每天晚上都与《深圳特区报》编辑部联系，第二天在头版显著位置与《深圳特区报》同时发表每一篇评论，并且在按语中反复说明《深圳特区报》的八评"原汁原味"地传达了邓小平视察深圳重要讲话精神。这些对扩大《深圳特区报》"猴年新春八评"在海内外的影响，在海内外掀起"邓旋风"无疑起了重要的推动作用。3 月，广东报纸上刊发了大量再现南方讲话的图片、通讯和评论。3 月 12 日，新华社发布中共中央政治局讨论南方讲话的消息。同日，《深圳特区报》用头版半个版、第四版一整版的篇幅刊出记者江式高拍摄的《邓小平同志在深圳》系列照片。3 月 12 日至 4 月 3 日，《深圳商报》开始刊登"八论敢闯"：《为进一步解放思想鸣炮》、《快马再加鞭》、《防右、更防"左"》、《实事求是贵在"敢闯"》、《敢用他山之石》、《险处敢登攀》、《胸怀大局才敢闯》、《借鉴香港互利共荣》。3 月 26 日，《深圳特区报》刊登由陈锡添撰写的长篇通

---

[1] 周瑞金：《邓小平南巡前的"皇甫平事件"》，《炎黄春秋》2003 年第 9 期；周瑞金：《"皇甫平"论争》，《新京报》2008 年 10 月 9 日；凌河：《我们恰恰触碰了两个要害》，《新京报》2008 年 10 月 9 日；陆幸生：《"皇甫平"文章发表的前前后后》，《中国社会导刊》2003 年第 9 期。

讯《东方风来满眼春——邓小平同志在深圳纪实》，详细披露了小平从 1 月 19 日到 23 日在深圳的活动和讲话内容，《羊城晚报》当天予以转载。随即，国内、港澳地区和全球所有主要新闻媒体均全文转载或发表消息、评论。接着《珠海特区报》与《南方日报》先后发表长篇通讯，报道了小平从 1 月 23 日到 29 日巡视珠海的详情和多次鼓舞人心的谈话，这些报道在全国起了正本清源、再掀波澜的作用。

（三）　深圳党报的特殊角色

成功推动中国改革开放峰回路转的舆论导向的历史机遇为何交给了深圳党报？一位美国著名政治评论家这样评论道："邓小平是只身在北京疾呼改革遭遇冷落，擂鼓上海又被'左派'夹击围攻的无奈下，才决然挺进深圳发动第二次南行的。……第二次南行不仅改变了深圳四面受压的窘境，至关重要的是骤然重组了当时中国的政治生态。"

南方讲话的宣传效果得益于深圳报纸的宣传策略与报道文风。在陆续发表"猴年新春八评"的前一天（2 月 19 日），《深圳特区报》预发了一篇消息，提示次日会发表重要评论，并将"八评"的题目依次登出。时任《深圳特区报》社长的区汇文说："题目本身就告诉人家，这不是我们这些秀才说出来的。加上小平同志刚走，别人更容易猜到这里面肯定是传达了小平同志讲话的精神。"[1]"猴年新春八评"和"八论敢闯"短小精悍，每篇均不超过 1200 字，标题直接采用邓小平原话，掷地有声，气魄很大，又很干脆，很口语化。行文打破了政论中常见的说教，不写长句子，不说空话套话。《东方风来满眼春》则采用抒情的笔法，再现了老人睿智的长者形象。通讯与评论，一文一武，确保了南方讲话宣传的效果最大化。

显然，只有深圳这个中国第一个经济特区，才是传播南方讲话的最佳语境。1992 年，上海浦东开放才刚开始，改革力量尚在萌芽。与上海这座百年老城市相比，深圳这座新兴城市没有任何负担，那么单纯而又勇猛，是最容易被政治塑形的。深圳是吃改革饭长大的。"要搞快一点"、"要敢闯"这些话也许放在年轻的深圳才最贴切。在 1980 年代风头十足的深圳到了 20 世纪 90 年代初，一度被指责为"和平演变的前哨"。深圳股市从 1990 年 12 月到 1991 年 8 月连续下跌 9 个月，总市值损失 8 亿多，市场一片恐慌。可以想象，在这个关头，邓小平来到深圳，令深圳上下多么惊喜！

---

[1]　区汇文：《"八评"的写作经过及我们的体会》，《岭南新闻探索》1992 年第 2 期。

南方讲话在"改变了深圳四面受压的窘境"的同时，也凝聚了深圳改革的精神传统。蛇口在早期创业时，提出了"实干兴邦、空谈误国"、"时间就是金钱、效率就是生命"的口号，也创造了舆论批评、积极参政的新风气。"邓小平了解意识形态的争论可能会引发党内权力斗争，因此提倡'不搞争论'。"[1]"不搞争论"既是一种改革开放的自我保护，更是新形势下对"以实践为检验真理的唯一标准"的策略性运用。用当时的评论的话说："经济发展了，国力增强了，各种问题都能迎刃而解。"[2]邓小平"不搞争论"的策略恰好与深圳原有的"实干兴邦、空谈误国"的民间智慧不谋而合。由此，深圳的精神气质强化了崇尚实践的特点。深圳改革开放的实践与"敢闯"、"敢干"成为同义词。"猴年新春八评"、"八论敢闯"和《东方风来满眼春》有一个共同的特点，就是以深圳的经验，论证了改革开放中要敢闯敢干的中心思想，论证了南方讲话的合理性。如《要敢闯》一文，先后列举了首拍土地使用权禁区、首行基建工程招标盲区和首碰物价改革难区等深圳改革成果。《东方风来满眼春》中，开头就插入邓小平 1979 年肯定特区规划和 1984 年视察深圳的背景，今昔对比，清晰地浮现出深圳发展的轨迹。

20 世纪最后 10 年，深圳党报始终扮演着不同于其他地方党报的特殊角色。《东方风来满眼春》的作者陈锡添谈到一个非常有意味的故事："湖南的一个市委书记曾对我说，他就看《深圳特区报》，只要你报道深圳有一个新政策出台，并且下次还有报道，他就去做了，不用问了。"[3]深圳党报成为各地把握改革开放政策导向的舆论风向标。

五、经济转型与市场化报业（1993—2000）

（一）城市化运动

1992 年，深圳开始第一次大规模的特区内的城市化运动，将特区内的农村一次性

---

[1] 罗金义、郑宇硕编：《中国改革开放 30 年》，香港城市大学出版社 2009 年版，第 5 页。

[2] 《扭住中心不放松》，《深圳特区报》1992 年 2 月 20 日。

[3] 王永亮编著：《传媒思想：高层权威解读传媒》，中国传媒大学出版社 2005 年版，第 89 页。

全部转化为城市，共涉及 68 个行政村、1 个农场和 4 万农业人口。1993 年，深圳将所辖的特区外的宝安县一分为二，设立宝安、龙岗两个行政区，市区面积由 331 平方公里变为 2020 平方公里。农村城市化之后所产生的土地部分成为"三来一补"（来料加工、来样加工、来件装配和补偿贸易）企业的聚集地。1995 年，深圳政府提出"第二次大创业"，要将深圳建设成为高新技术产业基地、区域性的金融中心、信息中心、商贸中心和旅游胜地。伴随着第二次大创业进行的产业结构调整初见成效，呈现出高新技术产业、物流业、金融业为主导的产业格局。城市化运动和产业调整带来了深圳 GDP 的高速增长。1990 年，深圳 GDP 为 1716661 万元，1991 年增至 2366630 万元，1995 年增至 7956950 万元，1999 年增至 14360267 万元。实际上，深圳的高新技术产业和物流业仍依托于电子制造业、交通业等劳动密集型产业。

为了适应这种经济产业结构的需求，大批的流动人口涌入深圳，这一时期深圳人口呈现出明显的年轻、以移民为主、流动性强、教育程度偏低的特点。根据我国第四次人口普查（1990 年 7 月）和第五次人口普查（2000 年至 2001 年间）的统计数据，在 20 世纪 90 年代的 10 年间，深圳人口密度增长了 3.46 倍，从 1990 年的每平方公里 825 人增加到 2000 年的 3597 人，人口密度仅次于北京。因流动人口不断迁入造成年均 14.91% 的人口高速增长。2000—2001 年，流动人口总数已达 677.21 万人。暂住人口占总人口数的 83.45%，人口年龄平均 25.37 岁，受过初中及以下教育程度的人口比例高达 66.52%。

在高速城市化进程中，外来人口的增多必然导致文化异质性因素的增多，进而引发多种文化的碰撞和冲击，移民城市的文化建构将直接影响到流动人口的身份认同和心理归属感，这便产生了建构城市文化的迫切需求。

（二）自上而下的城市文化建构

深圳"经济特区"的身份属于政策性定位，城市发展的机遇多来自政策倾斜，政策性主导不仅主导了城市的经济规划和制度建设，也辐射到文化教育领域，从而使得深圳文化的发展始终呈现出"自上而下"的特点。

1994 年，《深圳特区报》举办了历时三个月的"我看深圳"公众讨论，围绕深圳如何增创新优势这一中心议题展开了广泛的讨论。与此同时，《深圳商报》、《深圳晚报》发起"怎样做个深圳人"的大讨论。1995 年 11 月，《深圳商报》开展"以什么样的姿态投身二次创业"的大讨论。1997 年 2 月，《深圳特区报》又开展持续 4 个月的"我为深圳树形象"的大讨论。这些讨论议题的设置对于建构深圳城市文化来说，显然是最核心的。《深圳商报》这样总结这些讨论，"把大讨论变成了群众自己教育自己的大课堂"[1]。

在深圳数以百万计的外来人口中，大部分都忙碌在工厂的流水线上，文化水平偏低的现状使他们很难拥有话语权，对这个庞大群体的关注完全依靠城市的自省精神和人文关怀，这也是深圳媒体在建构城市文化时一个特殊的任务。在 20 世纪 90 年代深圳报业自上而下的城市文化建构中，《深圳商报》非常敏锐地抓住了这个群体，积极拓展了城市文化的内涵。

《深圳商报》在 1991 年复刊后，以大型调查为突破口，迅速打开局面。1991 年 1 月，《深圳商报》会同深圳市政府有关部门，组成联合调查组，从 1991 年 1 月 5 日起，连续发表 8 篇关于百万深圳"打工仔"的调查报告，响亮地发出"应给他们竖座丰碑"、"必须维护临时工的合法权益"的舆论呼声，引起全社会的关注，同时发表《全社会要关心临时工》的署名言论，依据调查结果，提出"集体输入，定期轮换"、"控制数量，稳定队伍，提高素质"的临时工管理工作新对策。1992 年《深圳商报》的"深圳边界行"自行车采访中，走访的 20 多个镇，34 个行政村，12 个自然村，15 个企事业单位，30 多个农家、渔户、果场、鸡寮、蚝滩也均集中于深圳社会下层区域。1995 年 2 月 16 日—8 月 6 日，《深圳商报》抓住"在全国相对富裕的深圳依然存在着贫困的村镇"的现象，派出 7 名记者深入深圳市两个区 18 个镇、152 个行政村、306 个自然村进行调查专访，然后将调查结果发表在《深圳商报》头版"山区百村行"专栏中，从报道题目便可窥见其文化关怀和建构思路，如《板田村的头疼事》、《上塘村内卖果难》、《西冲的红树林》、《沙田盼净水》、《桥！桥！桥！》、《西田的"生命"路》等。在实地调查结束后，采访组长记者汪博天连续写出 6 篇深度报道：《扶贫要先扶志》、《土地"大开发"后的苦恼》、《自营企业：千呼万唤始出来》、《"大旅游"不是梦》、《教育：一块难嚼的"馍"》、《庭院经济何以萎缩》。

---

[1]   高兴列主编：《深圳商报的探索与拓展（下）》，新华出版社 1998 年版，第 1024 页。

（三）政府规制下的报业市场

深圳市政府自上而下的城市文化建设主要表现在着眼国内外的宏观视角，立足于用文化产业促进产业升级、拉动经济发展的思路。报业作为文化产业的重要组成部分，自然进入了这种自上而下的规划中。《深圳精神文明建设"九五"规划》提出，深圳要增创文化优势，创造有深圳特色的社会主义文化，实施"科教兴市"战略和文化建设工程，计划并开始增建"新八大"和"新六大"[1]文化设施，努力把深圳建成"现代文化名城"。[2]

在政府推动下，特区报业大厦于 1997 年 6 月 29 日落成。一位美国老报人说：这是中国报业走向世界的象征。从 1992 年起，市委、市政府对《深圳特区报》和《深圳商报》实行经济独立核算、自负盈亏，停止财政补贴。深圳报业的市场化由此开始。学术界普遍认为，在报业市场化过程中，必然面临着中国新闻事业喉舌与商品双重属性的冲突。面对这种冲突，报纸不约而同地选择了"存量不变"，即保存报纸的宣传功能，集中力量"增量改革"，通过扩版、创办子报等渠道增加新的新闻类型，吸引广告，增强经营能力。

这一时期形成了以市委机关报《深圳特区报》和市政府机关报《深圳商报》这两大综合性日报为龙头，既有日报，又有晚报，并辅以多种行业报、专业报的报种齐全的报业竞争格局。竞争引发了报业发展的"深圳速度"。先来看特区报。从 1993 年到 2000 年，8 年时间《深圳特区报》广告收入增长近 10 倍，年广告收入从千万元增至 6.8 亿元，国有固定资产从 3000 万元增值至 20 亿元，净资产从 1.296 亿元增至 8.21 亿元，进行了近 10 次改版扩版，从对开 4 版变为对开 40 版，收购并创办了四份报纸和一份杂志。1999 年 10 月，经国家新闻出版署批准，正式挂牌成立中国经济特区第一家报业集团——深圳特区报业集团。再来看《深圳商报》的快速发展。《深圳商报》从 1991 年到 1997 年，6 次扩版，从周二刊发展为日报，从日报 4 版发展到 1995 年 16 版，1997 年 20 版。从 1991 年到 1995 年，发行量增长了 80 多倍，1996 年比 1995 年增长 57%，1997 年比 1996 年增长 41.4%，1998 年比 1997 年增长 78%，突破 35 万份。

---

[1] "新八大"和"新六大"是对深圳 1992 年后增建的一系列文化设施的概括。"新八大"包括：关山月艺术馆、深圳画院、深圳书城、深圳特区报业大厦、深圳商报大厦、深圳有线电视台、华夏艺术中心、何香凝艺术馆；"新六大"包括：深圳少年宫、深圳电视中心、深圳图书馆（新）、深圳音乐厅、中心书城、现代艺术中心。
[2] 陈宏在：《中国经济特区的精神文明建设（深圳卷）》，中共党史出版社 2003 年版，第 281 页。

在创办子报子刊上,《深圳商报》抢占市场先机,于 1994 年创办《深圳晚报》。商报社后来收购的《焦点》杂志、《深圳画报》、《深圳科技》杂志、《新闻知识》杂志、《企业市场报》(后更名为《深圳都市报》)。《深圳特区报》于 1995 年创刊《深圳青少年报》,1997 年创办新中国第一份地方英文日报 Shenzhen Daily,1998 年收购《车报》(后更名为《深圳汽车导报》)。《深圳特区报》创办的《深圳风采周刊》在 1998 年 7 月 1 日大举进军内地市场,采用低价销售策略很快打开市场,在报业跨区域经营上进行了较好的尝试。

基于政治优势和地理优势,《深圳特区报》在外资进入中国传媒领域、合资办报上有一些大胆举措。1994 年 3 月 18 日,《深圳特区报》与香港星岛集团属下的星岛(中国)有限公司联合组成董事会,试刊经济科技报纸《深港经济时报》,出版 6 大张,分香港版、深圳版。1995 年 10 月 12 日,由星岛有限公司注册、与《深圳特区报》合办的《深星时报》开始在香港出日报。初期的两个版由《深圳特区报》供稿,向香港读者提供经济及科技信息。《深星时报》沿用类似于当时深圳流行的"三来一补"的三资企业运作模式,只能向外出口,不得对内销售,因此成为内地唯一一家获得批准的中外合资传媒。1998 年 9 月 25 日,由《深圳特区报》认购《深星时报》51% 的股本权益。《深圳特区报》取得《深星时报》的控股权。瑞士荣格集团与深圳工业区的《投资导报》中的一个版面合资合办《投资导报·财源周刊》。在报纸版式上,引进大彩印、大特块、大专题、大头像、大照片的理念,冲击了当时中国内地的报业,引领了报纸版面设计,同时,该报也带来了市场细分化的概念。1996 年 3 月,《深圳特区报》正式收购《投资导报·财源周刊》。

在报业经营上,《深圳商报》自 1998 年开始,试行"报邮联合发行",1999 年改为"自主发行为主的报邮联合、自主发行",在全市设立 50 多个发行站。《深圳特区报》于 1997 年成立深圳特区报业发行有限公司。1998 年开始自办发行,形成了遍及100 多个城市 600 多个发行站点的发行网络。《深圳特区报》在这一时期,依托自身的政策和权威优势,敏锐快速地抓住了房地产广告市场,很好地稳定了报业收入,积极拓展上市公司、银行、金融、汽车、家电等行业广告市场。

《深圳特区报》于 1995 年 4 月 12 日安装了两套由日本引进的具有 90 年代世界先进水平的印刷设备。全部采用电脑控制,设计生产能力为两套设备每小时印刷可套色(红绿)双面 2 开 16 版报纸 24 万份,成为我国目前技术最先进的印刷厂。《深圳特区报》与《深圳商报》均于 1998 年联网,在全国报业率先实现编采全程电脑化。

（四）新闻专业主义的显现

深圳报业中的新闻专业主义精神是被 1993 年 "8·5" 火灾中两声响彻全市的巨大爆炸声震响，又在 1994 年 "7·22" 和 "8·6" 大洪水中得到升华的。1993 年 8 月 5 日中午，深圳清水河仓储区的安贸危险品储运公司堆放危险品的仓库发生强烈爆炸。当时，按照以往的新闻宣传以正面宣传为主的惯例，灾难报道，不应报道伤亡和受灾程度，而应集中报道救灾和英雄事迹。曾经写作《东方风来满眼春》的资深记者陈锡添后来回忆道："我当时很激动，甚至有点失态。我当时还是副总编，便对总编辑说，老总，你授权给我，我明天准备被撤职，不干了。除非你授权给我，让我来安排，我今天一定要按真实的情况写。"[1]《深圳商报》摄美部在这次爆炸中表现尤为突出，第一声爆炸声震动了报社内所有午休的人。摄影记者赵青迅速背起摄影包，赶赴现场。赵青冲向距离大火 20 米左右的最前沿。据当时现场消防员赵裕光回忆，当时离大火最近的只有 6 个人，其中只有一个摄影记者，就是赵青。就在赵青紧急拍摄时，下午 2 点 28 分，第二次爆炸发生了。赵青被石块钢筋和黄土埋住了。赵青在医院醒来后的第一句话是："杨局长他们怎样了？"见到报社老总高兴烈时的第一句话是："高总，我的照相机被炸烂了。"当时赵青留下了第一次爆炸后的火灾现场 25 张彩照、10 张黑白照。[2]1994 年 "7·22" 和 "8·6" 抗洪救灾中，赵青在脚伤尚未痊愈时，冒雨涉水冲到水灾现场，站在泥水中拍摄近 5 个小时。姜凌涛、张小禹、冯明兵等摄影记者不顾生命危险，走遍了深圳大大小小的受灾区域。

20 世纪 90 年代初期，深圳出现了近十种各种经营形式的小报，如广东白马广告公司与深圳文联合办的《焦点》杂志（月刊）、由深圳市新闻出版局主管的《深圳画报》（月刊）等。1993 年，深圳南山区委主办《南山区报》、深圳南山区委与国务院特区办合办《开放日报》、南山区粤海街道办事处主办《街道》杂志等。[3]

从 20 世纪 90 年代深圳报业的总体格局来看，基本呈现出市委机关报和市政府机关报两份党报主打天下的局面。《深圳晚报》始终凸显 "短、广、软、近、杂" 的特点，而内地在 20 世纪 90 年代中期就掀起了都市报的创办热潮。同为大众化的办报思

[1] 陈锡添：《不唯上，只唯实，岂只写东风？》，王永亮编著：《传媒思想：高层权威解读传媒》。
[2] 《深圳商报通讯》1993 年第 4 期。
[3] 刘勇：《媒体中国》，第 205—211 页。

路，都市报尤其突出民生新闻、大众娱乐新闻和舆论监督的导向。然而，这一时期的深圳报业格局中，都市报始终缺席。即便到了 2001 年 3 月份创刊《深圳都市报》，依然定位为"市民信息服务类"报纸，失去了都市报的特色。一直到异地媒体《南方都市报》强力出击深圳市场后，深圳报业集团推出了类似于都市报定位的《晶报》，深圳本地报业格局中都市报缺席的局面才得以打破。

六、"后特区时代"和报业集团化（2000—2010）

（一）"后特区时代"的到来

30 年来，深圳产业发展的轨迹始终是非常清晰的。从第一个 10 年的"香港—深圳、前店—后厂"模式为代表的来料加工、世界工厂，到第二个 10 年的高新技术产业、物流业、金融业迅速增长，再到第三个 10 年的高新技术产业、物流业、金融业、文化产业等四大支柱产业格局的形成，都是深圳地理位置、劳动力特征的自然结果，亦是政府战略规划推动使然。

1997 年香港回归后，深圳基本完成了促进香港顺利回归和维护香港繁荣稳定的历史使命。2001 年中国加入 WTO，深圳经济特区享有税收优惠政策违背 WTO 原则的质疑便开始了。深圳能否继续作为中国的经济特区，能否继续享有各种政策优惠，能否继续保留区域性金融中心的地位？ 特区"特"不"特"？还要不要"特"？怎么"特"？ 对此，政府是有清晰的认识的。"如果说，前 20 年深圳在建设和发展方面处于领跑者的位置，那么，今天深圳面临的是群雄环视、你追我赶的激烈竞争局面。""深圳不可能再有政策优势，地缘优势也有很大的弱化，生活指数、商务成本都比较高，因此必须进一步增强忧患意识和危机感。放眼国内外，且不说远处的'京津唐'和'长江三角洲'，就在周边，新一轮城市竞争已经打响。与深圳毗邻的东莞飞速发展，由一个 20 万人口的小城市迅速发展成为加上外来人口几近数百万的大城市。不用说广州，要不了多久，有人预测东莞就有可能与深圳并驾齐驱。"[1]

2003 年深圳市委三届八次全体（扩大）会议提出，用 20 年左右的时间把深圳建

---

[1] 《学习贯彻市委市政府工作会议精神系列述评之五》，《深圳特区报》2002 年 11 月 1 日。

成国际化城市。2004 年 3 月市委又提出："大力实施文化立市战略，努力把深圳建设成为高品位文化城市。"

伴随着经济的飞跃式增长，土地日渐成为稀缺资源。"在深圳 2020 平方公里的土地中，可建设用地为 767 平方公里，在短短 20 年中，就已开发 500 多平方公里，仅剩的土地只能开发 10 年。"[1]2003 年底，深圳开始了声势浩大的第二次城市化运动，梳理被称为"城市毒瘤"的关内城中村，将关外的宝安、龙岗两区城市化。与此同时，深圳的房地产价格随着土地的紧缺而一涨再涨。最近，在国务院 2009 年 5 月正式批复的《深圳综合配套改革试验总体方案》中，深圳经济特区今后将可能覆盖整个深圳，扩大后的特区面积是目前的 5 倍，从 396 平方公里增加至将近 2000 平方公里，相当于新加坡总面积的约 3 倍。

如果说 20 世纪 80 年代和 90 年代，人们艳羡深圳不断创造出多个"全国第一"的经济奇迹，那么 2000 年后，人们看待深圳的眼光逐渐有些异样。不少负面新闻报道连续出现。如 2002 年"无病检出性病"的医疗诈骗，2003 年、2004 年的砍手党和砸头党抢劫案，2005 年宝安区发生的保安群殴孕妇、吸毒男摧残发廊妹、建市以来最大的恶性交通事故，2008 年的南山区"2·27"火灾、龙岗区舞王俱乐部火灾，2009 年时任深圳市长涉嫌违纪落马、小学生遭绑架勒索案等等。一系列引起舆论轩然大波的事件报道，彰显出深圳发展过程面临的新的矛盾。

中国的改革开放模式不是完美的，在创造经济发展奇迹的同时，也带来了环境、道德、社会关系、教育、医疗、社会福利等诸多层面的矛盾。新闻传媒能否有效发挥监督环境、协调社会、缓解矛盾、整合社会的功能，成为我们考察这一时期深圳报业的重要视点。

（二）报业在传媒文化产业链中的位置

小渔村可以一夜变为大都市，一穷二白可以暴富，然而，文化却不能。图 3 是 2004 年深圳各类文化产业总产值和增加值比较图。通过比较可见，在当时深圳文化产业的总体结构中，印刷复制业独占鳌头，传媒业与文化娱乐、旅游业所占比重明显偏低。

---

[1] 陈文定：《深圳这些年：一座被"筹谋"的先锋城市》，中国发展出版社 2010 年版，第 109 页。

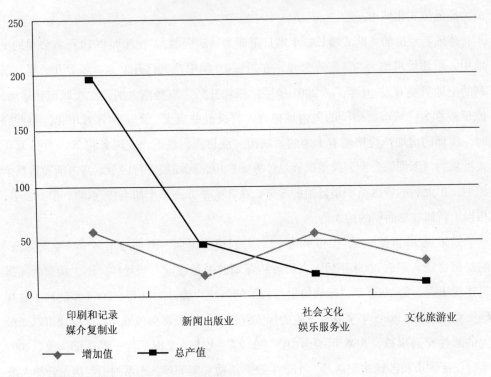

图3   2004年深圳市各类文化产业总产值和增加值比较

数据来源：李明伟：《深圳传媒业的发展与文化产业链的构建》，《深圳大学学报》2007 年第 5 期。

　　治理深圳文化产业的结构失调，药方未必如研究者所设想的那样简单："深圳传媒业只有既从内部进行整合创新，又在外部加强与其他文化产业之间的融合联动，才能实现自身快速发展，促进深圳文化产业的结构调整和文化产业链的构建，带动深圳文化产业从深圳制造向深圳创造转变。"[1] 从文化产业的三大体系环节（内容创作、制作生产和复制、发行零售和设备）来看，制作生产和复制、发行零售和设备这两大环节依托于深圳发达的制造业和高新技术产业是容易发展的，然而内容创作是由纯文化积淀、创意灵感等非工业、非技术的成分主导的。文化产业与纯文化是互动共生、唇齿相依的。只有从根本上推动纯文化的生长，才能彻底突破深圳文化产业和传媒产业发展的瓶颈。

　　深圳报业的产业属性和意识形态属性在 2000 年后有了进一步的增强。2002 年 9 月，

---

[1] 李明伟：《深圳传媒业的发展与文化产业链的构建》，《深圳大学学报》2007 年第 5 期。

在市委市政府的推动下,《深圳特区报》和《深圳商报》合并成立深圳市内唯一的"深圳报业集团"。行政的规制力量再次发挥了整合区域报业市场的作用。然而,深圳面临的是新闻传媒属地管辖体制松动的新局面。从全国范围来说,新闻体制改革的步伐加快了。2000 年,隶属于广东南方报业集团的《南方都市报》正式进军深圳市场,导致了深圳报业市场格局的重组和新的竞争态势。但是,"'南都'没有投入资金进行异地发行的渠道建设,而是依赖于原有报纸、包括竞争对手的发行渠道,因此遇到了市场的门槛"[1]。

异地报纸在深圳发行,深圳报业也采取了向其他异地发行扩张的战略。看来仅仅依赖行政管辖属地原则来划定报业的市场范围是不符合潮流的。《南方都市报》发行风波 3 个月后,1991 年 8 月 1 日,深圳报业集团认识到都市报的缺位必然带来深圳报业市场的"真空",于是,采取都市报定位的《晶报》正式面世。新一轮的报业竞争开始了。

(三) 深圳报业集团化之路

2002 年 9 月 30 日,《深圳特区报》与《深圳商报》合并,集团更名为"深圳报业集团"。目前,该集团旗下持有 10 份报纸、5 份杂志、5 个网站和 1 家出版社,资产52 亿元,是国内经营规模最大、现代化水平最高的报业集团之一。集团采用"统分结合"的基本管理、运营模式。成立集团后,原有四大报的基本定位作出调整,《深圳特区报》作为党报,以严肃的综合性报道为主要内容,同时担任向国内其他地区宣传深圳的角色。《深圳商报》偏重经济报道,《晶报》偏重社会新闻,《深圳晚报》偏重社区民生新闻。

《深圳特区报》经过近 30 年的积累,已经形成较为稳定的新闻生产模式。根据复旦大学王博一宝对《深圳特区报》2007 年新闻的内容分析[2],在全部新闻中,政府工作和经济活动类新闻占 55.8%。(详细数据见表 3)《深圳特区报》中政府工作类新闻

---

[1] 刘劲松:《报业跨地区经营六大难题解析——以〈南方都市报〉为例》,见于广东省普通高校人文社会科学研究重大项目"'9 + 2'背景下报业市场组织的格局:历史、现状和选择"的结项报告《制度变迁视野里的报业市场格局》(葛岩等撰),深圳大学传媒与文化发展研究中心完成,第 91 页。

[2] 王博一宝认为,由于周末的《深圳特区报》,没有特刊和副刊,并且正刊版数也较少,所以内容分析选取 2007 年非节假日的新闻版作样本库,从中随机抽取 50 个样本,对这 50 份报纸的 905 篇新闻进行统计分析。

和经济活动类新闻均呈现出极为突出的政府立场。在占总新闻量 22.65% 的经济报道中，70.7% 的报道以政府为主体。[1]

表3   2007年《深圳特区报》新闻抽样分类

新闻类别	政府工作	经济活动	社会民生	环境安全	文化教育	焦点新闻（奥运报道、特区报周年庆等）
报道数量	301	204	152	103	100	45
百分比(%)	33.15	22.65	17.13	11.06	11.05	4.97

数据来源： 王博一宝：《报纸对都市文化的表达与建构——〈深圳特区报〉个案研究》，复旦大学 2008 年硕士论文。

从政府立场出发，宣传政府政策和公共服务，是主张"政治家办报"的党报的一贯做法，本无可厚非，但是，《广州日报》、《南方日报》等党报近年来在政务报道上有很大的改进，尤其是《广州日报》在探索报道角度的独立性上颇见成效。即使是政务报道，也有意识地显示出了不简单等同于政府和群众的新闻专业立场，这使得原本枯燥的政府报道有了浓重的平民和专业气息。如果说，在 20 世纪八九十年代，新闻改革要冲破"左"的和僵化的意识形态罗网，到了今天，深刻的社会发展和社会矛盾复杂交织，新闻改革也更加进入到观念和体制的深水区。我们需要反思的是，在 20 世纪成就了我们的改革开放事业的实用理性，能否继续担当新闻改革的精神动力？

党报的特定性质和使命要求她将党和政府立场以及广大老百姓所关注的问题有机结合起来。《深圳特区报》的改革动向最明显地体现在 1995 年 3 月创办的"鹏城今版"。鹏城今版主要以本地社会新闻为主，始终位于特区报副刊的头版。在 2001 年至 2008 年的 4 次改版中，鹏城今版所占的版面比重越来越大。鹏城今版的社会新闻中几乎每天都以调查型的深度报道做头版头条，比如 2007 年 3 月 13 日的鹏城今版头条《"分时度假"为何骗局不断》，就用一个半版面对甚嚣尘上的骗局进行深入调查，并咨询多方专家和政府管理部门。又如，2010 年 4 月 12 日的鹏城今版头条《连片违建铁皮房竟成"工业区"》针对宝安西乡数万平方米的违建铁皮厂房长期私自租售的情况进行调查分析。鹏城今版作为《深圳特区报》的特色栏目，在党报"探求大众化的

---

[1] 王博一宝：《报纸对都市文化的表达与建构——〈深圳特区报〉个案研究》，复旦大学 2008 年硕士论文。

新路"[1] 上作出了积极的拓展。

这一时期的《深圳商报》转而定位为"经济文化大报",但这一定位并不明晰,始终在综合性日报与经济文化报之间艰难地徘徊。在 2008 年、2009 年两次深圳报纸覆盖率调查中,《深圳商报》均在《南方都市报》、《深圳特区报》、《晶报》、《深圳晚报》之后屈居第五位。

2001 年 3 月 15 日由深圳商报社创刊的《深圳都市报》定位为"21 世纪都市人的生活消费服务手册。……发行方向以深圳及珠三角一带新兴都市群为主、以香港为辅的现代都市人群";"报纸的核心内容是提供多方面、多层次、多领域的信息资讯,并尽可能为读者排忧解难,提供全方位的生活消费服务;报纸的编辑方针是:提倡实用性、保证准确性、突出必读性、体现创造性"。[2] 在深圳报业市场激烈争夺各种政治新闻、社会新闻、市井新闻、文化新闻之时,《深圳都市报》另辟蹊径,将视点转向都市白领生活消费领域,体现了报业市场的细分化。该报在发行量最大时曾一度达到30 万份。然而,7 年后,2007 年 1 月,这一报纸休刊,从此在深圳报业市场上消失了。来自北京的《瑞丽》杂志、深圳市妇联主办的《女报》等杂志开始稳定地占据生活消费服务类报刊这一市场。曾经在 20 世纪 90 年代名震一时的《深圳晚报》开始走下坡路。2009 年 8 月 18 日实行晚报早发,全面改版。改版后,发行量和广告收入略有改善,其后续发展仍有待观察。

(四) 跨地区经营与深圳报业市场格局的转变

1999 年初,《南方都市报》进入深圳市场,凭借深圳新闻专版和"人在深圳 20年""ABA 诈骗案"等影响一时的报道,《南方都市报》在深圳的发行量由当年年初的几千份,迅速攀升至半年后的 4 万份,并取得了两个第一:深圳外来报刊中发行量第一,深圳零售市场第一。《南方都市报》在深圳的成功,一时引来众多媒体追随。《广州日报》在深圳的采编力量猛增至 30 多人。《新快报》也在深圳布下重兵。《羊城晚报》则推出了粤东版。一时间,深圳报业市场大有乱云飞渡之象。……2001 年至今,除了《南方都市报》在深圳站稳了脚跟,其他集团在深圳的扩张全都

---

[1]　黄小榕:《探求大众化的新路——深圳特区报〈鹏城今版〉的新闻实践》,《中国记者》1996 年第 11 期。

[2]　闻汇:《打有准备之仗——〈深圳都市报〉的创刊及论证准备过程》,《中国记者》2001 年第 7 期。

"铩羽而归"。[1]

在 21 世纪的第一个 10 年中，深圳报业市场的竞争主要集中在《南方都市报》与《晶报》之间。一个是异地报纸，另一个是本地报纸，有差异的办报背景和办报理念，造就了不同的新闻生产策略。

《晶报》是都市报中的后起之秀。"创刊不到两个月，零售量就突破 20 万份大关；创刊不到半年，发行量就突破 50 万份……2001 年创刊当年即实现广告销售收入 3000 万元，第二年即突破亿元大关，2003 年广告销售收入达到 2.97 亿元，2004 年的广告收入比上年同期逐月保持着 50% 的增幅。"[2]《晶报》的"深圳速度"在很大程度上来自深圳报业集团的强力推动。《晶报》初创时，从 8 月 1 日到 10 月 21 日近三个月时间采取随《深圳特区报》附送的方式营销。一份报纸要真正打开市场，往往要以一些重大新闻事件为导火索。《晶报》真正立足市场是在她创刊 40 多天后，恰逢"9·11"事件。国内媒体受临时新闻政策的限制，最初没有集中报道。在这种背景下，《晶报》在 2001 年 9 月 12 日用 24 个版的"美利坚被炸"专题压倒国内所有报纸，一举成名。在《晶报》的发展过程中，集束式的、深度的国际新闻、体育新闻、历史人物报道发挥了重要的作用。在国际新闻报道方面，继"9·11"事件之后，《晶报》陆续推出《漫漫入世路》特辑（11 个版，以人物为主线，2001 年 11 月 11 日）、《伊拉克战争》系列特别报道（2003 年 3 月 20 日—30 日）等影响较大的报道。在体育报道上，2006 年世界杯期间，《晶报》特派记者飞抵德国进行了为期 34 天的世界杯报道，6 月 10 日—7 月 11 日，每日推出 8—16 个版以上的《脚打世界杯》专辑。在历史人物报道上，2001 年 10 月 16 日推出《少帅张学良病逝》大型纪念特辑，2002 年 2 月 19 日、20 日连续两日推出《缅怀一代伟人——纪念邓小平逝世 5 周年》特别报道，2002 年 12 月 28 日（沈从文诞辰 100 周年纪念日）推出专题《百年从文》，2003 年 10 月 25 日，推出《美丽与哀愁——百年宋美龄漫漫人生路》专题。2005 年 10 月 19 日（巴金逝世），推出"怀念巴金特辑"。2003 年 1 月 6 日，《晶报》推出新"深圳精神"特别报道。2005 年 8 月 25 日，纪念深圳经济特区成立 25 周年，《晶报》推出特辑《光荣与畅想》。2005 年 10 月 26 日，深圳获"全国文明城市"称号，《晶报》推出《点点

[1] 《报业跨地区经营与定位创新之道——"南方报业北伐"之〈新京报〉案例》，见于广东省普通高校人文社会科学研究重大项目"'9 + 2'背景下报业市场组织的格局：历史、现状和选择"的结项报告《制度变迁视野里的报业市场格局》（葛岩等撰），深圳大学传媒与文化发展中心完成，第 103—104 页。

[2] 庄向阳：《晶报——嫁接在一个特殊构想上的奇迹》，《新闻天地》2005 年第 3 期。

滴滴感受文明深圳》专题报道，并发表社评，深化了对"深圳精神"的诠释。

《南方都市报》初入深圳时，以典型的"小报"三"xing"——性、腥、星——为主打内容，迅速扩大发行量，抢占市场。但作为异地新闻媒体，只有真正介入当地政治、经济和社会发展，反映民生，才能真正实现新闻报道的本地化，跨区域经营才有可能根深蒂固。与《晶报》着力国际新闻、体育新闻和历史人物报道的模式不同，《南方都市报》深圳新闻版显示出清晰引导城市决策、建构城市文化的思路。《南方都市报》甫入深圳，恰逢深圳纪念改革开放 20 周年。本地报纸都策划了气势恢宏的大型讴歌篇章，《南方都市报》却出人意料地推出《人在深圳 20 年》大型纪念特刊，把宣传改革开放与建设城市文化巧妙地嫁接起来，凸显了人文关怀。《南方都市报》这一策略为自己埋下了在深圳生长的种子。

《南方都市报》突破媚俗倾向的机缘直到 2002 年 11 月才出现。2002 年 11 月，洋洋洒洒 1.8 万字的网文《深圳，你被谁抛弃》轰动朝野，引爆整座城市的集体情绪，引发全国讨论。2003 年 1 月 7 日，《南方都市报》以"深圳，你被抛弃了吗？"为主题，用 7 版的篇幅率先抛出了对网文所提及的 10 个问题所作的深入调查。继而又促成了 2003 年 1 月 19 日网文作者呙中校与时任深圳市市长于幼军的对话，开中国内地"省部级高官与网民对话之先河"。"2003 年 4 月和 5 月，深圳市的区级人大代表选举中，出现了 10 例值得关注的、具有竞选性质的，或者是反映了目前转型期社会特点和特区特点的故事。……媒体在这次竞选中发挥了巨大的作用，这可以用'启示效应'四个字概括，因为媒体在传递信息的同时，也传递了行动。深圳竞选故事传开后，引起国内外多家媒体的关注。其中对此一直进行跟踪报道的主要是《南方都市报》。……4 月 22 日《南方都市报》开始报道肖幼美的故事，5 月 8 日又报道了麻岭选举延期事件。从此时起，国内外多家媒体开始陆续派出记者来到深圳。王亮先生当选的事情在 5 月 21 日被《中国青年报》和香港《文汇报》披露后，22 日他的学校和文章作者邹家健一共接受了 30 家媒体的采访。"[1]

2003 年是《南方都市报》在深圳发展最关键的一年。在这一年中，她敏锐地抓住了报纸成长的契机，巧妙地通过自身的报纸平台，将政府行为与在这一年中频繁出现的民间的、通过互联网反映出的民主诉求嫁接在一起。应当承认，《南方都市报》推

---

[1] 黄卫平、唐娟、邹树彬：《深圳市区级人大代表竞选的过程、特点、意义及问题》，2003 年深圳区级人大代表竞选案例学术研讨会。

动了深圳政府建立关注网络民意的视野，也重塑和强化了网络热议的政治意义。《南方都市报》对官方和民间的嫁接是一箭双雕的，既缓解了因异地监督所带来的与当地政府的紧张关系，亦紧扣了"民意"这一报纸生存的命脉。2005 年，在《南方都市报》的推动下，"因特虎"这一民间网站悄然地与官方问政议政渠道嫁接。"从 2005 年开始，因特虎设计了两个半年论坛，每年的深圳市'两会'前，召集深圳官方和民间的学者，对政府施政进行点评和提出建言，这是'深圳圆桌会议'，下半年则是深圳商界对'深商'概念的研究和探讨，以求形成'深商'共识的深商高峰会议。"[1] 因特虎每年出版一本深圳民间蓝皮书，现已经出版的有：《十字路口的深圳》、《深圳突围》、《深圳向南》、《香港 + 深圳升级中国引擎》等。2006 年 12 月，《南方都市报》在深圳发起"先锋城市论坛"，而它的缘由，就是当年 7 月深圳政府推出的《深圳 2030 城市发展策略》。《南方都市报》与深圳政府之间"若即若离"的关系模式铸就了报纸与政府及新闻源的新型关系，对于深圳的公共治理体系改革，对于深圳城市文化和公民意识的培育都具有积极的意义。

问题的关键还不在于报纸与政府之间的关系究竟是"若即若离"还是"亲如骨肉"，而在于新闻报刊和新闻从业者，能否在新闻生产实践中秉承新闻专业主义和推动社会变革的理想主义。特别是在 2000 年以后深圳进入高度发展机遇和社会矛盾凸显并存的新局面，新闻传媒如何在实现正确的舆论导向的同时，充分考虑到社会利益的多元化结构的现实，从而提供一个传递多元声音的渠道，建立政府与民间沟通协商的平台，维护人民群众中不同群体的合法权益，"自下而上"地培育根植于民间的城市新文化，则是极为重要的议题。从某种意义上说，这一议题较之报业市场的经济总量的扩张和报业集团经济实力的增强可能具有更加重要的意义。

深圳报业集团已经制定了今后一个时期的发展思路："坚持突出一个主业，实现两个扩张，完成三大转变，形成四大支柱，延伸五大产业，力争用五年时间把深圳报业集团建设成为一个以媒体产业为主体的，多种介质表现形式、多元经营为实现手段的，具有国际影响力的综合性媒体集团。一个主业就是坚持媒体产业主体为中心，凸显核心竞争力；两个扩张就是实现跨媒体扩展、跨地区扩张；三个转变就是通过市场的作用，向媒体产业群体转变，向集约化的规模经营方式转变，向现代企业制度转变；四大支柱就是要按照专业化、实体化建设的要求，在集团的旗帜下形成报刊平面媒体、

---

[1]　朱慧憬：《因特虎：深圳的"理想主义"智库》，《新周刊》第 303 期。

户外广告媒体、广电立体媒体、出版发行印刷四大支柱产业；五大延伸就是抓紧拓展延伸网络信息、会展经济、商务培训、电讯增值业务、存量房地产开发五大产业领域，努力形成一个上游开发、中游拓展、下游延伸的纵向一体的传媒集团运作模式。"[1]

新媒体的时代已经到来。深圳报业市场最先感受到新媒体给未来报业发展带来的巨大的持续的压力。报业经济和数字媒体技术的结合，势必成为报业发展的战略选择。全球范围内的报纸都面临着来自新媒体的严峻的挑战。美国北卡罗来纳州立大学教授菲尔普·迈尔在《正在消失的报纸：在信息时代拯救记者》中预言道："到 2044 年，确切地说，是 2044 年 10 月，最后一位日报读者将结账走人。"2044 年，那将是又一个 30 年之后。而对今天的报纸读者来说，还有什么比膨胀的报业经济和铺天盖地的数字媒体形态更加重要的呢？无疑，我们更加关注报业的内容承载和她所倡导的社会价值。

深圳报业，三十而立，我们抱有新的期待！

[1]　黄扬略、席彦超：《深圳报业集团战略发展思路与深化改革对策建议》，彭立勋主编：《城市文化产业与发展模式创新：2006 年深圳文化蓝皮书》，中国社会科学出版社 2006 年版，第 312 页。

电视

体制创新与核心竞争力

孔垂娟

深圳电视业的发展有其特殊的时代条件、地域条件和社会条件。

1978 年 12 月，党的十一届三中全会确定了改革开放的基本路线。深圳作为中国改革开放的窗口，在政治、经济、文化、社会等诸多方面都呈现出特区的特殊性。深圳作为"窗口"、"排头兵"的特殊政治经济地位，以及它毗邻香港的特殊地理位置，决定了其电视业的发展必然有其特殊性和创新意义。

深圳作为一国两制的交界地带，长期处于香港电视的覆盖之下，由于广东方言和岭南生活习惯等原因，在成立特区之后一段时间里，深圳当地群众早已形成收看香港电视的习惯。香港回归之前，两种制度的意识形态和政治文化差异通过电视传播体现出来。香港回归以后，香港电视的文化特点对于深圳地区的电视受众的影响也不容忽视。香港电视以"娱乐大众"为主要特点，节目光怪陆离，强烈吸引了观众的眼球。香港电视传播的思想观念、价值取向和艺术风格，也在很大程度上影响了深圳市民的文化消费品位。

深圳特区作为中国改革开放的"试验田"，建立之初几乎是一张白纸。这座移民城市的建设者们来自不同地区、不同阶层，深圳地区的人口格局由此发生改变，社会思想文化走向多元化，品位也得到提升，加上语言习惯的差异，电视收视习惯也发生了很大的变化。

同时，经济上，深圳是中国经济体制改革的先驱，从特区建立开始就遵循市场经济法则。深圳电视业在这样的环境中诞生，其开创之初选择了市场化发展的道路。随着市场经济体制的不断完善，在电视投资融资方式、电视运作方式等方面高度体现了市场经济特征。

技术上，深圳是全国自主创新的示范城市，以电子计算机、光导纤维、通信工程、数字电视、软件开发、激光技术等为代表的电子高科技产业发展迅猛，对深圳城市的社会经济产生了重大的影响。深圳电视业在高科技产业环境中发展，必然受到科技创新的推动。

基于上述的时代、地域、经济、文化、技术等原因，深圳电视业是在特殊的环境中走过了一条特殊的发展道路。这条道路是艰难而曲折的，也是光明而豪迈的。

深圳电视业的发展轮廓大致如下：

1978 年，在深圳特区建立前，开始建设宝安县电视转播台。1984 年，深圳电视台成立，标志深圳本土电视事业的起步。此后经过 10 年的探索，到了 1994 年前后，深圳电视台进入大发展时期。1991 年深圳开始应用有线电视技术。从 1994 年起，市、区、镇有线电视蓬勃发展，为深圳电视业带来了前所未有的繁荣局面。为了解决电视网络市场割据问题，在政府的主导下，有线电视网络资源于 1999 年实现了全市整合，接着在 2002 年整合无线电视和有线电视资源，实现了真正意义上的"全市一网"，为深圳电视业的集团化、产业化发展提供了基础条件。从 2004 年深圳广播电影电视集团成立至今，全面实现了无线、有线、卫星等电视资源的整合，完成了电视体制改革和运行机制改革，进入到电视产业化运作的新阶段，数字电视技术和服务也全面推广，电视业自主创新和核心竞争力迅速形成。

一、深圳电视业发展历程概述

（一）深圳发展本土电视业的决策和历程

1．初期建设

作为毗邻香港的边境地区，深圳长期处于香港电视的覆盖之下，不仅没有自己的电视台，也没有转播台，当地群众不能收看到中央电视台和广东省的电视节目。1977 年，广东省发文，由广东省政府和宝安县政府拨款筹建电视转播台。1981 年 6 月 17 日，梧桐山电视发射塔竖立起来，深圳第一个电视转播台诞生。10 月 1 日正式转播广东电视台二频道（广东电视岭南台）节目，这是第一次在深圳地区转播内地电视节目。[1]

---

[1]　引自《当代中国广播电视台百卷丛书·深圳电视台卷》，中国广播电视出版社 2001 年版，第 7—10 页。

1983 年 3 月，深圳市政府决定，在原宝安县电视转播台基础上筹建深圳电视台。1984 年 1 月 1 日，深圳电视台开播。1983 年中至 1984 年初，由国家财政投资，从日本、美国、法国引进了技术设备，将宝安县电视转播台原有楼房改建为简易播控中心，在梧桐山上建成广播、电视、微波通讯传输的综合发射基地。[1]1984 年 11 月 1 日，深圳电视台增加了一个频道，电视信号覆盖范围半径 50 公里，除深圳特区外，香港部分地区及珠海、东莞、番禺、惠东等市、县均可收看。

2．电视覆盖的推进

深圳特区建立以后，随着人口数量的迅速增加和人口格局的发展变化，深圳已经不能仅仅满足于粤语电视节目频道的转播。1985—1994 年，国家鼓励发展卫星电视，扩张电视的媒介影响。1986 年 6 月，深圳电视台卫星地面站正式启用，开始转播中央电视台第一套节目，这是深圳地区转播的第一个普通话节目频道。1986—1990 年间，在深圳市委市政府的支持下，先后在皇岗、沙头角、盐田、大鹏、蔡涌、坪山、宝安求雨台安装了 7 座功率 25W 至 100W 的电视定向差转台，电视信号几乎覆盖整个深圳地区，对于香港、澳门及珠江三角洲大部分地区也有所覆盖，覆盖地区人口达 2000 多万。

3．无线和有线的竞争与融合

1994 年是深圳电视业迅速发展的一年。深圳电视台实现 6 个频道全天播出，除深圳电视台两套自办节目外，还转播广东省岭南台、珠江台、中央台一套及四套节目。

1994—1998 年，中央号召提升有线电视的传播地位，大力发展有线电视。[2]

1991—1998 年，蛇口有线电视台、宝安有线电视台、龙岗有线电视台、深圳有线电视台、沙头角有线广播电视台和南油有线广播电视台相继成立。有线电视的发展带来了深圳本土电视"三级网络"的竞争，直到 1999 年，深圳全市有线电视网络资源整合，市、区、镇有线电视"三级联网"，才统一呼号为"深圳有线电视台"。2002 年，深圳电视台与深圳有线电视台合并，才在一定程度结束了本土电视的竞争，形成了共同应对外部竞争的合力，也为集团化发展奠定了基础。

---

[1] 《当代中国广播电视台百卷丛书·深圳电视台卷》，第 11—17 页。

[2] 参见王锋：《广播电视改革发展历程的五个阶段——广播电视改革发展 20 年（上）》，《中国广播电视学刊》2000 年第 1 期。

2006 年上半年，深圳市政府作出了"以数字化带动网络整合，将全市各区、街道、企业的 23 个有线广播电视网络整合到广电集团，逐步实现深圳有线网络数字化规模化发展"的决定。2006 年 5 月 16 日，深圳广电集团宝安、龙岗、盐田三区广电中心已经正式挂牌，标志着全市有线网络整合工作取得初步成效。改革开放 30 年来，深圳电视业发展迅速，已经形成以市级广播电视为主，各区、街道办广播电视台（站）为辅的综合覆盖格局，综合覆盖率达到 100%。

（二）深圳电视业发展历程中面临的特殊问题

1. 突破体制障碍，走市场化竞争道路

深圳电视传媒市场是中国电视传媒市场的一个特例。20 世纪 80 至 90 年代，香港无线、亚视两家电视台垄断了深圳地区 60% 以上的电视观众，尤其以香港无线的翡翠台为一家独大。中央电视台、广东电视台、深圳电视台和后来陆续落地的几十个卫星电视频道，几乎都是观众较少追随的弱势频道，只能争夺剩下的不到 40% 的观众。

1996 年，国家批准凤凰卫视的中文台、资讯台、电影台等各个频道进入广东地区。2001 年和 2002 年，两个境外频道华娱频道和星空卫视也先后进入深圳。这两个境外频道资本背景复杂，节目格局有别于香港电视，所以通常不把它们视作香港电视的一部分，而视作香港电视的境外盟军。而在运作体制、讲述方式、节目布局上均相同的中央电视台、广东电视台、深圳电视台以及内地各卫视的七八十个频道，在另一个方向构成同质的大陆电视群，靠数量优势和覆盖优势与香港电视对峙市场，争夺观众。[1] 在激烈的竞争环境中，深圳电视的发展必须摆脱行政体制束缚，走积极适应市场竞争的路径。

2. 争取受众，服务特区

深圳电视竭尽全力争取受众，力求在新闻、信息和咨询方面体现"服务型"特色，全力打造本土化、平民化和民生化的荧幕新形象。深圳电视在信息服务、宣传服务、文化娱乐服务和教育服务各方面都展现了"服务特区"的责任意识。香港回归之前，意识形态和文化领域的主导权之争影响着深圳电视的价值观念和节目风格，深圳电视必须发挥"窗口"作用，致力于为特区改革开放和建设服务。香港回归之后，意

---

[1]　引自深圳广电集团战略与发展研究中心内部文件。

识形态领域的纷争逐渐淡化，深圳电视的发展逐渐转向为特区文化建设服务，以文化立市战略为中心发展电视业。

3. 科技领先，迅速推进数字化

高科技和自主创新是深圳的重要特征，也是深圳市委市政府的重要战略举措。深圳的高新科技发展，特别是通讯、计算机、数字电视产业等方面领先全国的态势，为深圳电视业的发展起到了很好的推进作用。数字化和信息化决定了深圳的现代化，科技领先促进了深圳电视业后来居上、跨越式发展。随着"科技时代"的到来，深圳电视业领风气之先，在全国率先进行数字电视技术的研发和应用，积极从模拟电视快速向数字化推进，再创深圳电视新的辉煌。

二、体制改革和运行机制改革

只有在体制和机制上改革创新，才能从根本上促进电视内容和技术的创新和长远发展。

电视业的体制改革包括宏观和微观两个层面。宏观上，指广电系统自上而下的组织结构和管理体制；微观上，主要指电视机构内部管理体制和运作机制。[1] 不论是宏观层面还是微观层面，深圳电视业的体制改革和机制创新都有其发展的特殊轨迹。

（一）三级网络的体制改革

1. "局台分离"和市场化道路选择

1983 年，国家广播电视部确定"四级混合覆盖"[2] 的方针政策以后，我国电视业

---

[1]　参考胡存年、李金标、张健：《关于广播电视体制改革与机制创新必须配套进行的思考》，《声频世界》2001 年
第 1 期。

[2]　"四级混合覆盖"的方针政策是在 1983 年广播电视部召开的第十一次全国广播电视工作会议之后，为响应国
家大力发展广播电视事业的精神而提出来的。"四级混合覆盖"就是除国家、省办电台电视台之外，还允许市、
县办电台电视台，主要用于转播中央、省的广播电视节目，有条件的也可以在中央或省办节目中插播自己的
节目，共同覆盖该市、县。同时规定，省辖市、县办电视节目，只是在具备条件的地方办，不强求一律，并
且要制定管理办法，规定审批手续和加强对节目内容（目前暂不办文艺节目）的管理。摘自《最新广播电视
行业通信技术及设备配套国家强制性标准实施手册》，清华大学出版社 2005 年 5 月。

普遍存在"以块为主、条块分割"[1] 的宏观管理体制，不仅与市场经济发展相抵牾，容易导致政事不分、以政代事，也阻碍了电视系统内部整体功能的开发。行政机关式的管理，违背了市场经济的规律和媒体自身发展所需要的市场开发潜力。[2]

深圳电视较早开始运用经济手段和法律手段代替固有的行政干预，从一开始就采取"局台分离"的非行政机关式的管理体制，1983 年成立"广播电视中心"，到 1987年建立"广播电视处"，再到 1998 年成立 "广播电影电视局"，一直都是与文化局合署办公，与深圳电视台分立。深圳电视台是完全独立的事业机构法人，是事业单位企业化运行。政府部门始终将自己的职能定位在对广播电视事业的规划、管理上，对于电视业内在运作和经济管理，始终没有超越行政管理权限进行过度干预。

深圳电视主要通过集团化和产业化发展实现资源的全面整合，而不是依靠广电局的政策干预。深圳有线电视网络从建立之初就实行有限责任公司的股份制形式，并于2000 年加入广东省广电局筹建的广东省有线网络股份公司——深圳天威股份有限公司以及宝安有线电视台、盐田有线电视台、蛇口有线电视台和南油有线电视台共 5 个单位参加广东省网络公司的运作。[3]

2．深圳本土电视市场割据的形成：多级办台和三级网络

1994—1998 年，中央号召提升有线电视的传播地位，大力发展有线电视，倡导全国有线电视大联网。[4]1991 年，深圳蛇口开始应用有线电视技术，领先全国。随后，深圳关内关外各区开始了有线电视网络的铺设。1994 年深圳有线电视台成立开播，拥有 5 个闭路频道。1995 年深圳市天威视讯股份有限公司成立，作为有线电视网络传输公司，这期间深圳各区镇陆续运作开播了 20 多个电视台站。有线电视的发展带来了深圳电视业的繁荣，也带来了本土电视业的竞争，形成了市、区、镇多级办台（站）的"三级网络"格局和电视机构之间的市场瓜分。

---

[1] 我国广电行业目前实行的是"条块分割，以块为主"的管理体制。在这种宏观管理体制下，事业框架内的集团化改革使得地区内形成了内部垄断，地区之间形成了地区壁垒。不仅如此，在同一个地区内部，由于广电系统上部实现省级集团化，而地县一级未能加入集团，即系统内下属部分非集团化，这样造成了上下脱离，使得集团的制作和发送环节与地县广播电视站的传收环节相脱离，成为空中楼阁。摘自吴克宇《广电集团化改革：到底如何进行"事企分离"？》，《南方电视学刊》2005 年第 2 期。

[2] 参见胡承年、李金标、张健：《关于广播电视体制改革与机制创新必须配套进行的思考》。

[3] 引自《深圳年鉴（2001 年）·广播电视卷》。

[4] 引自王锋：《广播电视改革发展历程的五个阶段——广播电视改革发展 20 年（上）》。

有线电视的市场割据和争夺主要通过四种方式来完成：首先是内容的竞争，各区网络自办新闻节目和其他节目，争取当地的收视率；其次是技术的竞争，通过有线电视网络的传输优势，提高传输质量，增强收视效果；第三是服务费用的竞争，有线电视网络分别传输全国卫星电视，赚取播出费；第四是广告竞争，对于境外卫星电视，采取广告覆盖的方式，赚取高昂广告费。

1994—1998 年间，深圳有线电视网络铺设进展迅速，先后成立了宝安有线电视台、深圳有线电视台、龙岗有线电视台、沙头角有线电视台和南油有线电视台。各有线电视台均进行特定区域的网络覆盖，有专门的自办频道，播出自办节目，自行采制当地新闻节目。蛇口有线电视台、沙头角有线电视台和南油有线电视台地处深圳关内，更体现了"特区"中的"电视特区"，强化了电视市场的分割。

3. 区镇电视网络的全局观照："村村通"工程建设

1998—2000 年，中央大力倡导广播电视"村村通"工程。深圳"村村通"广播电视信号的开通，解决了深圳关内关外 74 个行政村、259 个自然村约 71.4 万人口收看不好中央、省、市电视台节目或收看不到有线电视的难题。2002 年，深圳继续推进"村村通"工程建设，拨款支持宝安区光明街道办、盐田区恩上村和三洲田有线电视工程等项目。[1]

深圳的广播电视"村村通"工程具有特殊性。首先，深圳的"村村通"标准较高，是以行政村和绝大多数自然村通有线电视为标准的"村村通"工程；其次，深圳作为新兴城市，其城市化进程不断推进，农村体制不复存在，因此，深圳的"村村通"工程既是城乡文化福利和文化建设，也是深圳电视市场竞争的必然结果；第三，深圳的"村村通"工程是深圳有线电视"三级网络"的重要组成部分，该工程的实施在很大程度上为有线电视三级网络的融合奠定了网络资源基础，对于无线电视和有线电视的资源整合也起到了较大的促进作用。

深圳"村村通"工程的顺利实施，为深圳"全市一网"工程奠定了基础，为资源的进一步整合提供了支持。

4. 市、区、镇三级网络从割据走向融合：集团化的准备

有线电视全市联网是加快电视资源整合、增强行业管制的重要举措，也是深圳广

---

[1] 参见《深圳年鉴（2001 年）广播电视卷》。

电系统理顺管理体制的必要步骤。深圳市委市政府高度重视全市有线电视网络资源的整合工作，协调各区镇有线电视台进行有线电视联网。全市有线电视联网后，区镇有线电视台仍可以继续保留并播出自办节目，但必须转播深圳有线电视台的自办节目和由市有线电视台传送的香港电视节目，不得自行转播境外电视节目，全市有线电视节目的播出由市有线电视台统一调控。全市有线电视台联网后，统一呼号为"深圳有线电视台"。1999 年 5 月，深圳全市有线电视实现节目联网，为日后深圳广电集团的产业化运作提供了强大和稳定的资源条件。

无线电视和有线电视的竞争仍然激烈。深圳的高科技带来有线电视的较早发展，竞争的压力由来已久，市场争夺愈演愈烈；这种竞争在一定程度上是不公平的竞争，有线电视以其高端的传输技术争取了较多的观众，其收视率高于无线电视，而无线电视采取种种竞争策略与香港竞争的同时，还面临有线电视的市场瓜分。有线电视的经营策略主要是利用网络资源和固定客户进行传播，有线电视在节目的开发和制作方面能力非常有限，通过购买节目和覆盖其他电视台的节目的广告获得利益。这种情形使得有线电视的经营成本很低，但对于发展自办节目和高水平节目很不利。

2002 年，经国家广播电影电视总局批准，深圳电视台与深圳有线电视台两台合并。首先，两台合并是顺应竞争的需要，有一个共同的目标，有较强的合作精神；其次，两台合并之后，集团化的发展前景更加明晰，各项工作都围绕工作目标来展开，分工较为科学合理；第三，深圳广电集团内部体制的科学运作，确保了两台合并后的利益均等。

2004 年 6 月 28 日，深圳广电集团挂牌成立，现已拥有 12 个电视频道和 4 套广播频率，包括 1 个卫星电视频道、1 个高清电视频道、1 个移动电视频道、1 个 DV 付费频道、1 个购物频道、7 个地面电视频道和新闻频率、音乐频率、交通频率、生活频率，设立了广告总公司、天威视讯股份有限公司、天宝广播电视网络有限公司、天隆广播电视网络有限公司、文化产业（国际）会展有限公司、移动视讯有限公司、电影制片厂等十几家产业经营企业，总资产超过 50 亿元。

5．"全市一网"的资源整合与体制改革

有线电视"三级网络"留下的弊端以及无线电视在节目制作传输上的固有模式，造成了深圳电视体制较为混乱的局面。深圳广电集团的建立就是要从根本上改变这种

局面，最大限度地整合深圳电视资源。

深圳广电集团采取"五统一"、"三不变"和"三种模式"的思路整合网络资源。"五统一"是统一呼号、统一信号、统一标准、统一规划、统一运营；"三不变"是各台（站）、网的宣传功能和服务对象不变，资产存量不变，人员岗位和待遇不变，充分考虑各台（站）、网员工的利益；"三种模式"分别是：台、网一起与集团合资组建网络运营股份公司和区广电中心的"统一经营模式"；台、网分离，台属区、街管，只成立网络股份公司的"事企分营模式"；台、网资产有偿转让给深圳广电集团的"有偿转让模式"。[1]

在以上思路中，"三种模式"的运用，较为全面地整合了深圳电视网络资源。

"统一经营模式"主要基于深圳关内有线电视网络而言。深圳关内地理位置上有很大优势，在整合蛇口有线电视台、南油有线电视台的网络资源时，可以考虑"台、网一起与集团合资组建网络运营股份公司"；另外，关外龙岗、宝安两区有线电视台，以及关内较偏远的盐田有线电视网络可以通过设立区广电中心的形式，作为深圳广电集团的下属机构，进行统一经营。

"事企分营模式"主要基于关外分散的镇、村有线电视台（站）而言。由于关外区域面积广阔，镇、村有线电视资源长期分散和粗放发展，对于此类电视台（站）很难管理，最好采用台、网分离，台属区、街管，只成立网络股份公司的"事企分营模式"。

"有偿转让模式"主要是将一些需要改造的资源进行资产转让，进行资源再生。

深圳广电集团成立后，顺应产业化发展的需求，对电视资源进行了更进一步的整合。2006 年，深圳全市各区、街道、企业共 23 个网络整合到广电集团。同年 5 月 16 日，深圳广电集团宝安、龙岗、盐田三区广电中心正式挂牌。2007 年 10 月 9 日，集团分别与宝安、龙岗、盐田、光明、蛇口签订了网络公司（记者站）组建合同，标志着全市有线电视网络整合的基本完成。深圳市、区、镇广播电视网络"三级贯通"，实现"一市一网"，成为全国最大网络之一（见表 1）。深圳多年来分散搁置的网络坚冰终于被打破，为集团的跨越式发展奠定了坚实的基础。

---

[1]　引自深圳广电集团 2005 年工作总结。

表1 深圳电视业的组织格局变化

集团成立前	集团成立后	归属关系
蛇口有线电视台	蛇口电视台	
龙岗有线电视台	龙岗广电中心	
宝安有线电视台	宝安广电中心	
南油有线电视台	南油有线广播电视站	广电集团
深圳有线电视台	统称深圳电视台	
深圳电视台		
沙头角有线电视台	盐田广电中心	

（二）运行机制的改革创新

1. 人事制度的革新

深圳电视台建台之初，来自四面八方的专业人才汇聚一堂，思想文化的交流和碰撞促进了理念的创新。1989年，深圳电视台进行了用人制度的第一次革新，通过"优化组合"，合理配置各部门干部职工，做到"人尽其才，才尽其用"，把竞争机制贯串于"优化组合"的始终，调动员工的积极性，第一次提出了任用领导干部要"竞聘上岗"，竞选人必须发表竞选演说、经过群众评议考察之后才能正式聘任。新的用人制度在一定程度上重组了电视台的决策层，促进了科学决策机制的建立。1994年深圳电视台进行了更为彻底的改革，在人事制度上，继续采用"聘任制"，建立优胜劣汰的竞争机制，新成立了"人才调剂中心"，健全了人才流动机制。[1] 人事制度的革新成为电视台发展的重要动力。

2. 从"频道制"到"中心制"

"频道制"强调"频道"在电视台组织结构中的重要作用和重要职权，可以统合频道内部资源，使频道效益和市场竞争力最大化。深圳电视台在1994年的改革中，设置了深圳二台（经济台），随即建立了"频道制"的管理体制。当时，在深圳电视台只有两个节目频道的情况下，"频道制"有利于频道的规划、定位和整体发展。但是"频道制"也带来一些弊端，容易造成人事紧缺或浪费，节目重复和生产成本增加

---

[1] 《当代中国广播电视台百卷丛书·深圳电视台卷》，第50—54页。

以及盲目竞争和不合理分配等。因此在新的改革思路中，"中心制"也被提了出来。

"中心制"是一种扁平化管理方式，主要内涵是减少管理层级，在人力资源配置、内容资源配置和经营、分配方面最大限度实现资源共享。1996年，深圳电视台将"频道制"改革为"中心制"，随即成立了新闻中心、文体节目中心、海外节目中心、经济节目中心和社教节目中心，同时，早在1989年成立的"深圳电视艺术中心"独立运作后，也于1997年回归深圳电视台，改名为"深圳电视台电视剧制作中心"。集团成立后，又组建了网络媒体中心以及新媒体中心（见表2）。"中心制"一直是深圳电视台机构设置的重要组成部分（见图1）。

表2　深圳电视"中心"和"频道"的关系

	卫视	都市	公共	少儿	娱乐	电视剧	体育健康	财经生活	移动
新闻中心	主要负责深圳卫视频道新闻采编播，为各频道提供权威的新闻资源								
电视剧制作中心	策划、拍摄、制作、购买电视剧，根据频道定位来播出。主要运用于电视剧频道，其余频道都有涉猎								
文体节目中心	主要负责文化娱乐节目的策划、组织和编播，结合各频道资源制作节目。主要运用于卫视、娱乐、公共、体育健康等频道								
海外节目中心	主要负责海外节目的策划和编播，结合各频道的实际需求，共同完成。主要运用于卫视、娱乐、体育健康、财经生活等频道								
社教节目中心	充分发挥电视台的舆论引导功能，树立电视台的价值理念，策划、组织社教类节目的制作播出。主要运用于卫视、都市、少儿等频道								
经济节目中心	经济节目有其特殊的专业属性，通过专业的策划和编播，体现专业价值。主要运用于卫视、财经生活等频道								
网络媒体中心	作为集团的"窗口"，对集团下属各频道频率节目进行集中介绍，概括反映集团内部各部门的工作情况								
新媒体中心	运用新媒体技术实现电视网络化、数字化、产业化								

3. 从"制播一体"到"台网分离"、"制播分离"

从1984年深圳无线电视建立后的较长一段时间，深圳电视台不可避免地束缚在"节目制作、播出、传输、接收"全包全揽的责任体系中，这必然增加了电视台的负担，也导致了机构的臃肿、体制的落后。有线电视发展起来以后，成立了专门负责节目传输和接收的网络传输公司，电视的发送和接收不再单独依靠无线信号，传输方式发生了全新变革。蛇口有线电视台首先进行了"台网分离"的尝试：电视台作为电视节目制作机构，有线电视网络作为专门的传输机构，电视台第一次从"节目制作、播出、传输、接收"全包的体制中解放出来。1997 年，深圳市广播电视传输中心建立，担负全市无线电视和调频广播的发射传输任务，深圳电视台发射部归属深圳广播电视传输中心。由此，深圳电视台开始"制播分离"的运作，减轻了负担，提高了效率，使深圳电视台的节目制作上了一个台阶。

图1 深圳电视台机构设置

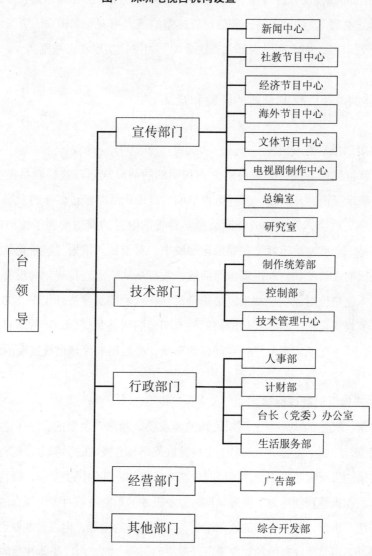

4.扁平化组织管理

扁平化管理是产业化发展的要求。深圳广电集团成立后，实行统分结合的体制，建立"频道制"与"中心制"相结合的扁平化组织管理架构。深圳广电集团优化内部职能和机构，减少管理环节，缩短管理链条，提高管理效率，节约管理成本。[1] 在扁平化管理体制下，集团实施节目综合评价体系和栏目末位淘汰办法，将综合排名居后、质量不高，没有吸引力、影响力、收视份额过低的栏目淘汰出局。对于人员配比机制，集团按照节目的实际工作量和配比系数确定人员编制数。同时，集团建立合理的人才挖掘机制，引进符合广电实际需要的宣传、经营、管理各类人才，实施公开招聘、"凡进必考"，注重业绩，破除论资排辈的选人用人观念。在工资待遇上，集团实施"工效挂钩"，加大部门内部"二次分配"力度，实现动态激励。

（三）体制改革、机制创新的经验和意义

1．战略规划推动宏观进程

在节目制作方面，如果没有宏观和明晰的战略规划，就很容易在实践中盲目发展，预期难以把握。例如，深圳电视早期的娱乐化战略经过多年的发展，始终没有取得全国领先地位，其中的一个原因是，对香港电视的模仿削弱了深圳电视的娱乐竞争力，另一个重要原因就是在娱乐化发展中，对于如何策划"娱乐化"发展走向、如何实现预期成效、如何利用资源等问题，没有从战略上进行规划，没有很好地解答怎样的娱乐化定位对深圳电视来说最适合，在特殊的政治经济环境中，如何形成深圳电视独有的娱乐风格。对于类似的问题没有明确的回答和规划，电视节目就不可避免地"边闯边干"，无法实现从模仿到创新的飞跃，必然影响深圳电视发展的宏观进程。

2．民主决策促进管理科学

科学、民主的决策对于组织机构尤为重要，领导者决策的"一家之言"不利于决策的民主。深圳电视台决策层对于电视发展战略具有极大的影响力，这在一定程度上有利于决策的果断和随机应变，但同时也忽略了机构内部的民主意志，制约了电视机构内部整体的积极性和创造力。发展早期，专业人才的果断决策对于电视台的发展起到了关键的作用，但是，随着实力的逐渐增强、竞争的日趋激烈，电视台的建设如何展开、如何推进，不再是领导者的独立决策可以解决的问题，需要内部集体智慧的合力。

[1]   引自深圳广电集团 2006 年工作总结。

3. 人才是第一生产力

高层次人才的紧缺，特别是既懂广播电视又懂经营管理的复合型人才的缺乏，使得人才成为集团化发展中重要的生产力。引进知名主持人、创办风格独特的节目是电视业成功的经验。目前，深圳电视台开办了一档名为"对话改革"的节目，邀请龙永图作为嘉宾主持，既体现了"明星"效应，提升了节目的档次和影响力，又吸引了观众的注意力。

三、内容创新的探索

体制的改革创新，必然带来传播内容的创新。深圳建特区之前原宝安县几乎收不到境内电视信号，可以说，深圳民众对电视的认识是从对香港电视的接触开始的，香港电视对深圳当地人的思想和行为产生了很大影响。因此，深圳电视与香港电视的竞争首先就是内容的抗衡。

（一）新闻创新——舆论导向功能的体现

1. 新闻节目制作的主体意识

深圳是中国改革开放的窗口，特殊的地位决定了深圳电视必然肩负与内地电视不同的使命。深圳电视业的诞生伴随着双重使命：一是发展本土电视事业；二是做好党和政府的"喉舌"，为特区的建设宣传鼓劲，传播中国改革开放的成就。同时，深圳处在"一国两制"的交界地带，媒介环境的开放、舆论氛围的躁动以及当地群众思维方式的另类，决定了深圳电视除了完成好自身的使命外，还必须站在一个更高的起点上，使竞争的理念伴随在成长的过程中。

2. "服务型"特色

电视收视群体的意识是新闻创新的市场条件。据调查，深圳经济特区的受众群体普遍关注本土民生和市场信息，"服务型"特色的建立是民本和民生意识的集中体现。随着技术设备的跟进，深圳电视台的新闻播出量慢慢增多，谈话类节目和专题类节目也发展起来，对于深圳电视的社会功能和舆论导向功能起到了很好的促进作用。

首先是社会新闻的"服务"特色。在改革开放初期全国的新闻报道都呈现出较为强烈的政治意识形态意味时，深圳电视台就重视社会新闻的报道，注重对本土真人真事的关怀，同时压缩新闻播出时间，改进会议新闻报道方式，增加新闻的接近性、趣味性，使电视画面呈现出活跃生动的景象。随着深圳特区建设的推进，移民城市的格局逐渐成熟，单一的粤语节目不尽适合深圳的受众，普通话节目发展起来。同时，粤语新闻仍然服务于广东话受众；英语新闻服务于在深外籍人士。2006年，深圳卫视《直播港澳台》节目诞生，该节目深入港澳台新闻现场，剖析两岸时事风云，赢得很多忠实观众，2007年荣膺全国卫星节目30强，2008年策划推出《印象台湾》、《抗震救灾》、《解密香港廉政公署》、《台湾之耻》、《打败扁的人》、《解码扁家族》、《香港抗击金融海啸》、《陈云林访台》等系列报道，颇受观众好评，成为内地最有影响的涉港澳台节目。

其次是专题栏目的"服务"特色。专题栏目以其"寓宣传于服务、寓教育于娱乐"的特点，将电视宣传的政策性、知识性和娱乐性水乳交融，较好地满足了不同层次观众的不同需要，成为一个时期深圳电视的活力源泉。1984年1月，深圳电视台播出第一部自行录制的专题片《建设中的深圳经济特区》，用轻松愉快的方式介绍了深圳特区的建设和成就。1984年到1994年间，深圳电视台大力开辟专题栏目，内容涉及政治、经济、文化、艺术、文学、体育、音乐、戏曲、科技、影视、军事、社教、法制、教育、外宣、服务、综艺等诸多领域，亮点频出。例如访谈类专栏节目《新闻人物》对同时期香港明星或学术界知名人物进行访谈，在当时内地电视屏幕上是极少见到的，体现了深圳特有的时尚、魄力以及旺盛的人气，在这些细节方面，深圳电视台大大吸引了观众的注意力。

第三是经济新闻的"服务特色"。1992年春，邓小平南方讲话之后，顺应市场经济的发展，全国广播电视界纷纷改革创新，其中以"搞活经济"作为当时的重要任务，"经济台"现象突出，经济节目也如雨后春笋，不断涌现。"以经济建设为中心"的社会环境以及市场经济的不断发展，决定了经济新闻成为人们最为关注的焦点。为了服务市场经济，深圳电视台也在"搞活经济"上下工夫，将经济节目作为重心，体现经济报道的"服务型"特色。当时国内经济节目普遍运用"企业报道"形式，更多的是体现政府干预的"宣传"，而不是适应市场经济的"报道"。深圳电视台不落窠臼，经济报道大胆借鉴国际惯例，改进企业报道，率先开辟了"使新闻报道适应和服务于市场经济"的道路，从市场出发客观报道，完全适应市场经济的步伐和要求。

1991 年 11 月全国第五届电视台经济节目研讨会和 1992 年中央电视台召开的全国省级电视台新闻部主任会议对这一做法作了专题介绍，引起强烈反响，被认为代表了中国电视新闻改革方向，是深圳特区的又一大创新。1994 年，深圳电视台成立了二台"经济台"，进一步强化了经济节目的"服务"特色及其频道定位。

3. 本土化、平民化、民生化

20 世纪 80 年代，关于新闻价值，国内普遍提倡"新、短、快、活、强"，指新闻性强、短小精悍、快捷迅速、形式活跃、铿锵有力。随着时代的变迁，进入 90 年代后，新闻需求更加多元，新闻价值理念逐步转向"土、专、精、深、软"，强调立足本土、专业性强、细腻精致、深度力度和柔软妥帖对象感强，这是在新闻基本规律之上的进一步要求。[1]

深圳电视台创立之初就积极改进新闻报道的形式，更加注重本土民生，既追求收视率，也是一种文化诉求。关注百姓生活、注重挖掘事实真相以及随时出现在事件现场的新闻节目，受到本地民众的极大欢迎。《第一现场》作为深圳电视台本土民生新闻的杰出代表，不仅大大提升了深圳电视台的公信力和影响力，还带动深圳电视台的收视率第一次超过香港电视。因此，在电视市场竞争日益恶化的今天，本土化、平民化、民生化仍然是深圳电视应对竞争的有力武器，也是人文关怀的体现，反映了深圳电视对于本土大众根本利益的关怀和捍卫，也体现了对社会价值观念的引导和教育功能。

(二) 娱乐化竞争策略——市场导向功能的体现

深圳在地域位置上与香港一河之隔，而在电视传播的空间上却是完全开放的。香港电视的文化娱乐风格，对于深圳电视受众的趣味具有很大的影响。香港电视节目注重娱乐性，擅长娱乐节目和文艺晚会的制作，并且大规模播出香港电视剧，节目办得

---

[1] 参见潘之江：《从"新短快活强"到"土专精深软"——再论新闻观念的转变》，《深圳广播影视》2005 年第 2 期。

多姿多彩，大大吸引了观众眼球。同时，香港电视新闻、政论等政治性较强的节目也绝不是一副死板的面孔，而是极其注重新闻的表现形式以及对观众需求的满足。面对香港电视的强劲实力，深圳电视台必须制定相应的竞争策略，把节目办成当地群众喜闻乐见的形式，"娱乐化"的策略选择成为深圳电视台内容创新的必要举措。

1. 早期"娱乐化"风格的探索

20 世纪 80 年代，在全国电视普遍关注硬新闻以及电视画面单一呆板的背景下，深圳电视台从创办之初就提出了文艺娱乐的重要性，树立了"新闻与文艺并重"的办台理念，这在当时是一个敢为人先的举措。1983 年，曾饰演故事片《红色娘子军》主角的著名演员祝希娟女士以及著名导演郭宝昌先生放弃了已有的优越工作，来到深圳电视台，为深圳电视台早期的文艺娱乐节目作出了贡献。1984 年建台之初，郭宝昌导演为深圳电视台拍摄了第一部电视剧《爱在酒家》，1985 年拍摄了第一部电影《男性公民》，刚起步的深圳电视台能够自己创作和拍摄电视剧，在当时全国影视创作相当匮乏的情况下已经先行一步。[1] 早期的文艺理念和实践使深圳电视台建立之初在文艺娱乐节目方面已经领先全国，为深圳电视娱乐化发展奠定了坚实的基础。

2. 电视文艺节目的"娱乐"功能

文艺节目最能从本质上体现"娱乐"诉求。1984 年 3 月，深圳电视台开播才两个月就开始利用有限的技术设备，摄制播出了第一个电视短剧《三月桃花》，拍摄了第一部电视剧《爱在酒家》。开播一年后，深圳电视台举办了第一次大型歌舞晚会——深圳电视台台庆一周年歌舞晚会，邀请到张瑜、龚雪、刘德华、梁朝伟等一批当年走红的电影人前来助兴，大大吸引了观众的眼球。随后的发展中，深圳电视台文艺节目和文艺晚会亮点频出，电视剧的拍摄和播出也处于领先地位。[2] 1994 年前后深圳电视台文艺节目的人才队伍强大起来，1996 年成立了文体节目中心，对文艺类节目进行更专业的策划和编排。今天电视业内异常流行的"活动兴台"策略，其实早在 1992 年深圳电视台就已经有过初步实践。1992 年，深圳电视台成功举办了深圳"华旅杯"中国笑星电视大赛；同年，深圳电视台与香港无线电视台联合举办"深港奇技大赛"；

---

[1] 参见《当代中国广播电视台百卷丛书·深圳电视台卷》，第 17 页。
[2] 同上，第 115 页。

1994 年深圳电视台与香港无线电视台举办"深港澳江山知识知多少"大赛等等。不过，当时的节目形式都是围绕竞争策略来探索和创新，并没有像今天这样发展成一种重要的办台理念。

3. 吹响"娱乐化"前进的号角

娱乐化发展作为深圳电视应对竞争的举措，也必须体现深圳的特殊性，不能像香港电视那样完全娱乐化开放，也不能裹足不前、故步自封。这是一个两难的境地。深圳电视台力求实现一种特殊意义的"娱乐化"，在节目内容和形式上追求一种轻松和谐、寓教于乐的氛围，体现人文关怀、情感共鸣和娱乐享受。但是，也正因为这种模糊的定位，使得深圳电视的娱乐化发展在很长一段时间内始终没有形成自己的风格，一定时期内对香港电视的模仿反而形成了自身竞争的弱势。2000 年，深圳电视台对频道的定位、主体栏目的设置、编排进行了一次较为彻底的改革，娱乐化发展有了转机。改革后深圳电视台一套节目重视新闻的影响力，二套节目主要从"娱乐"角度考虑，精心编排娱乐节目和电视剧场，彰显青春、时尚和活力。[1] 经过明晰的定位和主体栏目的精心设置，2000 年 9 月，深圳电视台二套节目整体的收视率直逼香港亚视本港台，稳居深圳地区前 4 名。2001 年，电视剧场的收视率第一次超过本港台。深圳电视的娱乐化发展经历了一次飞跃，电视台的整体实力也实现了一次重大的提升。

2004 年组建广电集团后，深圳电视迎来了发展的又一个机遇，至今共设置了 12 个频道：深圳卫视、都市频道、电视剧频道、财经生活频道、娱乐频道、体育健康频道、少儿频道、公共频道、移动电视频道、DV 生活频道、高清频道和宜和购物频道。12 个频道定位明晰，不仅成立了专门的娱乐频道和电视剧频道，其他频道也适当注重娱乐诉求，尽量采用观众喜闻乐见的形式，并重视电视剧场的编排。深圳卫视创办了《饭没了秀》、《娱乐星闻网》、《第一时尚》等深圳家喻户晓的娱乐节目，其中《饭没了秀》的影响力由珠三角扩大到全国，迅速在全国掀起了一股收视热潮。2007 年上半年，节目收视率在全国同类节目中位居第四位，跨入全国优秀电视栏目行列，到2009 年，《饭没了秀》已经成为全国知名品牌节目。

深圳广电集团于 2007 年开始着力打造电视剧的"深圳制造"。2007 年初，公共频道开拍自制栏目剧《八通街》，它以发生在深圳本地的新闻事件为主要素材，借深圳

---

[1]　参见《当代中国广播电视台百卷丛书·深圳电视台卷》，第 91 页。

市民的视角，关注民生，反映民意，针砭时弊，通过不同阶层的市民，演绎现代移民城市生活，得到了深圳观众的喜爱；另外，电视剧频道精心策划了一个让老百姓圆梦的舞台，栏目剧《大城小事》演员全部来自老百姓，受到深圳男女老少的热烈追捧。电视剧频道24小时不间断，成为深圳地区最具魅力的家庭大剧院。

除了娱乐节目的编排，深圳广电集团还通过娱乐活动的策划和举办吸引了更多人的眼球，例如"青春之星电视形象大赛"、"功夫之星全球电视大赛"、"中国笑星电视模仿秀"、"红楼梦中人选秀大赛"、"中国音乐金钟奖流行音乐大赛"等。深圳电视的娱乐风格更加明晰，在很大程度上提升了深圳电视的知名度和影响力。

（三）内容决定成效——电视内容的竞争策略

1. 市场竞争优势显现

2001年以前，央视索福瑞在深圳地区的收视率调查采用日记法跟踪，2001年4月开始改用更精确的收视仪自动跟踪调查。2001年的市场现实是：深圳地区可以收看到的几十个电视频道中，深圳电视台和深圳有线电视台两家7个电视频道占观众市场总额的16.24%，大约只相当于香港无线（TVB）的一半，还不到整个市场的六分之一（见表3）。[1]

表3　深圳地区主要电视竞争对手实力一览（2001）

列强阵营	竞争主力军	拥有频道	市场份额（%）
香港电视	香港无线 香港亚视 香港凤凰	2 2 3	55.57
境外盟军	星空卫视 华娱电视	1 1	0.01
大陆电视	中央电视台 广东电视台 南方电视台 深圳电视台	13 3 6 7	34.50

资料来源：深圳广电集团战略发展研究中心内部资料。

---

[1]　深圳广电集团战略与发展研究中心内部文件。

2001 年以后，深圳地区电视市场的竞争格局开始发生变化。各竞争对手间的实力对比出现了引人注目的转移。2002 年 3 月，深圳电视台和深圳有线电视台合并，电视频道增加到 8 个，收视率大幅度提升，市场份额上升为 18.33%，是整个深圳市场的五分之一。2003 年深圳电视台频道竞争力爆发性增长，下辖 8 个频道全年平均市场份额达到 27.30%，占据整个深圳市场的四分之一。2004 年上半年，国家广电总局批准深圳电视台新闻综合频道上星，并相继通过香港有线电视、香港宽频和银河卫视等网络实现在香港落地。作为副省级城市电视台中第一家上星的卫视，深圳卫视以咨询、时尚和娱乐为主要定位，在新闻的设置上，既有普通话新闻，又有粤语新闻，扩大了受众的覆盖面。2004 年，深圳电视台 9 个频道的市场份额达到了 28.04%。2006 年，深圳电视台各频道的市场份额达到 33.89%，比 2005 年的 28.89% 上升了 21.51%，超过香港以及境外所有在深圳落地的 16 个电视频道市场份额的总和（见表4）。都市频道市场份额同比增长 46.70%，稳坐深圳地区收视冠军位置。深圳卫视在全国卫视的排名从 2005 年的第 34 名上升到 2006 年 12 月的第 11 名。2007 年 1—9 月份，市场份额再创新高，各个电视频道平均收视份额为 36.30%。目前，深圳卫视的覆盖已涵盖 35 个省会、直辖市和计划单列市，228 个地级市，650 家四星级以上酒店，覆盖人口超过 4 亿。深圳卫视还落地日本、韩国、泰国、美国、加拿大及港澳台地区，成为中国在海外华人中最具影响力的省级卫视频道之一。

表4　2001—2006年深圳地区电视市场份额变化（%）

竞争序列	香港电视			境外盟军		大陆电视主力			
竞争对手	无线	亚视	凤凰台	华娱	星空	中央台	广东台	南方台	深圳广电
2001年	34.79	14.50	6.28	0.01	0.00	11.15	6.90	0.21	16.24
2002年	31.78	13.11	4.57	0.21	0.02	14.26	7.36	0.98	18.33
2003年	26.21	10.70	3.57	1.80	0.46	13.79	5.83	2.41	27.30
2004年	23.94	6.32	3.79	2.05	1.49	16.23	5.90	4.13	28.04
2005年	22.83	5.89	3.89	2.78	1.53	18.22	5.95	4.83	28.89
2006年	20.01	5.03	3.73	2.95	1.63	19.35	5.93	5.13	33.89
整体状态	大幅萎缩	大幅萎缩	大幅萎缩	快速上升	较快上升	快速扩张	波动上升	快速扩张	高速扩张

资料来源：深圳广电集团战略发展研究中心内部资料，数字资料来自央视索福瑞调查数据。

2001 年以后深圳电视业的大发展，是内容创新的重大成就，包括新闻节目的改革创新，经济、文化、艺术等专栏节目的创新以及娱乐节目的创新。内容创新的直接收益是：深圳电视台在深圳地区电视市场的实力显著增强。2004 年 6 月深圳广电集团成立后，全市影视传媒资源的整合得到进一步加强，实力大大增长，2005 年和 2006 年有了更大的提升（见表 5）。

表5   2001—2006年深圳地区电视市场实力变化

市场份额排序	第一位	第二位	第三位	第四位	第五位	第六位	第七位
竞争序列	第一方阵		第二方阵		第三方阵		
2001年	香港无线	深圳台	香港亚视	中央台	广东台	凤凰台	南方台
2002年	香港无线	深圳台	中央台	香港亚视	广东台	凤凰台	南方台
2003年	深圳台	香港无线	中央台	香港亚视	广东台	凤凰台	南方台
2004年	深圳台	香港无线	中央台	香港亚视	广东台	南方台	凤凰台
2005年	深圳台	香港无线	中央台	广东台	香港亚视	南方台	凤凰台
2006年	深圳台	香港无线	中央台	广东台	香港亚视	南方台	凤凰台

资料来源：深圳广电集团战略发展研究中心内部资料。

2．内容竞争的短期策略

短期策略着眼于快速提高收视率，主要手段是制作播出大众化节目，尽可能适应观众需求，以争取较为低端的观众。主要是以下两种方式：

放大电视剧的规模和布局，吸引大批电视观众。深圳电视台原有的观众群平均文化水平要高于收看香港电视的观众群，为了争取流失的观众，深圳台各频道在频道定位上充分考虑了通俗娱乐的因素。

进军粤语节目市场。2002 年有线、无线两台合并后，重新进行了频道整体规划，一个重要举措就是开设粤语频道，由于定位接近香港电视，该频道从香港电视手中抢回了大量观众。数据统计表明，粤语频道播出之前，该频道的市场份额只有 0.03%，2003 年上升到 2.62%，2004 年上升到 4.49%。[1] 粤语频道的设置，更加明晰了深圳电视台的频道定位，也使深圳电视在观众心中的印象日益深刻。

---

[1] 参见深圳广电集团战略与发展研究中心内部文件。

3．内容竞争的长远策略

电视作为大众媒体，以其通俗娱乐属性成为人们日常消遣和放松的工具。除了娱乐功能，电视还应该充分发挥宣传功能、服务功能和教育功能。电视内容的竞争，从长远来说，应该是品牌的竞争，而品牌的建立，必须以电视整体功能的发挥为基础，既在通俗娱乐上下工夫，又在深度和力度上见成效。

首先，必须大力开发和拓展节目类型。深圳是全国各大中城市中居民收看电视时间最少的城市之一。随着生活水平的提高，消费娱乐形式越来越多样，开机率还会继续降低。深圳电视频道的节目类型主要是电视剧、综艺娱乐和新闻三大部分，各种服务类节目、专业性节目和文化教育类节目还有待发展。要提高观众收看电视的积极性，必须摆脱节目内容过于单一、通俗、虚构的"偏食"格局。[1]

其次，深度和力度将成为决定内容创新和市场竞争成败的重要因素。随着简单、通俗和娱乐的发展空间日益萎缩，观众心中对深度和力度的要求将日趋强烈。具有公信力的主持人、追踪时事分析真相的新闻报道、具有宽阔视野和隽永意味的节目，将征服越来越多的成熟观众和高端观众。[2] 深圳电视节目必须在深度、力度上下工夫，摆脱简单、搞笑等通俗消费形式的束缚，创办更多像《第一现场》、《大爱无疆》等具有思想和深度的名牌节目，塑造具有社会公信力的主持人，这样才能够争取更长远的竞争优势。

第三，必须加大节目制作投入，精心培育深圳电视自己的风格和特色。深圳电视台作为地方电视台，由于资源限制和覆盖空间的限制，在节目制作上通常采取"轻启动、巧操作"的运作方式。随着电视竞争的加剧，其他的一些优秀电视台越来越受到深圳观众的欢迎。深圳电视台要取得突破性进展，必须大幅度增加对主力频道和王牌栏目的经费投入和人力资源投入。2006 年以后，深圳电视台在节目制作投入上创造了新的突破，举办了多场全国性的大型海选活动；"两会"期间，在北京设立新闻直播室，及时传回"两会"新闻；2007 年 1 月派记者前往意大利都灵，现场直播深圳申办 2011 年世界大学生运动会的表决现场。这些举措是深圳电视台实力提升的表现，也是加大投入后取得的突破性进展。

---

[1] 参见深圳广电集团战略与发展研究中心内部文件。

[2] 同上。

（四）电视品牌建立——内容创新的目标追求

随着移民城市的发展、人口格局的变化和多元文化的成形，单一依靠香港电视获得娱乐的历史将改变，电视需求呈现多元趋势。这对深圳电视来说，是一个发展和转折的契机。深圳电视必须增强自身实力应对新一轮竞争，而品牌创建成为新时期电视内容创新的目标追求。

1. 经济节目的品牌树立

深圳电视台一直在探索如何更好地策划和制作经济节目。自 1984 年《市场动态》专题栏目创办以来，深圳电视台先后开辟了《经济时事》、《大市场》、《股市行情速递》、《经济圈》、《股市沙龙》（后更名为《中国股市报道》）、《股市动态》、《电视购物》、《深视财经信息》、《房地产直销市场》等栏目。其中，1991 年创办的中国第一个股评栏目《中国股市报道》，开创了国内股市类节目的先河，成为一段时期经济节目的领航者。2000 年 9 月，深圳电视台与 32 家电视台签署合作协议，将《中国股市报道》节目通过"鑫诺"一号卫星传输进了全国电视节目市场。《中国股市报道》不仅是品牌的开创，也是深圳电视台自办栏目市场化运作的第一步。

目前，深圳广电集团已创办了多个品牌经济节目。

《经济生活》生动反映城市民生、经济和百姓故事；《22 度观察》以新锐独到的全球化视角，对新闻热点展开深入和理性的探讨；《操盘攻略》在每个交易日上午收盘后，邀请权威专家总结分析上午大盘走势，为投资者下午的操盘提供指导；《非常财经观察》立足深圳，深入挖掘全国高端财经专家资源，对热点财经话题邀请相关专家进行全方位的解读；《财富博客》是深圳第一个跨媒体的高端经济谈话类电视节目，以高端理论思想者为中心，将新闻、时事、图文、辩论等各种元素有机结合，全力打造一种新型的泛财经深度交流平台。

上述财经节目以其特定的风格和诉求，逐渐形成了深圳电视的特有品牌效应。

2. "民生"电视的品牌追求

深圳电视以其特有的"本土关怀"体现对"人"的关注、对本土民生的关注，达到与观众的"情感共鸣"。1986 年，《文化沙龙》诞生，这是深圳电视台第一个关注特区本土文化的节目，给深圳带来了一些美丽畅想和文化厚重感。随后在深圳电视节目的发展中，形成了弘扬深圳文化和深圳精神的传统，得到了本土民众的认可。1999 年，深圳电视台在国内率先创办了"脱口秀"节目形式，开设了《魔方舞台》大型谈话节目。该节目的宗旨是"老百姓说话的地方"，既追求社会热点，又关注百姓生活。2007 年 2 月，深圳卫视推出的《对话改革》栏目可以看做深圳电视谈话类节目的重大突破。该栏目以其独特的视角探讨改革开放的成就以及面临的问题，对时政、经济、民生、城市建设、百姓生活等诸多方面进行深刻探讨，带动了深圳电视节目品牌的大跨步提升。

深圳家喻户晓的《第一现场》栏目是深圳电视民生新闻的杰出代表。《第一现场》定位于客观真实记录百姓生活、传递百姓声音、关注弱势群体，注重舆论监督的社会影响和社会效果。通常在新闻评论类节目里运用的"深度报道"形式，在《第一现场》中也大量出现，为节目整体增加了分量感；纪实、专题类节目里最擅长的讲故事手法在《第一现场》里得到重视，新闻事件因此变得好看，有戏剧性；脱口秀节目里主持人机敏的谈论、评议一直在《第一现场》节目中占有重要比例，树立了主持人董超真诚坦率、质朴平和、善于与观众交流的良好形象；娱乐节目中常用的动画、平面包装也使《第一现场》的信息更加生动。[1]2005 年 11 月至 2006 年 10 月，《第一现场》连续 12 个月高居"深圳地区所有电视节目收视率排行榜"第一名，平均收视率5.52%。2006 年上半年《第一现场》平均收视份额达到 21.5%，超过香港翡翠台《630新闻》，这是深圳电视台新闻节目第一次超过香港电视，它不仅带动了深圳电视台收视率的整体攀升，而且在更高点创建了深圳电视的本土品牌。2007 年 1 月 1 日，《第一现场》再度扩版至 77 分钟。扩版直播以来，《第一现场》贴近生活、亲和力强和关注百姓视角的特点更加突出，更加融入了深圳人的生活。根据"深圳电视台自办节目满意度调查"，《第一现场》获栏目知名度第一名、栏目期待度第一名、栏目满意度第一名。《第一现场》展现了一个负责任、有思考的媒体形象，社会影响力与日俱增。

3.新闻报道的全国视野

深圳电视台创办早期以"立足深圳、辐射港澳"为办台宗旨，主要致力于本地新闻的报道，超越本土范围的重大新闻主要通过转播的方式进行报道。随着改革开放的推进，深圳作为"试验场"和"窗口"，理所当然应该拓展全国视野甚至是全球视野。

---

[1] 马靖培：《认识应提升　表达须多元　互动要强化——浅析深圳新闻直播节目〈第一现场〉的发展空间》，《新闻记者》2006 年第 10 期。

从 1994 年开始，深圳电视台开始探索改革的模式，随着改革的深化和技术设备的跟进，先后采访了香港回归、党的"十五大"等重大新闻事件以及全国范围内重大新闻，1994 年首次赴北京采访"两会"（第八届全国人民代表大会第二次会议和全国政协八届二次会议），深圳观众第一次从荧屏上看到深圳电视台记者从北京发回的报道。时隔 13 年后的 2007 年，深圳电视台又将每年一度的"两会"报道推向更高点——在北京设立"两会"新闻直播室，这在全国又是一次创举，令电视同行感慨不已。在对全国重大新闻事件的报道过程中，深圳电视台以其技术实力、专业精神和职业操守，逐步成为国内皆知的品牌。

目前，深圳电视台新闻节目的风格和定位逐渐明晰，《深视新闻》除了播报本土新闻节目，还设立了驻全国大城市的记者站，及时发回新闻信息；《新闻广角》、《第一现场》等节目在注重本地民生的同时，也将视野投向全国新闻市场。而《直播港澳台》新闻节目作为深圳区域特色的体现，更是大大吸引了深圳本土和港澳台观众的注意。

2004 年深圳卫视上星后，深圳电视台的名片正式打入全国电视市场，将受众范围扩大到全国。据央视索夫瑞公司提供的数据，至 2006 年 12 月，深圳卫视在全国卫视中的排名已上升到第 11 位，继续保持市场份额增长速度全国第一的纪录。

4. 电视节目"走出去"

随着实力的增强，深圳电视与香港电视的合作迹象越来越明晰。1992 年，深圳电视台第一次与香港无线电台携手合办"'92 元宵节大型文艺晚会"，在深港两地播出；1994 年 9 月，深圳电视台与香港无线电视台联合对"深圳教育基金百万行"大型活动作多次多点移动现场直播并获得圆满成功，这是深圳电视台第一次实现多场地移动现场直播。1996 年 11 月 25 日，深圳电视台粤语版《深圳新闻》开始每天在香港有线电视台播出。1997 年，深圳电视台完成对香港临时立法会 15 场会议的全部现场直播任务。同年，深圳电视台连续 72 小时直播报道香港回归的盛况，独家向全球电视机构提供了驻港部队进驻过程中在深圳境内的信号。1999 年，当美国轰炸我国驻南斯拉夫大使馆的消息传出之后，深圳电视台与凤凰卫视联合组织了大型音乐会，控诉美国的霸权行径。在较高水准的电视竞争中，深圳电视台逐步树立了自己的地位。2007 年 7 月 1 日，香港回归十周年。为庆祝这世纪之举，深圳广电集团精心打造"香港回归十周年"的播出季，集合卫星、互联网等多种传输手段，为全球受众呈现 100 小时主题鲜明、风格独到、内容缤纷的庆祝香港回归十周年大型直播式全景特别节目。

5. 城市形象与电视品牌

深圳电视从创立之初就致力于反映深圳建设的成就和经济生活的进展，深圳电视与深圳特区一同成长，真实记录了特区建设中独特而生动的画面。深圳电视努力担当特区宣传报道的"排头兵"和改革开放的"桥头堡"，不遗余力地展现深圳政治、经济、文化和社会发展诸多方面的成就，从改革开放之初对深圳速度的报道、对"时间就是金钱、效益就是生命"等精神口号的宣传到专题外宣片的大力制作，都体现了深圳电视与深圳城市形象的互动。深圳电视台先后制作了多部反映深圳形象的专题片和纪录片，其中比较著名的有《走向文明》、《'99 深圳》、《告诉你一个文明的深圳》、《崛起的深圳》、《深圳印象》、《我与深圳》、《采集深圳》、《20 年后的对话——蛇口小岗村》等。2008 年，深圳广电集团向改革开放 30 周年和新中国成立 60 周年献礼，制作了电视政论片《珠江》，以百年珠江作为特定时空，借助历史和现实，诠释"中国之路"，深入浅出诠释党的十七大精神。另一个大型访谈节目《定格》也于 2008 年播出，共 31 集，回眸改革开放 30 年的风风雨雨。深圳经济建设和社会建设的成就，通过深圳电视传入千家万户。电视点亮着深圳的名片，专题外宣片推动了深圳电视走出国门。

6. 电视品牌的国际推广

深圳电视台在自身品牌构建的过程中，已经逐步形成了品牌价值，在推动深圳形象树立的同时，也为自身提供了更好的发展机遇。1991 年，深圳电视台与美国中华电视公司进行节目交流，开办了《希望之窗——中国深圳》栏目，在美国播出，生动介绍深圳特区各方面的发展情况，产生了深远影响。1992 年，深圳电视台与美国"中国商业协会"和中华电视公司签订了关于双方推荐节目并组织互访的协议并制定了《节目交流协定》。1999 年，深圳电视台有关负责同志赴凤凰卫视欧洲台（CNE）考察时达成协议，于 2000 年在 CNE 英国总部举办"深圳电视周"，展示深圳的文化、旅游、生活、科技以及外国人在深圳生活的各方面情况。随后的几年，深圳电视台先后与美国中文台、新加坡广播电视局、香港无线台、澳广联等多家媒体联合录制大型晚会。1998 年，深圳电视台赴香港参加首届亚洲广告展。2000 年 2 月至 3 月，深圳电视台在加拿大新时代电视集团"城市电视"频道（普通话频道）举办了第一届深圳电视展播周。同年 8 月，深圳电视台相继在新加坡国家电视台、韩国东亚电视台、澳门广播公司、纽约中文台、凤凰卫视美洲台等电视机构举办了深圳电视节目展播周。[1] 深圳电视走出国门，打响了自身的国际品牌，在国际电视行业中确立了自己的独特地位。2004 年，首届"中国（深圳）国际文化产业博览交易会"在深圳举办，深圳电视台作为承办单位，在传播深圳形象的同时，也为自身树立了国际形象。随着 2011 年世界大学生运动会的来临，深圳电视也将成为世界媒体大集合中的东道主。

7. "活动兴台"：全方位品牌包装

深圳电视台从 1992 年起已经举办过"笑星大赛"、"奇技大赛"等活动，但是没有形成规模和传统。时间进入 21 世纪，随着观众需求日益多元，受众分化急剧演变，电视节目也随之多元发展。特色活动的举办正成为各家电视台的重要竞争策略。从中央台"同一首歌"、"梦想中国"到湖南台"超级女声"等大型活动，成功打造电视节目品牌的同时，对于电视台整体品牌的构建起到了重要的推动作用。中国电视俨然进入了"活动为王"的时代。"活动兴台"既是新时期深圳电视面对竞争的战略选择，也是娱乐化发展战略的回归。"活动为王"如果是"内容为王"的一种创新，那么深圳电视如何成就这种创新呢？

早在 2001 年，深圳电视台就创办了《首届"青春之星"（中国·深圳）电视形象大赛》，经过几届的延续，2006 年"青春之星之校园神话"也圆满落幕，并入围"市民喜爱的深圳十大文化品牌活动"。除此之外，2006 年深圳电视台还举办了两次规模宏大的电视海选活动——"中国笑星超级模仿秀"和"功夫之星全球电视大赛"，并积极协助"红楼梦中人选秀大赛"的开展。其中，"功夫之星全球电视大赛"是中国第一个在全国和世界五大洲开设赛区的盛大活动，美联社环球电视新闻当天就将新闻发布会内容制作成超过 1 分钟的电视新闻发送到伦敦编辑总控室，CNN、BBC 等全球知名电视媒体播出了这一新闻。同时，美国广播公司、加拿大电视网络有限公司以专题形式进行了系列报道，日本 NHK《世界文化遗产探密》大型系列专题片将"功夫之星"列入选题，并购买部分比赛的采访权及其作品产权，朝日电视台《世界新节目》将"功夫之星"作为全球创新节目样式向全日本推介。

2007 年，集团以深圳卫视为龙头，精心打造了"功夫盛典"、"明月万里中国心——2007 全球华人中秋大联欢"等晚会，推出了"香港回归十周年 50 小时特别节

[1] 参见《当代中国广播电视台百卷丛书·深圳电视台卷》，第 356—376 页。

目"、"嫦娥一号"卫星发射等大型直播报道，获得了国内外媒体的广泛关注，有效提升了集团在全国的影响力。据统计，"功夫盛典"晚会全国收视份额 1.214%，同时段排名全国第 5 位；中秋晚会使深圳卫视收视排名从前一天晚上同一时段的全国第 16 位迅速上升到了第 6 位，而全国的收视点数也从 133 点增加至 241 点；深圳卫视播出香港回归特别节目期间，海内外共有 4 亿多人次通过不同渠道收听收看了节目，深圳卫视市场份额比 2007 年上半年平均数据增长 23%。"香港回归十周年 50 小时特别节目"使深圳卫视市场份额在全国卫视的收视排名上升到第 4 位。

　　2009 年，第七届中国金钟奖流行音乐大赛拉开帷幕，深圳广电集团主办了这次全国唯一常设的音乐综合性国家级大奖，受到了广泛好评。放眼电视产业化发展的大环境，举办活动无疑是新时期顺应市场经济发展的必要举措，也是进一步提升电视竞争力的重要步骤。经营就是硬道理，品牌就是活武器，深圳电视台的整体品牌形象正成功打入全国电视市场。

（五）将内容创新进行到底

1. 娱乐化发展和新闻生产"双轮驱动"

　　目前，深圳广电集团在电视节目的娱乐化发展上已经初步体现了其独特的风格，在大众文化异常兴盛和文化消费的时代，娱乐节目仍然是最能抓住人们眼球的节目形式。同时，随着新闻竞争的日益激烈和网络新闻的普及，深圳电视台的新闻节目还需再上一个台阶，不论在时效性还是灵活性方面，都还需要进行一定的改革。新闻节目的生产也可以逐步进行产业化运作，采取交换和购买等形式，引入国外一些受欢迎的新闻政论类节目，进一步吸引精英人士的关注。另外，随着深圳广电集团实力的增强和产业化运作的推进，深圳电视台应该逐步具备国外新闻采访的实力，成立深圳广电集团驻国外的记者站，将深圳电视台的品牌在世界范围内传播。

2. 整合全市新闻资源

　　深圳广电集团的组建是深圳市实施"文化立市"战略、深化文化体制改革、推进深圳广电体制机制创新的重大举措。集团的成功运作对于增强深圳文化的影响力和辐射力有着举足轻重的作用。从这个意义上看，深圳广电集团的发展既要注重"产业"，更要注重"文化"。在信息资源的整合方面，集团必须充分发挥新闻中心的资源优势，挖掘电视、广播、电视报、网络新闻资源共享潜力，对采访、制作、传输、播出等配套技术设施提出更高的要求，还需提升应对突发事件的能力，将新闻触角深入到关外区镇的一些偏僻地区。将来，随着 2011 年世界大学生运动会在深圳龙岗区举办，新闻制作和播出的共享平台更为重要。

3. 创新节目制作、生产、经营理念

节目的制作需要扶持，精品生产更需要精心策划和投资，包括资金支持和政策支持。在电视节目制作、技术保障、推广发行、广告招募、资金储备等生产环节中，可以加大与国外合作的力度，引进资金和项目，充分发挥深圳的地缘优势和机制优势，在深圳建立节目生产、制作基地和供片中心，培育节目发行渠道。深圳经济特区的市场化程度较高，民营经济较早地介入了影视制作和生产领域。为了更好地整合影视资源，深圳广电集团加大与深圳现有影视制作基地的合作，为集团的影视制作注入活力，打造了集团内外部节目交流、交易平台，实现了社会化、市场化运作，为完全实现制播分离打好了基础。

四、科技领先之路

高科技是深圳的重要特征，也是深圳电视业发展的重要推动力。深圳电视从创业之初的艰难前进，到有线电视网络的全国领先，再到数字化技术的迅速推进，都是科技进步的必然成果。

（一）从无线电视到有线电视的技术创新

1. 无线电视的建设基础

1984 年，深圳电视台建立之后，在艰苦的环境中完成了一些重大工程的建设。1986 年，建立了深圳第一个卫星地面接收站，开始转播中央电视台第一套节目，同年，在有限的技术设备下，利用 3 台单独的摄像机现场直播全国第二届"力士杯"健美大赛，这是深圳电视史上的第一次现场直播。1986 年到 1991 年间完成了皇岗、沙头角、盐田、大鹏、蔡涌、坪山、宝安求雨台 7 座电视差转台的建设。因技术设备的

局限，深圳无线电视的发展受到了一定的束缚。但是，这并不影响深圳电视业的发展和进步，一种蓄势待发的热情昭示着深圳电视台大展宏图的时机即将到来。1991年，深圳电视台开始搬进部分竣工的深圳电视大厦，硬件设备大大改进。到1994年，深圳电视台可通过无线信号传输广东珠江台、广东岭南台、中央一台、中央二台、深圳电视台和深圳二台这6个节目频道。

2．有线电视的技术创新

1991年，深圳开始应用有线电视技术，并成立深圳第一个有线电视台——蛇口有线电视台。它是国家广电部在国内开展有线电视传播技术及新业务的试点单位。深圳的有线电视技术有很大的特殊性，是主干线光纤加入户同轴电缆的结构，这种光缆结构为今后改造有线电视网络奠定了坚实的设备基础。

深圳有线电视的迅速发展和领先全国的态势，标志着深圳电视即将步入“科技为王”的时代。1994年深圳有线电视台成立，并于1995年初在全国同行中率先建立用户管理计算机系统和用户投诉语音系统。1996年2月28日，在全国1200多家有线电视台中，深圳有线电视台最先通过国家广电部对网络工程组织的部级验收，被评为优质工程。同年2月29日，深圳市有线广播电视台综合信息网正式通过了国家广电部主持的技术验收，该网络成为我国第一家通过部级技术验收的省级计划单列市以上有线广播电视网络。科技优势，奠定了深圳有线电视在全国电视行业中的重要地位。[1]

（二）从模拟时代跨入数字化时代

1．数字技术的初步实践——节目制作的数字化

数字电视经历了三个发展阶段：个别电视设备数字化、电视演播室全数字化、从发射到接收整个电视产业链的数字化。

在数字技术到来之前，深圳电视台已经可以利用模拟设备进行现场直播。例如，在1994年，深圳电视台向全球独家现场直播“欧美超级足球大赛”意大利AC米兰队对巴西狄伽玛队的比赛实况，并获得圆满成功。同年，深圳电视台与香港无线电视台联合对“深圳教育基金百万行”大型活动做多次多点移动现场直播，这也是深圳电

---

[1]　《深圳年鉴（1997）·广播电视卷》。

视台第一次实现多场地移动现场直播。

　　进入数字化时代后，深圳电视台在节目制作、编播上实现了全新的突破。1997 年 5 月，深圳电视台引入最新型的 Betacam SX 全数字电视设备，新闻节目制作播出开始步入数字化时代。1997 年 6 月，深圳电视台购置了一辆 5 讯道全数字分量转播车，新闻编播、微波传输、摄像和其他辅助设备全部引进到位，深圳电视台开始完全采用数字化设备对大型新闻事件进行采访、制作和现场播出。1997 年香港回归，深圳电视台利用数字设备与中央电视台共同承担了当天深圳方面的全程现场直播。2000 年，深圳电视台新建了两座卫星地面接收站，继续推动制作播出系统的数字化改造进程。同年，深圳市被国家计委确定为国家数字电视研制及产业化发展试点城市。从 2001 年开始，深圳市有关职能部门就已经开始筹建数字电视系统。

2．数字技术的推进——电视网络化

　　面对网络媒体的竞争，有线电视数字化发展将借助网络化实现竞争合力。深圳电视台较早介入互联网领域，是国内宽带互动网络电视的先行者。1997 年，深圳电视台在互联网上正式开通深圳电视台网址，并将两套自办节目分别以 REAL G2 和 MPEGL 格式实时压缩上网，每天有近 3 个小时的自办节目可在网上点播，上网的节目量及发点播带宽均居国内首位。2000 年 8 月，深圳有线电视网络化发展取得突破性进展。深圳电视台在网上全程直播中国国际互联网站展览会及其论坛，这是国内首次宽带视频网上直播，在社会上引起强烈反响。2000 年 9 月，深圳电视台推出奥运网上直播。2000 年 10 月，在第二届"高交会"上，深圳电视台联合深圳市电信局进行了中国互联网史上最大规模的一次网上直播。[1]

　　深圳广电集团成立后，更加重视网络技术的应用。2006 年 9 月，深圳广电集团网站推出全新版面。新版网站具有时尚、鲜明的特色，登录网站不仅可以浏览到更多的资讯信息，还可同步收看、收听广电集团广播电视的直播节目，并可以对广电集团 3 套广播频率和 9 套电视频道三个月内的节目进行网上点播。同时，深圳电视台的节目频道还通过社区、企业、学校的局域网进行同步传播，进一步扩大了深圳电视的覆盖面。2010 年 1 月 18 日，深圳广电集团旗下的新媒体全息跨界平台——"中国时刻（S1979.COM）"正式上线运营。"中国时刻"根据新媒体特点协助集团对各类节目进

---

[1]　参见《当代中国广播电视台百卷丛书·深圳电视台卷》，第 374 页。

行改造，并以传统媒体资源为依托，积极尝试新媒体领域的各种可能，网络电视、数字电视、手机业务等各种数字新媒体形态都将整合在"中国时刻（S1979.COM）"旗下，这是深圳广电集团网络化、数字化、产业化建设的又一重大举措。

3. 数字化发展的领先地位——数字高清晰度电视的开创

1999年，深圳的数字电视地面微波（MMDS）广播系统在我国率先建成，开始播出数字高清晰度电视节目（HDTV）。当年，深圳电视台摄制了我国第一部高清晰度电视片《深圳24小时》，引起强烈反响。MMDS广播系统和HDTV的研发成果引起国内外的高度重视。2000年，深圳被批准成为我国首批三个数字电视实验城市之一。到2003年年底，深圳敷设的可供数字电视使用的干线光缆已接近3000公里，实际覆盖近100万用户。其中，仅深圳有线网络公司天威公司就可传输1套高清晰数字电视节目、94套标准清晰数字电视节目。

2003年10月8日，深圳电视台在全国率先开播了第一个高清晰频道。这是国内第一个完整的数字电视节目频道，也是深圳数字电视产业化发展进程中的标志性事件。高清频道拍摄制作了一批非常优秀的纪录片和专题节目，如《穿越云南》、《深圳24小时》、《大黄山》、《少年想飞》、《陈中和眼中的深圳》等。高清频道的存在增强了深圳广电集团与境内外最尖端的数字电视技术运营商对话、交流合作的能力。2007年，高清频道更名为高清娱乐频道。目前，高清娱乐频道每天播出15个小时，主要栏目有《经典集萃》、《视听冲击波》、《新视听影院》、《先锋剧场》、《流行风暴》、《看天下》等。内容包括娱乐时尚、人文纪录片、影视经典、旅游风光等，节目通过有线网覆盖了深圳近70万用户。高清娱乐频道画面清晰真实，多声道环绕立体声逼真环绕，观众坐在家中，就可以感受影音双重震撼，体验星级影院般的享受，融入高清新视界。

（三）数字化发展推动产业化进程

1. 科技领先推动新型产业模式建立

数字电视带来六个方面的变革：首先，播出内容方面，从面向大众的广播，到面向个体、群体的窄播；其次，节目形态方面，从单一节目和频道的提供到交互点播节目以及各种游戏、娱乐和商务服务；第三，服务方式方面，从提供节目到提供多媒体的综合服务，建立一个多媒体的服务平台，可以与社会各界和整个现代服务业联合搭建一个城市现代服务业的信息服务平台；第四，接收方式的变化，即从固定地点的接收到移动电视的接收；第五，盈利模式的变化，即从以广告额为主要收入来源到综合信息服务收入（收视费的收入、信息费收入、广告费收入、商务服务收入等）的转变；第六，电视机变成多媒体的信息终端，实现信息化，缩减数字鸿沟。深圳有线电视数字化改造加快了"全市一网"的进度，推动了电视新型产业模式的建立。

2004年上半年，深圳电视台成立了深圳市移动视讯股份有限公司，开展深圳地铁的移动电视业务，是国内首次将数字电视技术以无线传输方式应用于地铁的、全新概念的户外移动电视媒体。2005年5月18日，天威公司开发的互动数字电视（ITV）正式投入商业试运营，率先在国内建立起双向、交互、多业务的有线数字电视产业模式。

深圳广电集团加快建设数字化、网络化生产平台，实现了互联互通、资源共享，而且还为有线电视网络开展视频点播等互动业务，为移动电视、手机电视、付费电视等新业务的拓展提供丰富的内容支撑。天威公司大力拓展宽带数据业务，用户数超过20万，占据深圳特区三分之一的市场份额。"深圳模式成为三网融合典型"被国家广电总局主管的《广播电视信息》评为2006年中国广电行业十大新闻之一。

2. 科技领先推动"产业化战略"实施

深圳广电集团的数字化工作得到了中央、国家广电总局、省、市领导的高度重视、大力支持和充分肯定。2000年，深圳被确定为我国三个数字电视实验城市之一，数字化产业化发展成为深圳市委市政府大力实施"文化立市"战略、推动文化体制改革的重大举措。2004年5月19日下午，李长春同志专程视察了深圳广电集团，对集团的数字化工作和动漫基地建设给予充分肯定，明确支持天威网络走向全国，把深圳广电集团作为全国广电新技术新业务试点单位。深圳市政府专门成立领导机构，组织协调全市各有关部门和企业研制、出台了《深圳市数字视听产业发展推进计划》、《深圳市数字电视产业链推进工作指导性意见》等文件，从政策、资金、项目上，强力推进数字电视产业的发展。2005年"文博会"期间，国家广电总局在深圳召开了有线电视数字化推进工作现场会，会上深圳广电集团和天威公司分别作了经验介绍，国家广电总局对深圳的有线数字化工作给予了高度评价。2006年上半年，集团成立了新技术新业务试点领导小组及各工作小组，围绕内容集成与运营平台、数字广播影视延伸

表6 深圳广播电影电视集团下属企业情况

序号	企业名称	股权结构（%）	经营范围	成立时间	上级主管单位
1	深圳市天威视讯股份有限公司	广电集团 50.9 深业电讯（香港）21.1 深业开发 10 深大电话 13 中金联合 5	有线广播电视网络及其他通讯网络规划建设及技术服务；广播电视信号传输服务；因特网信息服务（网页制作、网络游戏、文学欣赏、网上商务）；因特网接入服务业务；经营国内商业、物资供销业（不含专营业员、专控、专卖项目）；各类信息咨询（凡国家专项规定的项目除外）；进出口业务（具体按深贸管审证字第 659 号文办理。）	1995 年 7 月	
2	深圳电影制片厂	广电集团 100	电影、电视片制作，国内外影片输出输入；电影物资器材租赁，影视特殊服装加工，电影道具的制作及化妆服务。	1985 年 1 月	
3	深圳市移动视讯有限公司	广电集团 60 天威视讯 15 高清电视 25	移动电视讯号传输与相关技术安装工程及工程技术咨询服务；电视信息咨询；从事广告业务（法律、行政法规规定应进行广告经营审批登记的，另行办理审批登记后方可经营）；媒体策划；电视设备与技术开发、购销。	2004 年 11 月	
4	深圳市南油有线广播电视站	广电集团 100	电视节目制作；电视节目播出、转播、自办节目；电视广告经营；有线电视网络开发和管理。	1999 年 3 月	深圳广电集团
5	深圳市地平线文化传播有限公司	广电集团 100	文化活动策划；电视专题节目策划创作；文化产业投资与策划；企业形象策划；文化展览策划。	2006 年 6 月	
6	深圳市深广传媒有限公司	广电集团 60 海谷池投资公司 40	电视剧、综艺、专题、动画故事片的制作、复制、发行（许可证有效期至 2009 年 3 月 28 日止）；文化活动的策划（不含限制项目）；经营广告业务（法律、行政法规规定需要取得广告经营许可证的，另行办理审批后方可经营）；国内商业、物资供销业（不含专营、专控、专卖商品）；投资兴办实业（具体项目另行申报）。	2006 年 4 月	
7	深圳艺能数字影视技术有限公司	广电集团 34.4 天威广告 20 天乙（加拿大）45.6	数字图形的技术处理；音频、视频系统的开发、设计。	2001 年 3 月	

资料来源：深圳广电集团经营管理中心内部资料。

扩展业务和增值业务、广电宽带数据网业务、网络电视和 IP 电视、移动电视、手机电视、高清频道、广播电视视频点播业务、语音业务等课题，加大科研攻关力度。在产业化发展战略的指导下，深圳广电集团下属企业已经开始正规化运作（见表 6）。

　　数字技术的广泛应用必然带来产业化的高度发展。电视集团化发展的目的不仅是加强电视机构的经济功能，更深层次的是"分离电视机构的政治功能和经济功能"，通过集团化的战略实施，改变电视台功能综合型的全能模式，让集团中的不同部门承担相应的功能，并实行不同的经营方式，甚至是所有制形式的改变。[1] 深圳广电集团发展的目的可以简要概括为：深层次地分离集团的"政治功能和经济功能"，最大限度地整合资源，最终目的是进行产业化大经营。

五、机遇与挑战

（一）产业化发展的选择与思考

1. 产业化发展的前提：资源整合

　　"四级办电视"的产业建设方针使得行政的边界成了市场的边界甚至悬崖。实行集约化经营，就是要充分发挥市场在资源配置方面的基础性作用，通过低成本扩张、强化内部管理、提高劳动生产率等方式，走注重内涵型的发展道路。[2] 电视资源分散，就不可能形成规模效益，受到资源分散和市场割据的限制，就不能从根本上探索产业化运作的路子和方向。按照中央的精神，深圳电视要获得长远发展，必须最大限度地整合资源、集约化发展，加强"管办分离"、"台网分离"、"制播分离"，从"重办台"到"重建网"，从"重节目竞争"到"重经营竞争"，进行产业化运作。

2. 产业定位与产业布局

　　在内容制作集成产业板块方面，深圳广电集团积极构建影视、广播、平面媒体、网络等生产性实体，从资金、人才、政策等方面加大对影视制作的扶持力度，扩大与

---

[1]　陆地：《中国电视产业的危机与转机》，中国人民大学出版社 2002 年版，第 163—165 页。
[2]　同上，第 123—125 页。

社会影视制作公司的合作。同时，集团积极发展动漫产业，打造怡景动漫产业基地，把动漫影视、网络游戏的制作和经营发展成为优势电视产业，推向全国市场。

在网络产业板块方面，集团内部进一步加快"制播分离"进程，变"为播出而制作"为"为市场而制作"，成立了新技术新业务试点领导小组，研发广电宽带数据网业务、网络电视、IP 电视、移动电视、手机电视、高清频道、广播电视视频点播、语音等扩展业务和增值业务。

在经营资源板块方面，天威公司已上市融资，为产业化发展筹集资金，探索资本的科学利用和运作；公共频道和体育频道作为集团改革试点，实行"财务相对单独核算、人事相对单独管理、广告相对独立运营"的管理机制，探索在扁平化管理下频道内部准公司制运作模式；大力拓展数字电视增值业务的广告投放，特别是移动电视等业务的广告投放，努力将收入来源从单一的收视费和广告收入转向数字电视增值服务的多元收入；大力拓展相关文化产业的经营，科学规划深南、怡景、彩田、新洲、龙华、南澳等几大产业基地的发展，积极寻找合作伙伴，加快推进网络科技大厦、国际影视城、龙华基地、西丽卫星地球站、梧桐山顶发射塔工程、新洲基地等一批文化产业项目的建设工作。

3. 以"分类转制、分类重组"为手段

"分类转制、分类重组"就是根据广播电视制作、播出、传输、发射等环节业务的不同，先组建节目制作公司、传输网络公司，等时机成熟时再将广播电台、电视台改制为公司。[1] 深圳广电集团已进行制播分离的尝试，成立了节目制作公司和网络传输公司，将除新闻节目以外的部分节目推向社会。深圳广电集团将逐步发展成为跨地区、跨媒体、跨行业的综合性传媒集团。深圳卫视已经在香港和全国中心城市落地，实现了深圳电视节目在我国内地、港澳台地区以及东南亚国家的有效覆盖，增强了深圳电视在全国乃至世界上的影响力。在这个基础上，深圳电视应该进一步加强与外地传媒的交流与联系，利用市场和行政等手段，通过兼并、合作等方式进行战略投资，把深圳电视的经营范围拓展到市外、省外、国外以及其他媒体和行业，通过各种方式实现集团的跨地区、跨媒体、跨行业发展。

---

[1] 陆地：《中国电视产业的危机与转机》，第 153—158 页。

4. 以"放开经营、商业化运作"为方向

"放开经营、商业化运作"就是完全引入国外商业广播电视体制，允许现有广播电台、电视台（教育电视台、有线电视台）、广播电视传输覆盖网、影视制作经营机构以及企事业单位有线电视系统进行商业竞争，允许其他行业投资者进入广播电视领域，形成竞争较充分的市场，在此基础上再进行重组。[1] 随着市场经济的发展完善，商业发展将更加灵活多元，电视商业化运作将是一个发展趋势。深圳作为国际化大都市，在政策前提下，电视产业的"放开经营"和"商业化运作"将在很大程度上提升深圳电视的国际竞争力。

（二）机遇与挑战

深圳电视业的发展是中国改革开放时代条件下电视业发展的一个缩影。深圳电视业走过的特殊路径，具有深圳本地特点，同时，对于全国电视业的改革和发展也具有启示意义。

首先，深圳电视业积极进行自身体制改革和机制创新。处于改革开放和市场经济的环境中，深圳电视从一开始就实行"局台分离"体制、走市场化道路。有线电视建立之后，市、区、镇"三级网络"的市场割据以及有线无线的市场竞争造成了深圳本土电视资源分散和粗放的发展。在这种情况下，深圳电视业积极整合电视资源，先后实现了有线电视的全市联网和有线无线的整合。资源的整合带来"台网分离"、"制播分离"的尝试，为集团化产业化发展奠定了基础。深圳电视业的体制从分散走向融合，逐步增强了整体实力。深圳广电集团的成立是深圳电视业积极推进文化体制改革的举措，也是将本土电视业做大做强的必要步骤。从深圳电视台建立到深圳广电集团成立，机构内部的运作机制经历了"频道制"、"中心制"以及频道制与中心制相结合的扁平化组织管理体制，快速提高了工作效率，使资源得到了更有效的利用。作为电视业发展的"软件支持"，人事制度的革新在深圳电视台历次改革中都有突出体现，为深圳电视的发展提供了良好的人才环境。

其次，深圳电视业积极进行内容创新，作出了可贵的富有成效的探索。作为中国改革开放的"窗口"，深圳本土电视充分发挥了特区的窗口作用，不仅为特区建设宣传

---

[1]　陆地：《中国电视产业的危机与转机》，第 159 页。

鼓劲，也形成了鲜明的本土服务特色，注重本土化、平民化和民生化。同时，为了应对香港电视的竞争，顺应市场需求的变化，深圳电视业也经历了"娱乐化"风格的探索和实践，并取得了一定的成效，已初步确立了自身的娱乐风格。从追求短期成效来看，深圳电视除了设置一些娱乐节目外，还放大电视剧的规模以及进军粤语节目市场，以争取观众。但是从长远来看，内容竞争关键在于品牌影响力的提升，而品牌的提升建立在节目的多样化、深度和力度上。深圳电视已经通过种种措施，在品牌建构上取得了一定的成效，建立了经济节目品牌和"民生"节目品牌，新闻报道的触角也深入到全国范围，并通过"活动兴台"的方式进一步确立了深圳电视品牌。2001 年以后，深圳电视的市场份额逐渐超越香港电视，并至今保持着领先地位。深圳电视台尤为重视传播效果的监测工作，采用了先进的收视率调查仪，随时监测收视率变化，灵活调整节目的设置和布局。广电集团成立后，视评员机制的建立也是监测传播效果的重要举措，观众的想法和百姓的心声通过视评员及时反馈出来，为电视发展策略提供了有力的借鉴和参考。

再次，深圳电视的技术革命成就了今天的快速发展。从无线到有线的技术创新、从模拟到数字的科技领先，使深圳电视逐步成为全国瞩目的科技焦点。除了市场经济环境的有力支持，科技因素成为推动深圳电视产业化发展的更为显著的条件。

在特区的良好环境中，在政府的大力支持下，深圳电视应该继续发挥技术优势、地域优势、体制优势和人才优势，积极应对如下挑战：

国际化竞争的挑战。随着电视传媒国际化竞争的加剧，深圳电视应积极适应市场竞争和国际竞争，尝试将电视节目打入国际市场，为深圳电视业的发展注入活力。广电集团下属的影视剧制作公司和制作基地将可以生产出商业性质的影视作品，而在作品的生产过程中，应充分考虑全球化竞争的需要。这也对节目制作提出了更高的要求，包括文化、语言、理念等方面的进一步创新。

媒体融合时代技术竞争和内容竞争的挑战。随着科技的迅猛发展，网络电视的兴盛加剧了电视媒体的竞争，境外电视节目通过网络传播，占领了相当一部分内地电视市场。高技术促进了不同媒体之间的更大竞争，使得不同媒体间的内容超越了媒体性质本身的限制，网络、电视、广播、报刊等跨媒体的融合成为趋势，跨行业、跨地区的发展也将快步跟上。单一的电视媒体将逐渐成为竞争中的弱势群体。同时，媒体融合加剧了内容竞争。深圳电视除了需要向国内外优秀电视台学习外，还应该大胆借鉴国外优秀理念，结合中国实际进行创新发展。在技术上和内容上，深圳电视业必须适应媒体融合时代的要求，积极拓展技术升级和内容创新的空间。

广播
立足本土资源的创新战略

李明伟

1956 年 1 月，深圳市的前身宝安县在蔡屋围小学建立了县广播站。1957 年，初步形成了以县城为中心、各公社为传输点、广播直通生产队的广播网。1980 年，深圳特区成立，宝安县广播站更名为深圳市广播站。深圳广播事业开始走上现代化的发展道路。1983 年，在深圳市委宣传部的指示下，成立了筹办深圳市广播电台小组。1986 年 10 月 12 日，深圳广播电台在上步工业区振兴宾馆举行了开播仪式。从这一刻开始，深圳广播电台正式进入了一个快速发展的历史新阶段。2004 年 6 月 28 日，深圳广播电影电视集团正式挂牌成立，由深圳广播电台、深圳电视台、深圳电影制片厂、深圳市广播电视传输中心等单位为主体整合而成。目前，集团拥有 11 个电视频道和 4 套广播频率。广播收听市场份额超过 60%，一直位居覆盖深圳上空各家电台之首，综合经济实力已名列全国广播第一方阵。

深圳的广播事业起步较晚，同一片天空下的频率资源早已被香港、澳门的广播电台开发占用。这决定了深圳广播电台不可能像全国其他很多城市广播那样，动辄开播七八个频率，可以涵盖社会的各个领域和生活的各个方面。所以，频点奇缺一直是深圳广播事业发展的一大瓶颈。

深圳的广播事业发展很快，从 1986 年深圳广播电台开播至今不足 30 年。30 年，深圳这座城市可以完成从一个边陲小镇到现代化都市的神奇转变。不到 30 年，深圳广播事业从 1 个频率、每天播音 2 小时、模拟信号输出、广告年收入仅为几十万元的无名小台，迅速发展为今天 4 个频率、全天 24 小时直播，横跨珠三角，覆盖港澳台，全数字化播出，广告年收入超亿元，跻身于全国前列的现代化广播大台。

深圳广播事业的非凡成就离不开深圳这座城市的发展，也离不开深圳广播电台始终坚持的"资源有限、创新无限"的创业观念，和"拼特色而不拼资源"的竞争战略。

一、深圳广播与特区一起成长

（一）敢冲敢拼

1993 年 8 月 5 日下午 1 点 26 分，深圳市区北面的清水河危险品仓库发生爆炸。得知消息后，深圳广播电台新闻频率记者李晓梅立即意识到了问题的严重性：爆炸点周围 300 米以内是存有 240 吨双氧水的仓库，深圳市燃气公司储存有 8 个大罐、41 个卧罐的液化气站及刚运到的 28 个车皮的液化气，还有中国石化的一个加油站……危险无比，但情况紧急。李晓梅义无反顾冲了进去，在火海中左冲右突获取现场情况，在附近费尽周折找到了一个固定电话，抢先发出了第一个报道。仅仅过了几分钟，第二次更剧烈的爆炸发生了！清水河 14 座储物仓、2 幢办公楼、3000 立方米的木材和大批货物熊熊燃烧。烟柱高达数百米，浓烈的烟雾中不断爆出一个个巨大的火球，如同原子弹爆炸形成的蘑菇云。方圆数公里内的建筑物的玻璃全部震碎，附近的三个山头也是一片烈焰。

爆炸惊动了广东省委、省政府，也惊动了中南海。广东省委调派了广州、佛山、顺德、番禺、清远等 10 个市的消防支队前来增援，公安、武警、驻军、联防队员共 3000 余人投入灭火救灾。"先锋 898"新闻频率的记者们没有退缩。又一个前线记者袁承咏冲进了火海，对爆炸现场的最新情况进行了多次密集连线报道。后方人员也全部投入了紧张的编播工作。为了更充分地记录和表现深圳人民众志成城抵御灾难的壮举，电台组织精兵强将，充分利用前线记者发回的硬材料和后期加工融入的真情感，制作播出了广播通讯《火海特区魂》。

"爆炸现场浓烟蔽日，火浪袭人，零星的小爆炸发出沉闷的声音，空气中弥漫着令人窒息的酸臭味……仓内冒出阵阵白烟，第二次大爆炸发生了。""浓烟、烈焰、高温，不断地袭击着每一个战士，随时可能爆炸的双氧水罐威胁着战士们的生命，火海中，有的战士被烈焰灼伤，有的战士被硝烟熏倒，还有的战士脚掌被钉子扎穿，鲜血直流，水泥袋没有剪刀剪，战士们用手撕，用牙咬，三千子弟兵，三千颗赤胆忠心，在生与死的考验面前，没有人退缩！六日凌晨三点，在火海与双氧罐之间，子弟兵们硬是用生命和鲜血铺设出一条隔火带！"……

精练的语言，饱满的情感，跌宕起伏的节奏，扣人心弦的现场，让无数人为之动容。作品获得了当年全国播音作品一等奖。至今，它仍然是深圳广播新闻的代表作。

深圳广播人敢拼敢冲的精神不只是体现在重大突发事件中，更体现在年复一年的常规新闻报道中。2000年12月，深圳荣获在美国华盛顿举行的国际花园城市评选的"国际花园城市"称号。新闻频率在评选结果一公布即播发了记者孙立遐、黄立武采制的短消息《深圳荣膺"国际花园城市"称号》，该报道获得了2001年第十一届中国新闻奖二等奖。深圳每年的6—9月，都是台风暴雨的多发季节。作为交通出行方面的优势媒体，广播在这方面的责任尤为重大。所以，几乎每年这个时期，都能听到深圳广播人来自暴风骤雨第一线的声音。

2003年9月1日，台风"杜鹃"正面袭击深圳。登陆时中心附近最大风力12级，并伴有暴雨。仅特区内就有6000多棵树木被吹倒，许多铁皮房被刮倒，南澳海堤决堤，水库开始泄洪，宝安、龙岗两区大面积停电。由于正是涨潮期，不少路段还出现严重积水。记者们分赴各个紧要处，冒雨顶风甚至还要摸黑发回最新的现场情况。蹲守三防指挥部的记者，连铺盖都搬了过去。记者林卫春因为阑尾炎发作不得已撤出战斗，接受治疗。但她在医院里还不忘采访，把在医院看到的因台风造成的人员伤害和救治情况及时发回了电台。

记者林诗岩说起她在1999年第9910号台风登陆深圳时的一个采访细节，至今仍心有余悸。在10级暴风和滂沱大雨中，她站在深圳东湖水库的大坝上，四周一片迷蒙。漫过警戒线的水位还在不断上涨，似乎马上就可以把她吞没。娇小的身躯此时更显得弱不禁风，双脚好像抓不住地似的，每分每秒都有掉下去的危险。[1]

2008年6月13日凌晨3点，深圳遭遇百年一遇的特大暴雨，"先锋898"新闻频率全体记者立即行动，兵分六路跟随市领导深入各区，第一时间打破正常节目编排，连线报道特大暴雨给深圳带来的影响，多位市领导通过记者话筒慰问市民，广大市民第一时间通过广播了解深圳水情。

对于深圳广播这种敢冲敢拼的精神，时任深圳市委书记的厉有为特别给予了赞

---

[1] 深圳广播电台"先锋898"新闻频率60集大型系列报道《广播伴随我成长》第26集。http://www.sztv.com.cn/pop/radio20year/index.html.

扬："深圳电台对深圳的突发事件都报道得非常及时，给市民一个非常及时的信息。'8·5'大爆炸，你们最先报道。'9·26'台风、水灾、泄洪等等也是你们及时用广播动员全市市民做好预防工作，起到了至关重要的作用。"[1]

（二）立足深圳，做"特区"大文章

立足特区，彰显窗口特色，是深圳广播一直以来坚持的一个原则和方向。深圳广播剧的三连冠正是这一努力创造的奇迹。1997 年，深圳广播电台创作的广播剧《水暖香港》获得了当年"全国五个一工程奖"。这是深圳也是广东省第一部获得"全国五个一工程奖"的广播剧。

《水暖香港》以香港 1962 年发生的大旱灾为契机，以 1963 年广东省修建东江—深圳供水工程为背景，以水为媒，以水为线，通过描写供水工程，反映"东深人"不惜牺牲自己利益，拆迁学校，修建水坝向香港供水，全力支持国家援外重点工程的高尚情怀以及深港两地人民的血脉亲情。

"月光光，照香港，山塘无水地无粮，阿姐担水，阿妈上佛堂，唔知几时没水荒。"这首曾经流行的歌谣非常生动地反映了香港曾经淡水奇缺的历史。由于香港三面环海，再加上没有湖泊河流调节，淡水奇缺长期制约着香港经济社会的发展。1963 年，华南地区遭受 70 年来罕见的旱灾，香港水源枯竭，水塘积蓄仅够 40 多天食用。此次严重的水荒历时半年，致使全港上下一片恐慌。港英当局遂求助广东。周恩来总理听了汇报后当即指示：此工程关系到港九 300 多万同胞，应从政治上来看问题，快速解决。并决定由国家拨款 3800 万元，由广东省承建，引东江水南流至深圳水库再输往香港。工程的一个最大难点，是需将其中一条原本由南向北流入东江的支流——石马河，从下游抽回上游，逆流进入深圳水库。为此，工程需要建造八级抽水站把水位提高 46 米，6 座拦河闸坝引水。工程艰巨，时间紧迫。为了这项极为重要的政治工程和民生水利工程，工程沿线人民为此付出了巨大的牺牲和艰辛的汗水。

《水暖香港》以此为题纪念过去、庆祝回归，其意义自然不言而喻。为了让珍贵的历史重现，让血浓于水的情感存档，创作人员对广播剧的各个环节和所有因素都精

---

[1] 深圳广播电台"先锋 898"新闻频率 60 集大型系列报道《广播伴随我成长》第 11 集。http://www.sztv.com.cn/pop/radio20year/index.html.

打细磨，精益求精。

剧中第一场戏是"港人过境抢水，双方冲突械斗"。为了营造现场感和还原历史真实，演员换了好几批，甚至剧组很多工作人员都亲自上阵。表演、录制、加工……整个制作先后反复了 10 次。话剧演员出身、当时在剧中任统筹兼演员的潘永汉深有感触地说："你要知道创作一部广播剧它为什么痛苦，比如有几句台词需要修改，有一段内容需要改变，你不是说一段戏修补就完成了，它必须是从头到尾，重新录音，重新制作，除了音乐后配之外，因为主持人或者演员在演广播剧的过程中，人的情绪、语言、声音的状况变化以后，它的戏就接不上了。"[1]

《水暖香港》的音乐选配也受到了广泛好评。在阿彩向妈妈诉说、阿彩向米氏父子表白、余慧在丈夫坟前倾诉的场景中，小提琴独奏如泣如诉，感人肺腑。在阿彩病中醒来与米罗对话时，小提琴与大提琴配合，恰到好处地表现了两人的情浓意切。为了更好地推动剧情和表现主题，剧组还大胆地改变客观音响，在后期制作中把在剧中由广播喇叭里传出来的《学习雷锋好榜样》、《我们走在大路上》等歌曲，处理成了主客观兼用，收到了奇效。而剧本最后又使用了客观音响《东方之珠》，"小河弯弯向南流，流到香江去看一看……"把听众带到了香港回归祖国的今天，寓意深长。因为主题是水，《水暖香港》在水的效果声运用方面也颇费心思，独具特色。剧中根据场景和表意的需要，采取虚实相糅等多种手法对海浪、江涛、溪水的声音作了多元化的处理和表现，收到了相得益彰的效果。

这是深圳广播电台历史上第一部自编、自导、自演、自录的立体声广播剧。三集虽然不是很长，但场景复杂，时间跨度大，群众场面多。面对这些挑战，深圳广播电台反复试验研究整体录制方案，精心编排、表演、录音和制作，一举实现了深圳乃至广东省广播剧的大突破，极大地激发了深圳广播人的创作热情。

深圳广播乘胜前进。1998 年，广播剧《抬头一片天》再次获得全国"五个一工程奖"。之所以能够"梅开二度"，该剧执行监制潘永汉认为，主要是抓住了时代脉搏，生动表现了深圳特色："当时，'技术也是生产力'、'发展高新科技'的口号和观念在深圳非常红火。怎么发展高新技术？广播怎么样去表现和推动这个时代潮流？我们就讨论能否以深圳企业发展高科技为题创作一个广播剧，以典型人物和事例展现深圳从

---

[1] 深圳广播电台"先锋898"新闻频率 60 集大型系列报道《广播伴随我成长》第 12 集。http://www.sztv.com.cn/pop/radio20year/index.html.

一个洗脚上田的农民到发展企业，然后瞄准高科技发展，把深圳生产的产品辐射全国又走向世界。"[1]

《水暖香港》写了"深港一家亲"。《抬头一片天》写了高科技和股份制改造。《我们的队伍向太阳》则是以工程兵在深艰苦创业为题创作的又一部广播剧。该剧塑造了以田海为代表的特区"拓荒牛"形象：他们脱下军装就地转业，在特区建设中绽放光彩，吃尽万般苦，献身建特区。为表现他们的英雄气概和丰功伟绩，剧本设计了不少气势磅礴的大场面。专门请了一个连队的战士到录音棚录音，并通过恰如其分的声音、音效和音乐的综合运用传神地表达主题和营造氛围。1999 年，广播剧《我们的队伍向太阳》又获全国"五个一工程奖"。"三连冠"！这对于一个地方台而言是何等荣耀，更何况深圳广播才不过 10 岁出头！

深圳广播剧的成就不止这三部获奖作品。在深圳广播不足 30 年的发展历史中，广播剧《发发士多》至今已持续播出了 18 年 3000 多集，成了深圳广播的老名牌栏目。每天早上 8 点半，发仔（出租车司机）、肥姨（士多店老板）、陈处（退休干部）、小莉（公司白领）这四个非常能够代表深圳社会阶层的典型人物，就会用幽默诙谐又极富感染力的声音把最近发生在深圳的大事、小事以故事的形式演绎给听众。物价、交通、治安、环保……只要是深圳老百姓关心的问题，只要贴近深圳老百姓的生活，《发发士多》里面就会有来自不同阶层的议论。剧中四个人物的观点角度不一，态度情绪各异，感情色彩多样，语言生动活泼；在议论热点、焦点问题时，能反映正反两方面的意见，听众的心往往不自觉地被他们的情绪带动，跟着剧情的发展喜怒哀乐，犹如身在其中。《发发士多》播出 18 年，历久弥新；其旺盛的生命力背后是主创人员付出的巨大心血。

不仅在广播剧创作方面紧紧围绕特区，受益于特区，而且在新闻报道、活动策划等方面，深圳广播也力争做足"特区"文章。

1997 年香港回归前夕，深圳广播推出了长达 80 集的大型系列报道《罗湖桥头话九七》；1999 年澳门回归祖国，又制作了 80 集的大型系列报道《九九回归看澳门》。深圳广播抓住"回归"这个历史时刻，充分利用深圳毗邻港澳的地理文化优势，以宏阔的历史眼光和卓越的执行能力，精心制作了这两组全景式的回归报道。两次大型报道

---

[1] 深圳广播电台"先锋 898"新闻频率 60 集大型系列报道《广播伴随我成长》第 13 集。http://www.sztv.com.cn/pop/radio20year/index.html.

都得到了中央人民广播电台的欣赏和支持。深圳广播电台和中央人民广播电台播出后，全国有 30 多家地方台重播《罗湖桥头话九七》，20 多家地方台重播《九九回归看澳门》。靠这两个大手笔的特色作品，深圳广播在竞争激烈的回归报道大战中光彩立现。

2007 年 7 月 1 日，香港回归 10 周年，深圳广播电台"先锋 898"新闻频率携手中央人民广播电台、上海人民广播电台和香港电台联合推出"潮涌香江——庆祝香港回归十周年十二小时大型直播"，分别在北京、香港、深圳、上海设立直播间，以"一国两制，成功实践"为主题，全方位、全景式展示香港回归 10 年历程。节目气势恢宏，吸引海内外数亿听众收听，反响强烈。深圳广播团队的职业精神也得到了中央台和各地方台的高度赞誉，大大拓展了深圳广播与海内外媒体的合作空间。随后，在北京奥运圣火传递、改革开放 30 年、新中国成立 60 年和澳门回归 10 周年等重大活动中，深圳广播电台"先锋 898"新闻频率又再次携手中央人民广播电台、中国国际广播电台、香港电台、澳门莲花卫视以及全球华文广播联盟等，推出大型直播，在海内外产生了广泛影响。

作为前沿城市的先锋媒体，深圳广播在重大事件和深圳本土的热点新闻事件中，始终身处前沿，反应迅速，携手中央台、国际台等海内外实力媒体精心策划，并形成了"新闻事件策划、实施流程模板"的标准化的新闻生产体系，制作推出了一篇又一篇高水准的新闻报道。

（三）创新与探索

深圳广播有一个值得书写的专栏《读家新闻》。

作为一种大众文化，"新闻"很难做出深度。比较普遍的观点也认为，广播在做深度新闻方面明显不如报纸期刊，更不要说在深圳这个很多人认为是文化沙漠的地方做深度的广播新闻了。而《读家新闻》追求的偏偏就是广播新闻的"思想含量"和"深度"。深圳广播人比较早地对广播有了这样一种认识：广播需要向观点新闻、深度评论发展。这种预见和信念在实践中得到了检验。

在《读家新闻》正式推出之前，主持人朱克奇曾以固定嘉宾的身份在《有话好说》栏目作每天 15 分钟的新闻点评。节目大受欢迎，为他今后独立担纲节目打下了基础。2006 年，新闻频率改版。《读家新闻》破壳出笼，原本 15 分钟的新闻点评被剥离出来扩充成为一个固定栏目。《读家新闻》并非一个简单的读报节目。《读家新闻》

强调三个"含量"：第一，信息含量。每期节目围绕一个核心话题，呈现事件多方面的信息，引述话题多角度的评论，让节目保持适当的信息密度。第二，情感含量。好的东西都是要通过思想和情感去打动人的，广播的声音优势尤其擅长表达情感。朱克奇特别提起了他到美国密苏里大学新闻学院培训时的一个收获："美国广播界同行认为，广播就像是传教士。主持人的声音应该是上帝的声音，他要与听众共鸣，让自己的情感与听众的感受相互撞击，每天的节目都能够引起听众的某一种情绪：愤怒、大笑或者悲哀。"[1] 第三，思想含量。广播电视上面的很多读报节目只是简单地摘要宣读报纸新闻。《读家新闻》强调要在吸收的基础上有自己的思考，提炼出自己的观点，把话题导向更广阔更深入的反思空间。2010 年 1 月，新闻报道武汉理工大学自主招生出了一个题："你对性有没有幻想？"引起了各方非议。由于此前已经屡有自主招生的"雷人"试题出现，《读家新闻》遂以最新发生的这个最"雷人"的招生试题做了一期节目。在与听众互动的过程中，主持人先是问："你觉得这个题目怎么样？你怎么看？"然后提出："出题的意图会是什么？"再追问："为什么学生不知道如何作答？"这样层层推进，自然而然地讨论到了"性话题"的社会禁忌以及其中所反映的社会心理。

　　"广播应该往深处开掘，看一看事件背后是什么，触及更深层次的民众心态、社会心理甚至是民族性的问题。这也是在浮躁的现代社会中张扬理性与平和的一种努力。"[2] 这就是《读家新闻》的执著追求——信念坚定但又十分清醒，代表着深圳广播探索自我生存与发展的一种成熟与理智。

　　深圳特区是一个试验区，担负着为国家探索发展之路的光荣使命与艰巨责任。在这片热土上出生的深圳广播也从一出生就走上了探索的道路，以"敢为天下先"的精神积极开拓中国广播事业的发展空间。

　　1992 年，深圳广播创办了《夜空不寂寞》栏目。这是全国较早一档关注情感心理健康的广播谈话类节目。从 1992 年到 2007 年，主持人胡晓梅伴随这个节目走过了 15 个年头。她的真诚打动了无数的听众，她的凌厉让很多情感迷局或困局迎刃而解，她的哲学心理学诊断荡涤了很多头脑中或陈腐或错误的观念。《夜空不寂寞》在深圳保持了连续15 年最高收听率的神话，每晚固定收听人数高达 200 多万，被誉为"中国南方的广播奇

[1]　深圳广播电台"先锋 898"新闻频率《读家新闻》主持人朱克奇访谈，2010 年 1 月 29 日。
[2]　同上。

迹"。2006年12月，瑞典《世界周刊》刊载了长达9页的胡晓梅专访。2007年6月英国《泰晤士报》一篇讲述中国两性观念变迁的文章这样说道："在深圳，每天晚上大约有200万人收听胡晓梅的电台节目，这个有胆识的女子以她的率直震撼了老中国人。"

1995年，深圳广播电台推出了一个更大胆前卫的节目《夜激情》。这是中国最早一批性健康广播谈话类节目之一。推出这档节目不是为了前卫而前卫，更不是为了跟风。作为一个移民城市，深圳有千百万建设者两地分居，有庞大的青年务工人员队伍。他们有性需要，但没有条件，又缺乏知识。《夜激情》致力于传播性科学知识，维护性健康权益和提高性生活水平。

2005年，一个在深打工妹给栏目写了一封很长很长的信。她在信中表白说，她小时候受到过性侵犯，现在又患上了妇科疾病，痛苦快要把她压垮了，她甚至想到了死。因为长期收听《夜激情》栏目，对主持人非常信任，希望主持人能够帮助她。主持人言真收到信以后，以回信和节目答复的形式，对她耐心开导，并给她介绍了一个可靠的专家，让她得到了免费、有效的治疗，不仅治愈了她的生理疾病，而且解除了她的很多性健康困惑。

不少听众甚至成了言真的铁杆"粉丝"，经年累月地收听这个节目。2006年，一位退伍兵专门给言真打来电话，感谢节目帮他越过了生活的那道坎，促进了他的家庭和美。电话中对方说道：当时在深圳当兵的时候，每天夜里躲在被子里收听节目。后来退伍回到家乡结婚生子，特别怀念这个节目。如今他又来到深圳打工，有机会继续收听。节目真的对夫妻生活帮助特别大。自己过去不知道怎么体贴妻子，不知道怎么去关爱他，经常收听节目让他改变了夫妻性关系，现在夫妻生活和和美美。

除了在电波中为听众启蒙，带去欢乐，节目主持人言真还与慈善公益网联合创办了国内第一个性基金，用于性教育以及让艾滋病患者或者受到性侵犯的朋友得到一些资助，收到了积极的社会效果。

深圳广播创新的征途从未停歇。

为了推动深圳的政治民主进程，深圳广播在市民与政府之间建起了一座沟通的空中桥梁——"民心桥"。为了推广本地原创音乐，深圳广播搭建了全国唯一的原创音乐广播推广平台——"鹏城歌飞扬"。为了更好地推动城市交通文明，深圳广播打造了一个快乐的交通频率——"快乐1062"。为了进一步探索广播发展新机制，尝试广播制播分离和产业公司化运营，发扬岭南文化的独特魅力，2007年6月18日，针对珠江三角洲及港澳地区粤语人群播出的深圳广播电台生活频率应运而生。为了整合华文广播媒体资源，搭建全球华文广播娱乐资源交流合作的平台，扩大深圳广播在海内外的影响力，2007年5月17日，由深圳广电集团发起的全球华文广播娱乐联盟宣告成立。截至今天，联盟在全球范围内已拥有包括广播电台和各类娱乐机构在内的273家成员。

二、一座桥梁，让市民与政府心意相通

2004年8月31日，深圳广播"先锋898"新闻频率开播了一个热线栏目——《民心桥》。这是由中共深圳市纪委、深圳市监察局、深圳广播电影电视集团共同主办的一个广播栏目。栏目开播至今，共有10多位市领导、100多位市局和各区主要领导走进直播间与听众沟通。听众共打进1万多个热线电话，发来4万多条短信，其中1400多位市民与"上桥"领导直接对话。他们所反映的问题90%以上得到解决，100%得到答复。据央视索福瑞调查，在覆盖深圳上空20多家境内外广播的同时段节目中，《民心桥》的收听率始终位居首位。超过90%的深圳出租车司机保持长期收听该节目的习惯。

就节目的性质、样态、播出历史而言，《民心桥》没有任何特别和优越之处。因为这种行风评议类的广播节目在我国非常普遍，而且大同小异。1999年3月8日，山东临沂市在全国率先开办了《行风热线》。发展到今天，全国大约100多家省市广播电台都设有这类节目，像陕西广播电台的《秦风热线》、北京人民广播电台的《市民热线》、河北人民广播电台的《阳光热线》和河南人民广播电台的《政府在线》。这类节目都是由当地党风政纪监督管理部门联合广播媒体创办、管理和运作，都是邀请地方领导作为节目嘉宾与听众直接交流，都是着眼于改进党风政风，密切干群关系，推动社会主义民主政治建设。

但是，在节目的实际效果、业务创新和运行状态方面，《民心桥》都取得了骄人的成就。这些成就源自它的诸多过人之处：

第一，节目自始至终受到了深圳市委市政府的高度重视和深圳市纪委、监察局的大力支持。

坦白讲，我国行风评议类节目离开政府的支持是办不下去的。遍览全国此类节目的生存状况便可一目了然——节目一路通畅、运行良好的，当地政府重视是关键；节目举步维艰，嘉宾资源匮乏的，往往是因为当地政府的态度消极。

与全国其他同类节目一样，《民心桥》也是由政府牵头、主动与媒体合办。但是，

《民心桥》有幸得到了深圳市委市政府和纪委监察部门难能可贵的一贯支持。这是栏目的运行状态和传播效果越来越好的最大保障。

2004年深圳市纪委提出了在广播电台开办《民心桥》直播节目的设想，得到了当时深圳市委主要领导的肯定与支持。开播前，市长反复琢磨首期节目的播出方案，提出一定要有一个让听众能说心里话的宽松氛围。[1]8月31日首期节目正式开播，市长第一个"上桥"做嘉宾。为了打消电台和听众的顾虑，让节目真正成为政府沟通"民心"的桥梁，市长还分别对导播和听众表明了态度："不管听众的问题有多疑难多尖锐，全部接进来"，"提问不限主题，大家想说什么就说什么，不必嘴下留情"。"市纪委、市监察局和深圳广播电台合作办这样一个节目，等于是给市政府负责人，不单是市长副市长，还有政府各部门的领导，架起了一座与市民沟通的桥梁"，"作为一个城市的管理者，必须要有直面市民意见的勇气和为市民解决各种困难的能力和决心"。[2]从那时起，深圳的每一位市长都上过《民心桥》，有些市长上"桥"还不止一次。有一次直播节目接到了500多位市民的热线电话和手机短信，市民与市领导现场交流了居民住房、人才引进、关爱外来工共8个方面的社会热点焦点问题。一次节目征集到1000多条群众意见和建议，后来都被整理分发到相关职能部门，做到件件有反馈，事事有回音，给群众满意的答复。

第二，以制度建设保证节目运行和沟通成效。

从一开始，《民心桥》的主办方就坚定了一个共同的信念和目标：节目要办实事，求实效，绝不能做成"花架子"。为此，主办方在栏目运行过程中不断强化制度建设，以求节目的长远良性发展。

首先，市领导定期"上桥"制度保证了栏目能够一直保持高位运作。从市长做客第一期节目以来，深圳市政府的每届领导都会经常走进直播间。深圳市委、市政府班子成员都要上《民心桥》的规定写入了市政府文件当中，形成了市领导定期上《民心桥》的制度。

其次，在全国首创"义务参评员考评监督制度"，保证了栏目的常态运行和实际成效。2007年，主办方在栏目2岁生日之际推出了一套完整的考评监督制度。主办

---

[1] 潘之江：《铸就沟通桥梁　扬威城市广播——记广东省委常委、深圳市委书记李鸿忠支持广播创办名牌栏目》，《中国广播》2005搭第8期。

[2] 姜迎春：《电波搭桥通民意　阳光政府暖民心》《民心桥》节目开播两周年通讯），深圳广播电台"先锋898"新闻频率2006年8月31日。

单位聘请了 20 多位"参评员"，对"上桥"领导的直播表现及所在单位对问题的处理情况（处理情况好坏以群众满意度为主要依据）作出考评、进行监督。纪委监察部门还明确要求，"上桥"单位对听众提出的每一个问题或者意见，一般情况下在节目播出后的 5 个工作日内予以解决（必须在 15 日内作出答复），个别需要调查的意见和投诉 20 日内必须作出反馈。所有反馈的信息不仅要在节目中公布，还要在纪委监察局的网站上公开。如果有单位对听众反映出来的问题视而不见、推诿扯皮，轻者曝光批评，重者追究责任。参与节目的领导及所在单位获得的评分，还将直接与行风建设责任制考核和政府绩效考评挂钩。这些制度有机融合了行政监督、舆论监督和社会监督，有效聚合了政府、媒体和民众的力量与智慧，栏目因此具有了号召力和影响力。

第三，强调以民为本，注重选题策划。

选题先行是《民心桥》不同于其他很多行风评议类节目的又一个特点，也是栏目坚持不断创新的一个方向。所谓选题先行，就是强调对节目选题进行周密策划，每期节目都要有新闻点而且攸关民生，选题确定了，再按图索骥邀请相关部门的负责人做节目嘉宾。"我们要真正以'问题'为中心展开选题，而不是以'单位'及其工作重点为导向组织选题；真正选择社会关注、事关百姓切身利益的问题作为节目话题，而不是就某些部门的自身工作展开节目。"[1]

春运期间，交通是焦点问题。栏目就以保畅通为题，邀请市交通局、广铁集团的领导共同走进直播室。燃气价格要调整了，请来燃气集团领导"上桥"。五一劳动节快到了，市劳动保障局的领导就会在"桥"上就劳动权益维护等市民关心的问题进行交流。某个时期社会治安问题突出了，公安系统的领导就会成为节目嘉宾。每期节目选定一个时事主题，每期节目的主题都和市民生活息息相关，节目自然赢得了市民的关注和满意。

《民心桥》强调选题先行，实际上是在以民为先还是以官为先问题上的一个明智选择，同时也是不忘媒体本性、贯彻新闻立台的一个生动表现。"正是因为敢于直面社会热点问题，敢于让社会热点问题成为'公共参与'的问题，《民心桥》获得了新的、更强大的生机。"[2] 总之，问题涉及哪里，嘉宾就来自哪里。单位随着选题定，嘉宾跟着问题来。这就是《民心桥》栏目的一个核心宗旨：以民为本。

---

[1]　深圳广播电台内部资料：《民心桥 2006 年改版方案》。

[2]　李静：《成长的思考——从〈民心桥〉四周年看行风评议类节目的进化与转型》，《中国广播》2008 年第 11 期。

民就是天。"以民为本"让栏目有了天一般辽阔的创新空间。2007 年 8 月 26 日，《民心桥》走出了直播间，走进了"四季花城"小区。这是《民心桥》推出的首期户外版进社区活动。《民心桥》户外战略的目标是走到市民身边，走近市民生活，走进市民心窝。在这一战略指导下，《民心桥》栏目进社区、进工厂，到渔村、到广场，把节目办到了市民身边和老百姓的眼皮底下，让原本只能听音的空中桥梁变成了面对面沟通的大舞台。

第四，着眼于完善制度而不是解决具体问题，以有力推动深圳的政治民主化进程。

作为一档由纪委监察部门参与主办的舆论监督节目，倘若就事论事解决一个个的具体问题，无疑是大材小用，一个"花架子"而已。比如听众反映某个路段的灯不亮，直播间的相关部门领导可以很容易让这盏路灯亮起来。但是，《民心桥》栏目很清醒地认识到，媒体真正应该促成的是让相关领导意识到：为什么我不说话，这盏路灯就亮不起来？"事实上，让某盏路灯亮起来，这并不是相关领导的主要职责；他的职责是让城市的每一盏路灯都保持明亮。于是，我们意识到，节目一定要完成一种影响力的飞跃，就是把外在、表面的'触动'，转化为内在的、深层的'驱动'，促进政府部门在制度层面履行自己的职责。"[1]

2004 年 11 月，深圳市劳动保障局第一次走上《民心桥》。不到一个小时的节目，接听了 14 个热线电话，收到了 1100 多条短信，直至今天这仍然是收到参与短信最多的一期节目。听众反应之热烈，参与之积极，特别是反映的问题之多，完全出乎局长的意料，更让全局上下为之震动。节目结束，劳动保障局一方面迅速处理问题，向市民反馈；同时对 1000 多条短信息进行整理研究，从中寻找改进思路和工作重点。很快，深圳市劳动保障局设立了"12333 咨询热线"，实行局领导每周接听热线制度；改进了工伤保险缴纳办法；在全市开展零欠薪行动、零就业家庭就业行动。在这个过程当中，《民心桥》作了大量的跟进报道，在追踪具体问题解决情况的同时，着力反映制度建设的进展。半年后，当劳动保障局长再次参加《民心桥》节目时，参与节目的短信息数量锐减。局长感慨地说："我们通过这个活动也尝到了甜头。现在热点问题不热了，证明我们《民心桥》产生的作用非常大，推动了我

---

[1]   李静：《成长的思考——从〈民心桥〉四周年看行风评议类节目的进化与转型》。

们的工作。"[1]

这样的事例还有很多：根据《民心桥》上的听众意见，环保局建设完善了深圳排污企业远程监控系统，公安局建立了网格化治安防控体系……在媒体的引导和监督下，政府部门不仅仅着眼于一时一事，更重视制度的建设和完善，以求从根本上解决普遍存在的问题，推动本部门的行政体制改革。

"十年树木，百年树人"。《民心桥》却只用了不足 6 年的时间，就已经变得成熟，稳重，富有内涵，而且卓有建树。解决的具体问题成百上千，出台的制度措施接二连三。在它的直接带动和间接影响下，市委市政府处理公共事务、与群众沟通的方式不断拓展，比如在报纸上开办"民意直通车"专栏，建立重大决策新闻发布制度，公开市领导电子邮箱。更重要的是，经过《民心桥》的洗礼和锻炼，深圳市的很多职能部门转变了工作作风，改进了工作思路，提高了执政能力和服务水平。

另一方面，《民心桥》大大提高了群众参与城市管理的意识和水平。这种变化在栏目接通的热线电话和收到的听众短信中一目了然：单纯投诉的有所减少，建言献策的明显增多；涉及具体问题的有所减少，着眼社会整体的明显增多；批评性的有所减少，建设性的明显增多。栏目主持人陈希说："这个节目开办到现在我感触最深的是，老百姓从一开始希望通过节目解决自己切身实际问题，到后面很多的市民是在关注整个城市发展当中存在的一些相对普遍的问题，这是一个提升，就是已经从'小我'走到了'大我'的境界了，来关注整个城市的发展。"[2]

办实事，促改革；争创新，见成效。《民心桥》栏目因为这些不凡成就而誉满全国。2004 年创办，当年被中央纪委评为党风廉政宣传教育优秀栏目。2005 年，被深圳市纪委评为反腐倡廉优秀栏目。2006 年，在广东省行风热线类节目经验交流会上获得高度评价，在全省被重点推广。2009 年，国务院纠风办领导评价《民心桥》"是全国的一面旗帜了。在全国有推广的作用"。栏目还得到了中央文明委、中宣部等中央多个部门的好评。新华社、《人民日报》、《中国青年报》等多家媒体对《民心桥》的报道近 80 篇组。

面向未来，《民心桥》栏目豪情满怀，志存高远：优化选题机制，更加贴近群众

---

[1] 李静：《成长的思考——从〈民心桥〉四周年看行风评议类节目的进化与转型》。

[2] 《一座〈民心桥〉，做出大文章》，深圳广播电台"先锋898"新闻频率 2006 年 8 月 31 日《民心桥》两周年晚会直播节目。

生活，服务社会；完善考评制度，进一步提高节目实效；继续推进户外版，延伸栏目的品牌效应……"我们希望通过这样一档节目让民众真正表达出多元的声音，希望把它建成一个公民参政议政的平台。将来政府酝酿出台什么措施比如深圳到底要不要征收物业税、尾气排放税或者交通拥堵费，首先放在《民心桥》里面进行讨论，听取民声，聚合民智，政府与民众共同完善城市管理。"[1]

三、一项活动，让鹏城音乐飞扬全球

中国流行音乐的爱好者，大多知道"鹏城歌飞扬"；知道陈楚生、周笔畅、凤凰传奇的音乐爱好者，更熟悉"鹏城歌飞扬"，因为他们都是从这项活动中走出来的深圳歌手。

"鹏城歌飞扬"是由深圳市委宣传部主办，深圳广播电台和深圳市音乐家协会承办的一项致力于推广深圳本地原创音乐的评选活动，全国唯一专注于一座城市原创音乐推广的广播活动平台。

(一) 一座城市的音乐春秋与梦想

深圳是一座韵律旋动、歌声飞扬的城市。20 世纪 80 年代初，在很多人还不了解深圳的时候，《深圳情》、《夜色阑珊》等深圳原创歌曲就已唱遍全国，成就了中国内地第一批音乐巨星。多少人为《深圳情》的魔力打动，背包南下寻梦。歌手周峰唱着《夜色阑珊》登上了中央电视台，之后签约英国环球唱片公司，成为内地歌手真正走向世界的第一人。1994 年，一首深圳创作的歌曲《春天的故事》红遍大江南北，并且因为其所代表和传达的深远历史意义而成了时代转折的一个典型符号。1997 年，深圳音乐人作词作曲的《走进新时代》再次传唱全国。2009 年，《走向复兴》又一次用音乐谱写了时代的华章。当然，这不是深圳原创音乐的全部历史。《我属于中国》、《祝福祖国》、《晚秋》、《长大后我就成了你》、《深圳湾情歌》、《打工者之歌》、《遥远的小渔村》等等曾经非常流行、至今很多人仍耳熟能详的歌曲，其词或曲或者词曲创作者

---

[1]　深圳广播电影电视集团副总编李静访谈，2010 年 1 月 20 日。

都是深圳音乐人，包括王佑贵、蒋开儒、苏拉等等优秀的词曲作家。唱红全国的歌手中也不乏从深圳起步的，像陈明、戴军、黄格选、李春波。

可以说，在当代中国发展的每一个重要历史时刻，都有来自深圳的主旋律音乐作品。在华语乐坛初期发展过程中的每一个巅峰时刻，也都有来自深圳的流行音乐作品和歌手。但是，20 世纪 90 年代中后期，很多流行歌手选择离开深圳，北上发展。流行音乐歌坛上的深圳声音也渐趋微弱。深圳流行音乐的创作由此进入了低谷。没有离去的，则几乎都是在苦苦坚守。

刘冲，原"深南大道"乐队主唱，1994 年怀着自己的音乐梦想来深圳闯荡。初到深圳，露宿街头。后组建乐队，一边昼伏夜出奔波于深圳的酒吧、夜总会唱歌，一边坚持原创音乐创作。在获得中原五省原创音乐大赛最高奖——优秀原创音乐人奖和深圳市首届原创音乐大赛乐队组金奖后，刘冲和他的乐队又在香港"TVB8 金曲榜颁奖盛典"和"劲歌金曲颁奖典礼"中获得大奖。然而，由于缺乏稳定、成熟的音乐推广平台，"深南大道"最终于 2007 年解散。为了自己的音乐梦想，刘冲重新回到酒吧，继续自己的驻场歌手生涯。"无论什么时候，我都不会放弃对音乐的热爱。乐队没了，唱片公司没了，都不能让我倒下。我现在又回到了起点，准备从头再来。"[1]

行吟歌手小刚（钟志刚）20 世纪 90 年代中期来到深圳，刚开始在一些娱乐场所唱歌。后因生活困顿，不得已抱着吉他在深圳东门步行街的消夜摊前卖唱。他为自己的音乐抱负难得施展而心灰意冷，曾萌生退意，打算回湖南老家。无意中，他听到了深圳广播电台的音乐节目。小刚试着向电台毛遂自荐，没想到他们很快就让小刚上节目，不仅让他在节目中谈自己的经历，还在节目中播放了他的作品，节目播出后反响也很不错。

当红歌星陈楚生，2000 年开始在深圳酒吧弹唱。由于深圳的酒吧越来越少，能唱歌的酒吧更少，跑场弹唱的收入越来越不足以维持他的基本生活。陈楚生不得已开始考虑放弃自己的音乐梦想，准备在深圳东门租一个门面房卖牛仔裤。

深圳还有许多有才华的原创音乐歌手像他们（曾经）那样在苦斗、徘徊，等待着自己梦想实现的那一天！

这些人的生存和梦想，深圳原创音乐的危机与重生，让深圳广播人越来越心头沉重、魂牵梦绕。广播如何发挥自身优势来帮助他们实现自己的音乐梦想？更豪迈一点

---

[1] 《深圳原创音乐人生存现状 一群走在路上的追梦人》，《南方都市报》2007 年 8 月 31 日。

地说，广播能不能整合一些力量把深圳原创音乐推到全国、推向世界？深圳广播开始用行动来圆梦。

1994 年，深圳广播电台音乐频率开播。当年创办的一个栏目《边走边听中文歌》主要是推介华语音乐。在办这个节目的过程中，栏目监制及主持人夏冰越来越多地关注活跃在深圳底层的一些草根歌手。1998 年，该栏目增设了一个环节《我唱我歌》，开始更集中地关注深圳原创音乐人这个群体，更加着力推广深圳原创音乐。节目因此很快吸引并推出了一些音乐人。凤凰传奇、陈楚生、李戈等人的声音得以从地下走到了地上，从酒吧一下子飘到了深圳上空。《我唱我歌》也因为定位独特、具体，而且对深圳文化发展意义重大，受到了深圳市委宣传部、深圳市音乐家协会和深圳广播电台的肯定。

2003 年，在深圳市委宣传部的指导下，以《我唱我歌》栏目为基础，深圳广播电台音乐频率"飞扬 971"和深圳市音乐家协会联合推出了"鹏城歌飞扬——深圳原创音乐十年发展促进计划"。计划内容包括定期推出深圳原创音乐季度榜和年度总榜、鼓励深圳音乐人多出作品、共同推广深圳本土原创音乐等等，并且提出了具体目标——"力求十年内使深圳成为中国原创音乐最活跃、最有成就的地区之一"。

计划主要由深圳广播电台负责执行。为了更有效地推出具有浓郁地方特色的好歌，"鹏城歌飞扬"推出了一整套优秀歌曲筛选机制：每周对《我唱我歌》栏目播出的深圳原创音乐进行评比，推出《飞扬音乐本地榜》，每月推出"飞扬歌会"到社区巡演，每季度从新创作的歌曲中评选 10 首金曲并进行评选颁奖，每年又从四个季度所选的 40 首原创歌曲中推出年度 10 首金曲，并进行隆重的"鹏城歌飞扬"年度颁奖典礼，对优胜者进行奖励。

就在同一年，深圳市委宣传部将"鹏城歌飞扬"确立为"文化立市"的重点项目。"飞扬 971"总监夏冰认为，这是深圳原创音乐起飞的关键点。[1] 深圳原创音乐的发展开始得到官方的大力支持。深圳广播电台也开始大规模地为本土音乐摇旗呐喊。深圳原创音乐人终于有了自己的常设阵地。蕴藏在民间的音乐热情迅速迸发出来。大量的深圳原创音乐作品像唐磊的《丁香花》，开始在《我唱我歌》栏目中密集播放，并从深圳飘向全国。陈楚生、周笔畅、凤凰传奇、徐千雅等一批流行音乐才子由此走到了中国流行音乐的前台。"鹏城歌飞扬"一下子成了深圳原创音乐的孵化基地和最

---

[1] 《鹏城歌飞扬乐听 971——风华五周年我们一起走过》，新浪音乐 2008 年 1 月 7 日。http://www.sina.com.cn.

重要的推广平台。

（二）破冰前行　步步为营

全国没有一个城市或者一个媒体像深圳广播电台这样，连续 7 年推广本地原创音乐。这是"鹏城歌飞扬"冠盖全国的独到之处和创新所在。然而，要做到独到和实现创新，其路何艰？！

首先，资源紧张就像达摩克利斯之剑时刻悬在头顶。《我唱我歌》选播的作品不是来自全世界或者全国，而仅仅是深圳。虽然深圳的音乐创作相当丰富，但与北京、上海、广州这些大城市相比，深圳的音乐人、作品、各种演出平台和市场中介都还规模不够。特别是原创音乐作品紧张，是栏目一直面临的最大难题。作为一个固定的广播节目，《我唱我歌》每天一个小时平均播出 12 首歌，一周就要播出 70 多首，一年至少需要 4000 多首本地原创歌曲才能支撑下去。换成北京、上海，这样的广播节目也难以为继。

为了不断发现和培育好的作品，活动主办方积极开展各种内部交流，促进各方合作，相互激发创作灵感。作为主要执行者，"飞扬 971"一方面利用庞大的听众资源，开通了各种形式的听众推荐或自荐渠道，从听众那里及时获取最新最受欢迎的作品；另一方面，工作人员亲自跑街，像猎头那样经常光顾深圳市的一些繁华地带如华强北、东门、深圳书城，现场聆听流浪歌手的演唱，从中发现好的苗子。比如 2009 年，经常在华强北唱歌的钟斌被该节目主创人员发现，成了《我唱我歌》重点吸收和推荐的新人。这又是一个真正底层的流浪歌手：夜晚露宿在公园长椅，白天弹唱于闹市街头。尽管没有丰富的舞台经验，一上台甚至羞涩紧张到浑身发抖，但他的嗓音很有穿透力和感染力。栏目工作人员经常就是这样深入社会，走进民间，不拘一格遴选人才。这才为栏目的正常运作并且不断推出新人新作，提供了基本的保障。

其次，资金紧张是又一个扼喉要命的威胁。对于原创音乐人个体而言，制作和推出一首歌曲的代价往往是难以承受的。作词、谱曲、配乐、录制、包装……推出一首歌曲一般至少需要 3 万元左右。这大概是他们半年的收入，或者说需要到酒吧跑场几百次的收入总和。况且，这种投入可能得不到任何回报。有了"鹏城歌飞扬"，原创音乐发展的道路宽阔了许多。电台播出作品是一个莫大的精神激励。而评选颁奖则会缓解他们的资金压力。不过另一方面，广播电台的压力增加了。整个栏目的运作，每周、每季、每年的歌曲评选、颁奖典礼，以及走进社区、工厂等各式各样的推广活动，都需要庞大的资金来运作。现任音乐频率总监夏明因此由衷地感慨："这要非常感谢市委宣传部每年通过宣传文化基金给予专项支持，并列为音乐工程的重点项目，还有中国电信作为主要赞助商的大力支持。"[1]

就这样，深圳广播电台一步一个脚印，扎扎实实地把深圳原创音乐推到了全国，推向了世界。

2003年，"鹏城歌飞扬"起步。这一年，为了让更多的深圳原创音乐人了解、参与这个计划，"飞扬971"主持人刘洋把自己泡进了这个群体，与他们"同吃、同住、同劳动"。每天下班，不是与各个演出团体、酒吧、录音棚联系，就是到现场去听驻场歌手的演唱，从中寻觅有潜力的演唱者和创作者。

通过深圳广播电台的大力宣传和栏目工作人员的大力挖掘，2003年深圳"十佳原创歌曲"评选活动吸引了数万市民参与活动采用公众投票评选与专业评委评选相结合的办法，最后评出了年度十大金曲和最佳男歌手、最佳女歌手两个单项大奖。除了年度金曲评选，《鹏城歌飞扬·我唱我歌》栏目坚持每周和每个季度的优秀原创歌曲评选。而且，主办方还安排季度评选与颁奖典礼走进深圳大学、园博园、龙岗文化中心等市区大型活动场所，既深入社会生活，又获得了广泛的社会支持。

可以说，"鹏城歌飞扬"一起步，就唱响了深圳，唱出了深圳音乐人的激情与梦想。

2004年，深圳原创音乐开始大踏步迈向全国。"飞扬971"与全国卫星音乐广播协作网合作，向全国20多个城市同步转播，向近4亿听众宣传深圳原创音乐。当年更大的拓展是，"鹏城歌飞扬"与华纳唱片及全国六家主要城市音乐电台联合开出了"华纳原创直通车"。借助华纳唱片公司的影响力，"鹏城歌飞扬"将本地优秀原创音乐推上了通往全国乃至世界的音乐快车。2003年参评歌手中有六位于2004年签约唱片公司并出版发行了个人专辑，其中更有三位的歌曲入选"华纳原创直通车"项目。这一年，凤凰传奇和唐磊分别凭借原创歌曲《月亮之上》和《丁香花》，从"鹏城歌飞扬"起飞。

此外，"鹏城歌飞扬"还与太合麦田、原创联盟、百代唱片等国内顶级品牌唱片公司建立了稳定的合作关系，遴选优秀的深圳原创音乐素材和人才向他们积极推荐。

---

[1] 深圳广播电台"飞扬971"音乐频率总监夏明访谈，2010年1月29日。

深圳原创音乐迈向了华人音乐产业链的顶端。

2005 年，"鹏城歌飞扬"的硕果绽放全国。"飞扬 971"最早发掘和培养起来的新人周笔畅在"2005 超级女声"比赛中获得亚军。"鹏城歌飞扬" 2004 年度最佳男歌手张磊经深圳广播电台推荐于 2005 年与汪锋、小柯、孔祥东签约中国最大的唱片基金机构——原创联盟。"鹏城歌飞扬" 2004 年度最佳女歌手徐千雅、2005 深圳乐坛黑马"因果兄弟"的原创作品在"全国电媒原创音乐排行榜"上的下载率分别排第 4 名和第 2 名。"鹏城歌飞扬" 2004 年度十佳金曲奖获得者"凤凰传奇"组合，在中央电视台"星光大道"2005 年比赛中过关斩将，最终获得了"年度亚军"。

到 2007 年，"鹏城歌飞扬"的机制越发健全，影响扩及全国。它不仅成为深圳文化事业发展的一张名片，而且已经成长为中国流行音乐活动平台的一枝实力派新秀。越来越多的音乐人开始加入这个队伍，认同这个活动，并以深圳原创音乐人为豪。金兆钧、陈小奇等顶尖音乐人进入了"鹏城歌飞扬"的评选专家队伍。在乐评界声名鹊起的音乐人黑楠告白说，他也是曾经在深圳寻梦的音乐人，深圳是他音乐梦想开始的地方。以一首《下辈子我们还能在一起吗》获得"鹏城歌飞扬"十佳金曲奖的乐坛"黑马"因果兄弟，在鹏城歌飞扬 2009 年度颁奖典礼上又获得"最佳组合奖"后感言：深圳是我们起飞的地方，是我们永远的家乡。20 世纪末中国流行音乐的代表人物黄格选、周峰也拿来自己的新作参加"鹏城歌飞扬"2007 年度评选。他们说：深圳是他们的起点，现在重新回到这个起点，是希望借着"鹏城歌飞扬"的平台，给歌迷带来新的感受，也给自己全新的灵感和创作激情。

成绩不是终点，创新才有未来。此时，主办方和深圳的音乐人队伍都在思考：如何让深圳原创音乐的推广更上层楼？怎么才能让"鹏城歌飞扬"这个音乐品牌再有突破？

2007 年 10 月 22 日晚，全球最负盛名的音乐殿堂悉尼歌剧院内，唱响了来自中国深圳的声音，"鹏城歌飞扬——唱响悉尼歌剧院"演唱会在这里拉开了帷幕。演唱会在曲目安排和设计上独具匠心。既有张磊的《想要飞》、小阚《回家的路》这样清新悦耳的民谣作品，也有刘冲《找一个爱你的理由》、徐千雅《彩云之南》这种愉悦明快的流行精品；既有杨乐《这是我的家乡》、玉萨《玉萨》这样风情浓郁的"民族风"，更有唐磊《丁香花》、陈楚生《有没有人告诉你》等通俗热门金曲。即将随"嫦娥一号"飞向月球的歌曲《春天的故事》、《走进新时代》、《永远的小平》、《又见西柏坡》等深圳原创主旋律歌曲的压轴大联唱，更为演出增加了沉甸甸的分量。整台演唱会完整体现了深圳原创音乐的整体风貌和多样化的风格，全面展示了"鹏城歌飞扬——深圳原创音乐促进计划"5 年来取得的累累硕果。

《春天的故事》、《丁香花》、《有没有人告诉你》、《彩云之南》……当这些脍炙人口的美妙旋律响起时，许多观众惊讶地小声交流："原来这些歌和歌手都是深圳出的呀！" 澳大利亚新南威尔士州议员大卫·维里看完演出后，对来自深圳的这些美妙音乐赞不绝口。他说："我最喜欢刘冲的音乐，他的歌声让我感到了东方式的热情。我之前接触中国音乐很少，没想到今晚让我大饱耳福，你们的音乐让我了解到了一个不一样的中国。"[1]

这是深圳原创音乐潜心耕耘 20 多年来首次以整体力量走向海外，也是中国流行音乐第一次登上悉尼歌剧院的舞台。中国驻悉尼总领事馆文化参赞来了，澳大利亚两家中文电台的台长和悉尼、墨尔本、堪培拉的留学生、华侨们来了，还有从新加坡、北京等地追随"鹏城歌飞扬"而来的歌迷和悉尼当地的市民。这一晚，深圳的歌声在悉尼歌剧院赢得了满堂喝彩。"深圳创造"的音乐品牌在澳洲文化界、侨界和广大留学生中间留下了深刻的印象和良好的口碑。

2009 年 2 月 14 日，深圳原创音乐再次振翅飞扬，飞向了代表当代世界流行音乐最高水准的美国，栖落在了具有近一个世纪历史的世界经典剧场——洛杉矶帕萨蒂娜剧院。一曲《夜色阑珊》轻轻响起，引出了深圳原创音乐的豪华阵容：唐磊、张磊、韩承东、刘冲、玉萨、杨乐、陈昕、金科、左小岸、范媛媛……《未完成的梦》、《出门靠朋友》、《孤独的牧羊人》、《葵花》、《我站在深圳湾的海边》等新旧作品，或活泼清新，或低缓哀怨，或大气磅礴，唱响了深圳情怀，唱醉了美国友人。

为扩大影响，"飞扬 971"与新浪网合作对这些演出进行了全程直播，在深圳广电集团中国时刻网站进行实时报道，并通过 2007 年"全球华语广播娱乐联盟"网络平台向全世界推广。

（三）打造文化软实力 提高市场竞争力

深圳是一个年轻的移民城市。30 年来，数以千万计的年轻人满怀理想来到深圳，他们在生活中遭遇到的焦虑、迷惘、困惑、喜悦需要释放出来。"鹏城歌飞扬"顺应

---

[1] 《深圳原创音乐响彻悉尼歌剧院 "原来这些歌曲都出自深圳"》，《深圳商报》2007 年 10 月 24 日。

了深圳大众的这种情感需求，以极具深圳特色的原创音乐文化冲击深圳听众的心灵，引起了强烈的反响与共鸣。2004 年播出唐磊《丁香花》的 DEMO 时，"鹏城歌飞扬"直播间收到的听众短信数量多达数千条。2007 年首次播出陈楚生的《有没有人告诉你》，更是引起了极大的共鸣，电话源源不断，听众短信蜂拥而至。其中，一位来深圳近 10 年的女士发来短信说，当听到这首拨动心灵的歌曲时，她再也无法控制住自己的感情，连忙把正开着的汽车停在路边，伏在方向盘上大哭一场，待心情平静之后才开车离去。2003 年至今，"鹏城歌飞扬"共发掘播出 7000 余首深圳原创音乐作品，推出原创音乐专辑 20 多张，在深圳巡回演出 300 多场。6 年来，"鹏城歌飞扬"见证了这座城市的年轻人实现理想的艰难历程，成为他们交流彼此感受的平台；同时，"鹏城歌飞扬"也把他们创作的心灵之声作为音乐书签，记录下了他们和这座城市的成长，成为深圳独一无二的原创音乐推广平台。

"鹏城歌飞扬"还高扬起了深圳原创音乐的大旗，用深圳原创音乐文化冲击着中国原创音乐市场。"鹏城歌飞扬"深圳原创音乐推广促进活动从 2003 年起步，至今已形成了一条较为完备的音乐产业链，推出了一批唱响全国的优秀歌手，诞生了众多耳熟能详的作品。"超级女声"亚军周笔畅，"快乐男声"冠军陈楚生，2008 年全国青歌大赛流行音乐组冠军姚贝娜，中国广播原创音乐"金号奖"得主唐磊，还有唐跃生、何沐阳、徐千雅、"凤凰传奇"、"因果兄弟"等都是从"鹏城歌飞扬"起飞走向全国的著名歌手和音乐人。深圳原创音乐激流涌动，被国内媒体和音乐界誉为"深圳现象"。"鹏城歌飞扬"也因此被众多媒体赞誉为"目前中国最具影响力的原创音乐活动品牌和造星平台之一"。我国著名词曲作家、音乐制作人陈小奇评价说："'鹏城歌飞扬'长年坚持推出原创歌曲，为深圳原创音乐在全国的发展打下了良好的基础，最近几年在社会上的影响力越来越大，已成为我国广播电台中首屈一指的原创音乐推广平台。"[1]

"鹏城歌飞扬"已经成为深圳广播电台重要的"文化软实力"，极大地提升了深圳广播乃至整个深圳广电传媒在全国的知名度和影响力。随着传媒渠道激增和传媒竞争的进一步加剧，构建"文化软实力"成为当前广电传媒提升"核心竞争力"的重要手段和途径。"文化软实力"作为一种难以复制的核心要素，也成为当下广电传媒持续发展的重要内推力和"独门秘技"。"鹏城歌飞扬"之所以能够取得这么大的反响，是

---

[1] 深圳广播电台内部资料。

与它长期积累的"文化软实力"分不开的。我国著名音乐评论家金兆均评价说："一个城市能够这么有序、长年坚持不懈地挖掘、推广本土原创音乐，这在全国目前是唯一的，也是难得的。这说明了一种在混乱中的清醒，一种在浮躁中的踏实，一种在追名逐利之风中的责任感。"[1] 而这种清醒、踏实和责任感正是媒体"文化软实力"的生动体现。

2009 年 3 月，深圳市委市政府联合中国音乐协会制定了更加宏伟的深圳原创音乐推广五年计划——"音乐工程"。"音乐工程"不仅目标远大——力争用 5 年左右的时间使深圳成为中国流行音乐的风向标，而且内容丰富，包括：举办"第七届中国音乐金钟奖流行音乐比赛"、国际流行音乐周和大型合唱比赛；每年创作 10 首优秀歌曲，创作大型儒家文化交响乐《太和盛音》、交响合唱《祖国万岁》、《深圳组歌》；搭建音乐宣传推广平台，举办深圳优秀原创音乐作品系列专场音乐会；健全完善人才机制，引进音乐人才，组织专业音乐培训，一些音乐大师还将在深圳设立工作室；完善音乐产业链条，加强音乐作品的知识产权保护，整合和扶持音乐文化公司等。

这又是一个新的更高的起点，深圳广播人满怀信心期待，深圳原创音乐有一天真正实现 "唱响五大洲"的宏大目标。

四、一个频率，让城市交通快乐流动

交通是现代大都市的奇经八脉。这奇经八脉能够循行游走，自然必需发达的交通路网和先进的交通管制。除此之外，广播也不可或缺。离开广播，交通会变得艰难而枯燥。另一方面，世界各地的媒介发展史已经反复证明，汽车是广播的诺亚方舟。离开汽车，离开交通，广播则会变得奄奄一息，甚至可能退出历史舞台。

作为最直接服务于现代城市交通生活的交通频率，最能够生动体现现代广播与城市交通这种共生共栖、相互促进的密切关系。

1999 年，深圳汽车拥有量大约是 15 万辆。2007 年，深圳汽车拥有量超过 100 万辆，仅次于北京，位居全国第二。北京的面积是 16807.8 平方公里，而深圳的面积是 2020 平方公里。2010 年，深圳汽车拥有量达到了 150 万辆。

---

[1] 深圳广播电台内部资料。

1998 年 6 月 18 日，深圳交通电台开播。2001 年，正式呼号为深圳电台交通频率。2006 年，交通频率的年广告经营额超过亿元，成为深圳地区广告收入最多的广播频率，单频收入位居全国第 2 位。"深圳交通频率的成长和成就得益于深圳交通事业的迅猛发展。反过来，深圳交通频率也很好地服务了深圳人的交通生活，使深圳交通变得文明快乐。"[1] 深圳交通频率总监潘永汉这样概括他们与这座城市交通之间的关系。

深圳交通频率一开始就明确了自己的服务宗旨——服务深圳人的交通生活。在整体布局上，交通频率强调海、陆、空大交通的概念和视野，全面关注和服务深圳人的交通生活。为此，频率非常注重采编队伍的专业化建设，坚持不懈地实施"主持人体验大交通"活动，分期分批让编辑、主持人深入交通第一线，近距离接触和了解交通人的工作生活，并通过岗前培训、上岗工作、现场即时报道、活动结束畅谈体会等多个实践环节，加深对交通窗口行业的认识和体会。如《我的"的哥"生活》，邀请交通局领导与市民参与，记者、主持人开"的士"全天体验"的哥"生活，真切了解"的哥"的甘苦，全天联线直播。活动结束后，激动的"的哥"送来了锦旗，不少"的哥"还流下了热泪。主持人对一天腰酸背痛换来的劳动所得也感叹不已，回过头再做节目的时候才有了丰富真切的感情。类似的节目还有《我的空姐生活》、《我的售票员生活》、《我的船员生活》、《高速公路收费员生活》等等。

节目设置更加具体地体现了交通频率服务城市交通生活的周到和贴心。《缤纷车世界》向听众传播最新的汽车资讯和汽车文化。《爱车有道》则对准了汽车售后市场的一些细节，与听众一起交流汽车的养护、维修、装饰等问题。

在这两档汽车专业类节目之外，频率提供了更多关于出行、交通管制等方面的新闻资讯。《从深圳出发》专注服务于汽车旅游；《交通生活热线》上传下达，让车主与交警部门及时沟通。在早晚交通高峰期，则分别有《深圳早班车》和《伴你同行》滚动发布最新的路况信息和新闻资讯。这两档节目现在已经聚集了庞大的车友群。他们以"我为人人，人人为我"的精神，自发加入交通频率这个平台，发现、提供、共享最新的路况信息。所以，这两档节目已经不是交通频率的主持人和记者在做，而是几十万的车友们共同在做。不但能够及时掌握全城路况的最新信息，而且还能在突发事件面前发挥超乎想象的巨大作用。

---

[1]　深圳广播电台"快乐 1062"交通频率总监潘永汉访谈，2010 年 1 月 29 日。

2005 年 8 月，深圳遭遇了一场史无前例的"油荒"。245 个加油站中有 128 个暂时关闭，余下 117 个加油站也是油料紧缺。等待加油的汽车排出了两公里的长龙，而且还是两路纵队。排一个小时能加上油，算是顺利。更多的情况是排队等候三五个小时。在那段时间里，缺油和炎热的天气一样，让很多有车的深圳人感到心慌意躁。

就在这个时候，深圳交通频率传来了《最新加油情报》。电台打破了正常的节目安排，召回了所有休假、出差的员工，派出了所有能派出的记者、主持人赶赴加油站，随时掌握并滚动播报各油站的油品、油量、排队等方面的最新情况。车友们如获至宝，可以很方便地根据节目指示，就近排队加油。同时，车友们也把自己掌握的信息通过这个节目与广大车友分享。节目开通的当天下午，收到了车友们的短信 3700多条。节目变成了加油的最大情报站和疏导分流的风向标。很快，向节目反映加不到油的信息明显减少，大量涌来的是感谢交通频率解除了他们的油荒之苦的信息。事后调查显示，在整个播出期间，95% 以上的深圳车主都收听了这个节目。这次突发事件的应对，大大提升了交通频率的收听率和品牌知名度。

线上是信息服务，线下是活动服务。深圳交通频率通过丰富多样的系列活动，不断拓展服务领域，提高服务水平，强化品牌影响力。其中，自驾游活动已经成为深圳交通频率乃至深圳广播电台的一张靓丽名片。作为全国少数几个私家车过百万的城市，深圳的自驾游市场很大，需求旺盛。从 2003 年 3 月第一次组织到恩平的温泉之旅至今，交通频率已经组织了几十次的自驾游活动，足迹遍布深圳的四面八方，祖国的大江南北，并远涉瑞士、土耳其、加拿大、美国。其中，"春夏秋冬看井冈"红色之旅，一年四季接连不断："春看杜鹃"，"夏亲流水"，"秋溶红叶"，"冬赏冰凌"。几年下来，不仅成为深圳地区自驾游的一个热门项目，而且已经成为井冈山开发旅游的经典活动。

在一些特定的时期，深圳交通频率还借助外力，组织跨区域联动的大型采风活动。2008 年是改革开放 30 周年，交通频率策划主办了名为"30 年 30 城"的大型报道活动，分南线"行走中国海岸线"、中线"穿越长江三角洲"和北线"潮涌渤海经济圈"三条线路展开，联合了福建、浙江、上海、南京、天津、大连、青岛等 23 家交通广播参与了此次活动，前后历时一个月，以中国 18000 公里海岸线 30 座城市的发展为着眼点，以点带面，展示了我国改革开放的卓越成就。

2006 年 7—8 月，深圳交通频率联合湖南、武汉、河南、河北、北京五地交通频率，组织了大型采风活动——"深圳北京欢乐行"。京珠高速是贯通中国南北的交通大动脉，是国家规划的"五纵七横"国道主干线中最重要的中轴线，也是全国第一条全程以高速公路标准贯通的国道主干线。京珠高速公路的畅通促进了沿线各省经济社会的发展。活动紧扣交通这个主题，一路上采访了六省市的多个交通管理部门和文化名胜。活动历时 12 天，行程 3000 多公里，各台联动节目多达 36 个，各台直播节目共 6 个小时，连线报道 270 次约 45 小时，上网文字稿 100 余条，图片 300 多张，网络点击人数近 25000 人次。活动宣传了沿途各地的交通、经济和社会发展情况，特别是深入调查了各地的交通规划和交通管理措施，还向六省市数以亿计的听众介绍了各地最具特色的人文、历史和自然风光，为拉动跨省旅游消费提供了大量生动具体的信息。

这种跨省联动的大型采风活动，大大提高了广播媒体的影响力，在探索"办看得见的广播"以及地方电台的跨区域资源整合与合作方面，获得了宝贵的经验。而且，广播媒体的队伍也在这种活动中得到了很好的历练。记者以数码采访机、数码照相机、数码摄像机、手提电脑和移动电话为主要采录设备，对采风活动进行了第一时间的同步传播。以微型音频工作站为编录设备，在第二时间发出了深度报道。使用移动网络编辑刊播主题网页和博客，实现了活动的立体化传播。团队工作人员做到了集采、编、播、驾驶操作于一身，体现了现代媒体复合型人才的素质特征。

展望未来，频率总监潘永汉表示："交通频率今后将更加体现我们为交通服务的宗旨，我们将做大做细交通这篇大文章，我们将努力让交通路况更加详细准确快速，我们要成为的士司机的大后方，要成为珠三角区域最优秀的交通广播。"[1]

五、媒体融合与广播业的未来

这是一个媒介环境巨变的时代。今天，所有媒介的生存与发展，都逃不脱新旧媒介交会、冲突与融合的大背景。广播当然也不例外。面对挑战，深圳广播不退缩，不骄躁，正在新媒体的广阔蓝海中创造着更加美好的未来。

迄今为止，深圳广播电台的几乎所有名牌栏目都有了网络版，其中不少栏目的

---

[1]　深圳广播电台"先锋 898"新闻频率 60 集大型系列报道《广播伴随我成长》第 60 集。http://www.sztv.com. cn/pop/radio20year/index.html.

运作更实现了多媒体化。例如,《民心桥》栏目会提前在报纸、网络上刊出选题,征集市民的意见和建议。节目不仅在广播这个平台上播出,还有电视版,以及网络直播。

仅有这些当然还远远不够。因为,今日之受众以及他们的媒介使用已经走到了一个更新的阶段。深圳广播的掌舵人已经清醒地认识到:数字化多媒体时代从表面上看是由媒体技术的发展所造就的,但是我们永远不该忘记技术背后的人。年轻一代的受众已经变成了"I"族:听音乐用 ipod,打电话用 iphone,移动上网用 itouch,音频下载用 itunes,搜索新闻资讯使用 igoogle……"I"族的媒体消费与使用强调的是彰显自我,是高度个性化和高度自主:"我的青春我做主","我的地盘听我的"。在这种情况下,媒体首先必须转变观念,媒体要跟着受众走——受众在哪里,媒体就应该在哪里——而不再是受众跟着媒体走。与此相适应,媒体就应该把以前提供的普遍 / 公共服务转变为个性 / 专享服务,把单向传播转变为双向交流,让信息服务变得更加私人化、个性化。[1]

为此,深圳广播电台开始着手把编辑部重构成为一个多媒体的信息集散中心和信息加工车间。一方面,记者和编辑部需要对一个新闻事件进行多媒体化的处理和深度加工。比如,为满足时效性,可以先为广播发一个短消息,然后再为网站发一个深度报道,同时记者还可以在自己的博客上发布或者在 QQ 群上与受众交流个人的采写经历、花絮或者感受与评价。形式可以不拘一格:音频、视频、文字、图片、flash……另一方面,节目要方便在电脑和手机上定制,以满足受众随时随地收听的需要。这要求编辑部对库存信息作碎片化处理,根据听众的不同需要,制作各式各样的信息产品,投放在各种类型的媒体终端。原来稍纵即逝的,现在要变成可以反复收听;原来是按时收听,现在要能够随时收听;原来是收听大众化的节目,现在是消费我定制的节目;原来是收听单一的音频节目,现在是享受各种形式的信息产品;原来是通过收音机收听,现在是可以以自己喜欢的方式索取。

重构编辑部是为了向受众提供个性化的内容和形式。开门办媒体则是在节目生产方面满足受众的自主和个性需要,真正实现从"Your radio"到"My radio"再到"I radio"的转变。现在,深圳广播电台的所有节目主持人都建立了自己的 QQ 群,所有节目都在深圳广电集团"中国时刻"网站上建立自己的网页,以此为基础培育以节目

---

[1]　深圳广播电影电视集团副总编李静访谈,2010 年 1 月 20 日。

为中心的"网上社区",加强与受众个人之间的私下接触和互动交流,包括收集节目反馈和选题线索,为受众提供节目定制,让受众参与节目策划甚至整个制作过程……深度参与让听众在心理上完成了一种转变:从这是"你的节目"变成了这是"我的节目"。信息传播更符合受众的需要,受众的忠诚度也有了明显提升。

深圳广播的新媒体之路不止于线上的节目生产与传播,还延伸到了线下的日常生活。2009 年 6 月 15 日,深圳交通频率正式上线推出了以深圳市实时路况地图为核心,集合了手机搜索引擎、手机 BBS、手机新闻报、商家优惠等诸多功能的全方位手机终端服务平台——"快乐 1062·车主宝典"。表面上看,这只是一个手机软件或者手机网络平台,实际上它是以深圳交通频率直播间、深圳交警指挥中心、交通频率的节目短信平台、人工呼叫中心为依托,可以为车主提供全方位、一站式信息服务的新媒体终端。车主只需要把这个软件下载安装到自己的手机上,就可以免费享受内容丰富的即时服务:

实时路况:这是整个软件的核心服务模块,能够在线查看深圳市的实时准确路况,广受车主们的好评和追捧。

快乐打折:这是"车主宝典"的又一个诱人之处。凡是拥有"车主宝典"的车友,都可以在 1000 多家特约商户那里享受超低的打折消费。比如,电影票价可以低到银行贴钱给影院才能拿到的折扣,每个月还会推出一场 25 元的专场。加盟的商户在激增,宝典用户的快乐消费在放大。

快乐查询:包含违章查询、天气预报、离港到港以及快乐影讯四大功能。

其他还有:"新闻快讯"可以随时随地看新闻;"快乐互动"提供证券、基金、汽车等行业知识咨询服务;"我的地盘"可以查看自己的信息。"快乐频率"可以了解深圳交通频率及其所有主持人的基本情况并与他们进行互动聊天;"快乐顾问"提供车险咨询、导购和预约投保服务。

凭借深圳交通频率的优质信誉,依托深圳交通频率的强大信息平台,"车主宝典"一推出便赢得了车友们的青睐。从 2009 年 6 月 15 日启动到 2010 年 1 月 15 日这短短 7 个月的时间,深圳本地的下载量超过 23 万人次,实际用户数量接近 10 万人,日均点击链接量则超过 6 万人次。

"车主宝典"不仅增强了受众的黏性,而且大大延伸了交通频率的服务领域和产业链条。"广播主要是车载媒体。有了'车主宝典',我们一下子介入到了车外的广阔空间，甚至是人们 24 小时的全部生活。"[1] 越来越多的商家和广告主看准了这个庞大而且明确的用户群体。主动联系请求加盟"车主宝典"之"快乐打折"的商家络绎不绝。一些广告主也跃跃欲试。

2010 年 1 月 15 日，"车主宝典"推出仅仅 7 个月，深圳交通频率就收获了市场回报。当天，中国人保财险深圳市分公司与深圳广播电影电视集团签约推出了"1062 车主宝典"独家车险手机营销战略合作项目。与深圳发展银行联合发行"车主宝典靓车信用卡"的意向书也已经进入了审批环节。中国农业银行深圳分行也有意在"车主宝典"上推出一个手机超级银行。负责此项目的深圳交通频率副总监潘迪信心满怀地表示："'车主宝典'今后还将陆续与深圳金融、汽车、零售、餐饮、文化娱乐等行业的商户进行深度合作，开发更为丰富的移动网络服务资源，打造全天候 24 小时、全方位、多维度为深圳车友日常生活服务的交互式'移动网络社区'。"[2] "车主宝典"的实践证明，新媒体不是洪水猛兽，新旧媒体的竞争并非你死我活。"数字化多媒体只是一个舞台，媒体人如何演成一场有声有色的历史活剧，取决于我们今天的行动。"[3]

　　　　致谢：感谢深圳广播电影电视集团党组成员、副总编李静，深圳广播电台"先锋 898"新闻频率总监吴军，深圳广播电台"飞扬 971"音乐频率总监夏明，深圳广播电台"快乐 1062"交通频率总监潘永汉和副总监潘迪，《民心桥》栏目主持人陈希，《读家新闻》主持人朱克奇接受采访，提供材料。感谢深圳广播电影电视集团人力资源部李娜小姐和频率策划部的何佩文小姐安排采访，提供帮助。

---

[1] 深圳广播电台"快乐 1062"交通频率副总监潘迪访谈，2010 年 1 月 29 日。

[2] 同上。

[3] 李静：《有"融"乃大，"合"实生物——论媒体融合给广播发展带来的新机遇与新路径》，《中国广播》2009 年第 12 期。

出版发行

公共服务与市场效益的契合

张　晗

　　本文通过全面调研，广泛搜集年鉴年报、统计资料、内部材料、文件文献等，结合实地考察、调研访谈，对深圳出版发行业的特殊发展路径，特别是在体制机制改革、市场化管理经营、科技技术革新、公共文化服务等方面进行了集中研究，试图勾画深圳出版发行业的历史进程和逻辑轨迹，从某些特定的方面反映深圳改革开放 30 年来出版发行业的进程与探索。

一、深圳出版发行业发展概况

（一）图书出版发行一家独大

　　1980 年深圳特区成立，深圳经济迅速发展，而深圳图书市场却面临着"两难"：买书难和卖书难。一方面书籍的量少、种类少，另一方面图书销售网点缺乏。整个深圳只有两三家小店，百十来平方，且分布不均。时任深圳市委书记指出，"十里深南大道不能没有新华书店"。1986 年，深圳市新华书店划归深圳地方管理，市委市政府基于市民阅读需求和当时新华书店的落后状况，开始重视图书的出版与发行。

　　1985 年，深圳海天出版社成立。至 2004 年成立深圳报业集团出版社之前，海天出版社一直是深圳经济特区唯一拥有图书出版权的机构。1987 年，海天出版社开始进行版权贸易。1998 年成为城市出版社，出版范围调整为重点出版有关深圳经济特区的读物。2009 年，海天出版社出版图书 514 种，其中新书 351 种，总印数 535 万册，

发行总码洋 3677 万元，销售实洋 2200 万元，成功实现年度盈利；申报出版选题 328
种，出版 295 种。

成立于 2004 年 6 月的深圳报业集团出版社，是深圳图书出版发行的一支生力
军。该社是全国第一家由国家新闻出版总署按企业标准新建的出版机构，以其"新"、
"活"、"小"的特色跻身于中国出版界。

20 世纪 90 年代，深圳在经济上取得了令世人瞩目的成绩，物质文明有了长足的
进步，然而由于各种原因的制约，市内文化基础设施十分薄弱，人民群众的精神文明
需求始终得不到满足。当时大陆年图书出版已超过 10 万种，而深圳新华书店最大的
中心门市——解放路书店只能陈列 1.5 万种。为此，深圳新华书店以网点建设为突破
口，走过了以书业为主，连锁经营、多元化发展的历程。

图1   深圳出版发行集团组织结构图

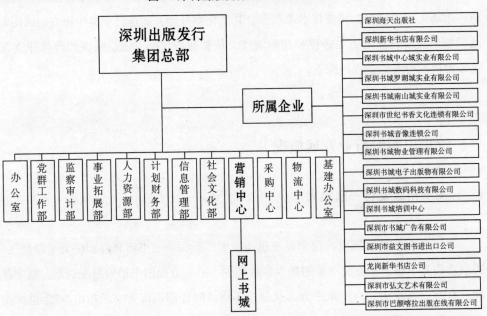

2004 年，深圳市发行（集团）公司成立，2007 年深圳发行集团与海天出版社组
建深圳出版发行集团公司。该集团被称为国内第一家真正融出版发行业上下游资源于
一体的企业实体，也是深圳三大文化产业集团和首批九个文化产业基地之一。2009 年
拥有总资产近 12 亿元，固定资产原值近 7.5 亿元，年销售额近 7 亿元，员工 2600 多
名，有 3 座过万平方米级的大型书城和 15 家全资、控股下属公司。以图书的编辑出

版、发行和文化产品流通为核心业务，多元化经营涉及教育培训、数码科技、物业管理、书业软件、文化艺术用品及广告等行业，拥有图书、音像、电子、网络（含手机网络）出版权，年出版品种 500 多个。

2009 年，深圳全市有图书出版社 2 个，资产总额 8867 万元；全年出版图书 627 种，其中新版 389 种、再版 238 种，总发行码洋 4213.04 万元。全市共有出版物发行单位 2434 个，其中图书期刊批发单位 45 个、零售单位 792 个、报刊亭 1624 个，总经营额 11.8 亿元。

（二）印刷产业领跑全国

从特区成立之初的一家手工作坊式印刷厂发展至今，深圳印刷业无论在印刷质量、经营管理、设计工艺方面，还是产业规模、配套服务方面，都已达到世界先进水平。30 年间从无到有，从小到大，从默默无闻到享誉国内外。"珠三角"、"长三角"和"环渤海"被称为全国三大印刷基地，深圳则是与北京、上海齐名的国内三大印刷中心之一。

截至 2009 年，全市共有各类印刷企业 2140 家，外资企业超过半数。深圳印刷企业工业生产总值 308 亿元，从业人员超过 18.2 万人。根据 2006 年的数据，深圳印刷企业数量占全国印刷业的 1.1%，从业人员占全国的 5.3%，却拥有全国印刷工业 8.2% 的总产值，出口更是占 40% 左右。

除了规模优势，深圳印刷业最突出的特点是产品质量甚佳，且具备各种设计和生产能力。目前国内 60% 以上的高档书刊印刷品、85% 以上的电话号码簿、90% 以上的拍卖品图录等都出自深圳印刷企业。江泽民主席赠送美国总统克林顿的《桂林山水》集邮集、中国申奥报告、德国博物馆收藏的《齐白石全集》等精美图册，皆出自深圳的印刷企业。一大批深圳印刷人曾多次走上世界、国家级领奖台，几乎抱回全球印刷业界所有的大奖。

深圳印刷业能够以非凡速度崛起并迅速走向世界，一个重要原因是充分利用后发优势，加快企业自身的发展步伐，而后发优势很大程度上得益于外资的大量介入。毗邻香港的天然优势，使深圳从香港这个国际印刷中心获益匪浅。外资尤其是港资纷至沓来，借助外资的技术、管理和订单等，深圳印刷业逐渐为国内同行所知晓。深圳的印刷企业，没有传统企业巨量的教材印刷业务，也没有在计划经济体制内独有的廉价纸张及其他印刷材料和物资供应，更没有政府部门发号施令拉来的印单，有的只是市场化的运作与管理。

　　深圳印刷业起步虽晚，但发展迅猛，是继北京、上海以后全国知名的印刷基地，具有整体规模大、设备先进、印刷质量高的特点，并逐渐发展成为深圳国民经济的一个重要支柱型产业。

（三）音像出版平稳发展

　　深圳受港澳影响，音像出版起步较早。特区建立不久，就兴办了音像复录企业，从事音像制品复录业务。

图2　音像业的生产流程与产业体系

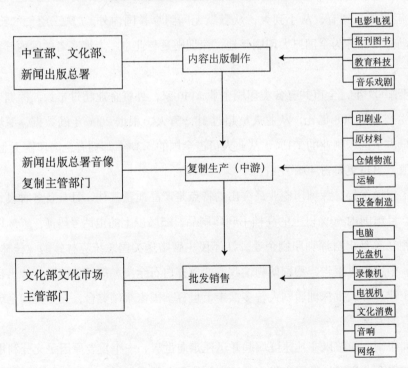

　　1984年深圳第一家音像出版单位深圳音像公司成立，至2000年该公司共编辑出版录音制品100多个、音像制品400多个。1988年，中国唱片公司深圳公司和深圳先科激光节目出版发行公司成立。前者出版发行了大量传统音乐、戏曲、通俗音乐和

儿童节目等音像制品，并取得了音像制品进口单位资格，与华纳、百代、索尼、环球影片、美国探索频道、国家地理杂志等知名公司开展合作。后者至 2000 年，共出版 1200 种文艺类节目音像制品，年发行量约 150 万套。

我国音像业的现状可以用"三低"来概括，即低价、低购买力和低拥有量。而深圳毗邻港澳，长久以来音像业受到走私和盗版的极大冲击。纵观 30 年来《深圳年鉴》中有关深圳音像业的记载，更多的笔墨是在描述政府加大文化产品盗版走私打击力度和加强新闻出版监管的成绩与事件。

2009 年，深圳全市有 4 家音像出版单位和 9 家音像复录、光盘制作单位。2007 年出版音像制品 375 种，其中新版 300 种、重版 75 种，音像出版单位资产总额 2390 万元，总收入 821 万元。

（四）期刊事业初具规模

深圳建市后，陆续创办了《特区文学》、《特区党的生活》、《特区经济》等一批期刊。进入 20 世纪 90 年代，期刊快速发展，逐步形成门类比较齐全，结构趋于合理，专业期刊比较繁荣，与城市功能和定位相适应的期刊业发展格局，其中以《深圳大学学报》、《经理人》、《深圳汽车导报》、《深圳青年》、《女报》、《现代装饰》等为代表的优秀期刊在全国颇具影响。

《深圳大学学报》是深圳学术类期刊的代表。该刊创建于 1984 年 12 月，由深圳大学主管、主办。《深圳大学学报（理工版）》（季刊）为全国综合性科学技术类核心期刊，2006 年入选美国《工程索引》（*EI Compendex*）核心刊；《深圳大学学报（人文社会科学版）》（双月刊）为全国中文核心期刊、中文社会科学引文索引（CSSCI）来源期刊、高校人文社科学报核心期刊。《深圳大学学报》综合引证指标，如 Web 年下载率、影响因子、被引频次和基金论文比等逐年提高。《深圳大学学报》居东南一隅，正在努力打造面向世界，传播深圳大学、深圳特区高新技术发展和中国改革发展成就的精品名刊与学术窗口。

《经理人》作为深圳创办的知名财经杂志，推向全国后在对手云集的北京取得了不俗的销售业绩。1989 年，中共深圳市委宣传部主管的《特区企业文化》创刊（双月刊）。至 1997 年，将杂志重新定位为面向企业和经营管理者，核心内容为"管理"。1998 年更名为《经理人》，次年改为月刊，改刊的第二年实现盈利。2000 年在北京设立办事处，聘请香港设计师改进版式，2001 年聘请美国出版专家 Bruce Humes 做顾问，2003 年提出业务"北移"。《经理人》逐渐褪去地域色彩，业已成为具有国际化意识的全国性财经刊物。

2009 年，深圳全市出版的期刊共有 38 种（含企业内刊和城市内刊），年总产值超过 1 亿元，总收入超过 5000 万元。企业内刊和城市内刊每年总投入接近 1 亿元，每月发行总量达 200 多万份，其中，《万科周刊》、《中国平安》、《华侨城》、《深圳文化研究》、《南方论丛》、《宝安风》等多种内刊在全国同类刊物中表现突出。

二、出版发行业的改制路径

体制改革和机制创新是出版发行业发展的前提，是企业充分竞争的首要条件。只有在体制和机制上改革创新，才能在根本上促进出版发行业的市场化推进和技术革新，从体制上保障出版发行业的长远发展。

出版发行业体制改革包括宏观和微观两个层面。宏观上，指行业管理层面自上而下的管理体制和政策实践改革；微观上，主要指出版发行企业的内部管理与运作机制改革。无论是宏观层面还是微观层面，深圳出版发行业的体制改革和机制创新都有其独特的发展轨迹。

（一）所有权与经营权分离的早年实践

我国自 1982 年开始进行出版物发行体制改革，实行所有权与经营权分离，改造新华书店的单一流通渠道，图书发行市场逐步实现由计划经济向市场经济的转变。1979 年底，宝安县新华书店正式改制为深圳市新华书店，至 1984 年市店销售额已从 36 万元增长到 140 万元，实现了建店以来的快速增长。

为了适应特区经济社会的快速发展，在市财政拨款经费有限的情况下，深圳市新华书店开始了以图书发行为主、兼顾多种经营的艰苦探索。此间，深圳市店先后与香港三联书店联合开办了"深圳书店"，与建筑工业出版社及海外建筑有限公司联合开办了"深圳（中国）建筑书店"，与内地 42 家出版社和书店联合开办了深圳特区图书贸易中心，开展了音像制品、照相、文化产品等多项业务。

（二）事业单位企业化管理赋予的发展空间

20 世纪 80 年代中期，由于多种因素的制约，特区图书发行事业明显落后于日新月异的经济社会发展。至 1985 年，深圳城区面积扩大了 40 多倍，人口增长了 10 多倍，但深圳市新华书店仍然只拥有宝安县店 60 年代的三间小门市，营业面积仅 230 平方米，特区的书业发展面临网点奇缺、经营管理落后、人才匮乏等突出问题。

1986 年，深圳市新华书店脱离广东省新华书店的直属管理，划归深圳地方管理，实行事业单位企业化管理，隶属市文化局。这一改制为深圳特区的图书发行事业注入了新的活力与动力。深圳新华书店多方分析研究，提出了以网点建设为龙头带动全局工作的方针。

深圳特区总体规划于 1988 年出台，其中却没有图书发行网点，时任新华书店总经理找到书记、市长，陈述书店对于精神文明建设的重要性和书店发展的迫切性，最终，规划部门同意修改和补充规划，把书店建设与邮电、粮店一同纳入市政建设，落实了土地。土地落实了，还需要建设资金，深圳市新华书店采取"三个一点"的办法，即"自筹一点"、"借一点"、"政府补贴一点"，努力落实网点建设。从 1986 年到 1998 年，深圳市完成新建书店和购置网点 20 多个，形成了 7.2 万平方米的自有资产。深圳书城罗湖店便是在这一背景下催生的。罗湖书城于 1993 年动工，1996 年竣工开业，总建筑面积 4.2 万平方米，楼高 31 层，总投资 1.5 亿，资金一半由政府投资，一半由书店自筹。

办书店的硬件条件具备了，还急需人才力量的补充，拥有优秀的管理人才与团队，书业才能实现长久持续的发展。从 1988 年起，深圳市新华书店坚持每年引进大学毕业生。当年引进武汉大学图书发行专业的 5 名本科生成为首批进入深圳市新华书店的大学生，现已成长为书店中高层经营骨干。至 1993 年，深圳新华书店从武汉大学、中南财经大学、华中理工大学、北京大学等名校接收应届本科、研究生 30 多名，涉及图书发行、财会、法律、建筑、计算机等多个专业。此外，还从省内外引进了一批专业技术人员。到 20 世纪末，全店大专以上专业人才占员工总数的 23%，为此后的持续发展奠定了坚实的人才基础。

这就是后来总结的"以网点为龙头，以人才和科技为两翼"的发展经验。据统计，从 1985 年到 1999 年，深圳新华书店年销售额从 236 万元增长到 2 亿元，年均增长率接近 50%，网点从 4 个增加到近 40 个，营业面积从 230 平方米增加到近 2 万平方米。此间，深圳市新华书店通过十余年的探索，率先实施了连锁经营，夯实了书业发展的基础。

（三）转企——突破行政体制的藩篱

2002 年，党的十六大作出深化文化体制改革的战略部署。此为中央继我国经济、教育、科技、卫生体制改革之后作出的又一事关全局的重大决策。2003 年，中央召开全国文化体制改革工作会议，方向明确，目标具体，时间确定，揭开了我国出版发行体制改革的大幕。2003 年 11 月，经深圳市人民政府批准，以深圳市新华书店及其下属国有全资企业、控股企业为主干组建成立了深圳市发行（集团）公司，2004 年正式挂牌。该集团以出版物发行和文化产品流通为核心业务，集团总部设 12 个部门，拥有下属企业 14 家，经营范围涉及国内外书刊、教材课本、音像制品、文化用品、软件开发、电子出版、广告、培训教育、物业租赁与管理等业务。

深圳出版集团组建后，深圳市新华书店由事业单位转制为市属企业，由市政府直接管理，按照"产权清晰、权责明确、政企分开、管理科学"的原则逐步建立现代企业制度，实现自主经营、自负盈亏。成功转企为出版发行业的迅速扩张搭建了宽广的发展平台，为企业的超常发展提供了体制创新、机制转换的大好机遇。

伴随着出版集团的转企，出版集团的组织结构和治理结构也发生着重大变化。相对于以前以壮大规模为主要目标的发展路线，近两年出版集团呈现出规模与效益共同提高的发展态势。从经济角度看，出版集团化目的在于扩大出版单位的规模，实现规模经济效益，提高市场竞争力，从而带来整体效益的提高。出版企业几乎不存在通过技术、设备追求规模经济效益的可能性，有时规模的扩大反而会引起规模不经济。在新的发展阶段，出版集团主要通过组织创新和管理创新，实现规模和效益的提高。通过体制和机制创新，确立了市场主体地位，并以资本为纽带对出版组织结构和治理结构进行改造，从而带来了效益的显著提高。对所属单位则全面推行绩效考核和岗位薪酬制度，不再实行事业单位工资体系，建立起了具有竞争力的激励机制。

转企的改革促进了思想统一，广大领导干部和基层员工认识到，早改革主动，晚改革被动。实力强、机制活、发展空间大的出版发行集团，市场主体特征完备，既符合现代企业制度要求，又能体现社会主义先进文化和先进文化产业发展的前进方向。彻底改变了过去出版发行业传统、封闭、落后的社会形象，树立了现代、开放、充满市场活力和能够承担社会责任的行业与企业形象。最重要的是，改革突破了过去的计划经济窠臼，确立了出版发行业的文化产业地位，使之成为国民经济体系不可或缺的重要环节和重要组成部分，深圳市还将其列为支柱产业，给予诸多舆论宣传与政策倾斜。

从 2000 年到 2006 年，深圳发行集团年销售额从 2 亿元增加到 5 亿元，经营面积增加 3 万多平方米，初步实现书店向现代书业集团的跨越。2006 年底，根据深圳市委市政府的统一部署，海天出版社亦由事业单位转制为企业。

（四）集团化发展效益初显

2006 年 7 月，新闻出版总署根据《中共中央、国务院关于深化文化体制改革的若干意见》和全国文化体制改革会议的精神，出台了《关于深化出版发行体制改革工作实施方案》，方案提出："要培育一批有实力、有竞争力和影响力的报业集团、出版集团公司、期刊集团公司、音像集团公司和发行集团公司，使之成为出版物市场的主导力量和出版产业的战略投资者。鼓励出版集团公司和发行集团公司相互持股，进行跨地区、跨部门、跨行业并购、重组或建立必要的经营性的分支机构。积极推动有条件的出版、发行集团公司上市融资。转制为企业的发行单位要建立现代企业制度和法人治理结构，已经转制到位的要加快产权制度改革，积极进行股份制改造，实现投资主体多元化。通过合作、兼并、重组等方式推动小型出版社和文化、艺术、生活、科技类报刊进入大型出版集团公司。"

在体制改革的推动下，我国出版集团发展的市场化步伐加快，各单位开始了逐步转企、股份制改造和上市的进程。2005 年 11 月 22 日，中国出版集团正式挂牌中国出版集团公司，从事业单位整体转制为企业。4 天后，上海世纪出版集团与上海大盛资产有限公司、上海精文投资公司、上海联和投资有限公司、东方网股份有限公司、浙江出版联合集团等国有投资主体共同发起设立上海世纪出版股份有限公司，成为中国出版业第一个整体转企改制的股份制公司，实现了以资产为纽带的资源整合和跨地区、跨媒体的整合。2007 年 12 月 21 日，辽宁出版传媒股份有限公司在沪市公开发行 A 股，成为国内首家将编辑业务与经营业务合并打包上市的出版企业。

伴随着深圳特区的高速发展，深圳发行集团也积极应对现代书业的新变化，坚持改革创新，探索新的经营模式，谋求新的突破。2007 年 11 月，经深圳市人民政府、广东省新闻出版局、国家新闻出版总署批准，海天出版社并入深圳发行集团组建深圳出版发行集团。深圳出版发行集团成立后，依托"前店后厂"的有利条件，有机整合出版发行业务环节，形成联动并进的发展态势，成为目前内地出版发行业唯一集出版物生产、销售及多元文化产业发展于一体的企业实体。

在新的企业化、集团化的运作模式下，2008年深圳出版发行集团首次在全国范围内公开选聘总编辑，在海天出版社内以竞聘形式产生干部；在业务运作上创造性地推出书城一线管理人员参与重点选题论证、本版图书重点发行办法等一系列制度。2008年，海天出版社成功扭亏为盈，实现了年度盈利，并相继推出了一系列重点图书，完成了深圳市部分教材和地方教辅的出版发行工作。

深圳出版发行集团不断寻求书业经营模式、出版发行联动发展和体制机制改革的突破，发展的思路跳出了过去单纯依赖资源的模式，转变到以科技和人才为主导的轨道上，以实现企业发展方式从粗放型向集约型的转变。集团的发展目标是，以创建世界一流的文化产业集团为标杆，以出版物为媒介，以连锁经营为发展模式，在稳定传统主业的同时，进一步深化体制改革，通过管理创新和产业创新，寻求新的经济增长点，构建立足深圳、辐射珠江三角洲的文化服务平台。

（五）谋划上市新思路

在集团化发展的新阶段，随着政府职能的转变、出版集团的集约化经营以及跨地域、跨媒体的兼并重组等行动的兴起，由行政垄断所引发的出版市场的行业垄断和地区垄断的局面被逐渐打破，取而代之的是由资本力量所引发的地区性垄断和全国性竞争加剧的双重局面。出版集团对海外市场的开拓，国家大力推行的"走出去"战略是其外部诱因；国内市场竞争的加剧和资本自身的扩张本性，则是其内在动因。

上市为集团带来的好处是明显的。一是通过证券市场在较短的时间内可以筹集到一笔可观的资金，用这些资金或补充自有资金的不足，或开发新产品、上新项目，有利于迅速增强公司实力。二是有利于国有企业转变机制。传统经济体制下，国有企业具有行政权、所有权，上市后实行了三权分立和企业自主经营，从根本上实现了产权的人格化和多元化。三是企业产权货币化和商品化，可以打破所有制、地区和行政隶属关系的界限，实现生产要素的合理流动。

　　还有最重要的是企业上市直接促进了集团外部约束机制的形成和内部制衡机制的完善。既然是一种筹集资金和转变经营机制的行为，必然要在集资决策和投资决策中采取有效的方法，在证券吸引力与筹资成本、经营风险与经济利益之间寻求一种合理的平衡。各投资主体直接代表了各方的利益，基于对自身经济利益的维护，密切关注企业行为和经营效果。各层次的相互约束形成一个有机统一的制衡整体。出版集团上市之前只需对上级主管部门、对政府负责，以实现两个效益为目标，但上市之后既要对政府负责，更要对投资者负责。要对投资者负责就要获得资本市场的认可，要获得资本市场的认可，就要保证未来的持续盈利能力。

　　深圳出版发行集团的组建是我国出版发行界的一项改革成果，集团也同时肩负着继续探索改革的重任。集团组建后，按照科学发展观的要求，以体制机制创新为根本，抓住机遇，做强做大，努力打造一个充满活力、富于竞争力、业态科学、两个效益俱佳、国内一流的文化产业集团。

　　目前深圳出版发行集团拥有良好的盈利能力，处于平稳发展时期。但从行业发展大势出发，立足未来竞争需要，集团亟须继续改革创新，尤其是推进改制上市。2009 年，经过考察调研、反复论证，集团提出了《深圳出版发行集团改制上市的基本思路》，旨在通过"完善公司化改造、建立现代企业制度"、"股份制改革"、"上市（IPO）"的步骤，完成企业的体制机制改革，并在改革中一揽子解决员工身份置换、土地资产处理等历史遗留问题，抓住发展时机，努力打造符合深圳性格、特色的文化产业集团。其上市方案正在进一步论证、完善中。

　　以上是深圳出版发行业体制改革和机制创新的基本路径，既反映了改革开放 30 年来，我国文化体制改革和出版发行事业改制的主要方向和大体格局，又体现出深圳出版发行人敢试敢闯，敢为人先的开拓精神与奉献精神。

三、书刊出版发行的市场化推进

　　在改革开放的桥头城市，深圳的出版发行业脱离了计划经济政策的庇护，经受了市场化浪潮的冲击，在我国加入 WTO 组织并逐步开放出版物经营的背景下，努力在既有的制度体制与市场环境中寻找生存与发展的空间。

(一) 新华书店的连锁经营

随着市场经济的发展和发行体制改革的深入，各种经济成分的书店大量涌现。1995 年的深圳新华书店尚处于分散经营、诸侯割据、单打独斗的状态，而新华书店原先垄断的教材出版发行体制改革业已启动。特别是中国加入 WTO 以后，新华书店所经营的书籍、音像、电子出版物等主业，面临着国内资本和国际资本的双重挑战。无论是从经营管理的角度，还是提升企业综合竞争力的角度，传统的经营模式已走到了尽头，选择零售业的主流业态——连锁经营，成为适应市场竞争需要的必然选择。

连锁经营具有其他传统经营模式所不具有的比较优势。与分散经营的单店模式不同，支撑众多连锁店经营的后台是专业化组织的采购、物流、管理总部，由此带来规模商流和物流，连锁店和总部可实现资源共享，降低成本。这种规模优势使连锁店比分散经营的单店更容易形成企业的核心竞争力。因此，连锁经营在市场竞争中逐渐成为现代零售业的主流业态，主导了 20 世纪下半期以来全球零售业变革的发展方向，为深圳新华书店选择改革突破点提供了借鉴。

新华书店利用现有的品牌和市场优势，率先实现连锁经营，不仅全面提升了行业技术和管理水平，树立了新华书店现代化形象，改变了传统书店灰头土脸的面貌，而且在经营管理模式转型和对传统出版产业链进行整合的过程中，形成了体制、机制、专业化、规模经营的优势，逐渐向国际化优秀书业靠拢。

早在 1992 年，深圳新华书店就开始着手图书营销信息管理系统的市场调查、技术论证和系统设计，从高等院校引进计算机专业人才，至 1995 年底成功开发出 BIMS 系统，并于 1996 年实现了图书、音像、电子出版物、文体用品的采购、物流配送、销售、财务结算全流程的连锁经营。深圳新华书店连锁经营按照"八个统一"、"一个捆绑"的标准进行运作，"八个统一"是：统一店面形象、统一经营管理、统一行政管理、统一采购进货、统一仓储配送、统一销售管理、统一财务核算、统一加盟店管理；"一个捆绑"是按照统一卖场，超市化营销，满足读者一站式购物的理念。各连锁店在经营项目上"克隆"深圳书城模式，即在一个卖场内分区销售图书、音像制品、电脑软件、文化用品、PDA 产品等，专业配送，资源共享，提高卖场资源利用率。

1996 年，第七届全国书市和深圳书城开业仪式同时举行。第七届全国书市共备货 6500 万元，超过预定目标 116%；陈列出版物 10 万多个品种，超过原定目标 43%；实现销售额 2177 万元，超过目标 71%；实现订货额 3.2 亿元；共接待参展、订货代表近万人，接待中外读者 60 余万人，创造了当时全国书市的七项第一，即第一次在省会以外的城市举办全国书市、第一次在新华书店自有物业中举办全国书市、第一次免收参展单位摊位费、第一次免费邀请西藏代表参展、第一次利用计算机网络进行展场销售、第一次按图书品种分类陈列、陈列图书的品种第一次超过 10 万种。成功举办第七届全国书市，标志着深圳新华书店连锁经营全面取得成功。

1997 年新华书店开始对连锁店进行不同模式的探索。从加盟形式方面探索跨地区（宝安书城）、跨行业（民润上市公司）、跨所有制（民营华侨城书店）的合作，从业态方面探索 100 平方米以下的便利店、200—500 平方米的特许加盟店、1000 平方米以上的图书超市等，从连锁形式方面探索自营连锁、加盟连锁等，高峰时达 20 个不同业态、模式的连锁书店。

2001 年深圳新华书店正式启动 ISO9001 质量体系认证工作，并于 2003 年 1 月通过了英国 BSI 公司的认证审核。该系统覆盖了全店的管理、服务、人员、技术等部门，通过规范的质量手册、程序文件和作业文件等使各种因素处于受控状态，使全店的规范化管理在科学、高效方面再上一个台阶。教材教辅占书店销售额的比重是衡量新华书店是否面向市场的一个重要指标，深圳新华书店的教材教辅只占销售总额的 8%—10%，全国绝大部分的新华书店这一指标在 60% 以上。深圳书刊发行的市场化程度可见一斑。

深圳新华书店探索连锁经营的脚步并没有就此停歇，在组建深圳发行集团后，着力发展了连锁经营五项核心技术，实现从图书品种管理到供应链管理的升华，真正做到"随需而变"；中央采购技术，将计划、信息、版类协调、供应商和质量等五方面纳入 ISO9001 全面营销质量管理体系，以实现采购作业的管理与控制；物流配送技术，满足日常物流配送需要的同时，积极引进先进设备，在全国同业中率先从根本上解决了零售业返品物流的瓶颈；营销创新技术，在国内同业中第一个建成了集团多功能信息平台，构建了从图书查询、信息咨询到多渠道便捷购书的"虚拟书城"和"一体化服务中心"，实现了传统书业在现代信息社会的升级；人力资源管理技术，强调根据需要提早制定必要的人力资源政策和措施，同时健全培养激励机制，为员工提供尽可能多的上升通道。连锁经营五项核心技术的提出为集团实施品牌扩张打下了坚实的技术基础。近 10 年来，集团成功在深圳开设了 3 家大型书城，创造了许多为全国书业界广泛借鉴的经验和成果。

目前，深圳出版发行集团正积极筹划区域市场战略布局，不但在短短几年时间内完成了深圳南山书城以及深圳中心书城的建设，同时还通过连锁经营等方式，整合了宝安、龙岗两区的新华书店资源。2008 年，深圳市委市政府决定以政府全额投资的形式建设深圳书城宝安城、龙岗城。随着这些项目的逐步完成，特区内罗湖书城、中心书城和南山书城三足鼎立，特区外宝安、龙岗遥相呼应，加上宝安文化物流仓储基地，集团将形成"五连星（书城）、一基地（物流）"的大连锁格局。

（二）创新"大书城"经营模式

改革开放 30 年来，我国出版物总量以几何倍数递增，而大书城作为一般图书的主力渠道，对出版物文化市场的繁荣贡献颇多。另一方面，随着物质生活水平的提高，群众文化消费体验的要求逐步提升，而书业作为文化产业中最早面向市场开放的门类，恰恰迎合了这种需求，成为群众参与文化消费体验的主要选择。

出版发行业在提供基础性文化消费体验方面具有优势，但是以书为主的文化消费体验产品，存在互动性相对较弱、直观感受较差、体验性不强等劣势，很难满足现代社会强调快捷、方便、直观的文化消费体验需求。尤其是互联网等新技术的广泛应用，传统出版物的文化体验效果进一步降低。传统书业特别是大书城的经营在经历快速发展后，面临着购买率下降、消费人群转移、网络书店异军突起等冲击。

深圳是大书城经营的受益者，在一座城市拥有 3 座过万平方米的大型书城，虽然有深圳社会经济快速发展带来消费力增长的支撑，但如何在有限的空间区域内做到增量，对业界来说一直是一个充满压力的话题。

1997 年深圳书城在国际同业中首先次提出建设"五星级书店"的服务理念，即争创一流的人才、一流的环境、一流的服务、一流的管理、一流的效益。深圳罗湖书城的实践被证明是十分成功的。深圳罗湖书城在成立后的第七年，以年销售量 2.8 亿元的成绩，名列全国大型书店第二位，年均创利税 3000 多万元，利税总额是投资总额的 1.2 倍，成为深圳市投资效益最优的文化产业项目之一，年接待国内外读者 1600 万人次，被市民誉为深圳的"文化公园"、"第二图书馆"、"读书人的幸福城堡"。

深圳书城南山城位于南山区商业文化中心，占地面积 8500 平方米，经营面积 25000 平方米，2004 年开业。南山书城定位于综合化经营的文化 MALL 业态，实施以顾客为中心的品类管理策略，致力于发展成为集图书、音像、数码等文化产品销售、展示和艺术展览、教育培训、餐饮、文化生活为一体的文化休闲中心，已成为南山区文化中心和标志性文化景观。

每一个书城项目的定位不尽相同，受制于各个地区不同的居民结构、消费结构、文化结构等。从大的层面来说，书城经营定位的确定与商业经济的发展具有一定的一致性。商业经历了从产品经济、服务经济到体验经济等经营形态，关注点从充足的产品转到全面周到方便的服务，再转到要求提供全方位的消费体验和享受。书城经营亦是如此，开始时凭借最为齐全的出版产品吸引读者；后来便要通过快捷的服务，譬如查询、预定等来吸引读者。而到了体验经济时代，书城需要以愉悦的文化消费体验来吸引读者。2006 年，深圳出版发行集团提出要建设"体验式"书城。

体验式书城的总体定位是"城市文化生活中心＋体验式书店"，即将传统书店书城功能延展和丰富，成为集"阅读学习、展示交流、聚会休闲"于一体的城市文化生活空间，满足市民日益增长的精神文化生活需求，拓展实体书店的生命力和发展空间。在经营定位上，实现书业经营的一站式、科技化、便捷化、增值化服务。在功能定位上，是成为城市公共文化体系中不可或缺的一部分，传播先进文化、提升市民素质、建设文明城市。

深圳中心书城正是在这一理念下诞生的。深圳中心书城坐落于深圳市中心区CBD 北中轴线上，占地 8.7 公顷，营业面积近 4.2 万平方米，总投资达 4 亿元，是世界上单层面积最大的书店，是深圳市 21 世纪文化建设的标志性重点工程，2006年建成营业。中心书城贯穿"绿色文化公园"的理念，是一座设计超前、功能完备、环境优美、文化气息浓厚、服务一流、管理科学的现代综合性书城，具有国内外出版物分销、展示、交易、信息处理、文化交流、教育培训、文化休闲、娱乐及文化体验等功能。

在创新"大书城"经营理念方面，深圳中心书城有着独特模式。作为大型书城，失去了书业本身就失去了安身立命之本。大书城进行多元开发、提升效益的重要依靠就是书业带来的高素质人流及现金流。深圳中心书城的实践表明，书城必须是以书业为主的多元文化消费体验空间，书业与其他业态的良性互动是大书城可持续发展的基础，也是持续吸引市民群众前往的原动力。中心书城年人流量超过 700 万人次，其中港澳同胞近 100 万人次。在深圳中心书城 4.2 万平方米的经营面积中，出版物经营面积约为 2.5 万平方米，其余为多元化产业项目。从经营数据看，中心书城出版物经营开业当年就超过 8000 万元，第二个年度超过 1 亿元，文化产业核心层产值超过 3 亿元，文化产业紧密层产值近 3 亿元。在新媒体崛起和经济危机的双重影响下，2009 年上半年实现了 23% 的增长，整体年增长率超过 20%。与此同时，物业租赁收入年增长率约为 16%，实现了共赢。

大书城在深圳已成为新时期城市精神文明建设尤其是传播社会主义核心价值体系的重要平台，在弘扬民族文化、提升城市软实力和影响力方面发挥着越来越重要的作用。

（三）借助社会力量办发行

特区建立后，实行改革开放政策，允许并鼓励社会力量投资图书发行业。经过 30 年的改革开放，国内图书发行市场已经呈现国有、民营、外资和其他产业资本四大势力角逐的局面。在实现国有资本保值与增值的同时，吸引多样化资本投入，繁荣书刊发行市场是市场经济的必然选择。

随着城市规模的不断扩大和市民文化消费的持续增长，各类图书门店遍布大街小巷。据 2004 年的统计数据，深圳拥有图书、报刊零售店（亭）1916 家。其中，综合书店 270 家、专业书店 286 家、便民书店 802 家、书报亭 529 家、报刊专营摊点 23 家、批发单位 25 家。全市书报刊市场固定投资总额 3.3 亿元，行业从业人员 4859 人，全行业全年销售收入 13.34 亿元，全行业纳税总额 3641.6 万元。

位于福田区的八卦岭图书批发市场作为一支民营力量，批发批零兼营的灵活方式活跃了书刊发行市场。八卦岭图书批发市场于 2001 年正式成立，占地 2000 多平方米，有 35 家批发商，其中主要为民营，经营图书已超过 10 万种。1995 年之前，深圳市的图书批发商分散在罗湖、福田、南山、龙岗各地，市场混乱无序。为了便于管理，深圳市文化局将分散的批发商集中起来，统一在八卦岭营业，同时对书刊市场实行"批发进场，售前送审"的制度。目前八卦岭图书批发市场已发展成为某些出版社的区域总发行代理，甚至给深圳市新华书店供货。

与深圳书城罗湖城仅一街区之隔的深圳购书中心，由中核集团深圳分公司投资建立，浙江新华发行集团跨地区供货。位于龙岗区的布吉书城与龙岗书城于 2004 年、2005 年先后开业，成立之时也都由浙江新华发行集团供货。浙江新华发行集团将跨省连锁经营的步伐迈向了深圳，凭借深圳购书中心、布吉书城参与到深圳图书市场的争夺。原本固守一方的书业发行体系已开始被打破，新一轮的跨区域竞争已悄然升起，区域发行集团的市场争夺战不可避免。

外资随着书刊市场的逐步开放也纷至沓来。2003 年 5 月，《外商投资图书、报纸、期刊分销企业管理办法》颁布，正式向外资企业在国内从事图书、报纸、期刊的零售业务敞开了大门。2004 年 12 月，出版物的国内批发权向外资和合资企业开放。2006 年中国图书分销对外资彻底放开，不再受投资比例、设立地点、经营项目等限制。

此外，网上书店异军突起。经济特区不断上升的互联网用户数和发展迅速的物流业等也为网上书店在特区的发展提供了"温床"，其蚕食传统书店市场的速度也不容忽视。据报道，深圳的网络图书年销售额占全国的 30% 左右，超过 2 亿元。

但据业内人士分析，深圳的出版发行市场仍有发展潜力：一方面，深圳文化产业发展很快，市民素质的提高给图书市场的发展在客观上提供了空间，自 1989 年起深圳的人均购书量和购书经费支出一直是全国第一，而且在深圳书城的销售额中，香港读者的消费量占到约 10%；另一方面，深圳市政府"文化立市"战略的实施，为深圳图书市场的繁荣提供了有力的政策支持。

四、科技创新与出版发行业

（一）印刷业从"铅与火"走向"光与电"

科技的飞速发展带来印刷业的残酷竞争。30 年间，电脑控制印刷、激光照排、电子分色、DTP 高端联网、CTP 直接制版、印刷工业数码化、网络化……飞速的科技发展，一次又一次地打乱印刷人的梦，一次又一次地淘汰更新着印刷业曾经的辉煌。

今天的印刷业，借助于 IT 业、光化学、新材料及机电一体化领域的高新技术，获得了迅猛的发展。数字化已成为印刷业发展的主流。数字化工作流程、数字化打样、自动值班和数字印刷正在被大力推广应用于现代印刷生产。如果在线印刷加工设备如择页机、配页机或订书机得到应用，则整体生产过程可以实现全数字化，做到数据入、印品出。

如果说传统印刷仅仅是一种单向技术的话，那么现代印刷则是多学科、多门类的技术体系，是光、机、电的组合，印刷技术已从物理、化学为主的传统领域转移到以电子、计算机为主的高科技领域，由经验导向进入知识导向。中国印刷及设备器材工业协会提出的印刷工业发展方针表明了中国印刷业要立足于高新技术产业的决心——
"印前数字网络化、印刷多色高效化、印后精美自动化、器材高素质化"。

尽管成长和壮大的过程对外资有较强的依赖性，但是不论内资印刷企业，还是合资、外资印刷企业，在深圳落地后始终坚持依靠先进科技做大做强，也正是对先进技术的不断投入，使得深圳印刷业多年以来一直保持着国内领先地位。

全球最大的印刷设备生产商德国海德堡公司，20 世纪 80 年代初就把先进的印刷机引进了深圳，目前深圳与东莞的海德堡印刷机占了全国总量的 65%，而深圳印刷业在单体规模和实力方面更为突出，一些大企业拥有 20 至 30 台对开四色进口印刷机，个别企业甚至拥有内地闻所未闻的十色印刷机。国内 12 台最先进的商业 CTP 直接制版系统中，深圳就独占 10 台。据深圳市贸易工业局的抽样调查，在技术先进性方面，技术水平达到国际领先水平的企业约有两成，达到国内先进水平的占四成以上。

位于八卦岭工业区的华新彩印制版有限公司，虽然规模不是很大，水平却堪称一流，拥有世界上最先进的激光扫描系统及大尺寸输出中心。由于设备先进、技术精湛，《中国玉器》、《敦煌》、《早年周恩来》等具代表性的巨型系列画册都在这里印制完成，受到国内外专业人士的高度评价。而像华新这样的企业，深圳印刷界有一大批，如中华商务、利丰雅高、当纳利旭日、凸版等，走进其现代化的厂房，无异于走进一个世界最先进印刷机械博览会。

国际摄影联合会主席昂立克·帕米拉先生看了由深圳雅昌公司印制的《第 24 届国际黑白摄影作品选》后，非常感慨："在这样一个年轻的城市里，居然能够印制出国际一流的画册，真是难以相信自己的眼睛。"为了确保画册质量，雅昌公司不仅专门成立了由著名摄影家组成的摄制室、配备最先进的器材，而且与专业油墨厂合作开发出专用油墨，而雅昌在这两方面研究取得的成果，成为国内印刷科技上的重要突破，已经达到世界先进水平。

激烈的市场竞争要求加大高新技术投入，这是印刷行业本身的内在要求。而只有通过科技占领市场，企业才能立于不败之地。深圳印刷业 95% 以上的研发经费、95% 以上的研发机构、95% 以上的研发人员和 95% 以上的科研成果专利均来自企业。高等院校和大型先进技术企业是印刷科技研发的主要力量。深圳的印刷企业有三成以上拥有 1 项以上自主研发的专利或知识产权。随着印刷行业市场竞争的日趋激烈，印刷企业深深感受到以专利保护、发明创新为核心的知识产权竞争已成为企业间竞争的主要因素。提高企业自身知识产权的研发和保护能力对企业的生存与发展尤为重要。

（二）信息化建设与图书发行

计算机管理系统是图书发行与连锁经营的灵魂与先导，深圳的图书出版发行技术革新与信息化建设以深圳新华书店即后来的深圳发行集团、深圳出版发行集团为主体，在探索成熟的计算机管理技术方面作出了有益的探索。

1994 年，当时的深圳新华书店走出了信息化建设的第一步：选定三联德泰（香港）作为合作伙伴，开发图书营销信息管理系统（BIMS），并以此为契机，揭开了深圳图书出版发行信息化建设的帷幕。1995 年 10 月，图书营销信息管理系统开发成功，1996 年，在书店得到全面应用。通过该系统，图书经营各环节全面实现了信息化管理，并成功实现了连锁经营。在其后的几年间，图书营销信息管理系统管理的范围逐步扩大到音像制品、电子出版物和文化用品多个领域。

深圳在国内同业中率先成功实施图书计算机管理连锁经营，其成功使得深圳新华书店的生产效率和经营效益成倍增长，工作效率大大提高。北京图书大厦 1.6 万平方需要 800 人，深圳书城 1.5 万平方只需 350 人。新闻出版总署于 1997 年 5 月召开的全国图书发行行业计算机应用会议上，对该系统作出了高度评价，会后全国掀起了省级店、城市店连锁经营的高潮。目前图书营销信息管理系统已被包括北京在内的全国 20 多个省市自治区直辖市的 300 多家书店采用。

2000 年，经新闻出版总署批准，深圳市巴颜喀拉出版在线有限责任公司成立。该公司紧紧围绕如何使传统出版发行行业实现网络化和信息化，致力于传统书业上中下游企业的信息流改造，致力于构建本土化的网络电子商务平台。公司以改造传统书业走进网络时代为目标，利用强大的技术力量，在一年内完成了上（上游出版社）、中（中盘批发商）、下（零售企业）企业电子商务核心软件集群的开发。公司陆续开发了适合连锁经营的图书营销信息管理系统和针对发货店的 DMS 系统软件、针对出版社的 POPS2000 系统，上述系统三位一体的 Bayakala.com 出版物交易平台可实现出版、发行、读者在互联网上的无缝连接，为用户提供一套完整的出版信息及交易管理系统。目前，该系统已经被全国 30 多家大型零售店，重庆、江西等发货店以及中国建筑工业出版社等采用。

2005 年，深圳发行集团推出了多功能信息平台，包括深圳书城网上书城、呼叫中心、短信平台和供应商数据服务等 4 个部分。以深圳书城网站为主体的多功能信息平台，不仅从多方面完善了深圳书城的服务功能以提高核心竞争力，并且为客户与供应商提供了快速便捷的沟通服务渠道和优质高效的信息资讯服务。2006年，集团整体信息化建设的重点是深圳书城中心城的信息系统建设，主要从管理思想、业务流程等方面对连锁经营大卖场管理进行优化和规范。为中心书城量身打造的卖场信息管理系统在业务思想和管理理念方面处于业内领先地位，成为中国图书发行业的行业标杆。

深圳图书出版发行信息化建设处于全国领先地位的另一个佐证是参与国家标准的建设。近三年，深圳出版发行集团先后参与了国家新闻出版总署和发行标准委员会发起的《出版物发行标准体系表》、《出版物营销分类法标准》、《出版物营销分类法实施指南》、《图书、音像制品、电子出版物营销分类法》、《出版物类型代码》、《出版物购销形式分类代码》、《出版物发行组织机构分类代码》的编制研究工作，部分标准已获批准发布使用。

经过多年的努力，深圳图书发行的信息化建设已经拥有了千兆局域网、数十台服务器、数百台工作站点、宽带上网和多个管理信息系统。信息化建设提升了出版发行各业务环节的反应速度和服务质量，加强了财务管理与风险控制，深化了中央采购供应链管理模式，构建了从图书查询、信息咨询到多渠道便捷的网上书城和一体化服务中心，实现了传统书业在现代社会的升级，给读者带来了快速、便捷、高效的购书体验。

（三）出版业的数字化转型

虽然以纸质媒介为代表的传统图书仍在当今的出版业中占据主导地位，但随着全球信息化进程的推进以及信息技术向各个领域不断延伸，我国数字出版产业迅速发展，数字出版理念逐渐深入，技术不断完善，形态日益丰富，受众迅速增加。另一方面，出版发行信息化建设飞速发展，发行业信息管理已经成熟，在新媒体发展日新月异的今天，网络图书、手机阅读、电子书、电子杂志、手持终端"电纸书"等逐渐改变着人们的阅读方式与阅读习惯，与传统方式相比，数字化出版物具有便利、快捷、海量等特点，数字化正成为出版业的发展趋势和未来方向，并日益成为我国出版产业变革的"前沿阵地"。

截至2006年底，我国数字出版行业整体收入已达到约200亿元，其中国内互联网期刊收入5亿元，电子图书收入1.5亿元，网络游戏收入65.4亿元，网游广告收入49.8亿元，在线音乐收入1.2亿元，手机出版（含彩铃、游戏、动漫）收入为80亿元。

一份由 10 位中国数字出版领域资深专家完成的预测报告称，未来五年，将有超过 30% 的手机用户通过手机阅读电子书和数字报；跨媒体出版成为主流，全国 70% 的出版社将实现同步出版；全国 80% 的出版社将通过按需出版（POD）系统为读者提供图书的按需印刷服务；全国 90% 的报社将推出数字报；中国正版电子书出版总量将突破 100 万种；由图书馆等机构用户采购的电子书、数字报的销售规模将达到 10 亿元，由网民和手机用户带动的电子书、数字报内容销售及广告收入将达到 50 亿元。

深圳具有创新意识强、信息产业发达、体制机制灵活、投融资体系健全、经济科技信息丰富的良好环境与优势，有条件在数字出版方面抢占先机和制高点，借助先进的技术优势与科学的战略规划实现出版发行业的飞跃式发展。

深圳出版发行集团在电子出版物出版方式的探索中，通过书城电子公司和数码科技公司，将电子出版分化成为以 CD-ROM 为载体的电子出版物出版发行和以 Flash Memory 为载体的消费类数码产品的研发和推广。充分应用多媒体教育核心出版物的原创内容，在各种载体和平台上进行深度开发，形成电子出版以"书城电子"、消费类电子产品以"益文"复读机和"明典"学习机为品牌的发展格局，推动了电子出版物由单一载体向立体化多载体电子出版的转变，并在出版物内容制造环节、版权交易环节、发行环节进行了业务创新。

另一方面，利用在多媒体领域的技术优势，尝试探索开发动漫产品。2005 年起，抓住深圳提出建设"动漫基地"的契机，深圳出版发行集团创办了数家较具规模的"动漫天下"动漫衍生品店，成为国内首家动漫概念主题连锁专营店。集团下属的电子公司作为深圳怡景国家动漫基地成员企业，采用多媒体技术，挖掘传统泥塑定格动画的艺术特色，历时三年完成了国内首部高清定格动画片《嘻嘻芒克》的大部分数字拍摄工作，该动画片获 2008 东京 TBS Digicon 6 中国赛区专业组提名奖，是国内出版发行集团唯一的原创获奖动画。此外，深圳出版发行集团设立了武汉大学博士后流动站，加强产学研合作，开展数字化出版研究。

网络出版项目方面，书城电子公司于 2008 年正式取得互联网出版资格，业务范围包括互联网图书、互联网音像出版物、手机出版物三大类。依托商务网站，力求在中国图书全库搜索、多媒体出版物点击下载、手机短信出版物订制、原创动漫作品互动平台等具体网络出版方面取得突破。

海天出版社得到广东省新闻出版局大力支持，纳入"广东省图书流程再造工程"试点单位，以选题管理的整个流程为主线，致力于实现对选题策划、预算、实施等整个选题阶段的流程化、一体化管理，实现在印刷前对图书的印制成本的准确估算，实现出版发行工作各个环节的信息化、电子化，实现客户信息的收集、记录及相关销售数据的深入统计分析功能，实现对库存总量和结构的有效控制等一系列出版发行的信息化需要。2009年，海天出版社已投入近100万元对所需要的信息系统进行硬件改造。

在规划实施的项目中，深圳出版发行集团拟在其承担的深圳本地教材出版发行基础上，研究和规划利用数字出版自身技术及出版优势，建立网上"学生课程数字服务平台"，使学习教学辅导、家庭作业系统和课件模块相结合，真正实现网络化、无纸化，打造绿色教学辅助平台，探索教育类数字出版的新模式。同时计划结合宝安书城建设"深圳数字出版基地"，力争申请成为国家级数字出版示范基地，以海天出版社和电子音像网络出版社为主体，邀请深圳本土数字出版代表企业入驻，涵盖数字出版领域出版介质、出版工艺、出版发行等环节，形成地方性的数字出版业集群。

深圳市委市政府正促成现有的大型文化科技型企业与出版发行集团开展合作，共同拓展数字出版产业。腾讯公司1998年11月在深圳成立，是中国最大的互联网综合服务提供商之一、中国服务用户最多的互联网企业之一、中国首家市值突破100亿美元的互联网公司。目前该公司即时通讯注册账户总数达到8.562亿，腾讯网是中国3家最大的综合门户网站之一、中国第二大C2C网站、最大的网上休闲游戏网站。腾讯QQ的发展深刻地影响和改变着数以亿计网民的沟通方式和生活习惯。近年来，腾讯公司致力于通过线上整合所有需求，将"为用户提供一站式在线生活服务"作为战略目标。在大社区概念之下，即时通讯、无线增值业务、门户、搜索、游戏、电子商务、移动互联网都被纳入规划中，并已完成了与整个社区平台的无缝整合，开始实践各种生活功能、社会服务功能及商务应用功能。

腾讯拥有的活跃庞大的互联网用户群，其增值业务表现出的极强的互动性成为传统媒体近年来重视的、发展迅猛的新型互动平台。腾讯公司十分重视数字出版业务，腾讯网开通了读书频道，为传统的图书出版搭建了网络平台。在数字出版方面，腾讯网开设了原创文学、原创文库、网络杂志、文化博客、手机书城等栏目和动漫频道。2007年腾讯公司推出收费阅读项目，开始数字出版的新尝试。

虽然深圳的数字化出版已经起步，但仍处于初级发展阶段。传统出版界对数字出版的研究与认识浅显，国家数字出版行业标准滞后，技术与管理人才奇缺，商业模式尚未形成等因素均困扰着深圳出版业的数字化进程。

五、公共文化服务与城市文明

（一）公民文化权利的提出与公共文化服务体系的构建

党的十六大把"三个代表"重要思想确立为党必须长期坚持的指导思想，明确了全面建设小康社会的目标，提出使"人民的政治、经济和文化权益得到切实尊重和保障"。公民文化权利属于公民的基本权利，包括四个方面的主要内容，与之相应，政府应承担四个方面的基本职责：一是享受文化成果的权利，政府有责任、有义务为公民提供基本的公共文化产品和服务；二是参与文化活动的权利，政府应该创造条件让公民能够参与各种文化活动；三是开展文化创造的权利，政府应该创造宽松的环境、建立完善的机制激发公民的文化创意，促进公民的文化创造活动的开展；四是文化成果受到保护的权利，政府应该制定切实有效的政策法规，保护公民创造的文化成果和知识产权，确保其文化成果能够实现价值和价值增值。

在公民权利的实现问题上，经济权利是基础，政治权利是保证，文化权利是目标。文化权利并不是可有可无和可多可少的东西，而是公民必须得到保障的同样重要的基本权利。如何最大限度地维护和实现公民的文化权利，是政府必须承担的基本的公共责任。必须通过一种切实有效的制度设计和体系建设来确保公民文化权利的实现，这种制度设计和体系建设就是公共文化服务体系。

公共文化服务是公共服务的一种。所谓公共服务，是与私人服务、社会服务相区别的公共管理学概念。公共服务体现的是公民权利与国家责任之间的公共关系。公共文化服务体系是公共服务体系的有机组成部分，其责任主体是政府，政府必须承担构建公共文化服务体系、促进公民文化权利的职责，调动资源，深化改革，增强活力，提供高效优质的公共文化服务。

具体来说，公共文化服务体系是指以政府部门为主的公共部门提供的、以满足公民的基本文化生活需求为目的、向公民提供公共文化产品与服务的制度和系统的总称。完善的公共文化服务体系包括公共文化服务主体、公共文化服务设施、公共文化服务平台、公共文化服务产品、公共文化服务信息、公共文化服务便利、文化遗产保护、公共文化服务机制、公共文化绩效评估以及公共文化服务的资金、人才、政策法规保障体系等方面内容。

从公共文化服务的性质和功能来看，主要有五个方面的基本特征：一是公共文化服务的公平性。即对公共文化设施和活动进行均衡布局、同步开展，使得所有人都能享受到政府提供的同等程度的公共文化服务。二是公共文化服务的便利性。政府提供的公共文化服务是近距离的、经常性的服务，随时随地都可以获得。三是公共文化服务的多样性。既指服务和产品的品种、层次、特色的多样又指服务对象的多样，服务要考虑惠及社区居民、白领、外来工、未成年人、老年人、残障人等不同群体。四是公共文化服务的公益性。政府提供的公共文化服务主要是免费的，一些活动通过政府补贴也具有公益性质。五是公共文化服务的基本性。政府提供满足人民群众的基本文化生活需求的服务，超出基本范围的需求，可以通过文化市场获得。

构建公共文化服务体系，促进公民文化权利的实现，对深圳来说意义尤为重要。深圳处于改革开放的前沿，较早地面临"黄金发展期"和"矛盾凸显期"，建设和谐社会的任务更加繁重。2007 年深圳市生产总值达到 6765.41 亿元，位居全国第 4 位。人均 GDP 7.9 万元，居民人均可支配收入 2.1 万元。市民精神文化需求日益凸显，实现自身文化权利的诉求更为强烈。对深圳市政府及其文化部门来说，保障和促进公民文化权利的实现，任务更重，挑战也更为艰巨。

特区成立以来，历届深圳市委市政府一直高度重视文化建设，不断优化文化发展环境，从而促进了深圳文化事业的快速繁荣与发展。2004 年深圳市委市政府召开"深圳实施文化立市战略工作会议"，明确了实施"文化立市"战略的指导思想，提出建设高品位文化城市。2005 年 1 月，深圳市委市政府公布了《深圳市文化发展规划纲要（2005—2010）》，要求积极构造文化设施新格局，科学规划城市文化发展，合理布局城市文化空间并使之法定化，建成一批具有国际先进水平、体现鲜明特色的现代化标志性文化设施，完善基层文化网络，使人均公共文化设施面积接近世界中等发达国家水平，健全市、区、街道、社区四级公共文化设施体系。大力促进文化事业繁荣，为群众提供丰富的公共文化产品和完善的公共文化服务，推进高雅艺术与大众文化发展。充分培育城市的文化特色，举办一批具有广泛影响力的国际性文化节庆、赛事与会展，营造浓郁的城市文化氛围。

2005 年，在深圳市委宣传部的指导和深圳市文化局的直接推动下，深圳市整合相关人员成立了公共文化服务体系研究课题组，开展专题研究，并于当年提交了《公共文化服务体系研究报告》，2006 年出版《公共文化服务体系研究》一书，得到了中央有关领导和一批专家学者的赞许与肯定，被认为体现了深圳作为改革开放"排头兵"的理论创新精神。

深圳市将构建公共文化服务体系列入深圳市"十一五"国民经济和社会发展规划，明确提出构建"结构合理、发展平衡、网络健全、产品丰富、运营高效、服务优质"、覆盖全市的完善的公共文化服务体系的目标。在具体实践与探索中，通过把构建公共文化服务体系与经济社会发展、城市人文特点、城市发展战略、文化立市战略、文化体制改革结合起来，积极探索，大胆创新，初步建立了设施比较齐全、产品比较丰富、服务质量较高、机制比较健全的公共文化服务体系，为我国的公共文化服务体系建设提供了有益的经验。

构建公共文化服务体系，不仅有利于公民文化权利的实现，也有利于推进和谐深圳、效益深圳建设，有利于文化立市战略的实施，有利于深化文化体制改革，推动政府职能转变。深圳作为中央确定的全国文化体制改革试点城市，担负着文化体制改革先试先行及整体性实验的任务。市委市政府为此制订了《深圳市文化体制改革综合试点工作方案》，明确了文化体制改革的8项任务。公共文化服务体系的构建要求政府强化自身建设，明确政府职责定位，建立公共服务型服务。深圳市构建公共文化服务体系的探索逐步形成了独特的模式，推出了自己的亮点。

（二）公共文化空间与市民文化消费

"公共领域"是17、18世纪在欧洲形成的概念，相对于"私人领域"，出现公共事务和私人事务的分别，强调真正的"公共性"，而"公共性"涉及"公共需求"、"公共领域"、"公共精神"等诸多方面。公共部门通过提供"公共服务"，满足或实现公共需求并进而保证公民权利的实现。对于公民文化权利的实现而言，文化设施是开展公共文化服务的必备空间。深圳高度重视文化基础设施建设，经过多年努力，已形成较为完善的市、区公共文化设施体系和基层公共文化设施体系。其中与出版发行业直接相关的是建设"图书馆之城"的提出与实施。

深圳人口构成特别，公共文化的需求及服务结构特殊。作为一个以经济发展为导向的城市，作为正在崛起的"国际制造业基地"和"高科技城市"，深圳的人口结构呈现明显的两极化趋势：一边是高学历、高素质的知识技术型人才密集，另一边则是低学历、低素质的劳务型打工者汇聚。从文化素质上讲，深圳人口呈两头大中间小的"哑铃型"结构。此外，深圳拥有最年轻的市民群体，年轻的人口构成带来年轻的气息，也形成了年轻人所特有的公共文化需求。深圳城市的白领阶层积聚了一批高素质、有激情的中青年创业者，特别是 56 万专业技术人员，3 万多名博士、硕士，1 万余名海外专家和留学归国人员，构成了深圳人口受教育程度较高的层次。而占深圳人口 2/3 的外来打工流动人口，大部分是高中甚至初中以下文化水平，来自农村和小城镇的占 80%。这样的人口构成，使得深圳超过千万的总人口中，初中以下文化程度人口超过半数，形成了素质悬殊、两极分化的人口结构格局。这种人口格局从结构上影响着从设施建设到活动的设计与开展等公共文化服务体系的各个方面。

2003 年，深圳提出《深圳市建设"图书馆之城"实施方案（2003—2005）》，图书馆建设投入大幅增加，步伐大大加快，全市公共图书馆蓬勃发展。至 2005 年底，"图书馆之城"三年建设目标已基本完成，实现了每 1.5 万人拥有一个社区图书馆（室）的目标，全市、区七个图书馆实现"一卡通"借阅服务。

截至 2008 年，深圳全市公共图书馆总藏量已达 1376.9 万册。市、区图书馆从 6 家发展到 9 家，街道图书馆由 2002 年的 30 家增加到 2008 年的 35 家，增长幅度为 16.7%，社区图书馆由 2002 年的 140 家增加到 2008 年的 560 家，几乎增加了 3 倍；图书馆业务方面，无论是人均藏书量、人均购书经费还是人均外借书刊文献册次、千人拥有阅览座位都有明显增加。此外，深圳还大力建设电子阅览室和共享工程各级中心、基层用户点，目前全市有 129 家电子阅览室，配有 1458 台电脑，建设劳务工图书馆近 100 家，全市有共享工程服务点 316 个，已形成星罗棋布的四级公共图书网络。

各区也普遍加大投入，加快社区文化设施建设，如福田区从 2002 年开始在 3 年内投入 13 亿元建设文体设施，努力为居民构建"一公里文化圈"，建立了图书馆、文化馆的总分馆制，让市民出户一公里就能享受到图书馆、文化馆等公益性文化设施提供的服务。龙岗区大力开展"753"工程，在区、街道、社区各兴建 7 个、5 个、3 个文化基础设施。目前全市 6 个区中，宝安、南山区、罗湖区、福田区等 4 个区获得"全国文化先进区"称号。

文化信息资源共享工程进展顺利，建成 1 个省级分中心、6 个基层分中心和 200 多个基层用户点，初步形成了覆盖全市的文化信息网。在建立和推出"图书馆之城"和全国文化信息资源共享工程等公共文化信息传播平台的同时，还发展和应用其他传播媒体，提高公共文化服务的知晓性、参与性和便利性。2003 年深圳市文化局开始实施每周文化活动信息发布制度，每周通过报刊、广播、电视、网络等媒体发布本市主要文化活动信息，重大节庆时期召开新闻发布会进行专题发布。2005 年又推出《深圳艺术地图》、《深圳书香地图》等文化指引。2008 年，深圳市被国家文化部正式命名为全国文化信息资源共享工程示范市。

除了图书馆的投入与建设，深圳市初步形成了较为完善的市、区公共文化设施体系和基层公共文化设施体系。截至 2008 年，各类建成和在建的市级文化设施 32 个，总占地面积约 66.5 万平方米，总建筑面积约 81.9 万平方米，总投资约 52 亿元，建成了深圳大剧院、深圳博物馆、深圳图书馆、深圳音乐厅、深圳书城、深圳广电中心、深圳报业大厦等大型文化设施。至 2009 年 6 月，深圳建成的包括图书馆、群艺馆、博物馆、美术馆在内的公共文化设施 1114 座，其中公共图书馆（室）618 个、群艺馆和文化馆（站）62 个、各类博物馆 22 个、美术馆 6 个、各类文化广场 381 个、高雅艺术演出经营单位场所 25 家。

深圳市还在全国率先实行了公益性文化场馆全面免费开放制度，2007 年七大市属公益性文化场馆全部免收门票向社会开放，为市民提供公益性场馆及相关服务。建立文化场馆周五"免费开放日"制度，除特殊展览外，每周五市属文化场馆举办的展览活动免费对市民开放。健全公益文化机构举办的展演导赏服务制度，启动实施外来劳务工文化服务工程，开展数字文化信息、流动图书馆、流动展览、流动演出、流动讲座、流动电影等多种形式的文化服务。

市民公共文化空间的形成除了需要政府在硬件方面的投入，还需要为市民文化消费创造合理的空间，二者相辅相成，不可分割。这一点在出版发行业的发展中尤为明显。以建设书城为例，政府支持投入大书城建设与书城建设文化消费体验目的地相辅相成。政府投资建设大型文化项目，最终目的是为市民提供更好的公共文化服务，投资建设经营性质的文化项目是希望借用一部分市场手段提供更优质的文化服务。而提供更多、更优质的文化体验服务正是大书城建设文化消费体验目的地的必由之路，同时书城自身具有的市场属性可弥补一些公共文化服务的缺口。

书城通过提供服务，甚至将经营所得投入到社会公益文化服务之中，带动整个城市公共文化服务水平的提高。政府意识到书城建设的社会效益与公共价值，必然会在用地、建设资金、政策等方面予以扶持。而书城便更热衷于围绕文化消费体验需求的变化，持续创新文化体验活动，保持文化体验的新鲜度和热度，提高市民到书城参与文化消费体验的黏度。

表1   2010年深圳市公共文化服务基本指标

1.实现每15万人拥有1座公共图书馆，每1.5万人拥有1个社区图书室，常住人口中人均拥有藏书2册（件）	7.数字电视每年向市民提供10000小时视频点播节目、免费文化共享资源和公共信息服务
2.区级以上图书馆每周开放时间不少于64小时，街道、社区图书馆（室）每周开放时间不少于50小时	8.每年提供给市民和外来工的免费电影不低于1000场
3.区级以上图书馆每周至少举办1次免费讲座或者读书活动，街道、社区图书馆(室)每月举办1次以上读书活动	9.公共文化服务信息100%可在网上查询
4.市群众艺术馆建设达到国家一级馆标准；区文化馆达到国家文化馆标准，街道文化站达到省一级标准	10.每年市属公益美术场馆组织展览、讲座活动不少于50个
5.新建社区建有不少于200平方米的文化活动室(活动中心)、100平方米的图书室、1000平方米以上户外文体广场，同时建立社区综合信息网络平台	11.深圳交响乐团每年举办公益性演出30场
6.每年市、区宣传文化部门组织的文化进社区的各项活动不少于2000场	12.深圳博物馆每年举办展览20—25个，举办进校园、进社区、进企业展览4—5个

近期，深圳市政府又提出了《深圳市进一步完善公共文化服务体系实施方案》，随其印发的还有一份《2010年深圳市公共文化服务基本指标》，详细地列出了12项相关指标。政府不仅将公共文化服务体系建设纳入当地经济社会发展规划，还建立了考核机制，每年都将按照公共文化服务指标体系，对公共文化服务的投入、质量、效率和水平作出量化考核。

城市规模的急剧膨胀，使得公共文化服务的需求不断增加。作为我国改革开放的"一夜新城"，深圳创造了举世瞩目的经济增长与城市发展的"深圳速度"，其土地开发面积与城市人口规模因此急剧膨胀。30年来，深圳不断加大对公共文化设施的投入，与建市初期相比，文化设施投资额增加6000多倍，建筑面积增加500多倍，但相对日益增长的市民文化需求，文化设施总量仍略显不足，文化设施空间分布呈现"区际差异大，集中程度高，总体上以特区内为核心、特区外为边缘地带的分布格局"，公共文化服务体系的建设任重道远。

（三）公共文化活动与市民阅读习惯养成

建市近30年来，深圳以其改革开放的巨大吸引力，接纳了大量来自五湖四海的移民人口，成为一个外来人口占总人口 90% 以上的典型移民城市，其城市文化也明显具有移民文化的典型特征。一方面，深圳的移民大多来自内地省份，客观上造成了南北文化的融合；另一方面，深圳毗邻港澳的特殊地理位置以及开放较早的历史背景，吸引了众多跨国企业来深投资，对外交流与合作十分活跃。这些都在无形中营造了以现代、开放、创新为特质的城市文化环境，形成了以年轻、活力和高成长性为特征的现代城市风格。

与此相应，从高雅艺术到大众文化，从传统戏曲到摇滚音乐，从文化复古到文化时尚，都能找到相应的文化消费群体。而中西文化、南北文化的并行不悖，不同生活方式、价值观念与审美需求的相互交融，形成了丰富多彩的现代移民文化。在深圳独具特色的文化现象和文化传统中，"商潮不掩读书声"，市民读书热情高就是其中之一。

对于一座城市而言，通过推广全民阅读来倡导一种读书求知、发奋好学、蓬勃向上的文化价值观，不断提升市民素质，是创建文明城市的有效途径。通过持续推广全民阅读，以读书为乐、以读书为荣正成为深圳市民共同接受的生活方式和价值观念，成为这座年轻城市不断创造的新的文化传统的一部分。深圳的文明城市建设正以茁壮的姿态健康成长，这是从市民到媒体，从市内到市外，人们对深圳这座城市逐渐增加的一种新的判断。

在深圳市委市政府关于建构公共文化服务体系的战略提出之后，深圳的公共文化活动从松散走向规制，从自发走向自觉，从本土化走向品牌化。而与出版发行业联系较为紧密的，一个是"深圳读书月"，一个是"深圳晚八点"。

1. 商潮中书香弥漫

为适应深圳未来社会发展，提高城市文化品位，2000 年 9 月，深圳市委市政府设立"深圳读书月"，时间为每年 11 月。2000 年 11 月，首届深圳读书月活动举办并取得圆满成功，此后深圳市民读书活动蓬勃发展，至今已连续举办十届。特别是 2006 年在中宣部、中央文明办、新闻出版总署等国家部委下发《关于开展全民阅读活动的倡议》文件之后，深圳读书月活动声势更加浩大，影响范围更加广泛。

深圳读书月活动始终将对市民阅读理念的引导放在工作首位，并且通过活动主题的确立和详细阐发来精准体现。读书月活动举办伊始，重点放在倡导全社会重视阅读，营造书香氛围。首届读书月活动提出"营造书香社会"，第三届读书月活动提出

"实现市民文化权利"等理念。到了第四、五、六届，则逐步开始关注阅读对城市的作用，分别提出"提升城市品位"、"提高市民素质"、"让城市因阅读而受人尊重"等理念。近两年，在阅读理念的倡导方面更关注市民的读书行为和阅读感受。发布"我们爱读书"宣言，提出"让读书为乐成为市民的生活方式，让读书为荣成为城市的价值取向"、"实实在在读一本书"等口号。第九届深圳读书月则强调主动享受阅读，提出"我阅读，我快乐"。经年累月，深圳读书月所倡导的理念，通过活动的传递，通过媒体的传播，逐渐为广大市民认知和接受，成为引领参与者由被动阅读向主动求知转变的重要力量。

创新是文化的灵魂，是文化大繁荣大发展的重要途径。深圳读书月活动坚持以创新为灵魂，把读书月的策划组织当成一个大的创意过程，通过创新形成品牌，通过创新激发兴趣。10年来，深圳读书月每届活动项目从50多项增加到300多项，创出一系列知名品牌活动。这些活动内容丰富、富有创意，使读书这一古老而传统的文化行为获得了新的内涵，吸引了社会各界的浓厚兴趣和广泛参与。

读书月活动除了使已有的活动固定化、品牌化之外，每年均有所创新，如第五届推出"深圳童话节"，第六届推出"历史的天空下"这一名家主题对话的论坛形式，第七届推出"全国报刊读书版总编圆桌会议"、"图书漂流"，第八届推出"海洋文化论坛"、"诗歌人间"，第九届推出"30年30本书文史类优秀读物评选"、"校园网络文学大赛"活动。将深圳读书月组委会所做的关于深圳人读书情况调查报告结果与北京开卷图书市场研究所对北京、沈阳、上海、武汉、成都、广州6城市所做的读者调查报告结果进行比较，发现深圳人读书与全国其他城市相比有以下不同：（1）深圳的主要读者群体以企业管理人员为主，而全国其他城市则以高校学生为主，其次为企业职员。（2）深圳的主要读书群体年购书费用集中在50—100元，其他6城市则集中在50元以下。（3）深圳读者购买的图书种类最多的为经济管理、计算机、小说散文、自然科学、休闲生活类，其他城市则是以小说、英语、休闲生活、计算机、工具书、经济管理类为主。

公共文化服务特别强调的是公平性和广泛性，作为公共文化服务的品牌活动，读书月始终关注最大多数人的读书愿望。读书月组委会通过组织"深圳人的读书状况"调查、媒体公开征集活动创意和建议、市民读者座谈会、接听热线、做客市民论坛等各种途径研究和了解群众的读书需求，并努力通过读书月的各项活动来满足其要求。为此读书月坚持"深入基层、深入社区、深入群众"。从首届活动开始，就深深扎根于社区和基层，深入市民群众生活，让阅读融入到任何地方、任何时间、任何年龄段和任何市民的群体之中。读书月提出了"六进"（进学校、进机关、进军营、进企业、进社区、进家庭），采用分点启动仪式，在全市各区同时启动，并深入发动、教育、工会、团委、妇联等系统广泛参与。

与此同时，深圳以读书月活动为契机，一方面积极推动"市民文化大讲堂"、"社科普及周"、"深圳晚八点"等读书活动的开展；另一方面大力推动深圳书城、公共图书馆、社区图书室、青工书屋等硬件设施建设，创造一切条件引导市民多读书、读好书，使全民阅读活动在深圳遍地开花，蓬勃开展。市委市政府的积极倡导，正使深圳从一个商潮涌动的城市向一个书香弥漫的城市转变。

深圳读书月的影响日益扩大，在全国掀起新一轮读书热潮。目前全国有 90% 以上的省、市、区的 400 多个城市开展读书文化活动，引起中宣部、新闻出版总署等有关部门的高度重视。2009 年 11 月，全国全民阅读领导协调小组办公室在第十届深圳读书月活动期间，召开"全国全民阅读经验交流会"。深圳开展全民阅读活动的经验得到全国同行的充分肯定，市民将读书月评为最喜爱的文化品牌。

通过 10 年的运作探索，深圳读书月以"政府倡导、专家指导、社会参与、企业运作、媒体支持"为方针，被媒体誉为全民阅读活动的"深圳模式"。中央媒体盛赞："举办读书月，深圳的又一创举。"中宣部、中央文明办、文化部、新闻出版总署等中央部门的有关领导多次参加深圳读书月活动，对深圳读书月的做法予以重视、指导和肯定，认为"深圳读书月起步得早、开展得好，是推进全民阅读活动的成功典范"，"深圳读书月有力地促进了全国性读书热潮的形成"。

2. 相约"深圳晚八点"

读书是涵养心性、延续文明的重要方式，也是中华民族的文明传统。中国人自古以来就崇尚耕读传家，因此虽屡受重创而文明不绝。阅读对一种城市文化类型的培养和形成是一个必要条件。从某种程度上讲，有什么样的城市阅读，就会获得什么样的城市文化形态。当前，世俗性的商业文化正在侵蚀高端精英文化，这将有可能使一个国家和地区的文化精神结构被迅速扁平化和犬儒化。遏制全球化带来的消费型文化野火蔓延，重建城市的精神文化传统，是当前城市文化建设的基本任务之一。

深圳市创新公共文化服务模式，采用"公共文化服务项目政府购买"方式扶持的另一个文化活动品牌是"深圳晚八点"。"深圳晚八点"定位于全新的都市文化生活空间、市民八小时外生活的首选，以阅读为核心、开放互动的社会共享平台。

深圳中心书城结合自身的区位、业态、功能组合以及在文化资源与活动方面的积累，策划了"深圳晚八点"活动。该活动依托中心书城优越的平台资源，通过面向都市人的精心策划，多元有致、持续不断的活动安排，将中心书城的多种活动空间、多业态书店以及分布其中的茶馆、咖啡馆、特色吧、主题餐厅等围绕强化快乐阅读、人文社交、休闲体验进行整合塑造，采取公益活动形式，免费向广大市民开放。

活动依据主题的不同大致分为三类。阅读活动类，开展读书、讲书、评书，朗诵、背诵、接力诵等各类以"读"为核心的活动；文艺讲座、表演类，开展与音乐、书法、绘画、摄影、戏剧、影视等有关的主题讲座、与艺术家见面、现场表演等活动；主题展览类，开办各类艺术展、文化展、创意设计展、收藏品展等。

2008 年 11 月，深圳中心书城举办了首批活动。周一开设专家名人讲座。为戏剧、话剧表演、皮影戏演出、读剧、电影赏析、票友聚会等提供阶梯剧场，每周二开放。适应深圳建设国际化的大都市、举办第 26 届世界大学生运动会的需要，每周三开设英语角。每周四邀请原创歌手、电台 DJ、音乐制作人、词曲作者等前来，与读者交流音乐话题、展示音乐艺术、演唱原创歌曲、推荐最新音乐风。周五汇聚作者、出版者、编者、发行者、收藏者等与书有关的各种人员，共同讲述、分享关于书，关于书缘、书人的故事，让读者与写书、出书、卖书、藏书的人畅谈"我们读的书"、"我们想读的书"以及"我们想认识的书人"。

著名作家陆天明、麦家，国学大师傅佩荣，历史学家、央视百家讲坛坛主王立群等先后举办讲座，传播新知。至 2009 年 8 月，共开展活动 218 场，直接欣赏、参与群众 14 万多人次，通过大众媒体和人际传播影响，辐射百万多人次。许多深圳市民不约而同地选择在晚间来到中心书城，听讲座、看演出、学英语、读好书。

"深圳晚八点"的成功源于活动"原创性、大众性、辐射性、体验性"的特色。该活动切实根据市民的文化需求，精心打造，既没有现成的范例借鉴，亦没有既定的套路依循，令人耳目一新。与传统的文化活动相比，"深圳晚八点"更注重活动的辐射性，一方面向内辐射，通过各种媒介深入市民领域，活动设计上顾及各个不同层面、不同爱好、不同背景的市民，做到相得益彰；另一方面向外辐射，高端活动邀请国内著名学者、作家、评论家参与，使得活动迅速在国内学界、出版界、新闻界获得声誉。此外，"深圳晚八点"采取双向式活动设计，让组织者、参与者共同完成活动，参与者不再只是简单的倾听者、接受者，同时也是活动的缔造者。

"深圳晚八点"逐渐成为了深圳都市白领业余生活的重要组成部分。通过该活动的举办，深圳中心书城也初步找到了打造具有独特吸引力的品牌文化活动的路径，利用场地、文化资源的优势，为市民群众定时、定点提供体验性、参与性强的活动。

六、结语

深圳出版发行业的发展是中国改革开放时代条件下出版发行业发展的一个缩影。深圳出版发行业走过的特殊路径，具有深圳特色，同时对于全国出版发行业的改革和发展也具有启示意义。

深圳出版发行业积极进行体制改革和机制创新。深圳图书的出版与发行事业自1985年开始起步时便实行事业单位企业管理。2004年新华书店成立出版发行集团，成功实现转企。2007年海天出版社以企业身份并入深圳出版发行集团，为建立现代文化产业集团提供了制度保障。2009年，深圳出版发行集团组织谋划改制上市的思路与办法，以期实现企业化、公司化、股份化。深圳图书出版发行改制的每一步均走在全国的前列。

在市场化方面，深圳出版发行业利用改革开放前沿窗口的特殊位置，遵循市场经济的规则与规律，在图书连锁经营与书店现代化管理、创新大书城经营模式、借助社会力量办发行等方面作出了有益的探索，取得了可喜的成绩。

深圳利用高科技产业集群的优势努力进行科技创新，以科技创新推动出版发行业。印刷企业斥资研发高端印刷技术，新华书店自主开发的图书营销信息管理系统被推广至全国，传统行业集团与新兴网络公司尝试数字化出版，每一例科技创新无不推动着出版发行业的快速发展。

公共文化服务理念的提出与实践表明，出版发行业在市场经济浪潮的冲击中能够找到其根植于市民文化与城市积淀的结合处与生长点。"深圳读书月"、"深圳晚八点"等一系列公共文化活动业已成为全国公共文化服务的知名品牌，市民阅读习惯的养成与文化消费习惯的变化，正在为出版发行业注入长远发展的新的动力。

在特区的良好环境中，在政府的大力支持下，深圳出版发行业将继续发挥地域优势、体制优势、技术优势和人才优势，积极应对新的挑战，争取更大的发展。

致谢：本文的调研工作与写作过程得到了来自多方面的鼎力支持与有益帮助。导师吴予敏教授拨冗联系了出版发行业内的资深人士与企业领导，使资料获取与深度访谈十分顺利。深圳出版发行集团公司总经理陈锦涛先生、副总经理王芳女士为调研工作提供了诸多便利，集团办公室的杨红女士为本文提供了准确详尽的文献资料，在此一并表示感谢。

网络与新媒体

高新科技敢为天下先

孙海峰

　　深圳是中国互联网的摇篮之一。20世纪国内的第一代互联网企业中，有接近半数注册于深圳。这个充满商业气息和创新冲动的新兴都市，产生过中国大陆第一家网络服务提供商（ISP）——深圳讯业金网、第一家网络内容提供商（ICP）——深圳万用网、第一家电信官方网站——深圳之窗、第一家公众网络论坛——一网情深BBS、第一家网吧——卡萨布兰卡电子咖啡屋……足称中国互联网史的滥觞。2000年以来，随着宏观政策、市场、人才与技术环境的变化，互联网产业独领风骚的创业前沿转移到了长三角地区。经过数年的曲折探索和突围，深圳终于重新确立了自身的特色与优势，将战略重心定位在基于融合媒体的电子商务和数字文化产业。

　　纵向地看，深圳网络与新媒体产业的发展经历了四个阶段：首先是1995—1998年的"平台创建"阶段，以电信增值服务的形式进行平台开发，奠定了互联网应用的三大传统形式——网络新闻、网络广告和网络社区，成为国内门户网站的经典架构；其次是1998—2002年的业务"内容拓展"阶段，出现腾讯QQ等以即时通讯、网络游戏与短信订阅为基本组合的创新应用型内容服务，由此形成了互联网特有的增值盈利模式；随后是2002—2008年的"用户崛起"阶段，网民的社会能量与资源需求得到了深度发掘和释放，掀起了网络议政、电子商务和资源共享的热潮；最近是2008年以来的"媒体融合"阶段，移动互联网的成熟引发了渠道形式、业务内容、用户体验等层面的结构重组和功能融合，使"报网联动"、"三网融合"、"三屏融合"等新媒体理念获得现实的土壤而进入日常应用。

　　横向地看，深圳的网络与新媒体企业有四类：首先是"渠道型"的传统门户网站和机构网站，包括中国电信深圳增值服务中心运营的深圳之窗、深圳华强集团运营的华强电子世界网等；其次是"内容型"的网络新闻媒体，包括深圳报业集团旗下的深圳新闻网（原人间网）、南方报业集团旗下的南都奥一网（原深圳热线）等；再次是"应用型"的垂直门户、综合应用和软硬件平台厂商，包括腾讯、宇龙、融创天下等；最后是"资源型"的电子商务、资源下载和在线共享网站，包括迅雷、淘智、A8 音乐网等。相应的行业协会也主要有四个，即深圳信息行业协会、深圳网络媒体协会、深圳互联网技术应用协会、深圳电子商务协会。整体而言，基于独特的政策条件、市场环境和技术氛围，深圳互联网与新媒体领域的产业化程度高居全国之首，它的发展史在更大意义上是一部科技与文化高度融合的产业史，而不仅是一部以新闻传播为主的内容史。

一、深圳互联网发展简史

（一）平台创建阶段（1995—1998）

中国面向公众的互联网服务始于 1995 年。1995 年 9 月，在深圳电信的积极推动下，深圳正式成为国内继北京、上海之后第三个开通互联网节点的城市。同年 10 月，国内首家获得计算机信息网络国际联网业务批文的单位——深圳讯业金网集团开通了中国在线（China Online，简称 COL，模仿美国在线 AOL），成为中国第一家专业互联网接入服务提供商（ISP）。同年 11 月，中国电信旗下的深圳万用网（即深圳热线与深圳之窗的共同母体）从原来基于 Novel 的局域网正式并入互联网，成为国内最早的专业互联网内容服务提供商（ICP）。次年 5 月，由深圳电信数据通讯中心管辖的"卡萨布兰卡电子咖啡屋"在深圳蛇口正式营业，中国大陆首家网吧宣告诞生。随着第一批渠道服务商和终端服务商的涌现，深圳互联网发展史的大幕轰轰烈烈地拉开了。

1. 网络新闻的出现

1995 年底，深圳电信局员工张春辉用记事本程序制作了深圳第一个公共 WEB 站点——"环球新天地"，随后很快更名为"深圳之窗"，实际上这是一组本地资讯网页。深圳之窗网站几经改版，至今仍由中国电信深圳分公司维护运营，是典型的渠道依赖型传统门户。所谓渠道依赖型，就是由通讯接入商尤其是国有企业机构直接控制内容制作和产品运营，这是早期大多数互联网企业的共同模式。由于当时电信行业之外的人们对互联网领域还相当陌生，所以深圳之窗出自电信技术人员之手也属顺理成章。这种建站模式一般具有明显的技术主义风格，缺乏专业网络媒体的新闻敏感和民营企业的内容创新意识。尽管如此，深圳之窗仍是互联网上最早和最有影响力的新闻资讯平台。

1997 年 11 月，深圳电信旗下的万用信息网公司又推出另一个地区门户站点——"深圳热线"（即南都奥一网的前身），明显加大了新闻内容的比重；1998 年 3 月，深圳特区报业集团的"人间网"（即深圳新闻网的前身）正式投入运营，由此揭开了专业新闻网站的篇章。同年 8 月，深圳热线推出国内网站的第一个在线新闻杂志——"大近视"栏目。大近视栏目的推出使深圳热线影响力迅速攀升，栏目的访问流量也一度超过网站总流量的 1/3。直到深圳热线被南方报业集团并购改组为奥一网之后，多数早期网民仍对大近视栏目保持着极高的忠诚度，这也为后来风起云涌的网络议政大潮提供了雄厚的民意基础。

1998 年 10 月，深圳热线派编辑采访并发布了《泣血的诉讼》系列纪实报道，引起《中国青年报》、美国《新闻周刊》及《华尔街日报》等国内外几十家媒体和几乎所有中文网站的报道或转载。这一事件堪称中国互联网新闻原创采访的鼻祖，是早期互联网行业还未进行新闻刊登资质发放、处于自发状态时期最耀眼的创举。时至今日，中国互联网在发挥新闻监督作用方面，仍然囿于政策限制无法突破这一案例所创造的奇迹。这次报道引发了关于网络是否属新闻媒体的热烈讨论，也为日后相关部门对网络新闻采访与刊登资质的严格限制埋下了伏笔。[1]

2．网络金融的先河

1996 年 6 月，深圳万用信息网公司推出国内最早的网上实时股票交易系统——"金牛实时证券行情系统"。万用网与证券界展开全面合作，为证券公司的宽带接入和网上证券交易的开展提供了相应的技术解决方案。在网络金融业务方面，万用网则与多家银行结成了战略伙伴关系并展开全方位合作，为网上银行建设提供可操作性的网络安全解决方案，开启了互联网业务与金融网络系统连接的先河。

---

[1]　奥一网官方网站，http://www.oeeee.com/about/about-02.aspx。

根据招商银行提供的历史资料显示，中国大陆第一笔网上交易发生在深圳。1998年4月16日，深圳市南山区的一位彭姓客户登录刚刚开通的招商银行"一网通"网上支付系统，向先科娱乐传播有限公司购买了一批价值300元的VCD光碟，这标志着国内首家使用银行卡的网上支付结算系统正式开通。这是国内第一笔严格意义上的网上支付交易，也开启了中国电子商务的先河。伴随网上交易的迅速兴起，中国互联网也迎来了第一次繁荣，深圳出现了众多基于网络支付的电子商务网站。

3. 网络社区的搭建

早在互联网正式接入中国之前，各地已经出现了几十家通过电话线拨号连接的电子公告板（BBS）网站。这是一种字符终端模式的通信平台，用调制解调器（MODEM）长途拨号到服务器端收发论坛帖子（信件），渐渐形成了一个全国性的Telnet社区联盟——中国惠多网（China FidoNet，简称CFido）。作为互联网兴起前中国最大和最早的论坛集群，CFido在全国重要城市都有分站并支持相互转帖，第一代互联网领袖大都是其中的资深网友。后来的互联网龙头企业——腾讯公司的创始人马化腾，便曾长期担任CFido深圳站的站长，并在此结识了共同创造腾讯QQ的第一批合作伙伴。

1996年4月，中国互联网史上第一个公众论坛产生于深圳，即深圳电信旗下基于互联网的电子社区———网情深BBS。其站长即深圳之窗的创始人张春晖，程序代码则移植自教育网内著名BBS"水木清华"。虽然仍是采用传统的Telnet协议，但通信渠道已完全转移到了互联网。一网情深社区最初仅有"新手上路"、"站务管理"、"知性感性"三个版块，只是为了满足网民的狂欢性互动而没有清晰的定位和运营方向，这也是很多早期网络论坛的共同特点。随着这类基于互联网的电子社区日益成熟和普及，原有的CFido式远程拨号平台迅速衰落，1998年之后便基本销声匿迹。

一网情深BBS的发展并不顺利，由于技术、内容等原因几度关停并最终失去了商业转型的机会。从技术条件上说，随着互联网的普及，基于超文本WEB平台的论坛越来越多，所有大型网站都提供这种只需用普通网页浏览器就能访问的论坛服务，这使基于Telnet客户端的早期BBS逐渐退出历史舞台；从内容上说，随着互联网信息安全的管理被提上议事日程，对民间BBS论坛的审核和问责更加严格，导致用户逐渐减少以至纷纷关闭。2002年之后，一网情深BBS的内容被完全整合到深圳之窗网站，变成其虚拟社区的一系列栏目。深圳之窗与一网情深BBS的合并，意味着网络新闻和网络社区最终统一到了 WEB 平台上，也意味着国内第一批地方电信门户网站"新闻＋社区"经典模式的形成。

（二）内容拓展阶段（1998—2002）

如果说 1998 年之前深圳的互联网发展史属于以简单技术应用为技术平台的创建阶段，那么 1998 年之后则发生了质的飞跃——大批民营互联网内容服务商（ICP）迅速涌现，深圳互联网进入了开疆拓土、群雄蜂起的内容创新时代，真正成为关于社会人文的新闻媒体与生活媒体。如何利用互联网创造适应时代需求的内容服务，成为政府部门、研究机构、产业领域与新闻媒体的热门话题。这种创业环境催生了以腾讯 OICQ（即 QQ 的早期名称）为代表的本土化网络即时通讯（IM）服务，将中国互联网领域带入了一个全民互动的新纪元。与此同时，各种类型的网络游戏公司迅速涌现并形成巨大的产业规模。上述内容服务起初大多与电信、移动等渠道的收费短信增值业务合作，一度导致各类垃圾 SP 的泛滥。2002 年前后随着渠道市场的规范和独立内容盈利模式的成熟，深圳互联网产业发生了从"渠道为王"到"内容为王"的第一次迈进。

1. 即时通讯的兴起

互联网内容传播的关键特征，在于同时具备"远程"、"实时"和"互动"三个要素。"远程"体现了空间关系，"实时"体现了时间关系，而"互动"则体现了主体间关系。在这个意义上，互联网的普及为寻找某种更直接的交流形式提供了可能。这种交流的理想形式，就是从大众传播模式向人际交流模式的回归——也就是由"信息播撒"向"情境互动"的回归。这种交流通过互联网上的产品得到实现，这就是著名的即时通讯（Immediate Message，简称 IM）服务。正是在这一时代潮流的激荡下，深圳产生了全球最大的即时通讯服务企业——腾讯（tencent），其核心产品 QQ（原名 OICQ）自 1998 年诞生以来风靡全国，创造了 1 亿人同时在线的历史奇迹。

腾讯 QQ 的产品理念严格来说并非世界首创，其原型是 1996 年以色列 Mirabils 公司推出的即时通讯软件——ICQ（即英文 I Seek You——"我在找你"之意），腾讯 QQ 原来的名称——OICQ 就明显带有 Mirabils ICQ 的痕迹。1998 年 ICQ 注册用户达到 1200 万时被美国在线（AOL）以 2.87 亿美元收购，成为其全球媒体扩张战略的一部分；而几乎与此同时，世界各地也出现了几十款模仿 ICQ 的即时通讯产品，其中包括深圳腾讯公司的 OICQ。因此，1999 年 ICQ 的拥有者美国在线起诉腾讯 OICQ 侵权，腾讯最终被迫放弃原有的"OICQ"名称而改为"QQ"。凭借对深圳独特的创业环境和对国内业务需求的敏锐把握，腾讯 QQ 的用户数量很快超越 ICQ 而跃升为全球第一大 IM。

腾讯 QQ 的成功来自内容与技术上的创新，更深层的原因则是对用户体验和用户数据的重视。由于 Mirabils ICQ 没有充分重视非英语市场的内容服务和界面体验，长期以来在全球范围内采用英文版 + 语言包的形式发布，从而给中国本土化聊天服务留下了成长空间。腾讯 QQ 早期的风行很大程度上受益于 ICQ 缺少友好的中文版。另一方面，ICQ 的某些设计缺陷导致其用户忠诚度较低，一旦有可代替的软件用户容易大量流失。譬如 ICQ 将用户资料储存于本地机器，每次删除或升级都容易丢失；而相比之下 QQ 的好友资料存储于服务器，更适合中国互联网早期以网吧登录为主的用户群体。加上 QQ 适时推出针对年轻网民设计的在线交友搜索，腾讯小企鹅形象迅速风靡全国。

2．网络游戏的升温

如果说 QQ 聊天的流行体现了网络时代人们对人际交往的渴望，那么世纪之交网络游戏产业的崛起，则意味着互联网用户的内容需求已经向更丰富的虚拟生活世界挺进。深圳网络游戏领域的开拓者是成立于 1997 年 4 月的网域计算机网络有限公司。这是一家专门从事网络游戏开发、运营及网络应用研究的高科技软件公司，也是目前中国为数不多的拥有自主 2D、3D 游戏引擎技术及知识产权的公司，同时也是中国最早的互联网综合服务提供商之一。1999 年 3 月，深圳网域公司与中国电信合作创建的中国游戏中心（www.chinagames.net）正式成立，首次推出十几款网络棋牌游戏平台。经过几年的发展，中国游戏中心已经拥有上亿注册用户，与国内最著名的游戏网站联众游戏（www.outgames.com）平分秋色，形成了"南中游、北联众"的专业网络游戏服务格局。

深圳这个年轻而开放的城市，在网络游戏的专业化和"去污名化"方面功不可没。2000 年 5 月，中国游戏中心在深圳图书馆举办首次大型网友集会，开启了线上游戏与线下生活真实互动的先河，也使网游文化从此获得了社会认可，成为一种严肃体面的生活方式。在游戏内容运营和推广方面，中国游戏中心率先创建了专业的游戏论坛与游戏社团，并于 2001 年 7 月成功举办了第一场商业比赛——AMD 杯四国军旗大赛；紧接着又在 2002 年 4 月举办了首届电子竞技大会（CIG），这次比赛的参赛选手接近 12 万人，创下了单次游戏比赛参赛人数最多的吉尼斯世界纪录。正是由于深圳电信中国游戏中心此类系列的大力推动，网络游戏领域迅速进入了组织化、规模化和产业化的内容运营阶段。

在游戏内容的创作方面，深圳网域最广为人知的游戏作品是 2002 年开始自主研发的大型网络多人角色扮演游戏（MOORPG）——《华夏》系列，包括大型网游《华夏 online》、《华夏 II online》、《华夏免费版》、《QQ 华夏》等。《华夏》系列在遵循正统角色扮演类游戏特点的基础上，根据中国古代神话传说构造了游戏背景和任务体系，通过与怪物和邪神的战斗冒险提升等级，并收集神话传说中的奇珍异宝。其全新的任务系统颠覆了传统的帮派系统模式，并为强化玩家交互性首次添加了语音聊天功能，代表了同时代本土网游开发的最高水平。除网域和中国游戏中心之外，腾讯游戏频道也凭借其庞大用户基数后来居上，甚至将国内其他游戏运营商远远抛在后面。这已是 2003 年以后的事，将在第二节腾讯游戏部分专门介绍。

3. 增值业务的神话

在深圳网络与互联网发展史上，有一股强大而隐形的力量始终伴随在各大明星企业背后，那就是增值电信业务。所谓增值电信业务是一个相对的概念。广义地说，相对于电话、电报、用户电报、传真和数据传输等基本电信业务而言，整个互联网领域都属于增值业务的范畴。由于这些业务是附加在基本电信网新服务功能的增加和使用价值的提高上，因而称作增值电信业务（Value Added Service 简称"增值业务"）。中国的互联网业务，最初是通过各地数据通信部门以"增值电信业务"的名义获得批准并长期运营的。而狭义地说，在互联网本身成为一个庞大的业务链时，相对于互联网而言增值业务的概念便有了特定含义，即指连接传统电信渠道与互联网内容之间的桥梁业务，它们的主要作用是实现互联网内容与服务的价值变现。

在以内容免费为基本模式的传统互联网环境中，网站盈利渠道比较单一，主要是向广告主而不是向用户收费。而对增值电信业务领域的开发，则使以腾讯 QQ 为代表的网络应用找到了一种可操作的新收费模式，随即带来世纪之交形形色色"套餐"的空前繁荣。可以说，正是这一波近乎失控的增值业务淘金热，造就了腾讯等应用开发与内容创新型互联网企业的真正起飞，也给众多原本收费无门的内容型网站带来了第一笔丰厚的现金回报。然而增值业务市场由于整体的暴利性和局部的不规范性，很快表现出其严重弊端。除了群发广告短信之外还有更多非常规手段，如网络欺诈性点击、诱骗式订阅、强行捆绑套餐等，构成了一系列复杂精巧的收费陷阱。增值服务因此受到日益强烈的抵制和谴责，为日后严厉的整顿埋下了隐患。

2001 年作为渠道运营商的中国移动推出了"移动梦网"开放平台，主动吸引下游 SP 共同经营数据业务，并采取了分账形式激励 SP 开发无线增值市场，于是在短短几年时间内短信增值业务出现了爆炸式增长。作为这个模式的首批尝试者之一，深圳华动飞天公司（A8 音乐网的前身）与中国移动合作向全国推出基于短信的 PIM 业务，该业务一面市就大受欢迎。这个业务由中国移动赚取用户的短信开户费 50 元，每条短信的通信费则由华动飞天公司和中国移动分成。华动飞天凭借原创音乐与湖南卫视《快乐大本营》合作，在国内首次推出电视节目短信互动模式，创造了中国电视娱乐节目的全新盈利模式，也取得了前所未有的双赢局面，对整个行业的模式转换产生了巨大影响。"移动梦网"模式把互联网产业作为 SP/CP 纳入产业价值链，对处于世纪之交互联网泡沫破裂后寒冬期的网络企业来说无疑是一根及时的救命稻草。增值服务由此成为网络公司争相开发的大金矿，并造就了 2002—2003 年纳斯达克中国网络股的又一次"股市神话"。

（三）用户崛起阶段（2002—2008）

如果说互联网价值在内容为王的时代主要体现为强势产品的开发，那么在用户为王的时代则更多地体现为对网民的行为模式、社会诉求与资源需要的发现、分析、满足以至培育。此时互联网不仅是一种内容媒体，而且是一种重要的社会生活方式。2002—2008 年在深圳互联网史上可以说是网民主体自觉全面崛起的时代。与这个年轻城市中敏感而忙碌的网络运营商们一样，深圳网民也可以说是中国最有时代前沿意识的群体之一。这个群体精力充沛、思想激越，富有批判理性和创新意识，怀抱强烈的社会责任感。在网络政务方面，以"因特虎网络三剑客"为核心的民间智库崭露头角并发起了网络议政的尝试；在电子商务方面，短短 6 年间涌现了 5000 多家电子商务网站，其中 70 多家已成为全国同一领域的领军企业，而 2005 年腾讯拍拍的正式上线更是开创了融合社区式营销的新纪元；网络资源共享方面，出现了迅雷这样的下载软件和资源社区，以及以 A8 音乐网为代表的数字音乐引擎。深圳网民共同见证了互联网在商业上的高速成长，也积极参与了深圳网络文化的建设，推动了由"内容为王"时代向更富有人文气质的"用户为王"时代的再次迈进。

1. 网络议政的尝试

2002 年 11 月，一篇名为《深圳，你被谁抛弃》的网文出现在人民网"强国论坛"和新华网"发展论坛"上，并被海内外中文论坛广泛转载而迅速出现在网民视野中。全文洋洋洒洒 1.8 万字，字字见血、毫不客气地指出当时深圳发展所面临的困局。该文被深圳热线的"大近视"栏目转载并以专题方式推出之后，短短数天点击率直逼数万。2003 年 1 月 7 日，南方都市报则以"深圳，你被抛弃了吗?"为主题，用 7 个版面的篇幅抛出了对网文提及的 10 个问题所作的深入调查。据调查，全市 1500 名科级以上官员中有九成表示看过此文。可以说，《深圳，你被谁抛弃》引爆了当时各界对深圳前途的集体焦虑，也使深圳人从集体无意识的焦虑发展为有意识的自我批判与反省。随着网络与传统媒体的互动，该文更引起全国上百万网民参与讨论，深圳市政府也很快作出开门纳谏的姿态。这是互联网作为内容媒体对公共生活产生重大影响的一个标志性事件。

2003 年 1 月 19 日，时任深圳市长与《深圳，你被谁抛弃》的作者"我为伊狂"（呙中校）见面，并进行了长达两个半小时的公开对话。双方就深圳的区位优势、深圳的发展后劲、衡量经济质量的指标、干部素质、人才流动、国有企业改革等问题进行了坦诚的讨论。市长表示，政府对来自市民的声音尤其是批评的声音应该抱认真听取、宽容对待的态度，深圳离不开舆论监督，实事求是、善意的批评对深圳是一种巨大的促进。[1] 香港《明报》评价这一事件"开创了中共省市长级高官与网上批评者当面交流的先河"。同年 7 月，由国务院研究室、国务院体改办和国资委组成的国务院七人小组到达深圳进行调研，呙中校被点名约见并邀请座谈，应邀撰写了深圳资本市场方面的研究报告。一位普通的公司白领，通过网络发表自己对城市发展战略的思考并引起政府部门的重视，表明互联网已经开始成为一个有效收集民间意见的平台，2003 年也因此被称为中国的"网络舆论元年"。

在深圳这个思想活跃的新兴城市，呙中校这样的民间智囊人士并非少数。互联网不仅为他们提供了表达个人意见的通道，也搭建了公民舆论与政府、企业良性互动的

---

[1] 《深圳，你被谁抛弃》引发世纪大讨论，http://news.sina.com.cn/c/2008-03-28/020013644896s.shtml。

对话桥梁。2003 年 4 月，三位深圳的网络意见领袖——黄东和（老亨）、金城（金心异）、冺中校（我为伊狂）相聚在前者创办的因特虎论坛（interhoo.com），确立了定期召集网友聚会和出版地域发展报告的工作机制。"因特虎"由此获得清晰的定位而成为中国第一个民间智库网站，2004—2007 年根据因特虎网络报告陆续出版了《十字路口的深圳》、《深圳选择突围》、《深圳向南》等系列书籍，黄、金、冺被并称为"网络三剑客"。2008 年 2 月，"三剑客"与七位学者网友联袂向中央政治局委员、广东省委书记汪洋"拍砖"（后来集结成《岭南十拍》在《南方都市报》上刊出）。汪洋盛赞因特虎们"拍得不错"，尤其是金心异发出的"南粤十一问"汪洋更是每问必复。"岭南十拍"体现了网络民意推动公民社会建设的力量，其开辟的议政渠道也体现了网络公共领域的批评功能，2008 年因此被称为中国的"网络问政元年"。

2. 电子商务的繁荣

与电子政务的渐进式尝试相比，深圳电子商务领域的发展历程更加风云激荡。到 2000 年底，深圳已经集中了全国 40% 的网站，其中大部分从事 B2B 或 C2C 电子交易。然而 2001 年到 2003 年之间第一波网络泡沫破灭，深圳的电子商务在互联网寒冬中全面萎缩。2004 年之后深圳电子商务领域开始逐渐复苏，并向线上 / 线下融合化和深度垂直化转型，由此进入持续至今的第二次繁荣。2005 年之后随着业务内容的拓展与运营模式的不断更新，深圳不仅培育了 5000 多个各种类型的电子商务网站，也培育了庞大的电子商务消费群体。根据中国最大的电子商务平台——阿里巴巴网站相关负责人提供的资料，深圳地区通过阿里巴巴网络平台达成的交易总量一度达到全国总量的 20%。互联网给深圳带来的不仅是资讯与舆论的空前繁荣，更是商品交易与网络消费的极大方便。

在深圳电子商务市场两次繁荣的环境中，腾讯也抓住机遇进行了业务拓展与产品创新，并开创了国内第一例真正以虚拟货币为流通媒介的"腾讯拍拍—财付通"模式。2005 年 9 月，腾讯旗下的大型电子商务网站——拍拍网正式开始运营，与其一起发布的还有第三方支付平台"财付通"。拍拍网从运营开始就依托强大的 QQ 平台和"腾讯 Q 币"这一全新的虚拟货币体系，整合 QQ.com、QQ 空间、QQ 游戏、3G.QQ.com 等平台资源，为用户打造"一站式在线生活服务"。上线之初，拍拍网主要推出网游、数码、女人馆、运动、学生、哄抢、彩票七大频道，其中的 QQ 特区还包括 QCC（QQ 空间 Flash 皮肤）、QQ 宠物、QQ 秀、QQ 公仔等腾讯特色产品及服务。腾讯拍拍网运营不到百天即进入"全球网站流量排名"前 500 强，目前更已成为中国第二大综合网络交易平台，仅次于阿里巴巴旗下的淘宝网。

截至 2009 年底，深圳的电子商务网站数量居全国之首，仅腾讯拍拍、金蝶友商网、商机网、伊西威威等各行业龙头电子商务网站就有 70 多个。拍拍网在国内仅次于阿里巴巴公司的淘宝网，友商网已坐上在线管理的头把交椅，商机网是华南最大电子商务平台，伊果网则在东欧市场相当于俄语版的阿里巴巴，芒果网开始与携程分庭抗礼。在电子商务消费终端，深圳的整体实力不可忽视。调查显示，深圳已成为国内电子商务的最大终端消费地，电子商务消费能力居全国第一。包括淘宝、卓越、当当等大型网站在内的网购市场交易量中，至少 30% 来自深圳。阿里巴巴五分之一的交易量、百度十分之一的收入来自深圳，淘宝网、卓越网和当当网三成多的交易量也来自深圳。各大电子商务企业都重兵把守深圳市场，百度华南总部、环球资源中国运营总部、前程无忧中国运营总部、中企网华南总部、铭万网华南总部等均设在深圳。[1]

3. 共享资源的挖掘

相比于直接的网上商品交易，还有与日常应用关系更密切的另一种资源交换，那就是软件下载与音乐分发。这个领域的领军者——迅雷软件和 A8 音乐网都是在深圳成长并在全国产生巨大影响的互联网企业。共享资源的价值变现形式多样，对应的使用目的也非常丰富，并不直接体现为实物性的商品交易。迅雷等 P2P（点对点模式）资源下载客户端的盈利并非通过面向应用的收费，而是建立在巨大的用户流量基础上的页面广告与视频嵌入广告收益。A8 音乐网则是通过数字音乐版权交易、移动增值业务式收费以及由用户互助社区广告点击进行价值变现。迅雷和 A8 音乐网的成功，体现了在"用户为王"的时代网民对于资源分发新模式的需求，也表明发掘和培育用户需求才是技术创新的根本归宿。随着资源分发服务找到适当的变现方式而进入自我更新的良性循环，互联网产业才真正在日常生活应用中扎下了根。

迅雷（Thunder）下载软件的雏形由邹胜龙和程浩始创于美国硅谷，2003 年 1 月底创办者回国发展并正式成立深圳市三代科技开发有限公司。2005 年 5 月三代公司正式更名为深圳市迅雷网络技术有限公司，公司的旗舰产品即迅雷下载客户端。迅雷在提供客户端的同时也不断建构复杂的综合下载服务体系，作为中国最大的下载服务提

---

[1]　《深圳奋起直追抢占网络制高点》，http://news.sina.com.cn/s/2009-09-01/062316218313s.shtml。

供商，迅雷每天接受来自几十个国家超过数千万次的下载。迅雷也与众多的行业内领航者进行合作，其中包括盛大、新浪、金山和 MOTO 等等。2007 年 1 月迅雷宣布第三次融资成功，联创策源、晨兴创投、IDGVC、Fidelity Asia Ventures、Google 等投资合作伙伴除了给迅雷带来了更加雄厚的资金实力外，也给迅雷带来了更丰富的行业资源和国际化公司运作的经验。[1] 短短三年之内，迅雷进行了指数级的扩张，发展为拥有近 3 亿用户和七成下载市场占有率，取代雄霸多年的网际快车（FlashGet）而稳居国内下载软件之首的大公司。

A8 音乐网的前身即在第一波移动增值业务合作中最早吃螃蟹的华动飞天公司。2004 年改名为 A8 音乐网，开始构建横跨互联网、无线等新媒体及与广播、电视、平面等传统媒体相结合的全方位音乐内容传播系统，以铃声、彩铃、振铃、IVR 音乐等形式，为国内手机、互联网、固定电话等用户提供全方位音乐服务。2007 年它通过联合深圳政府部门发起"原创中国音乐基地"计划，打造了一条以音乐创作、音乐制作和数字发行为核心的原创音乐产业链，并启动"原声飞扬"原创音乐大赛，打造了2007—2008 年度中国原创音乐盛典，成为全国数字音乐产业的领头羊。2008 年它已通过原创音乐网络平台聚集了 1 万多名原创音乐人，收集了 6 万多首原创音乐作品，还与国内外近 200 多家企业强强联手，形成了以数字音乐的创作、推广、设备、服务为链条的产业集群。[2] A8 音乐网以原创音乐分发为基础的增值服务模式能实现盈利并上市融资，显示了网络资源分发这片用户蓝海所蕴藏的巨大价值。

（四）媒体融合阶段（2008—2009）

如果说 2008 年之前的网络与新媒体领域经历了"渠道为王"、"内容为王"与"用户为王"的拓展与演变，那么随着 2008 年以来 3G 移动互联网业务在深圳的迅速推广和应用，一个打破原有平台界限和终端格局的"媒体融合"时代正在到来。无论是深圳报业集团的"报网联动"、深圳广电集团的"全媒体社区"，还是深圳电信的"IPTV"，都是顺势而为重建传播形式、传播内容与传播价值的革新举措。媒体融合不仅意味着形式上的"三网合一"和"三屏合一"，更意味着内容生产模式、内容分

---

[1]　迅雷公司网站，http://pstatic.xunlei.com/about/company/intro.htm。
[2]　贺帅：《A8 音乐，中国电媒的领舞者》，《中国新通信》2006 年第 3 期。

发机制与终端用户体验的全面重建。实际上，渠道、内容与用户作为互联网产业链的三个核心要素，是相互依赖而非相互取代的。任何一种媒体在推广的早期，通信渠道往往要发挥更直接和关键的作用，因此有所谓"渠道为王"的阶段，这也是国内第一个互联网公众站点——深圳之窗产生于深圳电信局数据通讯部门的原因。同样，3G移动互联网带来的媒体融合实际上也是从通信渠道的融合开始，然后逐渐发展为内容与用户界面的全面变革，实现了三个要素交错和三个环节衔接的螺旋式上升。

1．移动宽带的革命

移动宽带本是个非常宽泛的概念，包括 3G 移动通信、WIFI 城市热点、WinMax 微波通信等技术方案，而其中 3G 方案在国内尤其是在深圳应用得最为广泛。所谓 3G 即"第三代移动通信"，由卫星移动通信网和地面移动通信网组成，形成一个对全球无缝覆盖的立体通信网络。3G 满足城市和偏远地区各种用户密度，支持高速移动环境，提供含语音、数据和多媒体等多种业务的先进移动通信网，基本实现个人通信的需求；其突出特点就是使个人终端用户能够在全球范围内的任何时间、任何地点，与任何人、用任意方式高质量地实现信息的移动通信与传输，重视用户在通信系统中的主导地位。然而在 3G 业务发展的早期，仍是设备制造商和渠道运营商起着至关重要的作用。

随着全球 3G 进入快速成长期，中国也开始了 3G 产业的大规模建设，深圳敏锐地抓住这次机遇而走在了 3G 商用的前列。2008 年 4 月 1 日，中国移动宣布在北京、上海、天津、沈阳、广州、深圳、厦门和秦皇岛正式启动 TD 网络的试商用，中国 3G 产业加速成熟，到 2008 年年底全国 3G 用户已达 41.9 万人。2009 年 1 月，中国工业和信息化部为中国移动、中国电信和中国联通发放 3 张第三代移动通信（3G）牌照。随着 2009 年 3G 网络的正式商用，深圳市政府发布了《深圳互联网产业振兴发展规划（2009—2015）》及其配套政策。规划中指出，深圳将大力推进光纤及无线接入网建设，实现全市互联网接入的无缝覆盖，预计到 2012 年宽带无线网覆盖率达 100%，无线宽带人口覆盖率 70%；到 2015 年，无线宽带人口覆盖率超过 80%。这种明确的产业规划与政策导向，充分体现了移动宽带不可阻挡的繁荣趋势。

2．融合媒体的挑战

移动宽带的迅速发展促进了互联网、电话通讯和广播电视在渠道层面的媒体融合，即所谓"三网融合"和"三屏融合"。媒体融合的充分结果便是融合媒体。

从媒体界面与身体空间的关系来看，目前主流的电子媒体有三种终端界面：一是远距离的墙面空间如电视屏幕；二是中距离的桌面空间如电脑屏幕；三是近距离的掌面空间如手机屏幕。三者在信息传播和日常娱乐中扮演着难以相互替代的角色，但在媒体融合的条件下日益显现出部分互补、部分重合、边界重建的特征，这就是所谓的"三屏融合"。就空间特征而言，虽然手机界面更适合传播资讯性而非娱乐性的节目，但由于其便携移动的特征和充分利用碎片时间的能力，足以使用户忍受狭小的视窗尺寸和较低的分辨率。但随着智能手机软硬件设计的日益改良，手机和电脑的分界正在变得模糊，许多在电脑领域获得成功的体验正在被移植到手机平台，用户对电脑的体验要求被平移到手机领域。深圳宇龙公司开发的酷派系列手机正是体现和顺应这一趋势，逐渐超过了华为与中兴等"技术型"产品，成为融合媒体时代"体验型"高端智能手机的代表。

从媒体内容与社会生活的关系来看，融合媒体带来的最大挑战则是传统内容提供者如何继续生存的问题。从 2006 年起，深圳报业集团和深圳广播电视集团便通过手机报、手机电视等业务作过媒体内容移动化的尝试，但没有获得预期的订阅流量和效益。随着 3G 移动宽带的普及，传统媒体内容在手机上的表现越来越完整和充分。报纸新闻与电视节目在获得新传播平台的同时，也面临原有渠道被遗弃与取代的危机。虽然《2009 互联网暨网络媒体发展研究报告》调查显示深圳新闻网、奥一网等基于报纸内容的专业新闻网站仍是深圳网民的热门访问目标，但 3G 智能手机上的 UCWEB 等内容筛选客户端正迅速超过普通 WAP 浏览和短信推送，越来越多地占有手机上网用户的阅读时间。在这种内在趋势和外部环境下，深圳报业集团采用专注内容生产的"报网联动"策略，2008 年与深圳大学传播学院合作改版深圳新闻网；而深圳广电集团则采用内容与渠道同时拓展的"全媒体"策略，2009 年推出 CMMB 电视广播业务与"中国时刻"垂直网络社区。这些都是在融合媒体理念下求存图变的积极探索。

3. 数字生活的召唤

媒体融合在更广泛的意义上不仅包括新闻媒体、娱乐媒体与通信媒体等领域的"三网融合"，更包括日常生活应用和社会公共事务等领域的数字化融合。中国移动与深圳宇龙通信、深圳飞扬无限、深圳融创天下等企业合作推动的"数字家庭"、"智慧社区"、"无线城市"等新媒体化进程都是此类媒体融合的典型范例。2009 年 8 月，深

圳市人民政府与广东电信、广东移动、广东联通共同举行战略合作签约，协议此后 5
年三大运营商在深圳投入 280 亿元构建"数字深圳"；2010 年 2 月，深圳市政府出台
《关于加快工业经济发展方式转变的若干意见》，明确提出建设"智慧深圳"与"无线
城市"、培育物联网（IOT）产业和申报"三网融合试点城市"。数字生活的概念完全
突破了基于互联网平台的 WEB2.0 和基于手机通讯平台的 WAP2.0 范畴，将城市生活
带入了数字通讯与现实物体深度融合的"物联网"阶段。

　　所谓物联网（The Internet of Things，简称 IOT）即"物物相连的互联网"，是通
过射频识别（RFID）装置、红外感应器、全球定位系统、激光扫描器等信息传感设
备，按约定的协议把任何物品与互联网相连接，进行信息交换和通信以实现智能化识
别、定位、跟踪、监控和管理的一种网络。[1]2009 年 9 月，深圳移动成立了一个"给
机器注入思想"的 M2M 产业联盟，为吸引和支持 M2M 合作伙伴的大发展提供各方
面的支持。众多深圳高科技企业已经嗅到了物联网的商机，争相从不同角度切入这张
海量大网，传感技术、信息集成平台、智能控制等成为新一轮媒体创新的热点。虽
然整体而言由于行业标准、建设成本、应用规模等因素的制约，深圳全面发展智能物
联网的时机还远不算成熟，但作为一种难以抵挡的召唤，数字化融合媒体及其充分形
态——物联网——必将使这个城市发生超出任何人想象力的改变。

二、腾讯：网络时尚的引领者

　　在深圳互联网产业发展史以至整个中国互联网史上，腾讯是首屈一指的民营企
业。作为全球在线用户数量最多的即时通讯系统，腾讯以"为用户提供一站式在线生
活服务"为口号构建了 QQ、腾讯网（QQ.com）、QQ 游戏以及拍拍网这四大网络平
台，形成中国规模最大的网络社区。在满足用户信息传递与知识获取的需求方面，腾
讯拥有门户网站腾讯网（QQ.com）、QQ 即时通讯工具、QQ 邮箱以及 SOSO 搜索；
在满足用户群体交流和资源共享方面，腾讯推出的 QQ 空间（Qzone）已成为中国最
大的个人空间，并与访问量极大的论坛、聊天室、QQ 群相互协同；在满足用户个性
展示和娱乐需求方面，腾讯拥有成功的虚拟形象产品 QQShow、QQ 宠物、QQ 游戏

---

[1]　百度百科，http://baike.baidu.com/view/1136308.htm?fr=ala0_1_1。

和 QQMusic/Radio/Live（音乐／电台／电视直播）等产品，同时还为手机用户提供了多种无线增值业务；在满足用户的交易需求方面，大型 C2C 电子商务平台——拍拍网已经上线并完成了与整个社区平台的无缝整合。在网络这块版图上，腾讯攻城略地，腾讯网（QQ.com）已经成为中国浏览量第一的综合门户网站，电子商务平台拍拍网也已经成为中国第二大电子商务交易平台。[1] 腾讯是互联网史上的创业奇迹，也是中国互联网本土化应用最成功的实践之一。

（一）腾讯 QQ：全球最大即时通讯系统

QQ 是腾讯公司 1999 年开始推出的一款基于互联网的即时通信平台。目前它支持在线聊天、即时传送语音、视频、在线（离线）传送文件等全方位基础通信功能，并且整合移动通信手段，可通过客户端发送信息给手机用户。2009 年推出的 QQ2009 版本兼容和支持 Windows XP 及 Vista、Linux、Mac 等多种系统平台，用户可在电脑、手机以及无线终端之间随意、无缝切换。同时，以"Hummer"为内核的第三代 QQ 加强了腾讯各项互联网服务的整合力度，进一步为用户构建完整、成熟、多元化的在线生活平台。2010 年 4 月 29 日，腾讯推出 QQ2010 Beta3 版本，新增腾讯微博面板，将 4 月份新推出的腾讯微博业务整合到 QQ 控制面板。

与腾讯 QQ 关联最密切的业务主要有三个，即原始的 QQ 平台即时通讯系统、绑定于即时通讯账号的聊天室系统 QQ 群和用户个人博客系统 QQ 空间。在这个强大的即时通讯网络背后，有一段曲折而传奇的民间创业史。

1.QQ 平台

1997 年，深圳大学毕业生马化腾接触到了可以通过电脑进行实时对话的著名即时通信服务软件 ICQ。1998 年 11 月，马化腾与同学张志东正式注册成立"深圳市腾讯计算机系统有限公司"，主要业务是拓展无线网络寻呼系统。有 ICQ 的成功在前，马化腾决定开发一个中文 ICQ 式软件。当时广州电信有个即时通信服务系统的招标项目，腾讯仓促投标却未能中标，但在完成了 ICQ 中文版开发后，找到了深圳电信共同运营这个软件。

---

[1] 腾讯官方网站，http://www.tencent.com/zh-cn/at/abouttencent.shtml。

1999 年 2 月，腾讯 OICQ 免费提供下载并迅速受到中国网民的欢迎。与 ICQ 相比，OICQ 提供了更加人性化的服务，如具备离线消息功能、可查看并添加在线用户、可使用个性化头像等。此外，OICQ 软件仅 220K，在当时带宽极其有限的情况下，为用户下载提供了很大便利。

初期的腾讯 QQ 虽有大批用户，但是没有人知道这些巨大的数字有什么作用，所以融资过程非常艰难。在深圳第一届"高新技术产业成果交易会"举办期间，马化腾为了筹措资金拿着修改了 6 次、20 多页的商业计划书到处寻找合适的风险投资者，终于在朋友的引荐下让腾讯获得了第一笔重要的风险投资——IDG 和香港盈科各购买了公司 20% 的股份。OICQ 用户数量的激增引起了大洋彼岸竞争对手的注意，1999 年 8 月和 9 月，腾讯两次收到美国在线发来的律师函，声称腾讯公司的域名 oicq.com 和 oicq.net 含有 ICQ，侵犯了它所拥有的 ICQ 的知识产权。经过仲裁，这两个域名被判定归属美国在线，腾讯被迫改用新域名 tencent.com 和 tencent.net，并将新版客户端软件命名为"QQ"，OICQ 这个名字从此成为历史。

2000 年 5 月 27 日晚 20 时 43 分，QQ 同时在线人数首次突破十万大关，并被次日的《人民日报》所报道。为了让这只小企鹅给公司带来收入，腾讯开始尝试与移动和联通公司洽谈增值服务合作，深圳联通首先认可了双方的合作，收费模式按照短信通讯费分成。2000 年 6 月，深圳联通公司"移动新生活"服务首批推出的 10000 张 STK 卡中嵌入了"移动 QQ"菜单，该卡中的移动 QQ 服务包括了发送信息、查询信息、查询好友状态、通过不同条件查询号码等功能。紧接着，腾讯又与广东移动以及全国更多省市的移动、联通运营商建立合作关系并迅速扭亏为盈，实现了 1000 万元人民币的纯利润。随后腾讯便投入巨资相继推出广告业务和付费 QQ 会员制等，2001 年腾讯实现了 1022 万元人民币的纯利润，2002 年达到 1.44 亿元，2003 年达到 3.38 亿元。腾讯正是靠着增值服务收益度过了世纪之初的互联网寒冬，并成为中国最早赢利的互联网公司之一。

QQ 开启了全民网聊的即时互动时代，以至于许多早期用户的"上网"活动只有两项内容——在线游戏和 QQ 聊天。时至今日，QQ 仍旧是最受欢迎的网络应用之一，2010 年 3 月 5 日，腾讯公司宣布 QQ 同时在线用户突破 1 亿，创造了互联网世界前无古人后也难有来者的神话。

2.QQ 群

腾讯 QQ 的原始功能是作为"网络寻呼机"即点对点的即时聊天，而 QQ 群功能的出现则代表着腾讯在传播模式上的第一次重要拓展。QQ 群是介于 IM 和聊天室之间的一种分众窄播交流形式，适合进行成员比较固定的小规模讨论，最初出现在 QQ2000 上。除了群聊之外，群员还可以通过群论坛交流，使用群相册、群空间分享各种文字、图片、视频等多媒体信息。群功能的推出使 QQ 不再仅仅作为个体之间点对点私聊的工具，而是以点对面的消息传播作为补充，完成了由人际传播向组织传播和大众传播的跨越，这意味着腾讯 QQ 开始具备新闻媒体的性质。QQ 群往往被用作同学会、工作团队和兴趣小组，其审核准入机制保证了群内成员相当程度的身份认同并长期保留而形成熟人社会。这种即时互动的群组形式大大增加了 QQ 作为一种社会化媒介的用户黏度，更成为其对新闻传播和社会舆论产生深刻影响的基础。

QQ 群作为一种社会化媒体的力量集中体现在消息的交叉转发上，这为危机传播中信息的快速播报带来了便利，也为虚假消息、有害信息的散布和群体事件的网络召集提供了可能。2008 年 5 月 12 日四川汶川发生的 8.0 级地震，不仅震动了整个中国，也震撼了互联网。地震发生后，谣言和小道消息随之出现。某信息服务公司职工陈某在一 QQ 群里发布消息，称地震震源正在向某些方向移动，引起群内极大的恐慌，群员们纷纷向其他群转发此消息。一时间，虚假信息一传十、十传百，通过 QQ 群以几何级的速度扩散开来。同年，在"奥运火炬事件"刺激下，网友们的爱国情绪被迅速煽动，最著名的法资企业"家乐福"遭到网络抵制。一条"五一到家乐福门口静坐示威"的消息在各 QQ 群广为转发，导致"五一"期间全国许多家乐福超市被网友和市民包围而影响了正常营业。[1] 当然另一方面基于同样的原因，QQ 群也具有极强的辟谣纠错功能，相当程度上体现和培育了用户的媒介素养。

QQ 群的分众窄播容易形成意见领袖和组织行为，也给腾讯带来了一种新的盈利模式——付费高级群。从群成员数量方面看，普通 QQ 群成员上限是 100 人，这对于一般小型讨论组而言已足够；但对于一些因为特定目的而组建的群来说则可能不够，此时就必须以付费的方式变成"高级群"来扩充容量（高级群人数上限是 200 人）。某些在线时间足够长（根据 QQ 的积分算法达到 VIP6 级别）的付费会员，才有机会创建一个人数上限为 500 人的"超级群"。腾讯通过这种等级机制将组织传播的权利与会员收费直接联系起来，将 QQ 群的渠道价值和内容价值转化成了经济价值和社会价值，但同时也获得了愤怒的免费主义者们赠送的"唯利是图、无良奸商"的雅号。

---

[1] 徐静：《QQ 群传播的负效应及解决对策》，《青年记者》2009 年第 11 期。

从互联网产品营销的角度来说，这恰恰也是腾讯一种成功的推广策略，使 QQ 群成为效率最高、影响最广、品牌最强的网络传播手段之一。

3. QQ 空间

2006 年，Web2.0 概念风靡全球。Web2.0 相较于 Web1.0 更强调用户间的交互性，将广大的互联网用户变为内容的制造者，充分发挥每个人对网络内容建设的力量。QQ 空间的开辟，则是腾讯 QQ 平台功能的第二次拓展，意味着基于专门客户端的即时聊天工具与基于 WEB 应用的个人网页之间的功能融合。QQ 空间作为腾讯公司 Web2.0 的代表产品，一开始被视为 QQ 秀的升级版本，内嵌腾讯公司多种增值产品，随后发展为人际交往和沟通的社区平台。

QQ 空间是一个专属于用户自己的多媒体个性空间，它以多媒体为最主要的表现形式，通过为用户提供抒发情感、内容分享交流、与朋友互动等多维度服务，成为全新的时尚娱乐在线生活平台。QQ 空间与其他网站个人博客的最大不同之处在于，它与一个独特的增值产品——虚拟形象（Avatar）紧密关联。2002 年 11 月，赴韩国考察当地互联网生态的一名腾讯员工在返回深圳后，向管理团队大力推荐了"Avatar 游戏"，即在网络游戏中销售用户的虚拟形象。马化腾提出了一系列质疑之后，最终同意用一周时间完成开发。这种日后被称为"虚拟增值业务"的系列产品，目前已为腾讯带来 70% 以上的收入。不仅如此，它还为腾讯带来了一种强有力的竞争手段。

腾讯推出其博客服务 QQ 空间（Qzone）时，将 QQ 的人际关系和沟通能力通过 Web2.0 模式进行了扩展，它没有采用新浪、搜狐惯用的名人博客策略，而是主打一系列虚拟增值产品的填充和装饰，从而使原本以个人文字与图片为主的博客空间成为用户们的创意秀场。虚拟形象使 QQ 空间成为国内率先获得赢利的博客产品，并开始反向切入名人博客市场。2008 年 3 月 19 日，QQ 空间活跃用户过亿，成为互联网行业内最大的 Web2.0 社区。

近年来，QQ 空间开始整合 SNS，从界面的设计到功能的扩展，都体现了这一趋势。目前 QQ 空间相较于博客，更像是一个社交网站，用户既可以撰写日志、上传照片、装扮空间，也可以方便快速地分享信息和资源。系统会依据用户信息和爱好，为用户推荐好友，从而扩大用户的交际圈。为了增强用户产品黏合度，QQ 空间更添加了许多广受欢迎的小应用，用户可以根据喜好自由添加。QQ 农场、抢车位等应用增强了 QQ 空间本身较薄弱的娱乐性，同时也在游戏中拉近了好友之间的距离。QQ 空间已经成为腾讯公司仅次于 QQ 的第二大平台，对腾讯一站式生活战略布局具有重要意义。

（二）腾讯网：国内最大网络社区

腾讯网（www.QQ.com）是中国最大的中文门户网站，是腾讯公司推出的集新闻信息、互动社区、娱乐产品和基础服务于一体的大型综合门户网站。腾讯网服务于全球华人用户，致力于成为最具传播力和互动性、权威、主流、时尚的互联网媒体平台；通过强大的实时新闻和全面深入的信息资讯服务，为中国数以亿计的互联网用户提供富有创意的网上新生活。

1. 腾讯门户

腾讯做门户网站本不被业界看好，腾讯内部对是否要推出门户网站也意见不一。但马化腾力排众议，毅然决定做门户网站。2003 年 12 月，腾讯推出了自己的门户网站——"腾讯网"，域名为 QQ.com。上线第一年，马化腾亲自为 QQ.com 设计首页，取长补短，致力于把握用户需求，进行差异化营销。为了弥补腾讯公司新闻采编队伍不够成熟的现状，马化腾从各大门户网站挖来新闻采编人员，使腾讯在重大事件发生时可以积极反应。

2004 年悉尼奥运会，腾讯网通过 QQ 终端进行即时消息发布，采用迷你首页、系统消息、新闻直投的形式将奥运赛事资讯第一时间送到 QQ 用户桌面，充分发挥互联网即时性与互动性的特点，取得了很好的效果。有数据显示，在奥运期间腾讯网平均日流量为 10 亿人次，51% 的网民通过腾讯网获悉中国首枚金牌的信息[1]。

同年 12 月，马化腾正式宣布，腾讯网将定位为"国内时尚娱乐第一门户"，争取在三年内，把腾讯网打造成中国前三名的综合类门户网站。腾讯网的媒体定位是"强调平民化视角，做大众文化"。2006 年 3 月，根据艾瑞和 Alexa 的流量排名，腾讯网覆盖量位居中国门户网站第二，访问量位列第三，实现了马化腾当初的誓言。根据 Alexa 提供的信息，QQ.com 是中国流量排名第二的网站，在全球范围内排名第十。

为了能让腾讯网发展壮大，腾讯采取了从地方下手切断新闻源的方式，以匹敌新

---

[1] 刘妙佳：《腾讯网的超越之道》，《互联网周刊》2008 年第 18 期。

浪、搜狐、网易等已成熟的门户网站。2006 年 4 月，腾讯与《重庆商报》合作，吹响了抢占地方门户网的号角。现在已有 18 家报纸和腾讯确立了合作关系。

互联网是充满机遇的地方，紧紧抓住机遇是通往成功的捷径。当今网络新闻的使用率高达 80.1%，当万众瞩目的国际盛会进行时，谁能够抓住网民的眼球谁就能成功地在竞争激烈的门户网站之间突围。腾讯网积极进行跨媒体合作，2008 年奥运会腾讯网在流量、影响力、速度、互动、新闻总量、视频覆盖率和冠军访谈等七项奥运门户报道关键指标中名列前茅，成功地突围而出，走向了通往第一门户的征途。针对 2010 年的上海世博会，腾讯网于 2009 年 5 月推出世博频道，将丰富的世博资讯内容推送至用户面前，并举办多种线上线下活动，为世博会宣传[1] 作出巨大贡献。同时腾讯网也为在南非举行的 2010 年世界杯做足了准备，和 CNTV 签署了合作备忘录，联合 14 家主流平面媒体，致力于呈现一届精彩的世界杯。

腾讯网的成功很大程度上归功于其充分利用 QQ 的优势，将信息主动、及时地推送到用户桌面。同时腾讯网强调互动性，保证用户可以进行信息的传递和分享。此外，在大型活动中积极寻求与知名的企业合作也是腾讯经常采用的营销战略。如奥运会前期，腾讯与可口可乐公司发起了"奥运火炬在线传递"的活动；世博会期间又举行了"宝马—腾讯世博网络志愿者接力"活动。这种虚拟活动的投入成本不高，但成功地动员了广大网民的参与，是一种双赢的策略。

2. 腾讯邮箱

2005 年 3 月，腾讯收购了国内用户数量最大的共享软件 Foxmail，Foxmail 的创始人及其研发团队悉数并入腾讯。腾讯收购 Foxmail 首先是为了加强 QQ 在用户桌面端的曝光率；其次是为了利用 QQ 现有资源、渠道将 Foxmail 强大的用户群转化为利益，因为 QQ 的主要用户为学生，而 Foxmail 的用户主要是上班族，具有很大的商业开发潜力。Foxmail 填充了腾讯电子邮箱技术方面的不足，使 QQ 和电子邮件完美地结合起来。通过 QQ，用户的新邮件信息可以实时地以即时消息的方式呈现在用户桌面，用户也可以方便地在邮箱和 QQ 之间切换，满足了现代人快节奏的生活需求。同时这也实现了腾讯在门户网站领域的突破，拉近了腾讯和其他大型门户网站之间的差距。

目前腾讯除了 Foxmail 外，还有自己开发的邮件系统——QQ 邮箱。QQ 邮箱已

---

[1]　麻震敏：《腾讯网：网上世博 永不落幕》，http://www.boraid.com/darticle3/list.asp?id=132479。

非常成熟，邮箱页面简单易操作，支持超大附件，支持音视频邮件。此外，QQ 邮箱有独一无二的群发邮件功能，当想要给群成员发送邮件时，省去了一一添加收件人的麻烦；需要将邮件发送给多个人时，可选择"分别发送"，系统会对多个人一对一发送，每个人将收到单独发给他／她的邮件；QQ 邮箱还提供邮件撤回功能，若收件人同样使用 QQ 邮箱并且未打开邮件，发件人可以申请撤回已发送的邮件。QQ 邮箱新增的"体验室"标签内提供了"全文搜索"、"IMAP 服务"、"邮箱聊天"等新功能。QQ 邮箱是国内首家实现邮件全文搜索的邮件厂商，通过该搜索功能用户可方便地查找邮件、附件；IMAP 服务具有双向性，可直接从邮件服务器读取邮件而无需接收到本地，使邮件更加安全；邮箱聊天让用户不用打开 QQ 就能联系 QQ 上的好友。

　　QQ 邮箱的许多独特功能颠覆了电子邮件的传统。电子邮件本身实时性不强，但是腾讯将邮件服务和 IM 服务结合起来，充分利用 IM 即时性的特点，将邮件发送和接收之间的时延减到最少。按照我们传统的观念，邮件一旦发出，就无法收回，但是腾讯提供了邮件撤回功能，使得用户在不够谨慎的时候有弥补的机会。QQ 邮箱在提高效率方面也是煞费苦心的，除了广为人知的邮件群发功能，还有会话模式，即将同一主题产生的多封频繁往来邮件简化为一封简单明了的会话邮件，以提高处理邮件的效率。腾讯在邮箱的细节完善上用心良苦，一切从用户的需求出发，因此深受用户信赖和喜爱。

3. 腾讯微博

　　早在 2007 年，腾讯就推出了类似于微博的"滔滔"，腾讯将其定位为"迷你、即时博客"，支持网页、QQ 机器人、QQ 签名、手机四种渠道的更新。滔滔和当今的微博很相似，可以关注并取消关注好友，有回复功能，但对每条信息的字数没有明确限制。滔滔更强调作为个人心情即时抒发的工具，和 QQ 签名以及 QQ 空间心情进行了整合，所以虽然滔滔在功能上和微博类似，但实际更像是个人喃喃自语的空间，继承了 IM 的排外性。

　　2009 年底国内新浪微博推出不久，腾讯微博也开始通过个别邀请的方式开展内测。测试版的限制字数为 140 字，有"私信"功能，普通用户内测期间只能发表文字信息，未开通腾讯微博的用户需要通过邀请码加入。用户注册时必须输入唯一的用户名用于设定个性化域名，用户的微博账号和其 QQ 账号绑定，因而可用 QQ 号直接搜索用户。用户可在网页、客户端、手机等平台查看、更新腾讯微博。与新浪微博不同的是，腾讯微博必须在 QQ 账号登录后才能使用和查看内容，更紧密地与腾讯网络的 ID 资源进行了捆绑，具有极强的身份黏度。

（三）拍拍网：国内第二大电子商城

腾讯拍拍网（www.paipai.com）是腾讯旗下的电子商务交易平台，2005 年 9 月上线发布，2006 年 3 月宣布正式运营，是国内成长最快的知名电子商务网站之一。拍拍网主要有女人、男人、网游、数码、手机、生活、运动、学生、特惠、母婴、玩具、充值、优品、酒店等频道，同时还包括海外代购、个性订制、品牌专区、红包及礼品专区等特色产品及服务。拍拍网一直致力于打造时尚、新潮的品牌文化，作为腾讯"在线生活"战略的重要业务组成，拍拍网依托腾讯 QQ 以及腾讯其他业务的整体优势，现在已成为国内成长速度最快、最受网民欢迎的电子商务网站，并且帮助几十万社会人员和大学生解决了就业问题。[1] 目前腾讯拍拍网已成为全国第二大电子商城，交易量仅次于阿里巴巴公司的淘宝网。

1. 网络交易

经历了互联网行业的泡沫，电子商务行业也开始寻找新的方向，C2C 模式开始崭露头角，与 B2B 及 B2C 模式共同发展。伴随网民的增长、硬件设备性能的提高，尤其是电子商务在支付方式、物流配送等方面的创新及盈利模式的创新，这个市场在高速壮大。C2C 是指网络服务提供商利用计算机和网络技术，提供有偿或无偿使用的电子商务平台和交易程序，允许交易双方在其平台上独立开展在线交易。拍拍网依托腾讯 QQ 庞大的用户群，吸取淘宝网的成功经验，依靠腾讯 QQ 的交流支持，迅速在 C2C 市场上崛起。

2005 年 9 月，腾讯旗下的电子商务平台拍拍网上线发布，2006 年 9 月 12 日，拍拍网上线满一周年。通过短短一年时间，拍拍网已经与易趣、淘宝共同成为中国最有影响力的三大 C2C 平台。2007 年 9 月 12 日，拍拍网上线发布满两周年，在流量、交易、用户数等方面获得了全方位的飞速发展。据艾瑞咨询推出的《2007—2008 中国网络购物发展报告》数据显示，2007 年中国 C2C 电子商务市场交易规模达到 518 亿元，

---

[1]　腾讯官方网站，http://www.tencent.com/zh-cn/ps/ecommerce.shtml。

其中拍拍网的成交额首次超越易趣，以 8.7% 的交易份额位居第二。2008 年第二季度的艾瑞咨询数据显示，拍拍网充分整合了腾讯客户端资源并在购物体验功能上进一步优化，2008 年第二季度拍拍网实现了 30% 以上的环比增长。艾瑞咨询《2008—2009年中国网络购物行业发展报告》数据显示，2008 年拍拍网交易额增长迅速，份额提升至 9.9%，继续稳坐国内第二大电子商务平台的交椅。[1]

网上购物最让人担忧的是商品的品质、卖家的诚信以及货款的安全，针对商品品质问题拍拍网推出"尚品会"频道，提供优选品牌的正品商品；针对虚假交易拍拍网有严厉的惩罚措施[2]，一定程度上减少了虚假、恶意交易的出现；拍拍网的货款支付有多个渠道，独有的支付平台"财付通"保证了货款的安全。基本上拍拍网已经解决了可能在网络购物中出现的障碍，加上其庞大的用户基数，能取得国内第二大电子商务平台的成绩也属正常。但实际上拍拍网还有很大的发展空间。CNNIC《2009年中国网络购物市场研究报告》显示，拍拍网的网购用户渗透率[3] 仅 10.5%，即大多数选择网上购物的用户都未在拍拍网购物。此外拍拍网的品牌转化率只有 26.3%，也就是说腾讯用户中有 73.7% 并不知道拍拍网。因而拍拍网的当务之急是充分利用平台优势，提高品牌知名度，扩大用户群。从《2006 年中国 C2C 网上购物调查报告》来看，拍拍网最受欢迎的商品类别为电子卡 / 数字卡 / 虚拟货币，在保有这个优势的同时，拍拍网必须与淘宝网有所区分。腾讯公司产品众多，除了和 QQ 平台对接，也可考虑与广受欢迎的 QQ 秀相结合，将虚拟服装、饰品和拍拍网上的真实服装、饰品链接起来，既可以提高拍拍网的曝光率，也可以增加其用户数。

2. 在线支付

"财付通"是由腾讯公司推出的中国领先的在线支付应用和服务平台，致力于为互联网个人和企业用户提供安全、便捷、专业的在线支付服务。财付通着力构建以个人应用、企业接入和增值服务为核心业务的综合支付平台，业务覆盖 B2B、B2C 和 C2C 等领域。财付通为个人用户提供收付款、交易查询管理、信用中介等完善的账户服务，并推出了一系列个性化账户应用；还为企业用户提供专业的支付清算平台服务

[1] 拍拍网产品简介，http://help.paipai.com/introduce.shtml。
[2] 详见 http://help.paipai.com/content/help_60104.shtml。
[3] 指该购物网站用户占总体网络购物用户的比例。

和强大的增值服务。[1]

多数人认为财付通的推出只是为拍拍网服务，但实际上拍拍网只是财付通第一大商户，对于腾讯，财付通是构建完整"在线生活"的重要组成部分。"在线生活"即满足用户在任何时间、任何地点，通过任何终端、任何介入方式，都能使用互联网满足日常生活中获取信息、交流沟通、休闲娱乐和在线交易的需求。财付通无疑是为了满足随时随地在线交易的需求。针对个人用户，财付通通过在 QQ 平台推出"我的钱包"，强化财付通的生活理财功能。用户通过"我的钱包"可以实现收款、付款、AA制收款、手机支付、交易方管理、航空客票查询等常用理财功能，还可直接进行航空订票和保险产品的购买。2007 年 9 月，深圳市万事通交通网集成了财付通，为违章缴费开通了在线支付通道，解决了许多车主和驾驶员违章缴费难的烦恼。目前财付通可提供手机话费充值、信用卡还款、生活缴费、机票订购、买彩票、订特价酒店、火车票代购、游戏充值、Q 币充值、购买 QQ 服务、购买保险等服务，[2] 真正成为了生活好帮手。

财付通作为腾讯旗下的全资子公司，一直努力拓展企业级业务，为商家提供支付平台。2006 年 5 月，财付通已和 14 家全国性商业银行以及广东、上海等地方商业银行达成合作协议，[3] 并与商业银行合作推出联名信用卡。为了吸引更多商家，针对众多中小企业因需缴纳高额佣金给第三方支付厂商而拒绝开通网上支付业务的现状，财付通推出商户免费自助接入系统，成功积聚了众多中小企业用户。2006 年财付通已经进入国内第三方支付厂商交易量前三名，其中企业支付市场的成功功不可没。2007 年 5 月 28 日，腾讯宣布与南方航空公司展开战略合作，用户可通过财付通直接订购南航各个航班的机票。[4] 随后财付通相继和深圳航空、春秋航空、海南航空、厦门航空、东方航空在机票在线订购支付、联合机票平台运营、商旅分销结算等方面达成战略合作。作为国内领先的在线支付平台，财付通不仅能为航空企业客户提供多样化的网上付款渠道、为企业本身提供完善的商旅分销结算解决方案，更能借助腾讯优势资源进行整合营销，从而实现航空公司、支付平台及顾客三方的多赢。[5]

---

[1] 腾讯官方网站，http://www.tencent.com/zh-cn/ps/ecommerce.shtml。

[2] 财付通主页，https://www.tenpay.com/。

[3] 林梦：《财付通构建完美"在线生活"》，《电子商务世界》2006 年 12 月 8 日。

[4] 顾桌：《财付通全面突击企业支付市场》，《电子商务世界》2007 年 7 月 6 日。

[5] http://news.carnoc.com/list/121/121515.html.

3. 特色服务

腾讯公司首席战略投资官刘炽平曾用 4C 理论诠释拍拍网的理念——庞大的用户基数（Customer）、强有力的沟通手段（Communication）、强大的社区服务（community）以及腾讯网丰富的资讯内容（Content）。由此可见拍拍网具有天然的优势，QQ 本身具有庞大的用户群，为卖家保证了买家的数量；QQ 号码和拍拍网账户绑定，使得买卖双方可以方便快捷地沟通交流；QQ 上已建立起来的关系链和关系网络，增加了买卖双方之间的信任度，提高了交易的成功率；此外，还有腾讯网这个国内第一大门户网站的资讯保证。腾讯特别强调沟通对达成交易的作用，充分协同和整合不同平台，使各个平台可以相互服务。

（四）腾讯游戏：超级游戏平台

腾讯游戏是腾讯四大网络平台之一，是全球领先的游戏开发和运营机构，也是国内最大的网络游戏社区。在开放性的发展模式下，腾讯游戏采取内部自主研发和多元化的外部合作相结合的方式，已经在网络游戏的多个细分市场领域形成专业化布局并取得良好的市场业绩。[1] 腾讯进入游戏领域相对较晚。在一次内部会议上马化腾提出尝试棋牌类网络游戏的探索，于是 2003 年 8 月 QQ game 应运而生。随后 QQ game 增加了更多休闲游戏，如泡泡龙、连连看，接着又引入游戏“道具”，增加了游戏的可玩性。2004 年 8 月 31 日 QQ game 就跃居为国内第一大休闲游戏平台。目前除了 QQ game，腾讯公司还有多种中型休闲游戏，如 QQ 飞车、QQ 堂，这些游戏都与 QQ 号绑定；另外还有多款大型多人在线游戏，如寻仙、地下城与勇士。腾讯的网游模式是渐进式的，从最初的棋牌等休闲游戏，逐渐发展到中型游戏如 QQ 堂，然后是完全自主研发的 QQ 幻想，用马化腾的话来说就是一个“从低到高稳步的金字塔”。

1. 桌面游戏

“桌面游戏”原本是指在桌面上进行的游戏，因不插电、无辐射也被称为“环保游戏”。但在互联网世界，桌面游戏主要指占硬盘空间小，规则相对简单，风格轻松

---

[1] 腾讯游戏官方网站，http://game.qq.com/v20/products.htm.

的小游戏。简单的休闲竞技类、棋牌类游戏都算是桌面游戏。腾讯的桌面游戏将目标消费者定义为 QQ 用户中乐于接受休闲棋牌游戏的那一部分用户。腾讯的桌面游戏包罗万象，围棋、象棋、跳棋、五子棋、飞行棋、四国军棋、拱猪、斗地主、麻将等这些传统的桌面游戏都聚集于 QQ game 平台，用户可以频繁地穿梭于不同游戏之间。棋牌游戏是腾讯桌面游戏的主角，同时大力发展其他休闲类游戏，如泡泡龙、对战俄罗斯方块、3D 台球等。这类休闲游戏原本都是极受欢迎的单机类游戏，大大降低了游戏的推广成本。腾讯将大多数桌面游戏集合在 QQ game 平台，将单机模式变换为对战模式，在遵循游戏原规则的同时，开发了五花八门的游戏道具增强游戏的可玩性。游戏玩家在享受游戏乐趣的同时又能结交到许多朋友，因而很快得到市场的认可和欢迎。[1]

　　2007 年 3 月，QQ game 同时在线人数突破 300 万，刷新了国内休闲游戏领域同时在线人数的纪录。作为全球最大的休闲游戏平台，2009 年 QQ game 同时在线人数已经超过 1000 万。[2] 除了传统的棋牌类及休闲类游戏，腾讯还推出了 QQ 宠物这种桌面虚拟宠物软件，这是一款虚拟社区喂养游戏，贯穿宠物成长全过程，包括打工、学习、游戏、结婚、生子。依赖 QQ 用户宠爱的企鹅形象，再通过 QQ 自身强大的渠道推广，QQ 宠物发展迅猛，2006 年 7 月，最高同时在线人数突破 100 万人，成为国内最大的网络虚拟宠物社区。[3]

2．在线游戏

　　在线游戏主要指大型多人在线游戏。早在 2003 年 4 月，腾讯就开始涉足在线游戏。2005 年 10 月 25 日，筹备两年的 QQ 幻想正式发布，这是由腾讯自主研发的大型网络游戏。服务器一开启，玩家便如潮水般涌来，一天之内同时在线人数突破 13 万，最终在 11 月 13 日突破 50 万大关。随后，腾讯采取代理经营或合作经营的策略，与国内外多家公司合作，相继推出了多款大型多人在线游戏。如 QQ 华夏及英雄岛，就是由深圳网域研发、与腾讯公司合作经营的大型网络游戏。此外，腾讯公司目前也有多款自主研发的大型网络游戏在运营中，如由腾讯本部大型网游自研团队历时三年打造的幻想世界。在在线游戏业务中，腾讯稳步前进，完成了一个由小到大的积累发

[1]　陈炜：《"QQ 游戏中心"对决"中国游戏中心"——游戏运营商的差异化竞争战略分析》。

[2]　郝智伟、许扬帆：《腾讯：网游非典型样本》，http://media.ifeng.com/pk/sdtx/buju/200912/1207_8899_1465411.shtml。

[3]　林军、张宇宙：《马化腾的腾讯帝国》，第 212—214 页。

展过程。

2007 年之前腾讯游戏的最大收入仍旧来自休闲游戏，从 2007 年开始大型网络游戏才崭露头角。2007 年腾讯充分发挥平台优势，让用户了解游戏信息，并利用 QQ 社区效应使游戏快速传播。那一年腾讯自主研发的 QQ 三国和深圳网域研发的 QQ 华夏两款大型多人在线游戏成功推广。2008 年，腾讯加大了对在线游戏的投入，选择代理了三款游戏——网络 FPS "穿越火线"、将经典街机与网络游戏结合的 "地下城与勇士"、中国美术片风格的 "寻仙"。其中 "地下城与勇士" 的成功运营让腾讯在 2008 年进入中国网络游戏第一阵营。[1] 腾讯拥有丰富的产品线，注重对网络游戏各个领域进行细分。这种细分策略是成功的，根据 CNNIC2009 年的调查，腾讯网络游戏用户占到总体用户的 44.2%，稳居中国网络游戏运营商的首位。

3. 社交游戏

社交游戏是通过 SNS 社区互动方式增强人际交流的在线游戏，通常免费供玩家使用。随着 SNS 的发展，社交游戏也风靡网络世界。腾讯的社交游戏主要集成在 QQ 空间，用户可根据个人喜好添加相应应用，玩家也可邀请好友加入游戏，成功邀请好友会得到相应奖励。目前腾讯推出了抢车位、QQ 农场、QQ 牧场、QQ 花园、QQ 宝贝、好友买卖、魔法卡片等社交游戏。其中最为风靡的是 QQ 农场。社交游戏规则简单，看似无聊，却受到广大用户的欢迎，玩家乐此不疲、欲罢不能，由此引发了不少社会问题。比如有人专程半夜起床就为 "收菜"、"偷菜"，严重危害身体健康，于是 QQ 农场有了 "健康模式" 这一功能，避免玩家过于沉迷影响正常生活。

可以预见，腾讯将继续大力发展这两类游戏而扩大腾讯帝国的娱乐版图。作为国内举足轻重的游戏开发与运营商，腾讯敏锐地捕捉市场动向和用户需求，并进而引领了互联网时代的数码娱乐潮流与社会审美风尚，成为科技与文化高度融合的新媒体产业典范。

三、融合媒体时代的数字化产业

在深圳高度发达的软硬件产业环境中，以 3G 移动互联网为核心动力的融合媒体

---

[1] 林军、张宇宙：《马化腾的腾讯帝国》，第 217—223 页。

发展很快，给传统的新闻报纸、广播电视和电话通信带来了根本性的冲击。根据深圳市网络媒体协会发布的《2009 互联网暨网络媒体发展研究报告》，通过对深圳网民媒介接触形态的分析发现，在接触频度、接触时段与接触时长方面，互联网优于其他媒体形式，在受众购买影响力、消费信息获取渠道方面领先其他媒体形式。而另一方面，报告显示深圳市已经有半数网民习惯手机上网，最常使用的手机上网服务是即时通讯与页面浏览，这表明互联网应用的主要内容已经开始从固定宽带平台转移到移动平台上。随着 3G 移动宽带互联网的普及，这种融合性质的使用习惯日益得到强化，基于掌面移动空间的手机平台将发展成为融合性的超级媒体。实际上，除了 3G移动互联网以外，还有 WIFI 无线局域网、WinMax 微波通信网络、IPTV 互联网电视和 CMMB 移动电视网络等，在融合媒体的时代大潮中共同扮演着重要的角色（其中WIFI、WinMax 与 3G 并称为世界三大无线宽带方案）。相对而言，在深圳 3G 移动互联网的发展最为迅猛，应用最为广泛，给现代生活带来的变化也最为引人瞩目。

（一）技术层面的 3G 主流标准

所谓 3G（3rd Generation）即第三代移动通信的简称。早在 1985 年，便有几十个国家和地区的著名电信设备制造商先后提出了十多种 3G 通信规范。经过长期的协商与融合之后，3G 方案形成三大主流标准，即欧洲提出的 WCDMA（由中国联通采用）、美国提出的 CDMA2000（由中国电信采用）和中国提出的 TD-SCDMA（由中国移动采用）。从技术方案层面来说，3G 是指支持高速数据传输的蜂窝移动通讯技术。从通信渠道层面来说，3G 是指能够同时传送声音（通话）及数据信息（电子邮件、即时通信等）的复合型网络，其代表特征是提供高速数据业务。从终端设备层面来说，第三代手机（3G）相对第一代模拟制式手机（1G）和第二代 GSM、CDMA 等数字手机（2G）而言，一般是指将无线通信与国际互联网等多媒体通信结合的新一代移动通信设备。从应用体验层面来说，3G 是指具有显著提高的带宽与移动便携性的阅听与互动时代。作为无线宽带业务的解决方案之一，3G 方案与 WIFI、WinMax 等方案形成了既竞争又互补的关系。

1. 无线宽带的几类解决方案

深圳电信在 2005 年开始推广无线宽带网络时，充分利用了 WIFI 和 3G 两种无线宽带的互补，其"我的 E 家"套餐方案便是利用 WIFI 路由解决了家庭级的免费无线网络，远远突破了 2G 和 3G 移动通信网络的传输速度；在企业级和公共场馆级无线宽带应用方面，截至 2009 年底，深圳电信在全市已布设了 1000 多个 WIFI 热点，主要覆盖电信营业厅、酒店大堂、茶艺馆、西餐厅、高档中餐厅、书城等公共场所。2010 年新增热点则主要覆盖学校、政府公共办事大厅、医院、汽车 4S 店、高档会所、酒店等公共区域。市民可借此获得网络覆盖更宽广、速度更快的无线上网服务，移动办公、视频会议等一系列移动网络服务也随之走进日常生活。

在积极普及 WIFI 无线局域网和 3G 移动互联网的同时，为了克服 WIFI 的有效距离和 3G 的带宽瓶颈等局限，4G 的相关研究在世界范围内正广泛展开，深圳华为、中兴等终端设备商已经于 2009 年研发出多款试验型产品。但制定一个全世界统一的 4G 标准还需要耗费至少 7 至 10 年的时间，而现有的 2G 系统在未来的 3 至 5 年将无法满足日益增长的通信需求，因此 3G 网络系统具有不可替代的历史必然性。随着标准的基本稳定、终端类型的迅速增加、宽带增值业务的广泛普及，3G 移动宽带的大规模使用已经开始。而 WIFI 和 WinMAX 等技术作为局部的高速接入手段来弥补 3G 的不足也会有广阔的应用前景。[1]

2. 深圳 3G 网络的建设状况

2009 年 1 月，工业和信息化部向中国移动、中国电信和中国联通发放第三代移动通信（3G）牌照，我国正式进入 3G 时代。在深圳 3G 网络建设过程中，持有不同标准制式的通讯渠道运营商——深圳移动、深圳电信、深圳联通展开了激烈竞争，促进了无线互联网的迅速普及与日常应用。TD-SCDMA、CDMA2000、WCDMA 这三种制式的 3G 网络的基站建设和网络架构进展都非常顺利，为深圳率先实施"无线城市"、"信息城市"、"数字城市"战略打下了坚实的基础。[2]

3. 深圳 3G 产业链的关键环节

在深圳 3G 移动互联网产业链中，主要有设备制造、渠道运营、内容生产、终端

---

[1] 参见《WiFi、WiMAX、WBMA 与 3G 的比较》，http://www.enet.com.cn/article/2008/0416/A20080416228603.shtml。

[2] 《深圳 3G 制式网络覆盖完善》，《深圳特区报》2009 年 12 月 31 日。

应用四个关键环节，各环节承担着一种或多种角色。在产业发展的不同阶段，各环节的重要性也会存在差异。在 3G 的准备期，设备制造商最为关键；在 3G 启动阶段运营商的作用最重要，产业链中大部分价值主体的资金流入来源于运营商；在 3G 的成熟阶段，内容生产商、终端应用提供商则发挥更关键的作用。整体而言，深圳地区 3G 产业的特色是：设备制造和终端应用研发非常强劲，渠道运营也比较顺畅，而内容生产环节则刚刚觉醒而相对薄弱。

作为中国最大的终端设备研发和制造基地，深圳拥有华为、中兴、康佳、创维和宇龙等世界一流的通信硬件生产商与终端开发商，其生产的电脑、手机、电视和机顶盒在全世界范围内拥有非常可观的市场份额。它们横跨 3G 产业链的两端，在促使互联网产业链扩容和转型的进程中开辟了广阔的发展空间，也扮演着全球移动宽带革命潮流引领者的角色。2008 年深圳生产的手机数量占全中国的 1/3 和全球的 1/8，形成了相当完整的手机零部件产业链、造型设计配套体系和销售渠道，建立了规模庞大的产业集群。这种得天独厚的产业环境，不仅使深圳的 3G 通讯终端设备与通讯渠道比其他地区发展得更充分，而且使得 3G 内容生产与应用开发方面的创新也率先在深圳蓬勃展开。

2008 年以来，一直侧重于海外业务的华为回归国内市场，推动了 3G 终端市场的蓬勃发展；在 3G 渠道领域，深圳电信、深圳移动和深圳联通等国有移动宽带运营商则分别推出了"天翼"、"移动 G3"和"沃"等无线互联网络＋资讯与娱乐内容的融合媒体服务；在 3G 内容领域，鸿波网等手机富媒体互动社区更以发展 3G 网络下高带宽视频为主导，在 2009 年 3G 网络正式商用之时一跃成为国内代表性的手机视频 SNS 社区。但是整体而言，深圳的 3G 产业仍处于以电信为代表的渠道运营者与以广电为代表的内容生产者艰难融合的阶段，其应用体验还不够丰富和流畅。虽然已经有宇龙酷派和融创天下等以用户体验为本的创意型应用开发商初露峥嵘，但其巨大的市场潜力尚未完全爆发并转化为社会价值。

(二) 渠道层面的"三网融合"

所谓三网融合，简单地说就是指互联网、电信网与广播电视网在通讯渠道层面的融合，具体的解释却有两个完全不同的版本：一是以基于电信渠道的互联网为中心而对广播电视网内容进行融合，其代表形态是 IPTV；二是以数字电视机顶盒的形式对互联网内容进行融合，其代表形态是互动电视。"三网融合"之所以被演绎为上述两种版本，根本原因是广电部门与电信部门长期的利益冲突。从业务渊源上说，在全国各地尤其是在深圳，互联网业务长期以来都是作为电信增值业务而存在和运营的，互联网与电信网可以说是父子关系；而广播电视网则与前两者的网络相区别，它们之间没有业务渊源关系而是更多显现为竞争关系。相对而言，传统的电信网业务主要是经营渠道，传统的广电网业务主要是经营内容，而互联网则是借助前者的渠道整合所有传统媒体的内容。早在1998年"三网融合"就被列入国家"九五"、"十五"计划和"十一五"规划，但由于电信与广电的部门利益关系尚未理顺而导致进展缓慢。深圳电信和深圳广电集团在这一进程中发生的博弈和遇到的问题，在全国范围内也很有代表性。

1.深圳电信：试水 IPTV

从2005年开始，中国电信便开始在深圳地区开展互联网电视（IPTV）的商用试点，首批参与者只有几百个用户。经过近五年的市场推广与用户培育，一场电视节目网络化的视听媒体革命正在悄然发生。IPTV即所谓"互联网电视"，广义地说是基于IP协议的视频、音频信号传输服务。IPTV与数字电视最大的不同在于它是通过宽带互联网传输数字电视信号，而传统数字电视则是通过广电系统的封闭线路进行传播。IPTV的系统结构主要包括流媒体服务、节目采编、存储及认证计费等子系统，主要存储及传送的内容是以MP-4或H-264为编码核心的流媒体文件，基于IP网络传输通常要在边缘设置内容分配服务节点、配置流媒体服务及存储设备，用户终端可以是IP机顶盒＋电视机也可以是PC。从融合媒体时代的用户需求来看，视频业务的互动性和三网融合是未来发展的大势所趋。[1]

2.深圳移动：移动通讯的宽带化

如果说中国电信的3G业务是传统互联网渠道运营商"宽带网络的移动化"，那么中国移动和中国联通的3G业务可以描述为传统移动电话运营商"移动通讯的宽带化"。相比之下，后者的转型难度更大、基础建设成本更高，但三网融合的程度也相应地更为彻底。在固网带宽充足的深圳地区，深圳电信通过其庞大而成熟的固网宽带

---

[1] 罗朋巍：《IPTV—有线电视的达摩克利斯之剑？》，《联合证券》2005年12月11日。

和城市 WIFI 热点体系进行局部分流，能有效地缓解 3G 网络带宽瓶颈的制约，这一点是移动和联通短时间内无法相比的。因此，深圳电信除了可以在政策不利的条件下坚持推广带宽消耗极高的 IPTV 之外，还可以采用不限流量的包月计费方式推广 3G 业务，这为其在移动互联网平台上传送大流量的内容服务提供了方便。深圳移动则不得不按流量计费以节约带宽，在现有基站水平上无法像传统互联网那样指数级地发展用户，这也体现了纯 3G 网络本身在技术与资源上的局限。

然而正是由于纯 3G 业务在宽带资源上的局限，使移动公司更彻底地告别了传统互联网的免费流量模式。深圳移动在与 SP 合作时采用更为灵活而合理的收费机制，成功培养了有限带宽条件下 3G 用户的付费习惯，并积极探索真正走向融合媒体的模式。2009 年 5 月，深圳移动与深圳广播电影电视集团签署合作协议，在内容、技术、业务、市场、客户服务等多个方面开展广泛深入的合作，使用户可以享受"移动通信 + 宽带接入 + 无线上网 + 有线电视 +CMMB"的全业务捆绑销售的产品。由此，移动运营商借助广播与内容发布许可为 3G 网络带来了急需的视音频内容，成为推动 3G 发展的重要业务亮点，也使手机日益成为真正意义上的融合媒体平台。

3．天威视讯：电视机顶盒里的战争

在深圳地区现存的家用数字设备中，天威视讯公司安装的数字电视机顶盒实际上是最早具有"三网合一"潜质的终端设备。与 IPTV 机顶盒不同的是，其目的不是接入电信运营商的互联网承载广播电视节目内容，而是要建立自己的互动电视网络，承载包括互联网内容在内的综合节目，以对抗电信宽带和移动互联网潮流的猛烈冲击。

天威视讯（Shenzhen Topway Video Communication Co., Ltd）是深圳广播电影电视集团控股经营的股份制企业，是我国第一家建设经营有线电视网络的股份制企业。天威视讯作为深圳信息产业的主要力量之一，主要负责深圳地区有线广播电视网络的建设、开发、经营和管理，及有线电视节目的收转和传送，以传输视频信息和开展网上多功能服务为主业并向产业链的上下游渗透，形成了多业务并举的产业化发展模式。天威视讯 1996 年建成了国内第一个有线电视综合信息网络，2001 年建成了 IP 城域网，2002 年实现了集图像、数据、语音传输于一体的高速信息传输网。2005 年，天威视讯完成基于 Cable 网络的语音系统测试，具备了提供高质量 IP 语音服务及其他多媒体服务的能力。从 2008 年开始，天威视讯已可以传输 500 多套标准清晰度数

字电视节目，并为用户提供互动电视、高速数据、VOIP 等融合业务服务。[1]

根据深圳市天威视讯股份有限公司 2009 年年度报告，由于国内三大电信运营商依托于 3G 的无线宽带业务对有线宽频形成新的竞争，天威视讯公司除了着手开展与中国移动等进行尝试性的战略合作之外，将继续加大力度拓展价值更高、稳定性更强的行业大客户以巩固现有的市场份额并提升市场价值。更重要的是，"三网融合"的不断发展和持续深入给有线电视运营商带来很大压力。对此天威视讯公司开始大力推进高清互动业务，积极布局其他各项数字电视增值业务，充分发挥公司在视频传输领域的先发以及与内容产业的紧密联系等优势，深入挖掘并努力满足用户需求，以抵御其他方式对电视用户的分流。[2] 天威视讯在媒介融合大潮中的机遇和困境是广电媒体的典型代表。一方面，它天然地与节目内容生产紧密联系；另一方面，它向来与利润丰厚的电信增值服务无缘。从数字电视到数字高清电视、再到互动式数字高清电视网络的步步互联网化，恰恰体现了"三网融合"这一时代趋势的强烈诱惑和不可抗拒性。

（三）内容层面的"三屏融合"

在传统媒体与新媒体走向融合以及电信、广电和互联网走向融合的过程中，内容和应用层面的"三屏融合"实际上比渠道层面的"三网融合"来得更为迫切。所谓"三屏"并不仅仅是指电视、电脑和手机的显像屏幕，在更深层的意义上是指墙面空间、桌面空间和掌面空间这三种界面上的阅听体验及其传达的内容。在这个广泛的意义上，三屏融合不仅涉及电视、电脑和手机等常见电子媒体的内容融合，也伴随着报纸、书籍和杂志等传统内容媒体的"触电"、"触网"而转变为融合媒体的进程。从影响因素上说，深圳网络与新媒体领域的"三屏融合"进程主要由三种因素推进：一是国家和地方政策的显著导向，二是终端应用与内容市场的迫切需求，三是新媒体技术本身的迅速发展与自我更新。从典型案例上说，主要有深圳报业集团的"报网联动"与手机报、深圳广电集团的 CMMB 与"中国时刻"全媒体社区、深圳华强集团的数字化主题公园等。

---

[1]　天威视讯官方网站，http://www.topway.com.cn/about/about.html。

[2]　《深圳市天威视讯股份有限公司 2009 年年度报告》。

1. 深圳报业：报网联动与手机报

　　作为深圳本土最大的新闻内容提供商，深圳报业集团自成立之初便十分关注传播渠道的拓展。2002 年 12 月，作为深圳特区报业集团和深圳商报社合并后的深圳报业集团的第一个合并项目，《深圳特区报》"人间网"和《深圳商报》"深圳新闻网"并轨组建深圳新闻网，整合了深圳报业集团旗下的《深圳特区报》、《深圳商报》、《深圳晚报》、《晶报》、《深圳英文日报》、《宝安日报》等所有报刊的各类资讯。深圳新闻网重组以来，网站点击量、舆论影响力、网站技术水平和营收能力不断增强。2009 年 2 月国家统计局与中国互联网实验室联合发布的数据显示，深圳新闻网新闻市场份额占有量位居全国第 16 名，与新浪、搜狐、人民网、新华网等全国知名网站一道成为第一阵营。同期国务院新闻办相关部门发布的中国主流新闻网站排名上，深圳新闻网名列第 7，与千龙网、东方网等比肩。[1] 与深圳新闻网并存的是深圳报业集团四大特色网站：由《深圳特区报》开办的房地网、《深圳商报》开办的深圳车城网、《深圳晚报》开办的深圳搜购网和《晶报》开办的问工网，融合了传统媒体和网络媒体的双重优势，是国内"报网联动"的典范之作，不仅大大拓展了新闻内容的传播渠道，也通过在线报料等机制改变了新闻内容的生产方式。

　　而报纸内容在手机平台上的展现——手机报，则是深圳报业集团媒体融合战略的另一重要组成部分。所谓手机报，即整合报纸和网络的新闻信息发送到手机上，使用户可以随时随地用手机查阅新闻的一种无线增值业务。从 2006 年 1 月起，深圳报业与深圳移动联合推送彩信版《深圳手机报》，深得移动手机用户的欢迎。同年 4 月，《深圳手机报》升级为 WAP 网页版并正式启动收费订阅，但用户仍然稳步增加。手机报作为手机媒体和传统媒体融合的新媒体形态，强化了手机的传播功能，赋予手机以大众化媒体的性质。它打破了传统新闻的传播形式，以手机为终端进行信息传递，给用户全新的内容和阅读体验。它具备报纸、广播、电视和网络所不可比拟的优势：及时、轻便、随身、交互、简洁、直接、受众庞大、便于利用零散时间。手机报最初的形式是利用短信群发进行消息发布，之后又出现了 WAP 版和彩信版。[2]2009 年以来随着 3G 技术的成熟与智能手机终端的普及，《深圳手机报》以更丰富的一手内容和更规范的网络界面，培育着移动互联网的掌面阅读市场和手机报用户群体。

---

[1]　深圳新闻网官方页面，http://www.sznews.com/zhuanti/node_46881.htm。
[2]　《3G：手机报的机遇与挑战》，http://xwlt.northnews.cn/NewsTribune/ShowArticle.asp?ArticleID=76。

2．深圳广电：CMMB 与"中国时刻"全媒体社区

与报业内容的媒体融合不同，以非文字信息为主的广播电视节目在媒体融合过程中经历更为复杂。作为广播电视行业推动的、面向包括手机在内的移动终端的音视频多媒体广播服务的技术标准，CMMB 是目前我国唯一关于移动多媒体广播的政府性标准，是面向多媒体广播的卫星与地面覆盖相结合的广播信道传输技术。系统面向 7 英寸以下的小屏幕、小尺寸、移动便携的多种手持终端以及车载、船载、机载接收机等接收设备，随时随地接收音视频广播节目和信息服务，具有传输带宽大、图像质量高、覆盖范围大、接收终端广泛等特点。2008 年 CMMB 在各省市试验播出之后，2009 年初深圳宇龙公司拿到了工信部颁发的 CMMB 手机入网许可，开启了 CMMB 的实用化进程，继而众多品牌厂商的 TD-SCDMA+CMMB 手机也大规模投放市场。[1] CMMB 本是一种单向广播服务，但与深圳移动无线宽带的结合，使收费点播等互动功能成为可能。

2009 年 5 月，拥有 1500 万用户的深圳移动与深圳广播电影电视集团签署战略合作框架协议。根据协议双方开展跨行业的多业务套餐营销，提供"移动通信＋宽带接入＋无线上网＋数字电视"的全业务方案，合作发展深圳移动多媒体广播 CMMB、建设多媒体新闻报料平台。除了在内容方面的合作外，双方还进行跨平台全业务模式的合作。对于深圳移动来说，其优势是在 3G 移动通讯领域，但是在固话和宽带业务领域与中国电信、中国联通相比则明显处于弱势。广电集团的天威视讯则拥有覆盖全深圳特区的有线电视综合信息网和 IP 城域网，拥有的数字电视用户超过 96 万户（数字电视终端超过 113 万个）、宽带接入业务突破 26 万户，很大程度上弥补了深圳移动的短板。[2] 另一方面更重要的是，对擅长于内容运营而缺乏互动性无线通讯渠道的深圳广电集团而言，与移动公司的合作使广播式 CMMB 节目开始尝试可操作的盈利模式，实现从渠道到内容的深度融合。

除了通过手机电视广播（CMMB）和移动 3G 业务大力拓展内容传输渠道，深圳广电集团还有一个更宏大的战略举措，那就是于 2010 年初推出集 CMMB、宽带互联网、移动互联网和"漾 TV"专业电视节目于一体的全媒体社区——"中国时刻"（s1979.com），成为继央视、上文广、湖南广电、凤凰卫视、浙江广电之后的国内第

---

[1] 曹三省等：《经济危机下广电传媒与新媒体技术的发展》，《发展论坛》2009 年第 3 期。

[2] 《深圳广电、移动携手"全业务"模式对接三网融合》，《21 世纪经济报道》2009 年 5 月 21 日。

六家进军视频网站的广电巨头。从内容生产上来说，深圳广电集团拥有包括深圳卫视在内的 12 个电视频道、4 个广播频率和巨大的节目库，每天源源不断的节目生产能力也为新媒体提供了强大的支持源；从互动形态上来说，"中国时刻"辐射了三个典型的用户终端——电脑、电视、手机，通过其核心 SNS 模块——专业的传媒垂直社区《媒事儿》沟通了业内人士与公众的活跃对话。"中国时刻"作为深圳广电集团面向互联网、手机电视和 IPTV 等新媒体领域统筹和运营节目资源、宣传资源和销售资源的"全息跨界媒体"，体现了"三屏融合"对电视内容生产商带来的巨大机遇和迫切挑战。

3. 深圳华强：数字主题公园

　　与从传统新闻与娱乐内容领域进军新媒体的深圳报业集团、深圳广电集团等标准传媒企业相比较而言，深圳众多从电子领域起家的高科技企业在创新机制上更为灵活，在市场需求把握和发掘上更为敏锐，在内容与平台的结合方案上更加多元和立体，为数字文化产业的腾飞作出了不可替代的贡献。深圳的数字文化产业生态非常丰富，从腾讯的即时通讯、网络游戏和电子商务，到迅雷和 A8 音乐集团的资源分发，再到华强文化的数字动漫主题公园，"数字内容产业"作为数字文化产业的核心部分，其重要性与前沿性日益凸显。2006 年以来深圳通过政策和产业规划导向，制定了深圳市数字内容产业"十一五"规划，计划到 2010 年把深圳建设成为国家级数字内容产业发展基地，积极打造具有一定国际影响力的"数字内容产业强市"。该规划提出到 2010 年让深圳网络游戏、互联网增值服务等数字内容产业保持 25% 的年增速，推动深圳的数字内容产业及其直接带动的相关产业总产值达到 400 亿，并打造 5 至 10 家龙头企业。在深圳数字内容产业加速发展的潮流中，华强集团的数字动漫主题公园在融合媒体时代是富有代表性的发展案例。

　　创建于 1979 年的深圳华强集团原为广东省属大型国有企业，其主导产业一直是电子专业市场和电子制造等，直到 2001 年才开始涉足文化产业。长期的电子产品研发与制造为华强集团积累了大量的科技和人才资源，也为建设"创（意）""研（究）""（生）产""销（售）"并重的文化科技产业链铺垫了广阔的成长空间。2002 年华强集团在美国注册的"180 度环形银幕立体电影成像技术发明专利"被认可后，随即利用该专利技术开发了"环幕立体电影"系统并销售到包含美国、加拿大、意大利等发达国家在内的 40 多个国家，每年在国外的销售还以 5 至 10 套的速度递增。此外华强集团还专门为"环幕立体电影"系统制作专用影片，用户在购买了"环幕立体电影"系统之外还需每年支付影片租赁费。目前该集团已经完成 20 部影片的制作，2008 年后每年为"环幕立体电影"系统新制作 5 部影片。[1]

环幕立体电影（4D 电影）不仅融合了电脑游戏与电影的内容元素，而且突破了传统"墙面"空间的阅听模式，将互动界面延伸到沉浸性的"（眼）球面"幻觉空间，达到了媒体融合的更深层次和更高阶段。以 4D 电影为龙头产品，华强集团的核心理念是文化与科技的深度结合，核心战略是发展数字动漫主题公园。该集团正在安徽、山东、辽宁、湖南、广州等地开建主题公园，并已将文化科技主题公园整体输出到伊朗、乌克兰和南非等国家。其所打造的主题公园与欢乐谷等西方游乐项目的"尖叫式文化"不同，是以影视娱乐、网络游戏、休闲度假、文化衍生品等为主的全方位"中国式迪斯尼"主题公园。它将教育、旅游和休闲娱乐融为一体，科技含量和文化含量极高，代表着当今世界主题公园的顶尖水平。华强集团的数字主题公园，是新媒体产业借助高科技手段和高文化创意向更为广阔的体验空间的成功拓展。

（四）应用层面的"体验为王"

一切媒体的最终价值都必然要还原为用户体验问题，即最深层的使用与满足关系问题。用户体验又可细分有用性、充实性、交互性、友好性、美观性诸层面的满足感。媒体融合的过程实际上也是用户体验不断试错和优化的过程，是重建媒体界面与身体界面之间关系的过程。在一种新媒体刚刚得以应用的"蜜月期"，由于有强烈的阅读需求和宣泄目的作为刚性基础，界面形式的粗糙甚至丑陋往往被容忍或忽略；但随着渠道的畅通、内容的丰富和功能的精致化，友好的终端接口和舒适的交互形式便成为越来越根本的因素。融合媒体的理想状态，便是完全成为日常生活世界的一部分，将高科技隐匿在人性化界面之后而不再成为关注因素。深圳的媒体融合和数字化产业发展进程完全体现了这一规律。在早期互联网冲浪的兴奋和交流的狂欢消退之后，昔日的新媒体便逐渐融合为日常感知的一部分。从这个意义上说，深圳的数字产业史也是一部当代生活空间重建的历史；宇龙酷派和融创天下等致力于"数字家庭"

---

[1] 《深圳华强集团：走向世界的"中国迪士尼"》，新华网发展论坛，http://forum.home.news.cn/detail/60516835/1.html。

与"无线城市"之类移动互联网应用的开发者，也是融合媒体回归更深刻、更广阔的日常生活世界的领航者。

1．宇龙通信：从智能手机到移动办公

在以 3G 移动互联网为主流的融合媒体时代，宇龙通信公司的"酷派"系列手机在应用终端领域独领风骚。深圳宇龙计算机通信科技有限公司（简称"宇龙通信"）创立于 1993 年 4 月，是中国专业的智能手机终端、移动数据平台系统、增值业务运营一体化解决方案的提供商之一。宇龙通信专注于智能手机的中高端领域开发，以"手写智能"为产品主线，以双待机为旗舰产品。宇龙通信作为"双模双待"机的鼻祖与领导者，体现了其对终端用户"体验为王"的深刻理解和敏锐把握。

除了酷派系列智能手机终端的研发制造之外，宇龙通信还利用自主研发的手机操作系统进行二次开发。其提供的无线智能终端产品及其解决方案已在全国 20 多个行业广泛使用，包括证券、工商、公安、交警、航空、气象、物流以及政府移动办公等，并与中国移动、中国电信、中国联通、思科、高通、微软及德州仪器（TI）等多家国际知名企业建立了长期战略合作伙伴关系。凭借领先的技术和设计理念，宇龙通信获得广大海外电信运营商和经销商的青睐，逐步成为领导全球高端智能手机消费的中坚力量。[1] 宇龙通信提供的移动 OA、移动警务通、城管通城市信息化系统、工商无线信息系统、应急指挥系统、掌上证券等解决方案，不仅是充分挖掘移动通信的渠道价值，将用户从家庭空间和办公场所之间的奔忙劳碌中解脱出来而随时随地切换任务，实际上更是充分挖掘用户终端的体验价值，推动了现代城市生活空间和工作方式的深刻变革，代表着融合媒体时代手机终端应用的前沿形态和趋势。

2．飞扬无限：从数字家庭到智慧社区

日益深入的数字化媒体融合开始给深圳市民带来生活方式上的明显变化，尤其是以移动远程监控为核心技术的"数字家庭"方案，实际上是"物联网"模式在私人空间中的初步应用。深圳飞扬无限公司是全国首家提供移动宽带信息化家庭解决方案的企业，2008 年以来在国内数十个城市建立了合作网络及客户服务中心平台。飞

---

[1]　宇龙通信公司官方网站，http://www.yulong.com/about/index.jsp。

扬无限公司以新媒体服务和移动互联网技术主攻数字家庭信息市场，2008年3月推出全国首个移动终端信息化住宅的合作项目。2008年6月，飞扬无限公司完成家庭信息及安防系统开发，成为中国移动家庭信息化最领先的设备及系统开发商。2009年3月，其参与的国家拨款项目《TD-SCDMA家庭信息化解决方案研究、产品开发及产业化》中的家庭信息机的研制与开发终于完成，并进一步应用到"智慧社区"的公共空间建设中。

2009年6月，在中国移动和飞扬无限公司的技术支持下，全国第一批基于移动互联网的"3G智慧社区"——深圳中海康城国际和蛇口花园城数字化方案配置完成。这种基于FMC（固定移动融合）技术实现的家庭通信、安全、娱乐、智能化功能一站式应用，使家庭用户可以在任何时间、任何地点以任何方式（手机、电脑和家庭信息机）进行即时沟通、视频分享、信息定制。智慧社区的出现，意味着新媒体应用正在以"物联网"的方式彻底重建现代城市的日常生活空间。

继飞扬无限公司之后，2009年12月中国移动又与富士康公司开展了基于手机支付应用的合作，在深圳富士康园区内发展包括手机钱包、企业一卡通在内的RFID-SIM卡业务。借鉴香港久负盛名的八达通，中国移动与深圳通公司合作，推进深圳通在RFID-SIM卡中的应用，通过将深圳通账户写入RFID-SIM卡，为客户提供覆盖深圳公交、地铁及数百家便利店的统一小额支付服务。移动手机支付作为一种日常应用不仅是手机功能的一大拓展，更意味着3G时代的移动媒体与国家金融网络系统直接建立了账户身份关联。手机不再仅仅是通讯工具和阅读界面，也是智能化、信息化社会的超级应用终端。

3. 融创天下：从万花筒到无线城市

互联网多媒体应用的领袖企业之一——深圳融创天下科技有限公司（简称"融创天下"）是一家新兴的创新型服务集成商。它与央视国际、中国移动广东公司联合运营全球最大的个人移动多媒体业务——"万花筒"，与中国移动集团在视频基地（上海移动）合作手机电视业务，同时与广电总局、诺基亚、厦新等众多战略合作伙伴合作建立起新一代的移动多媒体运营生态，为用户提供手机电视、手机视频、多媒体杂志、财经股评、家庭信息机等多种移动多媒体服务。其中"万花筒"业务是由广东移动推出的移动多媒体增值业务，能在GPRS/EDGE及3G用户的手机终端、专业移动终端上为用户提供电视、短片、新闻资讯、音乐、证券等内容丰富的多媒体服务，是集浏览、搜索、直播、点播、下载、上传、订阅、互动功能于一体的综合应用产品，2009 年订阅用户已达 700 多万，成为手机终端应用史上的典范之作。[1]

　　除了作为融合媒体应用业务的"万花筒"之外，随着 3G 无线互联网的成熟与普及，物联网性质的"无线城市"也在越来越多的地区变成现实，融创天下是国内率先涉足这一领域的企业。2008 年初，融创天下应邀为厦门"无线城市"建设进行战略策划、应用策划、平台建设、内容集成和运营维护，并提供基于中国移动 TD-SCDMA 网络的全系列产品的支持与保障。同年 9 月，厦门"无线城市"网络正式开通，厦门作为第一个试水新型"无线城市"并取得巨大成功的典范，成为全球瞩目的"城市信息化明珠"。围绕"无线政务"、"无线产业""无线生活"三大领域，无线信息化应用到政府工作、企业运转、群众生活等各个方面，手机看"两会"、实时监控、老弱看护、噪音监控、路况直播等一系列创新业务层出不穷，中国首个 3G 无线城市蓝图变成现实。[2] 随着越来越多的城市加入到"无线城市"建设的行列，融创天下已开始实施建设中国最大的物联网平台——无线城市群，厦门、东莞、中山、南京、吉林、成都、广州等都名列其中。

　　深圳地区的"无线城市"建设进程则并未指定某一公司承担，但在深圳移动以及融创天下、宇龙通信等合作运营商的推动下不断取得实质性的进展。深圳移动开展智慧政务、智慧商务、智慧生活、智慧物联、智慧大运五大智慧应用，其中的移动执法、智能交通、RFID—SIM 应用、三网融合、低碳信息化等无线城市特色应用均取得显著成果。从公共服务网络、数字家庭和智慧社区到移动支付、电子政务和智能交通管理等，本质上都是物联网性质的无线城市实践，使新媒体的应用界面日益深入地推进到现实生活本身。积极宽松的政策环境给新媒体产业腾飞提供了良好的发展机遇，而深圳本土雄厚的技术基础与活跃的创新基因，则为融合媒体的未来提供了无限的想象空间。回顾深圳互联网产业的发展史、展望新媒体产业的未来，尼葛罗庞蒂所构想的"数字化生存"已不是一个难以企及的诱惑，而是一个理所当然的归宿。

---

[1] 融创天下公司官方网站，http://www.temobi.com。
[2] 同上。

外宣媒体

涉外传播与国际化探索

辜晓进

外宣媒体作为大众传媒的一种，其本质与其他任何媒体并无明显不同，只不过将覆盖的范围延伸到了境外，将服务的人群扩大到了外国人群（包括在中国境内的外籍人士）。如今，"宣传"二字在新闻媒体的公开操作中已被弱化，甚至在某些领域正逐渐淡出，特别是在外宣领域。这既是新闻媒体价值回归的事实体现，也是外宣媒体特定受众的必然要求。

因此，本文所说之"外宣媒体"是一个大的范畴，它们至少包括三种媒体形式：一是在境外运营，二是在本地运营而主要向境外传播，三是在本地运营但以外文形式为境内外籍人士服务。三种形式中，有的肩负宣传职责，有的至少在创办意图上并无此类目标。为方便叙述，本文仍将它们都归入"外宣媒体"。值得注意的是，深圳是中国内地除北京和上海两大直辖市之外，唯一完全拥有上述三种外宣媒体形式的城市。

一、趋向国际化的深圳特区和外宣传媒的曲折发展

虽然整个传媒体系的构建迟于全国所有大中城市，但深圳毕竟是中国最早也是迄今最发达的经济特区，其因外向型经济主导而与国际市场的水乳交融，其因毗邻港澳而与国际社会的频繁往来，均导致本地媒体对外服务、涉外传播的意识较早觉醒。

事实上，《深圳特区报》在创刊之初，就由于在香港印刷而采用了符合港澳台中文报纸习惯的竖排繁体形式。该报一年后改为横排简体报纸，但其随后设立的国际性专版和专栏，仍走在了全国绝大多数报纸的前列。例如该报专门成立港澳台部以运作

"港澳台"专版，该报的"世界经济版"也曾享有较高的知名度。现在的英文《深圳日报》（*Shenzhen Daily*），其前身也是《深圳特区报》国际部开辟的一个双语版。直到现在，每逢本地重大国际活动，该报仍习惯于在新闻标题下加英语标题，并在周末重新开辟了双语版。

以独立媒体形式出现的外宣媒体，最早诞生于20世纪90年代前期。1993年夏，深圳市委作出事关外宣媒体发展的重要决定：与香港星岛报业集团合资创办《深港经济时报》，由深圳特区报社负责。

办合资报纸具有开创意义。新中国虽然早在1980年就诞生了第一份中外合资报纸《计算机世界》，但那只是一种专业报纸。中国的现行政策对合资办报是严格控制的。加入WTO后中国政府履行对外承诺，只是开放报纸的广告、发行等经营领域。《深港经济时报》虽有"经济"二字，定位却是一份完全意义的时政日报，在中国内地和香港两地公开发行（当时香港尚未回归）。该报计划投资2.5亿港元，深圳特区报社和香港星岛集团分别占股本的51%和49%，这在当时也是大手笔的报业投资。这样的合资办报，业经中央"默许"，属新中国开天辟地第一回。因此，报纸尚未动作，海内外先知先觉媒体已议论纷纷。《深圳特区报》全力以赴地筹备《深港经济时报》。可惜在长达一年多的时间里，虽一切就绪并出过多次试刊，却没有得到"准生证"。1995年10月，报纸更名《深星时报》在香港注册，正式创刊，并被默许在珠三角地区公开发行，从而成为新中国成立以来获准在内地公开发行的第一份香港报纸。1999年《深星时报》因故停刊，同时，深圳特区报业集团控股并全面接手经营《香港商报》。

1995年7月1日，在广东省委外宣办的积极支持下，《深圳特区报》创办"今日广东"新闻专版。该专版以繁体字竖排形式，每天一版，向远在大洋彼岸的美国《侨报》提供资讯，同时在《深圳特区报》上刊行（数年后从该报剔除）。广东是中国最大侨乡，《侨报》是美国发行量排行第二的当地华文报纸，以来自中国的华侨为主要读者对象。这样一个充满家乡信息并每日刊行的版面，当然受到美国华侨们的欢迎。而这个竖排繁体字版面出现在横排简体字的《深圳特区报》上，也别有一番景致。如今，"今日广东"新闻专版已在美国、加拿大、巴西、法国、马来西亚五个国家落地。

1997年7月1日，经中央政府批准，《深圳特区报》创办了新中国第一份地方英文日报 *Shenzhen Daily*。这份全英文的报纸，在最初的四年多内并不是严格意义的日报，而是沿袭了很多报纸的创办历程，先是周报，后是周二刊，再是周三刊，直到 2002 年 1 月 1 日起才正式成为每周五期的日报（创办于 1999 年的英文版《上海日报》即 *Shanghai Daily* 在其网站上自称是"中国第一份地方性英文报纸"是不准确的，而且"中国"二字前面起码应加上"新"字，因为中国的广州 1827 年就有了英文报纸）。2002 年，*Shenzhen Daily* 开始在香港发行。2009 年，该报与总部设在美国洛杉矶和印尼雅加达的国际日报集团合作，利用该集团的发行网络，在美国和印度尼西亚出版发行 *Shenzhen Daily* 的海外版。至此，*Shenzhen Daily* 成为除 *China Daily* 外唯一在香港和外国发行的内地英文日报。

应该承认，在一个长期对外封闭而开放不久的国度，办一份时政类外文日报并不容易，何况是在新闻历史短暂、缺乏媒体传统的深圳。20 世纪 80 年代初创办的英文日报 *China Daily*，虽有中央政府的大量投资和强力支持，道路也并不平坦。*Shenzhen Dail* 的创办，既体现了深圳市委扩大开放的志向，更显示了深圳报人走向世界的决心。而这一切，符合深圳的根本利益。

相对于报纸而言，深圳的外文杂志迄今还是空白。这一点远不如北京、上海、广州等地。

虽然深圳的广播电视迄今没有独立的外宣频道或频率，但电子媒体开设英文栏目的尝试，也可追溯到 1994 年。深圳电视台当时在全国除上海和北京外，较早创办了每天 15 分钟的"英语新闻"节目。可惜出于经济考虑，该节目断断续续，至 2008 年彻底消失。

进入 21 世纪，互联网等新媒体大放异彩，深圳也陆续出现了一些英文网站，2007 年 11 月，*Shenzhen Daily* 创办中国第一个全数字化的英文报纸网站。两年后，该报又创办华南第一份英文手机报。这些外文新媒体的陆续创办，丰富了深圳外宣媒体的生态环境。不过，目前的外文网站，除 *Shenzhen Daily* 网站每日更新以外，其他均为少数机构中文网站的英文版，总体上不成气候，与深圳的国际化发展志向及本地外籍人口的规模需求并不相称。

深圳是连续 17 年外贸出口居全国大中城市之首的外向型经济城市，也是长期以来将建设国际化城市作为发展目标之一的沿海大都市。在国务院批准的珠三角发展纲要中，"建设国际化城市"是深圳的重要任务之一。然而，与北京、上海、杭州等地相比，深圳外宣媒体的发展步伐似正在放缓。前面提到的深圳外宣媒体，几乎起步于 20 世纪 90 年代。在最近五年中，*Shenzhen Daily* 仍维持着 4 开 16 版的原有规模（英文《上海日报》（*Shanghai Daily*）在这段时间已由当初的同等规模发展至 4 开 48 版），电视台的英语节目完全消失，外文杂志依然为零，英文的综合门户网站（或曰"外宣网站"）千呼万唤出不来。与此同时，深圳越来越多的外国人对本地资讯产生强烈渴求。于是，日本、韩国人办的地下期刊开始流行；很多外国人自发办起了有关深圳的服务性英文网站。更有趣的是，由于深圳长期没有一张英文城市地图，便有外国人自己根据中文地图用电脑绘制成英文地图，在香港出版，到深圳售卖。当然，关于地图的尴尬局面到 2010 年 1 月得到扭转。这个月，深圳市规划和国土资源委员会终于"主编"了"英中文对照"的《深圳市地图》。

也就在这几年间，尽管中央政府自 1999 年《上海日报》创办之后未批准任何地方外文报纸，但内地一些城市创办英文报纸的冲动愈发强烈。如杭州从 2003 年起申请英文报纸刊号连续六年而不果，去年只好"曲线救国"，异地与《上海日报》合作创办杭州的地方版。南京、珠海、厦门等地一些党报等主流报纸，纷纷开设双语版，其路径恰与 *Shenzhen Daily* 创刊前的《深圳特区报》完全相同。武汉市委宣传部也曾向 *Shenzhen Daily* 了解"办报路径"。

深圳外宣媒体发展步伐放缓，究其原因，与其发展模式有关。实事求是地说，深圳外宣媒体的诞生与发展，一直以自负盈亏的本地主流媒体为实际主导和主要出资人。即便是前面提到的办数字化英文报纸网站、办英文手机报、英文报纸延伸至美国和印尼出版发行等重大动作，也完全是媒体自主提议、自己出资、自觉完成的。而外宣媒体毕竟属于利在城市的公益事业，与主流媒体的盈利毫无关系。长此以往，在传统媒体盈利能力下降的大背景下，其赔钱办外宣的动力必然减弱。京、沪外宣媒体特别是外文媒体之所以起点高、发展快，无一不得力于政府自上而下的积极倡导和持之以恒的政策支持。杭州办外文报纸继而办英文网、日文网、韩文网，也完全由政府大力提倡并全额出资才得以实施。实践证明，"我自己要做"和"政府要我做"，在寻求公共资源的支持方面，效果大不相同。

或问：媒体的产业化、市场化乃大势所趋，何以一定要依靠政府支援？事实是，任何国家的媒体，只要承担国家或政府的外宣任务，就有理由获得政府的财政支持。美国是媒体市场化最彻底、最充分、最规范的国家，但美国外宣媒体的资金几乎全部来自各级政府及募集基金。例如近年来，"美国之音"广播公司每年从联邦政府获得的经费就多达 1.7 亿美元以上。对此，挑剔的美国纳税人并无怨言。其他如自由亚洲广播电台、自由欧洲电台、英国广播公司、德国德意志电台、莫斯科广播电台等，莫不如是。

深圳现在常住和暂住的外国人已达 48 万，来自 100 多个国家，每年来深圳住一夜以上的外国人达 150 万人次，深圳国际化的大趋势不可逆转。笔者深信，深圳外宣媒体在生存环境得到优化后，必将焕发勃勃生机，获得与这座外向型城市相称的重要地位。

二、《今日广东》走进美欧东南亚

《今日广东》是在广东省委外宣办直接支持下在深圳创办的非独立外宣媒体，也是深圳最早和持续时间最长的对外定期出版物。作为新闻专版存在的《今日广东》，目前已在美国、加拿大、巴西、欧洲、马来西亚五份国际中文报纸上出版，是向世界华人圈宣传广东、传播广东社会经济发展信息的直接渠道。

（一）美国《侨报》上的拳头产品

广东是我国对外移民人数最多、分布地域最广的省区，在 3000 多万海外华侨中，广东籍的占了三分之二。当然，这里的"华侨"是广义概念，既包括了已入籍各国的华裔人口，也按传统方法包括了从广东省划分出来的海南籍人口。美国则是华侨华人最集中的国度，目前总人口大约为 300 万人（1990 年美国政府人口普查为 288 万人）。中国改革开放以来，华侨对广东家乡日新月异的经济建设和人民生活充满兴趣，一件我们习以为常的小事，都可能成为大洋彼岸的华侨们饭桌上津津乐道的谈资。因此，在美国《侨报》上创办一个反映家乡发展变化新貌的《今日广东》新闻专版的提议，因其真正的双赢前景而立刻得到广东省有关部门的积极回应。

总部设在纽约的美国《侨报》创刊于 1990 年 1 月 5 日（美西版于两年后在加州创刊），对开 40 版左右，其前身为创办于 1940 年的《美洲华侨日报》。2001 年 11 月笔者访问《侨报》在纽约曼哈顿的总部时，见到该报社长、著名报人范长江之子范东升和来自台湾的总编辑郑依德，获悉该报刚刚（11 月 1 日）改为简体字版，再领海外华文报纸改革风气之先（该报曾于 1998 年率先变竖排为横排）。顾名思义，《侨报》是以华人华侨为主要读者对象。20 世纪 90 年代初，互联网刚刚发轫，以当时《侨报》的力量，难以承担广东侨乡内容采撷的费用，而广东省则认为自己有向海外华侨提供信息服务或"外宣"的义务，于是双方一拍即合。

1995 年春，《深圳特区报》获悉此事后主动请缨，抽调人力专门成立《今日广东》编辑部，承揽了专版的全部工作。广东各地方报纸也响应省委宣传部的号召，25 家党报定期或不定期向《今日广东》供稿。潮汕、梅州、江门、佛山等密度较高的侨乡供稿热情很高，保证了创办初期内容的丰富多样性。

1995 年 7 月 1 日，《今日广东》正式创刊，从周一至周六，每天向《侨报》的纽约总部及洛杉矶和旧金山两个分部免费传送一个整版的成品，成为《侨报》的组成部分，很快就受到《侨报》读者的欢迎。

（二）向欧洲和东南亚延伸

《侨报》不费分文获得如此丰富的现成版面，当然喜上眉梢。该报又先后与福建、北京、江苏等地联系，陆续开辟了《今日福建》、《今日北京》、《今日江苏》等专版。与此同时，广东省委外宣办和《深圳特区报》也开始考虑"一女多嫁"，在基本不增加采编工作量的前提下尽量扩大宣传效果和报纸影响力。1995 年 11 月 1 日，《今日广东》正式向总部设在法国巴黎的《欧洲时报》免费供版，每周一和周四各一次。《欧洲时报》创刊于 1983 年 1 月 1 日，周一至周五出版，对开 16 至 20 版，被称为欧洲最大规模的华文报纸。该报与《侨报》一样热衷于刊载来自祖国的实用信息。《今日广东》登陆该报，信息便在欧洲多国的华人圈得到传播。

1996 年，《今日广东》的目标又锁定同样对祖国内容需求若渴的《南美侨报》。《南美侨报》原名《巴西侨报》，对开 8 版，每周出版 5 期，总部位于巴西名城圣保罗，创刊于 1960 年，中间数度停刊，1992 年复刊，1999 年改用现名。该报在巴西圣保罗、里约热内卢、福斯等城市以及巴拉圭、乌拉圭、阿根廷、智利、玻利维亚等南美国家发行。当年 9 月，《今日广东》正式开始每天在这家南美华人读者最多的中文报纸上刊出。

从 2006 年 1 月起，《今日广东》的身影出现在加拿大华文报纸《现代日报》上（1997 年 5 月《今日广东》曾与加拿大的《今日中国报》合作，后因该报停刊而终止）。相对上述华文报纸而言，《现代日报》是后来者。该报创刊于 2005 年 11 月，总部位于加拿大最大城市多伦多。该报比起早已在加拿大立足的《星岛日报》、《明报》、《世界日报》等知名报纸的加拿大版，还谈不上什么名气，但幕后的创办者是大名鼎鼎的海外华文报业领袖胡仙，这就令人刮目相看了。《现代日报》每周出版 6 期，《今日广东》从此成为该报每期必有的版面。

2007 年 3 月，经《现代日报》牵线搭桥，《今日广东》转战东南亚。此次的合作伙伴更非等闲之辈，对方是由孙中山先生 1910 年在马来西亚创办的华文报纸《光华日报》。该报是全球迄今历史最悠久的华文报纸，发行量也远远大于前述四报。该报总部设在马来西亚的槟城州，发行至马来西亚、新加坡和泰国南部地区，发行量达 10 万份。《今日广东》每周六期在该报刊登，影响广泛。

（三）深受华侨华人欢迎

事实证明，"一女多嫁"，皆大欢喜，但在具体操作上颇多麻烦。例如，编辑部必须根据各地报纸的版面要求，每天编辑简体黑白版、彩色繁体版、4 开版共三种终端版本供上述五家报纸采用。而五家报纸分布在北美、南美、欧洲、东南亚等不同时区，编辑部的传版时间也要作相应调整，稍有不慎便可能影响对方出报。

广东省委外宣办的正确决策、编辑部的辛苦工作和各地报纸的支持配合，换来了令人满意的传播效果。《今日广东》新闻专版自创办至 2009 年 12 月 31 日的 14 年多来，共出版 4412 期，向海外世界图文并茂、全方位地介绍了改革开放以来广东各地令人惊异的发展变化以及无数有趣的新生事物。该专版还通过相关报纸的网络版，传播至更为广大的人群。人们如今登录美国《侨报》、加拿大《现代日报》以及《欧洲时报》等报纸网站，均可轻易查到《今日广东》的内容。这些信息服务，既获得相关报纸的高度认可，更受到海外华侨华人读者的称赞与欢迎。

根据《今日广东》编辑部收集的资料，美国《侨报》的负责人多次来电赞扬专版编排得体、信息丰富。1995 年底，《今日广东》创刊满半年，当时的《侨报》社长熊斐文曾总结该专版特色共六条：1. 内容丰富，栏目有新意；2. 时效性强；3. 富于地方色彩，乡情味浓；4. 社会新闻有褒有贬；5. 版面清新活泼；6. 知识性与趣味性相结合。这差不多是给一份报纸版面的最高评价了。而以各地侨领为代表的华人团体负责人，也对专版给予好评。如纽约华侨会馆联合会、美中文化交流促进会等组织的负责人，都曾表示对能每天从《今日广东》看到家乡的信息感到欣慰。中国驻纽约总领事馆及驻法国大使馆的外交官员，也都曾在公开场合对该新闻专版表示赞许。

《今日广东》的对外影响，也引起省会主流媒体的注意。于是，关于"广东"的事情由深圳报业集团这样一个既非省级也不在省会的媒体来承担是否"正宗"的议论，渐渐传开。2010年3月上旬，经广东省委外宣办领导协调，深圳报业集团将办了15年的《今日广东》，转由南方报业传媒集团运作。此举对广东信息的传播不会有任何影响，但对于深圳市的外宣而言未尝不是一个损失。

三、作为南方主流外文媒体的*Shenzhen Daily*

广州在很长一段时间曾是中国唯一对外通商口岸城市，也是洋人最集中的城市。中国境内第一份英文报纸 *Canton Register*（《广州记录报》）就于1827年11月8日在广州创刊。此后至19世纪上半叶结束时的短短20年间，广州曾先后出现过10多份外文报纸，其盛况绝非今人可以想象。但自20世纪50年代起，广州已与任何外文报纸无缘，直到1997年中央政府批准的两份时政类英文报纸同时落户广州和深圳。13年后，广州的英文报纸仍是当初批准时的周报，而深圳这份英文报纸已成为名副其实的日报。"南方唯一外文日报"的桂冠落在19世纪时还不为人知的小渔村身上，恐是人们始料未及的。

（一）特区诞生新中国首份地方英文日报

如前所述，深圳是一个以外向型经济为主导的新兴城市，与国际社会的人流、物流往来都很频繁。深圳市民学外语的热情也持续高涨，中学生的英语水平常令内地专家惊诧。在这样的背景下，《深圳特区报》国际部于1996年推出了一个每周一期的中英文双语版"英语角"，目的是提高读者学习英语的热情，为人们从英语新闻中获取鲜活的语言元素提供方便。这一做法，从根本上说，有助于丰富版面内容，扩大读者群。

不过，《深圳特区报》并未止步于这个双语版。一年后，经省、市宣传出版部门层层审批，最后经中宣部及国家新闻出版总署批准，一份全英文的报纸获准"出生"。报纸注册名称为 *Shenzhen Daily*，而英文"daily"对应的中文词是"日报"。当时中国内地只有一份"daily"，那就是创刊于1981年6月1日的 *China Daily*（《中国日报》），深圳的这份"daily"也就理所当然地成为新中国第一份地方英文日报了。新批准的刊号和邮发号覆盖全国，各地邮局均可订阅。1997 年 7 月 1 日，在中国正式收回香港主权的当日，*Shenzhen Daily* 宣告创刊。创刊号头版的大幅照片，报道的正是解放军驻港部队开往香港准备接管英军驻守的防区。

1997 年的中国内地，除 *China Daily* 外，各地已经有了一些英文报纸，但都是英语学习类的周报或双周报。办一份非母语的时政类报纸，深圳完全没有经验，办报者既面临语言的挑战，更要经受政策尺度的考验，因为英语新闻一旦刊出，外国人都能读懂，无法做到"内外有别"，稍有不慎就覆水难收了。《深圳特区报》从全国各地招来 10 多位毕业于北外等名校的英语工作者和海归人士，并请前国务院新闻办国际局局长张治平先生担任顾问，他在 *Shenzhen Daily* 创刊的前几年中发挥了关键作用。

早期的 *Shenzhen Daily* 一直是 4 开 8 版的报纸。1998 年 1 月，报纸由周刊变为周二刊。1999 年 1 月，报纸每周再增一期，扩大为周三刊。2001 年，报纸已经在为出版真正的日报做准备了，员工总数陆续增至近 30 人，发行量也稳步攀升。这一年，这批英语素质好、工作热情高的员工做了一件漂亮的为兄弟报纸做嫁衣的事情。

2001 年 8 月，深圳特区报业集团将原财经类报纸《投资导报》更名，创办都市报纸《晶报》。《晶报》问世一个多月，美国发生"9·11"惊天大案。由于各种限制，国内媒体无法获取足够的信息。这时，*Shenzhen Daily* 的员工充分运用英语优势，盯着互联网络，看着香港电视，将"9·11"事件的现场实况和最新进展，图文并茂地提供给《晶报》。当时，笔者正以纽约市立大学访问学者身份客居纽约。飞机撞楼后不久，笔者就驱车赶往与世贸大厦仅一河之隔的哈德逊河边，现场拍摄并报道了这一突发事件，并连续几天发回后续图文稿件至《深圳特区报》。后来才知道，这些稿件经《深圳特区报》转给了《晶报》。《晶报》因为有了这些"独家"翻译稿件和自采稿件，顿时洛阳纸贵，印刷量增加数倍仍供不应求。经此一役，《晶报》立刻家喻户晓。新闻业界人士都认为，"9·11"事件成就了两家国内媒体：一个是 24 小时滚动播出事件实况的凤凰卫视，另一个就是《晶报》。外界所不知的是，《晶报》的背后，却有 *Shenzhen Daily* 员工夜以继日的默默奉献。

（二）历经曲折走向成熟

对 *Shenzhen Daily* 来说，2002 年是仅次于报纸创刊年的最重要年份。这一年报纸由周三刊一步跨入周五刊，从而成为符合国际标准意义的日报。这一年 3 月，回国不

久的笔者奉命调任 *Shenzhen Daily* 总编辑，接替为创办该报付出大量心血的前总编辑李延林，并亲历或亲睹报纸此后长达 8 年多的发展历程。

这一年的重要性在于，报纸实施了创刊以来最彻底的改版，并在发行上实现了海陆空发行的零的突破。报纸原有版式，曾经得到英国汤姆逊基金会专家的指点，倒也"浓眉大眼，庄严稳重"。但在美国这个报业帝国一年访问学者的经历，使笔者目睹 4 开报纸活泼、时尚、醒目的发展大趋势。相比之下，原有版式稍显沉稳而活泼不足。改版后的报纸，报头字弃用红色（红色是中国报纸喜用而西方报纸几乎禁用的颜色），改为蓝底白字（8 年后的 2010 年 3 月 1 日，*China Daily* 全面改版，头版变化最大处，是放弃报头上最后一点"中国红"，改为藏青底白字）；在报头上方和报纸左侧，设计带图的导读（8 年后 *China Daily* 的改版，也将报头下移，而在顶端设立带图的导读）；报纸右上角，是本期最重要新闻人物的图片，包括正面人物或反面人物。右上角是西方报纸最重要的区域，将反面人物（例如大贪官）的照片放在此位，在当时是一种突破。内页也作相应改变，特别是每周一次的校园版，作"倒头版"设计，即从封底往前数，并颠倒印刷，使目标读者以此为头版，方便他们阅读。这种"倒头版"设计在中国前所未有，以致起初有读者打电话投诉说印反了。殊不知，这种设计早已是西方报纸惯用的把戏，例如《纽约时报》A 叠就将体育板块设计成倒头版。改版的同时，报纸将周末版扩大至 16 版。

2002 年 10 月进入发行季节后，经反复协商，南方航空公司深圳分公司和深圳航空公司这两大本地航空公司终于同意有价订阅 *Shenzhen Daily*，从 2003 年元旦起，每天向近百航班供应约 900 份 *Shenzhen Daily*，从而打破了 *China Daily* 在深圳航班一统天下的局面，扩大了报纸对高端读者群的影响。同时，报纸也做通了广九铁路的工作，每天在香港九龙至广州的 6 趟列车上零售 *Shenzhen Daily*。报纸还在外国人经常出入、直通香港机场的蛇口国际码头设立零售点，发行延伸到海上。至此，*Shenzhen Daily* 完成了通往周边地区甚至境外的海陆空布局。

2002 年底，*Shenzhen Daily* 发起并联合市委外宣办、市外经贸局、市外办共同评选"深圳十大涉外（港澳台）新闻"，在深圳主流媒体上刊登，并成为惯例，坚持了 6 年。报纸改出日报后，版面也开始扩充。早期 *Shenzhen Daily* 每期只有 8 个版，出日报后变为 12 个版，2004 年每期扩为平时 16 个版，周末 20 个版。这时报社员工增至 50 人，其中记者部人数增至 10 人，自采本地稿件大幅增加，报纸进入全盛期。可惜这样的局面未能持久。一年后的 2005 年 10 月，在"报业寒冬论"的悲观形势影响下，加上这份外宣报纸未得到来自政府的资金扶持，集团对该报实施大幅裁员和预算减半，办报骨干陆续流失。因记者流失无法刊载独家英语新闻，报纸又回到早期以翻译中文报纸内容为主的被动状态；周末版面由 20 版减至 16 版，一些为读者服务的英语培训和交流活动也无力开展。在这样困难的情况下，*Shenzhen Daily* 仍不懈努力，采编工作时有亮色，并尽全力参与了深圳申办第 26 届世界大学生运动会的对外宣传推广工作，受到"国际大体联"主席吉里安先生的赞扬。

2007 年 8 月，笔者奉命回 *Shenzhen Daily* 工作（此前近三年，笔者先因病离职，后在报业集团负责筹办一份新报纸）。报纸也同时从《深圳特区报》机构中剥离出来，恢复独立运作，并从这时开始，在基本不增加预算的前提下，依靠增加创收逐步健全各个岗位，特别是大大扩充了记者部。经历过挫折的员工对新的工作环境倍加珍惜，超时加班工作成为编辑部最普遍的景象。从 2007 年 9 月起到笔者开始撰写此文的 2010 年 1 月，不仅记者部骨干的月平均发稿数量一直名列全报业集团前茅，编辑们也被鼓励利用业余时间多写稿件，报纸不仅自采稿件数量达到甚至超过 2004 年全盛时期水平，而且独家新闻明显增多，每年都有数十篇稿件被中文报纸转载。该报一篇关于美国总统候选人奥巴马同父异母弟弟马克在深圳经商和参加慈善活动的独家报道，被南方网英文频道全文转载，又被伦敦《星期天泰晤士报》摘要转载，再"出口转内销"被国内中文报纸大量翻译炒作，一时成为报道热点，以致马克瞬时变成媒体红人，对记者避之唯恐不及。

在版面安排上，报纸增加了本地财经版面和生活资讯内容，并新辟"人物"、"时评"、"资讯"、"深度"等专版，压缩了图片版和国际版等读者可从其他渠道获得的"共有"内容。2002 年 7 月创办的"外国人在深圳"专栏在这段时间得到强化，至 2009 年 12 月累计已出满 1000 期，刊载了来自 63 个国家、从事 47 种职业的 1000 位居深外籍人士的有趣故事。该专栏作为报纸的名专栏获得了广东省和深圳市的新闻奖。报纸还在圣诞节、情人节等国际节日以及高交会、文博会、世界摩托艇锦标赛、中国杯帆船赛等本地重大国际活动中开设专版、增加内容，最多时达 40 个版。2009 年 9 月，报纸还对自 2005 年停刊后虽然恢复出版却一直处于发行谷底的校园版进行全面改造，更名为 *YES TEENS!*（中文名《快乐英语报》）单独发行，当年取得发行量翻番的佳绩。

2007 年 11 月，在深圳新闻网的大力支持下，经与某软件公司合作，全数字化的 *Shenzhen Daily* 正式在该报官方网站（www.szdaily.com）推出，从而成为中国第一份数字化的网络版英文日报。到 2008 年，数字版的每月阅读量已超过 300 万次。查世界最大搜索引擎美国 google 网站，输入"Shenzhen Daily"可搜索到 50 多万条相关结果。*Shenzhen Daily* 的内容被 *China Daily* 网以及新华网、人民网、南方网等国内著名网站的英文版大量转载引用。

2009 年 11 月 2 日，*Shenzhen Daily* 与中国移动广东深圳分公司经持续三个月的试验磨合，联合推出华南第一份英文手机报 *Shenzhen Daily Mobile*，使深圳成为继北京、上海之后，全国第三个拥有英文手机报的城市。与北京、上海不同的是，这也是国内迄今唯一没有政府投入、完全依靠报纸自身力量创办的英文手机报。这份英文手机报，不仅每天发布并在早晨及时更新约 20 条精选浓缩的本地、国内、国际新闻，每天还刊登英语笑话、英语深圳掌故、英语脑筋急转弯各一则以及一段英语对话，因而不仅受到外国人欢迎，也引起中国英语学习者的很大兴趣。2010 年 1 月 13 日，海地发生 7.0 级强烈地震。第二天，深圳当地包括 *Shenzhen Daily* 在内的所有报刊和中文手机报都引用了最初获得的较小伤亡数字，唯独深圳英文手机报发出"至少 10 万人死亡"的最新消息，较好地弥补了当日各报新闻的不足，也再次证明了手机报作为"第五媒体"的实用有效性。

（三）外宣战线的生力军

至此，*Shenzhen Daily* 虽受限于较小的经费预算而不像 *China Daily*、*Shanghai Daily* 那样不断扩版，但已经作为一份较为成熟的外文报纸赢得市场、特别是外国人群体的认可，在深圳及珠三角地区的外国人中享有很高知名度。2010 年报纸的全年有价订阅量较三年前增长 20%，2009 年的广告经营收入较三年前增长 50%。到 2009 年底，37 国驻广州的总领事馆，全部订阅了 *Shenzhen Daily*。多年来，这份报纸在对外宣传和配合深圳国际化建设及各类国际经贸文体活动的推广宣传中，发挥了积极作用，有效提高了深圳的国际知名度和美誉度。

从 2003 年 SARS（非典型性肺炎）爆发期间的一个事件，可看出 *Shenzhen Daily* 的独特外宣作用。当年 4 月 9 日下午，深圳首例外籍"非典"患者 Salisbury 转院在港病逝。本地媒体缄口不言，而境外媒体纷纷以头条新闻报道，其中不乏对中国特别是深圳的批评文章，使本来就对内地医疗水准抱怀疑态度的许多外国人产生了更为严重的恐慌心理。香港 *The South China Morning Post*（《南华早报》）4 月 10 日更以大量篇幅详细报道了 Salisbury 的转院过程，称患者在深圳东湖医院的救护车上已是奄奄一息，看上去"像一具尸体"，让人产生深圳在推卸责任的联想。Salisbury 博士是深圳职业技术学院的外国教师，来自美国，在深圳工作长达 10 年，并在这里娶妻生子，并认同社会主义，*Shenzhen Daily* 曾报道过他。经请示市"非典"防治领导小组同意，*Shenzhen Daily* 派出精兵强将，深入东湖医院、深职院、罗湖口岸等地调查，并辗转采访他的亲属及同事，在出入境口岸获得 Salisbury 染病前两次进出香港的记录，了解到其发病后在无一亲属到场的情况下（妻子当时在美国），无论是他任教的深职院还是就医的东湖医院，都尽了最大努力来帮助和抢救患者，是他自己坚持要去香港治疗深圳才同意转院的等等。4 月 14 日，*Shenzhen Daily* 推出两个整版的独家调查报道，并在随后几天刊登跟踪报道，详细披露调查所得，成为境外媒体争相引述的有关此事的权威阐释，有力地澄清了境外一些不实报道。该报道后来获得深圳好新闻二等奖。

另外，外国使节和高端外籍人士的态度，也可从一个侧面佐证 *Shenzhen Daily* 的对外影响力。早在 2002 年 6 月世界环境日活动在深圳举办，联合国副秘书长兼环境规划署执行主任 Klaus Toepfer 先生在飞机上接受 *Shenzhen Daily* 记者专访时，就对深圳有这样一份英文日报感到惊讶。看了若干期该报后，他欣然题词曰："*Shenzhen Daily* 代表了中国非常积极活跃的新闻报道。"该报的报道随后在联合国环境规划署网站发布。近年来，各国官员来访更为频繁。自 2008 年起，就先后有英国驻华公使、美国国际商会主席、以色列首任驻穗总领事、英国驻穗总领事、德国驻穗总领事等专程访问 *Shenzhen Daily*。几位总领事都说自己每天必读这份报纸，因为这是他们获得广东和深圳信息最便捷的渠道之一。该报还被以色列总领馆列入开馆订阅的第一批报纸。2010 年 2 月 4 日，以色列驻华大使 Amos Nadai 先生在该国驻穗总领事 Avraham Nir 的陪同下造访 *Shenzhen Daily*，与笔者及两位副总编交谈两小时，再次表达了对报纸的敬意。这位大使也是迄今访问深圳新闻界最高级别的外国外交官。瑞士总领事聂伟驻扎广州已有四年，也是最喜欢与 *Shenzhen Daily* 交往的外国领事之一。有一次，他邀笔者出席他在广州府邸举行的家宴，席间向包括美联社驻省港办事处主任在内的中外媒体客人介绍 *Shenzhen Daily*，说这份报纸虽然仅有 16 个版，却浓缩了很多信息，让他一览便知本地乃至中国发生了什么事情，因此他每天都读。迄今为止，已有两任英国驻穗政经领事履新前到 *Shenzhen Daily* 进行为期一至两周的实习。美国、意大利、韩国、科威特等国驻穗总领事馆现在每逢本国国庆等重要活动，也必邀 *Shenzhen*

Daily 参加。美国华南总商会等外国商会近两年开始在 *Shenzhen Daily* 定期刊登广告，也说明了报纸在外国外交官眼中的分量正在加重。

对于深圳本地讲英语的外国人群来说，*Shenzhen Daily* 更是家喻户晓。鲸山别墅是深圳规模最大、历史最久、最纯粹的外国人社区，这里的外籍居民多年来订阅 *Shenzhen Daily* 的户数接近百分之百。蛇口泰格公寓、海滨花园、南海玫瑰园等外国人居住较多的社区，也一直保持较高的订阅率。华侨城一些社区及罗湖区的"百仕达"等外国人开始聚集的新社区，报纸的发行量也明显增多。当然，更多的外国人由于居住的不稳定以及平时的读报习惯，喜欢到报摊购买报纸。*Shenzhen Daily* 在全市邮局及报业集团发行公司所属的千余报刊零售点均有销售，并从 2009 年起在"7-Eleven"便利店 100 多个网点代销，以最大程度满足外籍读者及本市市民的购报需求。全市所有高等级涉外酒店都订阅了 *Shenzhen Daily*，数量从数十到数百不等。同时，报纸还在香港数十家高等级酒店成功发行。笔者接触到的深圳五星级酒店外籍高管，无不对 *Shenzhen Daily* 表示重视，一个例证是所有五星级酒店都在 *Shenzhen Daily* 刊登广告。深圳香格里拉酒店法裔瑞士籍总经理 Gilbert Jung 是一位年逾六旬、在多个国家工作过的资深酒店高管。他告诉笔者，他每天上午必读两份报纸：一是香港的《南华早报》，二是 *Shenzhen Daily*。"如果早上 9 点还看不到 *Shenzhen Daily*，我就要骂人了"，他说。

2009 年 10 月，*Shenzhen Daily* 完成了一件深圳对外宣传工作中创纪录的事情。*Shenzhen Daily* 与总部在美国洛杉矶的国际日报集团建立合作关系，利用该集团在美国（主要是西部）和印度尼西亚的发行网络，在两国印刷发行 *Shenzhen Daily* 的 8 个版的海外版。《国际日报》创办于 1981 年，1993 年被美国熊氏集团收购，此后发展迅速，于 2001 年创办印尼版《国际日报》，并很快成为该国最大华文报纸。目前该集团在洛杉矶和雅加达两地建有总部，旗下拥有 12 报 2 刊，并与《人民日报》、*China Daily* 等中国报纸展开合作。此次该集团将目光落在深圳和香港，同时与其达成合作协议的还有《香港商报》。*Shenzhen Daily* 提供的海外版，版式均与在深圳发行的 *Shenzhen Daily* 完全相同（包括版上的广告），只是在头版报头下方分别印有"美国版"、"印尼版"字样。根据国际日报集团反馈的信息，*Shenzhen Daily* 在印尼全国发行 6 万份，在美国的洛杉矶、旧金山、休斯敦等地发行 2 万份。因此，这是深圳媒体真正意义上的走出国门，在其他国家大面积"落地"。由于是英文报纸，其读者已不限于海外华人，其对外提高深圳知名度的作用怎么估计也是不过分的。

此外，*Shenzhen Daily* 即便在经济实力较为单薄的条件下，仍主动策划并承担了多项大型公益活动。诸如：举办"*Shenzhen Daily* 杯首届中学生英语演讲比赛"和"全国中学生英语演讲比赛"（后者与 *China Daily* 合办）；参与策划并实际承办深圳"百万市民讲外语"活动；两次举办招待外国友人新年音乐会（两次都成为当时深圳史上最大规模的外国人聚会，其中 2009 年这次规模最大，在深圳音乐厅举行，近 1500 居深外国人和多国驻穗总领事参加）；2004 年起承担每年"两会"中深圳市政府工作报告的翻译；汶川地震后举办居深外籍人士大型赈灾义演义捐活动；承担深圳申请联合国教科文组织"设计之都"的全部文件及宣传品的翻译；组织出版首部完全由外国人编撰的 *Shopping in Shenzhen*（《深圳购物指南》），在香港、澳门地区以及新加坡 200 多家书店发售；设计制作"创意深圳"卷轴式多媒体互动虚拟电子书，赴巴黎参加联合国教科文组织成员国大会展而受到 190 国代表关注并在该组织总部长期展出等等。

（四）与《南华早报》的历史性合作

多年来，*Shenzhen Daily* 不遗余力地利用报纸对外宣传深圳。除了前述海外版外，还有一件值得在深圳新闻史上留下一笔的事迹，便是 2004 年与《南华早报》合作出版 10 个大版的"深圳特刊"，在深港两地英文报纸上同时发行。此事看似简单，但由于是两种体制下的境内外媒体深度合作，实施起来颇为艰难，不过最终达到了过去没有的外宣效果。

2002 年 11 月，笔者曾率 *Shenzhen Daily* 几位骨干去《南华早报》、英文《虎报》（*The Standard*）和 *China Daily*（香港版）访问学习。《南华早报》是 1903 年创办的百年老报，当时发行量约 11 万份。虽然这个发行量少于香港其他几份主流中文报纸，但由于其读者均为各界精英，报纸的品质在香港乃至亚洲的英文报纸中都属一流，因而其广告刊登价格遥居榜首，经济实力大大超过本港其他中文报纸。*Shenzhen Daily* 此行促成了与《南华早报》的多项合作，例如数月后双方同时合作推出对开整版的深圳中旅国际公馆的销售广告，使该楼盘两日内销售额过亿，买家多为港客，被《深圳特区报》称为一次"创举"。但更重要的合作是后来的联合采访和共同出版 *Shenzhen Special*（《深圳特刊》）。

《南华早报》是长期亲英亲西的自由主义报纸，一向以中立自居，对政府及内地事物常取批评态度，对一河之隔的深圳也是弹多赞少。有一次广东省召开"两会"，中间安排深圳市长举行记者招待会。招待会上该报记者不顾事先与主办方达成的默契，避开主题，抓住深圳的治安问题纠缠不放，并在随后的报道上大做文章。在与该报执行总编等高层交谈时，笔者发现，该报编辑部对深圳这样一个近在咫尺的新兴城市的了解程度，远不如对北京、上海、南京等内地城市的了解。对笔者提到的深圳多个产业规模在全国甚至世界居领先地位等情况，他们既表示惊讶又感兴趣。考虑到该报读者以商界领袖和政界精英为主，笔者建议双方通过联合采访，客观而全面地在各报同时刊出有关深圳经济发展现状的深度报道，前提是"不涉政治"。

这是个双赢的建议。首先有利于深圳的宣传。深圳市及所辖各区经常去香港举行招商活动，邀请的媒体多为《东方日报》、《星岛日报》、《香港经济日报》及"文、大、商"(《文汇报》、《大公报》、《香港商报》的简称) 等报纸，《南华早报》作为香港最大的英文报纸，却常常冷眼旁观，既少被邀请，也不主动介入。殊不知，真正的商界决策者，恰恰集中在该报的读者群中。其次也有利于《南华早报》的产业精英读者捕捉商机。如果没有 Shenzhen Daily 的配合，单靠《南华早报》这样的境外记者采访，是难以顺利获取有关产业信息的。

2004 年 4 月 2 日，就在时任深圳市长率庞大代表团首次访港前夕，包含有 10 个大版、整整一叠"深圳特刊"的《南华早报》飘着墨香进入香港的千家万户和大街小巷。与此同时，同样 10 个大版的"深圳特刊"也折叠起来夹在 4 开的 Shenzhen Daily 中发行至全国各地。外媒记者的加入，采访视角颇不相同，加上采用了最新数据，内容显得既新鲜又扎实。报纸全面介绍了深圳在城市建设、高科技产业、物流产业、传统产业、与香港合作等方面的成就和最新进展。可以说，这次深港英文报之间的合作是深圳在外宣传播方面打了一个漂亮仗。

四、合作办报导致人主《香港商报》

时间虽然才过去十几年，但对今天深圳的年轻新闻工作者来说，曾一度成为海外舆论关注焦点的《深港经济时报》绝对是个陌生名词。这份报纸此后的曲折道路，印证了中国新闻体制改革的艰难历程。

（一）扩大开放引发合作办报冲动

邓小平 1992 年视察南方并发表重要讲话后全国继续推进改革和扩大开放，当年 5 月江泽民总书记为《深圳特区报》创刊 10 周年题词"改革开放的窗口"。1992 年下半年，深圳市委考虑到深圳经济特区地处我国改革开放的前沿，应为我国对外宣传、迎接香港回归多作贡献，考虑创办一份能打进香港及海外传媒市场的报纸。应该说，这一想法即便以今天的眼光看，仍是大胆超前的，竟与 2008 年以来中央要求提升文化软实力和舆论影响力，鼓励"有实力媒体"走出去的战略不谋而合。

当初曾一度考虑和香港发行量最大的《东方日报》接触探讨合作办报。但是后来考虑到《东方日报》是面向中低阶层的大众娱乐化报纸，有明显的媚俗倾向，即转向与《星岛日报》合作。《星岛日报》创刊于 1938 年，是香港迄今历史最悠久的中文日报，隶属香港最大的出版集团——星岛报业集团（简称星岛集团）。《星岛日报》当时在美、加、欧洲、澳洲等地出版有相对独立的 11 个海外版，在世界 100 个城市发行，其影响力和发行网络均居世界华文报纸之首。该报以中产阶级为主要读者，风格严谨，视野开阔，关注政经新闻，曾与《明报》、《成报》并称为香港三大严肃中文报纸（《成报》后在《苹果日报》掀起的香港报业大战中败北）。而其母公司星岛集团从创办人胡文虎到继任者胡仙，都有强烈的爱国热情。该集团十分重视与内地合作，此前已有与内地合办刊物的先例。深圳的合作办报意向得到对方的积极响应，此举无论对华人报业格局还是探索中国新闻体制改革都将产生深远的影响。中国第一份综合性中外合资报纸很有可能在深圳诞生了。

（二）《深港经济时报》功败垂成

从 1993 年 3 月起，深圳依程序向广东省委宣传部、广东省新闻出版局、国务院新闻办、国家新闻出版署等部门提出与星岛集团合作办报的申请，后相继得到各级管理部门"同意"或"原则性同意"的批复。国务院新闻办还下达了"先试刊、后申报"的具体指示。11 月 25 日，深圳市委办公厅根据市委决定下文批准深圳特区报社组建成立"深圳新闻出版中心"，与香港星岛集团共同筹办《深港经济时报》，并给了该报 150 个编制。翌日，双方在深圳富临大酒店正式签订合作办报协议，深圳和星岛分别占 51% 和 49% 的股份。新闻出版署、新华社香港分社、深圳市委均有代表出席签约仪式。这引起海外媒体高度关注，港台报纸均以显著位置加以报道，报纸从此进入实质性筹备阶段。

首先成立领导班子，"三驾马车"都由双方最高领导担任：社长由深圳特区报社社长、总编辑、深圳新闻出版中心主任吴松营担任；总编辑则由因发表煌煌雄文《东方风来满眼春》而红遍全国的《深圳特区报》副总编辑陈锡添担任；总经理由星岛集团总经理黄锦西担任，黄曾任新加坡《联合早报》总经理及报业控股华文报集团总经理，因贡献突出而获颁新加坡政府公共服务奖，后被胡仙挖去担任星岛集团总经理。笔者于1994年元旦刚过，由深圳特区报总编室副主任岗位被抽调参与筹备该报。当时第一个任务便是协助领导遴选各路人才。《深港经济时报》当时虽未正式获得"准生证"，但"新中国第一份中外合资报纸即将诞生"的消息还是不胫而走。人才招聘非常顺利。

当时报纸的架构完全参照香港报纸建制实行"大部制"，即除行政经营部门外，深圳这边（时称"深馆"）采编部门仅有四个：编辑部、采访部、经济部、副刊部。笔者被正式任命为采访部主任。按香港报纸习惯，采访部主任任务繁重，不仅要负责大多数原创新闻稿件的供给，还要在编前会甚至夜班对新闻版稿件的安排提出意见。而根据《深港经济时报》的实际情况，采访部还被要求直接负责一些新闻版面。报纸计划每天出版对开20至24版，这在当时的中国内地是最厚的报纸了（当时《广州日报》和《深圳特区报》分别为16版和12版，版面数量已领先全国），其中深馆负责12—16版。四大采编部门总共只有数十人，因此员工压力很大，但大家都很兴奋，每天忘我工作。笔者赶在出试刊前完成了在全国建立通联网络的方案，并分别去新华社、中新社的特稿部门以及中国照片公司等单位，建立特殊供稿关系。

1994年3月13日，第一次内部试刊（深圳版）出版。试刊对开20版，其中1—12版套红和黑白各占一半，13—20版彩色，全部竖排。报头前标有"深圳新闻出版中心 香港星岛（中国）有限公司 主办"字样。报纸在头版的《致读者》中，首次公开亮出办报宗旨："立足深港，沟通海内外，报道中国改革开放，报道香港的经济发展，促进深港经济繁荣。"同时把该报的特点也讲得清清楚楚："我们这份报纸，说其独特，是因为她的'身份'的确有别于其他的新闻纸。这份由深圳和香港两地新闻机构合作创办的报纸，开合资办报之先河，将是我国新闻出版事业改革的一次大胆尝试，也是一项有突破性意义的探索。这份报纸的独特之处，还在于她将以不同版本向深港两地发行，向世界各地的华人聚居地发行。"

　　首次试刊的头版显要位置，刊有《我国今年头两月进出口全面增长》、《如何扭转股市低迷 肖灼基提五项对策》、《中国复关问题症结何在 / 吴仪与布列坦直面交锋》、《深圳首宗新闻官司即将开庭 / 刘兴中状诉〈工人日报〉名誉侵权》等。采访部除了向新闻版供稿外，还自己负责采编合一的四个重要版面，分别是：报道全国经济新闻的"神州经纬"、报道全国社会新闻的"中国社会"、彩色新闻专题版"天下纵横"和报道广东新闻的"南粤大地"。试刊刊登了笔者对当时全国风云人物牟其中的独家专访，还有因创作了《废都》而被毁誉参半的著名作家贾平凹专访，以及广深高速公路建设近况，沿线治安状况等报道。这期精心准备的试刊，内容翔实，信息量大，可读性强，版式花哨，港味十足。特别是其中两个版面"专题新闻版"和"专栏版"借鉴香港做法，为当时国内报纸首创。如该报的"天下纵横"，每天刊登一个整版（小报两个整版以上）的新闻专题（即所谓"新闻大特写"），是借鉴香港主流报纸的做法，而当时内地报纸还没有这样的报道意识。新闻专题的"扇面报道"（即从多个角度以多篇稿件报道同一核心事件，以求对事件的全面解读）和图文并茂的形式很受读者欢迎。笔者后来筹备《深圳特区报》的"报中报"《鹏城今版》时，就受其启发在首版采用这一做法。专栏版是指多个社外作者（多为名家）在同一版面固定位置开辟专栏，就各类事物、现象发表多为作者个人意见的专版。这也是香港报纸的普遍做法。《深港经济时报》的专栏版名称是"笔底波澜"，在当时是很新鲜的。

　　3月18日，报纸第二次试刊，也称"正式试刊"，是以"香港版"名义，共24版。此次试刊，较第一次试刊增加了"港闻"、"马经"、"港娱"、"香江投资"等香港内容，由香港方面（时称"港馆"）制作，其余格局未变。4月15日，报纸进行第三次试刊，也被称为第二次正式试刊，20版。三次试刊，均体现了该报的办报宗旨，全无官场套话，不涉敏感话题，在严格遵循新闻规律及两地读者阅读习惯的同时，巧妙发挥了可以预见的外宣作用，同时也给内地吹来一股报纸内容改革的新风。在海外报业市场打拼多年的办报专家、总经理黄锦西对试刊也很满意，曾在一次会议上鼓励大家，说报纸不论它多么幼小，只要每天有一点点进步，必能成为一份伟大的报纸（大意）。

　　试刊先后送至市、省及中央管理部门审读，均获充分肯定，上面同意深圳申办全国统一刊号。按照计划，这份报纸在深港两地注册，在全国公开发行"深圳版"，在香港并通过星岛集团的网络在北美、欧洲等地发行"香港版"。一旦批准刊号，报纸立即正式出版。这一过程也符合国务院新闻办当初"先试刊，后申报"的要求。1994

年 4 月下旬，深圳逐级向上申报《深港经济时报》全国统一刊号，完成了一切申报手续。5 月 2 日，深港双方正式签订成立合资公司、创办经济类报纸的合同，并开始注资运作，深港双方分别占 51% 和 49% 的股份，总投资额定为 2.5 亿港元。合资公司"深港报业有限公司"一直保留至今。至此，可谓万事俱备，只欠东风。

但这段时间香港媒体一再出现"状况"，导致国内舆论管理开始收紧。先有《明报》记者席扬事件，《星岛日报》牵扯其中。后有浙江千岛湖台湾游客被抢劫焚烧事件，海外媒体报道连篇累牍。更有甚者，《星岛日报》因刊登有关广东的"歪曲事实"的报道而引起一直支持深圳办合资报纸的上级主管部门的强烈不满。这段时间，我国政府和港英当局围绕香港回归的谈判也出现了矛盾激化的局面，国务院港澳办主任鲁平与香港总督彭定康在北京首次会面不欢而散，6 月彭不顾中方强烈反对而强行推出"政改方案"，再次激怒中央。这些矛盾和冲突都在香港媒体上充分反映出来。等到 9 月下旬，深港合资办报的舆论条件与创办初期大相径庭，深圳终于放弃申请全国统一刊号。至此，《深港经济时报》功败垂成。

（三）换个马甲——《深星时报》东山再起

1994 年 9 月，深圳在放弃申请全国统一刊号的同时，报请中央及省管理部门，将《深港经济时报》注册地改在香港，申请在香港正式出版发行。3 个月后的 12 月 29 日，国务院新闻办下文批复同意深圳特区报社与星岛集团在香港合作创办该报，并建议将《深港经济时报》更名为《深星时报》。

这时笔者早已回到特区报总编室，后奉命筹备"下午版"（即后来的《鹏城今版》）。早在 1993 年 6 月，特区报就决定创办中国第一个"下午版"报纸，笔者当时就是主要筹备者之一，后因筹办《深港经济时报》才罢手。一年后，《杭州日报》、《长江日报》、《南京日报》等先后创办下午版报纸（南京的正式出版时定名《金陵晚报》），旨在与同城的晚报竞争（那时还没有都市报）。此刻再办，"中国第一"的桂冠已属他人，《深圳晚报》也得以率先创刊。可见一份"合资报纸"，对《深圳特区报》的战略选择产生了多大的干扰！笔者带人经赴杭、汉、宁对上述报社考察学习，执笔完成独具特色且较为详细的下午版办报方案（如前所述，最大特色是头版每天一个整版的新闻大特写辅以各地简讯，这在当时大陆对开大报中绝无仅有）。方案在特区报编委会获得一致通过。就在 1994 年 1 月下旬准备搭班子启动时，《深星时报》的筹备工作也已进入议程。陈锡添在编委会上力排众议将笔者从"下午版"拉回《深星时报》，继续协助他筹备这份已令很多人失去信心和耐心的"合资报纸"。

这时的《深星时报》虽然外表架子还在，实际规格已大为降低。报纸由香港星岛（中国）有限公司在香港注册出版，《深圳特区报》以供版方式与其合作。双方于1995年5月签订《〈深圳特区报〉向〈深星时报〉供版的合作协议》，有效期为三年。根据该协议，在合作初期，《深圳特区报》每天在付印前向《深星时报》提供两个深圳新闻版，内容主要是深圳的经济和科技新闻，并负责这两个版的全部采编费用。

《深星时报》于1995年10月正式创刊，对开24版，在香港印刷，并经海关批准，每日运送一定数量进入深圳。报纸租用了一条光缆专线，每年花费四五十万元，用于在深港两地传送版面。这时《深星时报》的高层架构与《深港经济时报》基本相同。报纸创刊不久，深圳方面承担的版面就开始增加，先后新增"中国经济"、"中国新闻"、"广东新闻"、"九州纵横"、"国际瞭望"、"热点专题"、"深星证券"、"深沪行情表"、"体育"（港方另做一个体育版）等版面。同时，报纸也获得在珠三角地区公开征订、发行、零售的许可。

深圳人及部分广东人很快便惊奇地发现，一份报头用繁体字、全部竖排、比较厚重、价格也较贵（是本地其他报纸的两至三倍）的全新报纸出现在自己身边。再仔细看，这份报纸没有本地主流报纸常见的领导活动和官样文章，即使同样的本地新闻，其视角也较为独特，更有很多从本地报纸根本看不到的香港经济、社会和娱乐新闻。报纸因此得到一些高端读者的关注。另一方面，该报由星岛方面制作的港澳台娱乐和马经等内容，也引起珠江三角洲一些乡镇的很多普通读者的兴趣。《深星时报》因所刊登的深圳及广东的新闻数量大大超过"文""大""商"等报纸而显得与众不同，受到部分关注深圳及内地情况的香港人的欢迎，客观上起到了宣传广东与深圳的作用。报纸部分版面，还被《星岛日报》在美、欧、澳的地方版刊用，影响进一步扩大。遇有涉及中国的重大外交事件，《深星时报》总是立场鲜明地刊发大量报道和评论。比较典型的有1999年4月至5月的朱镕基总理访美和美军"误炸"中国驻南联盟大使馆两大事件。朱总理访美之旅，《深星时报》连续在头版做了7个专题新闻，标题也很活泼传神，如4月7日头版主题《纵无地雷阵　舌战不稀奇／朱镕基开展美国不轻松之旅》；8日头版主题《谈笑间指斥反华逆流　潇洒中化解入关症结／朱镕基魅力倾倒美国》；10日头版主题《年内达成复关协议　记者会上字字珠玑／朱克过招镕基占上风》等。而当时内地无论是电视还是报纸，都很难看到如此生动的报道。5月7

日夜晚，以美国为首的北约部队用导弹袭击我驻南联盟大使馆造成 3 位记者牺牲的惨剧，举国震撼。该报此后连续 6 天、平均每天用 5 个版面加以报道，全面披露现场惨状及国内外民众的强烈反应，包括北京学生在美国驻华大使馆门前焚烧美国国旗的照片等，在内地媒体中独树一帜。报纸在深圳、东莞等地一度脱销。

由于在深圳及珠三角地区发行量增长，同时也为降低印刷成本，从 1998 年起《浑星时报》纸改在《深圳特区报》的新印刷厂印刷。这时报纸的广告虽也有起色，但其经济效益还是没有达到预期目标。

（四）控股《香港商报》

《深星时报》一直受星岛集团影响，而星岛的变故始于 1998 年。这一年，星岛董事局主席胡仙因多年房地产投资失误而巨债缠身。在数次洽谈股权转让未果的情况下，她不得已于当年 12 月 18 日将位于港岛半山黄金地段的家族产业和集团标志性建筑"虎豹别墅"，以 1 亿港元的价格卖给李嘉诚的长江实业集团。星岛集团由"万金油大王"胡文虎创办。胡文虎 1918 年在新加坡创办海外第一份中文日报《新洲日报》，后扩展到厦门、香港、曼谷等地，建成拥有多份报纸的报业集团。胡文虎 1954 年去世，在美国学习新闻的小女儿胡仙接班。胡仙精明强干，将胡家产业发展壮大，鼎盛时仅在香港就拥有 7 家日报，在全球各地还拥有 10 多家报纸，个人资产逾 50 亿港元。后因投资房地产及受亚洲金融危机冲击，星岛股价一年内从 5 港元跌至 1 港元。在 1996 年出售《快报》后，星岛集团又于 1998 年先后出售《天天日报》及《深星时报》51% 的股权。从这一年开始，《深星时报》实际上已由《深圳特区报》托管经营，董事长也由胡仙变成特区报社长吴松营。

1999 年，胡仙被迫将星岛集团的所有股份变卖给何英杰家族的国际传媒集团，董事局主席的宝座也拱手出让，而这一年《深星时报》首次取得财政平衡。深圳方面曾与星岛新控股方何氏家族的代表张定远商谈，希望维持与星岛集团的合作，继续办好《深星时报》，但何氏家族对内地报业有偏见，坚持撤股。恰在这时，1989 年购入《香港商报》部分股权的香港联合出版集团，在中央有关部门的支持下，联合其他股东要向内地报纸转让股权，《深圳特区报》成为首选报纸之一。《香港商报》创刊于 1952 年，20 世纪 50 年代曾独家连载梁羽生、金庸的多部武侠小说，是霍英东等香港爱国商人十分喜爱的大型对开日报，与中国内地关系密切。联合出版集团旗下拥有商务印书馆、中华书局和三联书店等资产，当时是该报大股东。这时《深圳特区报》也经中宣部批准成为全国第七家报业集团——深圳特区报业集团（2002 年与《深圳商报》合并后更名深圳报业集团）。经反复权衡利弊，特区报业集团报上级部门批准后，于1999 年 9 月签约收购《香港商报》49% 的股份，正式以大股东身份入主《香港商报》，同时停办《深星时报》。与香港商报公司签约后不久，星岛的代表在广州、深圳、东莞看到《深星时报》销路不错，再次表示想继续合作，可惜为时已晚。以特区报对外新闻部为主体的《深星时报》全部人马连同香港编辑部的部分骨干，从此成为《香港商报》的主要办报力量，该报也移至深圳印刷。从这个意义上讲，《香港商报》的办报人手，与《深港经济时报》和《深星时报》是一脉相承的。

报纸"易主"后，虽然董事长仍由联合出版集团老板李祖泽担任，但总裁兼社长（吴松营）、总编辑（陈锡添）、总经理（陈君聪）都是特区报的人。吴、李先后退休后，深圳报业集团社长黄扬略先后接任社长和董事长。在深圳方面掌舵之下，《香港商报》遵循"在商言商，港人报章"的老宗旨，加上"为商界代言，为商界服务"的新方针，加大了对深圳、广东及内地的报道力度，政策的解读和评析也得到加强，而且在"中央特许在珠三角地区公开发行"的特殊政策下，报纸的发行量也明显增加，成为在内地发行量最大的香港报纸，经营形势明显好转。2007 年 5 月，由黄扬略发起，《香港商报》联合《深圳商报》等全球 20 多家财经传媒，在香港成立"全球商报联盟"，意在共同构建资讯平台，实现合作共赢。

2008 年 4 月，著名地产综合开发商深圳新世界集团购入《香港商报》45% 的股权，成为该报第二大股东。报纸开始在一个全新的机制下运行，并积极准备在港上市。

五、电子媒体与新媒体的外宣道路

电子媒体指广播、电视等依靠电波传递信息的媒体，新媒体指 20 世纪 80 年代"信息革命"开始后产生的以万维网、互联网为载体的网络传播方式，也包括 21 世纪开始流行的手机报等移动载体。就目前而言，深圳的外宣媒体主要还是依赖传统印刷媒体，在新媒体方面的发展已不具有领先地位。需要强调的是，无论广播电视创办外宣节目还是利用新媒体办外宣网站，均无"准入"门槛。但恰在这样一个相对自由甚至无国界的领域，深圳"有位"却未做到"有为"，发人深思。

（一）英语电视新闻欲行又止

虽然新华社的对外广播和中国国际广播电台的英语节目早已有之，但中国的英语电视节目起步很晚，是改革开放之后多年才有的产物。1986 年 10 月，上海电视台开播中国第一个"英语新闻"节目。两个月后，中央电视台也开播了自己的"英语新闻"节目，这个节目后来发展成为央视的第九频道，并在多国落地。上海的节目后来也发展成为东方卫视的一个独立频道，2008 年进而成为接近 16 小时的英语新闻频道。在京沪之后，天津、武汉等地的英语电视节目也纷纷出现。这是中国英语电视新闻节目发展的大背景。

深圳电视台于 1994 年 9 月创办了"英语新闻"节目，这在全国地方台中也算是比较早的。该节目选在了非黄金时间的晚上 11 点多钟，每次 15 分钟。节目内容包括本地、广东和国内的新闻，都是从中文电视节目翻译而来。该节目只有编辑、翻译和播音员，始终未配记者，所以没有原创的采访内容。*Shenzhen Daily* 创办后，该节目经常选用该报内容。应该说，在一个全中文的电视频道中播送这样 15 分钟的英语节目是比较尴尬的，它不太可能起到为外国人服务的作用。但从中国办外文媒体的条件来看，这又是必不可少的过程，就像央视和东方卫视的英语频道也起步于镶嵌在中文里的英语节目一样。英文报纸也一样，起初在中文报纸里有个双语版，条件成熟了就办起了全英文的时政类英文报纸。可惜深圳的英语电视新闻未能完成这一过渡。

由于受经费、收视率、人力投入等影响，深圳电视台的英语新闻节目不久就开始萎缩，逐渐减至每天仅 5 分钟的节目时长。如此短暂的时间产生了恶性循环，就连学习英语的观众也留不住了。于是在 2000 年 1 月 31 日，节目出了最后一期便告终结。三年后的 2003 年 9 月，大概是"非典"肆虐后产生了对外宣传的需求，深圳电视台在一频道再次开播英语新闻节目，每天 10 分钟。节目播出的时间，出现多次变化：起初是晚上 10：30，后又推迟至晚上 11：45，再后来提前至晚上 6：45，最后改到早晨 7：50。笔者曾就此事请教深圳电视台的资深英语电视主播李丕懿女士，她 1994 年就参与了节目的创办，一直工作到 2008 年，是深圳从事英语电视新闻传播最久的播音员，但她也未能完全解释这样频繁变化的原因。笔者分析，大概有以下三个原因：一是尽量向黄金时段靠拢，以提高收视率，如从晚上的 11：15 改到傍晚的 6：45；二是为其他节目让路，深视一频道后来改为"深圳卫视"，上星后的节目有较大调整，晚间已经容不下这样一个孤立的英语节目，便从晚上调整到早晨；三是为广告让路，由于没有商家愿意在尚处于起步阶段的英语新闻中投放广告，而其他中文节目的广告又相对较多，英语新闻就必须服从有广告的节目，这也是一个自负盈亏的媒体在缺乏外部援助的情况下办"外宣"的现实困境。2008 年 3 月，深圳的英语电视新闻节目再次停办，迄今没有恢复的迹象。

（二）官方英文网站

"官方网站"并不单指政府机构，而是包含政府部门在内的各类机构、组织正式对外公开的拥有自己版权的网站。深圳的官方英文网站大致可分为三类：第一类是政府部门网站的英文版；第二类是传统媒体的英文网站；第三类是主流商业网站的英文版。

1. 政府部门主要英文网站

深圳政府在线（www.shenzhen.gov.cn），由深圳市人民政府主办。这是深圳政府网站的龙头，被称为"深圳市政府门户网站"，内容总体上看还算丰富，且有一定互动内容。相比之下，该网站的英文版内容单薄，除"大运会"以外，与其他部门或机构全无链接，实用价值较低。英文版主页四块目录区中，只有中间的"本地新闻"和"政府公告"两块是及时更新的"活信息"，其余都是长期固定不变的"死信息"。而"本地新闻"，全部来自 *Shenzhen Daily*。由于 *Shenzhen Daily* 较少报道党政领导人的一般政务活动，因而这些新闻并不能充分体现市政府的动态。主页"Map of Shenzhen"（深圳地图）栏内是空白。该英文网站与深圳这样一个高科技、外向型、国际化城市的形象很不相称，也远不如东莞市政府的英文网站。2008 年深圳召开"两会"期间，*Shenzhen Daily* 推出"有话问市长"专栏，收集居深外国人对政府的意见和建议。意见最集中的，就是希望深圳建设一个能提供强大资讯服务的英文门户网站。

大运会官网（www.sz2011.org），由第 26 届世界大学生运动会组委会主办、深圳新闻网承办。该网站的英文版包括"筹备进程"、"相关活动"、"场馆建设"、"国际大体联"、"往届概况"、"深圳简介"等约 10 个栏目，信息量较前两年增加了不少，具有一定资讯价值，但相对中文版近 30 个栏目而言，仍有较大拓展空间。该网站链接有"深圳市百万市民讲外语"的二级网站，后者由市委对外宣传领导小组和市对外文化交流协会主办，仍由深圳新闻网承办。

深圳旅游网（www.shenzhentour.com），由深圳市文体旅游局主办，被称为"深圳旅游资讯第一门户"。该网站有英文、韩文、日文和繁体字版，是全市语种最多的网站。其英文版有活动、酒店、餐饮、交通、自驾等栏目，右下方还有 scenic's navigation（名胜导航）图标，可惜代表各风景名胜区的图标均无法打开。

有些区政府的网站也有英文版，但科工贸信委、深圳外事办、人力资源和社会保障局、公安局、地税局等涉外或窗口部门的网站中，均未发现英文版。有的也仅在二、三级目录下列有个别英文条目，例如"深圳劳动保障网"在"首页"＞"办事大厅"＞"企业办事"下的"涉外就业"栏中才见到两条关于外国人在深圳就业政策的英文介绍，很难想象外国人能在这样的中文海洋中找到自己想要的信息。

2. 传统媒体英文网站

Shenzhen Daily 官网（www.szdaily.com），共有两个版本和两个进入渠道。一是普通网站，通常从深圳新闻网（www.sznews.com）中点击"Shenzhen Daily"进入，可见到当日该报所有内容，并可点击进入数字版（早期使用的 PDF 版已经取消）。主页上还有深圳概览、投资环境及经济政策、酒店、餐饮、旅游、购物、学中文、今日辞典等栏目，以及该报组织的活动预告等。二是数字网站，主要从该报网址进入，是全真版的数字报纸，既可体验随意翻阅的传统阅读方式，也可享受随鼠标放大观看等数字化浏览的快捷和方便，还可查找两年内的历史报纸，并与深圳报业集团旗下其他日报的数字版链接。

尽管 *Shenzhen Daily* 网站是全市内容最多、更新最快的英文网站，但由于是兼职管理而无专人负责内容制作，因而其内容都以 *Shenzhen Daily* 的报道为主，而在其他资讯如生活指南、信息辑纳等方面远远满足不了本地及来深旅游的外国人的需求，论坛、检索等互动功能也长期缺失，与京沪英文日报的网站相比有很大差距。

3. 主要机构商业网站英文版

在深圳网络媒体协会 20 多个签约商业网站中，仅有 3 个坚持设有英文版。"深圳之窗"和"顺电网"等曾经开设有英文版，但近年业已取消，原因不明。

深圳大学官网（www.szu.edu.cn），其英文版主页与中文版一样简洁明快，但略嫌简陋。八个栏目分别为"深大概况"、"校园新闻"、"院系设置"、"职能部门"、"国际事务"、"出版物"、"研究"、"图书馆"。外国人打开上述栏目可对学校状况获得基本的了解，只是栏目多为静态文件，唯一活动栏目"校园新闻"也缺乏更新。

雅昌艺术网（www.artron.net），是由深圳雅昌企业集团于 2000 年建立的"大型艺术品专业门户网站"，在业界有较高知名度。其英文版虽远不如中文版热闹，主要有"新闻"、"拍卖"、"展览"三大块，但更新较为及时，已显示出较强的专业资讯价值，并引起外籍人士注意。

沃尔玛中国网（www.wal-martchina.com），由位于深圳的沃尔玛中国公司主办。不愧为外企网站，其英文版与中文版规模相当，内容完全对应，是深圳唯一英文版不逊中文版的商业网站。

（三）外籍人士办的英文网站

深圳外文生活资讯网站的欠发达，是导致居深外国人自己动手创办网站的主要原因。这些外国人办网站的最初想法是先来者为其他外国人提供有关深圳的生活指南服务，或为团结小圈子，但后来便有了商业目的。这类网站有近 10 个，以下是其中较有影响的 4 个：

ShenzhenParty.com（www.shenzhenparty.com），是深圳最早也是最大的外国人网站，大约有 10 年历史，由来自不同国家的几位常住深圳的外国人创办。这些外国人都是 *Shenzhen Daily* 的读者，早期曾为该报写稿，迄今一直与该报保持联系，如近年连续多次与该报共同组织 comedy show（滑稽脱口秀）表演，表演者均为欧美名家，深受外国人欢迎。该网站内容较为丰富，涉及外国人在深圳生活所关心的各类问题，包括新闻、餐饮、酒店、求职、购物、就医、经商、公共服务等内容，并已经有了不少广告，商业味道愈浓。该网站对 *Shenzhen Daily* 策划的重点专题较感兴趣，如 2008 年该报为纪念改革开放 30 周年而开辟的讲述深圳发展史的《勃兴纪年》系列专版，就被该网站逐一收入，并在每期新专版到来时在主页标以醒目的"new"字。

ShenzhenBuzz.com（www.shenzhenbuzz.com），由 *Shenzhen Daily* 的专栏作家、美国人 James Baquet 创办。主页设计讲究，富有艺术性，注重活动介绍和城市指南，对全市六大行政区的 20 多个商业中心均有地图显示及交通提示，只是更新不够及时。*Shenzhen Daily* 是该网站唯一本地链接媒体。

ShenzhenStuff.com（www.shenzhenstuff.com），由驻蛇口的 Asia Stuff Media 创办，

在北京、上海等城市有分网站，各网站独立经营。该网站的最大特点是在互动上做足了文章，深圳几乎所有知名的外国人都在该网站设有博客网页。

ShenzhenHao.com（www.shenzhenhao.com），由活跃的意大利人 Adriano 创办。此人曾和 *Shenzhen Daily* 合作推出深圳第一本完全由外国人编撰的深圳书 *Shopping in Shenzhen*（《深圳购物指南》）。*Shenzhen Daily* 曾计划与其合作创办网站"Shenzhen City Guide"，后因未争取到经费而终止。网站以汉语"深圳好"谐音命名，表明其对深圳的热爱，可惜有时打不开。

企业报刊

公共关系与企业文化建设

许子宁

　　现代化的企业经营模式催生了一批由企业投资主办的出版物，这些出版物一般以报纸或杂志的形式出现，被业界习惯性地称为"企业报刊"。改革开放以来特别是 20 世纪 90 年代以后，"企业办报办刊"在业界蔚然成风，据国家新闻出版总署 2006 年的统计数据，全国的企业报刊已达 12000 多种（公开期刊仅有 9468 种），总印数超过 1000 万份，而且企业报刊种类还在以每年 25% 的速度增长。随着办报刊的企业越来越多、投入越来越大、影响越来越广泛，企业报刊成为中国改革开放发展过程中一种独特的传媒现象，引起了社会各界的重视。

　　作为企业报刊界的排头兵，深圳经济特区拥有 200 多种企业报刊，这些企业报刊内容丰富，质量上乘，装帧精美，成为深圳一道特有的传媒风景。

　　深圳的企业报刊分成两类，一类是拥有全国统一刊号的公开发行的正式出版物，这一类只有一种，即深圳蛇口招商局主办的《蛇口消息报》；另一类是获准印刷发行的连续性的内部资料出版物，除《蛇口消息报》外的其他所有企业报刊都归属于此类。本文重点讨论深圳企业报刊发展的历程，探讨深圳企业报刊的定位和传播效能。

一、企业报刊概述

（一）企业报刊相关概念

　　目前，"企业报刊"并无学理上的定义，只是业界约定俗成的一种说法，我国现阶段的企业报刊归属于"内部资料"的概念范畴。1997 年新闻出版署发布了《内部资料性出版物管理办法》（以下简称《办法》），将内部资料的形式作了划分。《办法》规定，内部资料性出版物是指在本系统、本行业、本单位内部，用于指导工作，交流信息的非卖性成册、折页或散页印刷品，不包括机关公文性的简报等信息资料。[1] 这就将出版物形式的内部资料和机关公文形式的内部资料区别开来，并将企业报刊纳入"出版物形式的内部资料"的范畴。

1998 年 11 月广东省新闻出版局根据新闻出版署《内部资料性出版物管理办法》制定的《广东省连续性内部资料出版办法》，将出版物形式的内部资料进一步分为连续性内部资料和一次性内部资料进行分类管理。连续性内部资料主要指的是那些有固定名称，按一定周期和序号连续出版的、以报纸型或期刊型为主要出版形式的内部性资料。包括：(1) 由原来的内部报刊转化的，只在本系统、本行业、本单位内部用于指导工作、交流信息的印刷品；(2) 系统、行业、单位因指导工作、交流信息需要而印制的，供内部使用的定期或不定期连续性成册、折页或散页印刷品。[2] 企业报刊因其名称和出版周期的固定，应列入连续性内部资料出版物的范畴。

综上所述，我国现阶段的企业报刊是指：企业出资主办的、获得新闻出版管理部门颁发的准印证的连续性内部资料性出版物。它是一种具有中国特色的企业传媒，它的特点在于：第一，它具有内部资料的性质。主要是以本单位的运行情况、专业知识，以及本单位本系统新闻和企业生活等为主要内容，承担着配合党组织、各级行政和业务管理领导的职能。第二，它还具有连续性出版物的性质。企业报刊一般都具有统一题名，定期以杂志或报纸的形式出版，有卷期或年月标志，并计划无限期连续出版。从本质上来说，企业报刊是中国现行新闻出版管理体制的限制和企业自办媒体的需求之间相妥协的产物。

（二）我国企业报刊的发展历程

我国的企业报刊发展至今，大致经历了以下四个阶段：

第一阶段：20 世纪初至 1949 年，企业报刊的雏形阶段

"企业报刊"在中国并不是一个新兴事物，早在清朝末年就出现了我国最早的企

---

[1]　中华人民共和国新闻出版署令 1997 年第 10 号《内部资料性出版物管理办法》。
[2]　广东省新闻出版局文件粤新出［1998］22 号《广东省连续性内部资料管理办法》。

业报纸《张裕报》，至今已经有 100 多年的历史；天津永利碱厂于 1928 年创办、1949 年停刊的《海王》旬刊，是我国第一本由民营企业创办的企业刊物，办刊经费由参与办刊的几家企业按比例分摊，团体内成员义务写稿，其内容包括时政、科技、文艺、团体消息等，重点关注科技类议题。[1] 这个时期的企业报刊从出版形式、投资主体、稿件来源、内容构成、办刊目的来看都已经和现今的企业报刊相差无几，可以说为日后的企业报刊提供了一整套范本。同时期的企业报刊还有民生公司 1932 年创办的以工商理论为主题的《新世界》月刊、天津东亚毛纺公司 1947 年创办的宣扬"劳资互惠"、"劳资合作"精神的《东亚声》月刊、教各种生活常识的《方舟月刊》等。

第二阶段：1949 年至 1987 年，企业报刊作为大众传媒

新中国成立后的计划经济时期，在一些职工比较分散的铁路、矿山、水电、油田、工程局等流动作业的企业中，出现了企业办报的第一个高潮。当时的企业报都是以报纸或简报的形式出现的，其中最早的一批包括广州铁路局的《铁路工人报》、玉门石油的《石油工人报》等。在当时的体制下，企业报刊作为思想、政治宣传的工具，起到了鼓舞士气、统一思想的作用。[2] 这个时期的企业报刊是可以公开征订销售、面对社会公众发行的，如当时《鞍钢日报》为冶金部创办的《安全周报》每期在全国的发行量就达 14 万份。[3] 因此这个时期的企业报刊实际上是企业主办的大众媒体。

第三阶段：1987 年至 1993 年，企业报刊转为内部报刊

改革开放带来了私营企业、外资企业、股份制企业、上市公司等多种类型企业的发展，企业规模迅速扩张，竞争日益激烈，企业之间不仅是技术、服务的竞争，也是品牌、文化、信息资源的竞争，于是一场以提升品牌竞争力为目的的办报办刊的热潮就在全国企业中出现了。1981 年，全国共有企业报刊 378 家，1991 年增至 2000 多家。[4] 四通集团的《四通人》、希望集团的《希望饲料》等一批现代企业报刊的先行者在这个时期横空出世。由于这个时期企业报刊数量增幅较大，占用了大量国内统一刊号，国家新闻出版署于 1987 年至 1988 年对全国报刊进行了一次整顿，那些发行范围在企业内部的企业报刊都被转为内部报刊，由当地新闻出版局发给准印证。新闻出版署又于 1990 年 5 月 16 日颁布了《内部报刊管理原则》，将企业报刊从大众传媒的范畴中

---

[1] 叶青：《永久团体的〈海王〉旬刊及其科技文章》，《中国科技史杂志》第 27 卷，2006 年第 4 期。
[2] 曹志平：《我国企业内刊的现状和发展趋势探析》，广西大学新闻学硕士学位论文，2008 年。
[3] 中国新闻年鉴编辑委员会编：《中国新闻年鉴》，中国新闻年鉴社 1992 年版，第 45 页。
[4] 根据《中国新闻年鉴》（中国新闻年鉴编辑委员会编）1981—1990 年版整理。

剥离出来，形成了中国特有的"内部报刊"管理体系。

第四阶段：1993 年至今，企业报刊作为内部资料性出版物

在企业报刊转化为"内部报刊"之初，由于国内省市县三级的新闻出版管理部门都为内部报刊核发准印证，这种多头审批客观上造成了内部报刊管理方面的一些混乱。[1] 我国新闻出版管理部门于 1993 年开始压缩控制报刊总量，对"内部报刊"也进行全面清理，采取"重新登记"的办法，由新闻出版管理部门核发"内部资料性出版物准印证"，纳入"内部资料"的出版管理体系。

1998 年 1 月 1 日，新闻出版署颁布的《内部资料性出版物管理办法》开始施行，通过部门规章的形式正式将企业报刊划入内部资料性出版物的范畴，并且在原《内部报刊管理原则》的基础上进一步明确了企业报刊的办刊准则，除了将发行范围限制在本行业、本系统、本单位，规定不得进行或参与任何经营活动，不得开展公开性的社会活动之外，更提出不得在名称上称报称刊，不得收取任何费用，不准公开发行征订的要求。此举肃清了企业出版物管理上的乱象，为企业报刊的发展提供了稳定的政策环境，有利于引导企业报刊的健康发展。

归属于内部资料出版物的企业报刊发展至今，受到经济发展和市场开放程度的影响，也呈现出不同于以往的新特点：一是企业报刊的内容和读者出现外部化转向：一些企业报刊的内容已不局限本单位的事务，行业内甚至社会性的内容开始出现；其受众也不局限于单位内部，一些外部相关组织和个人也有机会接触到企业报刊。二是企业报刊出现了新的功能取向，企业公共关系、构建企业文化都成为其为组织服务的新途径。三是企业报刊的本质发生了变化，它不仅是情报、档案的载体，而且成为一种分众传媒，在企业组织的运作中发挥着积极作用。

二、深圳企业报刊的发展历程

（一）深圳企业报刊发展的历史条件

深圳企业报刊于 20 世纪 80 年代起步，90 年代大发展，这一良好的发展势头保持

---

[1] 《中国新闻年鉴》，中国新闻年鉴社 1997 年版，第 38 页。

至今，这与深圳的现实状况有着紧密联系。

20世纪80年代初，深圳就率先进行了以市场为取向的改革试验，形成了以公有制为主导的多种经济成分并存的经济体制。深圳涌现出了一批具有现代企业制度特点的企业组织，并在此基础上形成了科学的企业治理机制，在此基础上培育出各具特点的企业文化。可以说，深圳在经济体制改革和对外开放方面的先试先行、大胆创新，是深圳企业报刊蓬勃发展的得天独厚的优势所在。建设企业文化是提升企业软实力的有效手段。企业报刊是企业文化的载体，在建构企业文化的同时也在传播企业文化，办好企业报刊是企业增强竞争力的现实需要。

深圳市政府大力推动深圳新闻出版事业的发展，新闻出版部门勇于解放思想，在信息管理体制、舆论控制方面大胆创新，在对企业报刊的管理方面，主管部门不是以压缩、限制为指导思想，而是以引导、服务为主要方式。1991年，市新闻出版局重点指导当时新创办的20家内部报刊学习优秀企业期刊的管理经验。1994年，在新闻出版局领导下成立了全市企业报刊协会，在加强对企业报刊管理的同时，服务于企业报刊发展的需要。该协会通过开展每年一度的评比"好新闻"、评十佳、十优企业报和企业刊以及组织各种企业报刊界的活动，增进了各企业报刊单位的沟通交流，为全市企业报刊的发展搭建了一个优质的平台。1999年深圳市将内部资料性出版物纳入报刊管理范畴，使之走上了正规化运转的轨道。这些举措都为深圳企业报刊的发展提供了相对宽松的空间和有利的政策支持。

深圳企业高度重视企业文化建设在企业发展战略中的重要作用，"企业发展初级阶段'做产品'，中级阶段'做品牌'，高级阶段'做文化'"这一战略发展思路被广大企业所接受，促进了企业报刊的产生和发展，使企业报刊成为集企业文化建设、企业内外沟通、辅助营销等多种功能于一体的企业媒体。

（二）深圳企业报刊的发展现状

概括地说，深圳市企业报刊数量大、种类多、主办单位性质多元化、涉及面宽。根据深圳市出版业协会企业报刊专业委员会提供的数据，深圳市已有200多家企业在省新闻出版局登记注册，取得了准印证并能够定期出版企业报刊（有些未注册的企业内部资料无法统计），企业报刊的总量在全国副省级城市中居第一；深圳市企业报刊行业年投入近8000万元，其中年投入100万元以上办刊的企业近20家，企业报刊的月发行总量近 200 万册。

按行政区域来划分，深圳市企业报刊的构成大致如下：罗湖区 33 种，福田区 59 种，南山区 35 种，盐田区 3 种，宝安区 13 种，龙岗区 5 种。从数量上看，特区范围内的罗湖区、福田区、南山区的企业报刊占全市企业报刊的 86%。

按行业来划分，深圳企业报刊成员单位涉及医疗卫生、制造业、零售业、金融证券业、房地产业、文化教育业、餐饮娱乐业、电子电器业、邮电能源业、建筑建材业、物流业等多个行业，其中拥有企业报刊最多的行业分别是：电子电器业有 25 种，如《中兴通讯》、《康佳通讯》、《京华人》、《华为人》等；房地产业有 35 种，如《宝安风》、《佳族会》、《万科》、《华侨城》、《金地》等；金融证券业有 15 种，如《招商证券》、《联证研究》、《平安保险》、《招银文化》等；物流业有 12 种，如《鹏城空港》、《中集》、《赤湾》、《盐田国际》、《运发通讯》等；大型综合性企业有 18 种，如《特发》、《赛格》、《京基》、《天安》、《东部信息》等。这是与深圳市将高新技术产业、金融业和物流业确立为三大支柱产业的产业结构状况相一致的。

深圳企业报刊的发展可以分为三个阶段：

第一阶段为 1984 年至 1990 年前，属于深圳企业报刊的产生和起步阶段。1984 年 12 月蛇口工业区创办《蛇口通讯报》，开启了深圳企业报刊的先河。《蛇口通讯报》以蛇口工业区和所在社区为主要报道内容，宗旨是：立足蛇口，辐射内外，沟通沿海，面向海外，宣传改革，反映蛇口的改革经验（该报于 1989 年 8 月停刊，后于 1991 年更名为《蛇口消息报》）。这一时期处于改革开放初期，深圳多数企业创业伊始，办报办刊的数量较少，刊期和质量也不稳定。

第二阶段为 1990 年至 1995 年，是深圳企业报刊初步形成规模的阶段。随着现代企业制度的建立，面对日趋激烈的市场竞争，深圳企业在加紧转制的同时，也越来越重视品牌文化在市场竞争中的重要作用，把兴办企业报刊作为提高企业竞争力的重要手段。至 1995 年，全市经新闻出版管理部门登记的企业报刊已达 40 家。其中较有影响力的是蛇口工业区的《蛇口消息报》、宝安集团的《宝安风》、万科公司的《万科周刊》、三九集团的《999 周报》、石化集团公司的《深圳石化报》、华强公司的《深圳华强报》、康佳公司的《康佳报》、南油公司的《深圳南油报》、长城计算机公司的《长城报》、赛格公司的《赛格报》等。这一时期企业报刊的质量有了明显提高，对企业报刊的认识和定位逐步明确，企业开始把企业报刊作为企业发展资源而加以重视。1994 年成立了全市性的企业报刊界的社团组织——深圳市企业报刊协会。

第三阶段为 1996 年至今，是深圳企业报刊的繁荣阶段。2000 年全市能保证定期连续出刊的企业报刊已超过 100 家，全市企业报刊的数量规模、资金投入、内容质量、从业人员结构及办刊水平方面，都较前一时期有明显的变化。涌现出一批质量较好的、在全国企业界有一定影响的品牌报刊。报纸型出版物如《平安保险》、《三九集团蓝讯》、《盐田港消息》、《深圳中航》、《华侨城》、《康佳通讯》、《华为人》、《中兴通讯》、《鸿基人》等，期刊型出版物中的《宝安风》、《万科》、《金地》、《平安行销》、《深圳能源》、《华为技术》、《中兴通讯技术》、《天地》、《华安》、《天安》、《鹏基通讯》等，都是佼佼者。

深圳企业报刊发展历史不长，但凭借良好的生长空间和环境，全市企业报刊在数量上已超越某些省市的规模，达到 200 余家。在办刊质量、印刷质量及装饰设计等方面处于国内领先水平。2000 年在全国企业联合会主办的全国企业报刊评选中，深圳参评的《天地》、《金地》、《深圳能源》、《中兴通讯》等报刊在 1000 多家参评报刊中获一等奖，《鸿基人》获特等奖。《平安保险》在每年一度的全国企业报刊评选中囊括所有单项大奖，《鹏基通讯》获广东省企业文化一等奖。

三、深圳企业报刊发展的特点

相比国内其他大城市而言，深圳企业报刊在全国企业报刊界属于后起之秀。但深圳企业报刊以优秀的企业为依托，坚持内容创新和效能创新，创造出了与其他城市不同的特色，在全国企业报刊界起到了一个"示范"和"辐射"作用。深圳企业报刊的发展呈现出以下几个特点：

（一）实现了企业报刊的效能创新

深圳企业报刊依托的主体是一批现代化企业，与传统企业在经济结构和发展战略等方面有着本质的差异，所以深圳企业报刊在定位、传播模式等办刊思路上也与传统的企业报刊有着明显的区别，主要表现为灵活运用企业报刊，赋予其多样化的功能。深圳企业报刊突破了国内其他城市的企业报刊主要以企业内部信息为内容、以内部沟通为功能的办刊理念。深圳企业报刊强调"外向性"，以企业文化传播和企业形象展示为主要功能。如《万科》就是国内较早的敢于突破传统企业报刊定位的新型企业报刊之一，它提出"企业视角，人文情怀"的办刊理念，率先将"企业文化传播"引入企业报刊的功能范畴，并一反当时盛行的将企业报刊作为思想宣传和信息交流工具的办刊思路，而是站在企业的角度看待经济、企业方面的问题。这样前卫的办刊理念对后来的一批企业报刊产生了深远的影响。《华为人》每期出报 6 万多份，大部分免费赠给华为产品的用户，用户从报上了解公司的业务状况、发展情况，逐步树立和巩固使用华为产品的信心。《鸿客会》作为鸿荣源房地产开发有限公司的客户俱乐部会刊，在向会员传递鸿荣源地产的最新信息、传播居住文化的同时，展示业主和会员的丰富多彩的生活，倡导优越的生活方式，以独特的文化视角对读者进行人文关怀，成为鸿荣源地产对外展示企业形象的重要平台。这些企业报刊的内容不再局限于领导讲话和公司动态，而是越来越注重用企业的视角关注外界的问题，这使得企业报刊的内容呈现出百花齐放的多样性，其功能也更加多样化，这为企业报刊今后的发展指出了新的方向。

（二）制作精良，可读性强

深圳企业报刊在印刷装帧方面质量普遍较高，部分企业甚至聘请专业设计公司对报刊的外观进行设计，力求艺术性和企业精神的融合，有些企业报刊的制作水平已经达到甚至超越了公开刊物的制作水平。深圳企业报刊的内容编排也较为丰富，力求观点独到、个性鲜明、视角清新、好看耐看。文章的形式从新闻、通讯到财经评论、案例分析、散文随笔、商界访谈，不一而足。一些企业报刊登载的部分文章，如《华为人》刊登的《华为的冬天》、《北国之春》、《我的父亲母亲》等先后被主流大众媒体报刊转载，其中《华为的冬天》由于具备对市场的敏感性、前瞻性以及专业性，成为重要的行业发展文献。

（三）比较重视企业报刊的投入和产出效益

深圳企业非常重视对企业传播媒介的投入，有的直接作为投资成本，有的已演变成企业无形资产，有的甚至直接产生经济效益。统计调查表明：深圳对企业报刊投入较大的企业有平安保险公司、蛇口工业区、万科股份公司、华为公司、中兴通讯公司、宝安集团股份公司、三九集团等，每年投入在 200 万元以上。平安保险品牌宣传部负责编印《平安》月刊，《平安保险》报、《客户服务》报、《平安行销》等企业报刊，每年投入在 300 万元以上，其中《平安保险》和《客户服务》能实现直接经济效益，《客户服务》目前发行量超过 100 万份，全部由业务员购买负责赠送客户。

（四）主办单位多元化

在全市 153 种企业报刊中，由国有企业主办的企业报刊有 76 种，由民营企业主办的企业报刊有 54 种，由外资、合资企业主办的企业报刊有 18 种。由国有企业主办的企业报刊约占全市企业报刊总数的二分之一，这一方面是由于国有企业能为企业报刊提供有力的财政支持，另一方面是由于国企有使本行业、本系统的政策传达畅通无阻、便于宣传教育、宣传企业文化、及时掌握行业动态的现实需要。国有企业主办的较有影响力的企业报刊有：深圳鹏基（集团）有限公司主办的《鹏基》、金地集团主办的《金地》、中国宝安集团股份有限公司主办的《宝安风》、深圳金威啤酒有限公司主办的《金威啤酒》、中国电信深圳分公司主办的《深圳电信》、中国邮政深圳分公司主办的《深圳邮政》、深圳市地铁集团有限公司主办的《深圳地铁》、中国国际海运集装箱（集团）股份有限公司主办的《中集》、深圳赛格集团有限公司主办的《赛格》、深圳蛇口工业区主办的《蛇口工人》等等。由民营企业主办的企业报刊占深圳市企业报刊总数的三分之一，也成为深圳企业报刊界的主力军之一。民营企业主办的企业报刊从功能上来说更加多样化，除了企业内部沟通、企业文化传播之外，有些企业报刊还具备客户关系管理、辅助营销等功能。如深圳市赢家服饰有限公司主办的《花样盛年》、鸿荣源集团主办的《鸿客会》就以客户为主要受众，以加强与客户联系和辅助营销为主要功能。其他较有影响力的企业报刊有：万科地产集团主办的《万科》、华安财产保险股份有限公司主办的《华安保险》、深圳古玩城主办的《古玩城》、深圳市鸿基股份有限公司主办的《鸿基人》、深圳面点王饮食连锁有限公司主办的《面点王》等等。由外资、合资企业主办的企业报刊主要以刊登企业内部信息为主。虽然占全市企业报刊总数的比重较小，但不可否认的是这些企业报刊在外资、合资企业中同样起到了传播企业文化、沟通公司内部上下、加强与客户联系的重要作用。其中制作质量较高的刊物有：艾美特电器（深圳）有限公司主办的《艾美特之友》、富士康科技集团主办的《鸿桥》、康佳集团股份有限公司主办的《康佳通讯》、盐田国际集装箱码头有限公司主办的《盐田国际》等等。

（五）拥有一批高素质的编辑从业人员队伍

深圳企业报刊的发展积累了和吸引了一批专业人才队伍。全市 100 余家企业报刊直接或间接从事该项工作的人员将近 300 人，占全市报刊从业人员的 1/10，其中不乏经验丰富、素质较高的新闻出版工作者，有的是大学新闻系本科、研究生毕业。这些从业人员无疑为深圳的"藏才于民"起了积极的推动作用，同时也为深圳企业报刊在全国的异军突起作出了积极的贡献。

（六）成为全国企业报刊界活动的中心

在深圳市委市政府的关怀下，深圳早在 1994 年就成立了深圳市企业报刊专业委员会。深圳市企业报刊专业委员会隶属于深圳市新闻出版局，对全市的企业报刊实行会员注册制度，负责深圳企业报刊的组织协调工作，每年都举行大量的关于全市、全省乃至全国性的企业报刊交流活动，使深圳成为全国企业报刊交流活动最密集的地区。市政府对企业报刊的重视以及企业报刊委员会积极运作举办的一系列活动为深圳乃至全国企业报刊的发展作出了重要的贡献。

四、从组织传播视角看深圳企业报刊的功能

企业报刊不同于大众媒体，它相较于大众媒体在受众范围、发行数量、内容编排、产权结构、运作模式方面都有所不同，因此将它称为出资主办者的"组织传播"的媒介载体较为合适。

组织传播分为组织内传播和组织外传播。有的组织传播学者认为通常所说的组织传播更多的是指内部传播。[1] 在组织内部，构成组织系统的两个基本部分是管理者和被管理者，组织内部传播的目的是在管理者与被管理对象之间建立良好沟通，以保证

---

[1] 顾孝华：《组织传播论》，上海交通大学出版社 2007 年版，第 77 页。

组织运营管理的平稳、高效。

组织外部传播是组织与其外部环境之间的信息交流,它包括公众信息管理、公众舆论管理、公众关系管理、公众形象管理,与公共关系的范畴基本一致。也有学者认为:"将公共关系定位于'组织外部传播',完全反映了公共关系的学科性质,甚至可以简单地说:组织和公众之间的双向传播就是现代公共关系的本质。"[1] 从这个意义上来说,公共关系是组织传播的对外延展部分。

企业文化是在组织传播中形成的价值观念,组织传播是企业文化形成的基础。希恩(Schein)在《组织文化与领导作风》中提出:"组织文化(企业文化)是在组织传播活动中逐步形成的,没有组织群体的传播行为便没有组织文化(企业文化)。"[2] 从这个意义上看,企业文化属于组织传播学的精神层面部分,贯穿在组织对内、对外传播的全部过程之中。因此在组织传播学的视角下研究深圳企业报刊,需要分别从组织内部传播、外部传播和文化建构等三个方面来分析企业报刊的功能。

(一)企业运营管理层面的功能

1.企业报刊是企业实现民主管理的渠道

随着现代企业制度的建立,企业的管理也越来越透明化、人性化,民主的企业管理氛围成为提高企业运作效率的有效保证。企业实现民主管理,就是要推行参与式管理。利克特认为参与式管理可以产生"极好的传播:上行、下行、侧行",而这种"极好的传播"可以带来"高员工满意度"、"高生产率"和"高效益"等结果。[3] 企业报刊正是这种"极好的传播"的载体,它是一个包含多种组织内传播模式的集合体。它包括信息的上行传播,可以将各级员工对公司事务的意见和建议汇总呈报至管理者;也包括信息的下行传播,可以将企业高层对于各级部门意见的反馈传达至各级员工,形成双向的传播机制;还包括信息的横向传播,在企业各部门之间相互沟通,有利于各部门之间的思想交流和工作协调,进而营造企业内部的和谐气氛并提高工作效率。在这种情况下,企业报刊可以成为企业实现民主管理的渠道之一。

---

[1] 胡河宁:《组织传播》,科学出版社 2006 年版,第 368 页。

[2] Edgar H.Schein, *Organizational Culture And Leadership*, San Francisco: Jossey-Bass Inc, Publishers, 1992, p.247.

[3] 顾孝华:《组织传播论》,第 148 页。

《金威啤酒》报主编李先生在接受笔者的访谈时指出："通过企业报刊实现民主管理是我们办刊的初衷，是很重要的一点。金威啤酒的控股方是广东省国资委，我们公司有职工代表大会，有民主生活会，这是民营和合资企业所没有的，这说明职工需要有一个说话的平台，而《金威啤酒》正是这样一个最直接的平台……通过企业报刊实现民主管理是一个很好的途径。报刊可以通过刊登广大职工的意见建议监督企业高层的行为，而一些老员工更是将企业当作自己的家，通过在刊物上发表文章表达对公司发展的关注。"[1]

2．企业报刊是企业进行内部传播的正式渠道

组织内传播的渠道包括正式渠道和非正式渠道。正式的传播渠道是企业通过会议、培训、公司刊物、员工手册、内部网站等制度化的渠道对全体员工和外部相关者进行传播。这种传播方式比较正规，内容具有权威性；非正式渠道是通过故事、小道消息、机密、猜测等非公开的形式对企业信息进行的传播。这种传播方式具有随意性、隐蔽性，信息容易失真，从而严重影响信息传播的效果。为减少非正式渠道传递的信息对企业的运营管理带来的负面效果，需要通过正式渠道发出声音，来澄清谣言，纠正误传。在正式渠道的选择上，企业报刊往往是不错的选择。

企业报刊传播的内容在本企业内部具有权威性。据笔者了解，深圳地区大中型企业报刊的主管领导以高层为主，由公司总裁或副总裁主管刊物的占绝大多数，仅有少数企业报刊由企划总监、行政主管或人力资源经理等人员主管。这说明，企业报刊往往由企业的权力核心掌控，反映的是企业领导集团的意志，这确保了企业报刊所传递信息的权威性和一致性。

3．企业报刊是企业员工获取信息的平台

企业报刊可以向员工提供包括企业工作动态、行业发展动态、社会新闻事件等在内的信息。深圳面点王公司的《面点王之歌》报主编王先生在接受笔者访谈时指出："《面点王之歌》作为公司的喉舌，每期都配合公司围绕着企业当前的工作重点和难点，在一版二版明显的位置以新闻的形式给予全面报道。如一年一度的经济工作会议、双十佳的评选和表彰、员工晋级考试、员工的先进事迹等都作了报道。配合生

---

[1] 见笔者 2009 年 9 月 2 日对《金威啤酒》主编李先生的访谈。

产、营业部开展的技能练兵活动进行的跟踪报道、配合《深圳晚报》对星星档案员工先进事迹进行的转载，为员工树立了榜样，让员工有了明确的工作方向。特别是在新春团拜、干部竞聘时都用大篇幅的版面进行宣传，并与《深圳晚报》开展合作，对公司基层优秀的员工的优秀事迹进行宣传报道。"[1] 这样不仅使员工及时了解企业内外各种环境的变化，以便对有关企业生存和发展的重要问题提出正确的应对措施，而且企业报刊通过深度报道、评论等形式的将企业的价值观灌输给员工，有助于达到统一思想、维护企业形象、维持企业稳定的目的。

4. 企业报刊是对员工进行有效说服的途径

当企业需要推行一项新政策，或为了配合外部环境的变化，作出某种改革决策时，需要对企业员工施加影响，说服他们接受这一变革，以确保政策的推行或改革的实施。有的学者将这种由企业施加的影响分为"软性"影响与"硬性"影响。软性影响是影响双方在心理和认知上的自觉一致行为，它不需要任何外在的制约力量和监控系统。[2] 与软性影响相对的是硬性影响，即通过组织结构的权力关系网络发挥作用的强制性作用力，是以奖惩为手段的制约和服从的过程[3]。企业报刊就是以说服为主的软性影响方式，可以作为文件、决议的辅助渠道，通过阐释性的文章对政策、命令作出解释，以便于员工对政策深入、全面理解。《万科周刊》主编韦先生曾告诉笔者："《周刊》对公司推行政策起到了一定的作用。比如前几年公司开始在企业内部实行员工持股改革，当时员工对股权改革还不是很了解，对政策存在着质疑甚至抵触情绪，使公司在推行这项政策的时候遇到了不小的阻力。面对这个问题，《周刊》针对企业内部员工持股问题刊登了《内部员工持股之路》、《员工持股的变奏》等文章，深入浅出地向员工讲解了什么是员工持股、为什么企业要实行股权改造、员工持股可以为员工带来哪些好处等方面的问题，帮助员工打消了对这项改革措施的不解、怀疑甚至反对意见，对安抚员工情绪、转变员工对股改的态度、顺利推行政策起到了积极作用。"[4]

---

[1]　见笔者 2009 年 10 月 20 日对《面点王之歌》主编王先生的访谈。

[2]　教军章、刘双：《组织传播——洞悉管理的全新视野》，黑龙江人民出版社 2000 年版，第 159 页。

[3]　菲利普·津巴多（Philip G. Zimbardo）、迈克尔·利佩（Michael R.Leippe）著，邓羽、肖莉、唐小艳译：《态度改变与社会影响》，人民邮电出版社 2007 年版，第 115 页。

[4]　见笔者 2009 年 12 月 17 日对《万科周刊》主编韦先生的访谈。

5．企业报刊是满足员工需求的渠道

罗宾斯（Stephen P. Robbins）指出："对很多员工来说，工作群体是主要的社交场所，员工通过群体内的沟通来表达自己的挫折感和成就感。因此，沟通提供了一种释放情感的情绪表达机会，并满足了员工的社交需要。"[1] 企业报刊是实现员工社交需要的工具，它为员工提供了一条沟通和宣泄的渠道。通过企业报刊，员工与管理者之间或员工之间可以进行交流、倾诉，实现相互信任与沟通。如《深业物业人》开设了"员工心语"、《东部信息》开设了"员工园地"、《深港集团通讯》开设了"员工心声"等栏目版块，使之成为员工倾诉与交流的平台。

企业员工有被尊重的需求，这种需求既包括对成就或自我价值的个人感觉，也包括他人对自己的认可与尊重。企业报刊是一个满足员工尊重需求的好渠道。企业报刊可以将工作突出的员工甚至普通员工作为"焦点人物"，围绕他们的突出事迹或日常生活做文章，让他们在报纸上"登台亮相"，形成"聚光灯"效应，这就在一定程度上满足了员工的尊重需求。康佳集团《康佳通讯》编辑郑小姐说："我们的刊物会刊登一些采访优秀员工的通讯稿，这些员工包括青年设计师、普通工人、销售人员和售后服务人员等。我们曾经在 2007 年报道过一位'八〇后'女设计师，她设计的一款产品获得了国内外许多知名大奖，但是那时候她只是公司一个普通的工业设计师。2008 年，温家宝总理到康佳视察，在我们公司的内刊里看到了她的事迹，温总理当时对她说：你做到了人无我有，人有我优，人优我特。今年她带领团队设计了很多款销售很旺的主打产品，她在国内外的知名度更高了。"[2]

企业员工在现实生活中还有精神文化和娱乐的需求。员工在紧张的工作之余需要放松和娱乐，这时企业报刊又可以成为他们放松和娱乐的工具。目前企业报刊一般都将内容的最后一部分设置为文艺性、娱乐性较强的散文、诗歌或随笔，这一方面是为了提升企业报刊的文化性的需要，另一方面就是为了给员工提供一个"休闲驿站"，使他们在工作之余可以通过阅读这些内容达到舒缓情绪、调节心情的效果。

---

[1]　斯蒂芬·P. 罗宾斯著，孙健敏、李原译：《组织行为学》，中国人民大学出版社 1997 年版，第 97 页。
[2]　见笔者 2010 年 1 月 16 日对《康佳通讯》编辑郑小姐的访谈。

（二）企业报刊在公共关系层面的功能

企业在经济活动中需要与社会相关组织及个人保持长期的合作关系，这就需要企业时刻与社会公众保持有效的沟通，以赢得良好的公共关系状态，大众传媒逐渐成为这种沟通的主要渠道，但通过大众媒体进行的公关信息传播存在着时间、方式、内容的不可控性等缺陷。

相较于大众媒体，企业报刊的优势在于它的可控性，它由企业主办，并且不公开发售，这意味着企业对企业报刊上刊登的文章拥有更大的裁量空间，可最大限度地按照企业的公关计划采写文章，配合公关计划的实施。虽然企业报刊能够到达的受众相较于大众媒体来说极其有限，但是它可以变劣势为优势——可以精确地到达公关计划的目标受众，这不仅提高了传播效率，而且为企业节省了大量的传播费用。麦奎尔（D.McQuail）认为：“在多数情况下，与大众媒介相比，专业及地区性媒体、可控的印刷品或人际沟通则是更有效的到达特定公众的途径。”[1] 具体来说，企业报刊的公共关系价值体现为以下三点：

1. 对外展示企业形象并传播企业价值观

企业报刊的文章不同程度地反映着企业的文化品位、记录着企业的发展、体现着企业家的管理思想，从不同方面阐释了企业的价值观，它作为企业对外信息交流的窗口，是企业人格化的表征。《宝安风》主编陈昌华将企业报刊比作企业的“前花园”，就是对企业报刊作为企业形象的载体的生动表述。

中国平安保险集团除了通过公开媒体对相应议题进行报道外，还将企业报刊作为一条有效的、可控的传播通道。2008年汶川大地震发生后，平安报刊立即调集人力、资源，策划组织了以“公司各层员工众志成城，抗震救灾”为主题的系列报道，在报刊中刊登了《中国平安紧急抗震救灾总动员》、《中国平安紧急行动时间表》、《平安捐赠总额逾7000万元》、《地震中的心情实录》、《亲历地震四十八小时》、《致我的汶川》、《北川平安希望小学600余师生全体平安》、《废墟中的奇迹：600师生63小时转危为安》等稿件，全方位、多层次反映平安集团抗震救灾情况，树立了平安集团“以负责任的态度勇担社会责任”的形象，并通过高效的发行渠道，使这一形象在客户中

---

[1] 麦奎尔著，崔保国、李琨译：《大众传播理论》，清华大学出版社2006年版，第207页。

得到了进一步的传播。

《康佳通讯》报编辑郑小姐也认为企业报刊是对外展示企业形象的窗口："在与客户沟通方面我们希望《康佳通讯》是企业形象、员工面貌的一个缩影和代表，要体现企业和员工的思想。在与重要客户洽谈或谈话的间隙，我们都会像给客户提供的茶水和水果一样把报刊放在客户桌面上，我认为通过企业报刊可以看到企业的品质、企业人的品质和做事风格，是对企业形象的一个很好的展示。"[1]

2. 保持同现有客户的联系并建立同潜在客户的联系

企业报刊的传播是一种"软性传播"，一本制作精良的企业报刊远比一则企业广告更能引起客户的关注，更能与客户产生思想、情感上的交流，特别是当企业把向客户赠阅报刊作为一种长期行为的时候，更容易与客户建立起长久的信任关系。平安集团品牌部经理盛先生在访谈时告诉笔者："我们办的《客户服务》报成为公司与消费者之间的桥梁，在上面针对客户讲述平安的故事，包括员工、文化、产品、荣誉、使命、责任和愿景，容易引发感情共鸣。有一位客户在赠送的《客户服务》上看见了一篇名为'给生命的尊严买一份保险'的文章，讲述一个打工者去跟老板讨薪却被推下高台摔成重伤的事。这个打工者的抢救费每天要一万多元，他全家为救他连饭都吃不上，到最后只能靠病房里的病友给资助盒饭。客户看完报纸认识到了买保险的重要性，后来很快签了投保单。"[2]类似这样的生动的例子，很能说明企业报刊作为一种软性的传播方式，相对于硬性的传播更容易帮助企业提升其品牌在消费者心目中的知名度和美誉度。这种长时间的、潜移默化的灌输，使企业报刊成为传播企业品牌、建立与客户之间的信任关系的有效手段之一。

3. 协助企业进行危机公关

危机公关是企业针对危机事件而展开的一系列旨在减少损害程度，挽回影响，恢复形象的公共关系活动。[3]在危机公关中，企业报刊作为企业媒体，可以凭借长期以来同公众建立的信任关系将事件真相、公司态度等传达给公众，还可以将内部稿件提

---

[1] 来自 2010 年 1 月 15 日对《康佳通讯》编辑郑小姐的访谈。

[2] 来自 2009 年 9 月 23 日对平安集团品牌部经理盛先生的访谈。

[3] 孙彦：《危机公共关系管理策略分析》，《辽宁师专学报》（社会科学版）2008 年第 3 期。

供给具有相互转载的合作关系的新闻媒体，以争取媒体的支持。如创维集团的报刊《创维视窗》就帮助创维集团顺利度过了危机。《创维视窗》编辑赵先生告诉笔者：面对威胁企业生存的事件时，"《创维视窗》都在第一时间刊登了公司声明，表明了公司态度并进行了跟踪报道，还将稿件提供给平时合作的大众媒体进行报道，使《创维视窗》成为危机时期官方信息的重要发布渠道，起到了对外宣传企业良好形象、正确引导公众舆论，对内统一思想、稳定人心、激励员工工作热情等作用，对企业的稳定作出了不小的贡献"[1]。

（三）企业文化建设与传播层面的功能

企业报刊是传播企业文化、企业理念的载体，它通过展现企业的精神风貌、人员素质、文化底蕴、发展战略来传播企业文化、树立企业形象。总结起来，深圳企业报刊的企业文化层面的功能主要表现在以下三个方面：

1. 企业报刊作为企业文化的组成部分

企业报刊是一种显性的企业文化，是企业文化的有机构成部分。E. 霍尔（Edward Hall）认为文化存在于两个层次中：公开的文化和隐蔽的文化。前者可见并能描述，后者不可见甚至连受过专门训练的观察者都难以察知[2]。从这一角度可以将企业文化分为显性企业文化和隐性企业文化，那些被企业公开宣传和倡导的、外部人能够直接感知的、现象上的和形式上的企业文化属于显性文化；而那些由公司员工心理体验得到而外部人不能够感知甚至员工也很难直接感知的、本质上的和内容上的文化属于隐性文化[3]。从形式上来说，企业报刊如同企业的标志、员工服装、标语口号、规章制度、文体活动一样，属于企业文化中能够被外部人所感知的文化，是一种显性文化；从内容上来说，企业报刊反映了包括公司领导和员工的世界观、人生观、价值观、工作观、企业领导的经营哲学、管理理念、思维方式、群体意识、个体意识、内心信仰和道德伦理精神等，体现着企业的隐性文化。深圳雅昌彩色印刷

---

[1] 来自 2009 年 12 月 9 日对《创维视窗》编辑赵先生的访谈。

[2] E. 霍尔著、刘建荣译：《无声的语言》，上海人民出版社 1991 年版，第 79 页。

[3] 刘志迎：《企业文化通论》，合肥工业大学出版社 2004 年版，第 95 页。

有限公司的刊物《雅昌》以"快乐工作、快乐生活"为口号，反映出雅昌的隐性文化：服务文化。不仅是服务客户，《雅昌》还以"服务员工"作为其服务文化的集中体现。每一期报刊的大部分篇幅都围绕员工进行采写，在仅 9 个栏目、14 页的创刊号里，展示员工风采的内容就占 80% 之多。从员工生日到喜结良缘；从员工运动会到年终晚会；从员工旅游到出国学习；从毕业生实习到新进员工成长；从足球、篮球、羽毛球赛到户外拓展，每一期《雅昌》都反映出雅昌公司关怀员工、服务员工的企业文化内核。

　　企业报刊作为显性文化的一种，不仅使企业文化能以更直观的形式被人们感知，还可以对隐性文化的形成起到潜移默化的促进作用。如中国平安保险股份有限公司于 2004 年正式推出的《中国平安》报，就很好地对平安公司的隐性企业文化起到了观照和助推的作用。平安集团品牌部经理盛先生说："平安将核心价值观融入每天的晨会，还通过司歌、训导等仪式来塑造公司的企业文化，《中国平安》报则通过选择典型的案例报道来提倡与鼓励相应的行为方式。我们公司有这样一个故事：一位业务员独自坐船出差，早上上班时间一到，他自己一个人站在船头一丝不苟地进行公司晨会——唱司歌，背训导。《中国平安》报把这样的典型事件发掘出来，写了一篇《一个人的晨会》。文章见报后，案例被整个系统反复讲述、不断传播，故事性地表达了平安'倡导什么、反对什么'，使平安的价值理念更深入员工的意识中。从这个意义上来讲，平安报也可以和诗歌、训导一起成为企业文化的组成部分。"[1]

2．企业报刊作为企业文化的构建者

　　模范（英雄）人物在企业文化的构建和传播中发挥着重要作用。阿伦·肯尼迪（Allan A.Kennedy）和特雷斯·迪尔（Terrence E. Deal）在《企业文化——现代企业的精神支柱》一书中指出："公司文化由价值观、神话、英雄和象征凝聚而成，这些价值观、神话、英雄和象征对公司的员工有重大的意义。"[2] 从这个角度看，模范人物在企业中发挥着榜样的作用，需要企业去发掘、塑造并传播。在实践中，企业报刊可以为模范人物的塑造与传播提供平台。企业报刊是企业自办媒体，以企业生产、经

[1]　见笔者 2009 年 9 月 23 日对平安集团品牌部经理盛先生的访谈。

[2]　特雷斯·E. 迪尔、阿伦·A. 肯尼迪著，唐铁军等译：《企业文化——现代企业的精神支柱》，上海科技文献出版社 1989 年版，第 16 页。

营及员工生活为主要的选材范围，面对的受众主要是企业内部员工、客户以及其他利益相关者，这为企业的模范人物的塑造和传播提供了渠道上的便利性和传播对象的贴近性。

如深圳万科公司创始人王石，他的探险家精神和儒商气质为万科公司的发展注入了活力，他的个人魅力作为万科企业文化的人格化表征，生动地反映在万科公司的经营理念、发展战略、员工制度等方面。可以说，王石作为万科公司的创始人，营造并见证了万科企业文化的发展。万科公司早在成立之初的 1992 年便创办了《万科周刊》，担负起企业领袖人物的形象塑造和宣传任务。

《万科周刊》主编韦先生指出："前几年的《万科周刊》，每一期都可以看到企业领导人的思想表达和情感流露。周刊编辑部经常把企业领导人一些有新闻点的事件比如登山、出书、言论作为周刊的重点报道题材；企业高层也喜欢与周刊互动，经常向编辑部投稿。万科周刊论坛还专门开辟了'王石 online'板块，作为他和员工、业主和网民交流的平台。"[1] 可见，在万科企业文化的塑造和传播中，《万科周刊》起到了积极的作用，它通过刊登王石等"企业英雄人物"的相关文章，沉淀出万科文化自由开放、人文关怀、理想主义、浪漫激情的特征并加以发扬。

3. 企业报刊作为企业文化的传承者

传承社会文化就是将信息、价值观和规范一代一代地在社会成员中传递下去。通过这种方式，媒介对文化的传承使社会在扩展共同经验的基础上更加紧密地凝聚起来。媒介给个人提供了可认同的社会，而减少了个人对社会的疏离感和漂泊感。[2] 企业报刊作为企业文化的传承者，最突出的表现就在于它是一种连续性出版物，每一期报刊都记载着企业发展的点滴，回顾企业报刊，就如同看到了企业发展的编年史，企业发展的阶段、历程都可以在企业报刊中找到缩影。《康佳通讯》报编辑郑小姐认为："企业报刊就像记录企业发展的历史书。我们的一个分公司曾经在庆祝他们的报刊办刊 10 周年的时候请我们题词，我们题了'一字一勋劳'。也许多少年以后人们再回顾企业的历史，很少有人去翻查一屋子的档案，更多的人会愿意翻看

---

[1] 见笔者 2009 年 12 月 17 日对《万科周刊》主编韦先生的访谈。

[2] 沃纳·赛佛林（Werner J.Seern）、小詹姆斯·坦卡德（James W.Tankard, Jr.）著，郭镇之等译：《传播理论：起源、方法与应用》，华夏出版社 2000 年版，第 349 页。

详细记录了公司历年重大事件的企业内部刊物。从内部刊物可以看到一个企业的文化和历史。"[1]

综上所述，企业报刊作为一种组织传媒，在组织内传播层面具有协助企业运营管理的作用；在组织外传播层面具有协助企业开展公共关系的作用；在组织内、外传播的过程中贯穿着构建和传播企业文化的作用。

五、深圳企业报刊的定位

企业报刊的定位决定了它的功能、编辑方针、受众及刊物风格，因此定位问题是企业报刊的核心问题。笔者根据企业报刊在组织内传播和组织外传播的特性，将其分为内部导向的企业报刊和外部导向的企业报刊两种。定位于内部导向的报刊，通常以加强内部沟通和文化建设为主要目的，主要关注企业自身运作管理中的问题，主要在企业内部员工之间传播；定位于外部导向的报刊，通常以加强对外联系和文化传播为主要目的，主要关注行业和社会公共事务的相关问题，面向相关的社会组织和个人传播。由于不同企业在规模、所属行业等方面的不同，企业办报刊的目的也不同，企业报刊的定位应从企业自身特点出发，在内部、外部两种导向的框架下，从功能、内容、受众三个层面进行。笔者将所调查的企业按照企业规模和行业类型进行了分类，以此为例探讨不同类型企业报刊的定位方式。

中小型企业如深圳面点王饮食连锁有限公司、深圳市金鹏股份有限公司等，它们的办刊特点是：刊物种类少、容量小、报型刊物居多。如面点王公司的《面点王之歌》月报、金鹏公司的《金鹏通讯》月报等。《面点王之歌》主编王先生认为："企业报刊是一个桥梁，它帮助公司实现上下沟通，特别像面点王这种连锁店，各分店员工之间沟通的机会不多，通过企业报刊就可以使公司的决策上通下达，使各分店的员工的意见、心声下情上传。我们在报刊中专门设立了总经理信箱，确保公司员工意见的有效表达。"[2] 面点王公司将企业报刊作为内部沟通的桥梁，这种诉求决定了《面点王之歌》的内部导向属性，即以内部沟通和企业文化传播为主要功能、以

---

[1] 见笔者 2010 年 1 月 16 日对《康佳通讯》编辑郑小姐的访谈。
[2] 见笔者 2009 年 10 月 20 日对《面点王之歌》主编王先生的访谈。

内部员工为主要受众、以内部信息为主要内容。在实践中,《面点王之歌》每期出版6000份报纸,其中70%以上都向内部员工发放,只有一小部分赠送给客户及社会相关部门。它的内容主要包括公司员工的好人好事、公司动态、决策,与其内部导向的属性相一致。

大型企业一般具有较强的企业文化意识以及成熟的企业文化体系、完善的内部沟通机制、庞大的员工数量、多层次管理的组织结构、跨地区的公司模式,这些特征决定了大型企业的企业报刊在导向上是多样化的。由于具有雄厚的资金支持,这些企业往往会围绕不同的功能定位打造不同的报刊。

大型企业如中国平安保险集团、中兴集团、宝安集团等,它们的办刊特点是:刊物种类多、受众细分程度高、各种报刊分工明确。与大多数中小企业只办一种报刊相比,大型企业往往按照不同的功能定位同时办几种报刊,如中国平安保险集团就围绕自身的发展需要打造了"两报三刊",包括旨在加强内部沟通、建设和传播企业文化的《中国平安》报,旨在提升业务人员业务水平的营销杂志《平安行销》,旨在加强平安同广大客户联系的《客户服务》报,定位于收集"媒体眼中的平安"的《平安剪报》,面向高端客户、最具平安人文气质的《平安生活》。又如中兴通讯股份公司的报刊系列,包括为给中兴通讯产品的维护人员提供交流平台而创办的专业性较强的《维护经验》,以宣传企业品牌为目的,以客户为受众,以展示中兴手机资讯、分享中兴手机成功经验、思考全球电信运营未来为内容的《手机汇》,以建设和传播企业文化、加强内部沟通为目的,面向内部员工的《中兴通讯》。中兴通讯股份公司还根据身处高科技行业的特点,与安徽科学技术情报研究所联合主办了通讯技术类专业杂志《中兴通讯技术》,向国内外公开发行。

总之,深圳大型企业的报刊的定位方式是:内部导向和外部导向的企业报刊兼有,并在此基础上形成了功能层次多(基本涵盖了企业运营管理、公共关系、文化传播功能)、受众细分程度高(为各种功能的报刊划定了特定的读者群)、内容多元化(根据不同读者群的喜好安排了多样的内容)的企业报刊系列。

不同行业的企业有不同的业务需要,也就赋予了企业报刊不同的导向。笔者根据深圳市企业报刊协会提供的数据,结合对多种企业报刊的阅读分析,归纳出深圳市各行业企业报刊的定位情况(见表1)。

表1　深圳市各行业企业报刊出版类型及定位情况统计

（单位：种）

行业	出版类型		定位		总数
	刊型	报型	内部导向	外部导向	
医疗卫生	4（80%）	1（20%）	5（100%）	—	5
综合性企业	9（50%）	9（50%）	14（78%）	4（22%）	18
建筑业	3（100%）	—	2（67%）	1（33%）	3
交通运输	7（58%）	5（42%）	11（92%）	1（8%）	12
邮电能源业	9（67%）	2（33%）	10（91%）	1（9%）	11
电子电器业	12（48%）	13（52%）	14（56%）	11（44%）	25
餐饮娱乐业	3（50%）	3（50%）	4（67%）	2（33%）	6
文化教育	3（100%）	—	1（33%）	2（67%）	3
房地产	22（63%）	13（37%）	20（57%）	15（43%）	35
金融证券	12（80%）	3（20%）	6（40%）	9（60%）	15
零售业	3（100%）	—	2（67%）	1（33%）	3
制造业	7（70%）	3（30%）	9（90%）	1（10%）	10
其他	—	2（100%）	1（50%）	1（50%）	2
总计	94（64%）	54（36%）	99（67%）	49（33%）	148

统计结果显示，深圳市以内部导向为主的企业报刊共99种，占全市企业报刊总数的67%；以外部导向为主的企业报刊共49家，占全市企业报刊总数的33%。从整体来说，深圳市企业报刊更注重其在企业运营管理、企业文化传播方面的作用。同时我们也可以看出，深圳市企业报刊最为集中的行业分别是电子电器业（25种）、房地产业（35种）、金融证券业（15种）、交通运输业（12种）、大型综合性企业（18种）。企业刊物在以上五类企业中最为集中，这与深圳市将高新技术产业、金融业和物流业确立为三大支柱产业的产业结构状况是相一致的。在金融证券业、电子电器业、房地产业中，内部导向和外部导向的企业报刊的数量基本持平，而在交通运输业和综合性企业中，内部导向的企业报刊占到了绝大多数，这种定位上的差别体现到行业上，就表现为行业性质的差别，下面仅以金融证券业、电子电器业、房地产业的报刊为例，说明行业性质与企业报刊定位之间的联动关系。

1. 金融类企业对财经类信息有着天生的依赖性，因此金融类企业的报刊就必须承担起收集、整理、分析业内信息，供企业内部及行业内部交流学习的职能。总体来看，金融类企业报刊是以外部导向为主的，在功能定位方面更侧重对外宣传和建立关系。《华安保险》主编乐小姐指出："在国内的财产险公司里面，比较大的公司像平安集团，是比较注重对外宣传的，但中小企业如华安保险的财产险产品是很少做广告的，在缺少对外宣传的情况下，《华安保险》应运而生。它已经做了 12 年了，承担了对外宣传的作用，在监管部门和客户不了解我们的情况下，通过这本杂志可以看出我们公司是一个运营良好的、专业性很强的公司，华安保险集团全国 29 个分公司所在地的保监会领导都通过杂志了解了华安、认可了华安。"[1] 在受众定位方面多以行业内人士为主，在内容定位方面侧重业内的专业信息和焦点问题。根据笔者调查，深圳市目前共有 15 家拥有企业报刊的金融类企业，其中完全是行业资讯的报刊共有 7 家，分别是《联证研究》、《中银理财》、《国泰君安证券通讯》、《招商证券》、《长城证券》、《安信证券》、《平安行销》，占金融类企业报刊总数的 47%，以行业资讯为主的报刊共有 2 家，与前者一起共占金融类企业报刊总数的 60%（见表1），说明金融类企业报刊对行业资讯的关注程度远高于其他类型企业的报刊。

2. 电子电器类企业的运营涉及研发、生产、销售等环节，研发环节的高科技含量、生产环节的密集劳动力、销售环节的多层次营销网络，这些特征确定了电子电器类企业报刊需要在其中的一个或者几个环节发挥作用。致力于研发环节的报刊一般以外部导向为主，面向专业人员，以专业技术知识为主要内容，如中兴通讯集团的《维护经验》、华为集团的《华为技术》等；致力于生产环节的报刊一般以内部导向为主，面向员工，以企业和员工信息为主要内容，如中兴通讯集团的《中兴通讯》、华为集团的《华为人》等；致力于销售环节的企业报刊一般以外部导向为主，面向营销人员和客户，以行业资讯及营销知识为主要内容，如《创维营销》。

3. 国内企业报刊界中最为成功的一批报刊，如《万科》、《宝安风》、《华侨城》等，都是由房地产类的企业主办的，这与房地产企业的特征是分不开的。房地产不同于一般产品，它是一种基本的生产和生活资料，其价格波动对经济发展、社会稳定有重大影响，因此房地产业的发展受经济政策的影响非常大，这就决定了房地产企业的报刊不仅要关注企业，更要关注社会、关注经济动态，成为企业与社会之间信息沟通的纽带。房地产业与消费者关系十分密切，消费者的生活习性、需要的文化氛围及配套设施等各个方面都需要考虑。因此，房地产企业的报刊一定要想客户之所想，成为与客户沟通的桥梁。房地产业是一个资金密集型和知识密集型的行业，这类企业的从业人员具有较高的素质和专业知识，因此房地产企业的报刊作为企业文化的集中体

---

[1] 见笔者 2009 年 8 月 19 日对《华安保险》主编乐小姐的访谈。

现，更应营造一种层次较高的文化氛围。

作为国内最好的企业报刊之一，《万科周刊》的定位方式的演变是具有代表性的。1992 年创办的《万科周刊》还只是单页快报，以内部导向为主，以企业员工为受众，是公司总部与子公司之间信息沟通的渠道。随着万科集团于 1994 年由多元化企业转变为专注于房地产的专业性企业，《万科周刊》的定位也作出调整，在贴近房地产企业特色的同时，刊物定位出现了外部导向的转移：刊物开始对深圳投资环境、中国经济金融问题进行分析与思考，兼顾企业内部的信息沟通，在当时每期 31 页的篇幅中，真正有关万科内部信息的文章被压缩至 4 至 5 页。后来随着万科集团发展方向的进一步明确，《万科周刊》的外部导向定位逐渐明确，最终发展成为现在的以"结合万科的经营实践，从微观操作层面给人启发"为目的、以"有教养的社会精英"为受众，以探讨微观经济领域的问题、大众文化的问题、国家宏观政策的问题为主要内容的定位。

六、深圳企业报刊未来发展趋势的展望

（一）深圳企业报刊的品牌建设之路

企业报刊的品牌是它区别于其他刊物的名称、标志、包装等符号的组合，是企业的经营理念、服务理念、行为理念、形象理念的高度抽象和概括，体现着企业报刊的个性和读者的认同感，象征着创办者的信誉和实力，表现为企业与读者心理之间的最佳契合。可以说企业报刊是企业印制的一张"名片"，这张"名片"印制是否精美，内容是否吸引人，直接反映出企业的自身实力和文化品位，决定了它能否抓住受众的眼球，能否在公众中达到企业期望的传播效果。因此，企业结合自身特点，打造个性鲜明的品牌报刊，是企业报刊发展的必由之路。

1. 国内企业报刊品牌建设现状

深圳市出版业协会报刊专业委员会会长陈昌华认为，企业报刊的发展需要经历三个阶段。第一个阶段是初级阶段，在这个阶段中企业报刊是企业和老板的喉舌，是一个企业的传声筒、留声机、摄像机，它的功能定位就是总结和记录企业的成长。第二

个阶段是企业报刊的品牌阶段，这个时候的企业报刊已经完成了自身的积累，开始创造自身的品牌，由比较共性的"企业喉舌阶段"过渡到"打造自身品牌阶段"。[1]他指出现在国内绝大多数的企业报刊仍然处于第一、第二阶段的过渡和转换阶段。

目前深圳已经有一批企业报刊进行了品牌化建设的尝试。《华安保险》以财产险行业内的宏观政策、焦点问题为关注点，将其主要受众定位为以监管机关（保监会）等政府机关为主，这就与同行业内的《泰康保险》（目标受众是客户）、《平安保险》（主要面向员工）进行了有效的区分，并且《华安保险》每年都会主动参与全国企业报刊界的交流学习活动，同时将杂志定向寄送给全国29家分公司所在地的地方保监会领导，这使得华安保险公司连同《华安保险》在行业内都取得了不错的声誉，知名度得到了较大提升。再如深圳金威啤酒有限公司的报刊《金威啤酒》月刊，就以其一贯坚持的"通俗文化"在深圳企业报刊界成为一颗冉冉升起的新星。与一般企业报刊追求的高雅化、精英化不同，《金威啤酒》的负责人认为金威所倡导的啤酒文化应该定位为一种通俗文化，"酒文化本来就是一种通俗文化，我们的消费者是老百姓，老百姓喜欢通俗文化，我们倡导的酒文化通俗而不低俗。正是这种通俗文化使我们与消费者拉近了距离……"[2]

但不可否认的是，深圳企业报刊的品牌建设状况从整体上来讲并不理想，在业界真正具有影响力的报刊仍然是极少数。究其原因主要在于：第一，企业对报刊缺乏足够的重视。部分企业片面认为报刊仅是副业，无法赚取利润，在报刊的人力与财力投入上随意性较大。第二，企业缺乏打造报刊品牌的意识。不少企业把企业报刊当作老板的喉舌。很难对企业内部受众形成凝聚力，对外部公众产生吸引力。

2. 深圳企业报刊品牌建设的展望

深圳企业报刊的品牌建设是一个长期的过程，这个过程既包括企业对企业报刊重视程度的提高，也包括办刊思路的转变。企业应转变对企业报刊的功能定位，将其视为企业的"文化产品"，并将其与广告、公关等一同纳入企业的整合营销传播体系，树立有利于企业生存发展的办刊理念，以保证企业报刊的稳步发展。

"以企业为视角，以受众为导向。"站在企业的角度，对读者所关注的议题进行各

---

[1] 陈昌华：《企业报刊也要"与时俱进"》，企业管理出版社2002年版，第1页。
[2] 来自2009年9月2日对《金威啤酒》主编李先生的访谈。

种形式的报道、评论，既可以体现刊物的独特性，又可以兼顾读者的喜好，使读者在阅读过程中潜移默化地了解企业的价值观和文化。深圳企业报刊界的佼佼者——《万科周刊》便深谙此道，该刊物以白领、财经精英作为主要的读者人群，因此在内容的选择上淡化了企业内部信息，强化微观财经领域的议题和一些社会性议题，以"企业视角、人文情怀"为办刊宗旨，极力凸显刊物的"小资情调"和"精英文化"。时至今日，《万科周刊》在全国企业报刊界已成为一面旗帜，每年有大量的文章被公共媒体转载，有人甚至感叹"《万科周刊》已经超越了一些公开发行的刊物的办刊水准"，这无疑是对《万科周刊》的品牌建设成果最有力的证明。可以预见，今后深圳企业报刊的品牌建设将从"专注企业"转变到"以企业为视角，以受众为导向"的道路上来。

（二）企业报刊的市场化之惑

企业报刊的市场化运作问题，近年来不断被涉及。一种看法是企业报刊应摆脱"内部资料性出版物"的框架，转变身份为"大众传播报刊"；在企业内部管理运作层面进行改革，将企业报刊从"内部供养"的模式转变为"独立经营管理"的模式，最直接的表现就是公开发行、定价销售、经营广告业务和面向社会征订。这就涉及我国企业报刊能否成为公开出版物的新闻出版管理体制改革问题。

按照国家新闻出版署颁布的《内部资料性出版物管理办法》的规定，从1998年起，各地停止了向企业报刊发放临时广告经营许可证的做法，或松或严地执行着"五不准"的规定：不准在名称上称报称刊，不准上市标价出售，不准公开发行征订，不准经营广告，不准以报社或杂志社名义在社会上开展经营活动。10多年来，"五不准"一直是企业报刊发展的红线。现行体制不可能允许企业报刊向大众传播媒介身份转变。在内容上，各地新闻出版管理部门加强了对企业报刊的审读，如超出企业或经济范畴的内容都算是违规。每年的年审成为企业报刊能否存活的门槛。

从实践来说，在市场竞争的环境中，有些企业跨地区、跨行业经营，势必导致企业报刊的内容外向化、复杂化。而企业报刊规模的扩大和品种的增加，又会带来报刊运作的成本控制问题。单从企业报刊运作的成本管理方面而言，有些企业就试图改变过去单纯依靠内部供养的方式经营报刊的做法，改为内部独立核算，甚至内部独立经营的体制，从而将企业报刊推向市场化。可以说，企业报刊市场化问题，反映了企业报刊的影响力和运作方式的关系。企业报刊对企业的影响是一个长期的过程，企业对企业报刊的投资更多的是从企业形象宣传和企业的社会影响角度考虑，而不是从企业的盈利角度考虑的。但是这一内部供养模式也容易影响企业对该项投资的积极性，容易导致企业对所创报刊在人力与物力投入上的随意性。这些因素往往造成了企业报刊发展的波动性。

在产品和服务同质化程度越来越高的今天，企业在竞争中保持领先的核心要素就是创新，既包括技术、产品、服务的创新，也包括管理方式、宣传手段的创新。一份具有社会影响力的企业报刊可以成为企业有效的竞争手段，在一定程度上也有能力发展成为公开的、有社会影响力的公共媒体。有些企业致力于调动各方力量，奔走于政府部门为其所创办的企业报刊申请公开发行的 CN 号；有的学者甚至预言在不远的将来，中国企业所创办的报刊有可能获"企业 CN 号"。有一些企业在现有规定的范围内，在企业报刊的出版、广告经营方面作出了一些尝试，比如有的企业将一段时期内企业报刊中的精品文章汇编成书，进行定价公开销售；一些有合作关系的企业将各自的广告发布在对方的企业报刊上，进行一种"广告互换"的合作。但中国媒体市场的开放是一个长期的过程，现在还看不到任何企业报刊能取得公开发行刊号的迹象。

比较现实的做法是，企业应该立足于当下，转变对企业报刊的观念，从"企业报刊是企业供养的可有可无的附属品"转变为"企业报刊是企业宣传战略的组成部分和内部管理的有效工具"，并且要加强对企业报刊传播效能的评估，把它纳入企业绩效评估体系中，以便根据企业报刊的功能发挥状况适时地调整办刊方针，这才是实现企业报刊的投入和无形收益平衡的最佳措施。

（三）数字化时代的深圳企业报刊

网络媒体时代的到来深刻地改变着信息的传播方式、人们接触媒体的方式和使用媒体的习惯，这种变化也不可避免地影响到了企业报刊。媒体的数字化给企业报刊带来了哪些机遇，企业报刊如何做出适时调整以抓住机遇，促进自身发展，这是本文需要研究的问题。

1. 媒体的数字化对企业报刊的影响

（1）企业报刊"对内"特征的消解

现有政策规定，企业报刊只有通过新闻出版部门的审批，获得准印证后，才能在本单位、本系统、本行业内进行交流。这不仅设立了企业报刊的准入门槛，还限定了企业报刊的传播范围。但在网络时代下，这种限制可能不再有实质性的意义。首先，企业可以将企业报刊的内容以电子报刊的形式通过网络传播而不需要经过新闻出版署审批，也不以获得刊号或者准印证为前提，这就打破了准入门槛的限制；其次，网络媒体的受众具有广泛性和不确定性的特点，使得网络版企业报刊的受众不再局限于某行业、某系统和某单位，只要是关心企业和企业报刊的受众都可以看到。

（2）为企业报刊带来更加生动的传播方式

企业报刊可以一改往日的"文字稿加摄影图片"的排版方式，可以在数字化的报刊中加入视频、声音、图片等多种信息表现形式。声音和画面通过配合协调形成了特有的视听空间，创造了完整立体的双通道传播，使人们感知到确定无疑的立体信息。

（3）降低了企业报刊的成本

网络版的企业报刊具有无限的可复制性，并且可以通过企业网站、电子邮件等形式进行传播，极大地减少了纸质报刊在印刷、寄送方面的开支，可以说在复制和传播渠道上真正实现了零成本，企业可以将这部分人力、财力的投入转移到提高内容质量上去，从而提升企业报刊的吸引力。

2．深圳企业报刊在数字化时代的发展

笔者调查发现，深圳企业报刊的电子化主要表现为企业在其官方网站设立专区，将纸质报刊的内容以网页或电子刊物的形式在专区内展现，无论是谁，只要点击该专区，就可以浏览到企业报刊的详细内容。在拥有网络版的企业报刊数量方面，有网络版的企业报刊共 60 种，占深圳市企业报刊种类总数的 40%，没有网络版的企业报刊共 88 种，占总数的 60%。从该调查数据看来，深圳市企业从整体上来说还没有充分意识到运用整合媒体辅助实现企业效益的重要性，深圳市企业报刊的数字化还有很大的发展空间。

目前深圳已经有一些企业在打造数字报刊方面作出了尝试，如万科集团创办的万科周刊论坛网站，不仅通过网站发布《万科周刊》上最新的文章，网站还允许网友上传自己的文章，并针对网友上传的文章内容设立 33 个版块，涵盖了财经、人文、摄影、建筑、音乐、旅游等多个方面的内容，使得网友不论有什么兴趣爱好，只要来到万科周刊论坛，总能找到可以产生共鸣的话题。这种由企业提供空间，由网民提供内容的形式不仅使篇幅有限的纸质报刊通过网络实现了内容的无限扩张，而且使读者从

内容的观看者变成了既是内容的观看者又是内容的生产者，从单纯的信息接受者变成了既是信息的接受者又是信息的传播者，并借此网罗了一大批忠实的受众。可以说这种办刊思路是符合数字化报刊发展的趋势的。今后，随着计算机信息技术的不断进步，以及人们的媒体使用习惯的逐渐转变，企业报刊将从"以纸质报刊为主体"转变为"以数字报刊为主体"，企业将专门建立互动式的企业报刊网站，通过全数字化的采编技术将各方信息进行整合、分析、加工，然后按照不同内容的特点以及受众的需求和接触习惯，分别选取最合适的媒介进行传播。总之，数字化企业报刊将逐步成为企业报刊的主流。

新闻发言人
公众知情权与政府公信力

潘晓慧

政府新闻发言人制度是推动政务公开和透明，增进政府与社会公众之间联系的重要手段。政府新闻发言人制度已有近百年的世界历史。我国从 1983 年开始推行新闻发言人制度，但政府新闻发言人制度引起国人广泛关注则是在 2003 年 SARS 危急之后。随着我国政治民主化程度的提高和行政管理体制改革进程的发展，新闻发言人制度必将逐步发展、完善。因此，系统深入地研究政府新闻发言人制度，具有重要的理论意义和实践意义。本文主要论述深圳在政府新闻发言人和新闻发布问责制改革方面的探索和成就。

一、深圳政府新闻发言人制度的创始及意义

新闻发言人制度的建立是为了健全和完善政府与公众的沟通渠道和传播机制，加强政务公开，提高政府行政的透明度，满足公众的知情权，并鼓励公众积极地参政、议政，最终推动社会主义民主政治的进程。公众广泛的参与性是社会主义现代民主政治的重要特征，实现公众参与政治生活的重要途径就是实现政府与公众的双向沟通。政府提供有效的社会沟通渠道，使公众的意见和利益有充分的机会表达出来，不仅可以使政府及时、广泛地了解各种不同的利益群体诉求，为政府制定政策提供依据，同时也能够有效缓解社会矛盾，有利于形成既生动活泼又稳定和谐的政治局面和社会秩序。

新闻发言人的实质是一种新闻发布制度，其职责是在一定时间内就某一重大事件

或时局问题举行新闻发布会或约见个别记者，发布有关新闻或阐述政府和相关部门的观点立场，并代表政府或部门回答新闻传媒提问。

在西方发达国家新闻发言人诞生在一个政治改革、经济增长、传媒大众化的年代。新闻发言人、新闻发布会早已成为政府和新闻界以及与公众进行沟通的方式。例如，美国的新闻发言人制度最早可以追溯到总统新闻发言人。新闻发言人成为一种制度普遍在美国各地建立起来。二战后，媒体的影响力延伸到社会的各个角落，与人们生活的各个方面紧密相连。为了适应这一变化，20 世纪 50 年代后，西方各国政府纷纷效仿美国，建立新闻发布制度，设立发言人。据美国全国政府传播者协会估计，在美国各级政府大约有 4 万名政府传播者。

我国新闻发言人制度始于 1983 年，这一年外交部首任新闻发言人对中外记者亮相。同年，中国记者协会首次向中外记者介绍国务院各部委和人民团体的新闻发言人，正式宣布我国建立新闻发言人制度。2003 年发生"非典"公共卫生危机事件以后，从中央到地方，各级政府都逐步设立了新闻发言人制度，新闻发言人制度进入了普通百姓的生活之中，成为我国新闻发言人制度发展的转折点。近年来，我国的新闻发言人制度呈现出从中央向地方推广的态势。它是各级政府实行政务公开的一种具体措施。新闻发言人制度的意义在于：有利于保障公民的知情权，进而提升公民监督政府权力的能力；有助于政府决策的科学化，体现了政府治理观念、模式的悄然变化；同时也有助于实现政府维护社会稳定的职能，通过媒体议程设置功能对舆论进行引导，进而达成政府公共治理的目标。新闻发言人制度还作为政府公共关系框架的一个组成部分，致力于向媒体和公民及时提供信息，在公众中努力塑造良好的形象，获取公众的参与和支持，从而成为现代高效政府施政的重要方式。

"新闻发言人"的中国式定义是：国家、政党、社会团体任命或指定的专职（比较小的部门为兼职）新闻发布人员。其职责是在一定时间内就某一重大事件或时局问题，举行新闻发布会或约见个别记者，发布有关新闻或阐述本部门的观点立场，代表有关部门回答记者的提问[1]。相近的美国式定义是"新闻发布官—新闻负责人"，但其英语原文 press and public relation officer — press and public relation chief 明显直接外化了"公共关系"的目标指向，由此可见，新闻发言人制度的意义在于它的公关性、民主性和工作性。从政府新闻发言人产生的历史背景来看，也与处理公共关系的诉求

---

[1] 刘建明主编：《宣传舆论学大辞典》，经济日报出版社 1992 年版，第 357—358 页。

密切相关。而新闻发言人制度的公共关系管理主要通过危机管理、日常沟通、国际交流等来实现。但是中国式定义则没有突出实际存在的公共关系之诉求。

传播学理论认为，新闻发言人制度是通过议程设置对舆论进行控制，包含传媒议程的设定、公众议程的设定、政策议程的设定。[1] 举行新闻发布会的目的是政府部门有新的举措，希望媒体报道，以扩大舆论影响，或是澄清事实，以正视听。通常在重要会议结束前后、重要政策出台时、谣言横行时和出现突发事件时。由于政治经济等原因，任何突发事件发生都将面对媒体。

我国建立新闻发言人制度的必要性在于新闻发言人是我国政府调节公共关系的重要手段之一。政府的行政管理活动涉及大量与广大公众日常生活密切相关的公共事务，如交通、医疗、卫生、住房、社会福利和保障等，需要经常答复公众的咨询。另一方面，政府在管理活动中遇到的重大活动和事件（包括一些突发性的事件），如重大工程立项、重要的外事活动、有关经济和社会发展的重要决策、社会性的危机事件等，也需要向公众广而告之，披露真实的信息。

深圳市的新闻发布制度始于1985年，尽管当时支持配套系统不完善，深圳的特殊地理位置以及境外媒体对特区的高度关注给政府的新闻发布带来了极大的压力，政府还是推出了新闻发言人制度，为经济特区建设之初的政府与外界的关系积极地营造良好的舆论环境，也为后期的深圳新闻发布制度的建设奠定了基础。随着深圳市政府各项制度的不断完善，深圳市政府又确立了"行政首长负责制"的工作原则，明确各级政府和部门的行政首长是新闻发布工作的第一负责人，并大力推行多层次新闻发言人的队伍建设。

2004年，深圳市政府办公厅下发《关于建立完善新闻发言人队伍的通知》，并于同年7月举办第一期新闻发言人培训班，120名市区两级新闻发言人和新闻助理在集中培训结业后正式上岗，标志着深圳市新闻发布工作迈出新步伐。

2006年深圳市政府又下发了《关于加强和改进深圳市人民政府新闻发布制度建设的实施意见》[2]，明确提出深圳将结合形势发展需要及所面临的舆论环境，健全完善"多层次、多部门、多角度"的新闻发布体系。这个新闻发布体系表明了市政府在社会转型期中对引导社会舆论以及推行政府公共政策的重视和具体措施。诚然，一个

---

[1] 常昌富、李依倩编：《大众传播学：影响研究范式》，中国社会科学出版社2000年版，第66—67页。
[2] 深府办 [2006] 191号文件。

现代化的、成熟的政府必须是注重公众权益的政府，而深圳市政府是具有强烈新闻意识的政府。该体系呈现了深圳市政府对新闻发布工作的高质量、高密度和立体化的考虑，对行政干部加强了新闻发布意识的教育，倡导以积极主动的姿态应对新闻媒体。继而，又形成了具有新闻发布和舆论引导双向功能的深圳市媒体"报网台联动"机制以及"突发公共事件采访线建设"工作机制。这些现代政府新闻公关机制在实践中有效地引导了社会舆论，为境内外传媒对深圳的新闻报道提供了重要信息源。

政府发言人制度的建立，给政府信息公开带来了实质性的突破。其积极意义就在于，它的建立说明在我国尊重公众知情权、公共信息公开法制化，已经不是仅仅停留在宪法陈述的文字层面上，而是已经有了实践的意义。公共信息公开的时间、内容、程序以及相关的问责机制等在我国将逐步走向成熟。建立发言人制度的终极目的就是营造公开、透明的信息环境，这一做法从根本上讲，就是对公民知情权的尊重和保护。从这个意义上说，深圳市启动的政府发言人制度，维护和实现了社会公众的知情权，并凸显了政府公信力。

公众的知情权是现代民主的根本要求，也是监督公共权力的有效手段。列宁曾经说过："没有公开性而来谈民主是很可笑的。"人民行使管理国家的权力，是以对公共事务的了解为前提的。如果不能获取政府的信息，人民就无法选择、监督政府。建立发言人制度是政府推行政务公开、更好地为公众服务的重要措施，也是"服务型政府"、"责任政府"理念的重要体现。

建立和完善政府新闻发布制度是实现政务公开、对外树立政府良好形象的需要，《中共中央关于加强党的执政能力的决定》明确要求各级政府："重视对社会热点问题的引导，积极开展舆论监督，完善新闻发布制度和重大突发事件新闻报道快速反应机制。"各地都相继推出了新闻发布会制度，作为政府各类信息向社会公开的窗口，应该说，这样的举措加强了政府与媒体的沟通，增加了政府工作的透明度，可以保证政府信息的权威性与可信度。

建立新闻发布制度，一是有利于准确及时地反映党和政府的重大工作部署及政策措施，宣传经济社会发展的总体情况和重大工作进展，及时掌握应对突发事件的主动权。其次，这也是落实党的十七大"保障人民的知情权"的举措之一，有利于增强政府工作的透明度，向公众解释、澄清突发事件的前因后果，以便人民群众能够积极有效地配合政府开展工作，起到统一步调、提高效率、维护稳定的效果，也是遵循国际惯例和新闻规律、加强新闻舆论调控和管理、树立政府良好形象的重要举措。

二、深圳政府新闻发言人的改革历程

经过 20 多年的发展，我国的新闻发言人制度从无到有，新闻发言人队伍逐步壮大，新闻信息披露的广度和深度得到极大扩展。目前，74 个国务院部门和单位，31 个省、自治区、直辖市已建立了新闻发言人制度，国务院新闻办、国务院各部门和省级政府三个层次的新闻发言人制度在我国已基本建立。新闻发言人制度在加强政府、媒体、公众之间议程的沟通，促进政务公开，提高政府公信力，维护公众知情权，鼓励舆论监督，塑造政府形象，以及危机事件处理方面发挥了积极作用，赢得了广泛共识。

政治文明建设与新闻发言人制度理念重塑对转变新闻发言人制度认识的落后理念相当重要，特别是在处理危机事件时，如果没有从维护公众知情权的层面来认识制度，对新闻发言人制度的二元属性——信息公开和公关效果不能正确定位，片面地将新闻发言人制度作为维护和改善政府形象的重要公关手段，而不是作为实现有效沟通、正确引导舆论、方便公众参与公共生活管理的工具，最终会导致新闻发言人制度失效。

"两个条例"颁布健全了新闻发布制度的法律语境，改善了我国新闻发言人制度，但是制度安排本身还有较大的漏洞，例如，缺乏对信息披露范围、披露程序、责任人落实和追究失职责任等方面的明确规定，缺乏对新闻发言人制度及人员的明确监督和问责机制。监督、问责机制不健全，直接结果是导致新闻发言人制度形同虚设。造成漏洞的主要原因是我国的新闻发布会一般采取政府发布、媒体公布的单向传播形式，信息披露的范围有限，内容较单一。这种单纯由政府发出"声音"的发布形式，是否会使媒体成为单纯的"传声筒"，使公众成为"沉默的大多数"，一直是公众关心的重要话题。所以倡导自主新闻发布会，引领新闻发布的新形式，改变和丰富发布形式也是完善新闻发言人制度的重要手段，有利于媒体、政府、民众之间产生良性互动和理性沟通，不仅可以满足政府公开信息的需要，而且可以满足公众通过媒体了解政府信息的需要，新闻发布信息的广度和深度都可以得到巨大提升。

21 世纪以来，我国新闻发言人制度建设有了明显进步，体现出制度理念转变、法制保障和形式多元的新的发展趋势，这对克服传统新闻发言人制度的弊端，更好地发挥新闻发言人制度的社会效益，向国际惯例靠拢提供了积极保障。这种与国际接轨的新闻发布制度，正日益得到认可和推广。

(一) 深圳新闻发布制度的建立与发展

深圳新闻发布制度从 1985 年迄今已经走过了 25 个年头。早在 1985 年，深圳市委就同意市委宣传部《关于建立市政府发言人制度的意见》，在深圳设立三个层次的新闻发言人，并由当时的市领导邹尔康任首席发言人。深圳的新闻发布制度伴随着特区一起蹒跚起步。经过十多年的探索，于 1998 年深圳设立市、区和政府各部门、市政府新闻处三级新闻发言人制度，确认了全市 38 个单位和 40 位新闻发言人，这成为深圳新闻发布制度走向成熟的分水岭。

2003 年 9 月，市委市政府批准了《深圳市政府新闻发言人工作制度》，确立了深圳新闻发言人工作制度的原则和框架，建立了新闻发布"行政首长负责制"，新闻发言人直接从"一把手"那里得到最新信息并被授权发布，明确了"一把手"对新闻发布负直接领导责任。

2004 年 4 月，市政府办公厅发布《关于建立健全市政府新闻发言人队伍的通知》，要求各区及政府各部门设立新闻发言人，并配备新闻助理。同年，市政府首期新闻发言人培训班在市委党校举行。2006 年，深圳市和国务院新闻办联合举办新闻发言人培训班，培育新型政府代言人，从而引发了深圳各区、各部门给新闻发言人队伍"充电"的热潮。

2006 年 8 月 2 日，深圳市政府新闻发布厅正式启用，深圳政府在线公布了市政府系统的新闻发言人和新闻助理的名单。

2007 年 6 月 18 日，市政府新闻办就《深圳市少年儿童医疗保险试行办法》举行新闻发布会，新上任的市政府秘书长李平首次以市政府新闻发言人的身份主持新闻发布会。

2009 年，经过近 10 年的酝酿，深圳市政府首创"新闻发布问责制"，行政机关发布新闻不作为、不及时、不规范、不准确造成严重后果都将对直接负责人问责，将新闻发布变成了刚性约束，把政府对新闻发布制度的管理推向了最高境界。《深圳市人民政府新闻发布工作办法》设定的突发新闻发布时限 120 分钟，参照了国内外发达城市的先进做法，结合了各类突发公共事件应急响应的制度规定，保障了解决突发公共事件新闻发布的"第一时间问题"。由于目前条件还不成熟，对行政机关受理答复记者采访申请的时限还没有作出硬性规定。但是政府希望能够先行总体上推进各级部门的主动新闻发布。至于规范政府部门受理、答复记者采访申请的时限，需要一个过程。尤其是在深圳市政府机构实行大部门制改革后，系统的扩大使得新闻发言人协调汇总新闻信息有了时间上的压力。现阶段先行在重大问题的新闻发布时限上给予了保障，同时市政府也要求每个部门都建立自己的新闻发布程序规定，避免出现拖延新闻发布时间的情况。这一改革大大深化了政府新闻发言人制度改革，引起全国舆论的关注。[1]

2010 年，随着媒体环境的变化，深圳市政府积极思考了两个问题：一个是发言人是否积极使用网络；第二，是否要专门设立在网络上发布新闻的发言人。因此，如何增强政府驾驭互联网等新兴媒体的能力迫在眉睫。

《深圳市人民政府新闻发布工作办法》在新闻发言人发布工作及发布渠道中专门提出了要通过"网络互动"这种渠道。深圳不排斥发言人通过网络来进行新闻发布，从这个概念上说深圳的新闻发言人制度已经确立了发言人通过网络开展工作的各方面规定，包括推出新岗位：网络新闻发言人。这是鉴于网络传播速度特别快、参与人数特别多，且具有互动的特点而提出的。市政府要求各级新闻发言人更多地利用网络，除了跟媒体沟通外，还可以通过网络直接和市民进行沟通，把新闻发布工作做得更到位。共建新闻发布网络平台，以求实现社会治理多方共赢的局面，是深圳市政府在新闻发布与管理制度上与时俱进的创新。25 年来，深圳新闻发布制度的日趋成熟给深圳政府工作提高透明度、打造阳光政府营造了很好的环境。很明显，公共政策的制定必须考虑新闻传播因素，这一"新闻执政"理念已经渗透到深圳政府新闻发布工作的各个层面。正如一位深圳市委领导同志所说的"我们的政府要更加自觉地按照国际惯例行政和公开政务"，新闻发布的作用一言以蔽之："辅政亲民。"

深圳设立了相对完善的市、区和各部门三级新闻发言人，建立了完整的新闻发言人梯队。截至 2010 年，各级政府部门新闻发言人队伍已扩充至近 800 人，其中市政府及各部门、各区政府共设立新闻发言人 59 名、配备新闻助理 88 名，各基层新闻发言人及助理共 600 余人。

同时，深圳高度重视新闻发言人培训。2006 年，深圳市和国务院新闻办联合举办了 120 多人参加的新闻发言人培训班。特邀国新办、新华社、复旦大学等高校的专家

---

[1] 吕冰冰：《阳光政府催生新型"喉舌"》（见《南方日报》2004 年 7 月 21 日 C01 版）；曾妮：《市府专用新闻发布厅将启用》（见《南方日报》2006 年 7 月 11 日 C02 版）；署名特约评论员：《善与媒体相处是政府的重要能力》（见《南方日报》2006 年 7 月 12 日 A02 版）；曾妮：《多数新闻助理电话打得通》（见《深圳观察》2006 年 8 月 4 日 C02 版）；黄超：《行政机关都要设新闻发言人》（见《深圳观察》2009 年 5 月 13 日 C02 版）。

就新闻传媒议程设置规律、舆论监督的社会功能、政府新闻信息发布、应急事件处理的新闻媒体应对等进行专业培训。此后，深圳市新闻发言人培训工作列入了深圳市委干部岗位培训的常规项目，在深圳市委党校常年进行。各级区政府和职能部门的新闻发言人培训也分别在各系统内展开，形成了多层次持续性的培训，从而显著提高了新闻发言人的政治素质和媒体素养。

（二）深圳新闻发言人制度的特色

深圳正式实施了《政府新闻发言人工作制度》，同时制定了多项新闻发布工作的规范性文件，并实行新闻发言人工作的"行政首长负责制"。新闻发言人工作的"行政首长负责制"加强了新闻发布的时效性和针对性，市民也可以明晰地找到相应的责任人。2007 年深圳出台公交车票价降价政策。这一本来惠及民生的好事，却因事前的民意沟通、舆情评估等准备工作不足，导致了市民的批评和质疑。有关部门的新闻发言人在回应质疑时，又说法不一、态度生硬，引起了市民和媒体的不满。这是深圳新闻发言人制度建立以后的一次深刻的教训。当时的新闻发言人制度还不够完善，新闻发言人的专业素质还没有达到其岗位的要求，在实施政府新闻发布制度方面没有建立必要的考核机制。深圳需要探索富有时代特色和特区气质的宣传思想文化工作方式，建立与公民社会和民主政治内在一致的新闻发布制度，"打造一支愿讲、敢讲、善讲的新闻发言人队伍"[1]。

深圳的新闻发言人制度的"深圳特色"，主要表现在它的严谨和规范，即新闻发言人由政府及部门主要负责人担任，管事的人就是做事的人、做事的人就是发言的人，这就使新闻发言人和施政者在体制身份上保持一致，是对新闻发言人制度的创新之举。由此也顺理成章地提出了新闻发言人问责制或行政首长负责制的框架。按照信息公开、行政首长负责制原则，各级行政机关"管什么事、说什么话，就负什么责"；构成行政过错的依法追究责任；对新闻发布工作的考核纳入行政绩效考核内容；要求新闻发言人"不准说假话，不准无故拒绝采访，不准对社会舆情熟视无睹"；要及时、准确地发布群众希望了解的信息。新闻发言人工作的问责制是依据行政首长负责制的原则，新闻发布工作上的第一责任人应是新闻发言人所代表的"一

---

[1]　摘自 2008 年 2 月 22 日王京生同志在全市宣传思想工作暨精神文明建设表彰大会上的讲话。

把手"，新闻发言人在授权范围内负有限责任。这一制度明确了新闻发布工作是一项"一把手工程"，解决了新闻发言人代表谁发言、发布的内容由谁审定等关键性问题。新闻发布坚持"归口负责、分级发布"原则，强调"行政事权"与"发布责任"对等，即有权管什么事，就有义务发布什么新闻。

在此基础上，深圳构建起了"多层次、多部门、多角度"的新闻发布体系，这被外界形象地称为新闻发布制度的"深圳模式"。在这一体系中，新闻发布的层级按事权细分，从市政府及其各部门，到区政府及其各部门，再到街道办甚至社区工作站，分级负责，各级各类部门从不同业务角度公开、解读并发布相关政府信息。

SARS 公共卫生事件发生之后，全国各地的政府新闻发言人也如雨后春笋般设立起来。国务院新闻办公布的数据显示，截至 2008 年，74 个国务院部门和单位，31 个省、自治区、直辖市以及地市一级人民政府都建立了新闻发布和发言人制度。深圳的政府新闻发布制度在全国是先行一步、独树一帜的。

（三）大部制下的新闻发布模式

2009 年深圳市政府推出了精简合并的大部制举措，进而产生了深圳 30 年来力度最大、影响最为深刻的机构改革。与之同时，历时一年半、九易其稿，《深圳市人民政府新闻发布工作办法》[1] 也最终正式发布。《办法》明确将常规政府信息、社会热点、突发公共事件、重要预警信息、重大活动、媒体监督等内容列入新闻发布范围，并对常规政府信息和重大突发事件分别设置了 7 个工作日和 120 分钟以内发布的时限。如果发布不作为、不及时、不规范、不准确，造成不良社会影响和后果的，将依法追究单位或有关责任人的行政责任，涉嫌犯罪的还将移送司法机关追究责任。国务院新闻办新闻局的官员评价说："对新闻发言人实行问责，是对新闻发言人制度的创新之举。"

在公布《办法》的新闻发布会上，深圳市新闻办承诺，要"力挺舆论监督，努力做媒体获取和挖掘政府新闻的'报料人'"，并公开申明："新闻发布工作的第一责任人是部门首长；其次，在与媒体打交道、为记者提供新闻服务的日常工作中，新闻发言人是直接责任人，有责任去协调行政首长授权分管领导去回应媒体的采访诉求；第

---

[1] 《深圳市人民政府新闻发布工作办法》，深政 [2009]161 号文件，2009 年 8 月 26 日。

三，在具体事项新闻发布中，按照行政事权与新闻发布对等的原则，分管领导就成为具体责任人。""行政机关完全可以根据实际需要指定熟悉情况的分管领导作为'临时新闻发言人'来接受新闻媒体的采访。"这一态度显示了深圳市新闻办与媒体站在一起，推动政府信息公开的坚定决心。

目前，一个可以容纳 100 多人、能让记者现场发稿的全新的市政府新闻发布厅正在建设中，24 小时的记者服务热线电话也开通了。深圳将在大部制改革的背景下探索新闻发布模式，并且监督推动新闻发布的责任落实。同时，深圳将逐步实现全市公务员普修"新闻课"——不仅在局处级领导干部培训班中增设了新闻发布方面的课程，在公务员初任班、各级领导干部和公务员常规培训课程中，将会把新闻发布课程列为常设基础课程。"新闻发言人深圳模式"从制度层面推动深圳新闻发布逐渐成为政府的一项常态化工作。2008 年，由深圳市政府新闻办召开的新闻发布会近 40 场次，2009 年上半年，该平台召开的新闻发布会已经超过了 20 场。而各个部门、各区政府也都积极自主举办新闻发布会，新闻发布最密集的深圳市公安局近年来每年举办的新闻发布会超过百场，拔得新闻发布的头筹。

三、新闻发言人制度与深圳行政改革

（一）政府公关和舆论的生力军

随着改革开放的深入，特别是科学发展观理念的提出，"政府公关"的理念和实践显得越来越重要了。从国际上看，现代公共关系理论的应用正从企业界向政府部门渗透。现代西方政府的行政事务日趋复杂，很难在一切问题上获得公众的赞同，常常会受到各个方面的指责。在这种情况下，把政府的职能活动视为公共关系活动，有效地开展这种活动，树立良好的公众形象，就能赢得公众的舆论支持。政府的公共关系活动包含公共信息的传播活动。因此新闻发言人制度作为政府公共关系框架的一个组成部分，致力于向媒体和公民及时提供信息，在公众中努力塑造良好的形象，获取公众的参与和支持，从而成为现代高效政府施政的重要方式。

从近年来的实践来看，深圳政府的"政府公关"有明显成效。

首先各级政府在以经济建设为中心的工作中，借助新闻发言人制度进行了有效的形象塑造。其次，市各级政府在应对各种突发公共事件或舆论事件中的危机公关日渐成熟，有组织、有计划地学习、制定和实施了一系列管理措施和应对策略，包括危机的规避、控制、解决以及危机解决后的复兴等。深圳市针对近年来发生的突发公共事件，都迅速组成协调小组，多部门参与，从快速发布信息到善后工作的处理，都取得了很好的效果。同时，各级政府改善了政府和市民的关系、创造了和谐稳定的环境、推进了阳光政务。例如，深圳市公安局每年一度的"警察开放日"活动，接待了数万参观者，使得普通市民有机会与深圳警方的最新武器装备零距离接触。这个载体和平台活跃了警方和市民的沟通，让市民了解了警队的发展变化和最新成果。

诚然，无论是形象塑造还是危机公关，都离不开一个重要手段：新闻传播。新闻传播在当代政府公共关系中的地位是很重要的。在计划经济的年代，政府和媒体的关系高度一体化，媒体的"喉舌功能"被片面理解，加上"捂新闻"和干预舆论监督，使政府形象受到损害。为了改变这样的现象，媒体需要进行报道方式的改革，做到"贴近生活、贴近实际、贴近群众"。而政府要通过新闻发言人来进行舆论引导，使新闻发言人成为舆论引导的"生力军"。深圳的各级新闻发言人做到了从自身的立场出发，根据国家的需要、公众的需要以及政治运作过程的需要，设定政策议程，以此影响媒体议程，进而设定公众的议程，尤其是做到了政策议程对传媒议程和公众议程的引导，为深圳市政府全力与世界接轨，展现政府自信、务实、开放、负责的形象作出了相应的贡献。

（二）突发事件处置的策略

根据中央、省有关要求，深圳市政府坚持及时主动、积极引导、以人为本、信息公开、开放有序、注重实效、统筹协调、明确责任的原则，在突发公共事件的新闻应急处置方面作出了一些探索。当公共突发事件发生后，政府有关部门采取的处置策略是：制定应对方案，协调尽快形成准确权威的信息，拟定新闻发布内容，负责新闻发布；做好现场管理，为记者提供采访和发稿服务；收集舆情和公众反应；有针对性地解释公众和媒体的疑惑，澄清事实，批驳谣言。

在这些策略中，最重要的是要求"120分钟内"完成首次新闻发布。然后根据"快报事实，慎报原因"原则，做好后续滚动发布。

（三）首创新闻发布问责制与政府的媒体应对

1. 行政问责制的意义

　　行政问责制是指特定的问责主体针对各级政府及其公务员承担的职责和义务的履行情况而实施并要求其承担否定性后果的一种责任追究制度。我国已进入发展的关键时期，科学发展、和谐发展、和平发展成为时代的主旋律。在经济体制深刻变革、社会结构深刻变动、利益格局深度调整、思想观念深刻变化的大背景下，建立健全行政问责制，是强化和明确政府责任、改善政府管理、建设责任政府的本质要求；是推进依法行政、建设法治政府的重要保证；是加强对政府权力监督制约、提升政府执行力、建设效能政府的制度保障；也是"权为民所用，情为民所系，利为民所谋"、建设人民满意的服务型政府的迫切需要。提高行政效能，增强政府执行力和公信力，关键在于加强对权力运行过程和结果的监督与问责。

2. 我国行政问责制建设的现状

　　主要官员问责制（俗称高官问责制，英文名称是 Principal Officials Accountability System），行政问责制是指特定的问责主体针对各级政府及其公务员承担的职责和义务的履行情况而实施并要求其承担否定性后果的一种责任追究制度。就形态来说，问责制主要有两种，一是行政性问责，一是程序性问责。前者的依据是行政性的，每一个官员的责任比较模糊，缺乏明确的法律依据，问责往往取决于领导人的意志，被问责的官员，往往处于十分消极被动的地位，是免职，还是引咎辞职，还是其他处分，都由上级来确定。与此不同，程序性问责的依据都是法律性的，每一个官员的责任都非常明确，都有充分的法律依据，是不是被问责不取决于临时性的行政决策。

　　例如，香港的问责制度是将所有司长和局长职级由公务员职位改为以合约方式聘任，并须为过失负政治责任，规定公务员事务局局长须由公务员转任；而且委任期满后可返回公务员岗位。[1] 相比于香港的问责制，内地的问责制的严肃性与严厉性大打折扣，其所能产生的惩戒意义与警示意义自然也被减弱，因为问责制度如果只是沦为一种形式，则惩戒制就变得异常空洞。目前，官员问责在我国尚待形成一整套成熟健全的制度或机制。

---

[1] 王永平：《平心直说——一名香港特区政府局长为官十二年的反思集》，香港：经济日报出版社 2008 年版。

　　行政性问责往往是责任政府运作的开始，但要使责任政府稳定而有效地运转，就需要进一步走向程序性问责：完善责任制度的法律基础，通过程序保障在责任面前人人平等，尽可能减少问责过程中的"丢车保帅"、"替罪羊"问题。

　　2003 年以来，我国加快了推进行政问责制的步伐，各地在积极探索建立行政问责制的实践中取得了丰富的经验。在理论研究层面上，研究成果对基本概念和等级问责、政治问责内容等都做了充分准备；实践层面上却存在问题，如职责不清和职能交叉问题使得责任落实和责任追究过程中责任主体难以明确。行政问责制度相关的配套制度尚不完善，制约了行政问责制度的推行。信息的不对称，导致问责主体不能充分有效地了解行政者行为的有效性和合法性，公众不能及时、准确了解行政问责程序。

3. 深圳新闻发布问责制产生的背景

　　如上所述，深圳实施新闻发言人制度始于经济特区建立初期。近年来，市政府制定出台了相关文件，进一步完善了在新形势下的新闻发布制度。深圳相关文件确立的"行政首长负责制"等创新原则在全国影响巨大，在实践中收到了很好的效果。市、区政府及其工作部门乃至街道、社区，多层次、多部门、多角度的新闻发言人应运而生，走向媒体前台，走进公众视野。被称为"中国政府第一发言人"的原国务院新闻办公室主任赵启正等一批国内外专家应邀来深讲课，传授最前沿的理念和方法。市政府新闻办年均举办新闻发布会 40 场次左右。一些重大突发公共事件发生后，大多数部门能够及时到位、快速反应，官方新闻稿很快出现在市政府网站和重点新闻网站上，新闻发言人及时出现在电视镜头前。但是，与社会经济发展的实际需要以及境内外媒体对深圳的信息需求相比，深圳新闻发布制度建设仍有不少的差距，其中有认识上的问题，也有缺乏刚性约束措施的问题，在一些环节或具体事务上推进较为困难。由于新闻发言人都是由政府职能部门的负责人兼任，"多做少说"、"言多必失"的观念根深蒂固，如果没有相应的制度约束，把新闻发言工作作为一种强制行为，还是会造成政府在关键时刻的"失语"。因此，制定一个正式的、有刚性要求的文件就非常必要了。

　　针对这些问题，为进一步健全政府新闻发布制度，深圳市政府决定制定一个规范性文件。2008 年 2 月，深圳市委常委、宣传部长王京生提出了"研究建立新闻发布工作问责机制"、"打造传播全球化生态下现代政府新闻公关的深圳模式"[1] 等创意设

---

[1]　2008 年 2 月 22 日王京生在全市宣传思想工作暨精神文明建设表彰大会上的讲话。

想。随后，市政府新闻办启动了这个规范性文件的起草工作，期间开展了大量调查研究，广泛征求了新闻宣传部门、政府行政机关、新闻媒体、研究机构的意见。历时一年半完成了《深圳市人民政府新闻发布工作办法》[1]（以下简称《办法》）。由此，深圳率先引入了新闻发布工作问责机制。按照该办法，政府将不再有权只挑自己想说的话说，而必须直面公众的知情诉求；在信息发布上不及时、不主动的"新闻官"，将首次面临有据可依的行政问责。[2]表现了政府"取信于民就是要完善问责制"[3]的决心和"领导意志让位新闻规律"[4]的观念转变。总之，新闻发布问责制推动了我国社会主义民主政治建设、构建透明政府、实现信息公开的关键性制度，是政府新闻发布制度前进的一大标志。作为改革开放前沿阵地的深圳，历次的新闻发布制度进阶，都会在国内外引起广泛关注。[5]

4. 新闻发布问责制的内容

《办法》对以下六种情形问责：

（1）依法应当发布新闻而不发布，或未在有效时间内发布，造成不良社会影响和后果的；

（2）涉及公众利益的重大政策、重要工作而无故拒绝记者合法采访，引起不良后果的；

（3）对于重大自然灾害、重大事故、重大突发卫生事件、重大社会安全事件等，不及时发布新闻，或故意发布虚假新闻的；

（4）违反程序规定擅自发布新闻，造成不良社会影响和后果的；

（5）拒绝执行上级主管部门的新闻发布指令，或延误时机，执行不力，造成不良社会影响和后果的；

（6）未履行保密审查程序，致使国家秘密泄露或公开了不应公开的政府信息的。

尽管《办法》是一个对政府新闻发布工作的全面规定，但 2009 年 8 月 26 日发布

---

[1] 《深圳市人民政府新闻发布工作办法》，深府〔2009〕161 号，2009 年 8 月 26 日。

[2] 2009 年 9 月 17 日《南方日报》，"新闻发布问责：建立对称的责任制"。

[3] 摘自新华网，2009 年 1 月 15 日，卢一新："取信于民就是要完善问责制。"

[4] 《深圳：新闻发布引入问责制 领导意志让位新闻规律》，2009 年 5 月 14 日，http://www.gd.xinhuanet.com。

[5] 《透视深圳新闻发布问责制：第一责任人系部门首长》，《南方日报》，http://www.sina.com.cn，2009 年 9 月 18 日 12:12。

后，被媒体简称为"新闻发布问责制"。在这个办法中，关于"问责"的内容最关键的是以下百来字：

> 政府新闻发布工作主管部门应加强对行政机关新闻发布工作的督促检查，对积极开展工作、成效显著的单位予以表扬；对工作不积极、造成工作陷于被动，或者违反本办法规定但情节轻微尚不构成问责的，予以通报批评，并责令改正。

媒体把这个办法简称为"问责制"，是因为《办法》中涉及的"问责"的概念触及了这个制度是否真正能够实施的关键，也是深圳的一个创新。《办法》要求市、区两级政府应逐步建立健全新闻发布工作绩效评估体系，其意义在于切实改变某些机关"重事务、轻传播"的传统落后观念，将新闻发布刚性地纳入行政工作之中，做到有规可循，违规必纠。换言之，新闻发布是否要做、怎么做、什么时间做，取决于制度规定和相关工作性质，取决于公众利益和民意需求，取决于舆论规律和媒体需要，而不再是凭借政府部门的主观意愿。

《办法》中对于"问责"的内容具有一定的可操作性，例如，规定"对于新闻发布工作不积极或者违规但情节轻微的，予以通报批评，并责令改正"；对于"不作为"、"不及时"、"不规范"、"不准确"等"四不"情况，则依法移交有关机关予以问责。从操作层面，《办法》勾勒了政府新闻发布投诉举报、调查评估、监督处理的沟通协调机制，即：由新闻发布主管部门即市区政府新闻办进行评议，评议结果作为考核、问责依据，情节严重的，依法进入"问责"程序（问责由监督机关、任免机关及其他相关权力机关依照有关法律、法规和规章进行），同时预留了情节轻微者的"通报批评，责令改正"这一行政救济渠道。这样的安排，既考虑了新闻发布评估的业务特殊性，又尊重了"问责"必须"依法进行"的原则要求。《办法》的颁布与实施，也意味着深圳首次系统性地运用公开规范性文件，将政府新闻发布的价值追求固化为硬性要求，特别是率先对新闻发布工作的"问责"机制作了明确规定，这在国内也是一次有益的探索，体现了深圳打造"阳光政府"、"新闻意识政府"的决心。总之，"问责制是政治文明建设的一个组成部分，是建设责任政府、法治政府、民主政府的一个重要途径"。[1]

---

[1]　摘自 2008 年 10 月 6 日，《北京日报》网络版，"问责制在我国民主政治进程中的作用"。

5.新闻发布问责制的划时代意义

深圳首推新闻发布"问责制",其意义如何?《办法》在哪些方面具有突破性?深圳新闻发布"问责制"的推出对于深化新闻发布制度起了不小的建设作用。

看待深圳的新闻发布问责制不能仅仅停留在新闻发布制度本身,而应该将其放置于中国民主政治建设的大局中。深圳此举对于十六届四中全会提出的依法执政、民主执政,建立责任政府,让权力在阳光下运行有不可低估的意义。在广东、深圳探寻未来30年的路怎么走的背景下,深圳的新闻发布制度率先启动"问责",对于打造未来30年的发展有特殊意义。广东、深圳要在民主政治建设方面也做排头兵,而新闻发布的背后则是保障知情权、参与权、建议权,这对民主改革是最重要的。

《办法》中的内容包括新闻发布的方式、时限、方法和手段的严格规定等。对于突发公共事件在应急预案启动120分钟内进行首次新闻发布的规定非常专业,做得很深入。

国务院新闻办一直想在各部委、各省的基础上,寻找更多的典型,包括机关单位层次、副省级城市层面等,而深圳是首选。深圳的发布制度起步早、培训早,且新闻沟通理念比较新、机制性的改革思考多,探索了多种发布方式,这些因素让深圳从全国脱颖而出。国务院新闻办曾组织专家组对深圳"9·20"大火进行过专题研究,结果显示深圳新闻发布的观念、能力、技巧都比较成熟。

很明显,在整个制度设计中,整个新闻发布制度以及问责紧紧依托在行政框架内来保证新闻发布制度落到实处,也彰显了政府新闻发言人跟政府行政机关业务工作的密切关系。这是一种通过舆论可以促进业务工作,也可以通过舆论帮助改进业务当中出现的问题的双赢机制。

深圳政府引导舆论的方式也通过新闻发言人制度的建设而得到改进。政府运用自己手中的信息资源,通过统一的平台向公众发布,既符合国际上的通用规则,又符合中国和深圳的媒体管理实际,而深圳在这一方面起到了典范作用。

6.新闻发布问责制的忧患

深圳的新闻发布问责制是一个创举,在全国带来了一个好头,但是作为第一个"吃螃蟹"者,必然要承担更多的压力。考虑到中国行政体制改革的"渐进式"原则,这个制度还要在实践中不断完善。现在国务院新闻办公室、各省市都在致力于将新闻发布制度"往下"推动,但街道、事业单位等基层能力有限,深圳新闻制度下一步应该向何处推进？新闻发布和发言人制度发展到今天已经走到了一个拐点，对如何攻坚、克难有些迷茫。深圳应在此方面加大力度进行探索。

首先是在"问责"的操作性方面尚待进一步完善。由于该《办法》是深圳市新闻办公室制定，还不是正式的法规，在实施中可能会影响到其执行力。目前我国行政问责还没有专门的、完善的成文法。问责的主要法理依据是《中华人民共和国公务员法》第八十二条、《中国共产党党内监督条例（试行）》以及《关于实行党风廉政建设责任制的规定》。这三种规范性文件中只有《公务员法》属于真正意义上的法律，其他两种规范文件虽有一定的约束力，但只能算是执政党的内部纪律规范。

其次，该《办法》"问责"的指向不明确，问责的对象模糊，颇有在组织和个人之间游离的嫌疑。以至于在问责中，问责客体具体应当承担什么责任，模糊不清。目前的问责主体和问责范围过于狭窄。现有的问责还仅局限于行政机关内部的上级对下级同体问责，缺乏人大、政协、民众等异体问责，更缺乏对上级的问责。仅仅是同体，仅仅是上级对下级，这样的问责制度显然难以实现责任政府的目的。在问责的范围上，行政问责一般仅停留在人命关天的大事上，且一般仅限于安全事故领域。行政问责事由只是针对滥用职权、玩忽职守的违法行政行为，而不针对无所作为的行政行为。问责一般只针对经济上的过失，而对政治等其他领域的过失却不问责，问责的环节也多局限于执行环节而缺少问责决策和监督环节。

第三，"问责"的条款应在实践中更具体化。虽然《办法》规定了"四个不"，但是在认定上存在很大的空间，容易导致"选择性问责"。如果《办法》实施后一直无法或是不去拿实际案例"开刀"，随着时间的推移，《办法》就会被束之高阁。

第四，现有的行政问责制的重心更多的是放在责任追究方面，而忽略了对失责行为发生的预防。

要想充分地发挥行政问责制的作用，使之有效、实效、高效、长效，逐步走上正常化、规范化和法制化的轨道，首先应该要在已有研究成果基础上，注重理论研究与实践操作的互动，加强责任政府建设的研究力度；其次，要在行政问责制度的逻辑起点和问责客体方面，进一步转变政府职能，健全权责明确的行政架构；进而要完善相关的法律法规，如监督法、信息公开法、舆论监督法等，为公民维护个人权利和公共利益建构起廉价而高效的救济机制；还要加强信息公开、绩效评价，行政监察与审计，领导干部选拔任用，以及问责救济等方面的制度建设，为行政问责的实施提供充足的制度保障；同时要努力塑造社会主义的行政精神，树立社会主义法制意识、民主意识，高效、廉洁的行政意识，树立全心全意为人民服务、实事求是、公正行政、清正廉洁、勤奋敬业的行政道德。

7．深圳政府媒体应对能力

深圳政府媒体应对能力充分表现在如下方面：

（1）新闻发布和媒体引导同步

2008年9月20日晚，深圳市龙岗区"舞王"俱乐部发生大火，造成43人死亡。深圳市委市政府接到报告后，迅速展开事故处置工作，舆论引导工作同步展开，按照"及时公开、实事求是、稳定大局"的原则，有效地引导了舆论，尽量做到了通过及时准确的新闻发布，挤压谣言传播的空间。同时进行网上评论，引导网民追究违法经营者，对违纪问题则按照纪委、监察部门提供的情况给予报道和配合，并主动与中央、省主管部门和主流媒体沟通，用权威报道稳定舆论，具体措施是在第一时间公布客观信息，有序放开讨论，畅通民意表达。

21日凌晨2点30分，按照深圳市规定的突发事件新闻"120分钟"内发布的原则，在事故现场发布了第一篇新闻通稿。深圳市龙岗区在当天12点举行新闻发布会，向民众表达政府歉意及处置事件的措施和决心。当晚，市委市政府通过人民网、新华网、深圳新闻网、奥一网发布消息，及时回应了来自舆论的"问责"质疑。22日，召开了第二场新闻发布会，通报事故处置最新进展情况。此后，相关部门在深圳市政府在线和深圳新闻网上滚动报道跟进消息。

由于引导及时，调控得当，相关舆论态势为事故处置创造了较好的舆论环境，主要表现在：

（一）主动成为信息源。绝大多数媒体有关事故报道的基本内容均来自深圳发布的信息，在网上形成联动之势。21日，新闻通稿发出后，被全国100多家网站第一时间转载。香港媒体、台湾媒体以及英国BBC、美联社等外国媒体大多采用了新闻通稿的内容。21日中午龙岗区召开新闻发布会，晚上市委市政府公布处理决定，新华社、中央电视台、深圳新闻网等媒体的报道被全国数百家网站转载。22日下午龙岗区第二次新闻发布会的内容也被70多家网站转载报道。

（二）媒体以客观报道为主，并且逐步淡化。深圳本市媒体按照要求及时报道中央、国务院和省市领导的有关指示和市委市政府采取的各项措施，用密集的信息有效引导全市舆论。中央新闻单位根据深圳提供的材料实事求是作适度报道，为稳定舆论提供了宝贵的支持。23 日后，国内媒体、网站的报道逐步递减，关注度明显降低。

（三）评论有所肯定，没有形成集中、深度、片面的负面态势。22 日晚，央视《新闻 1+1》节目报道《全国刮起问责风暴　大批官员因重大事故被免职》，认为深圳市委市政府对火灾责任人的问责处理迅速，是对民意的尊重。人民网 22 日在首页突出位置刊登评论《明智之举　应有之责》，对深圳市委市政府在事故处置中高度重视信息披露表示赞赏，认为"9·20"火灾事故处置体现了"深圳速度"。国务院新闻办、复旦大学专家组对"9·20"应急新闻发布案例组织了专题评估，深圳大学传媒与文化发展研究中心的舆情调查课题组通过电话调查了解市民对政府信息公开的反映，结果显示各方面的评价都是非常肯定的。

突发事件难免会产生负面评价，损害政府的形象。有效的新闻处置不是企图把负面事实转化为正面事实，而是让公众了解政府的态度和措施，获得民众的理解和支持。深圳"9·20"特大火灾事故处置的舆论成效明显，其基本的措施是事件处置与新闻处置同步、新闻发布和网络引导同步、引导与管理同步。事故发生后，广东省委领导和深圳市委领导在亲临火灾现场指挥处置工作的同时，即对事故的舆论引导作出指示，要求第一时间向社会和媒体披露火灾事故的情况。此后每一次相关会议，都对舆论引导工作提出了具体要求，相关指示或批示达 30 多条。由于领导的重视和指示到位，实现了突发事件由"重处置，轻发布"向"处置和发布并重"转变，为抓住有利时机，迅速主动做好突发事件舆论引导工作奠定了基础。

为了保障整体的舆论引导，新闻发布需要网络媒体配合才能确保效果。深圳市在"9·20"火灾事故舆论引导中，坚持重点新闻网站与传统媒体并用的原则，坚持第一时间通过网络发布新闻发布会的报道，注重利用国内重点网络媒体传播新闻发布会发布的信息，使新闻发布信息占据主流，为掌握舆论引导主动权发挥了重要作用。

（2）对舆情作出快速反应，以政府行动回应舆论

2007 年 11 月 4 日上午 10 时 10 分左右，陈女士在自家小区的出口等人，莫名其妙地被一辆倒车的轿车撞倒，她从车底爬出来与司机理论时，反而遭到司机拳打脚踢。打人司机潘博彬边打边叫嚣"打你又怎样，我是劳动局的！有本事就找人来！"

此事在网上引起广泛关注，网民对其"人肉搜索"，对其身份进行猜测，引发了一些不负责任的言论。福田区高度重视，11 月 7 日下午召开新闻发布会宣布，福田区人力资源服务中心已对打人者潘博彬作出辞退决定。

福田区委、区政府再次重申，在严肃处理此次事件的基础上，将继续加强党政机

关工作人员的教育和管理，以此事件为警示，举一反三，强化纪律作风建设，树立良好的社会形象。

一起舆论事件，由于政府的快速反应得以平息，政府的形象得到维护。

（四）传播全球化生态下的新闻管理和执政能力

深圳媒体环境深圳地区的媒体主要包括深圳报业集团旗下各子报子刊、系列报刊、深圳新闻网、深圳广电集团旗下的深圳电视台、深圳广播电台各频道各频率；中央、广东省、外省市及香港驻深新闻机构；深圳新闻网、腾讯、奥一网。政府新闻发言人主要和本市、驻深新闻机构打交道，也视舆情及工作需要而主动与其他媒体打交道。

深圳经济特区自建立开始，就置于境外传媒直接影响的环境下，由于香港传媒的国际化特征，深圳的舆论环境从来就带有全球化背景。随着互联网在中国的普及，传播全球化通过广电媒体影响到了每一个网民。互联网真正突破了地球上时间、空间、地域和媒体的界限，各种信息能够以文字、图片、动画乃至声音、影像等各种形式，全天候地在全球各地间迅速、海量、互动式地交流。报纸、广播、电视等传统新闻媒体纷纷上网，借助互联网即时、海量、全方位地向世界各地报道新闻事件、传递新闻信息。人类社会的政治、军事、经济、商业、文化、体育、娱乐和一切个人事务信息也都可以通过互联网进行传送。据深圳市网络媒体协会的统计，深圳的网民数高达550万人，普及率为51%，高于全国28.9%的水平。互联网催生了深圳公民社会的成熟，人民群众通过网络参与决策、讨论时政非常普遍。这些都给基层党委政府执政能力建设提出了新课题。而深圳政府的目标和定位是明晰的，就是要在深圳"建立传播全球化生态下的现代政府公关机制"。

1. 新闻发言人制度助推阳光政府

2007年4月5日，国务院总理温家宝签署了第492号国务院令，宣布《中华人民共和国政府信息公开条例》2008年5月1日起实施。这是一个对政府运作机制进行重大改革的法律。从此，各级政府本着"公开是原则，不公开为例外"的原则，逐步将政府运作中经常被视为保密内容的细节向公众公开。

在科学发展观的新要求下，面对日益复杂的舆论环境，深圳按照"亲民、利民、为民"的基本要求，大力推进阳光政府建设，力争服务更佳、效率更高、政府更廉洁，社会更和谐，市民真正得实惠。政府的具体措施如下：一、关注民生问题，把改善民生福利、增强市民幸福感作为阳光政府建设的出发点和落脚点，调配相应的财政资源投放到改善民生上，确保取之于民、用之于民、用得其所；二、开放信息，与民互动，把保障市民知情权、参与权、表达权、监督权作为阳光政府建设的基本要求，充分利用媒体强化其舆论监督和桥梁纽带的作用，各级领导都要倾听民声、了解民意、汇集民智、凝聚民心、实现民愿，继续拓宽群众参与渠道，使政府工作更透明、群众更了解；三、重视公共服务，把提供优质、高效和低成本的公共服务作为阳光政府建设的核心内容，大力推进行政服务体系建设；四、防治腐败，以建设促廉洁，把防治腐败作为阳光政务建设的重要目标，通过打造阳光政府推行信息有效公开，推进行政权力阳光运作，促进社会公正、廉洁、和谐。

深圳的新闻发言人制度建设，一直是阳光政府建设的重要组成部分。首先，政府的重大决策信息得到及时公布。2009 年，深圳市政府新闻办就举办新闻发布会 40 多场，通过深圳政府在线网站发布重要官方新闻超过 100 条。尤其是围绕"抗击金融危机"、"贯彻落实珠三角发展改革规划纲要"、"深圳综合配套改革总体方案"、"行政体制改革"等全市中心工作展开新闻发布，将重大工作的进展情况及时向社会通报，得到了新闻媒体和社会公众的肯定。

其次，重大突发公共事件第一时间公布。例如，在上述"9·20"事件处理中，政府及时将新闻通稿挂上了政府网站，继而举行新闻发布会召开，龙岗区区长以新闻发言人的身份对外公布有关详细信息。此后连续几天，深圳市政府网站都及时对外公布了事故原因、问责调查、伤员救治等信息。这次新闻发布和应急处置主动、快速，被境内外媒体称赞为"深圳保持高度的信息透明是一次大胆的尝试"。

2."深圳模式"的政府新闻公关

2009 年 12 月正式实施的《深圳市人民政府新闻发布工作办法》（以下简称《办法》）使内部运作了 20 多年的制度有了一个公开的规章。对全市政府系统新闻发布工作进行了全面规范、公开，还大胆创新，在全国率先引入新闻发布的"问责"机制，加快打造阳光政府步伐，切实保障公民的知情权、参与权、监督权。

这一规章使深圳的新闻发布具有媒体所称的"深圳模式"特点，主要体现在以下方面：

第一，部门意愿让位于新闻规律。对行政机关而言，必须摒弃一些"重事务、轻传播"的传统落后观念。《办法》要求市、区两级政府应逐步建立健全新闻发布工作绩效评估体系，将新闻发布刚性地纳入行政工作之中，做到有规可循，违规必纠。新闻发布是否要做、怎么做、什么时间做，取决于制度规定和相关工作性质，取决于公众利益和民意需求，取决于舆论规律和媒体需要，而不再是凭借政府部门的主观意愿。

第二，打造"强烈新闻意识"的责任政府。《办法》第七条规定，"行政机关应当建立健全本行政机关的新闻发布制度，授权确定新闻发言人，配备新闻助理，组成本行政机关'新闻发言人办公室'，负责本行政机关新闻发布的日常工作"，从机制、人员上保障了新闻发布将成为政府常态工作。对于"政府新闻"的发布范围，《办法》作了明确的列举——如涉及公民、法人或者其他组织切身利益，需要广泛听取社会公众意见、建议或向社会公众通报的；如舆论已经或可能广泛关注的事件、话题，属于行政机关职责范围之内应公开说明相关情况的等等。

《办法》创设了"新闻"与"事务"同步安排的新闻发布理念，这是深圳集多年的经验并学习借鉴香港做法而提出的。这一理念要求各单位将新闻发布纳入到行政决策等重大工作中来，规定提请政府常务会审议的重大事项涉及民生、与市民群众切身利益关系密切的，行政机关须事前对该事项实施后的公众反响、社会舆情进行预测和评估，制定新闻宣传和公共关系方案，对新闻发布工作作出安排。行政机关召开重要会议、组织大型活动、开展重大工作、处置突发公共事件时，应对相关的新闻发布事务"同步"作出安排，重大政务活动也应"同步"安排新闻发布事务。

第三，量化发布时限。《办法》以务实精神和超前意识，对新闻发布的时效性进行了量化，规定政府机关开展新闻发布应遵循"快速、主动、准确"的原则，并尊重新闻规律。主动发布的常规信息，应在相关信息制作审定完成之后的 7 个工作日内组织新闻发布；发生突发公共事件，以及有可能发生的影响公众生活的事件，原则上应在启动事件处置预案 120 分钟内发布已掌握的事件时间、地点、基本事实及现状等基本信息，并视事态发展及处置进展，开展后续发布，包括政府立场、政府所采取的措施及公众应注意的事项等信息，必要时设立新闻中心接待记者。这些量化的规定，使《办法》具有很强的操作性。

除了新闻发布，利用网络进行政府公关，也是深圳市政府近年来的有益尝试。2009 年 12 月，深圳市政府在网上发起"我们一起当市长"活动，市政府工作报告起草组就深圳 2010 年政府工作报告的起草通过网络问政于民、问计于民，这一活动在全市引起极大反响，广泛征集到的民意为政府工作报告的起草打下了坚实的基础。广大网友和市民朋友对此次活动高度关注，反应热烈，纷纷激扬文字、建言献策，对深圳 2010 年和未来五年发展以及政府工作提出了大量富有建设性的意见建议。一个月来，王荣代市长和起草组全体同志每天都在浏览跟帖，阅读信件。市政府这次"开门写报告"取得了超出预期的效果。超过 1700 位网友跟帖、发表意见建议，仅深圳新闻网的点击率就高达 4.3 万次。收到 400 多封邮件，许多新闻媒体对这项活动都作了专题报道，在全市引起了极大反响，在全省、全国也有较好的反应。这种意见征集活动充分展示了深圳市政府广开言路、开放亲民的形象。

3."辅政亲民"的功能定位

新闻发言人制度的建设，不仅是对政府的要求，也对媒体的责任和功能定位提出了新要求。深圳媒体的主管部门提出，媒体工作就是要发挥"辅政亲民"作用。

"辅政"，就是通过信息发布和媒体运用，动员各方力量了解、理解和支持政府的方针政策、工作措施，帮助政府更好地施政，提高执行力；"亲民"，就是通过新闻发布等信息沟通、交流互动功能，保障人民群众的知情权、参与权和监督权，密切党委政府和人民群众的血肉联系。亲民其实就是帮助市民更好地解决问题，回答媒体和百姓关注的问题。

"辅政亲民"理念的提出，是对媒体"喉舌"功能的补充。长期以来，行政功能对媒体的影响很大。由于传播全球化、国内媒体改革、网络媒体日益壮大等方面的影响，使我们必须改变单一的行政命令管理模式。过去，我们较多地采用内部调控的方式，在科学发展观的新形势下，新闻发言人制度的建立，使政府的信息必须一视同仁地对待不同种类的媒体，党报的记者和境内外的记者共坐一堂，获取政府公开发布的信息，或者是在政府权威网站公平地获取信息，这是政府新闻管理的一个进步。

深圳市罗湖社区家园网被媒体称为"官方网站的草根情怀"[1]，网络媒介为辖区居民和基层政府沟通提供了方便快捷的途径，将一个官方网站打造成一个高效的互动平台需要政府的诚意和勇气。社区、街道和区政府各部门相关负责人都被要求每天都

---

[1] 摘自《南方日报》，http://www.sina.com.cn，2009 年 9 月 1 日。

要登录网站，了解各自辖区内群众反映的问题，第一时间给予回应和跟进处理；家园网的工作人员会把没有及时回复的意见和诉求编辑成《每周一报》，按问题分类整理并报送区领导和相关单位部门，区信访局、区政府督察室和行政电子监察系统会随即跟进，进行统筹督办，对于解决不力者给予黄牌或红牌警告甚至通报批评。罗湖区委书记刘学强被网民喻为"潜水最深的网友"，罗湖社区家园网已正式运行了两年多，网站点击率接近700万人次，论坛发帖超过4万多个主题，回帖、跟帖9万多个。对网民提出的问题、意见或建议，各有关部门回帖率达95%以上，70%的问题得到了有效解决和处理。有关数据显示，家园网开通后，涉及罗湖的投诉直线下降，与过去相比，该区的区级集体上访人次和市级集体上访人次均下降了近一半。这个由政府自主建设的全国首个面向社区居民的网站，已被誉为罗湖区的"民意直通车"。依托这一窗口，借助家园网这一平台，罗湖已经构建起"接受投诉—意见收集—解决问题—意见反馈"的全新的工作程序，这后面隐含着的是这个基层政府的执政理念。作为一个基层政府的官方网站，其所努力的方向和表现出来的诚意是可喜的，它让我们看到了一个官方网站能够开展的创新和突破的空间。罗湖家园网虽然是一个基层政府网站，但政府在信息传播、交流、沟通、为居民排忧解难、鼓励居民群众参政议政等工作上作出新的尝试，体现了官方网站的草根情怀。这个以"社区"和"家园"取代了"政府"字眼的基层官方网站，展示了民生情怀，体现了政府的担当。

结语

回顾深圳市政府的新闻管理和执政能力改善的历史，最大的亮点是深圳政府新闻发言人制度的改革和新闻发布问责制的创举。其中《深圳市人民政府新闻发布工作办法》的颁布推进了深圳市的政府新闻发布工作步入法定化的一个崭新历史阶段，深圳首发的新闻发布问责制具有划时代意义。

未来的发展方向是全力推动《办法》的贯彻实施，并主动学习国际先进城市的经验，立足深圳现实环境，持续推进政府新闻公关"深圳模式"的建设实践。深圳的政府新闻发布将继续按照"辅政亲民"的功能定位，在促进政府与公众沟通、主动引导社会热点、维护公共利益、建设阳光政府方面发挥积极作用。而实施的关键就在于以下几点：

硬件层面上：

1. 健全新闻发布制度，特别是探索出重大事件新闻发布的效果评估与责任机制，采用监督—总结—修正的渐进性原则来逐步完善各个层面的工作制度。探索以更加透明有效的方式改进工作，凝聚民心，树立正面的政府形象。以"问责制"驱动新闻发言人制度建设，真正做到"善待媒体、善用媒体、善管媒体"，从而积极促进政府公关工作，完善市民的沟通与公众参与机制，获得民众对政府工作的理解和支持。在新闻发布工作方面要能够做到在形式上规范化和制度化，在内容上理论化和专业化，针对社会热点问题要有新闻发布的议题设置能力，善于引导舆论。

2. 提高突发事件新闻应急公关能力。西方发达国家政府对突发公共事件的处置机制通常包括新闻应急中心、应急报道官方记者队伍和突发事件快速发布的机制。深圳作为经济改革的特区具有其文化元素复杂性和信息的丰富性。因此，在借鉴西方的应急处置机制的同时，还应该有立体式的考虑，如建立突发事件新闻应对评估机制，并配备专家评估团队。

3. 增强驾驭新媒体的能力，深圳市各类介质的主流媒体应采取"报业、网络、电视台"的联动机制，以加快报道速度和主动性，使本市媒体在相关问题上形成主导声音，从而有效地引导舆论。建设和谐有序的网络民主平台，实现社会治理多方共赢局面。落实有深圳特色的"网络问政"平台，发挥网络在促进社会和谐中的积极作用。同时，加强基层网络平台的建设，推动政府作出重大决策前通过网络征求群众意见的工作，建立网络新闻发言人制度，实施网络问政责任追究制度。

软件层面上：

1. 应重视对官员本身的问责意识的培养。直接过渡到问责制，许多官员还没有在思想上明确认识问责制的意义，没有彻底地改变观念，因此，需要培养官员的问责意识，提高执行力。

2. 应该在明确的制度安排或者宪法惯例下使问责标准得到落实。如果问责标准不够明确，就容易为人诟病。

3. 应重视问责文化的建设，因为问责文化是高官问责制的灵魂。[1] 其核心在于问责，而且要让其得到落实需要政府官员乃至整个社会形成问责文化氛围，这是保障问责制执行的重要前提。只有将问责文化内化于人们的潜意识当中，才能使问责成为一

---

[1]　陈瑞莲、邹勇兵：《香港高官问责制：成效、问题与对策》，《中国行政管理》2003 年第 11 期。

种自觉的意识，体现在日常工作中，就是官员积极面对社会诉求和回应市民的要求，真正为政策推行的成败负政治责任。显然，问责教育和培训是必要的。制定长期的问责文化发展策略并通过各种有效的宣传教育来达到问责文化的建设目的。同时也培养全民的问责意识，为未来问责制的彻底推行提供广泛而丰富的文化底蕴。

4. 应提高问责官员的治理能力，包括优秀的专业素养、强烈的问责意识、卓越的利益整合能力和组织协调能力。专业素养包括良好的政治素养，即对政治的敏感性、灵活性和坚韧性。[1]

总而言之，我国目前行政问责制的实践尚处于摸索和试点阶段，现在正在朝着制度的完善和配套实施的目标前进。问责制作为一项影响深远的制度变革，在一定基础上提高了政府的执政能力，它的实施是深圳行政体制改革与发展的一个里程碑，是顺应国际、国内以及深圳形式发展的一项行政体制改革措施，也是深圳政府"应时而动，与时俱进"的具体表现。因此，认真研究建立、健全和完善行政问责制，进一步加强对政府执政的有效监督和约束，从根本上防止权力滥用和行政不作为，切实提升政府执行力，是一个十分重要和迫切的任务。因此，深化认知，拓宽领域，不断增强行政问责理论对现实的回应力，无论是对政府还是学术界都是值得关注的事情。值得欣慰的是，目前党和政府高度重视，问责制度体系框架已初步形成轮廓，行政问责制要解决的问题针对性也比较强。建立健全行政问责制，是推进行政管理体制改革，进一步转变政府职能，提高政府执行力的关键和重要环节。而在这一行政体制改革的大潮中，深圳仍然会坚持"世界一流的城市竞争文化'软实力'，勇当新一轮解放思想的排头兵"[2]。这项新制度值得期待，因为它体现了对公众知情权的尊重。媒体报道是公众获取信息的主要渠道之一。政府通过新闻发布公开信息，这不是对公众的"恩赐"，而是政府的责任，理应"以及时准确地发布满足公众的知情权"。制度对违背这一要求的发言人进行问责，有利于保障公众的民主权利。

此举同时显示了深圳政府正确对待舆论监督的自信。媒体监督是公众监督的延伸。真正践行"执政为民"理念的政府，应当以接受舆论监督为当然，不会害怕舆论监督。所以，建立新闻发言人问责制，本身就代表着政府部门和官员更加自觉地接受

---

[1] 陈瑞莲、邹勇兵：《香港高官问责制：成效、问题与对策》，《中国行政管理》2003 年第 11 期。
[2] 摘自广东省委书记刘玉浦在 2008 年 2 月 22 日全市宣传思想工作暨精神文明建设表彰大会上的讲话。

舆论监督、消除畸形的政绩观，努力建设人民满意的法治政府的努力和自信。

此举还可强化政府在舆论监督中的责任。舆论监督的内外环境虽然逐渐宽松，公然抵制、打压舆论监督的单位和政府部门也越来越少，但现实中的舆论监督依然举步维艰，因为一些地方的官员口头上支持舆论监督，而在行动中却大打折扣，借所谓"负面影响"限制舆论监督。如果各地都建立了新闻发言人问责制，就会让政府部门在信息公开和接受舆论监督上树立更牢固的责任意识。

深圳的新闻发布制度和政府新闻发布问责制的推行体现了深圳市政府为城市发展营造和谐有利的外部舆论环境的能力，其健全的新闻发布和应急公关制度以及更加透明有效的方式为改进工作、凝聚民心、树立良好的政府形象发挥了积极作用。深圳以"问责制"驱动新闻发言人制度建设，同时不断提高突发事件应急处置能力，尤其是营造了网上正面的舆论强势，做好了网上热点问题的引导和管理，有力地维护了网上舆论稳定，这一系列的措施和成果不能不说是改革开放 30 年来深圳市政府在新闻执政能力方面值得回味的经验之一。

危机传播管理

公共安全与行政效能

李世卓

　　随着现代社会风险的日益加剧，现代社会管理日益复杂的情势被人们愈加关注。危机管理也逐渐走上了历史舞台，成为当代公共管理、行政管理、人力管理、信息管理的重要课题。深圳经济的高速发展和城市建设的惊人成就，让人们容易忽视耀眼光环背后的危机隐患。政府是社会秩序的维护者，各种危机使政府的执政水平和能力受到严峻考验，影响到其形象在公众面前的有效建构。对于地方政府而言，危机管理和危机传播是考验其执政能力和执政道德的重要环节。

　　本文从城市公共行政和新闻传播的视角，重点研究深圳市政府在危机管理和危机传播方面的探索。为更加细致地研究深圳市的应急管理，笔者深入深圳市应急管理办公室和一些相关职能部门进行了为期 7 个月的实地调研，以参与式观察和访谈方式搜集资料，同时进行日志记录，根据整理所搜集的资料，进行分析总结，对深圳市政府在常态和非常态下进行危机应对的信息传播运作机制有了系统的了解。同时选取该部门主管业务的负责人[1]，进行深度访谈，以便更真切地了解危机管理过程中政府信息传播的机制。以个案研究的方式，对危机情境下政府对内、对外信息传播的模式进行解读，并将其与香港的应急管理进行比照，作比较性的研究。

---

[1]　指深圳市应急管理办公室副主任杨峰，深圳市应急管理办公室预案综合处处长黄湘岳。

一、城市公共行政视角下的危机管理与危机传播

(一) 社会发展的深层矛盾

在经历了"非典"、汶川地震、西南五省大旱等一场场灾难之后，人们开始意识到，正是经济增长、社会转型、文化冲突和环境污染等多种因素的相互交织，才使得社会原有的"相对平衡"不断被打破，各类社会公共突发性事件接踵而至。

当处于快速发展、高速变革的社会挺进到一定程度的时候，各种社会问题就会逐渐显露出来。首先从人与自然的关系来说，人类盲目地追求发展的结果往往是以牺牲自然生存环境为代价，对自然资源无节制的消耗与破坏，最终反作用于人类而衍生为危机。如近年来屡次爆发的太湖蓝藻就引发了水质污染，并由此带来人类生存的"危机"。再从人类社会的相互关系来说，经济的高速发展和社会财富的原始积累常常是以牺牲部分人的利益为代价的。当前各项改革已经进入"深水期"，每一次改革和调整都是利益的重新分配，这势必会导致各利益群体的激烈交锋。在未来若干年内，由于贫富、阶层、城乡、地区等结构性差异将继续存在，而由此带来的矛盾冲突也难以消除。各利益群体在现有的管治架构中尚不能寻求到充分有效的表达途径和维护权益的方式，无法得到疏通的矛盾加剧着社会的不稳定性。更令人担忧的是商业的、政治的、社会的道德沦丧行为造成持续的社会信任危机。商品经济使人们的物质欲念膨胀，而社会监管体系的缺失又给各种渎职、腐败、欺诈行为开辟了方便之门，社会诚信丧失，由此带来公共卫生、食品安全、社会治安以及文化安全等多方面问题。由于社会开放程度的不断提高，公民的民主意识、监督能力和社会交流能力普遍加强。加之新媒体的普及推广，传统媒体一统天下的格局被彻底打破，代之而起的是多媒体传播和众生喧哗时代的来临。如果说，在传统媒体环境下，一些实际发生过的危机事实，由于刻意且有效的新闻封锁并不易被社会公众所周知，进而带来表面"平安无事"的假象，那么，随着新媒体时代的到来，"危机"信息必将在短时间内被不断地放大。原本微不足道的个体力量，在网络等新媒体载体的作用下迅速地凝结，使得个人的意志可以迅速地汇聚形成一定规模的民意，加剧了社会观感和社会行为的倾斜，使社会的不稳定因素更加难以控制。

而这些主要的社会危机形态界定和划分出政府在进行公共事务管理和维护社会稳定方面的主要维度。依照国家的相关标准，具体的公共突发性事件可分为自然灾害

（共计 5 类，如地震等）、事故灾难（共计 9 类，如空难等）、突发公共卫生事件（共计 4 类，如"非典"疫情等）、突发社会安全事件（共计 35 类，如群体性事件等）。[1] 传统的"应急"概念在今天也不再是单一处置"重特大公共突发性事件"本身，而是延伸到整个社会公共危机管理的全过程，包括事前的预防、事中的应对以及事后的善后和评估。社会公共安全，从原来特指的国家政治层面的安全维护，扩展到城市民众的公共性安全。

危机传播（crisis communication）研究是管理学和传播学的交叉，这是近年来在国际新闻传播学中越来越引起重视的领域。一方面，涉及在公共事务管理和组织管理上如何处置突发的"危机"；另一方面，更加侧重于危机管理过程中的信息传播管理，即解决在社会面临突发危机之时，作为社会管理者如何通过有效的信息传播更好地抑制危机蔓延的问题。

（二）深圳特区不容忽视的危机隐患

根据世界经济发展进程的客观规律，深圳市现阶段恰好处于"非稳定状态"阶段，即人均 GDP 处于 500—3000 美元的发展阶段，这往往是人口、资源、环境、效率、公平等社会矛盾的瓶颈约束最严重的时期，带来的后果是"经济容易失调、社会容易失序、国民心理容易失衡、社会伦理容易失范"。目前深圳正处于这种矛盾集中凸显和社会冲突高发的阶段。

除此之外，深圳还有多种"自身独特的"危机隐患。

第一，深圳地处沿海，易受自然灾害侵袭，它是中国最大的陆路口岸城市，也是中国唯一同时具有海陆空全方位入境口岸的城市。通过深圳口岸每年入境的人数占全国入境人数的 53%，通过深圳口岸入境的车辆占全国口岸入境车辆的 70% 以上，这样的地理位置，为亚热带自然灾害的来袭、各种敌对势力和恐怖势力的流入、突发传染性疾病的流行提供了"温床"。

第二，深圳作为一个移民城市，人口规模大、流动性强，结构严重倒挂，1300 万的管理人口中，常住人口 800 万，而深圳户籍人口只有 190 万。同时，人口素质参差不齐，社会归属感较低，致使社会治安问题严重，各类犯罪活动容易发生。

---

[1] 引自《深圳市委市政府值班工作手册》，深圳市应急指挥中心内部资料，2008 年 7 月。

第三，深圳因在全国政治、经济上的特殊地位，一旦发生危机事件，就会在媒体的炒作下形成大范围的新闻热点，产生"扩大效应"。同时，由于毗邻香港，境外的记者反应快速，往往会在事件发生的第一时间到达现场；而其自由的报道方式，又会使得政府的危机应对变得十分被动。

第四，处在社会转型期大背景下的深圳，同样面临着贫富差异悬殊，利益重新分配，各类纠纷不断，而致群体性事件频发的问题。一些因经济发展所带来的深层次矛盾逐渐显现并日益尖锐，一系列不稳定因素极容易导致社会失序、经济失调、心理失衡等问题。

（三）政府的危机管理意识

在公众视野中，危机情境下政府才是社会失序的唯一责任人，对于政府来说，在面对如"汶川地震"那样不可预测的突发性事件的时候，在遇到"9·20"龙岗大火这样的人为性灾祸的时候，政府的责任就在于降低和减少这样的灾难所带来的危害程度，深刻反省公共管理的能力和水平。如果政府的行为失当，加剧了灾难的后果，必然会带来严重的执政问题。

而许多时候，危机管理的成败就在于"危机"中信息传播是否有效。因为突发事件造成的"危机"的最大特点就是其发生的不确定性和难以预测性，而信息传播所要扮演的角色就是试图消解这种不确定性，以便为危机处理制造一个良性的环境。这样的环境，既要由政府系统内部的信息传播来创造，也要由政府系统和社会系统之间进行的信息传播来创造。而传播学所要着眼的就是，去发现并解决现实信息传播中的不合理的、阻碍信息传播进而影响危机处置的因素。

深圳市政府的危机管理意识比较强，其危机应对处置工作具有典型性。

2004 年为了更加有效地处置各类突发性事件，深圳市成立了市应急指挥中心，主要负责全市重特大突发公共事件的组织指挥和综合协调；同时单独设置了市安全生产监督管理局、民防办（地震局）、三防办、森林防火办等部门，专门负责开展安全生产、防震减灾、防汛抗旱、森林防火等工作，积极预防和妥善处置突发公共事件。

2009 年 7 月深圳市政府机构改革后，为进一步加大应急管理的预防、处置和善后力量，开始构建大应急管理格局。在机构改革中整合原深圳市应急指挥中心、深圳市安全生产监督管理局、深圳市民防办（地震局），组建了市应急管理办公室，初步形成了系统的"大应急"管理格局。在成立的新机构中，有专门的宣传处室接待媒体，进行有效且规范性的信息传播等。

通常危机事件所具有的特点要求政府与决策者必须立即对危机情境作出适当的反应，缩短时间，减少信息传播的层次，减低不和谐的"噪音"产生的因素，最大限度地获取信息，从而降低危机的不确定性，尽量在短时间内和资讯不足的情况下作出正确回应，并依据危机发展的不同阶段作出不同决策。

因此在危机情境下，政府信息传播的目的就在于使信息在传播的过程中避免隐瞒扭曲真实情况，产生社会信任危机。政府还需要通过各种媒介渠道及时、准确、客观、全面、有效地将危机信息传播给公众，维护公众的知情权，调动起社会自救、互助的能力。政府的危机管理和危机传播意识，应始终以社会公众的根本利益为出发点。

通常在突发公共安全事件发生之后，信息传递主要依循两条途径：一是政府系统内部的信息传播，二是政府系统向社会的公共传播。前者的目的是为了维护组织内部应对危机事件的正常运作，组织内部各部门之间的信息传递是以获得有效的政治沟通、政治协调以及政治管理为目的。后者主要是为了让政府与媒体和公众之间形成一个良性的信息沟通渠道，提供权威信息、引导舆论、遏制谣言、消解公众恐慌情绪、提供有效的行动指南，透过媒体传递自己的声音，表达自己的观点、主张和决策。当发生社会公共安全突发事件时，成为责任主体的政府，又会成为媒体关注和追逐的目标，因此如何有效地应对媒体，也成为政府面向社会进行公共传播的一个重要方面。

二、政府组织系统内部的传播

（一）危机情境下政府系统内部的信息传播

组织传播功能主要表现为：内部协调、指挥管理、决策应变和达成共识。西方危机管理研究是以组织危机研究为主导的，危机传播理论是以危机情境下组织存在和形象维护为研究核心。在早期的管理学派研究中，学者认为危机管理主要通过"控制"

方式就可以减少危机给组织系统带来的损失。控制强调个人在处理危机中的作用，讲求决策信息的行动力和控制力。传播学派强调组织的系统性、结构性和信息传播的过程性，强调努力塑造一种组织形象，并使其表现为一种文化的建构。传播学派认为，危机是发生在组织及其利益关系人身上，并能延续到整个社会的不确定性过程，所以他们强调危机责任的风险共同承担，强调决策中广泛收集信息，避免个人决策的失误，更加关注危机信息的共享和危机信息处理，比较依赖信息渠道的畅通，强调信息传递的时效性。

（二）深圳市政府在危机管理中的信息传播模式

在"非典"之后，我国对于处置各类突发事件的重视程度与日俱增，各个城市纷纷成立了应急管理机构，这是对政府执政能力的考量，更是中国构建和谐社会的政治需要。政府应急管理机构主要是以应急指挥中心或是下设在政府办公厅的应急办的形式运作。这主要考虑到危机事件一旦发生往往涉及多个政府部门，而危机处置又需要高度集中、高度协调、绝对保证政令畅通和执行有力。如果危机状态下的部门决策者处于被动应付状态，或是遇到来自各方利益集团的阻力，危机处置的各项措施就不可能到位，而缺乏信息的有效沟通和协调则更不利于危机事件的解决。所以需要一个统一的机构去组织、协调和指挥政府各部门之间进行有效的统筹。

深圳市应急指挥中心于2004年成立。深圳市应急指挥中心为全市处置突发事件委员会的日常办事机构，直属市政府管理，主要负责全市重特大应急事件的综合协调和组织指挥工作。深圳市政府内部信息系统的传播层面可以分为四个主要部分：即信息报送层、信息决策层、信息加工把关层和信息处置层，这四个部分构成了一个完整的信息流动系统，履行决策、执行、控制、协调、制约、说服等职责。

在常态下，该中心负责市政府的日常值班，接听电话并处理中央、国务院、广东省委、省政府和各省市通过值班室发给深圳市的文电，处理本市各级领导或部门通过市总值班室收转或呈报的文电，是各类行政命令的枢纽。应急中心处理的主要是公共安全类的信息，加快了公共安全信息的快速上传下达，提高了政府的应急反应的效能与速度。

在非常态下，该机构的协调角色就会被强化，成为深圳市处置重特大突发事件的综合协调部门。突发事件发生之后，应急中心就会接到事发地区或者主管部门的警报信息，经过初步核实之后，便会依据信息的严重程度对其进行摘要、存档或者上报。当事件严重度达到一定等级时，便会启动初级响应，按照预案在第一时间通过电话和手机短信向相关领导报送信息，同时以纸质媒介的形式报送给主要领导和分管领导，并启动相应的应急预案处置程序。当事态进一步升级或可预期的严重程度确定之后，中心便会扩大响应，立刻形成一个应急指挥网。事件发生的辖区、相关专业应急机构、事件主管单位和预案所涉及的相关部门便会联合起来运作，成立现场指挥部，报告和汇总信息，提供处置意见等。此时应急中心就成为各类应急处置信息传递和运行的中枢，也成为整个应急指挥系统中的枢纽。

（三）与香港政府危机信息传播模式的比较

笔者在香港实地考察调研中发现，"简单有效"是香港应急处置模式的最大特点。

香港负责对本港重大突发公共安全事件进行应急处置的机构是香港保安局下属的紧急事故监察支援中心。与内地的应急常设机构不同，这个中心是一个非常态的办公机构，只有突发事件升级到一定的程度，中心才会启动，成为香港处置重大突发事件的一个应急指挥平台和统领协调机构。

香港建立应急系统的目的有三个：第一，尽快向现场指挥授予所需要的权力及支援；第二，尽量减低部门和机关的数目，减少行政周折；第三，尽量减少联系层次。香港的应变措施分为三级，在一般危急的状况下只会启动一级或者二级的应对措施。但凡遇到重大的危机事故，波及范围比较广，以致对市民生命财产及公众安全构成重大威胁，需要政府全面展开救援时，便会启动第三级应变措施。此时香港紧急监察支援中心就会适时成为香港政府的主要监察和支援中心。不过，该中心并非负责统筹或者指挥行动，而是起到各部门之间的监察、协调、汇报和支援作用，并同行动上负责统筹和指挥的各部队进行信息的互动。在政府需要全力救援时，中心便会与消防通讯中心联络；当需要与媒体接触时，则与政府的新闻处协调；当民众需要紧急救援的时候，它便会协调诸多政府部门和社会组织共同帮助灾民，主要扮演一个信息协调者的角色。在应急系统第三级响应的时候，紧急监察支援中心运作的具体职能除了监察事态发展、提供支援、协调及汇报之外，消防处、警务处、工务局、新闻处需要立刻派出联络主任到紧急监察支援中心当值，加强沟通和监察。此外，该中心还要确保迅速及妥善回应传媒的查询。

　　香港应急处置的特点之一就是其机构结构简单化、平面化，让复杂的信息在最简单的处置环境中得到解决。简单、层级少且清晰的结构为信息传播过程中最大限度地消除"噪音"创造了可能性。他们拥有一个紧急事故监察支援中心公告板（emsc bulletin board）的信息汇总公共平台，全香港所有的政府部门和司局单位都会将各部门当日信息用留言板的方式公开发布在网上，使得使用该系统的用户都可以看到。同时整个信息系统信息的全面性、系统的完善性、使用的方便简洁性、信息传递的及时性，使得香港政府机构之间的信息传递高效且准确，打破了信息资源在独立机构中孤立存在、缺乏共享的状态，同时政府机构之间的信息公开，也制约和监督着彼此的工作绩效；信息的全面监控，有利于决策者在突发事件发生时，针对各个部门提供的信息，在全面掌控事态的情况下，作出最有效的决策。香港应急处置的特点之二就是法制化，用法律明文规定各个职位的职责、权力、工作程序，使一切处置过程有法可依且执法必严，用法律的权威减少信息传递中的干扰，最大限度地减少了人为因素的存在。

三、危机管理过程中的政府公共传播

（一）危机情境下政府系统与社会的互动传播——公共传播

　　政府在危机情境下对媒体、公众进行的公共传播，作用是在于缓解危机给政府带来的被动局面，管理公众的舆论，协调政府和公众的关系，维持公众对政府形象的认同，并在危机时刻为外界提供行动信息和指南，提高社会的自救、互助能力，维护社会公众的公共利益。同时危机情境下的公共传播要达到预期不同的传播效果，要采取不同的信息传播手段，具体可以表现为媒体建构、新闻发布、演讲、宣传活动、集会等。

　　党和政府必须秉持"立党为公，执政为民"的政治理念，坚持将广大人民群众的根本利益放在第一位，在第一时间向社会披露客观、真实的危机信息，为广大人民群众的安定、自救、互助赢得宝贵的时间。我们处在现代性社会之中，各类危机风险是难以避免的。但是，政府不应当试图取代全社会做保姆式的"全能政府"，而必须成为真正为人民服务的"责任政府"。责任政府应对危机事件，首先要从全社会的利益出发，通过客观公正、真实及时的对外传播，积极引导社会理性、勇敢地应对危机。政府面对新闻媒体，要意识到它不仅仅是政府的喉舌，更是社会的感应器和传播工具。新闻媒体在危机时刻往往代表社会公众强烈的信息探求愿望，积极主动地应对新闻媒体，与之配合，提供信息服务，是一个责任政府必须承担的政治责任和社会责任。如果粉饰太平，报喜不报忧，文过饰非，不惜采取隐瞒事实、歪曲真相的手段，误导媒体，压制媒体，将逐渐开放中的新闻媒体视作"洪水猛兽"，从本质上说，是将政府的执政利益和执政形象，当作一个"绝对价值"，将社会公共利益当作一个"相对价值"，这是我们不能认同的，也必定被社会实践证明是站不住脚的。

（二）深圳的解决之道：控制与博弈

因为深圳市所处的独特政治、经济、地理位置，造就了深圳媒介环境的复杂性。具体来讲，深圳地区的媒体主要包括深圳报业集团旗下各子报子刊、系列报刊、深圳新闻网；深圳广电集团旗下的深圳电视台、深圳广播电视台各频道和各频率；中央、广东省、外省及香港驻深新闻机构；以及本市具有新闻刊载资质的新闻网站（深圳新闻网、腾讯网、奥一网）。其中驻深媒体共54家，在深合法注册的记者为131人。澳门、台湾和外国媒体在深无常设机构。凡遇重大突发事件、社会热点或重大活动，媒体随机派记者来深采访。如此众多的媒体和记者，每天要在深圳这个有限的地域范围内，寻找自己的独家新闻报道和卖点，彼此之间的竞争十分激烈，特别是在危机发生时，记者追逐新闻的"本能"就更加被放大了。

在重大突发公共事件发生后，深圳市政府会依据《国家突发公共事件总体应急预案》、《国家突发公共事件新闻发布应急预案》、《广东省突发事件新闻处理办法》和《深圳市人民政府突发公共事件总体应急预案》以及有关规定进行新闻传播。

具体运作是由市应急指挥中心、市政府新闻办和事件主管单位三方相互协作、共同完成。在突发事件发生之后，应急中心在收到信息后向市政府新闻办通报突发事件的情况，并迅速协调各相关部门组织新闻处置。然后，事件的主管部门将撰写好的新闻发布稿，协调专业机构提出意见，提交新闻办进行审批。审定通过的新闻通稿，要由市政府新闻办统一发布，第一份新闻通稿一般在事后的120分钟内发出。新闻通稿以网络发布为主要手段，第一时间登载在"深圳政府在线"上，同时辅以电邮、传真等手段提供给各大媒体和公众。市政府新闻办通过中央政府驻香港联络办公室将新闻通稿提供给香港媒体。另一方面，新闻办也负责搜集监测相关舆情并将突发事件的新闻处置办法提交给应急中心、市政府新闻发言人和市分管领导审定。市领导对于新闻处置的最终指示由应急中心向相关部门传达并协调贯彻落实。新闻办还要接待和管理记者的采访工作，事件主管部门也要及时指定新闻发言人发布新闻、接受记者采访和咨询，以保证突发事件发生后，政府新闻应对井然有序。

就深圳市目前情况来说，"非人为因素"的自然灾害类突发事件发生时，在事件发生前期预警信息发布、事件发生中期行动和指导信息传递等方面，已经形成了政府部门与媒体之间有效的联动反应机制。依据《深圳市气象灾害应急预案》中的明确要求，在得到市气象台的灾害快报时，媒体单位必须在 15 分钟内将预警信号在电视节目中进行刊播，并将最新的情况以滚动字幕的形式进行实时播报，让有关的单位提前进行防御，为涉灾地区的民众提供行动指南，以便提前规避风险。

但是毫无选择地公开信息对公众而言也未必是一种保护。政府在保证公众知情权得到维护的同时，政府也要对舆论进行适度的"控制"，有选择地披露信息，有序地引导舆论，维护社会稳定，安定民心以及促成危机处置工作顺利有效地完成。

今天的媒体环境极其复杂，一方面公共舆论空间日渐成熟，另一方面商业化媒体的市场竞争越来越白热化，境外媒体进驻的自由度也大大开放。从而使得政府在突发公共事件中，传统的"控制"媒体的做法已不再可行，完全的政府宏观调控和全能政府只是一个神话，个人和团体都可以利用交互性更强的互联网和手机发布信息。媒体所承担的社会预警、监测的责任不断加强。所以与媒体进行"博弈"，有效地引导，其有益性要远远大于强制性的管理。公众权力意识的增强以及公众媒介素养的增强，使得公众更加懂得借用媒体的力量进行自我保护，并用媒体的手段寻求与政府之间的沟通。

2007 年 4 月 5 日中央政府出台了首部有关保护公民知情权的法规《中华人民共和国政府信息公开条例》，其中明确规定公民有权依法获知除涉及国家秘密、商业秘密和个人隐私以外的政府信息，从而为媒体报道突发事件、及时发布信息提供了制度上的保障和工作规范。2007 年 6 月 24 日提交全国人大常委会二审的《突发事件应对法草案》，删除了第 57 条中新闻媒体不得"违反规定擅自发布"突发事件信息的规定，以及第 45 条中"并对新闻媒体的相关报道进行管理"这句话。这些删改，不仅避免了规范主体不明确带来的权力滥用，进而使媒体的监督权受到限制，也保证了突发事件中信息的畅通和媒体的正常运行。这就要求，新时期危机管理者要拥有强烈的新闻意识和素养，掌握一定的新闻应对技巧，学会在媒体面前正面、冷静、恰当和有效地表达观点，从而更加有效地与媒体进行"博弈"。

而深圳市政府与媒体的"博弈"具体表现在以下几个方面。

（一）在应急体系建设方面。在深圳市人民政府办公厅有关《深圳市突发公共事件应急体系建设"十一五"规划》中，对于发生突发事件情况下的新闻发布与信息公开工作作出了明文规定：第一，建立突发公共事件新闻发布与对外报道的快速反应机制。应急处置预案与新闻发布预案同步启动，及时、准确、客观、全面和分阶段向社会公布信息。第二，在确保事件顺利处置和记者人身安全的前提下，确保记者正当的采访权益，规范记者采访活动。第三，加强专业应急机构、相关部门及基层应急工作人员媒介素质的培训，提高现场接待记者采访的能力。

（二）在新闻发布制度的完善方面。早在1985年深圳市委就同意市委宣传部《关于建立市政府新闻发言人制度的意见》，并设立了三个层次的新闻发言人。1993年，深圳连续遭遇新股发行风波、水灾、"8·5"清水河大爆炸等事件，市政府新闻办公室发言人及时回应境内外媒体的采访，较好地引导了舆论。此后的几年里，深圳的新闻发布制度不断完善，确立了相对成熟的原则和框架，最大限度地满足了公众的知情权和新闻媒体的需要。2004年通过的《深圳市人民政府工作规则》指出，除了涉及国家机密、商业秘密和个人隐私的事项外，市政府及各部门所掌握的政府信息应当通过有效途径向社会公众和利益相关人公开。2004年施行的《深圳市政府信息网上公开办法》要求，政府以信息公开为原则，不公开为例外。2005年推出的《深圳市人民政府突发公共事件总体应急预案》强调，事发时应准确发布预警、处置突发公共事件进展信息，确保公众知情权。信息发布以新闻发言人、网络群发、电视播放、电台广播、报纸刊登等方式进行。

（三）从火灾案例处置看深圳的应对媒体之道

2008年2月27日4时左右，深圳市南山区内环路海鹏回收站废品仓库发生火灾，过火面积近1500平方米。大火共导致仓库阁楼内15人死亡，3人受伤。龙飞再生物资回收有限公司在存放大量易燃废品的场地上方私设阁楼住人，造成这次火灾中大量人员伤亡。

为了争取主动、抢占舆论先机，政府积极通过信息发布的媒介渠道主动引导舆论导向和公众的认知，控制主流话语权。笔者选取 2008 年 2 月 28 日—3 月 10 日[1] 的《深圳特区报》、《深圳商报》、《晶报》对"2·27"火灾报道情况作一说明。

表 1　"2·27"火灾事故中，深圳本地报纸"2·28"至"3·10"期间发稿量统计

（单位：篇）

日期	《晶报》	《深圳特区报》	《深圳商报》	合计
2.28	7	6	5	18
2.29	16	13	13	42
3.1	14	17	5	36
3.2	11	9	7	27
3.3	8	16	23	47
3.4	8	18	13	39
3.5	6	15	8	29
3.6	5	12	6	23
3.7	4	3	8	15
3.8	7	NA	3	10
3.9	2	5	2	9
3.10	2	4	2	8
				303

从发稿量统计表（见表 1）来看，在短短的 12 天里，三家报纸刊发了 303 篇相关报道[2]，有关事故进展和善后的报道占 8%，有关领导行为的报道占 3%，有关干部作风整顿、机制完善的报道占 5%，评论占 2%，其余 82% 的内容都是有关政府对于安全生产隐患排查和整治的报道。特别是在火灾事故处置的前期阶段，深圳本地三家报纸都分别辟出专门版面，采取特别报道的方式连续、高强度地报道事故的处置和政府隐患排查整顿行动。《晶报》的特别报道《吸取 2·27 火灾教训　排查安全隐患》——"行动篇"和"曝光篇"，《深圳特区报》的《拉网排查隐患不容有一疏漏》以及《深圳商报》的《迅速排查铁腕整治　落实责任转变作风》。这种对于隐患排查和整治的高强度、大篇幅报道，一方面是配合"2·27"火灾事故后"深圳市百日大排查行动"，另一方面也是用大量的新闻来表明政府对事故发生的深刻反思、对安全生产的

[1]　2 月 28 日是事故发生的第二天，因为报纸编发周期性的原因，所以选择这一时间点。3 月 10 日是"2·27"火灾事故善后处置结束、原因查明、阶段性工作完成的一个时间点。
[2]　具体内容参见附录。

高度重视以及对安全隐患整治的强有力的决心。通过媒体引导舆论导向，重塑政府形象，向公众明示政府是负责任的政府，是维护公众利益的政府，是执政为民的政府。

电视是公众获得信息最主要的途径，在深圳大学传媒与文化发展研究中心进行的一项调查研究中发现，在有效接受调查的 375 人中，有 69.9% 的人知道南山火灾事故。[1] 知道这件事情的人中，有 38.9% 的人最早是从电视媒体得知这个消息，21.8% 的人最早是从报纸媒体得知消息。所以电视在公众获取信息中仍然处于主导地位，电视媒体信息传递的好坏对政府公共传播的有效与否至关重要。

时任深圳市长在"2·27"火灾事故现场的紧急会议上有一段讲话，通过电视媒体进行报道，他说："'2·27'重大火灾事故的影响是极其坏的，教训是惨痛的，我作为市长对此深感沉痛，我要向省委省政府进行检讨，要向全市人民表示歉意，对业主方要一查到底，对转包方要一查到底，绳之以法，另外加大媒体曝光。"在电视画面上，市长神情肃穆凝重，态度严厉，话语的表述中充满了批评、质问、检讨，慷慨激昂"决不姑息"的坚决态度通过影像和声音的有效配合进行传达，使得政府对外公共传播的信息更加形象生动，富有感染力。

与报纸理性的深度分析和电视的感性诉求表达不同，网络媒体在公共传播上更看重其时效性和即时更新的特点。深圳政府在线和深圳新闻网是深圳市政府对外传播的网络主场。在事故发生后相关部门立刻撰写关于"2·27"火灾事故的新闻通稿，在不需要任何后期制作的情况下，迅速将其放在了深圳政府在线的新闻发布稿区，同时注明信息提供单位为"深圳市人民政府新闻办公室"。对于官方权威性信息有需要的媒体，可以随时通过这个网站获得新闻通稿，并进一步编写。如此一来可以避开电子媒体和纸质媒体采编制作的周期性，在事件发生后的第一时间就可以将政府的权威性声音发布出去，从而主导舆论。

在"2·27"南山火灾和与之相隔近 7 个月的"9·20"龙岗火灾事件中，在政府引导下，媒体新闻报道对两起事件原因的解释呈现出不同侧重点。"2·27"南山火灾事故发生后，从报道中可看到政府倾向于将事件归因于一次企业的安全生产事故，所以在事件发生后报道内容的主要方向是全市安全隐患的排查和对隐患的整治，事故的

---

[1]《"南山火灾"的信息传递情况及市民对政府相关工作的评价》，2008 年 3 月 2 日调查，调查对象：深圳六个区，执行时间：2008 年 3 月 2 日，样本容量：有效调查样本 375 人，调查方法：CATI 电话访问，调查执行：深圳大学传媒与文化发展研究中心，项目负责人：吴予敏，执行负责人：王晓华，项目委托：深圳市委宣传部。

责任人指向废品收购站的经营者，并对其唯利是图，罔顾他人性命的做法给予谴责，领导出镜较少，同时在一片排查隐患的相关报道中弱化了政府的相关责任。

而与之相对的"9·20"龙岗火灾，由于死亡人数多，与上次火灾事故及由此开展的隐患排查相距的时间短，公众对年初的事件还记忆犹新，而且事故发生后又陆续暴露出"舞王"经营所存在的腐败阴暗面，加之国家相关部门派下调查组等因素的存在，使得政府将"9·20"龙岗火灾归因为安全生产责任事故，并在事件发生后迅速免除事故发生区相关领导职务，将事件的责任定位于区一级。其事故责任人在指向"舞王"娱乐厅经营者的同时还囊括了区一级行政、执法部门相关责任人，并对相关人员的监管不力、渎职进行谴责，在事故调查之后对官商勾结现象的存在进行主动披露。

（四）香港的解决之道：竞争与合作

香港拥有相当繁荣的媒体环境。在香港登记的报纸有 40 多家，在香港注册的电子媒体共有 9 家，电视台 6 个，电台 3 个，政府里面还拥有香港电台。海外、大陆驻港记者站有 100 多家。在香港，媒体的运作是按照新闻自由、编辑自主的原则进行。香港绝大部分的媒体是以商业运作方式生存的，因此在竞争激烈的媒体环境中，这些媒体就需要用不同的方法去吸引他们的阅听大众。

香港也是一个多元化的社会，即便是面对商业媒体的批评或肆意炒作，政府也不能去压制媒体，只能透过不同的传播渠道同它们"竞争"。政府透过公关、新闻、宣传和出版等方面的工作把所要传达的信息送到公众手中。香港政府新闻处就扮演着这样的角色。[1]

政府的信息有一定的权威性，所以基本信息的素材，不管是亲政府的媒体还是不亲政府的都需要采用。在香港新闻媒体界有一个很好的传统，媒体都要在报道中表现出比较"平衡"。香港的读者不喜欢单方面的信息和态度，政府就努力把自己的观点放在媒体上，同各大媒体进行一个"版面的战争"。新闻处助理处长谭锡扬向笔者介绍说："我们每天都要抢媒体的版面，电视台，电台的时间，如果不抢时段，就让给了反对政府的声音。"[2]

---

[1]　来自与香港政府新闻处助理处长谭锡扬的座谈，2008 年 5 月 14 日。

[2]　同上。

　　笔者在与香港新闻处总新闻主任吴茂胜的访谈中，他谈到突发事件发生时政府新闻处的角色功能时说："在发生严重突发事件时，例如台风吹袭或灾难事故等，首先新闻处下设的新闻组就会成为各方资讯的通讯中枢。政府新闻处负责迅速和及时将最新情况准确向公众发布，以维持公众及政府内部的信心、消除谣言和不正确报道。其次，再派调新闻主任前往灾场，作为政府与媒体、公众的中间人和桥梁，在有效救灾的情况下，还要向媒体发布情况，协助新闻人员采访，为他们提供他们所需要的材料，并维持正常的采访秩序。"

　　常态下香港政府新闻处会建立起一个24小时的信息监控网络，以了解全港各种信息的最新动态。如果有突发公共事件发生，这个24小时的监控网络就在第一时间通知当值保安局、警察署、消防处、紧急事故监援中心、新闻处长以及部署在各个司局署的新闻官。然后新闻处处长会依照事件的严重程度和发展态势确定是否要启动紧急情况下的新闻发布中心。紧急情况下的新闻发布中心的职能主要是负责汇集各部门的新闻发布资料，在充分沟通之后统一口径，统一发布。

　　香港政府新闻处作为为香港政府和特区领导出谋划策和公关的重要职能部门，其下设的本地公共关系科辖下的大众传播研究组专责关注报张、杂志和电子传媒的报道，每天撰写新闻报道和评论的摘要以及社会热点问题的特别报道，向政府决策层反映舆论和民意，作为公共传媒信息对政府的一种反馈机制。因为香港特首对于公关和媒体特别重视，在紧急状态下，新闻处可以在24小时任意时间内向他报告相关信息。香港特首每天早上所主持的由各司局长参加的会议中，新闻处处长按惯例第一个向在场官员进行15分钟的汇报，其内容就是有关当天的报章对于政府和特首的报道和评价，特别是批评方面的言论。香港每当有重大突发事件发生时，政府新闻处的公共关系科就会为特首设计公关计划，大到演讲稿中语艺、措辞的编写，出席适当时机的选定以及行动计划，小到特首个人细节性的装点，目的就是让公众知道在危机发生时刻，特首"在场"，且关心事态发展。

四、矛盾与分析

　　在评述和分析危机管理过程中深圳市政府对内、对外信息传播的基本状况，并同香港政府作了初步比较之后，我们也需要对此状况所表露的各种矛盾作出分析，以期望这样的分析可以对中国地方政府危机管理和公共行政的改革有所帮助。

（一）信息的时效性与传统管理体制的矛盾

在与香港消防处的高级管理人员座谈时，对方提及"中国所面临的是结构性而不是个案式的问题。我们每年都去北京、上海等大城市进行考察和调研，建立合作关系，在考察时我们发现，内地应急部门的通讯系统硬件其实并不比香港差，甚至要优于香港。但是在'软件'方面，即管理的思维方面，却与香港有很大的距离。管理的效率低，拖沓，观念比较滞后"。

目前政府处置重大突发事件时，各类信息报送和传递是按照社区—街道—区—市的多级信息报送体制层层上报，分管领导层层把关、层层审批的。但这样的传播方式不仅增加了信息传递与接收的链条长度，也会因为信息层次过多，而减缓信息传递的速度，导致信息报送的迟缓，影响危机管理者的决策效能。例如，在深圳"6·13"暴雨事件中，信息传递的层级数多，因此延缓了事发地点横岗街道灾情信息和伤亡人数信息的报送，致使危机管理者迟迟不能作出有效决策。因此减少信息传递链条中的层级是提高效率最直接的方式。在突发事件发生时，删减街道和区一级的信息传递环节，而由社区直接对口市一级进行信息报送，同时将信息抄送区和街道则较为有利。

目前政府内部传递信息主要沿用纸质文件传递，信息在流过每一层环节时都要通过领导审批签字，又因为信息平台的缺失，使得突发事件处置时所需的各类相关信息，不能同时在一个网络平台上进行资源共享，各个事件的处置单位需要人为地传递、收集、汇总各类纸质文件信息，也大大降低了其行动效率。

笔者在香港保安局紧急监援中心调研时发现：香港政府各司局署之间信息传递的媒介只有一个政府系统内部的信息共享网络平台，除了一些特殊权限掌握的信息外，平台上的信息都是公开和透明地提供给由网络连通的各职能部门。同时，信息平台在常态和非常态下同样适用，常态下各个部门将每日重要的信息汇集报送到这里；非常态下启动的香港紧急监援中心，也会依据事件发生部门和事件处置部门传递上来的信息进行统一的研判、提出行动决策。

在加快信息传递速度保证其时效性方面，除了删减其传播层级之外，减少信息传播源头的做法也得到了肯定。深圳市的两个办公厅（市委办公厅和市政府办公厅）共用一个信息处的做法在中国各城市中也比较少见，这样做的目的就是体现信息集中化的原则。

（二）信息的全面性与政府信息传播渠道构建方式的矛盾

组织传播具有一种高度结构性的特征。在中国政府管理体制的框架下，政府内部纵向信息的传播具有单向性、强制性的特点。这样的结构可以保证上级决策者的指示信息在下级部门得到有效的贯彻和执行。但这种结构特点制衡着危机情境下的政府信息传播效能。大量的综合类信息集中于高层，信息资源得不到共享，"封闭"的状态有碍于下级各事件处置部门对信息准确全面的把握。同时危机管理者在复杂环境下也难以兼顾各方行动，因此会导致基层的危机应对部门事件处置的盲目性、局限性和无效性。

双向沟通的组织间信息传播应是最为畅通和有效的。而由此建立起的部门间联动机制，是香港政府应急管理模式一大特色。相对而言，政府组织机构间进行信息横向传播是深圳应急管理体制中的一大软肋。缺乏横向信息的良性沟通使大多分散的组织、部门或机构在危机情境中都处于独立的"信息孤岛"状态，彼此之间信息资源共享程度较低，进而大大地制约了各部门之间的协调行动力以及各方危机处置力的整合，同时也有碍于危机管理者对突发事件进行全面把握和通盘考虑，所以建立跨越行政区隔的机构就显得十分必要。

但我们也应看到，已建立起来的跨行政区隔的机构，却有在政治系统中被不断地"边缘化"的危险。例如像深圳市应急指挥中心这样独立运作的部门，虽然是直属于市政府的正局级单位，但是其重要性仍然不及政治系统的核心机构。此类机构被赋予的在突发公共事件应对处置中的职能以及由此带来的权威性，很容易在社会常态下被一定程度地弱化。

政府外部信息获取渠道的单一性已成为了应急中心搜集信息的一个瓶颈，即信息源的有限性导致信息搜集"广度"欠缺。目前，负责为应急中心搜集和提供深圳市各类突发事件信息的信息源只局限于政府系统内部的信息上传渠道，单一化的渠道所传递上来的信息都是政府部门"单一"的声音，有一定的片面性和局限性，很难真实地再现突发公共事件的全面情况。而扩大信息源最有效的方法就是赋予现有各级、各部门信息员报送日常工作信息的报送职能；同时需要调动公众的积极性，建立公众有偿报送公共安全信息机制；发挥媒体的社会预警功能和记者一线采写信息的专业优势。这可以扩充政府的信息渠道宽度。

(三) 信息的准确性与危机评估规范化、专业化欠缺的矛盾

在突发事件发生时，对于事件严重程度的评估将决定着突发事件的等级、应急处置方式和领导作为等方面。如果缺乏科学化和规范化的统计、测量、评估标准，会使得一些突发事件等级的界定模糊不清。例如，在发生一场山火这样的自然灾害之后，它的处置等级的确定、人员的调配、各种力量的集结是依据山火的过火面积大小来决定的。而这样的判断依据一般没有明确的统计和测量标准，只是通过人为的观察和估算来决定的。从而使得信息一定程度上缺乏准确性，进而制约了危机管理者对事态的研判，影响对突发事件的有效应对。

突发公共安全类事件种类繁多，而深圳尚没有组建专业的应急处置部队，在第一时间到达并参与应急处置突发事件的人员往往缺乏专业知识和专业训练。例如，深圳某起交通事故导致货车侧翻，但由于一线处置人员的专业水平有限，将翻车仅作为一般交通事故进行处理。而在等待了几个小时之后，才发现货车上装载的是已泄露的危险化学品。误判的信息，延误了突发事件紧急处置，造成了一定的影响。

突发事件发生时，对于突发事件的处置会涉及多个职能部门和机构，因为部门和机构彼此之间都是独立运作，且缺少有效的协作联动机制和信息资源的共享机制，部门之间的不衔接使得信息产生了多个源头，对同一情况的不同描述和归因，降低了信息的准确性。严重分歧的信息也会使危机管理者难以作出有效的决断。例如在深圳"6·13"暴雨事件中，各部门依照自己的统计标准，统计出不同的人员伤亡数字。而作为政府的权威部门，一部分信息被发布给媒体，一部分信息被报送到省一级领导，结果存在分歧的信息带来了一定程度上的混乱。

(四) 信息的客观性与危机管理者主观决策的矛盾

危机情境下，政府内部信息的准确传递有利于危机管理者作出正确、恰当的决策，有利于危机事件迅速有效地得到解决，有利于媒体客观、公正地报道危机事件真相，有利于公众在危机情境下进行有效的自救、互救，避免风险和灾难。但政府在危机信息传播过程中，由于存在诸多的层级和环节，信息须经过层层上报、层层审批、层层把关，以确保传播的信息符合各级把关者——管理者的主观需要。在这一把关过程中，信息被有意或无意地删减、添加和过滤，不但降低了信息的时效性，也削弱了

信息的客观性。这种"信息把关"带来两个方面的危害,一方面是危机情境下政府系统内部向上级传递信息时的把关容易造成下级官员瞒报、漏报、误报信息,进而影响上级政府和有关部门领导作出及时准确的决策,从而贻误危机应对的最佳时机;另一方面是政府系统向社会公众传播信息时的把关容易导致对外界"封锁"信息,使公众失去应对危机的有效信息和行动指南,给公众的公共利益带来损害。

各级危机管理者在信息传递过程中进行"信息把关"的主观动因大多为"责任规避",规避信息传播后可能造成负面影响而带来的责任追究。我国目前在官员的升迁即选拔任用上,采取的是上级领导任用制,领导一般是考察官员在其任期内经济增长、社会稳定情况以及解决各种事务的能力和行政绩效等,这就决定了官员主要对上级领导负责,而非对下负责的思维和行事方式。因此,在危机事件发生时,一些行政官员为了维护自己的政绩、规避责任而忽略社会公众的利益,有意迟报、漏报、误报甚至瞒报信息。

要解决信息传播中管理者"责任规避"现象,可以采取以下措施:一是将信息传播纳入官员的工作绩效考核之中,作为晋升的依据。二是在全社会范围内建立有效监督机制,充分发挥媒体和社会公众的舆论监督作用。三是建立严格的责任追究机制,对有意迟报、漏报甚至瞒报信息的官员进行事后"责任倒查",依照《中华人民共和国突发事件法》及有关法律法规追究其刑事责任。我们看到在"三鹿奶粉事件"和山西省娄烦尖山铁矿"8·1"特大排土场垮塌事故中,因瞒报信息有关省、市官员已受到严肃的责任追究。

社会的迅速发展,带来了社会结构的复杂性和多样性。政府作为一个组织,它与社会中的多样群体存在着各种有形或者无形的契约关系,这样的契约关系使得两者之间相互影响、相互制约,成为利益相关者。这些群体包括,组织的内部成员、纳税人、上级的压力群体、下级的隶属部门、司法部门、媒体、非政府组织、公众等等,它们造就了文化的多元性和利益主体的多元化,并日渐左右各种利益关系人价值判断的出发点,形成价值分化。正是因为各种利益相关人的价值取向和判断的多元化,很难达到利益的统一性、共同性,所以作为一个组织的政府,它的运作不可能完全按照既定的标准化模式进行,特别是在危机情境下,各方利益在极端的情况下被无限放大,政府就要跟多方利益群体"博弈",以求平衡。

之所以领导可以单凭个人意志平衡各种关系后再作信息决策,其原因在于当前各级政府的决策距离民主、科学的理想目标还有一定的差距。政府的规范建设还远远没有跟上社会发展的步伐，没有制定相应的规范，从而产生了许多例外，加之决策者的权威性的存在，使得许多决定人治大于法治。目前来讲，我国各级政府还是没有建立细化的、明确的关于突发事件管理的法律法规实施细则，已有的法律法规因其法律主体不明，政府、企业和个人的应急管理责任和义务不清，内容和实施上又充满不足和矛盾，使得危机处置时经常是权责不清、程序不明、监管不力。在这种"游戏规则"尚不健全、不完善的情况下，危机发生地区的部门领导，会在个人政绩、地区利益、事发部门利益以及危机应对规则之间进行选择；拥有最终决策权的领导也会在公众利益、政府利益、个人利益以及各种利益相关组织之间选择和考虑。诸多的利益因素参与到危机的处置和决策中，势必会给信息传播的各个流通点和接口带来障碍，轻则信息被迟报、漏报，让信息在传播中出现人为的偏差，重则信息被压制不报，因而大大降低了政府处置和决策效率，使危机状态下政府的信息沟通和传播机制失灵，甚至会恶化危机事件，使之成为更严重的灾难。

（五）信息沟通的双向性与政府同媒体、公众沟通力不足的矛盾

危机情境下政府对公众进行公共传播时，应该避免单向性宣传和说服的传播方式。而应强调彼此之间信息沟通的双向性和彼此之间信息交流的互动性。这就要求政府在危机情境下主动向公众传递信息，有效掌握公众反馈信息，依据反馈信息判断公众态度，对决策作出适时调整。因为政府所做的应急管理的根本性目的是为维护公众的公共利益。但是在对公众的信息传播上，无论是危机预警信息的发布、政府新闻的发布，还是对公众反馈信息的把握，都表现出一种沟通力不足的状态。

突发事件发生时，在第一时间对社会发布危机预警信息，为公众提供行动指南，指导公众进行风险规避是政府所应履行的职责，也是对公众生命安全的保护方式。目前，深圳市一些如台风、暴雨等自然灾害类突发事件发生时，气象局、三防办等相关部门已经与电视台等媒体建立起长效的合作机制，保证媒体在得到各类预警信息之后的15分钟内，进行预警信号的刊播，并滚动发布实时信息。但除此之外，对突发事件预防与应急信息的播报仍然较少，应急部门尚没有与媒体之间建立起有效的联动机制。

在香港政府新闻处调研时笔者了解到：一方面，常态下在应急知识宣传上，无论是香港政府的公共电视台还是香港自负盈亏的商业电视台，他们都会针对不同时期不同灾难的特点，制作公益广告，利用广播、电视等媒体，针对全体市民进行广泛的

公共安全知识的宣传教育，普及民众的安全意识和技能，提高市民的警惕性，防患于未然。之所以香港电视台会主动拿出一部分时间做政府的公益广告，是因为香港政府将此纳入法律的范畴。电子媒体在拿到运行牌照时就要按照牌照运行规定的"每一个小时每一个频道给政府一分钟"的原则，履行这个义务。这样一个公益广告是30秒，一分钟可以做两条，政府只需要出具广告的制作费用和根据具体情况协调公益广告的内容、时间分配即可。例如，在2003年"非典"发生时，香港政府就将公益广告的黄金时间全部给了"非典"作宣传之用。

另一方面，在非常态下突发事件的报道上，香港政府在突发事件发生的第一时间不进行危机信息的主动传播、不公开危机信息的可能性微乎其微。在香港媒体的环境中，政府如果不立刻将自己的权威信息主动发布、发出自己的声音、进行一定的公关活动，它就会立刻成为媒体和公众的众矢之的，成为危机事件的责任人，被动的局面一时也很难转变。

信息反馈环节是政府对外公共传播效果的回流途径。危机往往体现为一个社会事件，关乎每一个社会成员，此时公众会对危机事件本身、作为危机事件责任人的政府以及公众的公共利益产生大量疑问、困惑、质疑、意见、要求等，形成多种声音并需要表达。"政府不能代表人民利益的表达，原因在于人民不仅有长远利益和根本利益，还有特殊的、具体的利益。政府代言不仅容易造成非协商下的风险后果承担，而且不利于多元主体利益博弈的局面形成，同时也不利于人们对政府行为的约束。"[1] 因此政府建立起一个公众信息有效的反馈渠道就显得至关重要。目前政府信息的反馈途径主要有两条，一是外部感知系统，即大众媒介；二是内部感知系统，即行政渠道，比如各地信访办。两者相比较而言，传媒具有更大的发展空间，其专业性使它擅长对民意进行搜集、整理、传播和实践。政府的舆情监督部门会对一段时间内的新闻报道进行分析解读后形成文字材料上报给危机管理者，以便对民意民声有所把握。但是这种信息回流方式的周期性过长，不适应危机情境下时间紧迫的特点。信访办对民意的处理多为事后行为，因此就很难依靠它在危机状态下扮演民意信息反馈的角色了。

反馈渠道的缺失让政府与公众的沟通力不足，进而使社会中大量受过良好教育、对政府的行政和决策拥有建议和质疑的公众，在寻找不到与政府有效沟通的渠道后，

---

[1]　李景鹏：《政府职能与人民利益表达》，《社会科学文摘》2006年第6期。

将声音转移到网络这种公共舆论空间上，变成社会舆论。如果对舆论引导不良抑或忽视民意的存在，势必会陷政府于被动尴尬的局面。同时信息沟通力的不足，也使政府无从获知其对外公共传播的效果，也难以准确地把握公众的各种问题和需要，进而影响政府对下一步公共传播的内容、方式和方法作出判断，也很难对"不适当"的已传播信息进行修改，影响政府的公共传播效果，而公众反馈信息的缺失也会给政府危机管理的事后评估带来障碍。上述这些分析和思考，或许会在今后的危机管理实践过程中逐渐加以改进或解决。

影视创作

城市影像文本的意义解读

郭熙志

　　把深圳 30 年的影视创作放在一个社会学的角度考察，最有价值的问题有两个方面：第一，30 年影视作品中的深圳是怎样的？作品中的深圳人是怎么生活的？第二，30 年影视作品创作中，其创作过程呈现出的深圳政治、经济、文化形态是什么？简单地说，就是深圳影视 30 年发展历程有什么样的台前和幕后？尤其是作为镜像反射之后的"幕后"，更具城市文化批评的文本意义。

一、镜像深圳

　　一个影像的记录，虽是对特定的时间与空间的定格，最有意思的却是拍摄者镜头后面的眼光，他，这个具体的拍摄者，当他操持机器，就有他的"拍什么"和"怎么拍"，就是所谓内容和形式，但更重要的是他"为什么拍"，这是关于影像的文化需要追问的事了。

　　说到深圳 30 年的影视创作，我们似乎有必要对有关深圳的影像作一番梳理。这样做，显然不是要总结归纳出一个深圳影像的文化传统，对于电影这样的文化舶来品而言，我们所赋予的文化一定是来源于我们本身的文化，但未有工具之前，我们必须承认，我们缺少通过镜头看世界的眼光。

　　直接的问题是，甚至到今天这样一个影像泛滥的时代，我们是否具备了真正意义上的、成熟的影像文化？这一切，不是靠数量来说明的，不是靠声势浩大的产业来完成的，而是靠引领时代的顶尖级的大师，靠石破天惊的伟大作品来完成的。

所以，深圳影视的解读，文本的意义大于影像的意义。比如，深圳解放前，众多的影像都和割让、战争这些暴力事件有关。对于深圳来说，最早的影像应该是中英签订《南京条约》，正是 1842 年的《南京条约》，将香港岛连同邻近的鸭脷洲割让给英国。《南京条约》的签字仪式被英国人用胶片记录了下来，这是和深圳有关的第一段活动影像。1860 年清廷再败于英法联军，被逼签下《北京条约》，把九龙半岛南部、连同邻近的昂船洲一同割让给英国。1898 年，英国通过与清廷签订《展拓香港界址专条》及其他一系列租借条约，租借九龙半岛北部、新界和邻近的 200 多个离岛，租期 99 年。这一系列的租借和割让，形成了今日香港的边界。《北京条约》也有影像记录，《展拓香港界址专条》的划界有没有活动影像不得而知，但当时拍摄的照片一直保存至今。1941 年，日本占领香港，同样留下了现场活动影像。1949 年，中国人民解放军解放深圳，中央新闻电影制片厂拍了一部名为《解放深圳》的纪录片。

纪录片《解放深圳》有 10 分钟的长度。解放军南下深圳，是南下进军的尽头，为什么拍摄的是《解放深圳》，而不是拍摄《解放宝安》？当时深圳虽然是宝安的一个镇，但它一开始就有大于一般地理位置的意义。解放军直抵深圳河时，与之隔河对峙的是英国驻港部队，这种对峙是两个国家之间的对峙，因此，解放深圳的意义大于解放一座县城。深圳从一开始就是一块有独特影像记录意义的城市。战争与暴力就这样记录并雕刻着深圳。解放大军在深圳河边戛然止步，没有进一步进攻香港，为历史留下了伏笔与宿命。深圳，既是对敌斗争的前沿，又是一个反封锁的窗口，在帝国主义的包围中，香港是获得西方物资与技术的通道，而广交会则是外汇的来源，红色政权并没有彻底切断与西方的联系。

英国成了第一个承认红色中国的西方国家，英国首相希思先后 26 次访华，多次从香港走过罗湖桥。希思首相最为难忘的一次中国之行是 1972 年 3 月他带领助手一行，从罗湖桥走来，经深圳前往北京，秘密谈判中英两国建立外交关系事宜。

与此同时，1972 年，安东尼奥尼受中国政府邀请，来拍摄一部名为《中国》的纪录片，摄制组是经过罗湖口岸进入中国的。安东尼奥尼的摄影师进入深圳的时候，本来是打算开机拍摄的，安东尼奥尼阻止了他，他要研究一下、感受一下红色中国。

摄制组来到北京，周恩来接待了他们，当时的拍摄是受到控制的，基本都是摆拍。安东尼奥尼在中国政府安排摆拍时，他假装拍；没有摆拍时，比如街头随时抓拍时，他让拍摄不停机。

安东尼奥尼的《中国》记录了一个真实的中国，却在中国引发了一个批判《中国》的狂潮。批判的文章铺天盖地，从《人民日报》社论到小学生的作文，不管看过的还是没看过的人都在写批判文章。最后，汇成一本书——《恶毒的用心，卑劣的手法——批判安东尼奥尼拍摄的题为〈中国〉的反华影片》[1]。

影像文化的巨大差异，导致了对安东尼奥尼的误读。这种文化差异来自不同的世界观。西方的影像文化是"可能性"文化，中国影像文化是"正确性"文化。苏珊·桑塔格在她的《论摄影》中说：在中国，拍摄是一种仪式，"不仅有供拍摄的适当题材，也即那些正面的、鼓舞人心的（劳模活动、微笑的人民、晴朗的天气）、有程序的题材，而且有适当的拍摄方式，这些拍摄方式源自一些有关空间的道德秩序的概念，而这些概念是排斥摄影式观看的"。

那么，摄影式观看又是什么呢？苏珊·桑塔格说："摄影不仅仅复制现实，还在循环现实——这是现代社会的一个重要步骤。事物和事件以摄影影像的形式被赋予了新用途，被赋予新意义，超越美与丑、真与假、有用与无用、好品味与坏品味之间的差别。事物和情景被赋予的被抹去这些差别的特点就是'有趣'，而摄影是制造有趣的主要手段之一。"无论是意识形态的说教，还是道德主义的要求，以及"正确的内容与正确的形式"，都是取消摄影式观看的，本质上是取消艺术。

"正确"是唯一的，而超越"正确性"的"可能"则是多层次的、多维度的。我们把拍摄等同于事物本事，没有看出看待事物需要"发现的眼光"。

由 20 世纪 70 年代中国对纪录片《中国》的荒谬批判，我们可以反思我们中国式的"观看之道"——被拍摄的人永远是以正面、居中、光线均匀、构图完整的方式被拍摄，在这种影像文化中，是不能接受"那扇有裂缝的剥落的门的美、无序中蕴含的别致、奇特的角度和意味深长的细节的魅力，以及背影的诗意"。

安东尼奥尼从深圳进入中国的拍摄，虽然没有拍摄深圳的内容，却给我们带来了关于艺术本体的一些思考，带来了"艺术"与"非艺术"的一些区分标准。反观深圳影视创作 30 年，也许不无启示。

解放后的故事片有很多是关于深圳的，从最早的《秘密图纸》到《铁道卫士》，都是描写一个边境的小渔村及罗湖口岸，也就是所谓对敌斗争的前沿和一个可以非常方便地潜逃到香港的地方。

在描述深圳本土的艺术创作之前，有必要关注一下外来的关于深圳特区的影像。

---

[1] 《恶毒的用心，卑劣的手法——批判安东尼奥尼拍摄的题为〈中国〉的反华影片》，外文出版社 1974 年版。

深圳经济特区成立之后，中国新闻电影制片厂一直有跟踪的拍摄。珠江电影制片厂也有跟踪拍摄，先后拍出了《蛇口奏鸣曲》、《历史的抉择》两部纪录片，留下了现在常常被反复使用的邓小平南方视察、蛇口开山炮、奔跑的打工妹等珍贵镜头。还有珠影和广东电视台的两部电视剧《打工妹》与《公关小姐》，这两部电视剧在全国的播出，构成人们关于深圳的想象。

二、纪录片30年

诗人王小妮是个有质感的见证者，她这样描写20世纪80年代初的深圳：

深圳，还没什么城市的雏形，少数地方是刚被翻开红土，更多的是荒野和小山，芦苇丛长得疯狂。以后的年头我们就在这里安家。街上经过着几乎没乘客的公交车，售票员拿一面卷成棍子的三角小红旗，探出头来敲着车厢，喊叫着路人避让，表示它要转弯了，那一带当时叫人民桥。刚来深圳的第二天，我和某人有一段对话，闲谈到一个当地女孩的诗：出门闻到稻子香。

即使在深圳特区还混沌未开状态中，来这里闯天下的文化人就开始和纪录片发生联系了，而这个联系一开始并不是和这块土地直接发生关系，和深圳第一部纪录片发生关系的竟是遥远的西藏。

（一）三部早期纪录片

电影演员黄宗英是那个时代"文人下海"的典型，1983年她55岁，她到深圳特区担任一家企业的副经理，创办了都乐文化娱乐有限公司，任董事长兼总经理。她不仅是一位有才华的演员与作家，在生活中她还是个渴望挑战追求新的活法的人，一个不安分的人。1982年，黄宗英的报告文学《小木屋》获全国报告文学优秀奖。黄宗英随中国作家协会组织的一个西藏考察团去了西藏，她没有对所谓西藏异域文化作言不及义的表面报道，她选择独自去西藏东部的波密，要和在那里的南京林学院女科学家徐凤翔带领的自然考察小组在一起生活一段时间，并把她们在一起的生活以报告文学的方式记录下来，这是获奖报告文学《小木屋》的由来。

黄宗英答应徐凤翔要在纸上先给科考队搭一个作为科考点的小木屋，然后是在电视里。1984 年，她率队拍摄的纪录片《小木屋》在纽约国际电影电视节获纪录片奖。中央电视台中国电视剧制作中心（另一种说法是北京电视台）提供了人员与设备的支持。黄宗英说服剧组省下经费，在当地驻军帮助下，做出小木屋，并用镜头记录了这个过程。在 80 年代，报告文学、纪录片《小木屋》影响了一代人，舆论对科学家徐凤翔的环境保护形成一种支持。

《小木屋》是深圳特区第一部纪录片。黄宗英以作家的身份介入电视传媒，这成为改变中国电视传媒的一个转折点，作家的介入推动了此后媒体的新变化，这一直持续到 90 年代初。黄宗英参与纪录片《望长城》的拍摄时，她以作家身份参与采访，在此之前，中国还没有真正意义上的主持人。这也就是说，在 80 年代初的纪录片《小木屋》中，黄宗英给中国的电视媒体带来了主持人概念，此后是作家张辛欣在纪录片《大运河》中的客串。作家介入电视采访，不是一个简单概念的电视节目主持人，他是一个采访者，更是一个思考者，同时，影响整个节目的走向，这和西方电视传媒的主持人颇为接近。作家给中国的电视传媒带来了新语态，使中国传统传媒刻板的"喉舌"宣传面孔变得相对柔软。这种改变在后来的中央电视台的《东方时空》得到了发扬光大，以纪实类节目为主导、以崇尚美国电视"60 分钟"时事杂志的真正的"电视主持人"为核心的《东方时空》新闻改革带来了中国电视的"黄金时代"。进入21 世纪，"文人办台"则成为凤凰卫视的后发制胜的法宝。而内地的众多卫视，因为娱乐的兴起，却走向彼此复制的泥潭不能自拔，在网络新媒体的挤压下，难以发展。

虽然主创、技术、设备都来自北京，在片子中，黄宗英是以策划、撰稿兼采访的身份出现，但她显然是这部纪录片的主导者。从这个意义上讲，《小木屋》是一部深圳人的纪录片，它带着一个 20 世纪 80 年代怀揣理想的深圳文化人的情怀与视野。

纪录片《小木屋》的题材，现在看来还是非常超前。影片对题材的选择，显示了黄宗英作为女性作者的独特价值，黄宗英没有像她那个时代的大部分报告文学的男作家那样关心宏大叙述，作所谓"神圣忧思"，实际上，此类"神圣忧思"常常寄托了报告文学作者对现实干预的政治"意淫"。作为女性作者，黄宗英选择了相对感性的叙事，她将自己带到创作的题材中，在影片中，她和森林科考队住在一起，她帮助科考队做饭，还掌握了森林科考的很多技术，因误吃毒蘑菇，她甚至经历了死亡的威胁，最后，她差点为纪录片《小木屋》续拍献出她 70 多岁的生命。这样的感性叙事，它所揭示的保护人类生态的主题意义并不小。"大"与"小"就是如此辩证，相对于那些"口若悬河"的政论"大"片，《小木屋》要"活"得久得多，题材选择的超前与独特，使纪录片《小木屋》具有超越时空的能量，被重新发现。

另外一部深圳作者参与拍摄的纪录片《孟江———一条迷失的河流》，也有被重新发现的价值。这部纪录片是从北京电影学院毕业、就职于深圳影业公司的侯咏和他的同学吕乐、顾长卫一起拍摄的。这部片子在国内没有公映过，但它在纪录片圈内产生了影响，纪录片导演陈晓卿谈到这部片子对他的创作产生的影响时评价很高：

> 我认为它是中国最有意义的片子，它完全用蒙太奇的手段来完成一个纪录片，遵循着真实电影的创作规则，不影响被拍摄对象，完整记录生活的段落，极大地贴近生活的原生状态，绝对排斥无源音响。看了之后我非常激动，这对我拍摄《龙脊》起了非常大的作用。

有源音响，是"长镜头"理论影响下的现代电影技法，而纪录片《孟江———一条迷失的河流》却以第五代导演喜爱的"蒙太奇"结构影片，这是一个非常有意思的奇观。在西方，"长镜头"理论是对"蒙太奇"理论的革命，在"蒙太奇"风格的影片里，追求"有源音响"，把本来矛盾的东西放在一起，这反映出中国新纪录片萌芽期的杂糅与探索。"有源音响"只有在"长镜头"的应用中，才能表现出空间的延续，如果应用到"蒙太奇"的剪辑中就成了实录的音效而已。因为没有自己的电影传统，早期的中国新纪录片探索显得大胆与稚拙。

在20世纪80年代，大胆与天真的纪录片探索在深圳不止一部。郑凯南的纪录片《深圳印象》是一部情节化的纪录片。在拍摄这部纪录片之前，郑凯南在深圳影业公司工作，拍摄了记录深圳十大建筑成就的专题片《空间的旋律》和反映城市绿化、污水处理、垃圾焚烧的环保专题片《明净的窗口》。郑凯南1988年投奔民营的深圳万科公司，在纪录片《深圳印象》中她要表达的理念是：深圳不仅需要企业家来发展经济，同时也需要艺术家来创造文化。作为一部宣传部也介入的外宣片，它显然是想改变人们关于"深圳是文化沙漠"的看法。为了表达这一理念，影片虚构了男女主人公。

女主人公从电影学院导演系毕业来南方"闯深圳"，落脚深圳万科公司，接受一个影视制作任务，要去拍一部名为《深圳印象》的片子，在拍摄过程中，遇到男主人公。男主人公是"闯深圳"的画家，画家在理想与现实之间苦恼，他给客户提供的设计常因为艺术性太强而不被接受，他所在的公司辞退了他，他决定离开深圳，女主人公赶往车站，一顿劝说，火车开走，画家决定留下。女主人公发出感慨：人才是条理性的河流，哪里有谷地就向哪里流去。

纪录片《深圳印象》在中央电视台的"地方台30分钟"播出，这部今天看来多少有些幼稚与概念化的片子，却被电影导演黄健中说成很像法国新浪潮影片。仔细想来它倒真有几分先锋电影"新浪潮"的特征，第一它是青年电影，男女主人公都是青年，并且，男主人公是个迷茫的艺术青年。还有就是它是一个结构上开放的电影，在片中，女主人公要去拍一部叫《深圳印象》的片子，而纪录片本身就叫《深圳印象》，这是一个典型的套中套式的"中国匣子"现代派艺术结构，这个套中套的结构产生了一个寻找的过程，使影片的故事得以展开，表达的主题得以呈现。

纪录片《深圳印象》无疑具有早期纪录片的天真可爱；和纪录片《孟江——一条迷失的河流》一样，一张白纸可以描最新最美的图画，在中国新纪录片的滥觞期，没有不能实验的方法，具有文化创造的无限可能。

深圳电视台1984年成立，最早拍摄的专题片是关于1984年邓小平第一次对深圳的考察。深圳电视台早期拍摄的专题片《伶仃岛》，在中央电视台《神州风采》栏目播出，这是一部描写深圳与珠海之间的岛屿——伶仃岛上野生生态的短片。深圳影业公司1985年成立，到2005年，共拍摄专题片18部。

早期深圳纪录片创作的影响呈现出体制外大于体制内的局面。当时中国的新纪录片尚未形成与国际纪录片接轨的局面，中国的新纪录片还在孕育中，电视台和电影厂所生产的新闻纪录片、专题片实际上都是中央新闻电影制片厂影响下制作的"长新闻"，这种"长新闻"有固定的套路。在这样的模式下生产出来的专题片和新闻纪录片传递的是同一种信息，那就是"社会平安无事、正在欣欣向荣"，要不就是"领导在作重要考察与召开重要会议"，"长新闻"制作风格呈现的是一种完成行政使命的"公文体"。

从《小木屋》、《孟江——一条迷失的河流》到《深圳印象》，纪录片制作者的相对自由的身份给深圳早期纪录片创作带来了营养。作为深圳的过客，黄宗英、顾长卫、侯咏带来的是全国性的视野，这是他们在纪录片的萌芽期得以表达的文化能量所在；郑凯南的《深圳印象》在形式上的创新也超过了她在体制内拍摄的所有专题片。在深圳，早期的体制外集中了一批全国最优秀的文化人，即所谓"文人下海"的一代，他们下海经商常以失败告终，他们真正收获的还是他们作为文化人的那一面。"诗人不幸乃诗家大幸"，京沪两地文化人来深圳，以体制外的身份，给深圳播下了第一拨文化种子，这是他们的作品为什么影响超过体制内作品的原因所在。

体制外早期从事纪录片制作的创作主体有都乐文化娱乐有限公司、万科文化传播有限公司、先科文化传播有限公司等，它们都由来自京沪两地的文化人创立，具有全国视野和较丰厚的文化底蕴与资源。

（二）政论片成为传统

中国新纪录片出现以前的20世纪80年代以及90年代初，先是文学发挥了对电视媒体的影响，电视横移了文学众多体裁，有刘郎吟诵"西部星空"的诗歌电视，还有更多的"散文电视"等等，这是西方的电视史不可能出现的"奇观"。文学之后，到了80年代末，历史和哲学开始在电视里"发作"，当然，是借着政治形势发动的攻势。1989年，一部电视片《河殇》红遍大江南北，虽然，在今天看来《河殇》口若悬河地对"蓝色文明"的咏叹显得一厢情愿，但它非常成功地将历史与哲学用电视的方式"布道"给观众。1989年后，从中央电视台的政论片《让历史告诉未来》开始，和《河殇》的"全盘西化"观点相反，但形式则完全一样。深圳市宣传部1990年主抓的政论片《世纪行》也不例外。

关于现代性的想象与追求在中国知识界有着由来已久的传统，在中国作为一个发展中的大国这个事实面前，对西方文明优越性向往与学习的意识，直到2008年《大国崛起》这样的电视系列片里仍有延续，"发展是硬道理"，发展主义一直是30年来中国的主旋律。

与此同时，对于改革开放的意识形态性的质疑也应运而生，对经济特区的存在价值和发展道路也有了非议的声音。中共领导以电视专题的形式宣传坚持四项基本原则，总结国际共产主义运动100年的起伏曲折，以统一思想，并把这个任务交给深圳，这就是电视专题片《世纪行》的由来。

深圳市委宣传部聘请秦晓膺担任总撰稿人，陈荻芳任总编导，中共老一代理论权威邓力群等为总顾问，深圳方面派出专门制片人，京沪两地出专家和制作力量，深圳负责组织，这是深圳从事大型艺术创作的生产模式。

《世纪行》从观点转向历史，全景式展现世界社会主义100年的历程，注重历史叙述的故事化，同时，吸收流行文化元素，增加片子对年轻的电视观众的吸引力。看过《世纪行》的人大概会记得刘欢那首歌——《你是一面旗子》。

《世纪行》于 1990 年 8 月在中央电视台播出后，从中央到地方先后有 160 多家电视台播放此片，有的电视台还反复播放；有 100 多种报刊纷纷进行报道和评论；在王震将军的亲自指导下，以国家媒体动员的方式加以推介。

《世纪行》传播上的成功，极大地鼓励了深圳官方制作电视政论片的积极性。2005 年，深圳市委宣传部再次与中央宣传部合作，委托深圳电视台制作政论片《道德的力量》；2009 年，深圳市委宣传部策划并委托深圳广播电影电视集团制作政论片《风帆起珠江》。它们虽都在中央电视台播出，均没有取得《世纪行》那样广泛的影响。一方面，毕竟《世纪行》是一次自上而下的意识形态动员，而以后的两部片子则是自下而上的献礼；另一方面，时代变了，即使像《大国崛起》这样的电视片，它产生影响的原因，也不是因为它是政论片，而是因为它是一部我们在教科书上看不到的历史片，吸引观众的是新的历史叙述，而不是它的深刻的"思想"。政论片在 20 世纪 80 年代就已经完成属于它的政治任务了。

（三）新纪录片在深圳

从 20 世纪 80 年代末到 90 年代初，是中国新纪录片滥觞期，严格意义上讲，此前中国没有真正意义上的纪录片。在这段时间里，体制外的一些独立制作人，利用电视台的设备制作了第一批纪录片，从吴文光的《流浪北京》到蒋樾的《彼岸》，作为作品意义上的新纪录片初露端倪。同时，"让世界了解中国，让中国走向世界"的国家开放政策，使得纪录片在官方媒体中有了生存的空间。在一片"与世界接轨"的呼声中，中央电视台提出要跟 CNN、BBC 一样，办国际大台，而纪录片是最具国际语言的电视手段，受到了从中央到地方各级电视台的推崇。

20 世纪 90 年代中叶，是中国电视纪录片在电视台最受欢迎的时代。纪录片创作的水平是一个电视台业务成就的标志，各地电视台纷纷成立海外中心或者国际部，以纪录片为主体，承担对外宣传的任务。

深圳电视台在 1998 年前后从全国引进一批纪录片人才，加强了海外中心的纪录片创作。海外中心的纪录片类型较多，有反映历史遗存的纪录短片《大盆菜》、《醒狮》、《大鹏古城》等；有反映深圳人日常生活的纪录短片《我与深圳》、《民俗村里的年轻人》、《"俏老"周雪影》、《老白的爱情故事》、《罗湖桥边的陪读妈妈》、《梅林唱诗班》等；为了对外宣传城市的开放，拍摄居住在深圳的外国人的生活成为纪录片的题材，这类短片有《玛丽和她的丈夫》、《欧洲人在蛇口》，深圳有线电视台还延伸拍摄了系列片《外国人在深圳》；还有一种印象式的纪录短片《深圳24小时》、《绿色深圳》、《大黄山》、《穿越云南》等。

深圳电视台海外中心时期的纪录片是在中央电视台《东方时空》的"生活空间"模式在电视台盛行的背景下拍摄的，其创作方式是"生活空间"纪录片模式和专题片的结合。

海外中心时期还有独立纪录片的制作《典型》、《回到原处》、《200888》、《关口》等。

深圳电视台海外中心还策划了反映生活在全球各大洲的华侨的系列片《四海一脉深圳人》，制作从2000年开始，到2003年共拍摄29集纪录短片。《四海一脉深圳人》选择了拍摄海外普通华人的生活，以非常平淡的方式记录生活在世界各地的深圳华侨的日常生活，这些生活里没有多少"传奇"与"故事"，但不乏文化的敏感。应该说，《四海一脉深圳人》和拍摄于它前后的"悲情"华侨类的纪录系列片有着不同的追求。

实际上，深圳电视台着力发展纪录片的20世纪90年代末，已经是中国体制内纪录片走向式微的时期。一方面，进一步走向商业化的中国电视媒体留给纪录片的空间越来越小；另一方面，纪录片的独立思考与艺术表达本来就不适合用来作宣传。在体制开明的情况下，纪录片可以有限地与主流"共舞"，就像20世纪90年代初，邓小平南方讲话之后的意识形态的松动，随之而来的有"生活空间"的老百姓的话语权获得，以及全国地方台的跟随。深圳电视台海外中心时期的纪录片是全国体制内纪录片整体衰落下的局部坚持。

在一个健全的社会里，纪录片显然是不可或缺的，它体现着真正的社会公共性。而媒体的本质应当是社会公共性。但在中国的电视台，政府职能、公共职能以及商业功能是混杂的，电视台追求商业利益的最大化，对政府指令保持高度的忠诚度，对于社会公共性的认同则需要依靠电视制作者本身的良知。独立纪录片创作显然并不能长久地适合电视台的生产环境，于是，纪录片就成为影像"纪实"手段。

2003年，深圳电视台和深圳有线电视台合并，开办了专业的"纪实频道"，它是全国仅有的两家"纪实频道"中的一个。在"民生新闻"在全国初露端倪的情况下，"纪实频道"用"纪实"手段开办了深圳的"民生新闻"栏目《第一现场》，到2008

年，该栏目的收视率创全台第一位，年广告收入达 3 亿元。全国范围的"民生新闻"兴起对 90 年代的《东方时空》而言，是一种"纪实"延续，但它真正的果实并没有结在"公共性"的大树上。

2003 年，合并后的深圳电视台接受中宣部和市委宣传部的指令，和中央电视台联合拍摄大型专题片《道德的力量》，该片和《世纪行》一样，是为响应中央关于公民道德建设的精神，由深圳市委宣传部发起的专题片制作。2004 年，深圳广播电影电视集团成立，时值邓小平诞生 100 周年，广电集团在宣传部的要求下，拍摄大型文献纪录片《春天的回忆——邓小平在深圳》。该片原为 4 集，后合成一部纪录长片，采访了 70 多位见证者，以邓小平两次南方视察为线索，以深圳城市成长史为背景，立体记录深圳的改革开放。同期，广电集团还拍摄了江泽民等多位领导在深圳的专题片。

深圳广电集团还围绕城市文化建设的命题拍摄了一些纪录片与专题片。2008 年，深圳广电集团拍摄了 3 部向中国"改革开放三十年"献礼的专题纪录片：6 集系列片《风帆起珠江》、纪录电影《中国 1978》、10 集电视纪录片《巨变》。这其中，《风帆起珠江》延续了政论片的风格，《巨变》以百姓生活的衣食住行等细节看中国的变化，《中国 1978》试图将宏大叙事化入历史节点，就像黄仁宇的《万历十五年》的叙述，呈现一种"历史风情"。深圳市为这些大型专题片提供了宣传文化基金的资助，以弘扬主旋律。《大爱无疆·歌者丛飞》描述了生命濒危的歌手丛飞对社会付出其全部关爱的故事，纪念改革开放 30 年的《深圳民间记忆》将口述历史的手法用于电视专题片的创作，成为当年较有个体命运故事色彩的特区发展历程的纪实。

中国的新纪录片分两个时代，"大机器"时代和"小机器"时代。所谓"大机器"时代指的是 20 世纪 90 年代以电视台为主体的"体制内"纪录片创作，因为意识形态氛围相对开明，体制内的纪录片导演得以获得相对自由的创作空间。DV 普及之后，影像的生产力被解放出来，纪录片走下圣坛，它不再是电视台"大腕"的艺术，纪录片迎来一个"人人可以表达"的草根时代，它变得像一支笔，技术上没有任何门槛，这就是所谓"小机器"时代。

法国"新浪潮"导演特吕弗在批评法国主流电影时发明了"优质电影"这个词，他指的是那些拍摄剪辑等技术多很完美的主流电影。而当便携摄影机出现后，电影拍摄技术门槛被突破，从而带来了法国"新浪潮"电影的崛起。相对于过往的主流"优质电影"，它们是"粗糙电影"，但是，主流"优质电影"最终被观众无情地抛弃了，粗糙的"新浪潮"反倒显示了艺术电影的生命所在。"小机器"时代的中国新纪录片也是这样。

卡拉OK产生不了歌唱家，这话只说对了一半，卡拉OK让更多人产生了成为歌唱家的冲动。"小机器"时代的中国新纪录片运动参与的大众性，是纪录片作者产生的真正基础，粗糙的、本能的、从自我开始的记录，正在为作为艺术的纪录片提供着可能。20世纪90年代末以来，中国的纪录片进入"小机器"时代，爆发出震惊世界的能量，所谓"唐诗宋词汉文章，当今就属纪录片"。

深圳"小机器"时代的第一批真正意义上的独立纪录片是：《典型》（1999）、《回到原处》（2000）、《空笼》（2001）、《200888》（2001）等，在深圳的电影爱好者民间组织"联合力量"的组织下，第一次深圳有了本土的DV纪录片放映，地点是"物质生活"书吧。

2004年，独立纪录片《香平丽》以半纪录片半剧情片的方式制作，是一次非常大胆的尝试；2006年，深圳的独立纪录片《排骨》以城市游民传递深圳的城市经验，该片获邀参加了很多独立影展；2007年，独立制作《那该多好》，拍摄了一批深圳的异装癖，片中的人性温暖让人感动；2008年，纪录片《满天星剧场》将镜头对准了华强北的一群乞丐，表达生命近乎尘土的叹息；2009年，深圳的独立纪录片有《花年村过新年》、《喉舌》。深圳题材的纪录片还有《姐妹》，这是一部以深圳发廊妹为题材的纪录片，2000年在深圳开始拍摄，2004年前后在各地电视台热播。片中的发廊妹后来也成为独立纪录片的导演和制片人。

三、电影创作30年

深圳的电影创作主体非常清晰。从数量上看，大约有50部的电影是深圳影业公司生产的，它构成深圳电影的主干；民营的万科和先科影视公司各贡献了3到4部高质量的电影。在总数不到60部的深圳电影的产品中，以艺术考古的眼光来看，它是中国近30年电影发展的高度浓缩。与时代平行，它唯一没有赶上的是现在的所谓"大片"时代，作为非文化中心的省份或者地区，由于中国电影产业发展的高度垄断性，难以独立地在制作"大片"上有所作为。中国正处在一个经济崛起的时代，商业力量高度亢奋，它给中国电影带来的是，除"大片"之外，只有超低成本或无成本的独立制作，少有中间地带，也许可以戏称为"提前实现的电影拉美化"。所以，深圳电影的黄金时代是从深圳影业公司成立到20世纪90年代中后期，艺术探索片、商业片、主旋律影片多样生态并存。这段时光令人怀念和留恋，它是中国社会和中国艺术充满活力的青春期。

（一）"新浪潮"在深圳

作为一份文化遗产，深圳电影创作最值得总结的是它的艺术电影，其数量屈指可数，但在中国电影史上有着重要的位置。

《找乐》就是一部这样的电影。它是一部在中国的电影史上有转折意义的电影，在它之前，第五代导演拍摄的电影跟现实毫无关系，在它之后，第六代导演的基本取材都来源于现实，因此，可以说，《找乐》是一部带有征兆与启示意义的电影，在中国当代电影版图上的意义非同一般。

万科公司发挥了核心作用。在电影《找乐》之前，万科公司投资拍摄了电影《过年》，此前，中国没有一家企业敢于进入电影行业。在《过年》之前，国际电影节上也没有一部中国的电影和中国的现实有关。《过年》在东京国际电影上拿了"评委会特别奖"，国内金鸡、百花、华表奖也都屡有斩获，拷贝在国内发行300个，是老干部、老百姓、老外"三老"都说好的作品。

这和制片方的出发点非常一致：主旋律，寓教于乐，健康向上。这种非常"实用"的考虑，使它的艺术性受到限制，而且由于《过年》的剧本脱胎于话剧的先天不足，也使《过年》的"舞台腔"浓厚。《过年》说的是"家里有钱了会发生什么"的故事，这是一个经典的东方家庭伦理的故事框架，我们在日本家庭伦理大师小津安二郎的片子里经常会看到这样的故事的隽永表达。但是，由于中国电影在当时的历史情境下深受戏剧的影响，很难做到放弃激进的戏剧冲突拍出更为成熟的电影来。

《找乐》则是一部非常成熟的电影。万科和北京电影制片厂在合作《过年》成功后，《找乐》的投资变得更大胆。万科的制片人郑凯南认为，导演宁瀛谙熟欧洲电影艺术，曾在意大利学习新现实主义电影，又曾是贝托鲁奇《末代皇帝》的副导演，刚刚"海归"，是《找乐》的导演最佳人选。北京电影制片厂则认为，《找乐》的老年人题材是票房的毒药。片子完成后，只卖出四个拷贝，应该说，商业上的风险是投资的时候就有所预测的。在这样的情况下，能下决心投资这样的电影，这是中国电影尚未走向商业化时代的可贵的童真，或者，它受更大的野心驱使，这个野心在那个时代十分自然：中国电影要走向世界。在所谓的"大国崛起"之前，应该说，中国20世纪的八九十年代是个从社会到文化十分开放的时代，而恰恰是这样的开放，给中国的社会和文化带来了活力。

在中国，在社会转型的今天，艺术作品中，像西方绝大多数作品那样，描写抽象的所谓"人性"，绝少成功；中国人与社会的关系其实是人和体制的关系。人与体制的关系在苏联也存在，但中国没有出现像《古拉格群岛》那样的作品。这是一个非常有意思的问题。中国社会天然地存在对苦难的消解能力，李泽厚把中国文化定义为一种"乐感"文化，刘小枫也认为中国文化，特别是中国"士"的文化中有"逍遥"的传统。但中国艺术处理人与体制的关系，非常日常，非常东方，在没有冲突中呈现冲突，在没有悲剧中表达悲剧。

电影《找乐》是根据陈建功的小说《找乐》改编的。这是一部写体制如何决定人格的小说。陈建功对北京草根社会的表达更深刻地揭示了中国文化的本质。

小说《找乐》片段

一个在新华里街边儿遛鸟的老头儿告诉我，人哪，总得有几招儿，才能活得那么踏实……他告诉我，什么时候家里出了事，譬如闹耗子吧，可千万不能起急，也不用动气。您看看东家，再问问西家，看看他们是不是也闹耗子。没跑儿，一准儿也闹得欢着哪。那您生什么气啊，您哪，踏踏实实的，活吧。

还有呢？

还有，譬如物价涨了，您也别抱怨。您抱怨什么呀？又不只是您一家受着。别人能过，咱也能过，看谁熬得过谁。

还有呢？

还有，您老得想着，咱是草民。草民是什么意思？草！驴吃也行，马啃也行。受点子委屈，那叫委屈吗？咱有委屈吗？您有什么想不开的？活吧。

电影《找乐》把视线更加集中在"体制—单位"对人格的造就上，所谓"人在单位"。

老韩头是京剧院看大门的，平时在京剧院还跑个龙套，退休以后，组织了个"老年京剧活动站"，还弄了个站长当了。申请场地，生火烧水，老韩头为大家提供"服务"，但更重要的是，他要行使站长的权威，不仅要对大家的唱腔进行"专业指导"，而且要对大家的"劳动纪律"严加管理，结果，把好玩的老有所乐的爱好变成钩心斗角的"一地鸡毛"，只能是不欢而散。

电影《找乐》说的是退休以后的老年人生活，但大家看到的是，谁都没有退休，单位的人格、体制的人格仍在他们身上延续。

电影《找乐》，一个"人不在单位心依然在单位"的故事，既是中国的现实，也是中国的寓言。从现实的直接性来讲，它不如五年后贾樟柯拍摄的《小武》，说它是中国的寓言，是它更深入地揭示了中国文化内核性的东西。而这种揭示，并没有像"寻根文学"那样，用抽离现实的方式达到；也没有像思想界所谓"文化热"那样，仅从儒道释的概念里作逻辑思辨；文化就在"老年京剧活动站"，就在我们身边。

虽然在国内只卖出四个拷贝，但电影《找乐》在国际上大获成功。首先是获得1993年第6届东京国际电影节青年电影比赛金奖，接着又获得西班牙圣塞巴斯蒂安国际电影节尤斯卡传媒一等奖、法国南特电影节大奖、最佳亚洲电影奖、柏林国际电影节评委会特别奖、希腊萨洛尼亚国际电影节最佳男女主角、最佳导演奖等。仅就投资来说，西班牙圣塞巴斯蒂安国际电影节的30万美元的奖金就已经超过了130万人民币的投资。

从《过年》的"三老"满意到《找乐》的"征服欧洲"，万科投资电影成为中国电影界的话题。首届中国电影导演年会上，"万科现象"被人们议论。但是，接下来投入1400万人民币的电影《兰陵王》使万科的野心破灭。

在《找乐》之后，万科产生了"走向了世界"的幻觉。郑凯南说："我当时觉得我们可以打进好莱坞了，导演、制片人、男主角都来自美国，制片人卢燕是奥斯卡评委，我们把来自美国的鼓励当作邀请、订货了。"实际上，中国人对好莱坞的商业流程仍在学习中。《兰陵王》剧本并不扎实，导演的创作想法与竞争性商业电影有明显的错位，他说，"《兰陵王》的创作要比远古更远古，比现代更现代"，这完全是一种纯艺术电影的口号。在主题的价值取向上，好莱坞需要的是善恶、是非分明。而《兰陵王》似乎展现的是世界之窗的创世纪舞蹈。影片虚构了一个叫"凤雀楼"的远古部落，其语言在现代已经失传，只能靠演员发挥，影片里充斥着原始的仪式与祭祀场面，创作人员认为这是美国人爱看的。虽然在夏威夷电影节上得了金摄影机奖，洛杉矶国际电影节上也得了"最佳外语片"奖，但在海外没有卖出一个拷贝。郑凯南领导的万科在深圳进行的"新浪潮"尝试以挫败结束，她引用邵逸夫的话说：文艺片是毒药。作为一个优秀的制片人，她转向电视剧制作，制作体制和大众都欢迎的精品。

另一位曾经在深圳做"新浪潮"实验的导演是谢小景。1985年深圳影业公司成立之初，即邀请这位青年女导演来拍摄一部名叫《远古猎歌》的探索片，影片用纪录片的方式展现原始人的活动，没有一句台词和旁白。新浪潮的探索在20世纪80年代的深圳形态多姿多彩，有滕文骥完全用舞蹈表现的《大明星》；有叶大鹰的《大喘气》，它改编自王朔的小说《橡皮人》；还有深圳影业公司吴启泰编剧、侯咏导演的《天出血》。《天出血》是一部传奇甚至带寓言性质的电影，深圳影业公司负责人马渝民希望出一部接近电影《老井》那样有力度的探索片，深圳影业公司一直对探索片十分支持，它也是深圳探索片出得最多的地方。但《天出血》除了摄影值得称道，片子的主题没得到很好的提炼。这种大自然对人类的"天谴"，对于20世纪80年代正处在"发展是硬道理"的中国，也许是提前消费的奢侈品。

20世纪80年代末至90年代中的深圳"新浪潮"，是深圳影视史上最值得书写的一章。深圳这座城市给予全国人民的想象就是"新浪潮"，但经济特区毕竟以工商为主体，加上特区在政治上的重要性，政治和经济力量是"新浪潮"的制约力量，所以深圳的电影"新浪潮"就更加可贵。

能有一部《找乐》这样的"新浪潮"电影诞生于深圳就足够了。反思中国内地"新电影"，除了宁瀛这样经过欧洲艺术电影洗礼的导演外，"新电影"第五代导演的中坚都是模仿好莱坞的，电影学术的背景就是早期的苏联加当今的美国，更为人文的欧洲电影并没有进入中国人的视野。无论如何，"新浪潮"电影在深圳的试验是一场电影的春梦，充满惊喜，也充满遗憾，然而生机勃勃。

（二）商业电影在深圳

深圳影业公司成立的一个背景就是学习香港模式，所以它没有实行国内制片的计划经济体制的做法。1/5的片子追求艺术，1/5的片子服务于主旋律，3/5的片子由市场主导。

在体制上，向香港学习明星制，独立制片人是深圳影业公司领先于内地其他制片厂的尝试。在市场主导的影片中，深圳影业公司拍了大量和香港合作的片子，合拍片中商业类影片居多。1985年，深圳影业公司与香港海联影业有限公司合拍的《飓风行动》是国内首部动作片，导演是滕文骥和智磊。1989年，"深影"与香港银都机构有限公司合拍的《联手警探》在票房和艺术评价两方面都取得了好成绩。相对于《飓风行动》的情节起点"太空石落在特区"，《联手警探》的故事起点"伪钞"更为可信，在编剧上有了一定的进步。拍摄上，也有了大胆冒险，专请了香港"神龙"特技队，对于"深影"这样一个国有单位来说，拍摄中国动作特技涉及生命安全，敢于承担风险是相当不易的。郭宝昌担任该片导演，而来自香港的张鑫炎导演担任监制，他曾是红极一时的《少林寺》导演，侯咏担任摄影。《联手警探》先后获得广播电影电视部1989—1990年度华表奖中的"优秀影片奖"。1991年"深影"与香港佳能影业公司合拍《特警雄威》，这部动作片讲的是中国公安与香港警署联合打击过境走私毒品的故事。其他动作片还有古装动作片《神通》，与香港佳能合作的《女警天职》，与华侨城总公司合作的《特警伏魔》、《散打》等。

深圳商业影片较为集中的第二种类型是喜剧片。其中，跟喜剧明星陈强、陈佩斯父子和宋丹丹的合作占一定比例。这些电影有《傻帽经理》、《父子老爷车》、《赚他一千万》、《大惊小怪》。

深圳商业影片的第三种类型是悬疑片。拍摄于1988年的《他选择了谋杀》（导演郭宝昌，摄影侯咏）、《黑楼孤魂》，拍摄于1992年的《神秘的旅游团》，拍摄于1993年的《恐怖的夜》等均属此类。

中国商业电影在上世纪八九十年代并没有站到中国电影最耀眼的位置上。那时候，最耀眼的是中国的探索片。今天看来，中国的探索片在西方的获奖大多有西方人鼓励的意思，并非是我们已经强大到了"文化输出"的水准，强大到了可以靠"软实力"说话。

中国影视文化产品的所谓"外宣目的"均没有达到"输出"效果，这是一件值得深刻检讨的事情。中国电影到目前为止，是否真的已经学会了美国好莱坞的商业运作是个问题，从这个意义上讲，深圳电影在上世纪八九十年代向香港的学习，既可贵又值得总结不足。比如深圳的独立制片人制度，能够产生像郑凯南这样的独立制片人就非常有意思，试想一下，郑凯南如果一直在深圳影业公司待下去，她就不可能取得后来的成就。再比如，深圳影业公司和香港合拍了很多片子，在商业上也不算失败，但香港电影制度上的细节未必就学到了，深圳影业公司交出的"学费"是否应该有所积淀？

（三）社会生活与主旋律

1986 年一部名叫《少年犯》的电影红遍中国。这是深圳影业公司值得骄傲的影片。这部在深影公司仅成立 5 个月即投拍的电影，它的导演张良是红色经典《董存瑞》中男主角董存瑞的扮演者，他师从《红旗谱》的导演崔嵬。《少年犯》是一部在形式上有突破的电影，大胆启用了非职业演员，用真正的少年犯演少年犯。

"深影"自己出版的纪念册《深影二十年》，是这样介绍电影《少年犯》的：影片采用监狱实景拍摄，选了 18 名犯罪少年做演员，以纪实风格的写实主义手法逼真地再现了少年犯服刑、改造的生活，揭示了少年犯罪的家庭和社会根源。

《少年犯》尽管用了非职业演员，但它的纪实写实的程度依然受"教育、感化、改造"的主题逻辑制约，它的"纪实"也罢，"非职业"也罢，和西方的"新现实主义"不是一回事，和第六代导演的写实主义也不是一回事，因此它在形式上的突破是"新瓶装旧酒"。《深影二十年》关于它的故事梗概介绍是最好的注脚：这是一部描写少年犯罪分子在学校般的监狱生活中，在"教育、感化、改造"的政策指导下走上正路的故事。

《花季雨季》是拍摄于 1997 年、发行于 1998 年的电影。这也是深圳官方屡屡用来说明文化成就的电影。镜像光鲜，故事既符合"五讲四美三热爱"，也似乎触及了深圳百姓经验，同时，节奏也符合"三五分钟一个起伏"的好莱坞金律，它让人想起戈达尔关于"优质电影"的评价。它似曾相识，让人想起类似的电影，从王蒙的《青春万岁》到《女大学生宿舍》，也许情绪上跟《青春万岁》更近：

> 所有的日子
> 所有的日子
> 都来吧
> 让我编织你们！

甚至，你可以在情绪上接续革命老电影《我们村里的年轻人》。电影改编自同名小说，关于一个女中学生的小说。"户口"这个中国单位体制中的怪兽掌握着整个戏剧的杠杆，一会儿是爸爸怀揣悲悯将户口让给一位再也没有机会的残疾人同事，这个理由打动了 16 岁的女主人公，让观众感动，也因此会相信这个 16 岁的女孩不会

"变心"。所有的故事都围绕着女孩"变心"展开，于是，要设计一条女孩成长的道路——先是让她暑假打工，后是让她去爱失学的儿童，在和同学陈明的竞争中彼此感动、共同成长，最后陈明决定放弃竞争完美人格，女孩也表示放弃"户口"活出境界，但结果是他们因此赢得了竞争，也赢得了户口，就像灰姑娘终于得到了水晶鞋和王子，更像一场圆满的梦。

电影《花季雨季》是获得政府奖、给深圳带来荣誉的片子，它来自民间，反映社会生活（深圳的）的艰涩一面，又不失人情温暖和道德自我完善的一部主旋律电影。在片子里深圳的打工生活、贫富差距甚至"小蜜"现象都一一触及，但所有社会矛盾都得到妥善处理，以"大团圆"的方式展现了一个积极向上的深圳、一群有境界的深圳人。据说后来根据小说改编的电视剧《花季雨季》收视率也不俗。与此同时，一个年仅 27 岁的导演贾樟柯，在他的山西老家拍出一部 16 毫米的电影《小武》，表达了他的困惑，也展现了一个完全不同的世界。

以深圳影业公司为主体创作的社会生活和主旋律电影很多，如 1994 年的《一家两制》、更早的《深圳人》系列片、《南中国 1994》、《香香闹油坊》等等。

（四）个案:《你好! 太平洋》和发展主义

深圳影业公司在 1990 年出品的故事片《你好! 太平洋》，是为纪念深圳经济特区成立 10 周年而拍摄的。虽然是一部故事片，作为历史背景的再读和城市文化的解读，倒更像一部纪录片，它既记录了深圳从 1980 年到 1990 年特区 10 年所发生的重大事件，比如从招商引资到拍卖土地、发行股票等等，同时，通过影片，摄影机背后的引导者与创作者的语态和观念也同样被记录下来。

《你好! 太平洋》的创作从一开始就是一个政治任务，它是一部献礼片。这样的创作，在深圳 30 年的影视创作中一直有持续，它构成深圳文化特色，它呈现的是北京和深圳的父子关系。作为一座因邓小平划圈而诞生的城市，深圳和强有力的政治决策与行政推动命运有关。深圳是属于全中国的，而北京一直是全中国的灵魂和心脏。

基于这样的一种关系，我们就能理解深圳影视创作中的政治传统。从拍摄四项基本原则纵横谈的《世纪行》到纪念特区成立 30 周年的献礼电视剧《命运》，既是对北京英明的政治抉择的讴歌，也是对自身命运的雄辩证明。这一特定的主旋律，是深圳影视创作一以贯之的红线。

整个 20 世纪 80 年代，是中国电影追求艺术本体的时代，第五代导演在国际上的获奖，鼓励了这种"纯艺术"的本体追求。大约 1985 年以后，以新小说为代表的先锋文学成为时代的文艺宠儿，其拥有的读者甚至接近今天通俗读物的数量，就像 1985 年之前的"美学热"、"文化热"一样，中国变成一个空前高雅的国度，"高雅癖"成为时尚，甚至学习美容的人也会排队买各种各样的美学书籍。先锋小说、85 美术新潮、实验戏剧的出现，把 80 年代变成一个艺术上"咸与维新"的时代。"新的是美好的"是那个时代的口号。

20 世纪 80 年代，艺术家对艺术的美学本体追求本非偶然。"文革"前的 17 年，中国的文学艺术主流是革命的现实主义加革命的浪漫主义，文学艺术被纳入国家动员的力量，为社会主义革命和建设提供精神动力。在"文革"期间，"两结合"的创作方法已经变成庸俗的工具论，所谓"领导出思想，群众出生活，作家出技巧"的创作生产模式将文学艺术变成了极"左"政治的附庸与奴仆。作为历史的反驳，80 年代的文学艺术提出回归艺术本体的"纯文学"、"纯艺术"是非常自然的潮流。

在一个标榜"先锋"、拥抱"创新"的时代，深圳却在生产着《你好！太平洋》这样的"旧瓶装新酒"的主流意识形态的影片，是一个意味深长的话题。

历史从来就不是可以从哪一天划个界限的。当我们宣布跟某种东西了断的时候，实际上，我们同时也在承认我们跟它的联系。我们的情感方式、思维逻辑很容易被重新激活，我们越是提醒自己，标榜自己和"旧的"思想感情拉开了距离，我们就越是不经意地表现出无法告别"旧的"思想感情方式。

《你好！太平洋》画外音

70 年代末，中国领导人邓小平旋风式的出访，引起世界关注，这一切对我们又意味着什么呢？意味着共和国将开始一次勇敢而又艰巨的航行，驶向天高海阔、波涛万千的大世界。

《你好！太平洋》里这种"波涛万千"的口若悬河般的解说，不容置疑地标示了这场改革开放的正义性与合法性。仅从片名来看，就看得出这部影片是对当时轰动一时的政论片《河殇》的呼应。河殇何殇？是中国几千年的黄河文明、黄土地文明出了问题，是以黄河为代表的农业文明之殇，作为出路，新时代的中国要拥抱蔚蓝色的海洋文明，实际是拥抱西方资本主义文明。黄土地为代表的农业文明，代表着落后、愚昧以及保守与腐败，而且，它就像黄河那样，不断重复着崩溃与重建的简单历史循环。更为重要的是，中国无法走出这个循环的怪圈，唯一的出路，就是走向海洋文明，大喊一声：你好！太平洋。

甚至，《你好！太平洋》整个影片的调性都是《河殇》式的。且不提为了通过审片强加上去的画外音，这个画外音的解说请的就是《河殇》的解说，纵观全片，甚至很多人物的语言，都可以直接变成政论片的解说词，具有某种社论与演说的感染力。

《你好！太平洋》片段

市长："世界各个国家的经济正在构筑各式各样的立交桥。谁也离不开国际分工和世界市场。我们必须适应这个多国相互依赖的世界。在地球这个太空船上，没有乘客，大家都是乘务员。经济特区是中国开放的窗口，也是中国改革的实验地，我们特区毗邻香港，唇齿相依，相信我们这一对邻居一定会越来越好。"

省领导："黑眼睛，黄皮肤，占世界人口的四分之一，若不迎头赶上，就有被开除球籍的危险。"

影片的调性和"革命时代"的社论十分接近，但是思想是"迎接新挑战"的新思维。不难看出，这是热血沸腾的"发展主义"形象化解，"发展是硬道理"是那个时代的最强音。关于"球籍"问题的讨论更是充满了进化论的倾向。

影片片段

画外音：她们（打工妹）来了，几十万少男少女来闯特区，就这样，把自己的命运交给了合同制，被人们称作打工仔和打工妹。

这里的新生活有苦恼，也有喜悦。他们在家乡从来没有赚过这么多钱，但也从来没有这样紧张辛苦过。

荣昌制衣厂女工 1000 多人，为减小劳动强度，增加工资，改善福利，举行罢工，市长驱车赶往工厂。在这场劳资纠纷中政府所扮演的角色表面上是一个社会力量的均衡者，实际上，它的倾向十分明显。

影片片段

港资中方经理："香港老板要工期长时间加班加点，而且炒了工人的鱿鱼。"

江市长听后，低声说："怎么搞的，你们难道不懂劳工法吗？"

劳工法是香港制定的，但是内地没有劳工法。直到 1994 年才以待修订的方式出台。2007 年，中国的国力增强，随之出台了《劳动合同法》，作为《劳动法》的修订与完善。当影片中的市长责怪香港工厂的中方经理不懂劳工法时，显得非常没有底气，也只能是说说而已，但不妨碍他对工人们说话的理直气壮。

江市长用高音喇叭喊出一个叫边慧的，小声叫她让工人上班，边慧没有反应。江转问人群，用喇叭演讲："孩子们，你们给我出了一个很大的事件，你们是在罢工！"

本来就在罢工，为什么是"是在……"？一方面江市长所代表的制度一直是代表最广大人民的根本利益的，既然已经代表了工人们的根本利益，就不应该出现"罢工"，工人们就不应该站在帮助政府发展的香港老板的对立面。

影片片段

江市长："你们要求减小劳动强度，增加工资，改善福利待遇，都是合情合理的。但是，要满足你们的所有要求就不现实了。你们想过没有？不让人家赚到钱，人家何必老远到这里办厂？何必从家乡招你们来做工呢？"

"搞特区不能光想尝甜头，还要准备吃苦头，包括忍受暂时的不公平，忍受必要的牺牲。"

"请大家相信我这个市长，我们将要制定自己的劳工法来保护工人的利益。闹几次罢工，不能解决根本的问题，所以，目前的事态要尽快解决。"

"孩子们，你们可以骂我，可以不服气，但是纪律一定要执行，乱哄哄的无政府只会葬送特区葬送改革。"

"作为一个市长，我有责任维护法制与秩序。我们所希望创造的环境，应该是：物质高度丰富，精神高度文明，社会十分祥和，人心振兴又稳定，这一切，都要靠特区全体公民，讲大局，守纪律，自爱自强，用艰苦的劳动去创造。"

市长为什么会这么理直气壮呢？因为他认为"发展主义"是正义的，是一种历史的必然选择。工人遭受的不公正是暂时的，牺牲是必要的，讲大局，守纪律，艰苦的劳动是通向美好未来的唯一选择，对劳工权益的过度要求，只能葬送特区葬送改革。

影片片段

资本家："我们就是看重你们劳动力的廉价才来的。你们工会不能光替工人说话。"

调查组："这里毕竟是社会主义，不能照搬香港那一套。"

日资："这里的年轻人好厉害，他们总说我们制度太多，甚至说我们是日本鬼子回来了。"

市长："如今的时代是对话合作的时代，彼此谅解，彼此合作，对大家都有好处。"

港商："这就是共产党教育不当了，那些打工仔大锅饭都吃惯了，当然不习惯我们严格管理了。"

外资："他们党团组织开会太多，是专门针对我们这些资本家。"

外资："户口解决不了不是我们的事，是他们的事嘛。"

书记："大家说得对，公说公有理，婆说婆有理，我们搞投资，公婆就是一家了嘛。"

我们可以读出《你好！太平洋》后面的时代符码，我们也能读出所谓时代局限，但是，我们不能否认，影片的创作者对"发展主义"的认同是真诚与真实的。20 世纪 80 年代，整整一个时代，我们完全看不清"拥抱蓝色文明"的一厢情愿。

《你好！太平洋》套用深圳基建的办法"公开招标，择优录取"，在全国请了 5 位作者分 3 个组进行剧本创作。最后，来自北京的编剧胜出，本土的编剧成为配角。深圳的事情由一个来自北京的"他者"代言，说明深圳还只是中国的一个符号，它独立的本体价值尚未形成；进一步看，深圳的开发，表面上是经济实验，实际上，它更是以发展主义为导向的社会运动。一场经济实验通过深圳这样一块试验田上的轰轰烈烈的社会运动来推进，这是无法用自由竞争的市场经济理论来解释的，但这就是"中国经验"。

在影片中经常会出现很有意思的对白。市长在困惑的时候会问市委书记：黑猫与白猫，我们到底算什么猫呢？画外音也会出现这样的感叹："有谁能解释得清楚呢？也许这就是'摸着石头过河'吧？"

这种困惑是影片最有意思的地方，在高歌猛进的发展主义的调子下，似乎不应该有什么困惑。但是，由于中国的改革本身是个渐进式的、试探式的过程，这样的过程就像手风琴的演奏，松与紧、开与合一直在交替。影片的结尾，普天同庆深圳经济特区成立 10 周年的时候，市长却一个人独处一旁，皱着眉头，抽着烟，喝着闷酒，这似乎在预示着新的矛盾与困境即将出现。

五、电视剧30年

电视剧在深圳的发展跟中国经济的发展密切相关。在深圳乃至广东，1997 年香港回归之前，电视台以香港台为强势媒体对手，因此，1997 年香港回归之前，深圳的电视剧制作仅仅处于尝试与探索的萌芽状态。

1998 年前后，随着《雍正王朝》、《还珠格格》、《宰相刘罗锅》等电视剧的热播，内地电视剧掀起古装剧热，并开始进入港台电视市场，而香港影视则进入历史低谷。深圳的电视媒体借内地电视剧的"虎威"，终于可以结束本地电视市场长期被香港电视挤压的历史。一些优秀的深圳电视剧制作人借势而起，先行介入清宫戏，再略带投机地进入红色武侠（不是红色经典）领域，最后随机应变，玩起都市情感剧。

2003 年之后，中国经济进一步好转。深圳电视剧投资呈现出多元状态，从国有到民营，从电视剧到动画片，多路挺进，但是目的很明显，那就是争取更多的商业回报。

（一）起步：从计划体制开始

1984 年深圳电视台成立，1985 年深圳影业公司成立，这两个国有机构是深圳最早创作电视剧的主体。国家对不同的影视机构的"领地"虽有限制，但这两个机构都曾经有所"越界"。电视台曾经拍电影《男性公民》，一部关于工程兵的电影；"深影"也制作了大量电视剧。萌芽阶段的边界模糊，反映出电影与电视剧在那个时代不分伯仲的生存状态，而深影手握电视特权，面对电视台更具有"艺术"权威性。

最早一批电视剧有：《东江纵队》、《泥脚子大亨》、《特区少年》、《魂系哈军工》、《琴童的遭遇》、《两段情》、《特区法官》。这是电视台制作的电视剧，多以单本剧为主。深影制作的电视剧有《深圳人》三部曲、《绝非偶然》、《牌坊》、《侯门之女》、《男人无烦恼》、《没有终点的跑道》、《未写完的遗嘱》、《关公》、《香君恨》、《鹏城风云》、《中英街》等，深影电视剧则以多集为主。

深圳电视台的电视艺术中心是由中国著名演员祝希娟创办的，其主要创作力量来源于上海的影视艺术界。当深圳电视台还在筹备中时，一部名叫《新世界你好！》的电视剧即在投拍。在上海略显沉闷的影视圈中沉浸已久的电影视艺术家向往深圳全新的创业氛围，时代形成的对深圳的自由想象，给作品的情绪带来了感叹号。来自广西电影制片厂的郭宝昌、来自峨眉电影制版厂的金迪、王公序、应旗、郭震等各路导演齐下深圳。他们拍摄了《爱在故乡》、《超越生命》、《市长热线》、《跑官记》等作品。1989 年，一部名叫《特区移民》的电视剧未能通过审查，而《男性公民》也未能公开发行，但这两部电视剧都是记录深圳经验的作品，《特区移民》是反映各种"闯深圳"的人的悲剧，《男性公民》未能发行是电影发行许可证申请出的问题。

1993 年，《北京人在纽约》在中国热播，1996 年深圳电视台电视艺术中心拍摄了题材与之相似的电视剧《百老汇一百号》（英达导演），成为艺术中心收山之作。

（二）从"红色经典"到商业运作

20 世纪 90 年代末之前，中国的电视剧制作是不自信的。这种不自信来源于对商业影视制作的陌生。商业影视之道，入门难，而一旦入门，事情就变成模式化的重复，无非就是那些爱恨情仇的"类型化"。中国社会经济上的转型始于 20 世纪 90 年代末，到 21 世纪的 2003 年左右，经济上升的趋势变得十分明显。这是深圳电视剧生产走向商业运作的转型期，社会上的游资在经济发展之后，寻找文化产业的通道，成为必然的结果。

在拍电视剧《钢铁是怎样炼成的》之前，郑凯南做制片人的第一部电视剧是《日落紫禁城》。那时，清宫戏是主流，湖南电视台的《还珠格格》多少对《日落紫禁城》的创作构成影响，从宫女的角度拍和从格格的角度拍都是宫廷里的故事。本来是要由斯琴高娃演宫女的，但最终还是由青春偶像型的刘若英担任主角，这和《还珠格格》更为接近。《日落紫禁城》虽根据一本叫《宫女谈往录》的纪实性小册子改编，但主要内容被改编成了爱情线，大历史成了背景，故事性、悬疑特征得到加强，编剧吴启泰表现出对故事回环曲折的掌控能力。

应该说《日落紫禁城》虽然在商业上取得了 360 万元的盈利，但它在影响上还不是首屈一指的清宫戏。导演郭宝昌也没有把他的水平发挥到他后来的电视剧《大宅门》那么好。

1998 年，制片人郑凯南转向"红色经典"的制作。从《钢铁是怎样炼成的》开始，到《林海雪原》，再到《牛虻》，"红色经典"的制作引领了一段时间的潮流，也经历了跌宕。

这一时期，"红色经典"保证了意识形态的正确，也满足了观众的怀旧情绪。但"红色经典"还没能走向"红色武侠"，其商业意图上的经营，和 2009 年出的《潜伏》这一批"红色武侠"相比，"红色经典"对好莱坞剧情元素、编剧技巧的研究借用还没有开始。"红色经典"大多来源于历史人物与事件，但"红色武侠"源于虚构，并对虚构进行商业策略的处理。

《林海雪原》和《钢铁是怎样炼成的》、《牛虻》相比，其最大特色就是它的本土性。本土性是《林海雪原》成功的原因，也是《牛虻》没有达到预期效果的原因。同样是国外题材，人们对《钢铁是怎样炼成的》的熟悉程度要超过《牛虻》，所以，即便《牛虻》能在央视播出，其社会影响也超过不了《钢铁是怎样炼成的》。

在经历跌宕之后，制片人郑凯南转向都市情感剧的创作，这就是《空镜子》、《空巷子》、《空房子》"三空"系列电视剧。

这个转向既是潮流所向，也给深圳的电视剧创作带来整体的启示，深圳进入了一个电视剧创作的商业时代。

（三）电视剧商业时代的到来

主旋律的宣传仍在延续，由深广传媒拍摄的献礼片《命运》于 2010 年面世，但商业电视剧的时代已经到来。2003 年前后，中国经济上升趋势明显，到 2007 年 GDP 超过德国。电视剧作为文化产业的特征日趋明显，民营和国企控股的影视公司在商业电视剧领域纷纷介入。郭新强主持的康达富公司"三棵树"系列的情感类电视剧制作形成一段冲击，它们分别是《亲情树》、《香樟树》、《相思树》。郑凯南从万科退出，和另一家外地公司合作，从"红色经典"直接跨过"红色武侠"，进入直奔主题的"谍战"，这就是《苏菲的供词》，其描写的重点是人性的弱点——被卷入。另有一部反映特警生活的动作剧，延请香港拍《十月围城》的导演陈德森执导。

深圳广电集团下设深广传媒成立于 2006 年，是电视剧投资领域十分活跃的国企控股公司，到 2008 年底，该公司投资拍摄和监制的电视剧达 17 部，总集数超过 500 集。主要内容涉及都市情感、悬疑、公安、清宫、军事等，其中《马文的战争》影响较大，该剧在销售上也十分成功，《和空姐在一起的日子》开创了与网络合作的模式。深广传媒的制作模式就是强强联合的"拿来主义"模式，但 2007 年 40 集电视剧《女人花》的编剧是深圳本土剧作家吴启泰。除了新崛起的深广传媒，以及万科、先科、华侨城的影视机构之外，还活跃着众多民营影视公司，鑫吉泰、新经典、康达富、新长安、艾科影视等等，都曾创作了不同类型的电视剧。

深圳电视剧在 2003 年之后的投资热是中国经济快速增长的一个侧面，然而，这样的一个热潮它的产业意义大于文化意义。事实上，深圳生产的电视剧大多是制片人在深圳，制作主体在北京。因此，影视创作的道路在深圳还十分漫长。

（四）历史与未来

作为本文的结尾，值得思考的无非两个问题：第一，深圳 30 年的影视创作，在时间维度上呈现出一个什么规律？在电视剧、剧情电影、纪录片等不同类型的创作上，都有哪些不同的发展轨迹？第二，深圳影视创作的未来是什么？

深圳虽为经济特区，但在很长一段时间，甚至直至今天，它依然给中国的文化人提供了一个"自由之城"的想象。这种想象会吸引一大批的中国文化艺术的精英来深圳飞蛾扑光（有时也扑到"火"）。这是深圳这座城市不时"经手"也不断"流失"的财富。深圳建市不过 30 年，对一个城市来讲，依然是青春年少。中国人长期生活在一个积淀沉重的社会环境中，他们向往着一个能活得轻松的"自由之城"，他们的心灵一直想去一个叫"少年中国"的地方。正是他们的向往造就了一个关于深圳的乌托邦，那些曾经在这里驻足、徘徊、闯荡的文化艺术的精英们，他们会如何理解自己与深圳的关系？

直至 20 世纪 90 年代中期，深圳的影视创作依然呈现出这种"乌托邦"的色彩。比如黄宗英的纪录片《小木屋》，比如深圳影业公司的那些探索电影，比如郑凯南担任制片的《找乐》、《兰陵王》，都洋溢着十分纯真的自然气息，仿佛青草的气息，仿佛麦田里的波浪。

20 世纪 80 年代中期至 90 年代中期的深圳影视创作的"小阳春"，应归功于艺术家们关于深圳自由度的想象。但深圳毕竟是特区，主导她的观念是她的经济价值和政治价值，相比经济的辉煌和政治的稳健，文化的"小阳春"就显得微不足道了。

在经济巨人尚未长成、商业游戏规则尚未娴熟之际，深圳的影视创作曾经选择在主流意识形态上有所作为。20世纪90年代末，以政论片《世纪行》和故事片《你好！太平洋》为标志，深圳的影视创作开始和政治联姻，继而形成一种对主流意识形态正面阐释的传统，这一传统每每在政治历史转折的契机上，试图发挥作用。无论是电视创作，还是其他的文艺创作如歌曲创作，都有类似的情况。

电视剧的产业化方向则随着时间的推移而日趋成熟。对资本的运作，本来就是提前投奔市场经济的深圳人的长项。就数量而言，深圳电视剧生产已经在广东省位居前沿，但它并没有能产出《潜伏》、《亮剑》这样的冒尖之作，《潜伏》、《亮剑》的生产运作来自近在咫尺的广州。深圳电视剧生产至今还无法与上海比肩，更难望北京之项背。当然，在新的科技产业再次在深圳充当时代主角的时候，动漫创作，以至动漫加主题园区的运作模式，似乎呼唤着另一片产业绿地。但是，我们所关注的，决定深圳影视创作魂魄的人文精神、艺术创作的独立自由精神，还能否在特区的热土上再现突破之举呢？我们说，深圳从来不缺少影视创作的"经理"，但缺少真正的"作者"。

电影院线

市场机制与公民娱乐

蒲新民

本文试图描述深圳市电影业的发展、现状以及深圳电影市场机制的形成和管理体制改革，并以此推及讨论电影院线制在促进中国电影市场流通方面的作用。笔者曾经通过对全市 30 多个主要电影单位的上百次的反复调查，以及对 200 多人的直接谈话，取得了大量的原始资料和数据。这些资料包括：电影观众调查统计、电影院调查统计、电影主管部门调查统计、院线公司调查统计等。本文还采用了部分二手资料，它们来源于深圳市各电影单位、深圳市文化局已发表的资料。这些资料有：深圳市文化局社文处群众文化活动记录资料、深圳市电影中心的放映单位花名册、深圳市四家电影公司的影片排期表、有关院线的票房资料、电影杂志中有关中国电影市场的数据资料、中国期刊网有关电影市场的资料等等。笔者集中调查的时间，主要在 2003、2004 和 2010 年。

一、深圳市电影院线概况

在 2002 年 6 月 1 日前，也就是在电影院线制改革以前，深圳市电影发行中心对全市的影院和区级的电影公司进行了统一的行政化管理，在业务上负责向各放映点供片，其上级主管部门是深圳市文化局。深圳市较早根据经济特区的情况进行政府体制改革，由文化局、广播电视电影局、新闻出版局、版权局等四局合一而成立了这个大文化局。

电影院线制改革，是新中国成立以来我国电影在流通制度上的重大改革。在这一改革过程中，中国的电影体制也完全由计划向市场转轨，由统管到半管再到完全放开，允许各种性质的资本进入电影业，最终走向市场化和产业化。从此，电影生产过程包括了生产制作、流通发行、消费放映这三个阶段，结束了以前电影生产条块分割、行业垄断的历史。

这之后，深圳市电影发行中心、宝安电影发行公司、龙岗电影发行公司这三家原先存在一定程度的经济隶属、行政管理归属关系的局面完全终结，它们或者组成了自己独立运行的院线公司，或者连同本区域的电影院，集体加入了其他院线公司。中影集团深圳服务公司与深圳市电影发行中心之间由协作伙伴、业务上互相帮助补充的关系转变为深圳特区电影市场的竞争伙伴关系。前者在发行放映进口片方面成绩突出，后者在发行放映国产片方面卓有成效。电影院线发展到 2010 年，深圳的主要院线有中影星美院线、中影南方新干线和深影院线和广东珠江院线等。其中，中影星美院线有六家多厅影院，票房占深圳市场的五成以上。

（一）电影单位

本文所指的"电影单位"，主要是深圳市的各电影发行放映公司、院线公司和放映单位（包括电影院、影剧院、俱乐部、放映队等）。

院线制推广之前，深圳市原有四个电影发行放映公司：深圳市电影发行中心，中影集团深圳服务公司，宝安电影发行公司和龙岗电影公司。电影发行放映公司是计划经济时代的旧体制，它和电影放映单位是上下级隶属关系，属于行政事业单位系统。在电影体制转轨之际，产生了院线公司。院线公司，是指以一个电影发行公司为中心，以众多放映单位为依托的电影发行放映系统。它的特点是网络化的结构，以点带网，构成对于电影发行和放映市场的区域性占有。新成立的院线公司都是在原有的电影发行放映公司的基础上组建起来的，是旧体制向新体制转轨的结果。深圳市在六年前有三条电影院线：深影院线，中影星美院线，华影南方院线深宝部和深龙部。

依据 1999 年 3 月深圳市电影发行中心放管科制定的《深圳市电影放映单位花名册》，深圳市在册的电影放映单位共 123 家，其中能经常放映电影的有 109 家。依据 2002 年 1 月的花名册，在册的电影放映单位为 124 家，但是能经常放映的只有 60 家。

依据笔者在 2003 年下半年对全部在册电影放映单位进行的实地调查，实际上深圳

市现在能经常放电影的影院仅44个，其中宝安24个，龙岗8个、特区内12个。（见表1）

表1　2003年深圳市正常放映电影的单位统计

放映单位所属电影院线或所属电影公司	深影院线 (深圳电影发行中心)	中影星美院线 (中影集团深圳服务公司)	华影南方院线深宝部（宝安电影发行公司）	华影南方院线深龙部（龙岗电影发行公司）
放映单位（个）	7	5	24	8

2003年深圳市电影正常放映单位名单如下：

1. 罗湖区：红叶数码影院，天鹰电影院，太阳数码电影院，深圳戏院；

2. 福田区：新南国影城，华夏艺术中心，深圳会堂，金盾影剧院，现代演艺中心，福田影剧院；

3. 南山区：风华大剧院，南油影剧院；

4. 盐田区：无；

5. 宝安区：上南电影院，林果场电影院，新安电影院，松岗戏院，公明影剧院，龙华影剧院，石岩影剧院，蚌岗影剧院，大浪影剧院，新桥电影院，金隆影剧院，光明影剧院，碧头电影院，清湖电影院，海都影联娱乐城，流塘电影院，宝安大机四队，福永文艺中心，白石厦电影院，西乡文化体中心，工人俱乐部，沙井大机队，沙井文体中心，松岗大机队；

6. 龙岗区：布吉会堂，布吉大机队，葵涌戏院，坪山影剧院，平湖会堂，平湖乡礼堂，银河影剧院，龙岗电影公司大机队。

2005年后，深圳市多厅影院建设迅猛发展，主要票房集中在如下30余家影院：嘉禾影城，东门太阳数码电影城，新南国影城金光华店，深圳大剧院，红叶立体声电影院，柏叶艺术影剧厅，茂源影视城。深圳会堂，新南国影城中信店，深圳百老汇影院，深圳金逸国际影城，太平洋影城东海店，中影今典国际影城，妇儿电影院，现代演艺中心，金盾电影院，群星数码影城，少年宫剧场，福田影剧院，群艺馆影剧院，东爵演艺都会，中影益田假日影城，太平洋电影城京基百纳店，深圳海岸影城，深圳保利国际影城，MCL洲立影城，南油影剧院，华夏艺术中心影院，高新影院，盐田影剧院，东爵演艺都会，蔚蓝天空演艺城，深圳龙岗影城，中影新南国影城宝安店，环星影剧院。

深圳的影院可以分为一级影院和外围影院。一级影院具有立体音响、空调、电脑售票系统等现代化设施。因此有权利放映进口大片，可以通过放映进口大片获得分账利益。外围影院一般只能放映所属院线公司的复映片。特区内有一级影院（一般为多厅影院）20 余家，宝安区有一级影院 2 家，龙岗区有一级影院 1 家，其余一般为外围影院（多为单厅，兼有会议、演出功能）。

从 2002 年起，区级的电影公司发行收入日益减少，主要原因是郊区电影市场持续滑坡，电影观众减少，放映单位减少，电影票降价。2002 年 8 月，龙岗区有 16 个电影院营业，到 2003 年 8 月，只有 9 个电影院了，到 2004 年 3 月，更只剩下 3 个电影院。宝安区在这段时间，正常营业的电影院从 30 个降至 12 个。这些区的电影公司只能从营业的影院收取每月片租约 1000 元。由于电影院关门的多，电影经营困难，深圳市政府加强了实施"2131 工程"力度（国家规定在 21 世纪初基本实现每一个村每一个月放映电影一场）。电影放映队近年成倍增加，电影又出现了进村、进社区、进厂的现象。但街头电影并没有吸引太多的观众。2004 年 4 月，龙岗电影公司拥有 8 个放映队，该区还有两个放映队属镇文体中心；宝安区有 5 个放映大队，属于各镇文化中心。这些放映大队经常活动，每放映一次，政府补贴约 700 元。

2003 年，深圳市经常从事电影放映发行业的人员有 600 人，其中从事电影发行的有 81 人，从事电影放映的有 519 人。2003 年深圳市电影票房为 4090 万，人均创票房 6.8 万元。（见表 2）

表2　2003年深圳市正常从事电影发行放映工作的人数统计

（单位：人）

特区内				宝安区		龙岗区		合计
深影院线		中影星美院线(深圳)		华影南方院线深宝部		华影南方院线深龙部		
市电影发行中心	影剧院	中影深圳公司	影院	宝安电影公司	影剧院	龙岗电影公司	影剧院	
36	210	10	75	23	192	12	42	600

（二）电影院经营情况

2006 年前，深影院线和中影星美院线，都在特区内，属下影院大多能放映进口分账大片（指国外高投资、大制作的影片，其票房，由制片方、发行方、放映方按比例分成)。特区内 10 余家一级影院，占全市电影票房的 90%。如中信广场的新南国影院，2003 年票房达 1500 万元，太阳数码影院达 800 万元。特区内电影票房为 3690 万元。

华影南方院线在深圳的电影院全在关外的宝安和龙岗，它们服务于郊区或农村电影市场。这些电影公司和影院还是人工售票，没有使用全国联网的电脑售票，加之影院设备简陋，只能从省电影公司拿些复映片放映，不能享有放映进口分账片的好处。

2003 年"非典"疫情对电影市场影响较大，一些镇一级的和大部分村一级的电影院都关门了。当时，全国的电影市场都不景气，局部有所回升，深圳也是这样。以下对宝安、龙岗等郊区影院作具体说明。

当时镇级影剧院承包的只有两家，基本是保本经营，而大多数镇级电影院是镇文化中心管理，影院工作人员的工资由镇政府发放。它们的经营几乎全是亏本。村级影剧院一般是个人承包的，大多处在微利状态。

由于农村电影市场低迷，许多文体中心的影剧院趁机关门整改，如南澳影剧院、大鹏影剧院等。另外还有些新建影剧院，如龙岗影剧院、坑梓影剧院、龙华影剧院等。有三分之一的镇级影剧院处于装修关门阶段，各影剧院由镇文体中心来管理（个别的由镇宣传部门管理，如平湖会堂），相对来说是规范和严格的。有的镇即使让影剧院关门，也未必敢承包给个人去经营。

这些镇级影院，其设施相对较好，是当地大型室内文化活动的首选场所。其中 80% 的影院为软座，座位数达到 1000 多个，有舞台灯光，有两台以上 35mm 电影放映机，有空调或风扇，适合电影放映和文艺演出。

一般来说，影剧院的运作成本包括：

1. 电费。若使用空调，电费则每月要 20000 元，若在冬天或用风扇，电费约为 4000 元；

2. 人工。工作人员为 5—10 人。影院每月工资付出约 5000—20000 元；

3. 片租。每月向电影发行公司缴片租 4000 元；

4. 承包费。如果是承包性质的影剧院，每月额外付约 2 万元的承包费，承包时还得交押金约 20 万元；

5. 税费。每月税收管理费 1000 元以下。

因此，影剧院保本经营的条件是：根据郊区电影市场一般情况，电影票价为 3—10 元，平时上座率为 8%，周末上座率为 30%，那么，按照每月共 12 天的黄金时间（周五、周六、周日）计算，平均每天收入不能低于 3000 元，其他 18 天，平均每天收入不能低于 1000 元。这样才能月收入近 5 万元，够保本。

根据现在的农村电影市场的实际状况，显然难以达到保本的条件，特别是"非典"后，电影市场难以恢复。事实上，很多影剧院的收入来自电影票房、文艺演出、物业出租、出借场地费以及镇财政补贴等综合费用。

以石岩影剧院为例。影院每月票房 2.4 万元，冬天用电每月 1 万元（包括物业出租用电），片租每月 4000 元，工作人员 8 人，每晚放电影一场，票价 1 元，座位为 1050 个，上座率为 80%。它由文体中心管理，没有承包，不要出承包费。石岩影剧院电影票房收入只占总收入的 35%，其他演出收入占 15%，物业出租收入占 50%。影院收入仅够发职工的工资。

以福永电影院为例。这是全国一流的镇级影剧院，由个人承包，承包费每月 2 万元，它的月开支为 5 万元，目前处在保本或少许亏损状态。福永影剧院平时票价为 5 元，周末为 10 元，每天放映两三场电影。

以坪山影剧院为例。该影剧院由个人承包，每月租金为 5000 元（非典后减租），电费 4000 元，管理费 400 元。它的收入来源有电影票房、晚会演出、场地出租、饮料销售等，处在微利状态。其他如龙华、公明、松岗等影剧院，都是由镇政府发工资，实际处于严重亏损状态。

当时影剧院存在的基本问题：

第一，片源严重不足。影院根本不会上映什么新片、大片，宝安电影公司给 24 个放映单位排片时，两个月内会把一个片重复排给同一家影院，龙岗电影公司在当月就会出现重复排片。电影公司影片重排比例达 28%。

第二，观众看电影的选择机会太少。有的影院每晚就放一场，这样观众在时间上、片目选择上都很不方便。有的影院每晚放三场，实际上是两个影片，第一场和第三场是同一个片。

第三，影剧院属公有制集体单位，创造市场的积极性不高，市场意识和工作态度都不到位。他们很少搞歌舞演出和多种经营，很少作市场调查和思考。

深圳市郊区各电影院覆盖了大量的电影观众，但是它们与特区内的电影放映单位相比有极大的差距。（见表 3）

表3 郊区各电影院经营情况与特区新南国影城经营情况之对比

单位类别	龙华影剧院	石岩影剧院	福永影剧院	松岗戏院	上南电影院	白石夏电影	海都电影院	蔡涌影剧院	坪山影剧院	新南国影城
设施条件	珠江35mm放映机、立体声、软座	珠江机、立体声、软座	珠江机、环绕立体声、软座	珠江机、立体声、硬座	井冈山35mm机、立体声、硬座	珠江机、立体声、软座	珠江机、立体声、软座	珠江机、立体声、硬座	珠江机、立体声、硬座	美国进口数码设备，软座4厅
工作人员	9个	10个	8个	未详	6个	6个	8个	3个	4个	28人
座位	770个	1091个	980个	984个	420个	580个	600个	800个	920个	680个
上座率	4.7%	65%	8%	3%	30%	8%	5%	18%	5%	50%
观众来源	外来青工	周围群众	外来青工	外来青工	外来青工	外来青工	外来青工	流动人口和当地居民	文化较高的电影爱好者	白领、学生
平均票价	3～5元	1元	5元	5元	2元	3元	3元	2元	5元	65元
策划活动及费用	门口海报宣传，费用每片10元	海报宣传每片5元	海报宣传每片20元	海报宣传每片10元	海报宣传每片10元	海报宣传20元	海报宣传每片10元	海报宣传每片5元	海报宣传每天10元	会员制，首映式，宣传费占票房的5%
收入构成	票房70%，演出30%	票房35%，演出15%，收租50%	票房、演出	票房	票房	票房	票房、演出、业出租	票房	票房、演出、场地出借	票房、场地出借
分账形式	每月片片租缓交	月片片租5000元	月片片租5000元	月片片租2900元	月片片租2300元	月片片租2800元	月片片租6000元	月片租4000元	月片租2000元	与发行公司四六分成
年上映影片	国产70、港片70、外片20	国产180、港片100、外片20								主要是好莱坞片
年放映场次	240场	330场	800场	360场	720场	480场	1100场	720场	1080场	10080场
年票房收入		01年21万 02年19万 03年11万						2003年18万		2003年1500万
月电费	最低消费规定10500元	15000元	20000元	4800元		3000元	5000元	800元	4000元，有最低消费规定2160元	
经营性质	集体	集体	个体承包、上缴租金	集体	个体承包，连同片租每月1万	个体承包，月租14000元	民营	集体	个体、承包费月5000元	国营

从以上的比较可以看出，深圳市的电影放映市场出现了突出的两极分化的情况。面向外来青工的郊区影院，改革缓慢，设施落后，经营窘困。而这些影院目前还是承担着主要放映国产影片的单位。特区内电影院主要放映好莱坞大片，基本上成为社会高消费的一部分，成为都市时尚生活的形式。

片商、发行商、放映单位一般按票房的 4.5∶1∶4.5 来分账。这种形式主要用在中影院线深圳公司和深影院线公司的经营上。这两家公司经济条件尚可，发行收入较好。

宝安电影公司和龙岗电影公司，主要发行复映片，只能按月向影院收取很低的片租。宝安和龙岗的电影公司月发行收入远小于各影院所承诺的每月所缴片租之和，两家公司实际发行收入每月约 5 万元。这两家电影公司有职工近 40 人，由于农村电影市场萧条，这两家电影公司收不抵支，他们就通过物业出租、组织电影放映大队等多种方式来增加收入。新安影剧院年电影票房约 100 万元，宝安电影公司只能从华影南方院线中分到该影院的 2% 的票房。宝安电影公司不仅有写字楼出租，而且公司早在几年前就在西乡买地皮修厂房，然后出租，厂房年租金上百万元。另外公司还拥有两家影院。1993 年，龙岗区从宝安区分离出来，新成立的龙岗电影公司，共有 7 人，全是从宝安电影公司分离出来的，现在已经有 10 余人。龙岗电影公司月发行收入约万元，其他收入很少。2004 年，公司在区政府的支持下，成立了 8 个放映大队，把电影送到村口、厂区、广场。公司因此每月可从政府得到 10 万元"2131 工程"的活动费用。

作为朝阳产业的文化产业及其电影业，近年来在我国得到加速发展。2004 年后，我国电影业迅速回暖，票房年增长率达 20% 以上。深圳电影票房 2005 年达到 7000 万元，同比增长 89.7%；2006 年超过 1 亿元，增长 42.85%；2007 年超过 1.5 亿元，增长 50%；2008 年突破 2.4 亿元，增长 56.8%；2009 年 3.235 亿元，增长 37.5%。深圳已成为中国电影市场发展速度最快的城市，仅次于北京和上海两市，位居全国三甲。深圳电影票房的强势增长，源于以下几点：

第一，现代影院建设在质和量上均有突破性发展，进一步拓展了电影市场。近年来深圳新建高档影城是 2004 年前的两倍多，这样的高档影院有新建的百老汇、金典、金逸、海岸、保利、益田、太平洋等影院。同时，一些单位加紧了对传统影剧院的改造升级，如金盾、妇儿、风华、南油、新安等几十家单厅影剧院。据统计，2005 年，深圳全市共有电影院 54 家，银幕 70 块，座位 16000 个；2006 年，洲立影城、百老汇影城、宝安中影南国影城和群星数码电影城开业，新增银幕 20 块、座位 2464 个；2007 年，再增加银幕约 20 块、座位 2000 多个；2008 年，影院发展形势平稳；2009 年，中影益田假日影城开业，嘉禾影城二期扩建新增影厅 5 个，影院规模从原来的 7 厅扩大至 12 厅，座位数从 1076 个增加至近 2000 个，成为东南亚最大的影院。当前 3D 影院建设方兴未艾。

第二，电影作品在质和量上提升明显，培养了市民的良好观影习惯。现在观众不仅要在专业影院看好莱坞的大明星、大场面、大制作，而且对国产大片也提高了欣赏标准，很大程度上改变了下载看国产片的现象。国产影片蓬勃发展，比如制作了一批像《赤壁》、《画皮》、《长江七号》、《非诚勿扰》之类深受观众喜爱的电影，提高了市场份额。2008 年国产影片票房占总体票房的六成。国产片的繁荣发展也为影城在营造观影氛围、吸引观影人群等方面提供了便利。近年来，深圳电影市场上映影片、放映场次的数量处于稳定增长状态，影片从 2005 年的 103 部上升到 2009 年的 141 部，放映场次由 2006 年的 1.5 万场上升到 2009 年的 2.1 万场。此外，观影方式创新增加了电影的魅力。3D 电影《地心历险记》、《阿凡达》充分发挥了 3D 电影魔幻绚丽的魅力，让观众体验到更加新奇梦幻般的观影享受。

第三，先进的管理理念和创新服务方式，促进了电影消费的大众化。深圳的高档影城常建在商业中心，形成生活、购物、休闲、娱乐一体化。影院讲究品位、舒适的同时，更追求先进的经营理念和个性化服务。各大影城都辟有休息区、阅读区和专门的商店，观众可以选择网上、wap 手机、自动刷卡机等多样化的购票方式。影院还积极开展各项电影活动。一是名目繁多的优惠活动，如白天半价电影，周二、周三全天半价电影，节日优惠电影；二是互动活动，如导演和明星见面会、电影海报展、影评竞赛；三是电影节和特色放映活动，如"燃情金秋优秀中国电影展"、"澳大利亚电影周"、"俄罗斯电影周"。

第四，市民收入增长，扩大了商业电影的"白领观众"基数。电影已成为深圳人最日常的文娱生活。当前，全国城市院线市场平均票价是 24.46 元。其中，深圳市票价最高，为 41.66 元，其他依次为北京、广州、上海、天津、重庆等。对深圳白领阶层来说，看电影构不成负担。由于市民收入不断增长，深圳白领阶层日益扩大，成年观影人次明显递增。2005 年至 2009 年，深圳商业电影观众依次为 56 万、81 万、84 万、96 万、107 万。未来深圳电影市场，如能把平均票价作适当下调，把中低端人群吸引进电影院看电影，将会大幅度提升票房；如在特区关外建更多的多厅影院，也会吸纳更多的白领观众。目前关外仅有宝安中影南国影城、环星和龙岗影城等三家影院，但关外人口众多，需求和供给存在很大缺口，影城的市场空间非常大，关外的市场是深圳未来票房增加的重要阵地。

（三）深圳市的影院建设与布局

1.30 年来的影院建设

深圳市经济的高速发展和城市居民的富裕，为影院建设打下了物质基础，为电影创造了较大的消费市场。放映单位的主体是影院，其次是各俱乐部和放映队。深圳从早期的四个电影院（南头戏院、人民戏院、深圳戏院、沙头角戏院），发展到今天上百家影院。深圳放映单位的增长，经历了三个阶段：1979—1985 年为酝酿期；1986—1996 年为加速增长期；1997 年至今为整合期。（见表 4）

表4　深圳历年增加的放映单位数量（1979—2001）

年代	79	80	81	82	83	84	85	86	87	88	89	90	91	92	93	94	95	96	97	98	99	00	01
数量	0	0	0	0	0	1	1	28	1	11	7	13	16	12	13	23	23	33	14	9	11	2	4

深圳 30 年来的社会经济发展，大体经历了四个阶段：财富积累期（1979—1985），经济发展速度达年平均增长 52.93%；经济调整期（1986），当年经济增长速度仅为 2.7%；高速发展期（1987—1995），年平均增长速度达 29.42%；快速增长期（1996—2010），社会进入良性循环轨道，其中 1996 年至 2003 年，年均增长速度达 15.09%。

经济建设为影院建设创造了条件。20 世纪 90 年代中后期至今，人们的娱乐方式变得丰富起来，看电影不是主要的娱乐方式，电影录像和影碟发行蓬勃发展，加上盗版市场暗流汹涌，家庭化欣赏电影渐成风气，影院角色边缘化，影院建设进入了调整转型期。影院建设由传统的多文化功能的单厅影院向投资近亿元的多厅数码专业影院转向。现在的影院，集电影欣赏、饮食、休闲于一体，成为城市生活的高档享受。多厅影院的出现，进一步适应了电影观众娱乐趣味的多元化趋势。而高档影院巨大的投资，也使群众电影的时代成为过去。

2. 深圳影院的空间分布

深圳影院多为东西布局，点缀在深南大道两边，或者分布在连接宝安和龙岗两区的公路边上。它们大都处在商业中心区、生活中心区。特区内的影院布局较为集中，影院规模大、设施好；特区外影院按区域而均匀散布，设施一般。

笔者在 2003 年所作的调查显示当时的影院具体分布情况如表 5：

表5   深圳市影院情况对比（对比时点：1999年和2002年）

区位 \ 类别·活动数·年度		电影院		影剧院		开放俱乐部		对内俱乐部		35mm电影队		16mm电影队		小计	
	年度	在册	活动	在册	活动	在册	活动	在册	活动	在册	活动	在册	活动	在册	活动
罗湖区	1999	5	5	2	2	4	3	6	3	3	1	0	0	18	14
	2002	7	6	3	3	4	1	6	4	1	1	0	0	21	15
盐田区	1999	2	2	1	1	1	0	1	1	2	1	0	0	5	4
	2002	1	1	1	1	0	0	1	1	2	1	0	0	5	4
福田区	1999	2	1	3	3	2	1	11	1	0	0	0	0	18	7
	2002	1	1	4	3	3	2	9	2	0	0	0	0	17	8
南山区	1999	5	2	7	5			4	1			0	0	18	12
	2002							3	1					13	6
特区小计	1999	14	11	13	11	9	6	22	6	1	1	0	0	59	35
	2002	12	10	13	10	9	3	19	8	3	2	0	0	56	33
宝安区	1999	36	32	16	16	1	1	0	0	15	14	6	6	74	69
	2002	31	28	15	13	1	1	0	0	14	9	0	0	61	39
龙岗区	1999	26	22	18	17	5	4	2	2	9	7	19	9	79	61
	2002	14	8	16	14					5	2	8	3	48	20
总计	1999	76	65	47	44	15	11	24	8	25	22	25	15	212	165
	2002	80	30	44	30	13	7	21	6	22	13	8	3	188	92

根据深圳市政府 2002 年度的统计，2002 年底，电影放映单位为 162 家，比上年减少 19%。市场环境下的影院开始了整合，其空间的发展由城市传统的文化空间向商业娱乐空间转移。其空间分布特点是：传统影院分布在当地的行政中心、文化中心、生活中心或者工业区中心，影院前有广场，交通发达；现代影院大多建立在商业中心区，集休闲、购物、吃喝玩乐于一体。

传统单厅的大影院已经不符合电影发行与消费的要求，它运营成本高，上座率低，市场灵活程度低。现代影院建设有"四化"，即多厅化、软座化、空调化和数字化，它们是集吃喝玩乐于一体的娱乐城。2004 年，深圳市有 9 家多厅数码影院，约 40 块银幕。2009 年，发展到 20 余家多厅影院。其中嘉禾影城"贵宾厅"首次将"电影头等舱"概念带入中国，仅 30 个座位，更加私人化，更加随意化。影厅还适合举办各类私人聚会、公司高层会议、家庭 party 等娱乐活动，也可包场点播影片，并能为产品演示、学术讨论、新闻发布会等活动提供全面服务。

（四）深圳市的影片发行放映情况

1. 深圳市年放映故事片数量与类型

2004 年前，特区的深影公司与中影公司所发行的新片基本相同。同属华影南方院线的宝安电影公司与龙岗电影公司，它们所发行的复映片基本相同。因此，从统计深影公司与宝安电影公司所发行的影片数，就可得出深圳市一定时间内上映的影片数量。

从表 6 中可以看到，2003 年 5 月至 2004 年 4 月的一年中，深圳市发行放映故事片 465 部，其中，特区主要上映新制作的分账大片，共 77 部，宝安区、龙岗区以放映复映片为主，共 401 部（特区上映的 77 部影片中有 13 部年内就在宝安和龙岗的华影南方院线的外围影院上映了）。

在一年内，特区外电影公司用 401 部影片排了 560 次，影片重排比例达 28%。这表明郊区农村电影市场，连复映片的片源都难以保证，更不用说及时上映新片了。这种影片重排的现象，与特区内院线公司的影片重排现象性质完全不同，后者因为新影片还处在首轮放映阶段，影片还有观众，还有较大的市场票房。"深影"院线平均每部新片要放映 98 场。

表6 2003年5月至2004年4月深圳市一年内发行放映故事片数量

	深影院线（部）	百分比（%）	华影南方院线深宝部（部）	百分比（%）
国产	20	26	（国产与合拍）332	（国产与合拍）83
合拍	17	22		
港片	12	16	62	15
进口片	28（美24）	36	7	2
总计	77	100	401	100

为了检验以上某些现象是否为常态，随机以 2002 年 7 月至 2003 年 9 月为时间段

进行统计，结果显示深影院线上映 72 部影片；又以 2003 年 10 月为时间段进行统计，结果显示宝安电影公司给所属的 24 家放映单位排片 49 部。具体情况如表 7：

表7   特区关内和关外电影院线放映的比较

区	深影院线2002年7月至2003年9月（部）	百分比（%）	华影南方院线深宝部2003年10月（部）	百分比（%）
国产	30	42%	30	61%
合拍	10	14%	3	6%
香港	6	8%	14	29%
进口片	26	36%	2	4%
总计	72	100%	49	100%

通过以上两个统计表，可以看出，深圳市的城市电影市场与郊区农村电影市场所上映的影片完全不同，相关的统计数据是相对稳定的，两者共同构成了相对稳定的深圳市电影市场的格局。城市电影中，进口片占 36% 左右，但票房占有率在 50% 以上；国产片和合拍片两者占 50% 以上，可票房占有率只有 36% 左右。近年来，由于国产片数量和质量都得到大幅度提升，才逐步占据了国内的主要电影市场。

2．影片放映档期

特区以上映新的大片为主，平均每 4 至 5 天就要上映一部新片，平均每部新片年首轮期为半个月。

每年的元旦、春节、"五一"、国庆，都是一些分账大片所看好的影片档期，同样，也是影片竞争最为激烈的时期，竞争有胜有负。有些新影片却避开这段时期发行上映，以减少风险。另外，在中国其他传统节日期间，也是影片所考虑的档期。暑假、寒假也是可选择的档期，它的目标观众是学生。在深圳的新南国影院，每到周末，影院都坐满学生。学生也是深圳城市电影的主要观众。

在特别的活动或事件中，也是特定影片上映的档期，如张国荣坠楼自杀事件后，深影院线开展了张国荣影展活动，以满足观众怀念明星的情感诉求。在特区外的宝安区和龙岗区，作为农村电影市场，放的是一些旧片，一部影片只能在一个影院放映一次，档期仅为一天或者一场。两区的电影公司也都有影片库，各自拥有影片 300 部左右；两区电影公司每月还可从华影南方院线调片 30 部左右，具体调片地点有广州、惠州、东莞、汕头、珠海等。

2004年后，国家的电影政策和市场更加开放、畅通，加之深圳市实施了农村城市化战略，特区内外的电影市场也逐步一体化。

（五）深圳的电影观众

2004年前，深圳市商业电影观众一般以青年为主，外来人口占大多数。当地居民和中老年进电影院的很少。电影观众男女比例相差不大，多以朋友结队、男女恋爱等方式观赏电影。特区内多以白领观众和学生观众为主，特区外多以普通外来青工为主，他们有着不同的消费水平，也存在着不同的欣赏习惯。近年来，普通居民、白领、学生成为商业电影的主要观众。

2003年11月和2004年5月，笔者在宝安石岩影剧院、华新报关行、石岩镇永进塑胶厂、新南国影城等地作了一次现场问卷调查（见表8）。

表8　深圳特区专业影院和特区关外影剧院的电影观众比较

单位 项目	石岩影剧院2003年11月（票价1元）			石岩影剧院2004年5月（票价2元）			新南国影城2004年5月（票价65元）		
人数	男	女	合计	男	女	合计	男	女	合计
	23	9	32	23	7	30	24	26	50
文化程度	初中17人；高中或中专12人；大学3人			初中5人；高中或中专19人；大学5人			初中1人；高中或中专17人；大学32人		
月薪	50%的人低于1000元			35%的低于1000元			50%的高于3000元		
年文化消费	50%的人低于200元			25%的低于200元			36%的高于1000元		
年看电影场次	45%的人约30次			60%的人约30次			20%的人约30次		
最爱看的影片的产地	45%的人最爱美国片			45%的人最爱香港片			70%的人最爱美国片		
最爱看的影片类型	武侠片、警匪片、搞笑片			搞笑、生活、情爱、历史、战争			科幻片、搞笑片、生活片		
最不爱看的影片类型	鬼怪、旧片、政教			旧片			鬼怪片、艺术片、老国产片		
获取影讯的常用方法	宣传车、报纸、海报			报纸、海报			海报、网站、报纸、电视广告		
看电影的主要行为方式	70%的人同朋友一起			55%的人同朋友一起			50%的人同朋友一起；40%的人同恋人一起		
看电影的主要途径	影院、投影、影视吧			影院、电视、影视吧			影院、电视、家庭影院		
合适的票价	30%的认为是1元			45%的认为是2元			32%的认为是50元		
主要观众最想说的话	看电影是为了轻松、快乐			看电影为了享受、放松			希望国产片在绝境中崛起		

表9　蓝领职工和白领职工电影文化消费情况比较（2002年的抽样调查）

项目 ＼ 单位	石岩镇永进塑胶厂（蓝领）			南头海关华新报关行（白领）		
	男	女	合计	男	女	合计
人数	28人	22人	50人	6人	14人	20
文化程度	初中38人；高中或中专9人；大学2人			初中2人；高中或中专15人；大学2人		
月薪	80%的人低于1000元			25%的人高于3000元		
年文化消费	58%的人低于200元			20%的人约为1000元		
年看电影场次	30%的人约看30次			有9人从不看电影；有2人约看30次		
最爱看的影片的产地	64%的人喜欢香港片			有7人喜欢美国片		
最爱看的影片类型	搞笑片、武侠片、生活片			搞笑片、科幻片、情爱片		
获取影讯的常用方法	报纸、电视广告、熟人介绍			电视广告、海报、熟人介绍		
看电影的主要行为方式	70%的人同朋友一起			有13人看电影时常同家人一起		
看电影的主要途径	电视、影院、录像厅、影视吧			电视、家庭影院、影院		
多数人认可的适当票价	2元			20元		
主要观众最想说的话	看电影为了放松、开心			提高外国大片的翻译水平		

　　特区内的观众喜欢看原版的进口片，也很注重译制片翻译水平，可见观众的文化素养较高。深圳市人均电影消费 7.5 元，占职工年工资的万分之三。特区内人均电影消费为 14.6 元，宝安、龙岗人均为 1.4 元。

　　电影艺术需要观众有较好的文化修养。在特区内看电影的人相对来说文化程度就高些，爱好看电影的人一般不喜欢看录像投影。深圳是一个高科技城市，但不是人文发达的城市，理科人才大大多于文科人才，前者的收入和社会影响强于后者。一般来说，理科背景的人对文化艺术的兴趣程度，不如文科背景的人。2002 年，城镇居民人均可支配收入 25935.84 元，城镇居民人均消费性支出 19960.32 元。深圳市居民人均年电影消费占人均消费性支出的万分之四。近年来由于市民可支配性收入大幅度增长，市民的文化娱乐消费水平明显提高。

6. 电影放映的主管部门

　　院线制改革后，在 2003 年，文化部门认真贯彻落实中央的"2131 工程"，把电影作为群众文化的重要部分加以重视和推广。但总的来说，这段时间，各电影院、院线公司相对疏远了和政府部门的关系。农村电影市场化后，电影单位的生存遇到了很大的困难，政府部门根据实际情况，又采取了一些措施来扶持电影事业。生存困难的龙岗电影公司在区政府的支持下，成立了 8 个电影大队，在全区流动放映免费电影，区政府根据放映次数给电影公司活动费用，每场次大概有 700 元。龙岗区内的大多数影剧院职工，在几年前就加入了新成立的各级镇文化中心，后者属于文化主管单位。宝安区大多数影剧院的职工工资，由镇政府发放。

深圳各级政府，把影剧院当作一个重要的文化阵地而继续拨款，把电影当作重要的文化艺术教育而扶持。深圳市每年从宣传文化基金中抽出 200 多万元用作电影进农村、社区、广场的经费，深圳市的三家本地电影公司一年放映免费电影达 3000 多场。

2004 年后，深圳市根据国家政策，由相应的广电机构独家主管电影，原来的文化机构不再管电影。这表明了国家把电影发行放映当作文化产业的重要组成部分，不再偏重于把电影当作一种社会意识形态及群众思想教育的工具。

电影产业的发展，离不开完善的电影市场体系。政府部门要规范市场秩序，防止用不正当手段竞争和上报虚假票房，打击盗版影碟，严查走私影片。对相关行业的互联网、录像投影、电子游戏，政府部门也要规范管理，使视听娱乐业在同等的市场条件下展开竞争。宝安在 2004 年有投影厅 293 家（从 2002 年起，5 年内自行关闭）；有证网吧 17 家，无证的有 1500 多家（2003 年文化局查处 59 家）；有证游戏厅 75 家，无证的 200 多家（2003 年查处 69 家）；非法影视吧 900 多家（2003 年查处影视吧 116 家）。龙岗区在 2004 年有投影厅 20 多家（从 2002 年起 5 年内自行关闭）；有证网吧 34 家，无证的 1000 多家；有证电影游戏厅 18 家，无证的 100 多家；影视吧 200 多家。当前，特区内外投影厅、影吧基本绝迹，但是贩卖电影盗版的现象还较为普遍。

关于深圳市电影票房，在 2004 年，从公开的或上报的数字来看，全年不足 4000 万元，但是实际票房应在 5000 万元之上。全国电影年票房不足 10 亿元，但是实际票房在 15 亿元之上，到底是多少，谁也无法得出准确的统计数字。这些不规范的电影市场行为，让片商投资受挫，让国家和电影单位也无法把握市场的真实情况而做出决策。当时，深圳电影市场的主要问题有：片源有限，影碟盗版多，新的电影体制在郊区受挫。每年国产电影能公映的只有 50 部左右，而且大多为小制作，质量难以保证，郊区影院每年只能放映其中的 10 部左右。深圳市的文化稽查对规范文化市场起到很大的作用，但是不能从根本上解决盗版的问题。此外，还有新出现的问题，文化部门一时难以找到有效的办法解决，如深圳市工业村里的影视吧，在政策上是不允许存在的，可它们有市场。

近年来，由于电影市场进一步成熟和规范化，加之电脑信息技术水平提高和数字电影放映设备的兴起，电影票房的可信度得到提高，各方权益得到了有效保障，有力地促进了电影市场的发展。

结论

改革开放以来，深圳市一直是全国商业电影的主要市场。2003 年，深圳电影票房占全国电影票房的 4%，到 2009 年位居全国三甲，取得了非凡的成绩。但相对于其他行业及深圳市的经济水平，深圳市电影市场产值极小，深圳市电影票房只占到深圳市生产总值的万分之一到万分之二。院线制改革后，深圳市的城市电影，也就是商业电影取得了成功。这种成功表现在两方面：一是上映新片数量增多、质量提高、速度加快，有的影片是全球同步上映，有的影片是全国首映，这就提高了深圳的电影文化水平；二是城市电影票房逐年增长，2003 年为 3690 万，占整个深圳市电影票房的90%，至 2009 年增长近 10 倍，达 3 亿多元。但是，深圳市郊区农村电影困难加重，2003 年票房为 300 万（不计新安影剧院票房），比 2002 年下降了 100 万。同时，放映单位减少了 50%。至 2009 年，关外街道、社区级的影剧院基本没有放映电影。当时，在国家电影体制的改革过程中，不同地方不同条件的单位，所遇到的机会与挑战大不相同。特区内电影单位的股份制改革取得了成功，使电影业得到了长足的发展；而特区外的电影单位股份制改革还在实施阶段，由于现行的领导制度与市场情况，相当多职工不愿意投资来占有股份，担心没有收益。针对深圳出现的两个完全分割的电影市场，针对两种不同命运的电影生存状态，当时深圳市的电影院线整合已不可避免。

第一，深圳市的三条电影院线不能再以行政区划来分割市场和地盘，这是旧体制的习惯，院线的发展应形成链条，在深圳市各个地方，都要平行存在两家以上的院线，以促进竞争，丰富电影观众的选择。

第二，公有的电影院线公司进行股份制改革时，领导机制、分配机制的改革要配套。国家要控管电影，就要保证国有资产的控股地位，并指派代理人去领导公司。市场经济规律表明，国家干预在宏观调控方面大有作为，但在微观的市场经济中，如具体到单位的经营运作，往往信息不通，效率低下，指挥不灵。国家代理人领导公司也属于这种情况。在分离所有权与经营权时，公司可由直接利益相关的个人按现代公司的运作方式，组成管理经营班子，探索适合自身条件的独特的经营模式。国家应退出对电影公司具体日常事务的管理。事实证明，国家希望代理人管理企业，企业生死、利益与代理人并不直接相关，很多代理人失去敬业的精神，把企业当作官场。国家资产管理部门必须监督国有资产的流向，防止资产流失。

第三，政府部门要建立完善的电影市场体系，制定相关电影法与电影分级制；政府部门不参与电影市场的经营，但是对电影业实行法规监管。对于违规的电影单位要依法行政，该查的要查，该罚的要罚。现在一些企业做假账现象较普遍，企业往往有两本账。电影单位上报票房也有随意性，瞒报票房现象普遍存在。有两个原因使这个现象不能得到处理：一是公共权力部门参与其中经营，和经营单位构成利益共同体；二是有关政府部门工作不到位。因此，深圳电影业的改革，需要加大文化产业转轨的力度，使各级影院脱离原有的财政体系，进入市场。

第四，深圳市有大量的外来青工的情况，对于这些收入不多，文化娱乐需求却非常强烈的年轻人，政府和各级文化部门都应当倍加关怀。但是，在市场经济快速发展的今天，继续沿用过去的"送电影下乡"的做法，不能很好地起到良性循环的作用。因此政府需要继续引导市场，在深圳特区以外的郊区，有计划地建设一批中低档的文化娱乐影院。它的各种设施不一定要达到全方位"四化"的水准，但是要保障基本的放映效果和娱乐功能。这些影院需要首先建设电脑票房，以便早日进入全国统一的电影放映市场，从而扩大放映范围，通过薄利多销的方式，达到经济效益和社会效益的同步增长。

第五，深圳市要大力整顿音像市场，坚决打击盗版；还需要彻底整顿各类违规的影吧和网吧，禁止地下影碟放映场所的活动，加大公安、城管、税收、工商监管力度，净化电影市场环境。

深圳电影院线和电影发行放映取得的骄人业绩是和坚持电影体制的改革方向分不开的，今后的长足发展，仍然要依赖改革的动力。在笔者结束本章写作的时候，国务院已经批准深圳市将原有的特区面积扩大到全市版图。从而将彻底结束"关内和关外"的历史，开辟新的特区文化天地。我们完全有理由相信，电影发行放映体制的市场化变革和特区版图的扩大将成为未来深圳电影发行放映事业的最大机遇和动力，必将快速带动特区外的电影放映点的建设，为广大特区居民，特别是新移民和外来务工人员带来更多更好的电影娱乐，以满足高雅和时尚的文化需求。

广告

市场博弈与科学监管

王晓华

深圳作为全国第一个经济特区，率先建立起市场经济体系。广告业是现代服务业的重要组成部分，更是促进商品销售，引导消费，建立品牌的主要传播手段。深圳的广告业在1979年开始建立，经过30多年的发展，其经济规模、创意设计水平已经跃居全国大城市前列。从另一方面看，深圳不同于北京、上海、广州等一线城市广告中心的地方，在于她原本缺乏文化积累，辐射国内外的媒体资源也相对缺乏，消费人口结构又是外来人口占据绝对多数。因而，其广告业的发展必然走出一条特殊的道路。

深圳市第一家广告公司"沙头角广告公司"成立于1979年，到2009年底，深圳有广告经营单位4053家，其中媒体单位71家，国有广告经营单位53家，兼营广告企业178家，私营广告经营单位3835家，外资广告经营单位20家，广告从业人员29160人。深圳广告经营额从1995年的81754万元增加到2008年的768881万元，2009年受金融危机影响有一定程度的下滑，为656395万元。15年间深圳广告营业额增长了8倍，2009年度深圳生产总值（GDP）达8201.33亿元，广告业对深圳生产总值的贡献是0.8%。广告营业额以高于GDP的速度快速增长，广告行业成为公认的朝阳产业。

从1981年深圳对广告行业进行注册登记以来，不同时期进入广告行业的企业数量变化非常大。深圳市工商局注册登记资料显示，1981—1985年间累计注册24家广告公司，1986—1990年间累计注册130家广告公司，1991—1995年间，累计注册1039家广告公司，1996—2000年累计注册1559家广告公司，2001—2005年间累计注册5839家广告公司，2000年前后是深圳广告高速发展的时期。

一、过去30年深圳广告业发展的总体状况

（一）广告营业额不断提高，但是增幅有限

深圳广告经营额的增长如果以五年为一个阶段来分析，1995年广告营业额只有55906万元，到1999年广告营业额已经达到135764万元，增长了1.43倍，这五年的年均增长率是22.41%；以2000年的216354万元为基数，到2004年广告营业额增加到了493332万元，这五年广告营业额的平均增长速度是25.37%，最近的2005年到2009年广告营业额从468653万元增加到了656395万元，广告营业额的年均增长速度是7.14%，最近五年年均增长速度大幅度降低，甚至在2009年出现了负增长，这主要是由于2008年以来的世界金融危机对于深圳市广告业所依赖的城市房地产市场、金融市场的打击极大，同时也在相当程度上与深圳广告市场的结构特点及地方管理政策有直接关系。

图1　1996—2009年广告营业额递增状况比较（%）

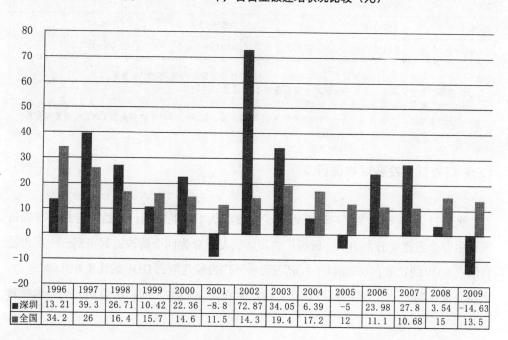

	1996	1997	1998	1999	2000	2001	2002	2003	2004	2005	2006	2007	2008	2009
深圳	13.21	39.3	26.71	10.42	22.36	-8.8	72.87	34.05	6.39	-5	23.98	27.8	3.54	-14.63
全国	34.2	26	16.4	15.7	14.6	11.5	14.3	19.4	17.2	12	11.1	10.68	15	13.5

如果深圳广告行业保持2002年及2002年以前的年均增长速度，以正常年份的增

长率 22.4% 为标准来预测，那么到 2009 年，广告营业额能达到 1432214 万元。[1] 但是 实际上只达到了 656395 万元，远低于 2002 年学者研究并制定深圳广告行业发展规划 时的预测值；如果按照学者们当时对全国广告营业额估计的增长速度推算，深圳广告 行业 2009 年营业额应该达到 763798 万元。2002 年以后深圳广告行业的发展既没有达 到深圳本身预期的水平，也没有达到按照全国平均增长速度预期的水平，可以说深圳 广告行业的发展不尽如人意。

表1   2002—2009年深圳广告营业额及推算数据

（单位：万元）

年份	推算广告营业额1（+22.4%）	推算营业额2（+14%）	实际营业额
2002（基数）	347967	347976	347976
2003	425912	396693	463695
2004	521316	452230	493332
2005	638091	515542	468653
2006	781023	587718	581055
2007	955972	669998	742621
2008	1170110	763798	768881
2009	1432214	870729	656395

说明：1. 推算广告营业额 1，按照深圳 1995—2000 年间的广告营业额年均递增 22.4% 推算。
2. 推算广告营业额 2，按照全国预测的年均递增 14% 推算。
3. 全国广告增长率的核算来自两个途径，1996—2006 年资料引自《解读 2007 年中国广告业现状及变局》，作者廖秉宜，刊登在《广告大观理论版》2007 年第 4 期，2008—2009 资料来自 CRT 市场监测资料。

（二）广告行业发展艰难曲折

纵观过去 30 年，深圳广告业走过了一段起伏不平的路程。按照广告经营总额占 国民生产总值比重的大小，一般将广告市场的发展分为四个阶段：起步期——广告经 营额占 GDP 的比重在 0.5% 以下；起飞期——广告经营额占 GDP 的比重在 0.5%—1% 之间；成长期——广告经营额占 GDP 的比重在 1%—2% 之间；成熟期——广告经营

---

[1] 有学者对全国广告营业额作预测，预测 2003 年能达到 1000 亿元，认为到 2010 年全国广告营业额可以达到 2000 亿元，2010 年能在 2003 年的基础上翻一番。

额占 GDP 的比重在 1% 以上。根据这样的规律来判断深圳的广告市场发现，到 1995 年，深圳广告营业额占 GDP 的百分比已达到 1.03%，基本进入了成长阶段。1997 年后广告营业额占 GDP 的比重稳步提升，到 2002 年达到 1.55%。处于行业成长时期，相当于香港及台湾 1993 年左右的程度，比全国平均水平高出 7—10 年的时间。2002 年到 2004 年间深圳广告市场有过短暂的繁荣，当时深圳的广告业在创意、设计制作等方面都走在全国前列，尤其在房地产行业其广告创意设计水平一度成为国内的先锋。但是 2004 年之后广告行业的发展出现了较大的曲折，到 2009 年，广告营业额占 GDP 的比重降到 0.8%。这一时期全国广告行业在稳步发展，以 2005 年为基数比较，当年深圳广告营业额占 GDP 的 1.04%，上海广告营业额占 GDP 的 3.09%，日本广告营业额占 GDP 的 1.18%，韩国广告营业额占 GDP 的 0.98%。[1] 如果以这一指标衡量深圳的广告业，可以判断深圳的广告业发展既远远落后于上海，也落后于日本和韩国。

　　将深圳广告行业与全国平均水平相比，深圳广告营业额占深圳 GDP 的比例均高于同期全国的平均水平。2007 年两者的差距最大，深圳的比重为 1.09%，而全国的比重仅为 0.69%。这说明深圳的广告营业额对深圳当地 GDP 的贡献走在了全国的前列，对拉动当地经济发展起到了一定作用。但是必须看到，深圳经济的整体水平远高于全国的平均水平，广告业目前的发展状况与深圳经济整体的发展并不匹配。

　　过去 30 年，深圳的国民经济发展稳步提高，而广告业发展却出现极不稳定的状况，这与地方经济和全国广告行业稳步发展的趋势不相符，与深圳当地经济的强劲发展也不相适应。深圳本地创造了不少知名品牌，如康佳、飞亚达等，本地广告企业没能作为当地品牌发展的伙伴一同成长和壮大，没能伴随这些知名品牌开拓国内国际市场，这是本地广告企业极大的遗憾和值得检讨的地方，但是深圳广告行业的率先发展，尤其是在地产广告中积累的经验却使得本地有实力的广告企业得以拓展国内其他市场，在国内其他区域市场取得了不俗的成绩。

　　深圳本地优秀的企业需要广告公司的优质服务，本地广告公司却多数没有实力提供优质的服务，这与当地广告市场中媒体组织和广告主的实力非常强、广告公司的专业服务能力有限等不无关系。

---

[1]　日本、韩国、上海的对比资料引自《上海市广告业"十一五"发展战略研究》，第 4 页。

图2   1995—2009年深圳广告营业额占GDP比例的变化及与全国的比较（%）

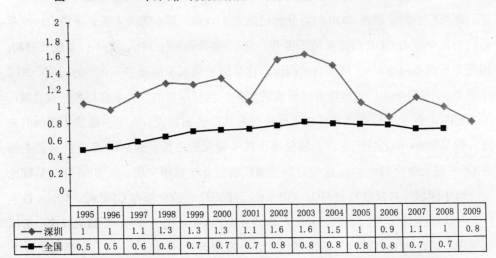

	1995	1996	1997	1998	1999	2000	2001	2002	2003	2004	2005	2006	2007	2008	2009
深圳	1	1	1.1	1.3	1.3	1.3	1.1	1.6	1.6	1.5	1	0.9	1.1	1	0.8
全国	0.5	0.5	0.6	0.6	0.7	0.7	0.7	0.8	0.8	0.8	0.8	0.8	0.7	0.7	

（三）深圳广告发布量稳步上升

深圳市广告监测中心监测的数据显示，从2006年到2009年，传统的三大媒体广告发布量逐渐上升。2006年深圳报纸、广播、电视三大媒体共发布广告794794条，平均日发布广告2177.5个，2007年三大媒体发布广告总计647610条，日均发布1774条，2008年三大媒体共发布广告1072783，日均发布2939.13条，2009年三大媒体共发布1584292条，日均发布4340条。

2009年各媒体发布的全部广告中，发布量最大的服务类（含金融、招生、购物、交通运输、休闲娱乐等）广告占全部类别广告发布量的32%，另外，家用日化类（洗发水、沐浴露、洗面奶、牙膏、护肤品、化妆品等）广告占17%，食品类广告占16%，医疗类广告占11%，药品类广告占6%，以上几类广告共占全部广告发布量的82%。

（四）部分行业广告违法率居高不下

从2009年广告监测中心对各行业广告的监测情况看，医疗类广告违法量最大，占所有类别违法广告的62%，其余依次为：家用日化广告占14%，药品广告占10%，食品广告占7%，美容、医疗器械广告各占2%；

从各类别广告的违法率来看，医疗器械广告违法率最高，达58%，其余依次为：

美容广告 32%、医疗广告 27%。（详见表 3）

表3 2009年各类广告发布量及违法率比较

序号	广告类别	广告量（条次）	违法量（条次）	违法率（%）
1	医疗	180311	48739	27.03
2	家用日化	272519	11270	4.14
3	药品	90093	7885	8.75
4	食品	253016	5619	2.22
5	美容	3829	1222	31.91
6	医疗器械	2073	1203	58.03
7	房地产	14692	1046	7.12
8	服务类	509564	812	0.16
9	电子/电器类	41635	190	0.46
10	服饰	35975	138	0.38
11	保健用品	19192	71	0.37
12	文化产品	3096	48	1.55

2005 年深圳市建立了广告监测中心，该中心对深圳主要媒体广告进行了全面监测，以便为政府提供广告监管的依据。然而，尽管广告监管力度不断加大，但是违法广告还是屡禁不止，这严重破坏了广告市场的游戏规则、伤害了消费者，阻碍了广告行业的健康发展。

二、深圳广告市场结构

过去 30 年深圳广告市场的总体结构表现出典型的强媒体、弱广告公司的市场格局。两大传统的媒体集团（深圳报业集团和深圳广电集团）成为深圳广告市场的基本支柱，其所占广告市场份额从 1995 年的 56.18% 上升到 2009 年的 60.84%。世界各国各地区广告市场的发展普遍经历过"强媒体、弱公司"的时代，但又都迅速实现了以专业广告公司为核心的市场转型与产业转型。专业广告公司的充分发展，是广告市场成熟的重要标志。深圳过去 30 年广告公司没有充分发展起来，广告市场格局没有根本的改善，市场结构欠佳。

图3 1995—2009年深圳广告市场营业额变化情况

（单位：万元）

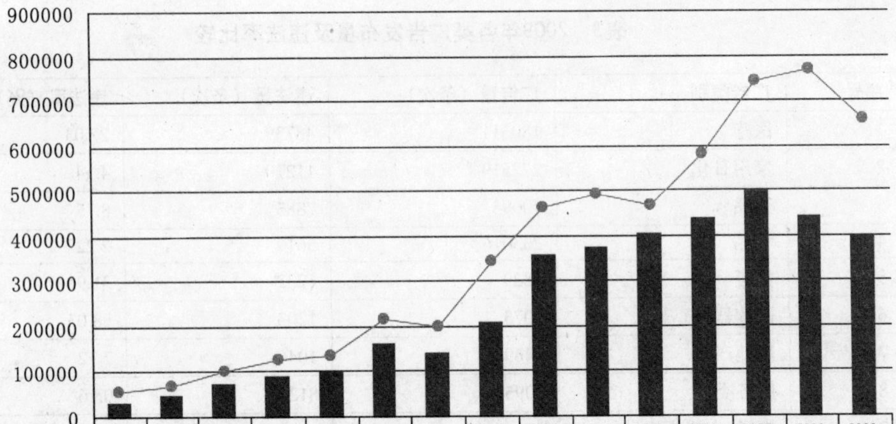

	1995	1996	1997	1998	1999	2000	2001	2002	2003	2004	2005	2006	2007	2008	2009
媒体营业额	31408	45902	74291	88582	97762	159416	138171	209476	355877	374297	401704	435421	497509	442469	399326
广告总营业额	55906	69920	102630	125719	135764	216354	198164	345910	463695	493332	468653	581055	742621	768881	656395

（一）"强媒体"是深圳广告市场多年来的基本特征

深圳强势媒体带动了广告业的发展。在广告经营额的总体结构中，媒体发布费一直占据主体。在媒体市场中，平面媒体独占鳌头。从我国广告市场的情况看，1991年我国四大媒体广告经营额为220278.3万元人民币，占当年全部广告营业额的62.78%，到2007年我国四大媒体广告经营额为8544299万元人民币，所占比例为49.08%。[1] 而2007年深圳四大媒体广告营业额占全部广告营业额的67%，可见经过30年的发展，深圳广告市场"强媒体"的特征是不断强化的。数量众多的广告公司中，有一定经营能力的多半是依赖媒体发展起来的媒体代理公司或者拥有户外媒体的公司，真正从事广告创意设计、市场研究、品牌推广等具有广告专业核心竞争力的公司非常少，广告行业整体结构欠佳。这是和上海等城市广告业的基本结构大相径庭的地方。

深圳2009年的656396万元广告经营额中，四大媒体广告营业额共399326万元，占60.84%，其中平面媒体广告营业额233710万元，占35.6%，电视媒体广告营业额共131773万元，占20.08%，广播媒体广告营业额共32945万元，占5%，户外媒体广告营业额共91468万元，占13.93%。

---

[1] 廖秉宜：《解读2007中国广告业现状和变局》，《广告大观》理论版2007年第4期，第22—27页。

这一市场结构与全国广告市场总体结构相比，有很大的不同。以2006年的统计为例，比较深圳广告市场结构与全国的情况，2006年全国广告市场总额1573亿元，比上年增长11.1%，深圳的市场总额58.11亿元，比上年增长11.29%；其中全国广告市场中平面媒体占21.4%，而深圳平面媒体份额占了当年广告营业额的49.81%，几乎是深圳广告的半壁江山；2006年全国广告营业额中电视媒体占25.7%，深圳总广告营业额中电视媒体占21.3%；全国广告营业额中广播广告占3.6%，深圳总营业额中广播广告占3.37%。可见深圳的广告市场中，媒体强势主导市场的特点非常突出，而在媒体市场中，报纸和广播媒体表现特别强势，这两类媒体的市场份额都高于全国的平均水平。这一市场格局与广告业发达的上海刚好相反，上海的广告市场中，广告公司一直占主导地位，而且有不断加强的趋势。2005年上海媒体广告营业额只占广告市场的17.12%，广告公司营业额占82.88%，其中跨国广告公司的经营额占据广告经营额总量的50%左右。[1] 上海广告结构的特点是，广告公司占据广告市场的主体，而其中国际广告公司又占据广告公司经营市场的主体。这是由于上海现在已经成为国际广告公司在华总部所在地。而深圳仍然保持着早期的地方新兴城市广告的特点，远未进入国际广告的发展战略格局。深圳广告业的国际化程度很低，同时也大大限制了深圳本土广告的发展水平和服务质量。当深圳的一些企业走向国际化的快速发展通道的时候，这些企业势必要摆脱本土广告公司的服务转向国际广告，甚至在这些公司从深圳走向全国市场的时候也是如此。

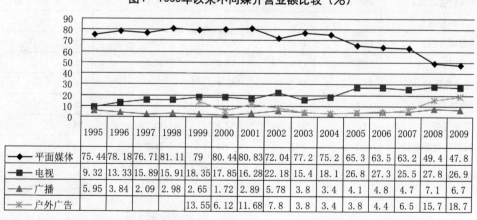

图4　1995年以来不同媒介营业额比较（%）

	1995	1996	1997	1998	1999	2000	2001	2002	2003	2004	2005	2006	2007	2008	2009
◆平面媒体	75.44	78.18	76.71	81.11	79	80.44	80.83	72.04	77.2	75.2	65.3	63.5	63.2	49.4	47.8
■电视	9.32	13.33	15.89	15.91	18.35	17.85	16.28	22.18	15.4	18.1	26.8	27.3	25.5	27.8	26.9
▲广播	5.95	3.84	2.09	2.98	2.65	1.72	2.89	5.78	3.8	3.4	4.1	4.8	4.7	7.1	6.7
✳户外广告					13.55	6.12	11.68	7.8	3.8	3.4	3.8	4.4	6.5	15.7	18.7

[1]　廖秉宜：《解读2007中国广告业现状和变局》，第22—27页。

1．深圳的平面媒体

深圳报业集团在平面媒体广告市场占据绝对的主导地位。这是一个高度垄断的市场。在报业集团组建以前，几份报纸之间有一定的竞争，但是组建报业集团后将几份主要报纸归入同一个集团，集团内的行政管理限制了报纸之间的竞争。近年来在报业广告经营艰难的情况下，报业集团严格限制了各报以折扣为手段的价格竞争，保持或总体提升了本地平面媒体广告市场的产出。1995 年深圳平面媒体的年营业额只有 2.61 亿元，到 2004 年达到 29.11 亿元，2007 年达到 33.65 亿元。2004—2007 年间报业集团尽最大努力保持着广告的稳步增长。当然，这种增长主要还不是市场供应总量的增加，而是市场垄断和不断提高广告价格因素带来的。2008 年出现世界性金融危机，对于深圳本地的房地产市场、金融市场打击最为严重，也导致这些长期支撑深圳广告市场的主要行业的广告量大幅度下滑。其中平面媒体广告营业额大幅度下滑到 25.9 亿元，2009 年进一步下滑到 23.37 亿元。另一个导致平面广告营业额下滑趋势的因素是网络和新媒体的迅速崛起。深圳大学传播学院 CATI 实验室的动态调查显示，深圳报纸的周覆盖率在过去的几年呈现明显的下滑趋势，报纸覆盖率的下降直接表现为其传播能力的下降，在报纸周覆盖率连续下降的趋势下，要提高广告收入实在不是一件容易的事情。

表3   2005—2009年深圳主要报纸覆盖率监测（％）

	2005年	2006年	2007年	2008年	2009年1—11月
《深圳特区报》	24.0	21.4	19	17.8	17
《深圳商报》	15.1	10.3	9.5	7.6	8.2
《深圳晚报》	14.1	10.0	8.7	7.9	8.9
《晶报》	19.6	17.0	18.4	18.3	22
报业集团合计	72.80	58.7	55.4	51.6	56.1
《南方都市报》	17.7	16.5	17.2	16.9	19.3
其他报纸	21.3	14.4	12.3	13.1%	10.1
报纸阅读率合计	90.2	89.6	84.9	81.6	85.5

资料来源：深圳大学 CATI 实验室监测。

2003—2007 年间平面媒体勉强维持的广告营业额增长率事实上已经是内部挖潜的结果，并非市场扩大带来的实际效益的增长。2008 年到 2009 年的下滑不能完全归因于金融危机，更重要的是媒体市场结构的变化，网络和新媒体开始占据一定的市场份额，而且增长幅度相当显著。占据深圳广告市场三分之一份额的报业集团广告营业额的下滑严重影响了深圳广告市场的整体情况。

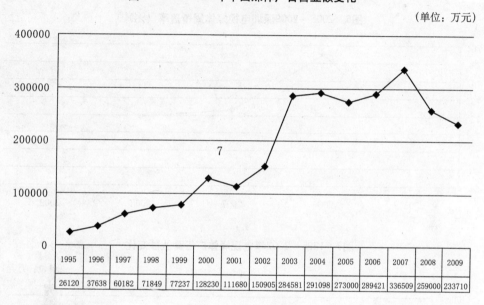

图5　1995—2009年平面媒体广告营业额变化

（单位：万元）

1995	1996	1997	1998	1999	2000	2001	2002	2003	2004	2005	2006	2007	2008	2009
26120	37638	60182	71849	77237	128230	111680	150905	284581	291098	273000	289421	336509	259000	233710

2. 深圳的电视媒体

深圳的电视媒体在特区发展的早期阶段，由于基础薄弱，加上香港电视媒体的影响，在整个深圳广告市场格局中所占的比例相对低于全国的平均水平。但是，电视媒体一直保持稳步上升的趋势。1995年电视媒体仅占 9.32% 的市场份额，2000 年电视媒体的市场份额已经达到 17.9%，到 2005 年电视媒体的市场份额达到了 26.8%，最近几年电视媒体的市场份额一直徘徊在 25% 左右，最近两年相对于平面媒体的大幅度下滑，电视媒体却保持平稳，并略有上升。

媒体市场风起云涌，受众的媒体接触行为也在不断变化。从深圳大学 CATI 实验室的监测来看，受众的电视媒体接触率基本保持在 70% 以上。这说明在新媒体的冲击下，电视媒体受到的冲击比报纸媒体要小，公众的收视保持了一定的比例。深圳电视台作为地方电视台，在本地具有垄断的地位，其市场份额保持得比较稳定。但是电视频道之间的竞争加剧，电视媒体内部竞争不断升级。

按照全国广告市场结构及国外的经验，深圳的电视媒体还有一定的增长空间。如果深圳的电视媒体市场份额达到全国的平均水平（25.4%，2007年），2007年深圳电视媒体的营业额应该达到19亿元。而2007年深圳电视媒体的实际营业额只有135999万元，远未达到全国平均水平。

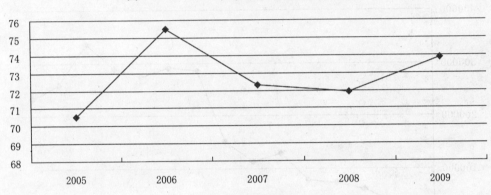

图6　2005—2009深圳电视媒体周覆盖率（%）

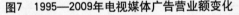

图7　1995—2009年电视媒体广告营业额变化

（单位：万元）

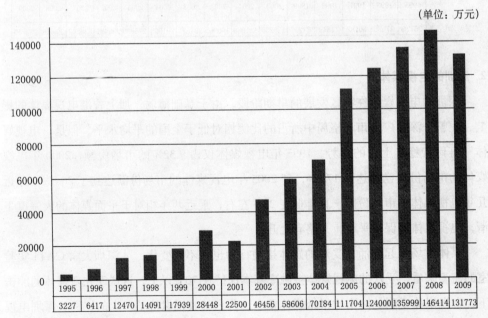

1995	1996	1997	1998	1999	2000	2001	2002	2003	2004	2005	2006	2007	2008	2009
3227	6417	12470	14091	17939	28448	22500	46456	58606	70184	111704	124000	135999	146414	131773

3．深圳的广播媒体

深圳的广播媒体发展势头比较强劲，2009年已经达到了32945万元，在全国广播媒体中名列前茅。这得益于深圳特殊的人口结构和生活方式。深圳人口的高流动率和私家车的普及使得在流动中接触广播媒体的时间大大增加，广播媒体的广告价值不断被挖掘。目前广播媒体的广告营业额在全国广播媒体中位居前列。

图8　1995—2009年深圳广播媒体广告营业额变化

（单位：万元）

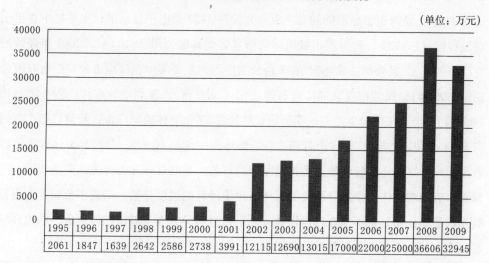

1995	1996	1997	1998	1999	2000	2001	2002	2003	2004	2005	2006	2007	2008	2009
2061	1847	1639	2642	2586	2738	3991	12115	12690	13015	17000	22000	25000	36606	32945

从广播电视媒体广告经营的情况看，2007年的调查显示，代理公司占据了这两类媒体80％的市场份额。在电视媒体代理中，跨国公司在本地的投放占了主体，2005年排名前10位的代理公司中，有8家是跨国广告代理公司，2006年和2007年分别有7家和6家跨国代理公司，深圳代理公司中只有2家进入代理前10名。可见电视媒体目前的营业额中有相当比例（估计在70％－80％）得益于跨国公司在本地的投放。跨国公司投放的主要是国际品牌的产品，而本地具有区域消费特点的产品市场还有待进一步开发。

4．深圳的户外媒体

户外广告媒体的发展受制于政府对户外媒体设置的审批和管理体制。在2003—2007年的五年里，深圳户外广告营业额徘徊不前，呈现基本停止状态，这几年是政府整顿户外媒体的时期，几乎停止了对新的户外媒体的审批。2007年深圳在户外媒体管理上进行了调整，重新划分了不同职能部门对户外媒体的管理权限，户外媒体经过几年的拆牌后重新启动了审批程序。2008年和2009年，户外媒体营业额突飞猛进，由

2007 年的 34465 万元猛增到 2009 年的 91468 万元，户外媒体广告经营单位 2007 年有
165 家，2008 年猛增到 218 家，2008 年深圳户外广告媒体数是 1658 个，其中霓虹灯
由 2007 年的 280 块增加到 2008 年的 325 块。以 2007 年为例，深圳户外媒体中霓虹
灯广告的集中度是 38%，其中拥有 10 块以下的公司有 19 家；经营路牌广告的有 60
家公司，共经营 1073 块路牌，媒体集中度是 62.1%，其中拥有 10 个路牌及以下的公
司有 42 家；经营电子显示屏的有 7 家，共经营 3422 个电子显示屏，主要集中在巴士
在线传媒（2585 块）和深圳市城轨运营信息咨询有限公司（816 块）。2007 年经营公
交广告的有 12 家公司，共经营 7037 台公交广告，主要集中在深圳市公交广告有限公
司（3600 台）、深圳市视联通广告有限公司（2600 台）、深圳市日东红广告有限公司
（400 台）；经营立体模型的有 8 家公司，共经营 17 个立体模型广告；经营灯箱广告的
有 53 家公司，共经营 7685 个灯箱广告，媒体集中度是 60.9%。从户外媒体分布能够
看出，户外媒体还比较分散。尤其是路牌、灯箱、霓虹灯等几类传统、广泛使用、与
城市市容市貌整体形象息息相关的媒体，由于经营的过度分散，造成小公司无力进行
技术改造和创新，也不能在广告设计、色彩、材料等方面与城市整体形象、周边环境
相配合，这引来政府的强制拆除和限制。

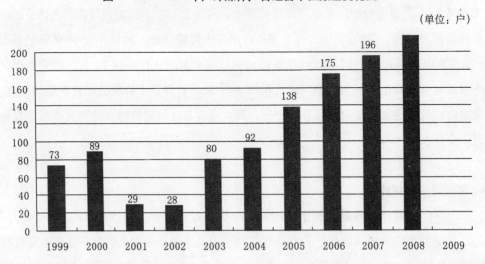

图9   1999—2009年户外媒体广告经营单位数量变化图

（单位：户）

户外广告从经营额角度看，2007 年，年经营额在 100 万元以下的占 66.1%，有 8%
的户外广告经营企业的年经营额在 500 万元以上，年经营额达到 1000 万元以上的只

有 6 家。

　　户外广告媒体的过度分散和小型化经营影响到整个户外广告行业的发展，这一领域显然需要经过充分的市场竞争和整合，形成有资金和技术实力的公司成为领头羊，带领户外广告采用新技术、提高设计水平，装饰和美化城市，将户外广告与城市的市容市貌及城市形象的建设有机结合起来，让户外广告成为深圳城市发展的闪亮的名片。

图10　1999—2009年深圳户外媒体广告营业额变化

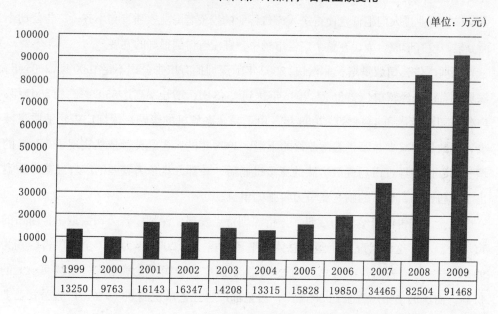

（单位：万元）

	1999	2000	2001	2002	2003	2004	2005	2006	2007	2008	2009
	13250	9763	16143	16347	14208	13315	15828	19850	34465	82504	91468

　　媒体广告作为深圳广告市场的主体，在媒介产品深化研究和开放方面，受本地消费者研究资料缺失的影响，媒体投放还没有做到精细化。本地广告代理公司受资金短缺和技术的困扰，既无能力代理主要行业的广告，也无能力进行消费者研究和媒体价值开发，这必将制约本地媒体广告投放的科学化、精细化发展，成为深圳广告市场深化发展的障碍。媒体需要在这方面与广告公司联手，共同进行消费者研究，深入开发媒体市场。

（二）深圳广告公司小而分散

　　深圳的广告公司在整个广告市场上一直处于弱势地位，国有广告公司以拥有自有媒体而生存，如海王、机场、口岸、公交等都是依赖媒体而生存。民营广告公司的发展以地产广告最为出色。深圳地产业的早期发展造就了一批优秀的地产广告公司。但是在2004年后广告行业的大整合和收购过程中，几家优质地产广告公司被外资兼并和收购。而进入深圳的外资广告公司却没有得到很好的发展，在广州和香港两个城市的夹击下，外资广告公司在深圳短暂停留后纷纷撤出，使得深圳以营销研究和创意为核心的广告公司主要是实力偏弱的民营广告公司。民营广告企业一开始就表现出资金、技术短缺，研究实力不足、服务能力有限等先天不足，行业的恶性竞争使得不少公司仅仅处于生存线上，广告行业进入门槛低也使得进入广告行业的投资者专业素质良莠不齐，广告公司小而分散，没有形成合力，在整个广告市场中一直没有得到很好的发展。

深圳广告公司数量增长非常快。2002年前深圳拥有广告公司不足1000家，2005年，深圳共有广告经营单位2786家，2006年达到4343家，增长率高达55.89%。到2007年，广告公司已经达到4444家，2008年，由于受金融危机的影响，深圳广告企业数量减少，但数量的减少并不代表营业额的下滑，2008年的广告经营额依然实现了3.54%的增长率，说明经过市场优胜劣汰的竞争机制后，一部分竞争力较差的广告经营单位退出了广告市场，剩下的则是竞争力较强的单位。

以全国广告市场结构为参照，分析深圳特点发现，深圳广告公司数量多，所占的市场份额小，这种状况比全国的总体水平还严重。以2006年为例，全国广告公司为99368户，占广告经营单位总数的69.4%。全国广告公司营业额占广告市场40.1%的份额；而深圳当年广告公司3852户，占全部广告经营单位的88.69%，广告公司营业额只占全部广告营业额的25.06%。

（三）广告公司生命周期短

据不完全统计，在过去30年里，先后有4000多家广告公司倒闭，他们的平均存活时间只有3.63年，其中有41.3%的公司注册后1年内就消失，只有9%的广告公司存活了10年以上。

分析不同年代注册、后来消失的公司发现，广告公司平均存活寿命越来越短，从2007年底的生存状况分析看，1981—1985年间注册并在2007年底前消失的广告公司平均生存了5.33年，1986—1990年间注册并在2007年底前消失的广告公司平均生存了4.88年，1991—1995年间注册并在2007年底前消失的广告公司平均生存了2.43年，

1996—2000 年间注册并在 2007 年间底前消失的广告公司平均生存了 1.67 年，2001—2005 年间注册并在 2007 年底前消失的广告公司平均生存了 1.79 年。

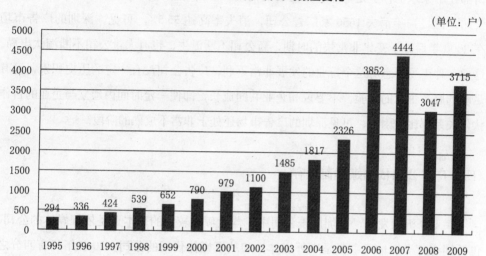

图11　1995—2009年广告公司数量变化

（单位：户）

表12　1989—2005年广告公司注册数量及当年消失数量比较

	注册数量（家）	消失数量（家）	消失率（消失数量／注册数量）
1989年	239	10	4.18
1990年	62	5	8.06
1991年	64	3	4.69
1992年	108	6	5.56
1993年	392	61	15.6
1994年	348	51	14.7
1995年	434	33	7.6
1996年	540	25	4.63
1997年	742	52	7.01
1998年	847	45	5.31
1999年	1048	44	4.2
2000年	1210	77	6.36
2001年	1416	264	18.6
2002年	1363	319	23.4
2003年	1591	491	30.9
2004年	2366	734	31
2005年	2984	1656	55.5

如果将广告公司消失数量占当年注册数量之比定义为广告公司的"消失率"，比较历年的情况发现，2000年深圳广告公司的消失率多数年份在10%以下，但是在2001年到2005年间，广告公司的消失率大幅度上升，这些年份每年新注册的广告公司都在千家以上，但是每年有大量公司消失，2005年达到高峰，当年新注册2984家公司，但是当年消失1656家广告公司，消失率高达55.5%。可见，深圳的广告市场在2000年后处于变化非常快的时期，新公司不断诞生，也有大量公司不断淘汰出局。这样一种市场形态对这个行业的发展非常不利，广告公司没有一定的历史积累，没有足够的服务企业的经验，不要说和企业共同成长，即便一定时间内建立与企业的合作伙伴关系都比较困难，可见深圳的广告市场还处于非常不成熟的阶段。

(四) 广告公司依赖媒体而生存

深入分析后发现，深圳广告公司中，营业额比较大的基本上是依赖媒体的公司，包括拥有各类媒体（主要是户外媒体）和从事媒体代理的公司。2007年只有四分之一左右的广告公司在从事与广告有关的经营活动，它们的全部广告经营额是24.51亿元，有经营活动的广告公司平均营业额是206.85万元。全部广告公司户均55.16万元，低于当年全国广告公司户均60.8万元的水平。[1]

其中涉足广告代理业务的有351家公司，全部广告代理费10.33亿元，占当年广告营业总额的13.91%，户外媒体发布费19281.16万元，自有媒体发布费22668.64万元。如果将广告公司的代理发布费、自有媒体发布费和户外媒体发布费这三项属于"媒体发布费"的部分除去，广告公司在其他方面的营业额只有9.96亿元，占当年广告营业额总量的13.4%，曾经是深圳广告业强项的广告设计制作费只有3.41亿元，占当年广告营业额的4.58%。从事广告设计制作的公司543家，占有经营活动的广告公司总量的45.8%。

大部分广告公司在生存线上挣扎。2007年有经营活动的1185家公司中，年营业额10万元以下的占32.9%，年营业额百万元以下的占74.4%，即有经营能力的广告公司中，有四分之三的公司年营业额在100万元以下，这类公司基本上挣扎于生存线上，年营业额在1000万元以上的有47家公司，这47家公司中，有24家公司从事广告代理业务，合计代理费达到76682.76万元，占这些公司营业额总量的50.9%，有8

---

[1] 廖秉宜：《解读2007中国广告业现状和变局》，第22—27页。

家公司拥有自己的户外媒体。广告设计制作费共 11935.01 万元，占这 47 家公司经营总额的 7.93%，占全部广告设计制作费用的 34.7%，从事广告设计制作的公司多数是与广告代理业务有关或者自有媒体发布公司，它们在代理发布的同时承担了相应的设计制作业务。

（五）民营广告公司数量多，市场份额小

深圳广告行业的资本结构由国有向民营转化。分析新进入广告行业的资本类型发现，20 世纪 80 年代进入广告行业的资本以国有资本为主，90 年代后，民营资本进入广告行业的比例快速提升，1991—1995 年间注册的广告经营单位中民营资本占 51.8%，1996—2000 年间注册的广告经营单位中民营资本占 87.7%，2001—2005 年间注册的广告经营单位中民营资本占 97.8%。各时期进入广告行业的资本构成见图 13。

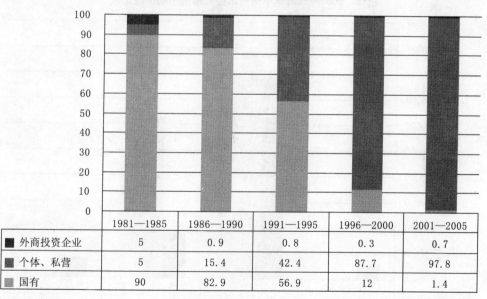

图13　不同时期进入广告行业的资本类型比较（%）

	1981—1985	1986—1990	1991—1995	1996—2000	2001—2005
■ 外商投资企业	5	0.9	0.8	0.3	0.7
■ 个体、私营	5	15.4	42.4	87.7	97.8
■ 国有	90	82.9	56.9	12	1.4

深圳的广告市场是以报业和广电两大集团及其他国有媒体单位、国有户外广告经营单位等为主体。虽然民营广告经营单位在数量上占大多数，但是市场份额比较小，一直没有形成龙头企业，以 2007 年为例，民营广告企业数量占当年广告经营单位的 83.68%，但是其营业额只占当年广告营业额的 11.7%，2009 年民营单位数量占 92%，但

是其广告营业额只占 37.7%，户均营业额只有 64.45 万元。外资广告公司数量不断减少，2009 年外资广告公司营业额只占 1.43%，这与中国广告市场的整体情况差异非常大。

图14   1995—2007年民营广告经营单位所占百分比（%）

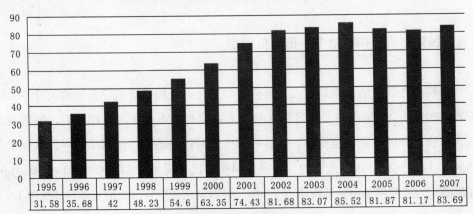

	1995	1996	1997	1998	1999	2000	2001	2002	2003	2004	2005	2006	2007
	31.58	35.68	42	48.23	54.6	63.35	74.43	81.68	83.07	85.52	81.87	81.17	83.69

图15   2007—2009年不同资本经营单位市场份额比较

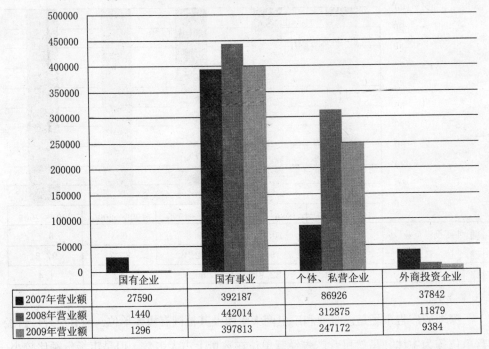

	国有企业	国有事业	个体、私营企业	外商投资企业
■2007年营业额	27590	392187	86926	37842
■2008年营业额	1440	442014	312875	11879
■2009年营业额	1296	397813	247172	9384

　　造成这种状况的很重要的原因是深圳广告市场是媒体独大的市场，无论是平面媒体还是广电媒体，都是国有单位，2007 年后户外媒体的发展给了民营资本进入媒体的

一定的机会，但是户外媒体的不断并购使得本地的公交媒体、机场媒体、电梯框架媒体等已经和正在成为全国网络化并购中的一部分而被承包或者并购经营。真正的本地广告企业尤其是民营企业能够经营的户外媒体主要是本地的路牌等无法被资本快速并购的媒体，但是国有公司凭借雄厚的资本实力在户外媒体的招标中屡屡得胜，资本实力的不足使得民营广告企业要在媒体竞争白热化的市场中占据一席之地并非易事。国有公司凭借雄厚的资本瓜分了媒体市场，但是这类公司往往是靠运营媒体而盈利，在真正的广告创意、营销等专业化服务方面严重不足。

2005 年 12 月 10 日，我国广告市场全面对外开放，外资广告企业可以独立在中国设立广告公司。但是在深圳，外商投资企业的数量逐年下降，到 2009 年底，已经从 2005 年的 100 家下降到了 20 家。深圳广告业外来资本很少，深圳虽为中国四大广告基地之一，但广告行业在穗港夹缝中生存。虽然深圳努力想吸引外资广告企业进入，但是由于市场覆盖能力的限制，国际 4A 公司对深圳市场并没有设立分公司的欲望，相反本地品质较好的广告公司如以地产广告为主的黑狐和以营销为主的采纳都被外资收购，成为外资占领本地广告市场的路径。

（六）广告营业额的行业来源分析

过去三年广告投放费用均列于行业前 10 名的是房地产、汽车、化妆品、食品四个行业。2007 年医疗服务业的投放额占当年广告发布量的 24.5%，遥遥领先于其他行业，投放排名第二的是服务业，占 18.26%，其次是汽车行业，占 10.33%。2008 年情况有比较大的变化，房地产业的投放大幅度增加，占 28.67%，排名第一，其次是服务业，占 21.4%，汽车行业的广告投放排名第三，占 12.1%。2009 年投放排名第一的是服务业，占 26.34%，其次是医疗服务业，占 12.3%。

地产行业：房地产行业广告的投放在整个市场中一直占有重要的地位，图 17 可见，地产广告投放各年份的波动非常大，在 2003—2004 年和 2008—2009 年呈现两个高峰期，2008 年达到最高点，当年的广告投放费用为 286704 万元，2008 年深圳房地产业全年总产值是 679.01 亿元[1]，广告费用占当年产值的 4.2%，2009 年房地产广告投放 158496 万元，但地产行业全年总产值是 585.95 亿元，广告投放占当年产值的

---

[1] 资料来源：《深圳市 2008 年国民经济和社会发展统计公报》及《深圳市 2009 年国民经济和社会发展统计公报》。

2.7%。可见地产广告的投放与地产行业的发展密切相关，而行业发展又与国家政策的调控密切关联。

图16　最近三年以来广告营业额的行业来源（%）

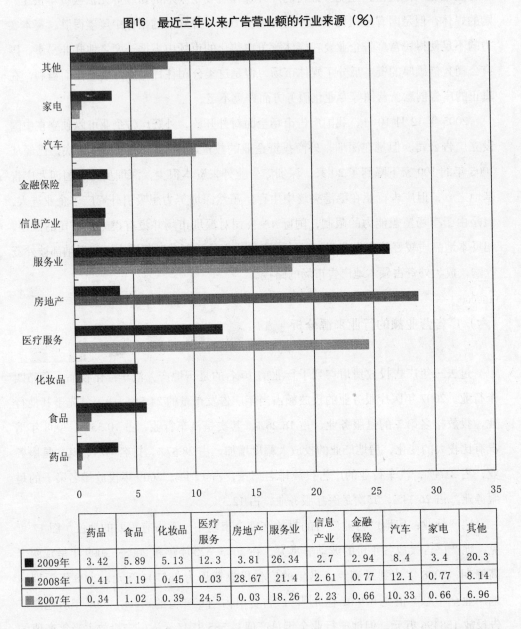

	药品	食品	化妆品	医疗服务	房地产	服务业	信息产业	金融保险	汽车	家电	其他
■ 2009年	3.42	5.89	5.13	12.3	3.81	26.34	2.7	2.94	8.4	3.4	20.3
■ 2008年	0.41	1.19	0.45	0.03	28.67	21.4	2.61	0.77	12.1	0.77	8.14
■ 2007年	0.34	1.02	0.39	24.5	0.03	18.26	2.23	0.66	10.33	0.66	6.96

医疗服务业：医疗服务业广告投放在2003年以前比较少，2003年后出现快速增长的趋势，这一行业的广告主要来自当地民营医疗机构，大部分民营医院自觉将自己

的市场定位在国有医院相对薄弱或没有关注到的方向，如美容、眼科、口腔科、皮肤性病科等，形成了与国有医院错位的市场竞争格局。这种新的服务领域和新兴民营资本进入医疗服务行业在营销方面严重依赖广告，各民营医院广告投放额度不断加大，相应的问题也比较多，成为近几年国家重点整治的领域。该行业的广告投放也与国家政策密切相关。2008 年，深圳市工商局开始大力整顿国家重点监测的五大类广告（医疗、药品、美容、保健食品、化妆品），严格查处虚假违法的医疗服务类广告，当年的医疗广告投放大大减少，2009 年有所回升，具体见图 18。

图17　1999—2009年房地产行业广告经费变化情况

（单位：万元）

图18　1995—2009年医疗服务行业广告经费统计

（单位：万元）

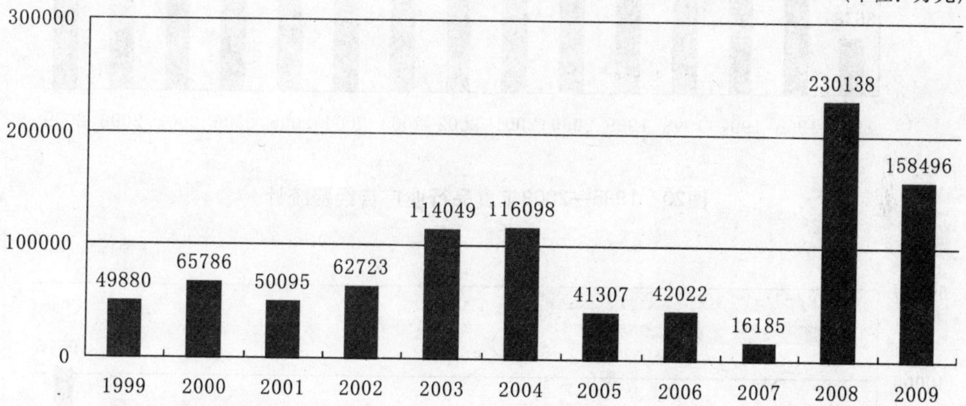

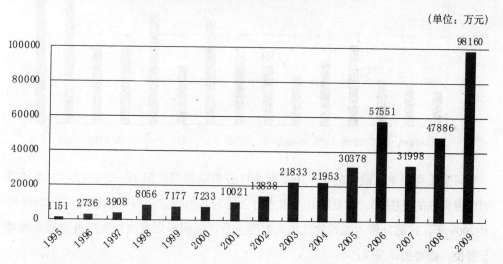

图19   1995—2009年药品行业广告经费统计

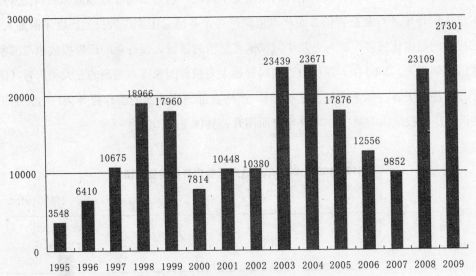

（单位：万元）

图20   1995—2009年食品行业广告经费统计

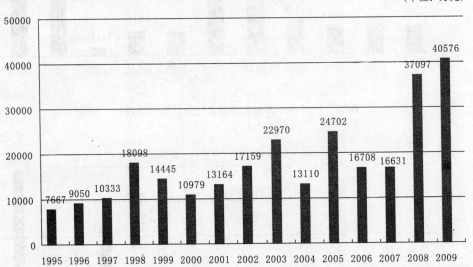

（单位：万元）

　　国家工商局重点监控的几个主要行业广告投放情况见图 17—28。深圳的市场特别值得关注的是图 28，这是除几个重点行业外的其他行业广告投放情况，在 2008 年及 2009 年，这部分所占的投放比例大幅度上升，说明深圳有些行业广告投放金额增长很快，需要加以关注。

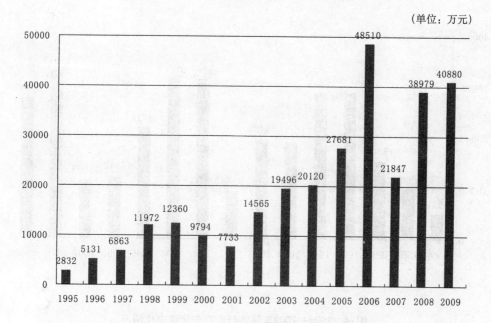

图21　1995—2009年化妆品行业广告经费统计

（单位：万元）

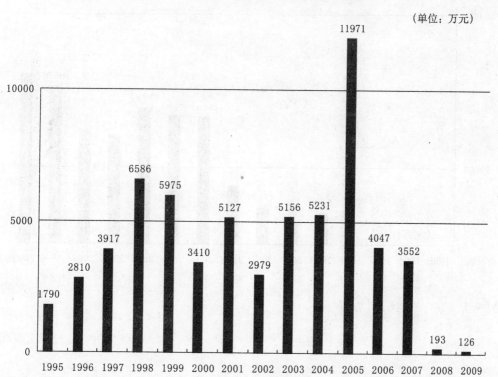

图22　1995—2009年医疗器械行业广告经费统计

（单位：万元）

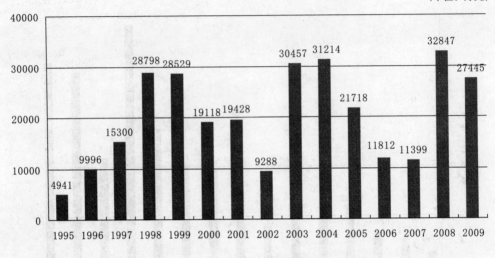

图23 1995—2009年家用电器行业广告经费变化情况

（单位：万元）

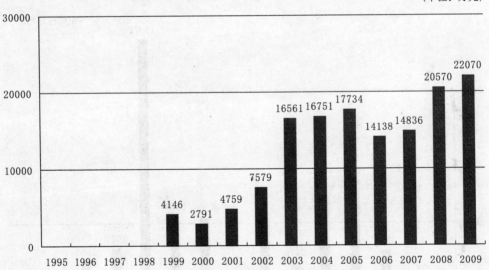

图24 1995—2009年服饰行业广告经费变化情况

（单位：万元）

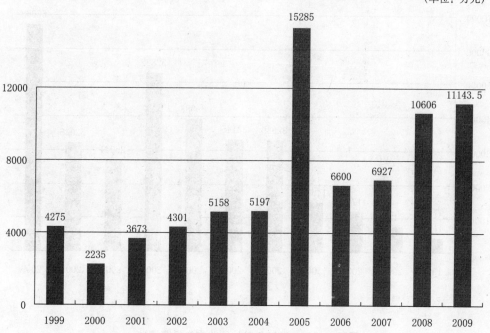

图25 1999—2009年酒类行业广告经费变化情况

（单位：万元）

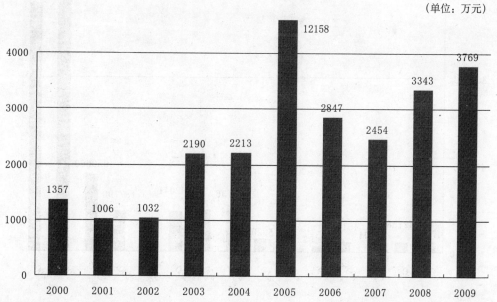

图26 2000—2009年烟草行业广告经费变化情况

（单位：万元）

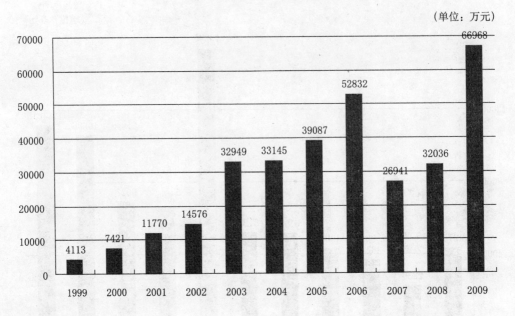

图27　1999—2009年汽车行业广告经费统计

（单位：万元）

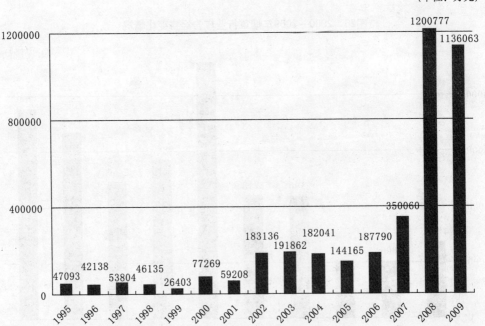

图28　1995—2009年其他行业广告经费统计

（单位：万元）

三、广告市场监测与监管

作为广告的主管部门，随着对广告市场认识的提高，各地工商管理部门开始尝试建立科学的监测机构，以提高监管的专业化水平。深圳市广告监测中心成立于2005年6月，是由深圳市政府投资建设、深圳市工商局指导、深圳大学提供智力服务，集监测、调查、科研于一体的独立工作机构，负责对全市媒体发布的广告进行监测。

深圳市广告监测中心全面的日常化监测积累了大量客观、准确的数据和翔实的案例，不仅使违法广告的查处有据可依，还能够发现和预测违法广告的整体走势，有利于提高广告监管工作的效率，增强广告监管工作的前瞻性和科学性。

在运行机制方面，深圳市广告监测中心采取行政机关指导管理、教学科研单位负责具体运作的创新体制，既免除了体制内编制的需求，又增强了广告监测的客观性。

（一）实行全天候监测，监测范围逐步扩大

四年来，深圳市监测中心不断改进系统功能，提高监测人员的工作效率，实现了对报纸、广播、电视、网络的全天候监测，共监测各类广告3417475条次，发现违法广告181104条次。

监测范围方面，监测中心成立初期，实现了对5份报纸、3个电视频道7：00—12：00，2个广播频率21：00—02：00的广告的监测；2006年3月，将4个门户网站纳入监测；2006年9月实现了对5份报纸、8个电视频道、5个广播频率、4个门户网站、20份固定印刷品广告的全天候监测；2007年12月实现了对5份报纸、10个电视频道、6个广播频率、6个门户网站、20份固定印刷品广告的全天候监测；2008年监测中心在原来的基础上，将楼宇视频广告、电梯广告、公共交通工具视频广告、公共等候区视频广告纳入常规监测。目前，监测中心实现了对6份报纸、16个电视频道、7个广播频率、13个门户网站、47份固定印刷品、13份杂志、3家电梯平面广告、2家楼宇视频广告、5家公共交通工具视频广告的监测，日监测量由120条上升至约7400条。

2006年3月起，监测中心在对药品、保健食品、医疗、化妆品、美容服务和房地产广告六大类别广告进行监测的基础上，将收藏品、手机、非法集资、网络涉性、网络购物广告纳入了常规监测。目前，监测中心已经实现了对全部类别广告的监测。

（二）监测中心在形成月报的基础上，增加了日报、周报、年报、媒体广告整治阶段效果评析和专项报告

自监测中心成立以来，一直坚持对监测到的广告发布总量、违法量、违法率、违法金额等原始数据进行处理分析，总结广告发布情况和违法特点，及时发现存在的问题，并根据数据分析结果，形成广告监测日报、周报、月报、季报、年报和专项报告。

广告监测月报是监测中心自成立以来每月提供给广告监管部门的报告，每期月报都对深圳市广告市场的总体情况和各媒体、各类别的广告发布情况进行核查统计、对比分析，其统计分析结果已成为深圳市广告监管部门联席会议的重要材料。2007 年 7 月起，根据联席会议的决议，广告监测中心每月向监管部门提供的月报更名为《广告监测预警通报》，该通报在原有的基础上还通过对比分析来发现广告市场存在的问题，并对监管重点提出建议和意见，成为广告监管部门进行工作汇报的重要资料。目前已出具《广告监测预警通报》48 期。

2006 年 4 月起，监测中心开始出具日报和周报，以比较简单明了的方式向广告处汇报一天、一周中各媒体广告的发布、违法情况，使广告监管部门能够在第一时间掌握违法广告的最新动态并及时加以查处。目前已出具广告监测周报 118 期。

2006 年 7 月，监测中心开始出具《新闻媒体广告整治阶段效果评析》。该报告具有较强的针对性，以直观的数据和详细的案例，反映每季度、某个阶段或某专项整治活动中深圳市媒体违法广告的发布和整改情况，成为广告监管部门进行工作通报的重要资料。目前已出具 10 期。

2006 年 9 月监测中心根据不同时期广告监管的需要，不定期地向广告监管部门提供专项报告。主要是针对热点问题广告开展专项监测，并形成专项监测报告。该报告从该专题广告的发布情况、违法情形进行细致深入的分析，发现存在的问题，从而有助于广告监管部门深入了解具体行业或类别的广告发布整体情况。目前已出具 8 期。

监测中心在日报、周报、月报的基础上，每年还向广告监管部门提供广告监测年报，对一年中全市各媒体的广告发布情况、违法情况和整改情况进行统计、分析和梳理，使广告监测结果系统化、透明化，为广告监管工作提供科学、规范的年度广告监测成果。目前已出具 4 期。

（三）监测中心的建立净化了广告市场，促进了市场的健康发展

1．违法率明显下降

自 2005 年广告监测中心成立以来，深圳市媒体违法广告发布量、违法率逐年下降，五大类别广告违法率由 2005 年的 39% 下降至 2008 年的 9%。中央、省驻深媒体违法广告下降尤为明显。2005 年纳入监测之前，中央人民广播电台华夏之声 87.8 频率、广东人民广播电台南粤之声 105.7 频率、《南方都市报》深圳版的广告违法率远高于深圳市属媒体。2006 年正式将三类外地媒体纳入监管之后，违法率明显下降：《南方都市报》深圳版广告违法率从 45% 下降至 3.5%；南粤之声 105.7 频率的违法率由 57% 下降至 17%；华夏之声 87.8 频率的广告时间由 45% 下降到 18%。

2．深圳市媒体在国家工商总局、省局集中监测中稳居前三

国家工商总局 2007、2008 年对各地媒体、广东省工商局对全省媒体广告的集中监测结果显示：深圳市五大类广告违法率远低于全国、广东全省违法率。深圳卫视在全国的集中监测中名列第一，全国各卫视台五大类别广告违法率为 6.34%，深圳卫视的违法率为 0，没有发现五大类别违法广告。在广东全省的统一监测中，深圳名列第二，全国各媒体的平均违法率为 35%，深圳市违法率为 8%。

3．各项专项整治报告受到国家工商总局、广东省局和深圳市委市政府领导的高度赞扬

自广告监测中心成立以来，针对网络、医疗、房地产、食品、药品、涉性、招聘、低俗类广告进行了专项整治活动，其中由监测中心提供的《广告监测报——房地产浮夸、炫富广告整治效果评析》、《整顿非法"性药品"广告和性病治疗广告专项监测报告》、《关于禁止发布网上非法"性药品"和性病治疗广告的通告》、《低俗类广告发布情况报告》得到国家工商总局、广东省局和深圳市委、市政府、人大等各级领导的高度重视及亲笔批示。

（1）整治浮夸、炫富类房地产广告，得到市委市政府领导的充分肯定

2007 年 7 月，针对今年以来深圳市部分媒体中不断出现浮夸、炫富等违反社会主义精神文明建设要求内容的广告，深圳市宣传、工商等部门共同开展了专项整治行动。广告监测中心对各类报纸、广播、电视、网络、户外等媒体发布的房地产广告进行了全面监测，将监测发现的违法广告提交广告监管部门，由监管部门向媒体单位、

广告公司进行通报，责令各广告经营单位立即整改，并对整改情况进行了跟踪监测，最后形成《广告监测通报——房地产专报》和《广告监测报——房地产浮夸、炫富广告整治效果评析》。其中《广告监测报——房地产浮夸、炫富广告整治效果评析》得到时任市委书记、市长的肯定，认为"采取这个行动很好，这是我市社会主义精神文明建设的和城市人文精神建设有力举措，一定要见到成效"。

（2）网上非法"性药品"和性病治疗广告整治得到国家工商总局领导的高度评价

2007 年 12 月，为贯彻国家整治虚假违法广告专项行动部际联席会议第三次全体会议精神，落实中央十一部委《关于进一步治理整顿非法"性药品"广告和性病治疗广告的通知》（工商广字 [2007]266 号）的工作部署，深圳市开始严厉打击利用互联网发布非法"性药品"广告和性病治疗广告的违法行为。12 月 5 日，监测中心全体人员克服时间紧、任务重的困难，连夜对在深圳市注册的 1041 家网站进行了全面监测，形成了《整顿非法"性药品"广告和性病治疗广告专项监测报告》，报告中详尽地描述了各类型网站违法广告的发布情况以及非法"性药品"、性病治疗的主要表现形式及监测中遇到的难点和问题。在 6 日召开的联席会议上，各成员单位对中心在一天的时间中能监测出如此详细的结果赞叹不已。12 月 10 日，深圳市工商局召开全市整治网上"性药品"广告和性病治疗广告工作部署会议，监测中心完成了《关于禁止发布网上非法"性药品"和性病治疗广告的通告》及涉嫌"性药品"广告和性病治疗广告的十大违法网站名单，该通告与违法网站名单在部署会上进行了通报，引起了强烈的反响。全市各新闻媒体、国家工商总局网站等对此次整治活动进行了报道，总局领导高度赞扬此次整治活动"行动最快、见效最快、部门协作最好、最有实效"。

（3）形成《低俗类广告发布情况报告》，遏制低俗文化对广告的污染

2009 年 2 月，针对深圳市部分媒体发布的声讯台、保健食品、保健用品、药品、化妆品广告中出现低俗内容的问题，监测中心进行了专项监测，形成了《低俗类广告发布情况报告》，该报告在"两会"中得到与会委员的高度重视，并于 2009 年 3 月，由深圳市委宣传部牵头开展了低俗类广告专项整治行动，各媒体大力配合，整治效果明显。对比监测显示，各媒体低俗类广告违法情况有了明显好转。宣传内容格调低下，有违精神文明建设的补肾壮阳药品、保健食品、保健用品广告全面停止发布；原招聘广告中含有的"大量单身女富豪"、"本会所专为社会名流，豪门贵妇服务"等违背社会良好风尚的内容全部消失；声讯广告中含有的"寂寞解药、爱做就做、超级享受"等内容也全部消失。

自深圳市广告监测中心成立以来，先后迎来了新疆、四川、重庆、云南、浙江、安徽、贵州、苏州等 20 个兄弟省市到该中心参观学习。国家工商总局、广东省局和深圳市人大等各级领导先后 7 次到监测中心检查指导工作。

2007 年 12 月 1 日，国家工商总局局长率总局其他主管领导、广东省工商局领导莅临深圳市广告监测中心检查指导工作。总局领导视察了网络广告和报纸广告监测工作后，对广告管理和监测工作作了重要指示。他们充分肯定了广告监测中心的运作模式，称赞这种模式说："由工商部门委托给深圳大学开展监测，也为深圳大学创造了一个新的、拓展教育和实践、为社会服务的一个很重要的领域。深圳大学一定要在工商行政部门的支持下履行广告监测职责，和政府部门配合起来，这是非常有意义的。这是深圳应市场经济发展需要而创建的、适应市场经济发展和构建和谐社会的最新的模式，我们很赞成。期望你们进一步完善这种模式，创造些经验，为全国推广，提升我们广告监管的水平。"

4. 广告监测预警系统开广告监测先河，适应新形势广告监管发展的需要

经过一年多的探索与研究，2007 年广告监测中心建立健全了广告监测预警系统。广告监测预警系统投入使用至今，在各媒体和广告代理公司的大力支持下，取得了比较满意的效果：全市各媒体列入国家重点整治范围内的五大类广告发布情况明显好转；提高了广告监管效率，并对部分违法广告起到了事前发布监测与事后要求整改的功效；增强了老百姓的防范意识和对虚假广告的识别能力，达到了良好的社会效果。

截止到 2009 年 5 月，广告监测预警系统已对 3357 条广告进行了事前监测，媒体根据监测意见对 116 条广告没有给予发布、对 502 条广告要求进行整改后再发布。通过广告监测预警系统，监测中心共向媒体单位发送违法广告监测信息 6356 条。

5. 及时向社会发布审查提示，广告监测的社会效益提升

为督促各媒体单位及广告经营单位进一步落实广告审查制度，指导各媒体提高广告审查水平，加强与各媒体单位的沟通，及时传达最新广告监管信息，2008 年 9 月，深圳市广告监测中心围绕最新的政策法规、行业领域中的深层次问题、社会影响面广的广告问题通过红盾网不定期向社会发布广告审查提示。各媒体积极响应审查提示，认真整改，效果明显。

6. 加大了对网络广告等新媒体广告的监测力度

从 2009 年开始，深圳市广告监测中心配合广告处对综合性门户网站、专题性网站、电子商务中出现的网络广告进行了重点监测。监测中心将"网络广告智能监测系统"投入到网站监测中，智能采集广告，改善了以往人工打开每个页面进行查看的弊端，大大提高了监测效率。同时，系统采用覆盖整站采集的方式，确保网站内每个页面的广告大部分都能采集到，有效地解决了监测遗漏等问题。

四、深圳广告行业发展取得的成绩和面临的问题

深圳广告业在服务市场经济、推动改革开放、引领城市文化、创建特区品牌方面发挥了重要的作用。在中国房地产市场化的早期，深圳的广告业为房地产营销起到了积极的作用，地产广告一路领先成为全国房地产广告策划创意的骄傲。深圳广告业的发展一度吸引了大量优秀人才，特别是早期的设计人才的集聚等，为深圳创意文化产业的发展发挥了奠基的作用。深圳广告行业曾经提出了"时间就是金钱，效率就是生命"、"空谈误国、实干兴邦"的公益广告，在价值观领域突破了多年思想禁锢，成为当时深圳精神的象征，激励了无数来深圳的创业者，震撼了全国。这个由招商局下属的将相和广告公司做出的公益广告，针对中国多年计划经济下养成的无时间观念、企业效率低下的状况，积极响应 1992 年邓小平南方讲话精神，唤醒了人们的创新实干精神，成就了深圳广告的辉煌。

2011 年将在深圳举办的第 26 届世界大学生运动会以及深圳对创意产业的重视为广告业的发展提供了新的拓展空间，因此，必须从战略的高度充分认识加快深圳广告业发展的重要意义，并通过体制改革和政策调整，创造更好的发展环境，引导广告经营单位提升队伍素质、提高服务能力和经营效益。

首先要做大做强大众媒体广告。建立以媒体集团为核心、以行业专业代理及专门化服务为特色的广告产业结构。媒体要通过扶持广告代理公司，提升对边缘行业的专业化代理和服务能力。

政府要积极鼓励发展多种形式的公益广告，充分发挥公益广告在弘扬社会主义道德风尚和先进文化、塑造城市品牌形象方面的作用。

要科学规划，积极发展户外广告，确保户外广告与城市景观的协调，利用户外广

告美化城市环境、突出城市风格、彰显城市个性，从总体上优化城市形象，充分发挥户外广告作为城市名片的作用。

要紧密结合深圳市产业发展的特点和趋势，保持并拓展优势行业广告，同时大力发展会展业广告，引导和加强会展业的广告投入。

政府要通过扶持具有专业化、精准服务能力的广告公司，提升对本地优质企业和特色行业的品牌化高端服务能力，形成与不同行业发展相适应的、多层次的行业广告服务特色，提升深圳广告业的核心竞争力，促进广告业的健康发展。

深圳大学学术著作出版基金资助
Subsidized by Shenzhen University Foundation for the Production of Scholarly Monographs